阿来研究资料

主 编 陈思广

副主编 白 浩 谢应光 杨 荣

四川文艺出版社

图书在版编目（CIP）数据

阿来研究资料 / 陈思广主编. — 2版. — 成都：
四川文艺出版社，2019.4
ISBN 978-7-5411-5314-3

Ⅰ. ①阿… Ⅱ. ①陈… Ⅲ. ①阿来—作家评论 Ⅳ.
①I206.7

中国版本图书馆CIP数据核字（2019）第047050号

ALAI YANJIU ZILIAO
阿来研究资料

主编　陈思广
副主编　白　浩　谢应光　杨　荣

责任编辑　卢亚兵
封面设计　叶　茂
内文设计　王　玉
责任校对　王　冉

出版发行　四川文艺出版社（成都市槐树街2号）
网　　址　www.scwys.com
电　　话　028-86259285（发行部）　　028-86259303（编辑部）
传　　真　028-86259306

邮购地址　成都市槐树街2号四川文艺出版社邮购部　　610031
印　　刷　三河市华东印刷有限公司
成品尺寸　184mm×260mm　　　　开　本　16开
印　　张　24.75　　　　　　　　字　数　560千
版　　次　2019年4月第二版　　　印　次　2020年4月第二次印刷
书　　号　ISBN 978-7-5411-5314-3
定　　价　98.00元

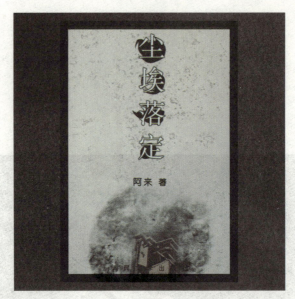

《尘埃落定》初版本书影

《尘埃落定》各种版本书影

阿来各类作品中文版书影

阿来各类作品外文版书影

　　2015 年 10 月，阿来带领"川藏文化盛宴——文艺行"团队，沿着《瞻对》的历史文化路线深入四川省甘孜州新龙县采风。

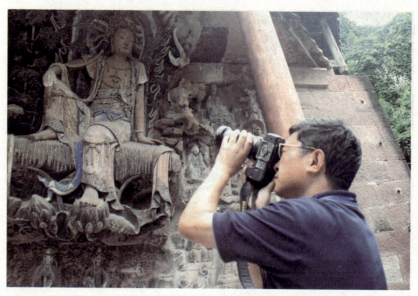

　　阿来："这些年，从西向东，我一直在追踪佛教传播中的流与变。"

阿来回到故乡，与乡亲们在一起。

2014年，阿来（右一）和达古冰川自然保护区的职工一起巡山。

　　2013年11月24日，四川大学2011协同创新基地阿来研究中心授牌仪式在四川大学望江校区举行。四川省作协主席阿来（右一）、时任四川大学文学与新闻学院院长曹顺庆（左二）、阿来研究中心执行主任陈思广（右二）、时任西北民族大学副校长郭郁烈（左一）等有关专家和学者出席授牌仪式。

　　2018年5月23日下午，"跨越民族与地域的当代书写：北京师范大学驻校作家阿来入校仪式暨创作研讨会"在北京师范大学举行。四川省作协主席阿来（前排左四）、诺贝尔文学奖得主莫言（前排右四）等作家、学者与会。

ALAI YANJIU ZILIAO
阿来研究资料

目 录

生平与创作自述

研究资料

附 录

生平与创作自述

阿来小传

阿　来

1959年生人。

20世纪80年代开始文学创作。早期写作诗歌。家乡河流的名字是第一本诗集的名字：《梭磨河》。同时也开始中短篇小说创作，第一本小说集《旧年的血迹》与诗集同时出版于1989年。此后，停止诗歌写作。1995年创作长篇小说《尘埃落定》，1998年出版。2000年获第五届茅盾文学奖。

最初从事创作时是马尔康县中学教师，其后先后做过阿坝州《草地》杂志社编辑，副主编；四川省科协《科幻世界》杂志社编辑，主编助理，总编辑，社长；四川省作家协会文学院院长，四川省作家协会主席。期间，一直坚持文学创作。

陆续出版中短篇小说集《月光下的银匠》《格拉长大》《遥远的温泉》；中篇小说《三只虫草》《蘑菇圈》《河上柏影》；长篇小说《尘埃落定》《空山》《格萨尔王》；散文集《就这样日益丰盈》《看见》《草木的理想国》《大雨中那唯一的涓滴》《当我们谈论文学时，我们在谈些什么》；非虚构作品《大地的阶梯》《瞻对：一个两百年的康巴传奇》，以及电影文学剧本《西藏的天空》。

除茅盾文学奖外，还获得全国少数民族文学骏马奖、四川文学奖、华语文学传媒大奖、郁达夫小说奖、朱自清散文奖、百花文艺奖等文学奖项。

电影剧本《西藏的天空》获第十五届中国电影华表奖和第二十四届金鸡百花奖最佳编剧提名奖。

《尘埃落定》《格萨尔王》《空山》和《遥远的温泉》等多部作品被译为英、法、意、德、俄、日、西班牙和阿拉伯、印地、僧伽罗等十数种外国语在海外出版。一些作品还被翻译成藏、蒙、维吾尔和哈萨克等语种在国内出版。

以出生、成长于边疆地带而关注边疆，表达边疆，研究边疆。

穿行于异质文化之间

阿 来

我是一个用汉语写作的藏族人。

我出生于四川省西北部的阿坝藏族羌族自治州。从富饶的成都平原，向西向北，到青藏高原，其间是一个渐次升高的群山与峡谷构成的过渡带。这个过渡带在藏语中称为"嘉绒"，一种语义学上的考证认为，这个古藏语词汇的意思是靠近汉人区山口的农业耕作区。直到目前为止，还有数十万藏族人在这一地区过着农耕或半农半牧的生活。我本人就出生于这样一个在河谷台地上农耕的家族。今年我42岁。其中有36年都生活在我称其为肉体与精神原乡的这片山水之间。到今天为止，我离开那片土地还不到6年时间。

从童年起，一个藏族人就注定要在两种语言之间流浪。

在就读的学校，从小学，到中学，再到更高等的学校，我们学习汉语，使用汉语。回到日常生活中，又依然用藏语交流，表达我们看到的一切，和这一切所引起的全部感受。在我成长的年代，如果一个藏语乡村背景的年轻人，最后一次走出学校大门时，已经能够纯熟地用汉语会话和书写，那就意味着，他有可能脱离艰苦而蒙昧的农人生活。我们这一代的藏族知识分子大多是这样，可以用汉语会话与书写，但母语藏语，却像童年时代一样，依然是一种口头语言。汉语是统领着广大乡野的城镇的语言。藏语的乡野就汇聚在这些讲着官方语言的城镇的四周。每当我走出狭小的城镇，进入广大的乡野，就会感到在两种语言之间的流浪，看到两种语言笼罩下呈现出不同的心灵景观。我想，这肯定是一种奇异的经验。我想，世界上会有越来越多的人加入这种体验。

我想，正是在两种语言间的不断穿行，培养了我最初的文学敏感，使我成为一个用汉语写作的藏族作家。

从地理上看，我生活的地区从来就不是藏族文化的中心地带。更因为自己不懂藏文，不能接触藏语的书面文学，我作为一个藏族人更多是从藏族民间口耳传承的神话、部族传说、家族传说、人物故事和寓言中吸收营养。这些东西中有非常强的民间特质。藏族书面的文化或文学传统中，往往带上了过于强烈的佛教色彩。而佛教并非藏族人生活中原生的宗教。所以，那些在乡野中流传于百姓口头的故事反而包含了更多的藏民族原本的思维习惯与审美特征，包含了更多对世界朴素而又深刻的看法。这些看法的表达更多地依赖于感性的丰沛而非理性的清晰。这种方式正是文学所需要的方式。

通过这些故事与传说，我学会了怎么把握时间，呈现空间，学会了怎样面对命运与激情。然后，用汉语，这非母语却能够娴熟运用的文字表达出来。我发现，无论是在诗歌还是小说中，这种创作过程中就已产生的异质感与疏离感，运用得当，会非常有效地扩大作品的意义与情感空间。

汉语和汉语文学有着悠久深沉的伟大传统，我使用汉语建立自己的文学世界，自然而然会沿袭并发展这一伟大传统。但对我这一代中国作家来说，不管他属于中国56个民族哪一个民族，成为一个汉语作家并不意味着只是单一地承袭汉语文学传统。我们这一代人是在中国面对世界打开国门后不久走上文学道路的。所以，比起许多前辈的中国作家来，有更多的幸运。其中最大的一个幸运，就是从创作之初就与许多当代西方作家的成功作品在汉语中相逢。

我庆幸自己是这一代作家中的一员。我们这一代作家差不多都可以开列出一个长长的西方当代作家作品的名单。对我而言，最初走上文学道路的时候，很多小说家与诗人都曾让我感到新鲜的启示，感到巨大的冲击。仅就诗人而言，我就阶段性地喜欢过阿莱桑德雷、阿波里奈尔、瓦雷里、叶芝、里尔克、埃利蒂斯、布罗茨基、桑德堡、聂鲁达等诗人。这一时期，当然也生吞活剥了几乎所有西方当代文学大师翻译为中文的作品。

大量的阅读最终会导致有意识的借鉴与选择。

对我个人而言，应该说美国当代文学给了我更多的影响。我个人认为，许多当代的文学流派都产生于欧洲，美国小说家并没有谁特别刻意地用某种流派的旗号作为号召与标识，但大多数成功的美国当代作家都能吸收欧洲最新文学思潮并与自己的新大陆生活融合到一起，创造出一个崭新的文学世界，而且更少规则的拘束，更富于来自大地与生活的创造性与成长性。

因为我成长生活其中的那个世界的地理特点与文化特性，使我对那些更完整地呈现出地域文化特性的作家给予更多的关注。在这个方面，福克纳与美国南方文学中波特、韦尔蒂和奥康纳这样一些作家，就给了我很多启示。换句话说，我从他们那里，学到很多描绘独特地理中人文特性的方法。

因为我是一个藏族人，是中国的少数民族，少数民族的文化的非主流特性自然而然让我关注世界上那些非主流文化的作家如何作出独特、真实的表达。在这一点上，美国文学中的犹太作家与黑人作家也给了我很多的经验。比如辛格与莫瑞森这两位诺贝尔文学奖获得者如何讲述有关鬼魂的故事。比如，从菲利普·罗斯和艾里森那里看到他们如何表达文化与人格的失语症。我想，这个名单还可以一直开列下去，来说明文学如何用交互式影响的方式，在不同文化、不同国度、不同个体身上发生作用。

我身上没有批评家指称的那种"影响焦虑症"，所以，我乐于承认我从别处得到的文学滋养。

在我的意识中，文学传统从来不是一个固定的概念，而像一条不断融汇众多支流，从而不断开阔深沉的浩大河流。我们从下游捧起任何一滴，都会包容了上游所有支流中全部因子。我们包容，然后以自己的创造加入这条河流浩大的合唱。我相信，这种众多声音的汇聚，最终会相当和谐、相当壮美地带着我们心中的诗意，我们不愿沉沦的情感直达天庭。

佛经上有一句话，大意是说，声音去到天上就成了大声音，大声音是为了让更多的众生听见。要让自己的声音变成这样一种大声音，除了有效的借鉴，更重要的始终是，自己通过人生体验获得的历史感与命运感，让滚烫的血液与真实的情感，潜行在字里，在行间。

（原载《中国文化报》2001年5月10日）

《尘埃落定》创作谈

阿 来

在某些时刻，民间文学看待事物、看待人生的基本态度，乃至处理当下事务的方式，能帮我们校正对文学意义的基本态度。现在很多作家都仅把民间文学当作题材来源、故事框架而已，并不认为它在方法论、认识论上都有重要意义。我们应该倾听这些来自民间的声音。尤其是当我们从过去的思想家、文学家以及描写当下现实生活的作品中，都找不到对当代社会的启示时，我们可能会从民间文学中得到启发。民间文学处理当下题材时，它可能一下子就把故事推到一个很悠远的时空，使人产生审美距离感，而一个千年前的故事，读来又觉得历历在目。为什么民间文学采用简单化的处理方式反而达到了我们用最复杂的手法却处理不好的事实与想象？

写作《尘埃落定》时，我在民间文学中得到了许多启示。民间文学中有许多质朴、直接、大气的东西，有"真气"存在，可帮助作家建立起内在风格。而现在许多文学作品在形式上太过复杂，为风格而风格，反而使作品成为很奇怪的东西。今天的文学普遍被工具化了，过去是政治主导，如今则是市场化商品化，部分作家把写作当成赚钱的工具，文学家普遍缺乏对文学的坚定立场，身为作家，却对文学丧失了神圣感。而民间口传文学的讲述者对自身说唱内容的坚信不疑的态度，对我们当下的作家尤其有借鉴意义。当一个不识字的民间说唱者，在辛苦劳作之余，向村民们讲述代代相传的民间故事的时候，这些讲述者本人对其所说唱的故事无一不是坚信不疑的，而这种信仰支撑下的讲述，赋予了这些故事强大的感染力。我从他们身上，得到了很大的鼓励。我相信写作是一件神圣的事。

（原载《芳草》（经典阅读）2015年第11期）

有关《空山》的三个问题

阿 来

什么样的空？什么样的山？

2005年3月，北京一次饭局，第二天我将受邀去美国考察，考察的目标是与对方共同商定的：美国本土的少数族裔的生存状况和美国的乡村。一个语言不通的人，将要独自在异国的土地上去那么多地方，而且还要考察那么宽泛而复杂的对象，心里当然有些忐忑，不是害怕，是不安，害怕自己考察归来一无所获，辜负了邀请方的美意。准备出行的日子一直都在试图克服这种不安，克服的方式无非是多读些书，预先做一些案头工作，不使自己在进入一个陌生的领域时显得盲目与唐突。在饭局上，不安暂时被放下了，和出版社的朋友们商定《空山》前两卷的出版事宜。酒过三巡，一份合同摆在了面前，没有太过细致地推敲那份合同，就签上了名字。朋友们也知道，我并不是一个特别在意合同中那些与作者权益有关条款的人。这不是说我不关心自己的利益，而是我一直觉得，当一本书稿离开了我的案头，就开始了它自己的旅程，我始终觉得一本书与一个人一样，会有着自己的命运，也有着自己的坎坷，自己的好运，或者被命运之光所照亮，或者被本来需要认知的人们所漠视。一个作家，可以尽力写一本书，但无力改变书籍这种奇异的命运。正是有了这样的想法，就觉得过于执着于一份合同的条款，并不会在真正的意义上改变一本书最终的命运。

彼时，我高兴的是有这么一顿酒，把我从临行之前的忐忑之中解脱出来。酒席将散的时候，突然发现，合同中的那本书还没有名字，大家看着我，说，想一个名字吧。于是，我沉吟一阵后，脱口说《空山》。看表情就知道大家不满意这个名字，但是，没有人想出一个更好的名字来。那就叫这个名字了？就叫这个名字吧，飞美国的时间那么长，在班机上再想想？我没有反对。但我知道我不会再想了，因为这时我倒坚定起来了，这本书已经写出来的和将要写出来的部分，合起来都叫《空山》了。

只是，我对自己说，这不是"空山新雨后，天气晚来秋"那个"空山"。没那么空灵，那么写意，不是汉语诗歌里那个路数，没有那么只顾借山抒怀，而并不真正关心那山的真实面貌。我的写作不是那种不及物的路数。

　　想出这个名字时，像电影里的闪回镜头一样，我突然看到我少年时代的那片深山。那时候，我生活在一个非常狭小的世界，具体地说，就是一个村庄所关涉到的一片天地。山峰、河谷、土地、森林、牧场，一些交叉往复的道路。具体而言，也就是几十平方公里大的一块地方，在我成长的过程中，那曾是一个多么广大的世界！直到有一天，一个地质勘探队来到了那个小小的村庄。那些人显然比我们更能洞悉这个世界，他们的工作就是叩问地底的秘密。这一切，自然激起了蒙昧乡村中一个孩子的好奇，而这些人显然喜欢有好奇心的孩子。有一天，其中的一个人问，想不想知道你们村子在什么地方？这真是一个奇妙的问题，他们的帐篷就搭在村子里的空地上，村子就在我们四周，狗和猪来来去去，人们半饥半饱，但到时候，每一家房顶上，依然会飘散起淡蓝色的炊烟。在这么一种氛围中，一张幅面巨大的黑白照片在我面前铺开了，这是一张航拍的照片，满纸都是崎岖的山脉，纵横交织，明亮的部分是山的阳坡和山顶的积雪，而那些浓重的黑影，是山的阴面。地质队员对孩子说，来，找找你的村子。我没有找到，不止是没有我的村子，这张航拍图上没有任何一个村子。只有山，高耸的山和蜿蜒的山。后来，是他们指给我一道山的皱褶，说，你的村子在这里。他们说，这是从很高很高的天上看下来的景象。村子里的人以为只有神可以从天上往下界看，但现在，我看到了一张人从天上看下来的图像，这个图景里没有人，也没有村子，只有山，连绵不绝的山。现在想来，这张照片甚至改变了我的世界观，或者说，从此改变了我思想的走向，从此知道，不止是神才能从高处俯瞰人间。再者，从这张照片看来，从太高的地方也看不清人间，构成我全部童年世界和大部分少年世界的那个以一个村庄为中心的广大世界竟然从高处一点都不能看见。这个村子，和这个村子一样的周围的村子，名字不一样的村子，竟然一无所见，所见的就是一片空山。所谓《空山》，就是这么一个意思。

　　好多年过去了，我想自己差不多都忘掉这段经历了。

　　但在那一天，却突然记起，那么具体的人，那么具体的乡村，那么具体的痛苦、艰难、希望、苏醒，以及更多的迷茫，所有这些，从高远处看去，却一点也不着痕迹。遥远与切近，就构成了这样一种奇妙的关系，具体地描写时，我知道自己有着清晰的痛感，但现在，我愿意与之保持住一定的距离。从此，这一系列的乡村故事，有了一个共同的名字：空山。

　　这个世界还有另一个维度叫作时间。在大多数语境中，时间就是历史的同义词。历史像一个长焦距的镜头，可以一下子把当前推向遥远。当然，也能把遥远的景物拉到眼前，近了是艰难行进的村子，推远了，依然是一派青翠的"空山"。

　　或者如一个在中国并不知名的非洲诗人的吟唱：

　　"黑色，应该高唱：啊，月亮，出来吧！请在高山之上升起。"月亮升起来，从高处看下去，从远处看过去，除了山，我们一无所见，但我们也许愿意降低一点高度，那么，我们会看见什么？而更重要的问题是，本可以一无所见，那我们为什么偏偏要去看见？

个别的乡村，还是所有的乡村？

应该承认，当时我并没有这么多的联想，只是那个几乎已经被遗忘的情景突然被记起，突然意识到那个场景所包含的某种启迪，第二天，我就登上了去美国的飞机。然后，洛杉矶、华盛顿、纽约、波士顿、弗吉尼亚、亚特兰大、印第安纳、夏威夷……描述行程时，我只能写出这些城市（州）的名字，但我要说的不是这些城市，而是这些城市之间的那些广大的异国的乡村。

在异国的乡村为自己的乡村而伤情。

中国的乡村看起来广大无比，但生存的空间却十分促狭，而且，正在变得更加促狭，但在异国的乡村，我看到了这些乡村还有自己的纵深。一个农夫骑着高头大马，或者开着皮卡出现在高速路边上，但在他的身后，原野很广阔，一些土地在生长作物，而另外一些土地却在休养生息，只是生长着野草闲花。一定的时候，拖拉机开来，把这些草与花翻到地下，就成为很好的有机肥。把那些土块隔开的是大片的森林，在林子的边缘，是那些农庄，这种景象，在经济学家或政治家的描述中，就是中国乡村的未来。大部分人进入城市，一些农村也城镇化，然后，剩下的农村大致就成为这个样子。

这是现今的中国告诉给农民的未来，而在此前，中国的农民已经被告知，并被迫相信过不同的未来，这个未来最为世俗，也最为直观，因为这种未来在地球上的好些地方都已出现。但必须承认，对于一个中国农民来说，这个未来也非常遥远，他们不知道这个未来在什么时候实现。也许，此刻在某一间中国农舍中孕育的新生命可能生活在这个未来中间。美好憧憬与严酷现实之间的距离，反倒加深了他们的痛苦，因为现实时刻在给他们教训。那些未来太过遥远，而在他们实际的经验中，对幸福稍许的透支都需要用苦难来加倍偿还。人民公社时，刚刚放开肚子在食堂里吃了几天，后来，就要以饿死许多人命作为抵偿。长此以往，中国的乡村可能在未到达这个未来时就衰竭不堪了。这个衰竭，不止是乡村的人，更包括乡村的土地，我在异国看到休耕以恢复地力的土地时，就想到在我们这里，因为人口的重负，土地也只是在不断地耗竭，而很难得到休养与生息。

我总担心这种过分耗竭会使中国的乡村失去未来，也许因为这个我会受到一些的谴责，或者说，我已经受到过一些责难。可是我想，作家当然要服从人类所以成为人类的一些基本的理念，作家没有权力因为某些未经验证的观念而去修改现实。

未来需要有一个纵深，而中国的乡村没有自己的纵深。这个纵深首先指的是一个有回旋余地的生存空间，中国大多数乡村没有这样的空间；另一个纵深当然是指心灵，在那些地方，封建时代那些构筑了乡村基本伦理的耕读世家已经破败消失，文化已经出走，乡村剩下的只是简单的物质生产，精神上早已经荒芜不堪。精神的乡村，伦理的乡村早就破碎不堪，成为了一片精神荒野。

我并不天真地以为异国的乡村就是天堂，我明白，我所见者是史坦倍克描绘过的产生过巨大灾难的乡野，福克纳也以悲悯的情怀描绘过这些乡野的历史与现实：种族歧视加之于人身与人心的野蛮的暴力；横扫一切的自然灾害；被贪婪的资本无情盘剥与鲸吞。在《我弥留之际》这部小说中，福克纳曾借他小说中的人物这样说道："要是你能解脱出来进入时间，那就好了。"问题是，我们并不能经历一个没有物理空间和存在于这个空间之中的人类社会的单独的时间。

不得不承认，如今这些乡野比我们的乡野更多地分享了时代的进步与文明的成果。至少从表面看来，是一派安宁富足的景象。那样的旅行，像是在读惠特曼的诗："现在，我在白天的时候，坐着向前眺望，/在农民们正在春天的田野里耕作的黄昏中，在有着大湖和大森林的不自知的美景的地面上，在天空的空灵的美景之中（在狂风暴雨之后），/在午后的时光匆匆滑过的苍穹之下，在妇女和孩子们的声音中，/汹涌的海潮声中，我看见船舶如何驶去，/丰裕的夏天渐渐来到，农田中人们忙碌着，/无数的分散开的人家，各自忙着生活，忙着每天的饮食和琐屑的家务……"

的确，我在那里看到了更多的宁静，安详，并感到那种纵深为未来提供了种种的可能。正由于此，我为自己的乡村感到哀伤，我想起当年那些从城里学校回到乡村的所谓知识青年，我自己也曾经是他们当中的一员。但是，这些人并未改变乡村，而是在乡村为温饱而挣扎的生活中淹没了他们，这种生活熄灭了知识在年轻的心中燃起的所有精神性的火苗。怀着这样的心情，我和翻译驾车穿行异国广大的乡村，眼睛在观察，内心却不断地萦绕于记忆。

有一天，我们在路边停下车，走向一个正在用拖拉机翻耕土地的农夫。刚刚翻耕的沃土散发出醉人的气息，身后，好多飞鸟起起落落，那是它们在啄食刚刚被犁铧翻到地面上来的虫子。那个蓝眼睛的农夫停下了机器，从暖壶里给我斟上一杯热咖啡，然后，我们一起坐下来闲话。继续驾车上路时，我突然感到锥心的痛楚，因为我想起了另外一个拖拉机手，他是我中学时代最要好的同学，一次回乡，人们告诉我，他曾开着他的拖拉机翻到了公路下面，当时他可以自救，但他没有采取任何自救的措施。那天，我问他为什么，他面无表情，说，突然觉得就这么死去挺好，活着也没有什么意思。那时，我感到的就是这种锥心的痛楚。他是村子里那种能干的农民，能在80年代开上一部拖拉机四处奔忙就是一个证明。后来，他用挣来的钱开上了卡车，开着卡车长途贩运木材挣钱，那是90年代。后来，这个少年时代的朋友就殒命在长途贩运木材的路上。山上的木材砍光了，泥石流下来，冲毁的是自己的土地与房舍。少年时代，我们一起上山采挖药材，卖到供销社，挣下一个学期的学费。那时，我们总是有着小小的快乐，因为那时觉得会有一个不一样的未来，而不一样的未来不是乡村会突然变好，而是我们有可能永远脱离乡村。的的确确，在异国的乡野中有着朴素的教堂与现代化的干净的小镇的乡野，我又想起了他，不是一个故事，而是一种痛楚。

我还想起一个人。

一个读书读得半通不通的人，一个对知识带着最纯净崇拜的人。他带了很多从捣毁的学校图书馆里流失出来的书回到乡下，以为自己靠着这些书会了悟这个世界的秘密，而他还有另外一个朋友，一个不相信书本，相信依靠传统的技能就能改变命运的人。他们曾经真实存在吗？他们是出于想象吗？对于一个小说家来说，从真实处出发，然后，越来越多的想象，想象不同于自己的生活道路的人的种种可能。生活中有那么多歧路，作家自己只是经历了其中的一种，而另外的人，那些少年时代的朋友的去向却大相径庭。我知道他们最终的结局，就是被严酷的生活无情地淹没，但内心的经历却需要想象来重建。于是，我在印第安纳停留下来，开始了《空山》第三卷《达瑟与达戈》的写作。这次写作不是记录他们的故事，而是一次深怀敬意与痛楚的怀念，至少在这个故事中，正是那种明晰的痛楚成为我写作的最初的冲动，也是这种痛楚，让我透过表面向内部深入。一个作家无权在写作的进程中粉饰现实，淡化苦难，但我写作的时候，一直有一个强烈的祈愿：让我们看到未来！

异国的乡村的现实似乎也不是中国乡村的未来，那么，让我们看到自己的未来！

关于消逝：重要的是人，还是文化？

其实，无论是步步紧逼的现实，还是关于人类社会历史进程的常识，我们都知道，消逝的一切终将消逝，个体的生命如此，个体生命聚集起来的族群如此，由族群而产生的文化传统也是如此，这些都是一些基本通识。我用怀念的笔调和心情来写那些消失的与正在消失的生命，正在消失的事物，以及正在消失的生存于这个世界的方式——所谓文化，并不是如一些高蹈的批评者所武断的那样，是出于一种狭隘的文化意识，更直接地说，并不是出于某种狭隘的民族本位主义。

是的，消失的必然会消失，特别对于文化来说，更是如此。自从有人类社会以来，族的形成，国的形成，就是文化趋同的过程，结果当然是文化更大程度上的趋同，如果说这个过程与今天有什么不同，那就是因为信息与交通的落后，这个世界显得广阔无比，时间也很缓慢，所以，消失是缓慢的。我至少可以猜想，消失的缓慢会有一个好处，那就是人们在不知不觉中习惯这个消失的过程，更可以看到新的东西慢慢地自然成长。新的东西的产生需要时间，从某种程度上说，进化都是缓慢的，同时也是自然的，但是，今天的变化是革命性的：迫切、疾风暴雨、非此即彼、强加于人。理解要执行，不理解也要执行，不然，你就成为前进道路上一颗罪恶的拦路石，必须无情地毫无怜悯地予以清除。特别是上个世纪，特别是上个世纪的后五十年，情况更是这样。而且，今天越来越多的人在形成共识：那个时代的许多事情至少是太操之过急了，结果是消灭了旧的，而未能建立新的。我们的过去不是一张白纸，但我们费了好多劲去涂抹，要将其变成一张白纸，以期画出"最新最美的图画"，但结果如何呢？涂抹的结果不是得到一张干净的白纸，而是得到一张伤痛累累的，很多脏污残迹的纸，新图画也成为一个遥远的梦想。政治如此，经济如此，文化更是如此。今天的许多社会问题，大多数都可以归结为文化传统被强行断裂。汉文化如此，少数民族文化更是如此。这不是我的发明，我不过是吸收了这个社会大多数人的共识。正是基于这样的认知与感受，我的小说中自然关注了文化（一些特别的生活与生产方式）的消失，记录了这种消失，并在描述这种消失的时候，用了一种悲悯的笔调。这是因为我并不认为一个生命可以在任何一种文化中存身。一种文化，更准确地说是生活与生产方式的消失，对于一些寄身其中的个体生命来说，一定是悲剧性的。尤其是在我所描述的这个部族，这个地区，在此之前，他们被区隔于整个不断进化的文明世界之外已经太久太久了。这不是他们主动的选择，这是他们从未出生时就已经被规定的命运。政治学或社会学对此种状况的描述是："跨越"。须知，社会的进步不是田径场上天才运动员一次破纪录的三级跳远。屏气，冲刺，起跳，飞跃，然后欢呼胜利。这个社会当然落后，但这种状况不是老百姓造成的，社会当然应该进步，但他们从来没有准备过要一步跨越多少个世纪的时空。于是，当旧的文化消失，新的时代带着许多他们无从理解的宏大概念迅即到来时，个人的悲剧就产生了。我关注的其实不是文化的消失，而是时代剧变时那些无所适从的人的悲剧性的命运。悲悯由此而产生。这种悲悯是文学的良心。

当我们没有办法更加清晰地看到未来时，这种回顾并不是在为旧时代唱一曲挽歌，而是反思。而反思的目的，还是为了面向未来，如果没有反思，历史本身就失去了价值，只不过文学的方法与历史学普遍采用的方法更关注具体的人罢了。

我很遗憾读到了一些文字，以为这个作家就是一个愿意待在旧世界抗拒并仇视文明的人。我不愿意揣度是因为我的族别，不愿意揣度有人以为有了这样一个族别就有了一个天然的立场，在对进步发出抗议之声。我愿意相信，这样的声音只是基于简单的社会进化论的一种只用政治或社会学的眼光来阅读文学作品的一个结果。我想，这就是桑塔格所指控的那种"侵犯性"的阐释。

萨义德说过这样的话："所有文化都能延伸出关于自己和他人的辩证关系，主语'我'是本土的，真实的，熟悉的，而宾语'它'或'你'则是外来的或许危险的，不同的，陌生的。从这个辩证关系衍生出一系列的英雄和怪兽，开国者和野蛮人，受人尊重的名著和被人轻视的对立面，这表达了一种文化，从它最根本的民族自我意识，到它纯净的爱国主义，最后到它粗鄙的侵略主义、仇外以及排他主义的偏见。"

我在最近为自己的一本韩文版小说集所写的序中这样说："我曾经遇到一些读了我的书后不高兴的人，因为我说出了一个与他们想象，或者说别一些人给他们描绘的西藏不一样的西藏，我因而在什么地方冒犯了他们……他们不想知道还有另一个西藏。好在，大多数的读者不是这样。我写作的动力也正是源于大多数读者不是这样。在我的理解中，小说家是这样一种人，他要在不同的国度与不同的种族间传递讯息，这些讯息林林总总，但归根结底，都是关于沟通与了解。而真实，是沟通与了解最必需的基石。"

从某种意义上说，我甚至不是一个如今风行世界的文化多样性观念的秉持者。

这个世界上有着多种多样的文化是一个客观事实，这个世界上很多文化正在消失也是一个客观事实，这些文化所以消失，大多是因为停滞不前而导致其在现代社会中适应性，也就是竞争力的消失。保护文化多样性，尊重文化多样性的观念首先来自身居文化优势地位的西方知识分子，用历史学家许倬云的话说，这是因为担心多样文化的消失，"可能会剥夺了全体人类寻找未来方向的许多可能选项。"但我不大相信，按现今社会的发展态势，人类会停下来，回过头去寻找另外的社会进化途径，去重新试验那些"可能选项"。这种以生物界的进化理论为根据的文化多样性理论表面看来具有充足的理由，但实际情形可能并不是这样，因为，文化不是一个单独的问题，而是与政治与经济紧紧地纠结在一起。任何一个族群与国家，不像自然界中的花草，还可能在一些保护区中不受干扰地享有一个独立生存与演化的空间，文化早已失去这种可能性了。基于这样的认识，我不悲悼文化的消亡。但我希望对于这种消亡，就如人类对生命的死亡一样，有一定的尊重与悲悼。悲悼旧的，不是反对新的，而是对新的寄予了更高的希望。希望其更人道，更文明。在任何一种文化中，人们悲悼逝者，讲述死者的故事，缅怀那些从身边消失的人的音容笑貌，肯定不是因为仇视新生命的到来。

我始终觉得，我们的思想中有一种毒素，那就是必须为一个新的东西，或者貌似新的东西尽情欢呼，与此同时，就是不应该对消逝的，正在消逝的事物表示些许的眷恋。我们一直生活在一种对于"新"的简单崇拜中间，认为"新"一定高歌猛进，"新"一定带来无边福祉，"新"不会带来不适应症，"新"当然不会包含任何悲剧性的因素。

必须再说一次，我希望"新"的到来，"旧"的消失的过程中，能够尽量少一些悲剧，不论这些悲剧是群体性的还是纯粹只属于某些个体。

我并不认为写作会改变什么，除了自己的内心，也许可能还有另外一些人的内心。

我比较信服萨义德的观点，他说，知识分子的表达应该摆脱民族或种族观念束缚，并不针对某一部族、国家、个体，而应该针对全体人类，将人类作为表述对象。即便表述本民族或者国家、个体的灾难，也必须和人类的苦难联系起来，和每个人的苦难联系起来表述。这才是知识分子应该贯彻的原则，他说："知识分子的重大责任在于明确地把危机普遍化，从更宽广的人类范围来理解特定的种族或民族所蒙受的苦难，把那个经验连接上其他人的苦难。"

我想，当一个小说家尽其所能做了这样的表达，那么，也会希望读者有这样的视点，在阅读中把他者的命运当成自己的命运，因为相同或者相似的境遇与苦难，不同的人，不同的族群，在不同的历史时期，或者曾经遭遇与经受，或者会在未来与之遭逢。从这个意义上说，任何一个文本都是一个人类境况的寓言。

（原载《扬子江评论》2009年第2期）

我不是在写历史，而是在写现实

——台湾九歌出版社有限公司《瞻对》（代序）

阿　来

创作《瞻对》这部作品，于我完全是个意外。

几年前，为写《格萨尔王》，我去了西藏很多地方收集资料。在一两年的行走过程中听到很多故事，其中就有一个关于瞻对的故事。《瞻对》是一部历史纪实文学作品，我本来是想写成小说，开始想写个短篇，随着史料增多，官府的正史、民间传说、寺庙记载，最后搜集的资料已经足够写个长篇了。但是到后来，我发现真实的材料太丰富，现实的离奇和戏剧性更胜于小说，用不着我再虚构，历史材料远比小说更有力量。于是我开始更多地接触这些材料，慢慢就有了《瞻对》。

我去实地考察了以后发现，关于瞻对的故事并不只是一个民间传说，它是当地实实在在发生过的一系列历史事件，并且与很多历史人物都有关系。比如道光皇帝，还有清朝另一个人物——琦善。学中国史的人都知道，鸦片战争时期有个投降派叫琦善，他曾是清廷的钦差大臣。琦善先是主战的，因为派人前往广州与英军议和并签订不平等条约被皇帝罢免。后来道光皇帝重新起用琦善，把他发配到西藏当驻藏大臣，不久就又被调任四川总督。就在他从西藏回四川的路上，在今天的甘孜州境内，遇到了被称为"夹坝"的一群藏人。这些藏人截断了川藏大道，琦善主张镇压，这才发生了清廷和西藏地方政府联合起来镇压布鲁曼割据势力的这一系列故事。

原本我是从事虚构文学创作的，当时在追踪这个故事的过程中我发现，这些历史真实发生过的种种事情已经非常精彩了，根本不用你再去想象和虚构什么。就像今天我们在讨论现实问题的时候，就常会感到，今天这个现实世界不用小说家写就已经光怪陆离了，好多事情是那么不可思议，那样匪夷所思。

人们研究历史，其实是希望通过历史来观照我们当下社会的现状。观察这些年来中国出现的少数民族问题，我发现无论是过去了一百年还是两百年，问题发生背后的那个原因或者动机居然是那么惊人的一致，甚至今天处理这些事情的方式方法，还有中间的种种曲折，也都是一模一样。瞻对虽然只是一个小县，但发生在它那里的历史也是如此。在这种情况下，历史或许就对今天有很大的借鉴意义。"一切历史都是当代史"，这句话并没有失效。

所以我觉得，我写这本书不是在写历史，而是在写现实。我写作的目的，是想探求如今的西藏问题是从哪里来的，是怎样演变成现在这样的，是为了告诉大家一个真实的西藏。我生活在藏地，写的是历史往事，但动机是针对当下的现实。这里面也包含了我一个强烈的愿望，就是作为一个中国人，不管是哪个民族，都希望这个国家安定，希望这个国家的老百姓生活幸福。

我这次写作靠两方面的材料，一个是清史和清朝的档案，另一个就是民间知识分子的记录。民间材料的意义在于，很多时候它跟官方立场是不一样的。更有意思的是，除了这两个方面之外，这些历史事件也同时在老百姓中间流传，因此又有一种记述方式叫口头传说，也就是讲故事。这里面就有好多故事，保留了过去很多生动的信息，作为非虚构创作，我知道把这些传说故事写进历史是没有什么特别意义的。但是这些虚构、似是而非的传说当中其实也包含了当时老百姓对于政治以及重大事件的一些看法和情感倾向。另外，民间文学还有一个特点，就是对同样一件事情有很多不同的说法，这些我都表现在书里了。

从另一个层面上讲，民间文学还有一种美学上的风格。它没有历史现实那么可靠，但它在形式上更生动、更美。在写《瞻对》的过程中，我把每一个故事涉及的村庄以及发生过战争的地方都走了一遍，这是值得并且可以做到的，走一遍就可以获得一个很好的空间感。

过去传统的藏族文化中，当有人要写一本书的时候，他们会在书的前面写一首诗，表达他将要写的书有什么愿景，在佛教里叫作发愿。今天写作的文体在不断变化，当时我酝酿这本书的时候，有强烈的发愿在心里。这个发愿就是，当我们看到这个社会还有种种问题的时候，我希望这些问题得到消灭。当我们在强调文化多样性的时候，同时又很痛心地发现不同民族文化之间，在某些程度上也会变成政治冲突。我希望民族多样性保持的同时，文化矛盾也得到解决。

到今天为止，虽然外部条件有了巨大变化，但对于农民、对于乡村、对于少数民族地区，我们一些政府官员的想法，从某种程度上看，虽然经过了一些新词的包装，却和一个清朝官员、知县没有什么区别，甚至还不如他们。这本书也可以说影射了社会结构，其实你可以把瞻对看成一个中国的乡村，它就是稍微落后一点的乡村地区的处境。

瞻对虽然是一个很小的地方，但它牵涉了几乎从清代以来的汉藏关系。西藏问题原来只是一个中国内部问题，近代以来逐渐变成一个国际性问题。考察这个过程，你会发现它远不像今天公众所理解的汉藏问题这么简单。不是所有的问题都是汉藏关系，不同的民族、文化之间有冲突是必然的。但我们今天只有一种简单化的思维：只要是在藏族出了问题，都理解为汉藏关系。我写这本书，也是希望对这个认识误区进行更正，希望读者能正确认识汉藏关系。

（原载九歌出版社有限公司2016年版。又见陈思广主编：《阿来研究》［第八辑］，四川大学出版社2018年版）

疯狂的虫草，疯狂的松茸和疯狂的岷江柏

——专访作家阿来

朱又可　　　阿来

南方周末：为什么写《蘑菇圈》这本小说？《三只虫草》和这本书有点类似。

阿来：写作人通过写作进行自我调整。我十年以上没有写中篇小说了。第一篇写的是《三只虫草》，从一个消费社会热衷消费的事物入手，写乡村，写边疆。写消费社会重塑的城乡关系，或者说是中心与边缘的关系。写完，发现沿着这个思路还可以写，又写了松茸。再写，就写一种珍贵的木材，一个濒危的树种：岷江柏。当时的想法就是写得轻松一点，单纯一点。不曾想，还是越写越复杂，越来越沉重。轻巧的初衷，只在第一篇《三只虫草》中保持住了。《瞻对》写成非虚构是个意外，本来听了个传说想写成小说，一调查，却碰见了一个用不着虚构的故事，拿到所有材料后，觉得为什么要去虚构它？

南方周末：《瞻对》读起来不亚于小说。

阿来：因为这些历史事实放在那。那样的现实——历史也是现实，只不过是过去的现实，虚构起来反倒没必要。那种沉重与荒诞甚至可以使写作者抑郁。

所以要自我治疗，返身来写《三只虫草》。这三本书也关涉到这些年我的一点思考。觉得中国文学，尤其中国的叙事文学——不算诗歌和散文，从古典文学开始，就总是讲人和人的关系，而且很难讲到光明处。人性的黑暗、卑劣、权谋、功利，从《水浒传》《三国演义》是这样，到当代文学我们这批作家，基本还是这样。一是因为传统，二是我们在接受西方现代文学观念时，接受的还是人性恶，说社会或现实如何荒诞。当然并不是说现实中没有这种东西，但是西方文学中还有更积极一点的东西，却对我们的当代文学影响很少。西方文学除了处理人和人的关系，有相当多的作家会注意人与自然的关系。马克思定义说人是社会关系的总和，但是有一个词，我觉得比社会还大，那就是世界。世界当然就不只包括人，还有大自然，更多的更广泛的生命存在，还有水、天空、空气。我们有时候偶尔关注到一点点自然因素，也只不过是把它当成生活背景，而不是把它当成真正客体性的存在。就像电影，出来一个人，背后肯定会带上一棵树，一座山，是风景描写，没有真正渗透到对自然本身的充分的尊重和认识。原本中国古代儒家思想中包含这样的因素，更不要说现代科学发展到今天，人与世界、自然的关系是时时刻刻需要注意的。中国这些年来的发展，已经造成了严重

的生态环境问题。即便这样，我们文学还是没有对此发出过任何声音。稍微想想，就觉得文学反映生活或者现实，还有相当大的局限，不够宽广。

南方周末：所以这次的写作，是有意的尝试吗？

阿来：我自己不太愿意把小说写得特别简单，一篇小说除了要说明一个问题，同时也包含着另外一个或多个问题。我就是想反思我们今天消费社会当中建立起来的，以城市为中心的消费模式。对于乡村，或者对于边疆地带，其实在商业链条上就是对它的盘剥。这种盘剥，我更愿意把它看成是城市对乡村的盘剥，而不将其归结为民族与民族的关系。虽然我们一直在说消灭城乡差异，但其实，今天的消费社会中，它一直存在：首先是城市决定需要乡村供给什么，其次是定价权在城市。城市需要乡村的供给，但乡村自己不能定价。没有定价权时，就一定被盘剥。当然更不会顾及这种供求关系会对乡村伦理与乡村社会发生何种影响。现在大量农民进入城市，乡村剩下什么？乡村剩下的东西不多，大部分乡村肯定就破败了，被遗忘了。乡村只有两种情况可能还会被消费社会即中心城市关注，一是那个地方自然风光很好，可以把它改造成旅游目的地，但这种幸运的乡村是很少的。第二个就是这个地方出产某种稀奇的珍贵的东西，被贪婪的消费社会所需要。而且这种东西往往还不是生活必需品。比如，虫草就不是一个必须消费的东西。

南方周末：虫草的营养价值，有明确的说法吗？

阿来：虫草到底有没有用，有多大用，至今都没搞清楚。但在消费社会中，商业力量能够不断炒作。这种东西的出产地在青藏高原，那里的高寒地带生态非常脆弱。但虫草的炒作不是一般的疯狂，把它的价位弄到那样一种地步。这在产地，既引起生态问题，也引发人伦的问题。今天我们向自然索取的东西中，有很多并不是必需的，虫草是这样。《蘑菇圈》中的松茸也是这样。《河上柏影》中的柏木也是这样，为什么人们非要为手上戴的一串香木珠子去毁败一种植物，去毁败自然？这是消费社会当中城乡之间的另一种关系。我查了很多资料，迄今为止，并没有真正严肃的科学机构说松茸一定是别的蘑菇更有营养价值。它不能人工栽培，过去卖几毛钱一斤，后来一下就两三百块一斤。为什么呢？缘于一个传说。广岛原子弹爆炸后，在爆炸的地方什么东西都没长出来，最先长出来的就是松茸。然后就说它抗辐射、抗癌。在青藏高原上，这东西起码长在海拔3000米上下，广岛是贴到海平面，但是没人追问。

南方周末：这种炒作对当地的具体破坏是什么？

阿来：一旦这东西成为值钱的东西，在当地就引起疯狂采挖。一是带来资源枯竭，二是带来了社会关系与世道人心的变化。老百姓过去还有一套朴素的跟自然相处的伦理，虽然不一定科学。这个伦理的基本原则，是让自然界有再生能力。比如打猎的人不会在春天打猎，因为那时候母兽都怀孕了。以前的确有些好规矩。比如村子里会指定，今年烧火的柴就在这面坡取。明年换个地方。都是大森林，一轮过去，再去那个地方就是十几年后了，树木又长起来了。但国家的森林工业一来，大面积砍伐，老百姓心态也变了，说我们保护有什么用？刚开始采伐的时候，当地人总跟森林工人起冲突。我在《空山》写过，晚上村里男人上山把人家的锯子、斧头都藏起来或毁掉，这有什么用？资源面临全面枯竭，海里没有鱼了，林子里没有动物了。所以后来我又写第三篇，讲一种柏树的消亡，小说名叫《河上柏影》。

南方周末：柏树的故事也很荒诞。

阿来：更荒诞了，一旦某种木材稀有，就开始被炒作。这种柏木有香气，大的做家具，小的把根都要挖出来，做手串，或者根雕、摆件。因为扭曲的树根有些奇怪的纹理。就这么一点东西，大家都去挖掘，把一种树整没了。这已经是第二波了。第一波是太行山里有一种崖柏，是彻底绝种，现在只剩过去伐木残存在岩缝里的树根，农民冒生命危险到悬崖上，把绳子吊下去，把那点树根刨出来，就为做手串。这是消费社会引起的，一种物质超出它的价值后，导致乡村朴素伦理的崩溃。崩溃以后得利的还不是他们，是城市里的人。每一个城市里的人，还都觉得他比乡村的人更文明。

南方周末：《河上柏影》这篇小说，似乎没有在杂志上看到。

阿来：是直接出的书。书里我写了宗教的无节制发展。比如至少从清代起，寺院的规模、僧侣的人数都有定制。但现在，早就突破了。好多城里人把钱花在这些地方，把精力花在这些地方。当地因应这种消费趋向，直接把宗教场所开发为旅游产品。

过去寺院规模有限，因为钱财来源主要是当地信众。今天布施的金主在内地，在发达地区，老板、明星、官员、小资，供养源源不断，开始大兴土木。我常想，信仰本是精神的情感的，是内在的，现在却以物质的方式爆发式地呈现。这倒是这个时代信仰贫乏的病象表现。

南方周末：《尘埃落定》是1994年写好的，为什么中间放了三四年才出版？

阿来：当时难出就三个理由。第一，文学界说创新创新，其实我们的创新力是弱的。当出现一个稍微有点与别的写法不一样的作品时，他们没把握。第二个，我们的写作禁忌，源于两方面，既是官方，也是少数民族本身，逐渐把一些话题变成了禁忌。《尘埃落定》就是这样，你一创新他就不理解了，你一思想，他就想回避了。但是我相信，恐怕是有所冒犯也得冒犯，当然不是为冒犯而冒犯，这是我们对生活，对历史，对文学本身的责任感所驱使的。既然从事了写作这个行当，自有这个行当的规律与道德，要求你有付出，有压力。责任感与良心并不能单独地抽象地存在，而是附着在你从事的这件事情本身上。如果你要逃避，你就逃避了文学本身。第三个理由更荒唐。20世纪90年代市场化刚刚开始，出版机构说你写这个是纯文学，现在老百姓不读纯文学的书了。你怎么知道老百姓不读这种书？现在《尘埃落定》正版加盗版好几百万了，谁在读？今天我们社会上那些乱七八糟的阅读，首先不是读者造成的，是出版界的那些庸俗的人造成的。他们自以为是地揣摩读者的需要，大量生产那种下三流的作品。总喂人这种东西，当然导致阅读趣味的下降。现在我们看见了，我们如何把一代一代的读者喂成了现在这种样子。

南方周末：你是从什么时候开始关注土司制度的？

阿来：很早。1989年作家出版社出了我第一本小说集。拿到书后，本来非常高兴，但我一下觉得真是没意思。觉得十几万字，写得好的可能就两三万，大部分是按当时的惯常路数写的。刊物上流行什么就模仿什么，市面上接受什么就提供什么。特别虚无。

我有七八年时间没写作，就到处走走。阿坝那个地方几万平方公里，乡一级的建制，三四年时间我跑遍了。口传的故事也好，地方性史料也好，都指向当地的土司制度。土司到底是什么，要把所有材料弄懂。突然发现这不是个简单的事情，而是学问，是进入了一个学术领域，当时中国学术界对这些领域虽有一些研究，但不够全面深入，那么，自己就先来做类似于学者的基础性工作。

南方周末： 原来是什么人在做研究？

阿来： 大学里的，专业研究机构的。我感觉还是少有一流成果。但至少这些东西会指出一个方向，让你知道史料到哪里找，元代是什么样的治理方式，明代是什么样的治理方式，到清代土司制度最成熟的康雍乾三朝是什么方式。至于更细节的，那得自己去搜集，去体悟了。我等于是长期在一个比较空白的地带工作，这个地带，文学从来没有很好地表达过它，知识界、学术界也没有很好地研究。写《瞻对》时，有研究说其中最重要的贡布朗加和清廷的战事是农民起义，我根本不能同意。但那是学术界自"文革"或新中国成立以来史学研究的窠臼，只要造反就是农民起义。所以我就面临两个困难，先得仔细梳理史料，此其一。其二，用什么历史观和民族观来看待这些历史事件。

南方周末： 怎么找那些材料呢？看地方志，找老年人聊？

阿来： 主要还是靠官方修的史，封建社会修的史虽然也有假，但至少档案是真的。加上从民间搜罗的文史资料、地方志、口传资料作为补充。官方史料是大轮廓，非常坚实，但它缺少细节，民间的东西就可以补充。官方的言辞有它的一套立场和理由。但同一件事，民间材料站的角度不一样，看法也就不一样。这样两相对照，就能挖出好多有意思的东西。我写这本书的时候，看过的史料是我写出来东西的50倍以上。《尘埃落定》是我研究了18个土司的家族史的结果。

南方周末： 土司制度的传承是怎样的？

阿来： 土司制度，尤其是清代，在康雍乾三世，几乎覆盖中国西南所有少数民族地区，包括广西、湖南、湖北、贵州、云南、四川、甘肃。清代有个词叫羁縻，用今天的话说就是高度自治，地方产生了大地主、大牧业主、地方豪强，只要认同中央领导，就会被册封，委托你统辖与治理地方，但隔几年你要到京城来上贡，给你发执照。人死了，更替，中央政府更要重新册封。所有土司之间的边界，也由中央来划定。到雍正、乾隆以后，一些地方改土归流，把土司废掉，设流官，派县令。县令几年一换，所以叫流官，改土归流，这个政策一直到清末都在执行。但有些地方改土归流刚开始，清朝就垮台了。民国时期各路势力忙于内乱，后来又是抗日战争，就不能有效控制这些地方了。现在很多知识分子说民国怎么样，就边疆治理来讲，民国是相当糟糕的，今天很多少数民族问题，就是民国时期遗留下来的。军阀混战，没有精力治理内地以外的地方。对于拉铁摩尔所说的"内亚边疆"的治理基本是不闻不问的。抗战以后，有了注意，那是要把这些地区作为抗战大后方了。我不认为民国是个好时代，但凡爱说民国范儿的，肯定不是真正的知识分子，或者只能算汉族知识分子。须知中国从来就是多民族国家，不站在这个基础上看中国，就看不清中国。孔子说："远人不服，修文德以来之。"总说民国范儿，而不能看到那些知识分子身上的局限，尤其是他们对于边疆族群与文化的疏忽，这个文德修得可不怎么好。知识分子一定是从整个国家的全局来看问题。传统儒家还有"天下"的观念，连这样的眼光都没有，你说的那些东西就纯是扯淡。

南方周末： 民国知识分子有比较关注这个问题的吗？

阿来： 少数民族占十分之一的人口，中国知识分子在这些方面要跳出汉族的圈子。你的知识、学问，你在谈论社会问题的时候，要谈中国问题，不要只谈汉族问题，而且只是东南这一溜的问题，上海、北京、东南沿海的问题，不谈甘肃，更不谈新疆和西藏，多半的国土都忘记了，算什么知识分子？很多时候，我们没有中国知识分子，只有汉族知识分子，而且只有发达地区的汉族知识分子。早前还有人搞搞社会调查，搞搞乡村建设与研究，《黄河边的中国》，现在也没有了。

南方周末： 土司在教育方面有什么作为吗？

阿来： 各地方不一样，各民族土司不一样。有些比较重教育，比如广西、湖南、湖北，沈从文家乡当年也是土司治下。土司制度真正结束是在新中国成立后，民国时期都存在，比清代还失控。

南方周末： 改土归流是不成功的吧？

阿来： 靠内地近的就成功，远的就不成功，进来容易就成功，进来不容易就不成功，都跟地理远近有关系。历代都一样，是教育、军事、文化等综合因素，真正起作用的还是教育和文化。

南方周末： 我发现你不同的书有不同的语言方式，《瞻对》的语言方式和《尘埃落定》的完全不同。

阿来： 作家最基本的工具就是语言，中文本身就是很好的文学语言。我一个少数民族，都觉得汉语了不起，从《诗经》开始，一路下来，不管文学还是史学，私人文字还是官方文字。给皇帝写个折子也不是乱写的，是非常讲究的。都特别充满雅正蕴藉，但今天我们真把它糟蹋了。但现在我们不讲究，公文不讲究，老百姓日常语言不讲究，文学也不讲究，很多名作家的文字，也很糟糕。好像文学有人物、有故事、有思想就行了。要读思想，我可以读哲学。要读故事，直接读历史。文学当中有这些内容，但首先是语言。就像一个画家，色彩都搞不明白，想画个裸女，怎么画呀？画家连颜色都调不准，却说画了伟大的思想，我到哪去找这个思想？我进不去啊。作家安身立命的就是语言，别的东西，都是把语言弄好以后再说的事，现在我们越过语言去弄后面的，这是我不能容忍的。我觉得语言就是作家的信仰。作家的风格，就是找到一种说话的腔调。故事中的含义并不等于故事本身，意义的蕴含与发现都是通过语言，所以作家不能偷懒，不能用一套方式写所有的故事。每个故事只有一个最恰当的语言方式，这就需要寻找。

南方周末： 这和网络时代对语言的不重视有关吗？

阿来： 一个是网络时代，第二个，也是因为作家过于迎合媒体和批评界。媒体不学术，不可能总挖掘你的艺术，更多是在挖掘意义。媒体如此，批评界也一股脑找这种东西，这不对。批评界是学术，学术就得研究。文学首先是审美，审美最重要就是语言，然后才能说内容。我自己养成了一种习惯，如果我觉得一个小说或散文的语言首先不舒服，那我肯定就进行不下去了。我一天写作时间最多不会超过三个小时。因为语言不只要求你有想法，也要求人状态非常好，情绪很饱满。吭哧吭哧写七八个小时，人都快不行了，还谈什么感觉？网络作家整天就这么干的。

南方周末：你对语言的追求是否与你恰恰不是汉族作家有关？

阿来：可能有一点关系。有两个语言系统的人，对两种语言有参照，可能对语言更敏感。我确实对自己有要求，而且我学习。比如除了读材料，读外国文学，也读中国古典文学。我甚至读佛经，看当时他们怎么把另一个文化中的东西呈现在别一种语言中。我每天早上至少半个小时读佛经，而且读出声来。读《史记》也读出声来。这时，读佛学和读历史反倒是顺带的。对写作来说，光增加知识有什么用？"五四"以来，有些人有很强的风格，比如鲁迅，主要还是他的古典文学底子，使他们的语言好。有次我在汉学家会议上发言说，你们把翻译说得太难了。我所读到的翻译书，最早就是佛经。不仅佛经译得多，《圣经》译得也多，《古兰经》也译得多。那时根本没有对应的语词与概念，他就能翻译、创造出来。你们现在两本字典中找不到对应词，就觉得不可译了。我说《心经》里，"色即是空，空即是色"是怎么翻译出来的？上古汉语中当然也有"色"这个字，这个词。但它就是实指，在佛经里，创造出今天我们理解的"色"这个词的抽象意义来。过去当然也有"空"，但它就指一种物理状态，比如杯子里没有水。有了"色即是空"这种创造性的表达，它就生发出了带有哲学意义的"空"，这已经是中国人精神底色和世界观中很重要的观念与境界了。

（原载《南方周末》2016年12月23日。又见陈思广主编：《阿来研究》[第八辑]，四川大学出版社2018年版）

我只感到世界扑面而来

——在渤海大学"小说家讲坛"上的讲演

阿 来

这次受《当代作家评论》杂志林建法先生的邀请，来渤海大学参加交流活动，他预先布置任务，一个是要与何言宏先生做一个对话，一个是要我准备一个单独的讲演，无论是何言宏预先传给我的对话要点，还是林建法的意思，都是要我侧重谈谈民族文学与世界文学，或者说是民族性与世界性之关系这样一个话题。这是文学艺术界经常谈及的话题，同时也是一个越谈越歧见百出，难以定论的话题。

去年十月到十一月间，有机会去墨西哥、巴西、阿根廷做了一次不太长的旅行。我要说这是一次很有意思的旅行，一方面是与过去只在文字中神会过的地理与人文遭逢，一方面，也是对自己初上文学之路时最初旅程的一次回顾。在这次旅行中，我携带的机上读物，都是80年代阅读过的拉美作家的作品。同行的人，除了作家，还有导演、演员、造型艺术家，长途飞行中，大家也传看这几本书，并在不同的国度，不同的地理环境中交换对于这些书的看法，至少都认为，这样的书，对于直接体会拉丁美洲的文化特质与精神气韵，是最便捷、最有力的入门书。我说的是同行者的印象，而对我来说，意义显然远不止于此。我是在胡安·鲁尔弗的高原上行走，我是在若热·亚马多的丛林中行走，我是在博尔赫斯的复杂街巷中行走！穿行在如此广阔的大地之上，我所穿越的现实是双重的，一个实际的情形在眼前展开，一个由那些作家的文字所塑造。我没有机会去寻访印加文化的旧址，但在玛雅文化的那些辉煌的废墟之上，我想，会不会在拐过某一座金字塔和仙人掌交织的阴影下与巴勃罗·聂鲁达猝然相逢？其实也就是与自己文学的青春时代猝然相逢。

所以提起一段本该自己不断深味的旅行，是因为在那样的旅途上自己确实想了很多。而所思所想，大多与林建法给我指定的有关民族与世界的题目有着相当关系。在我来说，在拉美大地上重温拉美文学，就是重温自己的80年代。那时，一直被禁闭的精神之门訇然开启，不是我们走向世界，而是世界向着我们扑面而来。外部世界精神领域中那些伟大而又新奇的成果像汹涌的浪头，像汹涌的光向着我们迎面扑来，使我们热情激荡，又使我们头晕目眩。

林建法的命题作业正好与上述感触重合纠缠在一起，所以我只好索性就从拉美文学说起，其间想必会有一些与民族性与世界性这个话题相关的地方。

　　所谓民族性与世界性，在我看来，在中国文学界，是一个颇让人感到困扰，却又常谈不已的话题。从我刚刚踏上文坛开始，就有很多人围绕着这个话题发表了很多的看法，直到今天，如果我们愿意平心静气地把这些议论做一个冷静客观的估量，结果可能令人失望：那就是说，迄今为止，与二十多年前刚开始讨论这些问题时相比，在认知的广度与深度上并未有多大的进展。而且，与那时相比较，今天，我们的很多议论可能是为了议论而议论，是思维与言说的惯性使然，而缺乏当年讨论这些话题时的紧迫与真诚。一些基本原理已经被强调了一遍又一遍，可是具体到小说领域，民族化与世界性这样的决定性因素在每一个作家身上，在每一部成功抑或失败的作品中究竟起到怎样的作用，尤其是如何起到作用，还是缺少有说服力的探讨。

　　这个题目很大，如果正面突破，我思辨能力的贫弱马上就会暴露无遗。那么，作为一个有些写作经验的写作者，结合自己的创作实践，结合自己的作品，来谈一谈自己在创作道路上如何遭逢到这些巨大的命题，它们怎样在给我启示的同时，也给我更多的困扰，同时，在排除了部分困扰的过程中，又得到怎样的经验，把这个过程贡献出来，也许真会是个值得探求一番的个案。

　　谈到这里，我就想起了萨义德的一段话："所有文化都能延伸出关于自己和他人的辩证关系，主语'我'是本土的，真实的，熟悉的，而宾语'它'或'你'则是外来的或许危险的，不同的，陌生的。"

　　以我的理解，萨义德这段话，正好关涉到了所谓民族与世界这样一个看似寻常，但其中却暗含了许多陷阱的话题。"我"是民族的，内部的，"它"或"你"是外部的，也就是世界的。如果"它"和"你"，不是全部的外部世界，那也是外部世界的一个部分，"我"通过"它"和"你"，揣度"它"和"你"，最后的目的是要达到整个世界。这是一个作家的野心，也是任何一个文化在当今世界的生存、发展，甚至是消亡之道。

　　就我自己来说，从20世纪80年代开始写作，那时正是汉语小说的写作掀起了文化寻根热潮的时期。作为一个初试啼声的文学青年，行步未稳之时，很容易就被裹挟到这样一个潮流中去了。尤其是考虑到我的藏族人身份，考虑到我依存着那样一种到目前为止还被大多数人看得相当神秘奇特的西藏文化背景，很容易为自己加入这样的文化大合唱找到合乎情理的依据。首先是正在学习的历史帮助了我。有些时候，历史的教训往往比文学的告诉更为有力而直接。历史告诉我什么呢？历史告诉我说，如果我们刚刚走出了意识形态决定论的阴影，又立即相信文化是一种无往不胜的利器，相信咒语一样相信"越是民族的就越是世界的"这样的斩钉截铁的话，那我们可能还是没有摆脱把文学看成一种工具的旧思维。历史还告诉我们，文学，从其产生的第一天起，就作用于我们的灵魂与情感，无论古今中外，都自有其独立的价值。它是文化的一个重要的组成部分，它可以丰富一种文化，但绝对不是用于展示某种文化的一个工具。

　　文学所起的功用不是阐释一种文化，而是帮助建设与丰富一种文化。

　　正因为如此，我刚开始写作就有些裹足不前，看到了可能不该怎么做，但又不知道应该怎么做。刚刚上路，就在岔路口徘徊，选不到一个让人感到信心的前行方向。你从理性上有一个基本判断，再到把这些认识融入到具体的写作实践中还是一个非常艰难的过程。具体说来就是，这样的认识只是否定了什么，那么你又相信什么？又如何把你所相信的观念形态的东西融入具体的文本？从八十年代中到九十年代初，应该说，我就这样左右彷徨徘徊了差不多十年时间。最后，是大量的阅读帮助我解决了问题。

先说我的困境是什么。我的困境就是用汉语来写汉语尚未获得经验来表达的青藏高原的藏人的生活。汉语写过异域生活，比如唐诗里的边塞诗，"西出阳关无故人"，以为就是离开汉语覆盖的文化区，进入异族地带了。但是，在高适、王昌龄们的笔下，另外那个陌生的文化并没有出现，那个疆域只是供他们抒发带着苍凉意味的英雄情怀，还是征服者的立场，原住民没有出现。王国维在《人间词话》中说过："纳兰容若以自然之眼观物，以自然之舌言情。此由初原，未染汉人风气，故能真切如此。北宋以来，一人而已。"我依此指引，读过很多纳兰容若，却感觉并不解决问题，因为所谓"未染汉人风气"，也是从局部的审美而言，大的思想文化背景，纳兰容若还是很彻底地被当时的汉语和汉语背后的文化"化"过来了的。

差不多相同意味的，我可以举元代萨都剌的一首诗："祭天马酒洒平野，沙际风来草亦香。白马如云向西北，紫驼银瓮赐诸王。"

"白马如云向西北""沙际风来草亦香"，与边塞诗相比，这北地荒漠中的歌唱，除了一样的雄浑壮阔，自有非汉文化观察感受同一自然界的洒脱与欢快。这自然是非汉语作家对于丰富汉语审美经验的贡献。但也只是限于一种个人经验的抒发，并未上升到文化的高度。而且，这样的作品在整个浩如烟海的中国文学中并不多见。

更明确地说，这样零星的经验并不足以让我这样的非汉语作家在汉语写作中建立起足以支持漫长写作生涯的充分自信。

好在我们已经生活在一个与纳兰容若和萨都剌们完全不同的时代，其中最大的不同，就是我们有条件通过汉语沟通整个世界。这其中自然包括了遥远的美洲大陆。讲拉丁语的美洲大陆，也包括讲英语的美洲大陆。

在这个时期，美洲大陆两个伟大的诗人成为我文学上的导师：西班牙语的聂鲁达和英语的惠特曼。

不是因为我们握有民族文化的资源就自动地走向了世界，而是我们打开国门，打开心门，让世界向我们走来。

当世界扑面而来，才发现外面的世界不是一个简单的板块，而是很绚丽复杂的拼盘。我的发现就是这个文学的版图中，好些不同的世界也曾像我的世界一样喑哑无声，但是，他们终于向着整个世界发出了自己的洪亮的声音。聂鲁达们操持着西班牙语，而这种语言是几百年前他们的祖先从另一个大陆带过来的。但是，他们在美洲已经很多很多年了，即便是从血统上讲，他们也不再全部来自欧洲。拉美还有大量的土著印第安人以及来自非洲的黑人。在几百年的时间里，不同肤色的血统与文化都在彼此交融，从而产生出新的人群与新的文化。但在文学上，他们还模仿着欧洲老家的方式与腔调，从而造成了文学表达与现实、与心灵的严重脱节。拉丁美洲越来越急切地要用自己的方式表达自己，并向世界发言。告诉世界，自己也是这个世界中一个庄严的成员。如今我们所知道的那些造成了拉美文学"爆炸"的作家群中的好些人，比如卡彭铁尔，亲身参与了彼时风靡欧洲大陆的超现实主义文学运动，还能够身在巴黎直接用法语像艾吕雅们一样娴熟地写作。但就是这个卡彭铁尔，在很多年后回顾这个过程时，这样表达为什么他们重新回到拉美，并从此开始重新出发：拉丁美洲作家，"他本人只能在本大陆印第安编年史家这个位置上找到自己存在的理由：为本大陆的现在和过去而工作，同时展示与全世界的关系"。他们大多不是印第安人，但认同拉丁美洲的历史有欧洲文化之外的另一个源头。这句话还有一个意思，我本人也是非常认同的，那就是认为作家表达一种文化，不是为了向世界展览某种文化元素，不是急于向世界呈现某种人无我有的独特性，而是探究这个文化"与全世界的关系"，以使世界的文化图像更臻完整。用聂鲁达的诗句来说，世界失去这样的表达，"就是熄灭大地上的一盏灯"。

的确，卡彭铁尔不是一个孤证，巴勃罗·聂鲁达就在他的伟大诗歌《亚美利加的爱》里直接宣称，他要歌唱的是"我的没有名字不叫亚美利加的大地"。如果我的理解没有太大的偏差，那么他要说的就是要直接呈现那个没有被欧洲语言完全覆盖的美洲。在这首长诗的一开始，他就直接宣称：

> 我来到这里，是为了歌唱历史
> 从野牛的宁静，直到
> 大地尽头被冲击的沙滩
> 在南极光下聚集的泡沫里
> 从委内瑞拉阴凉安详的峭壁洞窟
> 我寻找你，我的父亲
> 混沌的青铜的年轻武士

接下来，他干脆直接宣称："我，泥土的印加的后裔！"而他寻找的那个"混沌的青铜的年轻武士"，不是堂吉诃德那样的骑士，而是一个相貌堂堂的古代印加勇士。

我很为自己庆幸，刚刚走上文学道路不久，并没有迷茫徘徊多久，就遭逢了这样伟大的诗人，我更庆幸自己没有曲解他们的意思，更没有只从他们的伟大的作品中取来一些炫技性的技法来障人眼目。我找到他们，是知道了自己将从什么样的地方，以什么样的方式重新上路出发，破除了搜罗奇风异俗就是发挥民族性，把独特性直接等同于世界性的沉重迷思。

从此我知道，一个作家应该尽量用整个世界已经结晶出来的文化思想成果尽量地装备自己。哲学、历史学、地理学、人类学……不是把这些二手知识匆忙地塞入作品，而是用由此获得的全新眼光，来观察在自己身边因为失语而日渐沉沦的历史与人生。很多的人生，没有被表现不是没有表现的价值，而是没有找到表现的方法。很多现实没有得到观察，是因为缺乏思想资源而无从观察。

也许无论是地理还是文化都丰富多彩的拉丁美洲就具有这样的魅力，连写出了宏大严谨的理论巨著《文化人类学》的人类学家列维–斯特劳斯，当他把考察笔触伸向这片大陆的时候，也采用了非常文学化的结构与笔触，写下了《忧郁的热带》这样感性而不乏深邃考察的笔记。

所以，我准备写作自己的第一部长篇小说《尘埃落定》的时候，就从马尔克斯、阿斯图里亚斯们学到了一个非常宝贵的东西。不是模仿《百年孤独》和《总统先生》那些喧闹奇异的文体，而是研究他们为什么会写出这样的作品。我自己得出的感受就是一方面不拒绝世界上最新文学思潮的洗礼，另一方面却深深地潜入民间，把藏族民间依然生动、依然流传不已的口传文学的因素融入到小说世界的构建与营造。在我的故乡，人们要传承需要传承的记忆，大多时候不是通过书写，而是通过讲述。在高大坚固的家屋里，在火塘旁，老一代人向这个家族的新一代传递着这些故事。每一个人都在传递，更重要的是，口头传说一个最重要的特性就是，每一个人在传递这个文本的时候，都会进行一些有意无意的加工。增加一个细节，修改一句对话，特别是其中一些近乎奇迹的东西，被不断地放大。最后，现实的面目一点点模糊，奇迹的成分一点点增多，故事本身一天比一天具有了更多的浪漫更强的美感，更加具有震撼人心的情感力量。于是，历史变成了传奇。

是的，民间传说总是更多诉之于情感而不是理性。有了这些传说作为依托，我来讲述末世土司故事的时候，就不再刻意去区分哪些是曾经真实的历史，哪些地方留下了超越现实的传奇飘逸的影子。在我的小说中，只有不可能的情感，而没有不可能的事情。于是，我在写作这个故事的时候，便获得了空前的自由。我知道，很多作家同行会因为所谓的"真实"这个文学命题的不断困扰，而在写作过程中感到举足难艰，感到想象力的束缚。我也曾经受到过同样的困扰，是民间传说那种在现实世界与幻想世界之间自由穿越的方式，给了我启发，给了我自由，给了我无限的表达空间。

这就是拉美文学给我最深刻的启发。不是对某一部作品的简单的模仿，而是对他们创作之路深刻体会后找到了自己的道路。

二十多岁的时候，我常常背着聂鲁达的诗集，在我故乡四周数万平方公里的土地上四处漫游。走过那些高山大川、村庄、城镇、人群、果园，包括那些已经被丛林吞噬的人类生存过的遗迹。各种感受绵密而结实，更在草原与群山间的村落中，聆听到很多本土的口传文学，那村庄史、部落史、民族史，也有很多英雄人物的历史。而拉美的爆炸文学中一些代表性的作家，比如阿斯图里亚斯、马尔克斯、卡彭铁尔等作家的成功最重要的一个实践，就是把风行世界的超现实主义文学的东西与拉丁美洲的印第安土著的口传神话传统嫁接到了一起，从而创造出一种全新的只能属于西班牙语美洲的文学语言系统。卡彭铁尔给这种语言系统一个命名是"巴罗克语言"。他说："这是拉丁美洲人的敏感之所在。"是不是为了标新立异才需要这样一种语言？不是，他说，"为了认识和表现这个新世界，人们需要新的词汇，而一种新的词汇将意味着一种新的观念"。

这句话有一个重点，首先是认识，然后才是表见，然后才谈得上是表现，但我们今天，常常在未有认识之前，就急于表现。为了表现而表见，为了独特而表现。为什么要独特？因为需要另外世界的承认与发现。

在我看来，一个小说家在写作过程中，感受更多的还是形式的问题：语言、节奏、结构。任何一个环节处理不好，都会让你失掉一部真正的小说。一个好的小说家，就是在碰到可能写出一部好小说的素材的时候，没有错过这样的机会。要想不错过这样的机会，光有写好小说的雄心壮志是不够的，光有某些方面的天赋也是不够的。这时，就有新的问题产生出来了：什么样的形式是好的形式？好的形式除了很好表达内容之外，会不会对内容产生提升的作用？好的形式从哪里来？这些都是小说家应该花大量的时间——在写作中，在阅读中——去尝试，去思考的问题。

我从2005年开始写作六卷本的长篇《空山》，直到今年春节前，才终于完成了第六卷的写作。这是一次非常费力的远征。这是一次自我设置了相当难度的写作。我所要写的这个机村的故事，是有一定独特性的，那就是它描述了一种文化在半个世纪中的衰落；同时，我也希望它是具有普遍性的，因为这个村庄首先是一个中国的农耕的村庄，然后才是一个藏族人的村庄，和中国很多很多的农耕的村庄一模一样。这些本来自给自足的村庄从50年代起就经受了各种政治运动的激荡，一种生产组织方式、一种社会刚刚建立，人们甚至还来不及适应这种方式，一种新的方式又在强行推行了。经过这些不间断的运动，旧有秩序、伦理、生产组织方式都受到了毁灭性的打击。维系社会的旧道德被摧毁，而新的道德并未像新制度的推行者想象的那样建立起来。我正在写作《空山》第三卷的时候，曾得到一个机会去美国做一个较长时期的考察，我和翻译开着车在美国中西部的农业区走过了好些地方。那里的乡村的确安详而又富足，就是在那样的地方，我常常想起司坦贝克的巨著《愤怒的葡萄》。那些美国乡镇给人的感觉绝不止是物质的富足，那些乡镇上的人们看上去，比在纽约和芝加哥街头那些匆匆奔忙的人更显得自尊与安闲。但在司坦贝克描述的那个时期，这些地区确实也曾被人祸与天灾所摧残，但无论世事如何艰难，命运如何悲惨，他们最后的道德防线没有失守，当制度的错误得到纠正，当上天不再降下频仍的灾难，大地很快就恢复了生机，才以这样一种平和富足的面貌呈现在一个旅人眼前。

但这不是我的国度，我的家园。

80年代，我们的乡村似乎恢复了一些生气，生产秩序短暂恢复到过去的状态，但人心却回不去了。而且，因为制度安排的缺陷，刚刚恢复生机的乡村又被出城市主导的现代经济冲击得七零八落。乡村已经不可能回到自给自足的时代了，但在参与到更大的经济循环中去的时候，乡村的利益却完全被忘记。于是，乡村在整整半个世纪中失去了机会。而这五十年恰恰是世界经济发展最快的五十年，也是经济发展令数以亿计的人们物质与文化生活都得到最快提升的五十年。所以，我写的是一个村庄，但不止是一个村庄。写的是一个藏族的村庄，但绝不只是为了某种独特性，为了可以挖掘也可以生造的文化符号使小说显得光怪陆离而来写这个异族的村庄。再说一次，我所写的是一个中国的村庄。在故事里，这个村庄最终已然消亡。它会有机会再生吗？也许。我不忍心抹杀了最后希望的亮光。

那么，这个故事是民族的还是世界的？这本书的内容，是独特的还是普遍的？在整个写作过程中，我最大的努力就是不让这样的问题来困扰我。

那时，我就想起年轻时就给我和聂鲁达一样巨大影响的惠特曼。他用旧大陆的英语，首先全面地表现了新大陆生机勃勃的气象。在某些时候，他比聂鲁达更舒展，更宽广。那时我时常温习他的诗句："大地和人的粗糙所包含的意义和大地和人的精微所包含的一样多/除了个人品质什么都不能持久！"

他还常常发出欢呼："形象出现了！/任何使用斧头的形象，使用者的形象，和一切邻近于他们的人的形象。/形象出现了！/出入频繁的门户的形象。/好消息与坏消息进进出出的门户的形象！"

这也是我对文艺之神的最多的企求：让我脑海中出现形象，人的形象，命运事先就在他们脸庞与腰身上打下了烙印的乡村同胞的形象；生命刚刚展开，就显得异常艰难的形象；曾经抗争过命运，最后却不得不逆来顺受者的形象。与惠特曼不同的是，我无从发出那样的欢呼，我只是为了不要轻易遗忘而默默书写，也是为了对未来抱有不灭的希望。

正是从惠特曼开始，我开始进入英语北美的文学世界，相比南方的拉美作家，应该说，更大群、更多样化的美国作家的作品，特别是美国犹太作家和黑人作家给了我更持久的影响与启发。

写作《尘埃落定》的时候，我吃惊小说怎么这么快速地完成了。而在写作《空山》这部小说的时候，我却一直盼望着它早一点结束。现在，它终于完成了，我终于把过于沉重的担子从肩上卸下来，心中却不免有些茫然。很久，我都不让这部小说出现在我的脑海中。直到要来参加这次活动，觉得该谈一谈它，才让它重新进入我的意识中间。如果需要回应一下开始时的话题，也就是说，这部小说是民族的还是世界的？或者因为它是民族的，因此自动就是世界的？我想，有些小说非常适合作这样的文本分析。但我会更高兴地看到，《空山》不会那么容易地被人装入这样的理论筐子里边，不是被捡入山药的筐子，就是被装到西红柿的筐子，我想有些骄傲地说，可能不大容易。直到现在，我还是只感到人物命运的起伏——那也是小说叙事的内在节律，我感到人物的形象逐一呈现——这也关乎小说的结构，然后，是那个村庄的形象最初的显现与最后的消失。民族、世界这些概念，我在写作时已经全然忘记，现在也不想用这些彼此相斥又相吸，像把玩着一对电磁体正负极不同接触方式一样把玩着这样的概念，我只想让自己被命运之感所充满。

需要申明一点，小说名叫《空山》与王维那两句闲适的著名诗句没有任何关联，如果说，这本书与拉美文学还有什么联系，那就是写作过程中，我常常想起一本拉美人写的政论性著作《拉丁美洲被切开的血管》，因为我们的报章上还开始披露，这本书所写的那个五十年，中国的乡村如何向城市，中国的农业如何向工业——输血。是的，就是这个医学词汇，同样由外国人拥有发明权。

最后，我想照应一下演讲的题目，那是半句话。全句话是：我只是打开了心门，我没有走向世界，而是整个世界向我扑面而来！

（原载《当代作家评论》2009年第1期）

藏地书写与小说的叙事
——阿来与陈晓明对话

阿来　陈晓明

一、异域文化与藏地书写

陈晓明（以下简称陈）：很长时间以来就想和你坐在一起聊聊，这次很高兴有这个机会。我先提出一个问题，期待能把你的话题引出来。首先，我们谈谈小说中的异域文化问题。因为读你的作品，有一点我们不能回避，就是你小说中的异域文化非常吸引人。尽管对作家来说不愿意被打上这种标签，比如藏族作家、藏地书写等等，但这种特征对于一部分作家来说本身又是不能回避的客观存在。这点也非常有意思，特别是文化全球化的今天，我们特别关注那些能够在文化上、文学作品中展现出一种独特文化状态的作家。当然，我觉得这种文化状态并不仅仅是一些生活的表象，更重要的是一位作家对这种独特的文化有一种思考，有一种反思，我觉得这是可贵的。你最早的作品写于20世纪90年代上半期，就说影响大的《尘埃落定》吧，它出版于1998年，但我们知道你是写数年才得以出版。此前你也已经写过很多作品了，这些作品也是以它们的文化独特性引起人们的关注。我特别想和你探讨这个问题，特别想听你谈一谈这样一个文化的独特性在你的小说创作中是一种什么样的状态？它们是你直接的文化记忆？甚至是你父辈的故事，而你从小生长于其中？每一个作家都书写自己的文化，作家把自己的文化展现出来，你是怎么看待这种创作的？或者我更具体、更准确地来提这个问题：你当时书写这种西藏文化的时候，是带着一种什么样的态度和姿态呢？比如写《尘埃落定》的时候。

阿来（以下简称阿）：其实我个人觉得，跟很多人有点不一样，我一开始写作，不知道为什么，虽然那个时候在理论上等各个方面都没有提，但我就好像对这个所谓的"少数民族文学"的概念或者说这样一种作家的身份有警惕。当我刚写了一点东西并开始和这个圈子里的人有接触的时候，也就发现他们的作品或是他们的理念其实跟我们身处的现实有差异。他们表面上好像是基于一种非常强烈的民族情感，甚至一种有点过分的民族自尊心和民族意识，但他们的有些写作其实是远离真实的，他们是有意无意地在满足别人对这种所谓的文化的想象。后来我们学了理论，比如赛义德就说我们有一种自觉把它奇观化的倾向，这就是所谓的东方主义的东西，其实东方主义也有自我的、满足人家想象的东西。

但另一方面我又想说，如果我们真正地把这种身份或者这种文化意识都去掉，那又还剩下什么呢？所以这就存在一个问题。我在1989年30岁的时候出过一本短篇小说集和一本诗集，之后我有四年的时间一个字都没写，我不能写东西。

陈： 是在写完哪部小说集或者诗集之后呢？

阿： 其实那个时候我在写诗的同时也在写小说，并不像别人所说的是转成写小说。1989年我的两本处女作同时结集出版，之前都是在报纸上发表。当然，那个时候还有另外一个刺激，大家都知道1989年发生了一些事情，我们这代人不管有没有参与，但这些事情肯定对我们有很大的影响。

陈： 这是时代的变故。

阿： 对，这个变故让我反思我们过去的那种文学表达有什么意义，这会让我们那代年轻人产生一种非常虚无的感觉。当然更重要的是怀疑。在我早期的前两本书的写作中，尤其是在小说的写作中，其实有我不满意的那种东西。

陈： 是什么东西？

阿： 是过去少数民族文学中可能在经营的那个东西，我也在尽量避免，但那个时候我没有找到解决之道。我觉得写小说可以用一种更大的尺度来表达社会，用更复杂的东西来鉴别社会，但问题是当时中国已经提供了某种书写的经验。

陈： 我想插一句，不知道会不会打断你的思路。你的《尘埃落定》写于1994年，对于你个人来说，1994年你确实经历了一个作为少数民族作家的自我定位，以及想去发掘那种少数民族文化的冲动。这个背后给你附加了一个暗示，在我们今天来看是比较功利化的一种意识：你是少数民族，你就做这块，你做了这块就会有自己的一席之地。在这么一种意识的暗示下，你会觉得那种写作其实不符合你对大时代、大历史的看法，所以说八九十年代那种历史的转变触发你去想一个更宽广的东西。在《尘埃落定》一出来的时候，我就觉得虽然写的是藏地文化，但里面有一种更宽广的历史和一种更宽广的世界观。

阿： 是的，我从1990年以后，整整四五年时间都觉得没有办法写作，但我又确实不想放弃。我自己觉得这样写作没有什么意义。直到今天为止，我始终觉得文学对我来说不是一个功成名就的东西，而首先是一个自我认知、自我建构的问题。那个时候我就开始真正地、非常认真地研究藏区的历史。刚开始研究时我觉得自己好像进入了一个空白地带。我们藏区历史实际上也是一个大历史，而且很撕裂，我们官方有一个解释，达赖喇嘛也有一个解释。整个藏族文化圈的构成时期是8、9世纪，大约相当于唐朝，那个年代吐蕃兴起，其实青藏高原的统一时间只有短暂的两三百年。和蒙古不同，青藏高原的内部没有一个统一的政权，而且藏传佛教内部还存在着六七个教派，这些教派从来不是政教分明的，每个教派都试图控制政治权力，他们互相进行着血淋淋的斗争。所以藏区的文化并不像外界想象的那么简单，或者用我们今天的话说就是"多样性"。我认为我们今天不要总讲多样性，一定要讲到一个适当的程度，因为就一个文化本身来讲，多样性当中还包含着多样性，那么多样性可以不断往下分。所以我认为讲多样性本身就是对多样性的解构：当你分到无可再分的时候，多样性不就不存在、消失了吗？如果我像别人一样，也试图在我的文学作品中去传达一个关于整体的藏文化的面貌，这是完全不可能的，因为它本有一个丰富的多样性。

陈：你刚才说，就"何为西藏"这个问题而言，外部的人可能有一个看法，但你们里面的人可能觉得根本不是这样。

阿：对，尤其是我们处在不同的方言区。在我们这个方言区，我们不讲西藏常用的语言，我们讲的是一种方言，这个方言可能就类似于汉语中广东、福建的方言，我们和常用的语言差异很大，而且在历史上它也被这种文化覆盖、统治过。

陈：如果仔细去辨析，其实你刚才谈到的问题有些解构我们提出的这个命题。你谈到藏文化本身有它的多样性，以及藏文化的历史蕴含着非常复杂的变化，所以你认为你书写的还是你自己的体验，文化的独特性只不过是你自己体验的一个外在表现。

阿：对。第一个我认为这是我自己的体验；第二个，这几年我也没有写什么，我就在研究地方史。这其中可能隐隐地有一种藏文化的东西，当然即便是有我也把它放在最后面，到时再把它推到前面。我们也读拉美文学，我更愿意把它看成是一个地域。

陈：面对这个问题，我们很容易陷入哲学的思辨。因为一谈到自我，一谈到文化的独特性，这二者的关系在某种程度上讲是矛盾的、是互相建构的：文化的独特性其实也建构了你的自我体验，文化的独特性也是你自我体验的一种表现；作家在这种文化独特性的方面体会得越深，那么在某种意义上他对自我的建构就更为充分；但在另一种意义上也可以说作家改变了自我。法国哲学家雅克·德里达的学生让-吕克·南希提出了一个自我相依性的问题，他认为在"自我生成"中自我意识的生成是一个变量，自我没有完整性。你刚才谈到，自我体验必然展现出一种文化的独特性，就像你关注地方史，并从中重新建构一个你的自我。我觉得你的自我在这点上不是一个封闭的固定的自我，不是一个本质化的自我，作家在这点上能变得强大。我的自我和我地域文化的独特性是互相建构、互相展开的，这是非常有意义的问题。

当然，这个问题在形而上的意识上、在哲学的意识上都好讨论，但如果我们回到创作的具体问题上，有一个非常传统的词会消解掉我们哲学的思辨，这个词就是"才华"。如果你是一个有才华的人，这些都不在话下；但如果你没有才华，那这种建构的关系就是无用的、无效的、不能转化成文学的富有创新性的经验。当然，我们现在讨论了半天都没有讨论到才华，就是因为才华这个东西太难讨论了，它是一个天分的东西，这也没有办法。所以我们暂时还是把才华放到一边，就你的个别经验来说，我们还是认为这种独特的文化、独特的地域、独特的经验对文学起了非常大的作用。

阿：非常大。因为那个时候我也有困苦，我说我是中国最早的驴友，当时我到处在走动，因为我研究地方史，得到一些启示。

陈：地方史既是自然史，也是文化史，是吧？

阿：对。现在外面的人认为西藏是政教合一，但西藏的政教合一完全是私人集团控制政权。但在我们那些地方，政教合一是通过清朝册封土司来实现的，其实不止是藏族的这部分地区，明清时代整个西南少数民族地区都实行我们这种羁縻豪强的制度。我遇到了一个与文学有关的问题：我掌握的材料和汉区不一样，汉区文化很发达，每一个地方都有县治、家谱等文字材料；而当我做地方史研究时，我没有翔实的史料，我都是考证出来的，一个家族、一个村庄就是一大堆似而非的口传材料，而这些口传材料的文学性非常强，每一个故事都经过了不断的加工，我有一个强烈感觉，我遇到的所有东西都在一个平面上。民间故事有这么一种魔力：一百年前的事情被他们讲述出来就像刚发生的，但昨天刚发生的那件事情又像一百年前发生的那样。你说这是藏民独特的经验吗？我觉得这就是民间故事在转述中被不断改写。

陈：对藏民来说，这是否意味着时间是停滞的？时间是空间化的？

阿：某种程度上是。

陈：一百年前的事情是可以并置出来的。

阿：我后来一想，这种效果可能只有和寺院里的壁画是一样的。

陈：因为那个地方看到的就是历史。

阿：对。我觉得它在美学上给了我一些启示，这些启示可能在书面文学上是得不到的。我找到了一些处理时间的方式，虽然我可能没有明确的意识，但我知道当这些东西转换成文学文本时会是很好的。这么些年来，我在历史和传说中不断往返，当我面对一段材料时，我能感受到它在文学上对我的启发。当然，当你真正要还原历史的时候你也会思考该怎么处理那些不可靠的材料，这个时候我会学点人类学、民俗学的方法来帮助我做一些烦琐的工作。

陈：文化的记忆实际上有很多种方式。西藏文化、阿坝地区文化都存在着一些直接的经验，比如那个地方吃什么、不吃什么东西；什么东西是什么吃法，是煮熟了吃还是生吃；墙上挂的是什么东西等等，这些经验在文化唯物论的层面上肯定是有意义的。但另一方面，这种口传的文化本身也包含了对各种文化的想象，包括当地的一些传说。我在想作家对这种传统文化的书写有多大的自主权，作家该如何去建构、想象这些文化中的事件。当然，大家还是比较认可你在《尘埃落定》中写到的阿坝地区文化的真实性，包括藏族地区的作家也没有提出很多的异议。当年有一位西藏作家叫扎西达娃，他的父母都是藏民。

阿：他母亲是汉族，他父亲是藏族，否则他的汉语不会那么好。

陈：扎西达娃写得非常到位。后来还有一些写西藏的作家，比如马原、马建等，但他们在藏文化方面都遭到了一些批评，其中马建还引起了一种很强烈的抗议，这种抗议认为他歪曲了藏族文化。我觉得这点很有意思，难道说对文化的想象只能是一种自我想象，而不能从外部去想象它吗？现在也要面对这个问题，比如姜戎作为一位汉族知青在内蒙古待了八九年，他想象出了一部《狼图腾》，听说东蒙、西蒙对《狼图腾》的看法不一样，他们之间有分歧，其中有一部分人同意《狼图腾》，还有一部分人反对。姜戎的作品就是从外部对蒙文化的一种想象。现在，外部文化对西藏的介入很频繁，比如拉萨文化就被外部想象给建构的。你看，现在西藏街上跑的已经不再是马、牛了，而是豪华的汽车了，这些东西本身就毫无疑问地参与了西藏进入现代历史文化的建构。其实，当时你所处的阿坝地区也有很多种文化，不止西藏文化。

阿： 对，还有回族、羌族等。

陈： 包括宗教也是。

阿： 对，宗教也是。

陈： 所以说在某一个地方，某一种文化的独特性本身是多元的、动态的。我觉得《尘埃落定》最让我触动的是写最后一个土司制度的瓦解、崩溃和死亡，我想问，你在写作时是不是也觉得这个是触目惊心的？听说你爷爷是最后一位土司家的马队队长？

阿： 不是，我们家过去是驿道商人，是商业家族，但我们跟这些家族都有交往。

陈： 是你爷爷那辈吗？

阿： 对，是我爷爷那辈。在我写《尘埃落定》时，我就觉得很多少数民族在国际上被塑造成了一个遭到汉族、共产党欺辱的悲情形象，但其实藏族在过去的历史上是非常强大的，我们要反思历史，你看唐代那么强大，它最大的对手就是吐蕃。但后来你为什么就不写了呢？在国际上扮演悲情的角色是个很简单的方式，但不能所有的民族都这样扮，我们需要反思为什么会走到这样的境地。我曾打过一个比方：如果一间房子很坚固，它就不容易被推倒；但问题是，最后这所房子被别人轻轻一巴掌就推倒了，那么这里面一定有其内在首先腐朽的东西。当然我也描绘了外因，但我描绘的首先还是这种自身的内因。你刚才谈到藏族社会对种种西藏书写都有一些过激的言论，我知道我的作品创作出来后也会面对这个问题。在现代社会，本来别人怎么说那是别人的事情，但现在不管别人写得对不对，有些人就是不准别人说。其实有些作品写得是对的，但有些人要反对；更不要说那些写得有纰漏的作品，更是会遭到反对，而且这种反对还不是一般理论意义上的反对，这往往会诉诸政治方面。

陈： 前年有部电视剧叫《西藏的秘密》，导演兼编剧刘德濒先生花了十几年的时间来研究西藏，他是中文系出身，因此他的资料收集做得非常仔细、非常下功夫，但还是在云南那边引起了很大的争议，其实他查了很多史料，他写的东西基本上都有史料在支持。

阿： 在当今社会，虽然有些作品是真实的表达，但仍可能在有意无意间冒犯一些特别敏感的人。在写《尘埃落定》的时候，我很清楚我也处于这样的境地。

陈： 《尘埃落定》好像争议不大。

阿： 那就是我的功夫做得很扎实。我说过这样一段话：《尘埃落定》是虚构的小说，但这种虚构只基于人物间的关系，小说中其他的比如典章制度、风俗习惯、吃什么、穿什么我敢保证没有一处是失真的。讲我们方言的那个区域从清朝开始总共册封了十八个土司，我们的部族离藏族比较远，属于康巴民族，我研究了与嘉绒这十八个土司相关的所有史料。现在这些土司的后人都是统战对象，每一家后人来看我时都说《尘埃落定》写的就是他们。

陈： 哈哈哈，这真不容易，你写这部作品下了这么大的功夫。《尘埃落定》是你的长篇小说处女作？

阿： 对，处女作。我知道会构成很多麻烦，直到今天我还在冒犯很多藏族社会内部的人，但他们从来不敢说我的学问不行，现在他们更关注的是我的态度。

陈： 这不容易。

阿： 对，我知道要是我在学问上给他们留下了把柄，一群人会扑过来。

陈： 马原当年在文学上取得成功的一个重要原因就是他写西藏，那时候人们对西藏完全不了解。马原在1984~1986年还在做小说叙述的游戏，他在先锋小说中强调叙事的变化。后来他在几篇小说中开始刻意地去挖掘藏族文化，我记得他有一篇小说叫《大师》，应该是1987年发表在《作家》这本杂志上，他试图记录西藏的宗教，但我觉得这部作品还是有些隔阂，当然我对藏文化也没有更深的了解。

阿： 我跟他们采用的方法不一样，马原所有的作品我都读过，那个时候马原比我出名，我们都是朋友，我跟马原、扎西达娃的联系比较多。但正像我刚才所讲的，马原作为一个外来人记录西藏文化，他最早的、最容易的入口就是宗教，宗教最容易接触，但也最难深入。

陈： 对，宗教最难深入。

阿： 西藏佛教有一个特点：它的主要方面不在显学，不在对那些基本经典的阐释，它类似于从印度教传来的瑜伽，它自己的经典很少，口耳相传，多是一些个人的审美体验，多是修行、玄想、禅坐等诸如此类的东西。所以宗教很难被解释清楚。马建在《亮出你的舌苔或空空荡荡》中就写了这种宗教的修炼和双修，但因为他没有双修过，所有还是有些问题。

陈： 过去传说你也能双修？

阿： （笑）我大概知道他们的方法。但我认为，就宗教与藏文化的关系而言：一方面，宗教成就了特色鲜明的藏文化；但另一方面，宗教有时又覆盖了一切。我总是试图避开宗教，而去尽力挖掘出在普通的、日常的生活中所呈现出来的东西。我经常思考一个问题：佛教是输入的，那么在佛教输入之前藏族人民的生活应该是什么样子的呢？那种更原始的、更本质的没有被佛教覆盖的意识形态、思维方式又是什么样的呢？在一些较为古老的佛教教派中，意识形态没有这么强烈，那么它能保留下来的东西就比较多。现在即便我写宗教，我很多时候写的是老百姓的宗教态度，或是他们的宗教情感，我并不直接去写宗教本身。

陈： 我也注意到了这个问题。

阿： 我也很少把僧人作为我作品中的主要人物，我在规避、改写大家对西藏、藏文化的印象，我更愿意把它看成是一个地域。

陈： 你还是想表现出文化的完整性。

阿： 对。这里可以用"东方主义"这个套词：现在我们认为西方对东方有一种不当的东方主义；如果我们在中国内部也借用"东方主义"这个词的话，那么我们可以说中心地带对边疆地带也有一种内部的"东方主义"。

陈： 对，这不可避免。

阿： 如果是外部的人这样书写藏文化，倒还能原谅；但现在有很多西藏内部的知识分子试图根据这种方式重新构建出一个不存在的藏文化，甚至一些僧人也在做这种"工作"。

陈：你能说得更具体点吗？是在做什么样的"工作"？

阿：就是根据别人的希望和想象来书写西藏：你不是说西藏神秘吗，我就给你弄得更神秘一点；你不是说西藏很圣洁吗，我就给你扮演圣洁。这种书写方式忽略了日常生活中庸常、某种残酷的东西，现在很多西藏本土人正在积极参与这种"工作"。

陈：这毕竟是一种现代的介入，但这种介入未必就能重新构建出文化的独特性、传统性，甚至会让文化消失。我们总是会面对这样一个难题：难道为了保持某种文化的独特性，我们就不应该让这种文化进入现代吗？现在我们无法简单地判断一种文化进入现代社会是好还是不好：一方面，汤因比把现代宣布成是一个世界历史走向混乱的时代，我们很难做出和他一样的表述；另一方面，我们不能拒绝也不能避免这种文化进入现代，在这个过程中，这种文化的独特性肯定会慢慢改变甚至消失，正像你前面提到的，这里面既有内部的原因也有外部的原因。

我认为你在文学的创作中，为文化的改变过程提供了一种非常好的书写方式。《尘埃落定》写的就是一种文化在现代暴力的强烈介入下逐渐消失的状况。这种文化的改变非常巨大，但我们不能简单地用某种价值去评价它，这种变化显然有其正面、负面的双重意义。在另一种表述中，几乎进入现代也意味着解放，是吧？

阿：对。

陈：这种改变既意味着毁灭，也意味着解放，我们可以在不同的价值立场上对其进行表述。现在，我们的文化越来越趋于一体化，那种从文化的性状中来表现个人生活的文学会存在得越来越困难，文学可能会更多地转向个人自我体验的表述。

加拿大作家，2013年诺贝尔文学奖获得者艾丽丝·门罗的作品特别吸引我，门罗是一位顽强的少数文化主义者，她属于苏格兰文化进入到北美文化的少数族群。加拿大政治哲学家查尔斯·泰勒（Charles Taylor）深化和细化了黑格尔的"承认的政治"的思想，他关注社区共同体的文化认同，门罗的作品表现了很隐秘而又深刻有力的少数族群的文化认同问题。门罗的小说通过女性微妙而困难的自我认同，勾画出了生活于加拿大的少数的苏格兰后裔在现代化进程中残余的生活习性和他们那种复杂微妙的、边缘的心理，虽然门罗把这种东西保持得非常微弱，但正是这种微弱、微妙的保持使她的小说有一种特别坚韧的内在意义。门罗没有在小说中表现出大块的、显著的、丰富的文化传统性或文化独特性的东西，她表现出的只是文化的一点残余，但正是这种微弱而顽强的东西构成了小说中非常独特有力的东西。

在我看来，你是一位有文化感受、有世界眼光的作家，这比较难得。现在距离《尘埃落定》的写成已经有二十年了，你们那个地方的文化一定发生了非常大的改变，你觉得今天那样一种传统的记忆和文化还能残余多少呢？

阿：我有时都不愿意从整个历史价值上多谈这个问题。我记得列维-斯特劳斯在20世纪70年代就对这个问题有比较好的回答，文化的多样性最初只是一个假定，文化的多样性只有在绝对隔离和封闭的状态中才有可能被百分之百地保存。但今天我们的文化有着这么强的交互性，我们强调文化的多样性到底是主张人群之间更加融通呢，还是更加疏离呢？

在中国的藏区，在其他少数民族地区，包括在汉族相对落后和偏远的乡村，它走向现代性的进程不是一个主动追求的过程，始终都是外部强加给它们的，它们自己并没有这种自觉和主动，它的现代性的完成是被迫驱动的。尤其是现在，我们的政府在意识形态、生产方式等方面都有一个强大的规定性。

我后来之所以用那么大的篇幅写《空山》，就是因为我器重这么一个过程。我们那个地方是1950年到1951年解放的，这刚好把20世纪的一百年分成两半：《尘埃落定》写的是一个家族，写的是前五十年的事；《空山》写的是一个村庄，是我有意识地写这后50年的事，我认为《空山》可能更具有一种普遍的意义。有人问我，为什么《空山》中没有一个中心的角色呢？我说《空山》就象征了中国农村的破碎，我不可能在《空山》中写一个长河式的家族小说，因为在那个时候，一个人物可能刚登上乡村生活的中心就被会一个政治运动给弄下来，然后另一种力量又会被扶上去。我认为《空山》中这种破碎的结构就是破碎乡村生活的写照，这种现代化过程没有任何的主动性。但我在《空山》中也写到了藏区的一个特点：小说中那个过去的"山"确实在观念上给当地人带来了巨大的不适和冲突。过去人们认为山、水、草、木就是当地的，就是大家的，而突然有一天一个农民上山砍了一棵树，警察就说他盗伐了林木要把他绑到监狱里去。老百姓根本没有"盗伐"的这个概念，百姓们认为他们房子后面的树林就应该是他们自己家的，怎么会成了国家的呢？老百姓只能这么理解，因为他们很难接受这个问题，他们人都被抓进去了，还问国家是谁，国家怎么这么厉害。在"天火"这卷中，我就写到国家派了很多人要把全村的森林都砍伐完，但国家却不准村民伐木。

陈：我很喜欢你的《空山》。上次开研讨会的时候，我和别人说《空山》这部作品没有做好宣传工作，因此《空山》没有《尘埃落定》卖得那么火。我觉得《空山》表现出了中国的一段历史文化状态，你对这种历史的理解是非常了不起的。

阿：对，《空山》现在才重印了三次。

陈：《空山》写出了一种关于历史的、乡村文明的、人心的破碎感。

阿：对，而且我认为《空山》写的不只是一个藏民族，它能让你想到所有少数民族，甚至很多落后的、边缘的汉族乡村未尝不是如此。我们国家虽说传统上是一个农业国家，但其实自共产党建成以来就是一个城市化的国家；我们国家之前是政治化的，比如成立合作社和人民公社，当然这种经济肯定是不行的，经济就是城市对乡村的掠夺。

陈：我觉得当代中国有几部作品是写在未来的，比如你的《空山》、刘震云的《故乡面和花朵》等。过二三十年后再回头看看，这些作品的生命力会很长久，人们依旧能体会到作品中的深意。

阿：一直到20世纪90年代末期，才开始有一些新兴主义和生命的教义，才有一点要自觉改变的萌芽，但这个萌芽还很微弱，也不知道能不能实现，毕竟现在城市和国家机器太强大了。

二、宗教、信仰与神秘性

陈： 我们的第二个问题是想谈一谈小说中的宗教、信仰和神秘等，我们能从你的作品中鲜明地感受到这些。正如你刚才所说，你并不在作品中写具体的宗教，而是写人们对宗教的态度、处理宗教的方式，我也注意到了这点。

我觉得《尘埃落定》中翁波意西这个人物很有意思，他是一个新教教派，我本来很想看他和巫师的决斗。在小说中，傻子二少爷认为是新教派胜了，但老巫师却宣布自己获得了胜利，翁波意西最后被割掉了舌头，成了一位书记官，这对翁波意西来说显然是非常不体面的。我觉得你处理宗教的方式虽然有一些缺憾，却还是很精彩。对中国文学来说，如何在作品中书写宗教呢？这始终是一个难题。我知道，关于宗教书写存在着很多界限与禁区，作家在创作中可能一不小心就踩雷了。但我仍在思考这个问题——中国的小说怎样才能把宗教这种东西展现出来呢？当然，我这个问题可能对你是一种苛责。你在《尘埃落定》中采取了一种很巧妙的方式，你把翁波意西的舌头割掉了，翁波意西不能说话了，这个人物就被符号化了，他的功能就完成了。但你作品中的宗教就不能深化下去，不能有更细致具体的展开。其实你在作品中对宗教是一种反思，甚至是反讽和批判，对吧？

阿： 对。

陈： 宗教作为一种信仰，它居然不能包容别的东西，你说这还能叫信仰吗？我认为信仰应该始终是强大的、宽广的，而不应是把人控制起来的。如果一种宗教的力量是要把人控制起来，那么我觉得这样一种宗教是值得怀疑的。在我看来，人类存在的本质是一种群居动物，人类是从群居发展起来的，所以人类一切的精神性活动都是使人成为一种更为和谐、完整、强大的群体。这个群体的存在不是为了自相残杀或者与敌人战斗，而是为了使人类自身走向完满。当然，我这个想法可能是一种难以维系的古典政治哲学的理想主义。你在作品中把翁波意西的舌头割掉之后，其实并没有展现出宗教这方面的东西，是吧？

阿： 对。

陈： 我想请你谈一谈，你在作品中怎么处理宗教问题。我觉得宗教这个问题很重要，我一直认为西方小说有三大支柱：一是科学主义，西方作家写东西很注重细节，门罗虽然是一个很细腻的作家，但她小说中的外部描写非常准确，她的小说中会出现很多的科学知识，可以说科学主义是人们一种基本生活态度，小说的真实就建立在这个基础之上，但我们中国的小说创作没有这个科学传统，任意发挥的东西较多；二是哲学传统，西方作家有着很强的形而上的思辨能力，你能从作品中感受到他们对世界、对人、对社会、对历史的哲学思考；三是宗教，不同的作家信仰不同的宗教，比如陀思妥耶夫斯基、卡夫卡、博尔赫斯等人信仰的宗教就不一样，甚至有些作家信仰的是一种生硬的宗教，但宗教始终以某种方式存在着。门罗的宗教感很微弱，但总是有信仰问题存在。帕慕克则相当直接地思考宗教问题，以至于引起了非常大的麻烦。

我觉得在中国的小说中，这三者都比较缺乏。虽然我们也能在中国的藏地小说、新疆小说中看到那种宗教的东西，但宗教在中国文学中还不是一个主体，因此我们一直说中国的小说不够强大、不够有力。当年，马原在他虚构的那些作品中寻找宗教和信仰，马原把宗教变成了一种文化。我想听你谈一谈，你在作品中是如何处理宗教的呢？

阿：我对宗教有着非常强烈的质疑，但我并不是质疑宗教本身，而是结合西藏的历史对僧侣阶层有一些质疑。用爱默生的话来说，僧侣阶层是一种"代言人"。爱默生希望我们信仰上帝的时候不要经过代理，但现在大多数人是通过代理人来信仰宗教。直到今天为止，西藏仍是一个长期政教合一的地区，虽然在20世纪50年代当地已经强制他们退出政治领域了，但他们还是对政治有着强烈兴趣和介入，这种介入会带来一个问题：一旦宗教牵涉到政治，那么人们对宗教追求的纯洁性就会受到影响。

陈：因为它造成了封闭的、世俗化的生活。

阿：其实也有一些人注意到了这个问题。法国历史学家格鲁塞（著有《草原帝国》）通过研究蒙古史发现：蒙古人是从信仰藏传佛教后开始逐渐衰落的。格鲁塞用了一个词，他认为外在的东西是"柔弱化"的。

陈：这是他的一种解释，但也有历史学家对这个解释有质疑。

阿：他还找到了北魏的例子，他认为当北魏人民开始在北方的岩壁上大量塑造佛的形象的时候，就是强大的北魏开始衰落的时候。当然，他指出的这个原因可能不在理，但他至少指出了这么一个现象。我一直在想，如果真正有人来很好地研究西藏的宗教史，那么就有可能廓清这些问题。当然，蒙古人有他们更复杂的原因，就是有没有可能靠少数人来统治这么个广大的世界。

另一方面，虽然我对西藏的僧侣阶层有着强烈的质疑，但我身上也有着强烈的宗教感。我读过大量的佛经，而且我相信佛经中讲宿命的部分，人的一生只有几十年，这就是一种宿命。后来我和佛教僧侣们探讨关于"转生"的问题，僧侣们说他们不记得自己是否转生过，那就等于没有转生。我认为既然不能记得、感知转生，那么转生就对我没有意义，我就不能相信。

陈：僧人是如何解释的？

阿：僧人认为虽然不能证明转生，但你必须要相信转生，他们偶尔会举一个例子，告诉你某一个高僧曾记得转生。但我对此是质疑的，我认为这可能是编造的。我对这些问题完全没有顾忌。这一是和我的成长经历有关，我读过的佛经使我有一种宿命感，我相信这种宿命感和宗教所宣扬的东西很接近；第二，这也源自于我的生长环境，我成长于青藏高原，我们那个村子只有十几户人家，却有上百平方公里那么大，因此我在草原上、森林里常常是一个人独处，身边只有无穷浩大的自然。直到今天，我都愿意一个人去体会自然：我常把汽车开到一个偏僻的地方，然后背着包爬到五千米的高山上，搭一个帐篷坐下来。我就想感受一下，在那里你会发现一山还有一山高，晚上我就仰躺着看星空。

陈：是你一个人吗？

阿：对。

陈：那熊不会出来吗？

阿：熊不会主动攻击人，而且我们现在碰到熊的几率已经很小了。我确实愿意去体会人的这种渺小甚至无助。

陈：我记得你在《尘埃落定》中就写到二少爷在苍茫、空旷的草原上思考历史，这和你在野外的感觉是一样的，对吧？

阿：对。其实我本质上是一个悲观主义者。我有了这样的体验之后，就觉得再构建一个别的、更大的生命之类的东西是没有意义的。

陈：你是对这种有限性感到悲哀？

阿：对，但反过来说，我也有某种积极性，我觉得天地就给了你几十年的时间，你难道不应该把它过得丰富一些吗？这是我积极的原因。

陈：我注意到了你对宗教的态度：你把宗教里面的人物世俗化了，并赋予他们一种现实生活中人的特征。

阿：对。

陈：因为对宗教来说，权力就是一种现实性，是吧？

阿：对。一旦宗教掌握了权力，它的神圣性、纯洁性就消失了。所以宗教最后只能依赖神秘感的制造。

陈：现在人们对中国文学有着各种各样的批评，包括认为中国的文学缺乏伟大的思想，缺乏思想的力度。那么在当今中国，什么样的思想才能称得上是伟大呢？甚至什么样的东西才能称得上是思想呢？有人认为作品一旦有了某些思想就会变得伟大，我对这个说法一直保持着怀疑的态度。我认为要把宗教和信仰转换成文学中的一种品质，这是非常难的。

西方的后现代时期是宗教复活的时代，各种宗教都非常盛行，然而德里达等一些后现代主义哲学家却提出了一个观点，叫"没有宗教的宗教性"，他们主张没有宗教的宗教信仰，主张内心的、真正的宗教性，而不是执迷于某种宗教的形式。其实德里达对这个问题有些语焉不详，因此我也不知道他所谓的这种宗教性到底指什么。在中国的作家中，我认为你最接近这种没有宗教的宗教性，虽然你身处于宗教之中，也受过宗教各种各样的熏陶。

阿：我舅舅就是个喇嘛。

陈：他现在还是喇嘛吗？

阿：他现在已经去世了。

陈：他终身都是喇嘛吗？

阿：对。

陈：这种直接的经验对你的影响应该是非常深刻的。另外，你天天读经书，宗教对你来说确实是一个内在的、客观的东西。你认为宗教对文学创作有什么意义呢？

阿：我觉得宗教能为文学增加一些力量。

陈：但宗教并不是决定性的东西？

阿：对，不是决定性的，但是它能增加一些东西。你刚才谈到"不是宗教的宗教性"这个问题，在西方的古典哲学中也有一个类似的词，叫"自然神性"，我比较赞同这个词，它跟我的某种体会比较接近。我觉得这种东西可以从大自然中获得。我对野外漫游简直有瘾。我会把车开到没有路的地方，然后一个人背着包到处走。我一出去至少是20天。我带着电脑和书出去写作，现在有车也比较方便了，晚上我就在草地上搭个帐篷睡。我会把一些最初的想法和句子写下来，我觉得写作就是语言的展开，我很喜欢那种突然冒出一个句子的感受，这好像预设了很多可能性。自然能把我们的感官打开。现在我们局部感官的反应特别敏捷，但别的感官都被抑制了。因为你根本就没有使用它。但在自然中，你的每一个毛孔都好像被打开了，佛经中说我们有眼、耳、鼻、舌、身、意这六种感官，《金刚经》里也有色、香、声、味、触、法之说。

陈：你作品中的自然背景有一种很强大的作用。

阿：我有时甚至觉得，中国文学有一个巨大的缺陷，那就是我们越来越拘泥于人和人之间的关系。而且我们特别喜欢揣摩人的阴暗面，我们往往把这些丑的东西写得入木三分，但我们写不出那种好的东西，或者写得很假。我认为文学还是应该有向善、向美的力量，我对文学还是抱着一种宗教感，或者说是一种西方古典文学中对美学的那种规定性。"真善美"本来是一种来自于德国古典哲学中的概念，但我们今天却把它用滥了，用到不能再用了。

陈：我不知道为什么现在的文化这么会作假。

阿："真善美"在德国古典哲学中是关于文艺的概念："善"是动机，"美"是形式和过程，"真"是目的。

陈：这是德国浪漫派的思想，它有绝对性，他们认为真善美来自于神和上帝，这也和宗教有关。施莱格尔兄弟等德国浪漫派的诗人和作家都是这样阐述。

阿：但我很认同他们的观点，这可能和我的宗教感有关。

陈：我们现在已经把"真善美"这个词庸俗化了。

阿：是的，现在我们都不敢谈"真善美"了。

陈：我们始终在作品中寻求一种真善美的感觉。后来，我们对社会有了一种惨痛的经验、悲剧性的愤怒，因此我们对那些能揭示历史伤痛的作品感到难能可贵。这可能因为在我们的经验当中确实存在着虚假的东西。关于宗教的这个问题我们似乎很难深化下去了。

我想和你探讨另外一个问题，你怎么看待作品中的神秘性呢？无论是在文学研究还是哲学研究中，我始终对神秘性这个问题保持一种怀疑的态度。神秘是什么东西？我们是否能对神秘进行定义与概括呢？神秘这种东西是否真的存在呢？爱因斯坦说这个世界是不可思议的，但真正令人不可思议的是我们能够思考这个世界。物理学家甚至提出，这个世界真的存在吗？

现在很多藏族作家、藏地作品都在营造那种神秘感。我读《尘埃落定》时，我没有感受到那种刻意的神秘；但当我读《空山》时，我就感受到了某种神秘的东西，这种东西不可言传、难以概括，这是你自然而为的，所以《空山》中的神秘让我感到很舒服。当年，马原和马建也在作品中追逐、探究神秘，那个时候神秘是中国文学中最缺乏的东西。扎西达娃写了一部《西藏，隐秘岁月》，我推测他原来可能想写的是"神秘岁月"，后来才改为"隐秘岁月"，他的"隐秘"怎么看都像在搞"神秘"。扎西达娃还写了一部《西藏，系在皮绳结上的魂》，这部作品也是在创造神秘。我认为扎西达娃作品中的神秘很自然，我很喜欢他的作品。当然，我并不是说马原的作品不好，马原作为20世纪80年代后期的探索者，虽然他的作品很人为、很技术化，但他的这种意识是可贵的。

阿：对，这个是他的特点。

陈：我们要历史地看待问题，马原的创作在那个时候是有意义的。我读过一些写西藏的作品，我认为你和扎西达娃在作品中表现出来的神秘感是自然的。我觉得《空山》中的神秘以破碎感为主，它以一种不可知、不可捉摸的方式呈现出来的。我甚至觉得，在《空山》中那种神秘感已经变得不重要了，因为你主要写的是历史的批判性，你要表现出来的是一种衰败、破碎、终结的状态，这种批判性实际上压抑了那种神秘。当然，我赞成你在《空山》中的这个做法，你不是去营造那种神秘，而是让批判性和神秘性构造成了一种很自然的关系。《空山》的结局是历史介入的产物，包括"文化大革命"中人的选择等不可抗拒的、怪异的错误造成了那样一个结局。在《空山》中，你的批判性意识是始终存在的，是非常清晰的；但作品中仍涌现出了一种神秘，这种神秘是和生活世相一点一点透出来的东西，而不是被固定住的过分玄奥的深不可测的东西，我觉得这种神秘很有意思。

阿：我反对为了满足别人的想象在没有神秘感的地方制造神秘。刚才我们谈到科学主义，一方面，我觉得我在写作中有一种类似于宗教的、强烈的宿命感；但另一方面，我小说中的实证主义倾向很强，我怕自己说的没根据。我小说中的典章、器物、山水都有依据，我甚至会为了写一篇小说在房间里想象一个空间。我觉得中国有些小说，在地理空间上支撑不起来；而西方小说有时就是地理的叙述、方位的叙述，它存着一个很硬朗的、骨架一样的东西。我在创作小说时会先选定一个地方，然后在小说中去还原它，我要建立这样一个很清晰的空间感。

陈：包括《空山》中的机村。

阿：对，我必须把它描述得很清楚，我觉得这个在中国小说中是比较缺失的。其实我比较反对神秘感，我觉得神秘来自于民间。我曾经写过一篇文章，叫作《文学表达的民间资源》。今天的文学很多是书本文学，我们很容易看出你受了谁的影响，以及你是怎么变化的。但民间文学有它自己的特点：第一，有些民间文学是老百姓不能解释清楚的；第二，民间文学是一种群体创造，民间故事被不断修改得越来越精彩，最后在精彩中就产生了那种神秘感。在《空山》的第一卷，格拉不知道自己已经死了，这个就源于民间文学，不知道自己死了要表达的就是不愿意死。格拉发现对面走来的人没看见自己，而且穿过了自己，才意识到自己已经死了，这都是民间文学中常用的。我们现在很少从审美的角度看待民间文学，而是把民间文学完全当成了一种题材库。虽然我觉得这种题材经不起推敲，但我还是愿意去琢磨它，我会思考这句歌词是什么意思，这个故事最后为什么会讲成这样，我有时甚至能找到一些故事的原型和演变过程，我愿意从审美上去体会这些故事的流变。当我有改变地采用这些民间文学的叙述方式时，我觉得那种情感能很自然地带过来。

陈： 对，我也感到你不是在现代哲学的压力之下来探寻这种神秘。

阿： 而且我不会为了这个神秘去捏造一些东西，或者故意在氛围上干点什么。

陈： 神秘是民间的一种记忆，是自然而然产生的，我觉得这挺有意义。当我们描写宗教、神秘、生活的时候，很多民间记忆其实是非常鲜活的。

阿： 因为民间故事大部分是不可知的。

陈： 对。我觉得当年陈思和提出"民间"这个概念，对20世纪90年代以后中国社会该如何去整理自己的记忆很有意义，但很多人容易把这个概念赋予政治上的含义，我们应该回到生活，回到乡村。

阿： 这里面还有一个故事：格非刚到清华的时候，就请余华、莫言和我给学生讲课，我有篇文章就是在清华上课时讲的，后来这篇文章整理成了一个稿子，那个时候莫言也在用"民间"这个概念。

陈： 你的文章是什么题目？

阿： 叫《文学表达的民间资源》。

陈： 是哪一年发表的？

阿： 零几年，在《尘埃落定》之后，就是格非刚去清华的时候。后来我发现莫言讲的有偏差了：刚开始他赞同说"民间"这个词不是他发明的，是阿来发明的；但后来他就把"民间"当成民间立场讲了，其实我把"民间"看成是一种审美资源。尤其是在诗歌界，很多人把"民间"讲成是一个跟知识分子写作相对的东西，后来我自己就不再说"民间"这个问题了。

陈： 其实我们要更多地把触角伸展到乡村生活的记忆中去，关注那些被现代化压抑的、淹没的那种东西。就像你在《空山》中写的，格拉死了，对面有个人从他的身体里走过去。

阿： 民间文学中确实有很多精彩的东西，比如《尘埃落定》中引用的那些民歌，这个真不是我编的。

陈： 是你收集来的？

阿： 嗯。

陈： 在我父母下放的时候，我年龄很小，只有十一二岁，我用一个本子记了好多男女对唱的山歌、民歌，但我父亲觉得收集这些歌词对我作为革命事业接班人的成长很不利，所以他把我的歌词没收了。我东藏西藏，才留了一些。我觉得这是文学对我最早的熏陶，也是我对文学最早的一种感受。我特别迷恋那种东西，我觉得它其中的很多叙述非常有意思。

阿： 那里面还有些特别天真浪漫、特别简单的调子，我在《尘埃落定》中尽量寻找这种调子。

陈： 它把生活变得很简单：劳动很快乐，男人和女人。

阿： 马尔克斯等人早年在法国参加超现实主义运动，但超现实主义运动中并没有出现过特别好的小说，倒是有比较好的诗歌，如阿波利奈尔等的作品。马尔克斯等人回到拉美后，他们突然遇到了印第安神话，他们发现这个不就是超现实主义运动要达到的效果吗？为了达到超现实的方法，他们尝试过很多方法，甚至吸毒、性交等，但都没有特别成功，后来他们突然遇到了民间神话，突然发现这么天上地下、天花乱坠的东西不就是他们要找的东西吗？

陈： 但中国的现代化进程太快了，以至于人们的生活都非常表面，回到传统、回到民间变得越来越困难，这种东西在民间也消失得越来越彻底。我们再谈下第三个问题，关于小说中的主导因素——人物、故事、结构、母题。这个问题是我个人的偏好，我不知道是否是你的兴趣所在。

三、小说的叙事艺术

陈： 我读《尘埃落定》时有一种感悟，相信很多人也有这样鲜明的感觉：这部作品在叙述上被某种主导力量推动。我们过去的叙述没有这种主导力量，因为过去的叙述一开始就有一种整体感，这让你感觉它一直是在这个整体框架的内部进行叙述，这是一种完整的、现实主义的、全知全能的叙述，这种叙述有缓慢的进度，是分散的。但《尘埃落定》是从二少爷这个傻子的视角展开，并把他作为一个主导的人物、主导的叙述，这很有意思。这种叙述有一种绵延而去的随性而自然的力量，你用一种抒情性很强的语调来表现，这在20世纪90年代后期能很容易地让人们喜欢。其实那个时候，我们的文学也在做很多变化，比如在先锋派作家苏童、余华、格非、孙甘露等人的作品中叙述语感就很鲜明，但他们的叙述语言和叙述能量本身有一点压制住他们的目的，这导致人物的主导性不鲜明。当然，我会在讨论某一些问题的时候从这个角度来看它；但在其他的意义上，我可能不会这么去阐释。

我一直在想，小说中的这个主导性叙述其实是后现代小说所反对的。特别是到了20世纪八九十年代之后，我们想用后现代主义来覆盖、超越现代主义，那个时候这在理论上有某种意义，但在今天看来，其实区别不大，而且也很难去分别它们。你很难说加缪的《局外人》或者萨特的作品是现代主义还是后现代主义，20世纪80年代后现代主义研究刚起来时，有人会分辨，认为萨特是现代主义，加缪是后现代主义，但他们都是同时代的人，这种分辨其实是很困难的。从个案的角度讲，我觉得《尘埃落定》和《空山》在叙述上有些区别：《尘埃落定》中始终贯穿着一种主导性的叙述，小说的开头和结尾都是二少爷躺在床铺上，开头时二少爷13岁被女仆破了身，他流出了一些东西证明他是个男人。小说结尾二少爷被他们家族的仇人兄弟俩的哥哥刺杀而死，他的鲜血流了一地，这样一种主导也就终结了。但《空山》是随风飘散的，是散开来的。你前后写成的小说在风格上这么不一样，我想听你谈一谈，这种主导性叙述是值得你去留恋、值得你去做，还是你想去超越它？

阿： 我倒没有很正面地想过这个问题，但我可以谈我的经验，有一些小说我最初就是用一两个句子来记录它，包括《尘埃落定》。

陈： 你后来诗意化了你的写作。你说有一天早晨你坐在窗前，窗外有棵绿色的树，还有鸟在叫，你打出了第一句话。

阿：确实是那样。在我住的地方的对面是个山坡，那个山坡特别漂亮，从河边一直到高山上都是白桦树林，五月份树刚好在发芽。我在家里，那时候我刚买了电脑在学打字。

陈：你是打五笔还是打拼音？

阿：打五笔。那个时候句子突然就出来了，节奏让我觉得很舒服，而且这种节奏好像有延伸下去的可能性。我曾经打过一个比方：如果我是一个话剧导演，我第一个要搞舞台的东西，我给它定一个色调，这个色调就是我的第一句话。多丽丝·莱辛曾说，小说首先要听到一种腔调，我觉得这中间好像有回声、有可能性，我们能够进行下去。

当然，你作为一个舞台导演，搭一个景并不算什么，重要的还要有人。一旦一个人出现后，这个人也有很多的可能性，你要给他设计一些基本的人物关系。实际上我觉得自己要做的事情就到此为止了。小说是从生活经验中来的，是通过一些知识系统来的。比如我写《尘埃落定》时就对那18个家族的家史有深入了解，这种了解涉及很多人，再加上日常的生活经验，这些人就按照他们自己的逻辑行动。所以我常说，我是在根据人物写小说，我不驾驭人物，因为人物一旦动起来，他就按照自己的逻辑运动。我写小说最大的乐趣就是在这个过程中不断地丰富发展，不断地出现各种各样的拐弯。所以直到今天为止，我对电影、电视剧没有任何兴趣，虽然我曾经参加过电视剧的写作。但我自己不会去改编，虽然我知道这是很挣钱的事。别人曾经给了我一大笔钱让我写五集，我写了两集后就把钱还给了他们。因为他们规定我写的第五集必须要和下一个人写的接上，这之前已经有路线图了。当我写的时候，我突然发现这样写不行，我应该那样拐弯，但拐弯后就接不上了。我觉得有了这样一种规定后，写作的乐趣就荡然无存了。你知道，小说创作正是要不断地有惊喜跟随。但是，我们也读过小说，知道除了语言之外，小说的结构或形式也很重要，也会出现一些机会让你照应某个问题、回应某个问题。

中国有些作家不太谈论这个问题，但我对此感受很深。我也是一个古典乐迷，但我不迷器具，而是迷音乐本身。西方的交响乐有四个乐章，这中间会出现很多即兴的内容，我们叫它华彩的段落，这些段落一定要不断地呈现主题，主题会用不同的变奏、不同的乐器出现，比如《命运交响曲》就会在不同的地方多次出现"铛铛铛铛"。在小说中，你也必须要注意这些问题，但这些问题不是事先设计的。有些小说家会提前写提纲。四川有位过世的、对我很好的老作家周克芹，那时候我刚开始写作，有一天晚上我们俩坐火车去一个地方，他睡下铺，我睡中铺，一路上他都在给我讲他的一个小说构思，等于是背出来的。过了不久，那篇小说就发表在上海的《文汇月刊》上，那天他起码给我讲了两个小时。这换成是我怎么受得了，我都知道了还写什么呢！

陈：讲了两个小时应该是个中篇。

阿：发表后发现是个六千字的短篇小说，他很下功夫。我愿意在小说上花功夫，但不是那种事先针对小说的准备，而是在写作的过程中。我是重视乐趣的人，事先的设计会把这种乐趣取消，这我不干，我并不想当苦行僧。

陈：这还是一个驾驭语言的能力。

阿：那种可能性随时会出现，你要有对形式的敏感和关照，当它出现的时候你要知道它是有价值的并抓住它，而不是事先把所有的东西都设计成那样。所以后来再有人让我写个电视剧，或者让我跟他们一起策划，一集给我20万，我说这个钱我挣不了。除非你就是要我给你写个电视剧，你也不规定什么，那这个我可能完成，这个钱我可以挣。但现在都是一帮人事先策划好了，再让我来把大家的想法重述一遍，我觉得这完全是搬运工的体力活，毫无乐趣。写《尘埃落定》的时候，当我发现我可以回应它时，我当然要回应，但这个是随时随地的。

陈：你说《尘埃落定》的主导性是通过句子本身去推动的，是吧？

阿：是一个句子和最后出现的那个核心的人，是这两个交替来完成的，光是句子可能也不够。

陈：就是句子和二少爷？

阿：对。

陈：我看到你写二少爷，我也认为你这种写作是可取的：刚开始写作的时候，你可能并不知道二少爷是个什么样的人物。

阿：对，不知道。

陈：刚开始他可能还真是一个傻子，但越写他越聪明。

阿：光傻就没意思了。

陈：对。我想起范小青在小说《我的名字叫王村》中写主人公找弟弟，我后来问范小青小说中的弟弟到底存不存在。她说她开始是写弟弟真的丢了，但后来写着写着越觉得这个弟弟好像不存在，因为小说中的其他人物都说他弟弟不存在，小说中的这个人物就好像变成了他的弟弟。我相信这种在写作中慢慢清晰的东西更加有力，使小说更富有内在肌理的韵味，作家的写作进入到了一个更大的自由境地。当然，这也会造成一个问题，那就是作家要回过头去修改很多前面的叙述。

阿：那是。

陈：你把《空山》的第一卷叫作"随风飘散"，这是一个自然散开的状态。这种碎片式的结构，是你本身有的一种结构意识吗？或者说你在叙述上是否有某种提纲，还是靠故事结尾留下的意念再去展开它呢？

阿：其实《空山》有点主题先行。刚开始写作时我理性的东西比较多，我考虑用一种破碎的结构来写，因为我发现如果以一个家族为中心写一种长河式的小说，这不符合中国乡村。你要把这个村子作为描绘对象，但这个村子处在外界的干预下，舞台中心的人物在不断地变化，你找不到一个始终处于舞台中心的人来体现这种乡村变化。我首先想到的是把若干个比较大的中篇结合起来写，每一个阶段就按照现实来写，但当我思考具体怎么写的时候，我好像又回到了《尘埃落定》的那种创作状态，我在思考结构和乡村破碎这个主题之间的关系。

陈：中国大部分作家在结构方面和西方作家不一样，西方作家基本上是"结构主义"，我说的"结构主义"是一个比喻性的词。上学期我给学生上外国长篇小说研究这门课，我选了一些当代的外国长篇小说，我发现这些小说的结构性非常强，比如阿特伍德的《盲刺客》，这部小说你看过吗？

阿：看过。

陈：《盲刺客》有四层结构，结构对于这部小说来说可能是主导因素。大江健三郎写《水死》的时候75岁，一般来说那么大岁数的作家可能更想随心所欲地写作，但他非常注重结构，他的小说一环套一环、一层套一层。我们看到《水死》的结构是从外面到里面：小说从父亲自杀这个事件开始，从写效忠天皇的意识形态到写父亲自杀究竟是投河自尽为天皇制度尽忠还是失足落水而死，再写到父亲留下了一个红手提箱，这个手提箱里面藏了手稿，实际上这个手稿并不在箱子里，箱子里是空的。小说也一直在寻求这份手稿。这些故事层层相套，环环相扣，小说又有非常自由散漫的叙述，内紧外松的叙述，非常棒的叙述意识。《盲刺客》的结构有一层层的，也有在叙述中拼进去的，但在《水死》中你可以始终感受到小说的结构。大江健三郎这个作家确实太强大了，我个人认为《水死》比《盲刺客》的劲儿更强大：《水死》的叙述那么自如，它隐形的结构一直在移动；但《盲刺客》还是靠拼贴的叙述构建出来的。

麦克·尤恩是一个更极端的作家，他的《水泥花园》的核心结构就是儿子把母亲的尸体用水泥糊在家中花园的地窖里。麦克·尤恩一步步地构建了这个故事：秘密先被掩盖，掩盖后又被暴露，暴露的形式是主人公和姐姐乱伦。秘密暴露完后，这个情感再怎么升华呢？我想西方小说的结尾就厉害在这里：水泥已经埋进去了，小说的结局本来已经完成了，但他现在要暴露这个秘密，此时的暴露在叙述上原本是强弩之末了，但你哪里想得到他还有跟姐姐乱伦这一手呢。主人公杀了母亲并和姐姐乱伦，这两个东西产生了一种碰撞，这种悲剧性就更强大了。一个是因为在小说的情绪上将有一个更为悲剧的事件发生，压过原先的错误；另一个则是故事的合拢，因为母亲嘱咐他们姐弟不要分离，这个家不能散，他们知道他们马上就要永久地分离，社会福利机构发现母亲死了这个秘密，他们就要被分散开来被别人领养监护，他们很可能再也不能生活在一起，甚至再也见不到了。姐弟俩只有以这种方式结合在一起，永远地结合在一起。

阿来你怎么看待西方小说这么强的结构性呢？我读西方作品时经常会被它们的结构震撼。有些小说的结构做得非常精致，我找了《风之影》这本小说给学生读，不知道你听说过这本小说没。

阿：没有。

陈：这本书在欧洲印了好几百万册，连欧洲的一些政要都在推荐这本书。这是一部西班牙语的小说，它的结构也是一层层的。刚才我们讨论了几部结构非常严整、巧妙的作品，《风之影》虽然是一部畅销书，但它从人物、结构、语言来说怎么都不是一部艺术性非常高的作品。但它为什么就是一部畅销小说呢？当时我的学生都同意这不是一部艺术性很高的作品，不怕不识货就怕货比货，《风之影》和阿特伍德、大江健三郎的书一比，它就只是一部畅销书。

阿：因为西方小说技术高度成熟，而且大家也共同重视这个，这种类似的例子还有很多。比如20世纪80年代有一位加拿大小说家叫阿瑟·黑利，他写了很多工业题材的小说：

《航空港》就写一个机场的运作，最后整段写的是一个医院；《汽车城》写底特律这样一个城市。我只记得一位中国作家谈过这样的小说，就是王安忆谈过。你想要是我们后来的改革文学学到了它的一点手艺，那就不得了了。我觉得中国小说的结构，或者说是形式确实非常重要，它甚至重要到能带来一些解决方案。但我们对此不太重视，中国的小说就像摊煎饼那样没有规则，没有一个特别可感的外在形式。小说如果没有一个外在的、硬朗的形式，那它里面也没有空间，小说只有是立体的，里面才能有空间。我们的小说总是在一个平面上进行，就像中国人建城市那样，有多大算多大，小说都只在人物关系上下功夫，全靠人物关系来推进情节。但有些人在写长篇小说时，可能他们本身有些准备不足，或是对生活的体悟并不那么充分，所以他们对人物的关系有时候就推不下去了，这容易造成小说的涣散、不成功。如果你把所有的任务都交给人物关系来推动小说的发展，这是很困难的；如果这时候我们愿意反过来在形式上、结构上下功夫，其实这可以解决一些问题，比如有些东西在推理上很难成功，但你节奏处理好了，这也是有可能的。中国小说有个毛病：我们把所有东西都交给内容来完成，但有很多东西是内容完不成的。

陈：它们没有形式那种真正的力量，我觉得小说最终的意义还是要靠形式来完成。

阿：对，形式最后能造就意义，甚至能造就新的意义。但现在我们的文艺理论还是关注内容多，关注形式少，或完全把形式当成一个外在的东西而不去考虑它。我自己在写作时，达不达得到我不敢说，但我对形式是有想法的，我觉得形式至少是一种空间，是一种外在的结构。

陈：我注意到你小说中的空间感特别强，你特别迷恋那种空间的设置。我有好几个学生在写论文时，都会不由自主地写到关于你小说中的空间问题。我多次和学生讨论你的小说中的空间问题，空间问题在西藏是一个普遍的经验吗？

阿：没有，它过去的写作也是在一个平面上，空间问题是我读西方小说一个新的感想。我看到很多西方小说家，尤其是长篇小说家，往往爱谈音乐和建筑。他们为什么要谈音乐和建筑呢？这恰好是两个可感的形式。就西方的古典音乐而言，如果它是一个弦乐二重奏，那么它也有规定的结构：一个中音区一定有中音区的结构，它都是有程式的，它在程式中建立。其实中国古代也有这种经验，只是这种经验在诗歌中，中国作家很少有。

陈：你看帕慕克小说《雪》中的结构，他能把《雪》画出图来，他说他是按照雪的六边形结构来构建他的小说，构建小说中的人物关系。《雪》也被称为是帕慕克最好的小说，甚至比《我的名字叫红》还好。

阿：因为《我的名字叫红》包含了很多知识性的趣味，但《雪》探讨了一个更严肃的问题。

陈：我有时会想，《雪》的结构性被做得这么严整，这会不会也存在问题，小说中自然的东西会不会丧失了？帕慕克相信小说有一种中心，虽然解构主义反对中心，但你再怎么反对，这个中心总是在存在。既然我们在说话、在交流、在产生某种意义，那就一定存在中心。帕慕克认为小说都有一个中心，所有的写作都是在寻找这个中心。那么你认为阅读是不是也在寻找这个中心呢？

阿：这个我相信。

陈： 你会发现像麦克·尤恩的作品，它的中心感非常强；有些作品中心感虽然不那么强，但它们也会是好小说。但像门罗那种作家，她写长篇就不成功，因为她面临了一个问题，这是一个结构的问题，也是一个中心的问题。门罗短篇小说、中篇小说（那时候没有"中篇"这一说）的中心可能有些模糊，从结构的关系来说，她的小说都是以短篇来建构它们的结构，甚至以短篇的结构模式来复制她的长篇。

国内的小说在"文革"后有了一个很大的发展，这特别得益于中篇小说，但我觉得"中篇小说"这个意识是对中国小说的一个非常大的伤害，它导致作家们都想写中篇小说，不想写短篇小说。中篇小说以故事取胜，作家把"文革"后的历史故事拉得很长，但他们没有那么多的时间写长篇，他们功力也不够，因此形成了大量的中篇小说。我觉得中篇小说要对中国小说艺术的平庸化负一个很大的责任。不知道你怎么看这个问题？

阿： 我还是赞同要么是短篇，要么是长篇，不因为你只有几万字的字数，我写了六七万字我就认为是长篇。

陈： 俄罗斯和法国也有中篇小说，但我确实觉得中篇是一种过渡性的状态，但在很长一段时间内这种过渡性的状态成了中国文学的主流。在欧美没有中篇小说这个概念，门罗的短篇小说略长一些，但也只一两万字，我们的中篇小说动不动就三四万字、五六万字。短篇小说没有结构也不讲究结构。如果讲究结构的话就一直有帕慕克说的那个"中心"在场，你只能去促进那个中心，和那个中心无关的东西，你是不用书写的。

阿： 如果没有中心，你很难想象像托尔斯泰怎么把鸿篇巨制的《战争与和平》中的那么多线索拧在一起，而且《战争与和平》的线索本身又是一层层的，它又形成了一个结构。

陈： 你刚才说如果不是致命的东西写它干什么，但现在我们很多小说写来写去就是写些无关紧要的东西，是一种大量的堆砌。为什么我们的小说写得很容易，因为它本身就不能构成小说。

阿： 我们的很多小说都没有事先考虑，而是写到哪算哪。

陈： 其实我们很多的小说都不能被称为小说，倒不是说它们在形式、结构上不是小说，而是它们包含的内容不是一个小说的内容。我们还想简单地谈两个问题，第四个是小说的语言问题，这方面你很有发言权。

四、小说的语言问题

阿： 对，因为我自己就在书写另外一种文化。那天上课我也讲到，在中国语境中我们把这种用非母语写作的行为描绘成一种单向的东西，我们把它叫作规划或者同化。汉语言的历史很长，比如在今天的古籍中还保存着鲜卑族的民歌。现在我们不太关注宋代、辽、金文学中的汉语书写，比如萨都剌、完颜亮等人。王国维在《人间词话》中就讲到纳兰性德为什么好：王国维认为我们是受到农耕文化的熏染的人，是有文化包袱的人；而纳兰性德和我们不同，他是"以自然之眼观物，以自然之舌言情"，他怀着一种本初的心态进入到文场中，所以纳兰性德的清新、自然和亲切发乎本身，这不是我们这种人能写出来的。王国维对纳兰性德的评价特别高，说他"北宋以来，一人而已"。

我之所以读佛经，第一是因为它在魏晋南北朝被翻译以来对汉语有着充实和影响；第二是因为它创造了很多新的表达和概念，这些表达和概念能把那种异质文化中的感受、世界观成功地转移到汉语中来。

我在很多写作中会用到我的方言藏语，某种表达可能在汉语里很常见，但我会想如果把它放在藏语里，它会怎么表达。这种表达肯定会有一种独特的感受和不一样的方式。这个时候我就是在做一种自动的翻译工作：我能不能给汉语已经有的字词注入一点新的意思呢，这个意思又要能让读者感觉到。我觉得从《尘埃落定》开始，我这方面做得还算比较成功，虽然大家可能没有认真地去分析，但至少会想这些语言虽然都是那些字词，但总有不一样的意味。

陈：很多人说这和你当年写诗有关。

阿：其实这个和诗歌没有太大的关系。

陈：你说你的母语不是汉语，那你从多大岁数开始学汉语的？

阿：上小学的时候。

陈：六七岁？

阿：对。

陈：你刚开始学汉语时觉得困难吗？

阿：比较困难。

陈：你在学汉语之前没学过普通话吗？

阿：没有学过，四川话也很少学。我们第一年不上课也不读课本，我们上预备班，老师只带着我们说。

陈：那你的母语讲的是什么语？

阿：藏语的一种方言，相当于闽南话。

陈：那和藏语的差别大吗？

阿：很大。

陈：你们之间相互不通？

阿：不通。

陈：你们和康巴人的语言通吗？

阿：也不通，最多有百分之二十左右的词汇是一样的。

陈：你听得懂康巴语言吗？

阿：很难听懂，但现在相处久了，我能听懂他们的一些话。

陈：你现在还会讲你的家乡话吗？

阿：当然会，这怎么能不会呢。

陈：你回老家还是讲本地话吗？

阿：以讲本地话为主。书写都是一种文字，但不能用我们的方言去读那个文字。

陈：这跟我的家乡话有些像。有人对卡夫卡做过一个研究，卡夫卡是生活于奥匈帝国统治下的捷克作家，他的语言部分属于德语体系。

阿：对，卡夫卡总说他自己是小语种。

陈：他的语言有点像德语的方言，就像荷兰语是德国北方的一种方言一样，你会发现卡夫卡的语言和德语的区别非常大。卡夫卡是犹太人，犹太人的风俗、习惯、语言在奥匈帝国中又有它自己的某种独特性，所以卡夫卡讲德语的"普通话"时是相当困难的。为什么卡夫卡后来会以那样一种方式进行叙述呢？他的这种叙述方式深受他作为一个捷克犹太人身份的影响，当然，卡夫卡的出现是一个非常特殊的现象。

现在中国的方言也很多，这些方言地区的作家就和别人很不一样。比如贾平凹在西北，他的口音很重，他的叙述却非常本真。我有时在想，这些方言口音很重的作家，他们在写小说的时候会使用什么样的语言呢？我有个朋友，河南南阳的作家行者，他很喜欢搞先锋小说，他小说语言的形式感非常强，但他平时说话的口音特别重。行者和周大新是老乡，大新也有一定的口音，但大新的书面语非常流畅、漂亮。那么，在小说的叙述语言方面，作家怎么才能避免被中心化语言同化呢？其实他们和这种东西产生了一种较量。

阿：我自己对这个问题有警惕。

陈：有时候，我们能感受到语言的结构、语法和意义在准确性与完整性上都是被规定的，那么小说的方言叙述究竟能够起多大的意义呢？方言和个人语言风格之间究竟构成了一种什么样的关系呢？最近几年最成功的一部作品是金宇澄的《繁花》，他是用上海话在写作，虽然我们不懂上海话，但我们会觉得他的小说读起来更有味道。我们会把这种味道认为是金宇澄的个人风格，或是他个人的语言修养，而不会把它看成一种方言。但现在看来，那些在小说上有独特创造性的作家，他们的语言或多或少地被打上了某种地方特色的烙印。莫言的语言非常强大，你说他的语言主流它也主流，你说它不主流它也确实搞得非常繁复。你认为他这是不是要摆脱这种标志化的语言方式？

阿：这肯定是。

陈：你认为这种语言的烙印能为今后汉语的写作带来哪些可能性呢？这种方言的烙印对年轻一代来说越来越丧失了，50后还保持一点，60后还勉强保持一点，到70后以后，这种东西就完全消失了。你认为这种汉语言的个人风格也好，地方特色也好，它的出路在哪里呢？

阿：其实我对这个倒不担心。现在城镇化不断加剧，农村对年轻人来说越来越是个说普通话的地方了。我们现在很注重方言：一方面汉族人会用方言写作；另一方面，别的民族也会用汉语这样一种官方语言来写作——中国是一个多民族的国家，我们可以把汉语叫作官方语言。这样做有一个直接效果，就是它能给你带来一种很鲜明的个人风格，这背后一定有地方语言的经验在支撑，这是毫无疑问的。

陈：我个人觉得，从五六十年代到70年代"文革"结束的这段时间里，苏联的语言和大批判运动给中国文学带来了非常大的伤害，直到今天我们都没有对那种真理在握的、独断论的、斩钉截铁的、客观陈述的语言进行反思，其实那种语言是一种反文学的东西。在中国文学的很长一段时间里，我们对苏联那种体制的分析成了文学的主导力量。直到20世纪80年代后期，开始出现了先锋派的叙述，这种叙述在某种意义上说是参照欧美来建构一种语言，更准确地说可能是对翻译文体的一种运用，尽管不少翻译作品语言也并不好，但其语法结构的复杂变化，使汉语的句法有非常大的展开空间。那时候出现了一批能打上方言烙印的文学，但"文革"后的伤痕文学也好，改革文学也好，在语言模式上都和五六十年代的小说一样。1986年出现了莫言的《红高粱》，《红高粱》的语言是一种华丽的、乐章的、辉煌的形式，这确实有它的意义。在1984年、1985年时，贾平凹的小说获得了好几个奖项，这时候开始出现了个人性的东西。此前伤痕文学和反思文学的语言都是控诉性的、批判性的、反对性的，我觉得这种语言还是在原有的体系之内，贾平凹的语言却有个性，有他的方言与他的个性在里面。

当然现在也有些问题，但我们不敢去触碰它，比如我不同意那种所谓的大力歌颂的、宏大的、武断的语言。那种语言作为一种真理在握的语言有它的意义，它能把话说得明白，让老百姓觉得浅显易懂；但作为文学语言来说，它包含了一种太强大的、真理在握的、绝对客观性的东西。汪曾祺的小说出现在80年代，他小说的意义不是在艺术方面有多么高超，他的小说几乎不讲结构，也没有很深的一种思想，但他的小说靠浅近淡泊的语言取胜。尽管我也十分欣赏汪曾祺的小说，但是我觉得汪曾祺先生的小说还是被抬高到一个过高的地步。

阿：很多年后，也许他的散文比小说还好。

陈：我觉得他的语言有一种很朴素的意义，这种语言就是摆脱了五六十年代那种独断论的、绝对客观性的语言。我们一直没有注意到当代小说在语言学上的回归问题，如果没有这种回归，就没有办法去做小说。但是汉语小说的这种回归是很困难的，它要经历从语言开始的这么一个阶段。

阿：这关系到汉民族本身的方向意识。如果你要说少数民族，张承志也是这样。他慢慢开始有一些来自伊斯兰的表达，就语言本身来说他的作品还是非常有力量的，是有意思的。这些人加入了今天的文学创作，他们反叛普通话。我觉得一些真正用北方普通话写作的作家，当他们的语言非常好的时候其实是很油滑的，就像说相声一样。我极不喜欢那种语言，我觉得它们显得油嘴滑舌，虽然说得特别顺溜，但都是北京胡同里的那种话。

陈：我感到你在《空山》中的语言好像有特别的变化。

阿：对。

五、中国文学与世界文学

陈：我们再谈谈第五个问题，关于中国文学与世界文学的关系问题，现在这是一种很焦虑的关系。中国要走向世界，中国的文化要去影响世界，因此我们一直在强调中国文学的独特性，但我觉得今天中国文学的独特性不是建立在与世界文学的差异性、区别性上的，而是我们在最广泛地吸收了世界文学之后，才有可能去建构我们的独特性。这种独特性应该是对世界的一种贡献，而不是和世界的一种对抗。我觉得这几年我们的自信心强盛以后，我们又走到了另一种道路上，我们对于这个问题需要反思。阿来你怎么看待这个问题呢？

阿： 作为一个写作的人，我很少考虑这个问题。我曾经在一所大学有过演讲，我说我没有感到走向世界，我们这代人感受到的是：你不走向世界，但世界来了。我当时的演讲题目叫《我只感到世界扑面而来》。

陈： 我都没有注意到你这篇演讲，这收到你的集子里了吗？

阿： 应该收到了《当代作家评论》里。我说我只感到了世界扑面而来：20世纪80年代中国的国门突然打开，国外文化不断进来，当然这也跟我们中国当时的经验相关，我们开始讲述自己、表达自己、呈现自己，但当这和一个国家的政治意识结合在一起被叫作文化走出去的时候，它突然变得有点可疑。当我们的文化在走出去的时候，我们给它设置了很多规定性，比如要有中国独特的经验等。当世界上大部分人在采用几乎相同的方式写作时，我们特别希望小说中包含的民族性因素得到呈现，以至于我们会说"越是民族的，越是世界的"，这让我们中国的很多东西自动地成为了世界的，世界上哪有这样的事情呢！所以你还是得有某种整个人类都能接受的价值，这个价值包含两点：一是这确实是大家普遍接受的、普世性的价值；二是你的这种独特性对现在全球文化需要的多样性有贡献、有价值。

陈： 当然，要讲好中国的故事、讲好这种独特的经验，这些都是必要的。

阿： 但是，如果我们把走出去变成一种运动，我觉得这就并没有真正地开始走出去。就文学而言，每个作家走出去的路径一定是千差万别的，世界对你感兴趣是出于不同的需要，有艺术上的需要，还可能是社会学意义上的、政治学意义上的需要。这种被认知的过程很复杂，我觉得最好的方式是：作为单个的艺术家，最好少想这种问题。这反而是有好处的，我们应该用更多的精力来想怎么把小说自我完成得更好；而别人需不需要，这是别人的事情。今天有很多作家在拼命地想怎么把自己和市场对接起来，这个出发点可能是好的，但你想市场你就会去揣摩市场的需求，你要走向世界你就会思考谁是这个世界的第一呢？是西方吗？当然肯定不是非洲，我们这里说的是欧美世界。那么欧美世界怎么看待中国呢，他们愿意用什么样的态度来接纳中国的文学呢？我们又要去揣摩这个问题，当你揣摩别人心思的时候，你就离开了那种对自己小说世界建构的关注，这会对你的专注和你的作品造成严重的、巨大的伤害。

所以我自己是拒绝考虑这个问题的，我觉得真正有价值的东西会很自然地被接受。我的一些作品也在不断地被翻译，现在基本上可以说是被同步翻译，但这并不能说明什么。我觉得整个中国文学还没有进入到西方那种主流的话语体系之中，虽然现在高行健、莫言在国外得过奖，但这种情况还是没有被根本性地改变。

陈： 但这种世界的胸怀、世界的眼光是中国作家必需的。

阿： 我说的是当世界扑面而来时，我们要很好地吸纳那些对我们有用的经验，而不要有拒斥，我们首先要在这个意义上和世界达成一致。

陈：我觉得中国最好的作家都是非常坚定地、非常有胸怀地去阅读西方的优秀作品，比如莫言、贾平凹、张炜、阎连科、刘震云、苏童、格非、余华等，贾平凹在西北读过很多外国的作品。

阿：对，只是贾平凹的语言特点让他表现得特别中国化。

陈：我知道你也读过很多书，你是饱学之士，还有一些中国作家也在阅读上非常渊博，包括格非、余华、苏童、李洱、红柯、邱华栋、徐则臣、蒋一谈等，他们都读大量的书，他们对西方的作品非常熟悉。中国的作家有这样一种态度，但我觉得更关键的是怎么有意识地把这种西方的经验转换成中国自己的东西。就像你说的，我们要思考怎么去把汉语小说做好，但是汉语小说本身有其入乎其内、超乎其外的东西，这个难度和这个挑战很高，因为我们和西方的文化传统非常不一样。

阿：其实这就是一个你自动融入世界的过程，而不是因为你原来在外面，所以你现在一定要进去，这是一个融入的过程，而不是打着个旗子说我进去了。

陈：现在中国社会比较浮躁，整体上是一个缺乏文学的状态。我觉得文学是一种生活，是一种存在，但现在这种生活、这种存在正在慢慢地瓦解和消失，这很可怕。尽管很多作家都说他们在观察生活本身，但现在整个社会还是普遍性的浮躁。当然，一个时代也不可能有那么多好的作家，只有少数好的作家能够沉下来，因为现在文学变得越来越小众，它变成了一种文化的承担，变成了一种文化的守护。文学是一种很难商业化、大规模、娱乐化的东西，如果文学要变成这种东西，它要付出的成本和代价会非常巨大。

阿：关于语言我再补充一句，刚才你说现在越来越多的人都在使用普通话，你对这有点担心，我觉得如果中国的这种进程不终止下去，那么汉语的扩张能力还会出现。当汉语社会内部的人背负不动的时候，一定会有很多其他的、边界之外的加入进来，他们会贡献出很多异质的东西。在中国内部有这么多像我这样的少数民族，将来还会有很多用英文写作的作家会加入到这个行列，这些作家都不是主动讲英语的人，比如纳博科夫这样的犹太作家等。如果将来汉语在我们国家是这样一种发展，那它不会出大的问题，因为第一汉语本身有这么大的体量，第二汉语也是一个市场。

陈：汉语本身能带来一种新的建构。

阿：对，会不断地有异质的人加入它。除非中国不发展了、衰落了，当然这就是另外一个问题了。

2015年4月14日于华中科技大学国际交流中心

（原载华中科技大学中国当代写作研究中心编：《秘闻与想象——2015春讲·阿来　陈晓明卷》，长江文艺出版社2016年版，又见陈思广主编：《阿来研究》［第五辑］，四川大学出版社2016年版）

研究资料

"群山，或者关于我自己的颂辞"

——评《阿来的诗》

丹珍草

一

　　2016年10月出版的《阿来的诗》，一共选了67首诗，增补了2001年8月出版的《阿来文集·诗文卷》中没有选入的十几首诗，正如阿来在自序中所言："补遗的这一部分，都是初学写作时的不成熟之作，但我还是愿意呈现出来，至少是一份青春的纪念。"阿来的诗几乎都写于20世纪八九十年代，这本诗集属于"钩沉式出版"，记录了青年阿来的心迹。阿来曾将自己的青年时期描述为"艰难困窘，缺少尊严而显得无比漫长的二十多年"①，而正是由于诗的相伴与启迪，阿来度过了充满激情而又困顿、迷茫的青春岁月。回望20世纪八九十年代的中国诗坛，我们看到，身处地理和文化过渡地带的阿坝藏区，青年阿来的诗与当时的诗歌潮流实际上是疏离的。当时，藏族诗人的汉语诗歌创作与内地早期的朦胧诗一样，诗歌里仍有革命抒情诗的影子，而阿来的诗已经开始了"精神何以安家"的追问，开始了对嘉绒大地自然脉息、族群血脉、文化根脉的追寻，表现出强烈的文化本土意识和文化寻根意识。诗歌时代的阿来虽然生活窘迫，但诗行中却充满了昂扬的激情，素朴，清澈，纯净，诚挚，热烈，有一种响亮与火焰，对生活充满渴望与憧憬，诗歌语言是新鲜的，情绪是饱满的，语调是明亮的，是生机勃勃的。诗总是与青春相关，有学者甚至断言，中国诗歌史就是一部青春史。

　　阿来进入文苑，始于诗歌创作。他说："诗永远都是我深感骄傲的开始。"②阿来的诗大多是行吟之作，是在漫游中对嘉绒大地的吟唱，是一个嘉绒藏人的文学流浪。他的词库里，自然是写作的根本和依据，他说："我的脸上充满庄严的孤独——我乃群山与自己的歌者。"③与许多山水、田园诗人一样，阿来于自然山水间看见了自己的心灵图景，寻觅到了

---

① 阿来：《阿来的诗·自序》，四川文艺出版社2016年版。

② 阿来：《阿来文集·诗文卷》，人民文学出版社2001年版，第156页。

③ 阿来：《阿来文集·诗文集》，人民文学出版社2001年版，第9页。

身心安放之地。在一首《永远流浪》的诗中，阿来写道：

> 在无人区，寂静让我醒来
> 眼睛里落满星星的光芒
> 想起流浪是多么好的一张眠床
> ……
> 就在这时，我才明白
> 一直寻找的美丽图景
> 就在自己内心深处，是一个
> 平常之极的小小国家
> 一条大河在这里转弯
> 天空中激荡着巨大的回响
> 这个世界，如此阔大而且自由
> 家在边缘，梦在中央
> 就在这个地方，灵魂啊
> 准时出游，却不敢保证按时归来。①

青年阿来曾在马尔康中学教书，每天按部就班的课程曲终人散后，傍在山边的校园便空空荡荡了。在那些漫长的夜晚，阿来开始接近诗歌。"那是我的青春时期，出身贫寒，经济窘迫，身患痼疾，除了上课铃响时，你即便是一道影子也必须出现在讲台上外，在这个世界大多数人的眼里，并没有你的存在。就在那样的时候，我沉溺于阅读，沉溺于音乐。愤怒有力的贝多芬，忧郁敏感的舒伯特。现在，当我回想起这一切，更愿意回想的就是那些黄昏里的音乐生活。音乐声中，学校山下马尔康镇上的灯火一盏盏亮起来，我也打开台灯，开始阅读，遭逢一个个伟大而自由的灵魂。"②"那是一个怎样丰富的世界啊！那样的自由，那样地至疼至爱，那样的淋漓尽致。"③无眠的夜晚，阿来拿起了笔在无边的寂静里开始吟唱：

> 寂静
> 寂静听见我的哭声像一条河流
> 寂静听见我的歌声像两条河流
> 我是为悲伤而歌，为幸福而哭
> 那时灵魂鹰一样在群山中盘旋
> 听见许多悄然而行的啮齿动物

---

① 阿来：《阿来文集·诗文集》，人民文学出版社2001年版，第23～24页。
② 阿来：《阿来文集·诗文卷·后记》，人民文学出版社2001年版，第152页。
③ 阿来：《阿来文集·诗文卷·后记》，人民文学出版社2001年版，第153页。

寂静刺入胸腔仿佛陷阱里浸毒的木桩

寂静仿佛一滴浓重的树脂

黏合了我不愿闭上的眼睑

我在这里

我在重新诞生

背后是孤寂的白雪

面前是明亮的黑暗

啊，苍天何时赐我以最精美的语言。①

——《群山，或者关于我自己的颂辞》

阿来始终相信，这种寂静之后，是更加美丽丰盈的生命体验和表达的开始。早期的阿来，带着虔诚和崇敬，用大量充满浓烈情绪的笔墨，礼赞本民族浩瀚深邃的文化，倾吐对赐以他智慧的故土的眷恋之情和对本民族历史文化的深情缅怀：

我是一个从平凡感知奇异的旅者

三十周岁的时候

我的脚力渐渐强健

许多下午

我到达一个村庄又一个村庄

水泉边的石头滋润又清凉

母亲们从麦地归来

父亲们从牛栏归来

在留宿我的家庭闲话收成，饮酒

用樱桃木杯，用银杯

而这家祖父的位子空着

就是这样，在月光的夜晚

我们缅怀先人

先人灵魂下界却滴酒不沾

窗外月白风清，流水喧阗

胸中充满平静的温暖。②

——《三十周岁时漫游若尔盖大草原》

---

① 阿来：《阿来的诗》，四川文艺出版社2016年版，第9～10页。

② 阿来：《阿来的诗》，四川文艺出版社2016年版，第120页。

青年时代的阿来从一开始创作就意识到，他所要表达的一切皆缘于决定他成为藏人的血脉，缘于祖先创造的深厚久远的文明，源于地处边缘地带的嘉绒藏区，他在诗中写道："背弃你们我不能够。"[①]早期阿来曾发愿要"续写我们停滞的历史"，要在高原的历史上"写下磅礴的篇章"。

阿来的写作一直具有实验民族志田野作业特征，他喜欢不间断地行走漫游，从马尔康县的藏族村寨卡尔古村开始，到梭磨河、大渡河、墨尔多神山、大小金川、若尔盖草原……在行走与漫游中写作。在漫游中，阿来把自己融入了那片雄奇的大自然，在群山中各个角落进进出出，探寻嘉绒部族的历史以及随着历史的变迁而湮灭于荒山野岭间的历史中的文化。而更多的是对生于斯长于斯的故乡"原风景"的仰观俯察、流连忘返和深情描摹。

嘉绒藏区的民居是广阔田野间美丽的点缀。墙上绘着巨大的日月同辉图案，绘着宗教意味浓重的金刚与称为"雍仲"的卐字法轮的石头寨子，超拔在金黄的麦地与青碧的玉米地之间。果园，麦地，向着石头寨子汇聚，小的寨子向着大的寨子汇聚，边缘的寨子向着中央的寨子汇集。天空碧蓝如洗，阳光总是非常好。藏民们种点青稞，种点玉米，牦牛和羊群流散在草地上。藏民紧皱眉头，却有悠闲的生活状态，转经筒，转玛尼堆，要不就三三两两地坐在路边上往远处眺望，吃点牦牛肉干，喝点青稞酒。天空有白云聚散，他们却能保持与时空无关的姿态。这就是作者生长的土地和土地上的风物与习俗，是个体生命的根系。

30岁那年，阿来背上他最喜爱的聂鲁达、惠特曼的诗集，带着《旧年的血迹》，在故乡的土地上进行了一次长时间的漫游。"从森林到草原，从深陷于人们视界之外的那些峡谷河川，到最早迎接日出的高原。"他说，"我要在自己三十周岁的时候，为自己举行一个特别的成人礼，我要在这个成人礼上明确自己的目标。"[②]那一次漫游，后来变成了阿来的一首抒情长诗《三十周岁时漫游若尔盖大草原》。在"既是肉体故乡，也是精神原乡的土地"上漫游，对于阿来是铭心刻骨的，他的精神世界发生了深刻的变化。

> 我的脚迹从岷山深处印向若尔盖。
>
> 在黄河还十分清澈的上游，遥远的草原，路一直伸向天边，那里堆着一些厚厚的积雨云，头顶上，鹰伸展开翅膀，一动不动悬在空中，像是在畅饮着方向不定的风，羊群四散在小山丘上，马有些孤独，立在水平如镜的沼泽边上。当然，还有寺院，还有一些附着了神迹的山崖与古树。
>
> ……
>
> 天哪！/我正穿越的土地是多么广阔/那些稀疏的村落宁静而遥远/穿越许多人，许多天气/僧人们的袈裟在身后/旗帜一样噼啪作响，迎风飘扬/我葡匐在地，仔细倾听/却只听见沃土的气味四处流荡/我走上山岗，又走下山岗。
>
> ……

---

① 阿来：《阿来的诗》，四川文艺出版社2016年版，第6页。
② 阿来：《旧年的血迹·重版自序》，作家出版社2000年版，第3页。

那次漫游终于成为了我晚来的成人礼，即使独自一人，我也找到了终生献身于某种事业所需要的那种感觉：有点伟大，有点崇高，当然，最需要的是，内心从此澄澈空灵的境界，和那种因内心的坚实而充溢全身的真正的骄傲。那是整个世界，整个生命，一个人的过去与未来全部发生神奇变化的重要一刻。

一个世界与自身心灵的倾听者就在这一天诞生了。①

一个诗人诞生了。"诗人帝王一般/巫师一般穿过草原/草原，雷霆开放中央/阳光的流苏飘拂/头带太阳的紫金冠/风是众多的嫔妃，有/流水的腰肢，小丘的胸脯。"②多年以后，阿来回忆说："30周岁的时候，我总是听见一个声音，隐约而又坚定，引我向前。这次漫游也是一个求证，求证我能不能真正书写这块土地，书写这块土地上的人。大概三年多以后我又开始写作。"③

阿来的行吟体诗歌，继承了藏族古代民间歌谣、谚语、史诗的游吟体诗艺特征。当中国诗歌杂志在为朦胧诗争论得面红耳赤的时候，阿来"走向了宽广的大地，走向了绵延的群山，走向了无边的草原。那时我就下定了决心，不管是在文学之中，还是在文学之外，我都将尽力使自己的生命与一个更雄伟的存在对接起来。"④或许，这个"更雄伟的存在"，就是阿来故乡雄奇的大地和那片大地上生生不息的人们。

阿来将自己的诗歌置于天空和大地之间，嘉绒的"群山""草原""大地""一个又一个的村庄"，在阿来不间断地漫游和吟唱中，日益走向宽阔和深广——"在那样的荒凉而又气势雄浑的河谷里漫游，一个又一个村落会引起一种特别的美感。"⑤阿来醉心于"用宽阔歌唱自己幽深的草原"，喜欢用雄浑阔大而且自由动感的诗歌意象抒写情怀，如群山的波涛、轰鸣的河流、宽广的谷地、河谷的长风、大片的荒原、荒原的边缘、高峻的雪山、幽深的夏天、金色的阳光、高大的云杉、群山深刻的褶皱、大地裸露的神经、海浪排空的节奏、奔马似的白色群山，等等。又如：

> 如何面对一片荒原
> 当大地涌向中心
> 高出的平旷被劲风不断吹拂
> 犹如一声浩叹绵延不绝
> 那些粗糙的边缘，是雪山的栅栏。⑥

——《如何面对一片荒原》

---

① 阿来：《阿来文集·诗文卷》，人民文学出版社2001年版，第148页。
② 阿来：《阿来文集·诗文卷》，人民文学出版社2001年版，第111页。
③ 转引自《文学报》2007年2月8日。
④ 阿来：《阿来文集·诗文卷·后记》，人民文学出版社2001年版，第155页。
⑤ 阿来：《大地的阶梯》，人民文学出版社2001年版，第91页。
⑥ 阿来：《阿来的诗》，四川文艺出版社2016年版，第48页。

　　这是嘉绒大地特有的自然脉息留在阿来心灵上的深刻印记。他说："我只通过深山的泉眼说话，最初的言辞是冰川舌尖最为清冽的那一滴，阳光、鸟语、花粉、精子、乳汁，这一滴是所有这一切东西。"①

　　自然之眼中的生命，自由、轻盈而灵动：沐浴晨光的骏马，在花香中奔跑的羚羊，蓝天下翱翔的鹰隼，旷野中悠闲的鹿群，月光下飘飞的灵魂……还有："小路边鲜艳的花朵，春天招摇的新娘。"

　　于深沉阔大之境中赋予生命以轻盈灵动之美，是阿来诗歌的特点之一。我们试读下面的诗：

　　　　一匹红马
　　　　站在经过了秋霜的旷野中间
　　　　金色旷野，灿烂而又辽远
　　　　我们日渐遗忘的精神的衣衫

　　　　红马听见风在旷野边缘
　　　　自己昂首在一切的中央
　　　　俯首畅饮，眼中满是水的光彩
　　　　时间之水冲刷着深厚的岸土
　　　　而红马，总是在岸上，在退却中的旷野
　　　　英雄般地孤独而又庄重
　　　　带着它的淡淡的忧伤，走上了山岗

　　　　在若尔盖草原，黄河向北
　　　　岷山之雪涌起在东边
　　　　就在这大地汇聚之处
　　　　一匹红马走上了浑圆的山岗
　　　　成为大地和天空之间一个鲜明的接点
　　　　在人神分野的界限
　　　　轰然一声，阳光把鬃毛点燃
　　　　这时我们正乘车穿过草原
　　　　红马的呼吸控制了旷野的起伏
　　　　天地之间正是风劲朦满②

---

① 阿来：《阿来文集·诗文集》，人民文学出版社2001年版，第9页。
② 阿来：《阿来文集·诗文集》，人民文学出版社2001年版，第30页。

阿来的诗歌服从了内心深处某种神秘力量的召唤——与族群文化血脉息息相通的某种内在冲动。但更多的还是阿来自己的生命体验，以及对那片土地的爱和感悟。毕竟，阿来在与故土36年的厮守和相伴中度过了他人生的最初年华，在这里他寻找到了诗歌的机缘。这里是他少年时代和青年时代幻想与梦的断脐之地，是他深爱的故乡。

阿来诗歌的意象、情感和气质更趋向地方性诗学的旨趣，同时超越固有的地方秩序，在地方性的物候与气质浸淫中，从经验环境与内在感受的互动生成与更新出发，豪迈，大气，总是用自己的心智将他眼中掠过的风景清洗一遍，在领略中重新认识世界。

海德格尔说："诗歌与哲学是近邻。"藏民族的这种诗性品质一方面来自佛教的理性，另一方面来自苯教的原始信仰。佛教关于人生和社会的理论是一种完备的哲学体系，佛学思维充满了对生命的终极关怀，这种思维特征在艺术审美中往往呈现为一种诗性哲理。苯教是建立在万物有灵观念和自然崇拜基础上的一种具有原始野性和神秘色彩的古老的思维体系和行为方式，是一种超验的世界，充满了与天地万物息息相通的浪漫气息和抒情品质。在藏族诗人的诗歌创作中，苯教的意象方式和"诗性思维"与佛教的思辨哲理往往有机地融合在一起。

青年阿来以诗的方式，进入并参与了族群文化寻根的行列。

阿来的文化寻根意识渗透在他几乎所有的作品中，具体表现为对嘉绒大地不间断地漫游和深情描绘，以及在文学创作中与族群血脉和历史文化根脉的贴近或"对接"。阿来用"大地裸露的神经"比喻附着于嘉绒地理之上的历史文化根脉，把族群血脉的绵延传续喻为"矿脉在地下延伸"。当阿来以瞻仰和崇敬之心，用双脚与内心丈量故乡大地的时候，往往会使人想起藏人的一种承继不息的身心运动——朝圣：

> 部落的历史，家族的历史/像丛丛鲜花不断飘香/不断迷失于不断纵深的季节/野草成熟的籽实像黄金点点。[①]

> 啊，母亲们/把高插在墙上的松明点燃/用家传的木杯与银碗斟满蜜酒/我们要在松木清芬的光焰下/聆听嘉绒人先祖的声音/让他们第一千次告诉/我们是风与大鹏的后代/然后，顺着部落迁徙的道路/扎入深远记忆/扎入海一样深沉的睡眠。[②]

> 啊，一群没有声音的妇人环绕我/用热泪将我打湿，我看不清楚她们的脸/因为她们的面孔是无数母亲面容的叠合/她们颤动的声音与手指仿佛蜜蜂的翅膀/还有许多先贤环绕着我/萨迦撰写一部关于我的格言/格萨尔以为他的神力来源于我/仓央嘉措唱着献给我的情歌。

---

① 阿来：《阿来文集·诗文集》，人民文学出版社2001年版，第107页。
② 阿来：《阿来文集·诗文集》，人民文学出版社2001年版，第102～103页。

一群鸽子为我牵来阳光的金线/仙女们为我织成颂歌的衣裳。①

阿来的情感所向，始终是那些"藏人血液中的精神气质"。他向读者倾诉他所有的行程——双脚，以及内心。

文化之根应深植于民族传统文化的土壤里，根不深，则叶难茂。"寻根"不是出于一种廉价的恋旧情绪和地方观念，而是一种对民族的重新认识，一种审美意识中潜在历史因素的苏醒，一种追求和把握人世无限感和永恒感的对象化的表现。

阿来的文化寻根过程，也是其自我文化身份整合的过程。对于阿来来说，穿越不同的文化领地和文化空间，就如同在嘉绒大地上穿行一样，一路上是看不完的风景，所领略和感受的是一种更为开阔的视野中的雄浑、博大和多姿多彩，所体验的是内心的喜悦、平静、宽容和自适。

二

20世纪80年代后成长起来的中国作家，都不同程度地受到当代西方作品和作家的影响，如意识流、荒诞派、新小说、魔幻现实主义，乔伊斯、卡夫卡、福克纳、海明威、博尔赫斯、米兰·昆德拉……正如阿来所说："我们这一代人是在中国面对世界打开国门后不久走上文学道路的。所以，比起许多前辈的中国作家来，有更多的幸运。其中最大的一个幸运，就是从创作之初就与许多当代西方作家的成功作品在汉语中相逢。"

……仅就诗人而言，我就阶段性地喜欢过阿莱桑德雷、阿波里奈尔、瓦雷里、叶芝、里尔克、埃利蒂斯、布罗茨基、桑德堡、聂鲁达等诗人。这一时期，当然也生吞活剥了几乎所有西方当代文学大师翻译为中文的作品。

大量的阅读最终会导致有意识的借鉴与选择。

……

因为我成长生活其中的那个世界的地理特点与文化特点，使我对那些更完整的呈现出地域文化特性的作家给予更多的关注。在这个方面，福克纳与美国南方文学中波特、韦尔蒂和奥康纳这样一些作家，就给了我很多的启示。换句话说，我从他们那里，学会了很多描绘独特地理中人文特性的方法。

因为我是一个藏族人，是中国的少数民族，少数民族的文化的非主流特性自然而然让我关注世界上那些非主流文化的作家如何做出独特、真实的表达。②

---

① 阿来：《阿来文集·诗文集》，人民文学出版社2001年版，第2~3页。
② 阿来：《阿坝阿来》，中国工人出版社2004年版，第157~159页。

　　美籍犹太裔诗人伊利亚·卡明斯基说："诗人并非诞生于一个国家，诗人们诞生于童年。"这也许会对我们今天阅读阿来的诗歌作品以启示。多语背景、多种文化对阿来的影响的确是实质性的，这个时候的阿来在阅读藏民族的民间故事、萨迦格言、米拉日巴道歌、格萨尔史诗等这些本民族文学外，已经开始沉溺于聂鲁达、惠特曼、贝多芬，他也因此给藏族作家的汉语诗歌在20世纪八九十年代带来了新质与异质。里尔克曾经说过一段话，引起俄罗斯著名女诗人茨维塔耶娃的强烈共鸣："对诗人来说，无所谓'母语'，诗歌——就是翻译，从母语翻译成另一种语言……目的是成为诗人……并非成为法国诗人、俄罗斯诗人或者其他民族的诗人，而是成为所有民族的诗人。"也许正因为如此，在不同语言的来回翻译中，诗性的思维会更加活跃，可以刺激新的文化想象，才使一个诗人与他的母语和国家、民族构成了更深刻的关系。

　　阿来的诗歌是某种意义上的"乌托邦"，充满了神话、宗教甚至庄严的幻想色彩。在阿坝的地理背景与雪山映照下，在海子边、树木旁，在草原和群山构成的过渡带上，从抒情诗中走出来的阿来，创造了他的精神家园。这些诗歌激发于他青年时代的孤独人生，而且这种激发是相互的，不仅从家乡的地理环境和民族文化的独特性中"吸收"，还从世界各地的诗歌阅读那里"吸收"，因为里面有同一精神血液的循环。

　　对世界文学的阅读，使阿来进入了与藏文学、汉文学迥然不同的更为宽广的文学世界，这些来自异国他乡的文学景观、思想资源、表现手法对阿来诗歌创作的影响是不容忽视的。阿来说，是聂鲁达、惠特曼打开了他"诗歌王国金色的大门"，并给了他精神的引领和启示。聂鲁达"带着我，用诗歌的方式，漫游了由雄伟的安第斯山统辖的南美大地，被独裁的大地，反抗也因此无处不在的大地。被西班牙殖民者毁灭了的印第安文化英魂不散，在革命者身上附体，在最伟大的诗人身上附体。那时，还有一首凄凉的歌叫《山鹰》，我常常听着这首歌，读诗人的《马克楚比克楚高峰》，领略一个伟大而敏感的灵魂如何与大地与历史交融为一个整体。这种交融，在诗歌艺术里，就是上帝显灵一样的伟大奇迹。"还有美国诗人惠特曼——"无所不能的惠特曼，无比宽广的惠特曼。""也是因为这两位诗人，我的文学尝试从诗歌开始。而且，直到今天，这个不狭窄的较为阔大的开始至今使我引以为骄傲。"①

　　读聂鲁达的诗，我们感觉自己又重新回归生命最质朴的天地。阿来喜爱聂鲁达的《马丘·比丘高处》②一诗。马丘·比丘（Machu-Bichu，英文名称是Machu Picchu，又译作麻丘比丘）是前哥伦布时期印第安民族所建立的印加帝国的遗址，具体位于现今的秘鲁（Peru）境内库斯科（Cuzco）西北130公里处。整个遗址高耸在海拔约2350米的山脊上，俯瞰着乌鲁班巴河谷，为热带丛林所包围，地理坐标为南纬13°9′23″，西经72°32′34″。公元15世纪，印加王朝的统治者在马丘·比丘山上修建了这座云中城堡，将其作为军事要塞和祭祀神灵的场所。但是，他们却没能抵挡住西班牙殖民者的入侵，在被打败后，这座城堡也神秘地

---

① 　阿来：《阿来文集·诗文卷·后记》，人民文学出版社2001年版，第154～155页。
② 　这首诗又译作《马克楚比克楚高峰》或《马楚·比楚高峰》，是1971年诺贝尔文学奖获得者聂鲁达的一部史诗性的诗集——《漫歌集》中最重要的一首长诗，全诗共500行，分15章，由250首诗组合而成。

"消失"了。1911年，失落了几个世纪的马丘·比丘遗址被探险家发现。遗址南北长700米，东西宽400米，在萨坎台雪山的山腰上，由216座建筑物的废墟组成。2007年，马丘·比丘印加遗址当选为"世界新七大奇迹"之一。

1943年10月，聂鲁达途经秘鲁，参观了马丘·比丘高处的印加帝国遗址，他受到极大的震撼。据说，在此之前，聂鲁达一直想以史诗的形式，写一本智利的诗歌总集。而当他站在拉美各国的共同祖先——古代印第安人创造的文明的废墟上时，他产生了新的构思，想写一本美洲的诗歌总集——"它应该是一种像我们各国地理一样片片断断的组合，大地应该经常不变地在诗中出现。"1945年9月，他先写出了长诗《马丘·比丘高处》。1948年2月5日，智利政府下令逮捕聂鲁达。诗人被迫转入地下，同时开始《漫歌集》的写作。从此，诗人个人的命运和情感，与整个美洲大陆辉煌的历史和悲惨的命运紧紧地连在一起。"由于他那具有自然力般的诗，复苏了一个大陆的梦幻与命运。"①

《马丘·比丘高处》采用超现实主义的手法，表现古代印加帝国历史的辉煌和神秘的消亡，具有深厚的印第安文化底蕴。全诗自始至终，讴歌的是印加古石建筑的辉煌，抒发的是诗人对创造了印加文化的古代印第安人的敬仰和缅怀：

> 美洲的爱，同我一起攀登，/亲吻这些神秘的石头……从大地的深处看看我吧！/安第斯山眼泪的运水夫，/被压碎指头的宝石匠……
>
> 石块垒着石块；人啊，你在哪里？/空气接着空气；人啊，你在哪里？/时间连着时间；人啊，你在哪里？/难道你也是那没有结果的人的/破碎小块，是今天/街道上石级上那空虚的鹰/是灵魂走向墓穴时/踩烂了的死去的秋天落叶？/那可怜的手和脚，那可怜的生命……难道光明的日子在你身上/消散，仿佛雨/落到节日的旗帜上/把它阴暗的食粮一瓣一瓣地/投进空洞的嘴巴？
>
> 古老的亚美利加，沉没了的新娘/你的手指，也从林莽中伸出/指向神祇所在的虚无高空……你的指头，也是，也是/玫瑰所抽发……被埋葬的亚美利加，你也是，也是在最底下/在痛苦的脏腑，象鹰那样，仍然在饥饿？②

聂鲁达歌唱大地，热爱大自然，他将自己的灵魂与美洲"富饶的大地"，与天空与海洋融合在一起。他说："一切都给我带来欢乐/大地、空气/碧蓝的天/和你。"聂鲁达对自己的祖国——智利满怀依恋之情："尽管对每个人来说这个国家是如此偏远，在纬度上是如此寒冷，如此荒凉……其北部盛产硝石的大草原，幅员广阔的巴塔哥尼亚，如此多雪的安第斯山脉，如此绚丽多彩的海滨地区。智利，我的祖国。我是那些永存于世的智利人中的一员，是这样的一个人，无论在别的什么地方受到多么好的待遇，我都得回到自己的国家。"③

---

① 诺贝尔文学奖给聂鲁达的颁奖词。

② ［智利］巴勃罗·聂鲁达：《诗歌总集》，王央乐译，上海文艺出版社1984年版。

③ 堵军主编：《诺贝尔文学奖获得者作品暨演讲文库·创作访谈卷》，中国物资出版社2004年版，第2868页。

　　阿来的诗歌创作深受聂鲁达的启迪，当中国诗坛为"朦胧诗"争论不休的时候，阿来开始了对故乡——嘉绒大地不间断地漫游，在雄奇美丽的大自然中找到了情感与心灵的栖息地，将自己的文学创作与嘉绒大地这个"雄伟的存在"对接起来，故乡的山水草木和地域文化让其流连忘返。我们也可以将阿来的长诗《三十周岁时漫游若尔盖大草原》与聂鲁达的诗进行对读：

阿来的诗：

　　河流：南岸与北岸/群峰：东边与西边/兀鹰与天鹅的翅膀之间/野牛成群疾驰，尘土蔽天/群峰的大地，草原的大地/粗野而凌厉地铺展，飞旋。

　　……

　　听哪，矿脉在地下走动/看哪，瀑布越来越宽。

　　我静止而又饱满/被墨曲与嘎曲/两条分属白天与黑夜的河/不断注入，像一个处子/满怀钻石般的星光/泪眼般的星光/我的双脚沾满露水/我的情思去到了天上，在/若尔盖草原，所有鲜花未有名字之前。①

　　泥土，流水/诞生于岁月腹部的希望之光/石头，通向星空的大地的梯级。

　　就是这样/跋涉于奇异花木的故土/醇香牛奶与麦酒的故土/纯净白雪与宝石的故土/舌头上失落言辞/眼睛诞生敬畏，诞生沉默。

　　草原啊，我看见/沐浴晨光的骏马/翠绿草丛中沉思默想的绵羊/长发上悬垂珠饰与露水的姑娘/众多的禽鸟在沙洲之上/一齐游弋于白云的故乡/天下众水的故乡。②

聂鲁达的诗：

　　在礼服和假发来到这里以前/只有大河，滔滔滚滚的大河/只有山岭，其突兀的起伏之中/飞鹰或积雪仿佛一动不动/只有湿气和密林，尚未有名字的/雷鸣，以及星空下的邦巴斯草原。

　　我在茂密纠结的灌木林莽中/攀登大地的梯级/向你，马克丘·毕克丘，走去/你是层层石块垒成的高城/……空气进来，以柠檬花的指头/降到所有沉睡的人身上/千年的空气，无数个月无数个周的空气/蓝的风，铁的山岭的空气/犹如一步步柔软的疾风/磨亮了岩石孤寂的四周。

　　在山坡地带，石块和树丛/绿色星星的粉末，明亮的森林/曼图在沸腾，仿佛一片活跃的湖/仿佛默不作声的新的地层/到我自己的生命中，到我的曙光中来吧/直至崇高的孤独。③

---

① 阿来：《阿来的诗》，四川文艺出版社2016年版，第110～111页。

② 阿来：《阿来的诗》，四川文艺出版社2016年版，第114～115页。

③ ［智利］巴勃罗·聂鲁达：《诗歌总集》，王央乐译，上海文艺出版社1984年版。

惠特曼《草叶集》得名于诗集中"哪里有土，哪里有水，哪里就长着草。"《草叶集》是长满美国大地的芳草，永远生机蓬勃并散发着诱人的芳香，"洋溢着希望的绿色素质"。在《草叶集》中，惠特曼对大自然、对自我有着泛神主义的歌颂，诗中极力赞美大自然的壮丽、神奇和伟大，如："攀登高山，我自己小心地爬上/握持着抵桠的细瘦的小枝/行走过长满青草，树叶轻拂着的小径/那里鹌鹑在麦田与树林之间鸣叫/那里蝙蝠在七月的黄昏中飞翔/那里巨大的金甲虫在黑夜中降落/那里溪水从老树根涌出流到草地上去。"

惠特曼的精神气质与哺育阿来成长的充满自然崇拜和神灵崇拜的嘉绒大地的文化气息是相通的。正是在聂鲁达和惠特曼的诗歌的引领下，阿来"回到了双脚走过的家乡的梭磨河谷、大渡河谷，回到了粗犷幽深的岷山深处，回到了宽广辽远的若尔盖大草原。"[①]诗歌是一种永远处于未完成状态的文学体裁，它诱惑诗人不断地出走，又在出走后反复勾起永远的乡愁。

阿来是在一个被原始乡土包围的偏僻村寨里，在自然山川、宗教、故事、歌谣的熏陶下成长的，作为一个原乡人，他一直在努力寻找精神上真正的故乡。在创作中，阿来摒弃了那种狭窄的个人抚慰式写作，以自己不断走向开阔的文化视野，将其作品推向了更为宽广的生命空间。

2016年2月，阿来在中央电视台《开讲啦》第168期的演讲说："……遇上诗歌，青春时代写诗的经历，悄悄地改变了我，刷新了我"。"我不再把那个小小的村子，作为我的故乡，今天我把青藏高原最壮丽最漂亮的这一部分都看成是我的故乡。直到现在，每年我都有三分之一以上的时间在这样的地域当中行走，跟这儿的雪山在一起，跟这儿的山峰在一起，跟河流在一起。更重要的是，跟这儿的老百姓在一起，跟这儿正在发生的历史，跟生活在一起。故乡是让我们抵达这个世界深处的一个途径，一个起点。"

结　语

20世纪90年代以后，中国当代诗歌呈现出一个主要趋向：写实转向和叙事转向，就是如何处理日常经验的书写。与此不同的是，中国少数民族诗人却大多立足于自己民族独特的地理历史文化和边缘文化身份，他们的诗歌往往充满了对命运、对本民族文化的深刻思索。阿来的诗，没有休闲时代的语气和戏剧性的叙述，没有当下诗人关注的日常生活琐事或者平常的物品、现象、事件。他的诗是有关辽阔疆域的"宏大叙事"，是祖先传说、民族历史、山河地理。阿来诗歌的意象、情感和气质更趋向地方性诗学的旨趣，同时超越固有的地方秩序，在地方性的物候与气质浸淫中，从经验环境与内在感受的互动生成与更新出发，豪迈、

---

① 阿来：《阿来文集·诗文卷·后记》，人民文学出版社2001年版，第155页。

大气，是对山河气象与历史气概的阐发，他的诗歌总是用自己的心智将他眼中掠过的风景清洗一遍，在领略中重新认识世界，即便是简短的行吟诗也蕴含着史诗般的爱、责任和承担。

随着时光的流逝，以及优秀诗歌的沉潜，诗歌界你方唱罢我登场，各领风骚数百天，《阿来的诗》中那些真挚的赞词颂歌如《哦，川藏线》《神鸟，从北京飞往拉萨》《献诗：致亚运火种采集者达娃央宗》等已经不为人们所欣赏，但《群山，或者关于我自己的颂辞》《三十周岁时漫游若尔盖大草原》等优美的篇章所呈现出的独特张力和深厚情愫，依然在我们眼前闪耀。

新世纪诗歌中，现代性价值理念再度受到重视，诗歌的现代性程度再度显著提升，诗人群体体现出更为明显的公民意识，许多诗歌作品包含了对于社会的关注和对于人的关怀，有着明显的权利意识、责任意识、参与意识、自由意识等，体现着鲜明的现代性价值理念，《阿来的诗》缺乏这种现代性的批判理念，但我们在他的长篇小说《空山》中看到了他历史的、形而上的使命同构于现代性的表达。阿来的诗歌描绘了一个时代的结束，而崭新的诗歌时代，阿来似乎已无意卷入。但身处这个如同动车或高铁一样疾驰的世界中，面临复杂多变的生活时局，阿来的诗歌创作是否会有新的起点？或许是可能的。

（原载陈思广主编：《阿来研究》［第六辑］，四川大学出版社2017年版）

大变革中的心灵颤抖

——读阿来的《奥达的马队》

白崇人

我读完了阿来的中篇小说《奥达的马队》(《民族作家》1987年第4期),心中涌动着惆怅。惆怅之后是长久的回味和思索。

《奥达的马队》(以下简称《马队》)写的是川西藏区四个驮脚汉在马队即将消亡的一段日子里的生活。公路在向山区的纵深处延伸。奥达马队"不得不离开一个个货源丰富、气候适宜的地区,向人烟稀少而贫瘠的地区转移。眼下,整个岷山据说还有三支专事运输的马队。各自占据着一条山沟。这条长不到三百里的山沟已住进了公路勘探队。这就等于宣告:三五年后,这支以奥达命名的马队就将消失了"。用汽车替代马队,这无疑是一个进步。公路将给山区带来繁荣。许多人对它抱有美好的感情。那个与马队同行的勘探队女医生就赞美公路是"多美的一个弧线"。而山区小学老师则教学生写文章说:"修公路的炮声像春雷一样。"但公路对驮脚汉来说却是灾难、是魔鬼。它将逼迫曾经延续、兴旺了千百年的马队自行消亡,它将使驮脚汉失去他们热爱、迷恋的职业。它像一块巨石压在驮脚汉的心头;它像一把尖刀刺痛了他们的心。阿来以激动人心的笔墨描述了奥达马队在消亡前夕一段时间里四个驮脚汉的精神世界,他们的感情波澜以及公路与马队的尖锐冲突所荡起的历史回声。

这支马队共有四个驮脚汉:"头儿"奥达,一个把所有的爱都灌注在驮脚生涯中的老驮脚;穷达,一个还俗的和尚;阿措,一个多病但不愿离开马队的老头和"我"——从小受人欺凌的私生子、在马队才找到温暖的年轻人夺朵。阿来在小说中着力刻画了他们的性格特点和内心世界。他们的身世不同、思想境界不同、性格不同,但共同的生活道路铸成了他们的共同命运和思想基调。他们都习惯了并深深热爱着马队生活。奥达就"把驿路当成神",在驮脚生涯中寻找和享受着人生的最大乐趣。阿措不愿回家安度晚年,而宁愿在马队闭上双眼。他们终年往返于崇山峻岭之中,过着艰苦的流动生活。但这生活自由自在,充满活力,充满友情,充满野性的欢乐。他们和几匹漂亮的坐骑结下深厚无比的友谊,和女人、和酒、和仗义的刀……编织着故事。马背生涯把他们"塑造成一条能够热爱,能够痛恨的硬汉,养育了他们自由的天性。"但是,现在公路已经把他们逼到最后一条山沟了。"我"就饱含感情地说:"我会告别这自由自在、使我成为一条真正男子汉的生活吗?不能。"

　　但是，公路是无情的。它紧紧地追赶着马队。这不能不使驮脚汉忧心忡忡。穷达痛哭流涕地说："啊，三五年后，我们到哪里存身？公路一通，那么多条文就跟着来了，打猎、猎鹿、捕麝，一条法令把你送进监牢。种地？你的土地在哪里？放牧？你的草场、羊群在哪里？"阿措在临终前也对伙伴们说："我就这样先走了，伙计们。这是我一心所望的啊，可公路来了你们怎么办？"公路在他们心中是多么可怕！他们觉得没有马队就没有了生活的保证和生存的条件。一种新的、先进的交通工具强迫旧的落后的交通工具自行消亡，是历史前进的标志之一。但它又给那些依靠落后的交通工具生存的人们带来巨大的痛苦和失望。

　　但是，这只不过是对个人生计的担心，对未来生活的恐惧。驮脚汉们还有更深一层的疑虑。奥达就愤愤地说："公路一通，飞蝗一样无礼的人群就要来了。这些地方就要被糟蹋了。""那些人会把这里变成枯树的颜色。"长期处于封闭状态的少数民族地区的人们，对外部世界知之甚少，他们对本地区不可避免的开放趋势，产生一种本能的抗拒力。这里既有习惯势力的惰性，同时也不可否认有一种民族间缺乏交流所酿成的误解和抵触情绪。

　　驮脚汉不愿听到"公路"二字，但又不由自主要提到令他们反感、厌恶的"公路"。一种绝望的情绪在他们心中弥漫，有时竟变成了怨恨。奥达本来是一条言语不多的硬汉，但此时也压抑不住心头的怒气。他对女医生吼道："我们的道路是铁蹄的道路，你们橡胶轮子的钢铁机器是多么蛮横无理啊！""钢铁、橡胶、泊漆的气味都是魔鬼的气味。"穷达则诅咒道："让流沙和悬崖撕碎公路勘探队。"

　　这是愚昧的发泄，也是将要失去自己所热爱的职业的人们发自内心的痛苦呼唤。

　　但是，公路勘探队照常热火朝天地工作着，公路也随之向深山沟延伸。驮脚汉的愤怒诅咒是无济于事的。马队消亡的命运早已注定，无可挽回了。这时，驮脚汉们的心中不禁荡漾起对过去生活的回忆。有多少激动人心的记忆深藏在他们心底！回忆那艰苦而自由的驮脚生活，回忆伙伴之间那患难与共的友情，回忆起与母亲的告别、与姑娘的相会、与乡亲们的畅饮……这一切多么让驮脚汉们留恋啊！回忆伴随着他们的行程，回忆成了他们治疗心疾的良药。我们不要把这仅仅看成是驮脚汉个人的感情波澜，也不要把这只看做是旧习惯势力的自我安慰，而其中都包含着更深层次的意蕴。请看《马队》中的这段描述：

　　　　"玛鲁查卡！"奥达喃喃地说。
　　　　他们郑重其事地告诉你：玛鲁查卡是一个早已湮灭于这片浩渺森林的一个部落的名字，部落的名字也被用以为这片森林命名。这森林中间有三条河流的源头，向东、向东南、向西南流落，在群山地带，孕育了上百个古代部落。
　　　　"查卡是源头的意思。"穷达说。
　　　　"是母亲。"阿措说
　　　　"是脐带。"奥达说。
　　　　而你只是想大声呼叫，想到这里，那林海似乎已经在你的啸声中动荡起来。

这是多么震撼人心的精彩描写啊！驮脚汉的忧愁、痛苦、怨恨原来还蕴含着对自己民族和故土、对自己民族历史文化传统深沉、真挚的爱。这种爱在奔腾向前的历史洪流面前也许显得渺小和可怜，但它却代表了一个民族的心声，具有催人泪下的民族精神和巨大的感召力量。在一个民族前进的历程中，在进步与保守的冲突中，他们是不愿舍弃自己悠久的历史文化传统的，在新的征途上他们也仍然怀念着自己民族的光荣过去，顽强地寻找着自己民族的英灵。这是阿来小说的基本思想之一。

历史是无情的。现实也是无情的。抗拒命运的奥达马队恰恰正在促进自己的消亡。他们运送的物资，其中大部分是修筑公路的器材、炸药、汽油和勘探队员的食品、报纸。驮脚汉在为自己的马队挖掘着坟墓。阿措的女儿，正在开着卡车赚钱，而夺朵的生父给他寄来的又是一张卡车提货单。这是多么具有讽刺意味！新与旧、进步与落后的矛盾就是这么错综复杂。但新的交通工具毕竟要取代旧的交通工具，并正在被山区人民接受。没有旧事物的悲剧，就没有新事物的诞生。这就是历史的辩证法。

驮脚汉，特别是年轻人夺朵也逐渐意识到了"行业"给自己生活带来的危机。姑娘们已经不像过去满足于和驮脚汉做"萍水夫妻"了。夺朵的旧情人尽管还对他情意绵绵，但却拒绝了他，向他提出：如果真要她，就把她带回他的家乡。新情人也强烈要求他过安定的生活。只有在马队结局的那天晚上才躺进他的被窝。最后，阿措死在驿路上；奥达和穷达离开了夺朵，不知去向；夺朵也安家立业，结束了驮脚生涯。奥达马队就这样无声无息了。夺朵感到"就像他们和我有过的那一段生活，不过是一场不真实的梦一样"。历史的长河还在流，山区藏民的生活正在变。但像梦的过去是不会被轻易忘却的。

社会的进步和变革是不可阻挡的。但长期处于封闭或半封闭状态的少数民族地区的人们，在社会大变革的冲击下改变原有的思想观念和生活方式要比我们想象的艰难得多复杂得多。因为被冲击的主体是人，是人的生活秩序、思想观念、心理结构和感情世界，所以，不要以为历史变革和社会进步给人们带来的都是欣喜和欢乐，这种变革也会给人们（起码是一部分人）带来忧虑、恐惧和痛苦，也会触发他们对原有生活（尽管是含有落后甚至是愚昧成分的生活）的深沉回忆和无限留恋。此外，伴随着进步与变革而来的也有丑陋和污秽。如那个藏族小学老师在汉族女医生和自己同胞面前不屑讲藏话，那个汽车司机借女人搭车之机与之野合之类。伴随着进步与变革而来的也可能有对美好事物的破坏，如原始森林被砍光、农田、草场被毁坏之类。所以，奥达等人的思想动荡和感情波澜既有个人得失的考虑，习惯势力的惰性，也有对民族和故土的热爱，对民族历史文化传统的眷恋。

旧的思想观念和生活秩序必然要被新的思想观念和生活秩序所取代。但是，旧思想观念和生活秩序是由历史铸造并经世世代代传承下来的。它们往往优劣杂糅、美丑并陈。难道驮脚汉吃苦耐劳的精神、慷慨豪放的性格、淳朴善良的品德以及爱故土、重友谊的情操不值得赞扬和继承吗？难道马队在历史上的贡献和闪现过的光彩不值得记住和缅怀吗？正因为如此，马队的消亡在人们心中激起的惆怅、留恋和惋惜之情是完全可以理解的。驮脚汉的命运悲剧不可避免，但却值得同情。扩而大之，一个民族在进步与变革中，在新与旧的冲突中，这个民族的人民也会经常沉浸在惆怅、留恋和惋惜的感情波涛里。这里除了消极和守旧的基因之外，还包含着对民族历史的肯定，对民族文化的挚爱，对民族未来的渴望。历史和过去的生活是不能全盘否定的。

阿来没有到原始森林和荒山僻野寻找人生价值和生命之谜。他直视着藏族人民的现实变革和历史进程；他没有过多地去追求作品的永恒性，但他的一些作品却回荡着历史回声和闪烁着哲理光彩。他的立足点是写自己的民族。他以特有的民族心理和敏锐的审美眼光去捕捉藏族地区在时代大潮冲击下的矛盾焦点和人们心灵的颤抖，并以独特的视角和深沉的思考去表现自己对历史、对现实、对人生的理解。因此，他的一些小说如《马队》《老房子》《猎鹿人的故事》等，不但具有鲜明的民族特点和时代感，而且具有了超越民族的普遍的思想意义和审美价值。

马队的消亡，使我们对已经发生的和将要发生的许多类似的事物以及许多类似驮脚汉的人们有了深一层的理解。在当今中国，这类事和这类人每时每刻都发生着和存在着。从《马队》我看到了少数民族作家的创作优势，尽管这种优势还不被一些理论家和评论家所承认。

当然，《马队》在创作上还比较粗糙，缺乏锤炼，因此结构比较松散，旁枝别权较多，语言也欠考究。这应引起阿来的特别注意。

以上就是我对阿来《奥达的马队》的基本认识。

（原载《当代文坛》1988年第4期）

在历史与现实的交汇点上

——序阿来小说集《远方的地平线》

周克芹

我读过藏族青年作家阿来大部分发表出来的和少数未发表的小说。他从前写诗，只是近三四年才写小说，数量并不多。

开始的时候，是因为工作关系。我们开一个会，来了几十位省内的小说作者，阿来迟到了，但他还是按照会议通知带来了一个短篇小说，题目叫作《永远的嘎洛》，写藏区生活的。我觉得这是那次会上讨论过的全部作品中最好的一篇。《人民文学》的同志也认为不错，就连同另外两位作者的短篇一起带回去备用。不久那两个短篇相继发表了，《永远的嘎洛》因为一个特殊的原因没能发表出来，有点遗憾。但从那以后，我就喜欢上阿来的小说了，而且毫不掩饰自己的欢喜——因为我相继又从《西藏文学》《民族文学》《民族作家》等刊物上读到他另外的几个短篇。省内的刊物也开始注意他，去年开始，接连发表了《奔马似的白色群山》《旧年的血迹》《环山的雪光》。

阿来和别的青年作家不一样。他好像不是在写小说，而是在写诗。他在试图对他的民族历史作一种诗意的把握。这种努力是十分有意义的。这种努力使他的作品在思想和艺术这两个层面上与省内一些青年作家拉开了档次。把他的小说同国内几位已经颇有名气的藏族青年作家的小说放在一起看，是各有自己的特色。这方面他非常严格要求自己。有一次，我特别提到扎西达娃，我说："扎西达娃写得极好，我很爱读他的小说。"阿来回答说："是的，他相当不错，我和他是朋友，但我们俩小说路子不同。"是不同，扎西达娃只有一个，阿来也应该只有一个。

仿佛是为了把自己创造的小说世界与别人的区别开来，阿来显然回避了，或牺牲了不少通常最容易引人注目的题材，如仇杀、私奔、流浪在茫茫草原的男女……他甚至没有写到原始森林、荒山僻野去寻找人生价值和探究生命之谜这样一些最令一般青年作家醉心的故事。他给自己选择了一条艰苦的路：直面现实人生，直视社会变革大潮，在历史与现实的交汇点上去透视他本民族同胞的心路历程。

阿来的眼光相当的"现代"。但是，他即使在处理民族的进步与变革、面对生活中新与旧的冲突这样一些尖锐主题的时候，也没有表现出浮躁、虚荣和赶时髦，他笔下的人物、乃至他自己面对势必消亡的旧的生活和过往的岁月，会流露出真实的惆怅、惋惜，甚至留恋的情绪来。对民族历史的肯定，对民族文化的挚爱，对故乡本土的深情，以及对民族未来的呼唤，使阿来许多"严格写实"的作品染上一层浪漫主义的色彩，弥漫着一种诗意的光辉。使你仿佛听到来自遥远天国的歌声，听到人类在诉说。

可惜我不是个评论家，我不能一一分解他的小说。读者有自己的眼光。现在我读阿来偶尔发表的新作，不再是由于"工作的需要"，而完全是因为有兴趣，像许多欣赏阿来作品的读者一样。

阿来生在马尔康。他一直在那里。马尔康是藏语，意思是"火苗旺盛的地方"。是阿坝藏族自治州的首府，在川西北高原上，藏汉杂居，阿来本人是藏族。他还很年轻。他走过国内许多地方，比我走过的地方多得多。他喜欢走，喜欢到处看看，然后又回到马尔康去。他的一些短篇常常写到"路"，草原上古老的小路，高山峡谷间勘察公路的外地人以及汽车司机，还有马队的驮脚汉们。他对路的热爱，恐怕是根源于他的家乡的偏僻。威廉·福克纳笔下写过：路是属于"横着长的东西"，如蛇一样到处乱窜，属于运动；而人和树一样是属于"竖着长的东西"，是扎在一个地方不动的。福克纳面对工业文明高度发展给人类带来的问题，把乡土人情的日渐消失归咎于美国人过分热爱道路，他经常用以表示人日趋渺小的象征手法是人不再骑马走路而坐进了小汽车。阿来之描写道路，其感情极为复杂，这复杂的思绪，在《奥达的马队》等篇什中表现得恰如其分，引人进入哲理的思索。

马尔康到成都，坐汽车有两天路程。阿来不常来成都，我和他谈一谈的机会极少，即便坐到一起，他的话也极少，他不是一个喜欢说话的人，这种人肚子里往往有货，我凭经验知道这一点。最近一次他路过成都去昆明开会，这一次带着他的妻子，他的汉族妻子在马尔康一所学校做英语教师，现在放假了，因为她没有坐过飞机，阿来这次带她出山，准备带她去昆明，然后从昆明坐飞机返成都。他很高兴地向我说起此事，我听着也很高兴。另外，他顺便说作家出版社要出他的第一本集子了，希望我能为这本书写个小序。我于是就写了这些。

1988年炎夏

（原载《民族文学》1989年第1期）

双重故乡

——以阿来为例

廖全京

藏族青年作家阿来，曾经在他的题名《金光》的诗里，这样描绘他灵魂的太阳——出生地马尔康①，以及马尔康所在的川西北高原，那大渡河源头、岷江源头、嘉陵江源头的汉藏杂居地区：

> 就是这样，在我
> 肉体与精神的双重故乡
> 我看见金色光芒，刃口一样锋利，
> 民谣一般闪烁，从天上，从高高
> 雪峰的顶端降临，在诺日朗瀑布②
> 前面，两株挺拔的云杉之间。

对于阿来说来，这双重故乡本身，还有双重的内涵。除了肉体的故乡和精神的故乡这个"双重"的意思之外，在精神的故乡这层内涵中，还有藏族文化和汉族文化这个"双重"的意思。用阿来自己的话说："是这个令人激动并且敬畏的时代的安排，叫我成为一个用汉文写作的藏族作家，""是这个时代把我创造成一个肉体和精神上双重混血儿。"③

我决定选择阿来和他的小说，作为研究四川青年作家对于双重故乡所产生的独特的现代家园感的主要把握对象。

---

① 四川省阿坝藏族自治州首府。"马尔康"，藏语，意为"火苗旺盛的地方"。
② "诺日朗"是川西北藏汉杂居地区九寨沟的雪山及瀑布之名，藏语，意为"男神"。
③ 阿来：《时代的创造与赋予》，《四川文学》1991年第3期。

文化返乡

在当今四川青年作家当中，阿来是一个具有自觉的文化意识的作家。在他看来，写小说是阐释处于历史的发展变化中的人类文化的一种方法。不知是否可以这样说，阿来的全部小说创作，都是在创造一个想象的、诗意的氛围——文化返乡的人文地理环境或文化氛围。请注意他笔下的那个家园——色尔古村，那个连续出现在《旧年的血迹》《守灵夜》《永远的嘎洛》等小说中的色尔古村。这是生他养他的川西北三大河上游的高原、草地、森林在小说中的浓缩，你不妨将这色尔古村扩大为阿来绝大多数小说的具体又抽象的时空环境。色尔古村，远处有雪山映衬、近处有江河壮色的色尔古村，背靠着蓊郁的森林、面迎着翡翠般的草地的色尔古村，那是古老的藏汉文化的一个小小的结晶体，是三大河上游的高原、河谷、草地、森林中的民族的精灵所在，也是阿来小说中人物的灵魂所在。这精灵在色尔古村跳跃、沉思，这灵魂在色尔古村徘徊、游走。是它使阿来的那个精妙的《槐花》，整篇都透出槐花的芬香一般的返乡思绪。老猎人谢拉班由于年老体衰，被儿子接到城里。然而，"我要回家"这个意念却在老人的脑子里顽强地生着根，并且被五月之夜里那不断袭来的稠重浓烈的槐花香气吹拂得春树一般郁勃而茁壮。花香使他渴念熟稔的森林和逝去的狩猎岁月，渴念见到家乡人，听到家乡话。在这位老猎人身上，凝聚着"返回色尔古村"的归家情结。这种情结，实际上已经化作了槐花的香气，在阿来小说中弥漫。

究竟是什么力量如此强烈地吸附着阿来本人和他笔下几乎所有的小说人物？要想准确把握阿来在他的小说中所创造的文化返乡的人文地理环境或文化氛围，首先必须透过作品中的这些人文地理环境或文化氛围，深入考察阿来作品产生的人文地理环境和民族文化心理的总体背景。将小说里的色尔古村还原到地域上的四川藏族地区中去之后，你会看到，这是一片广袤无垠而又气象万千的土地。这个包括阿坝、甘孜藏区在内的藏族聚居和汉藏杂居的广大地区，以它秀丽的崇山峻岭、悠久的历史文化、独特的环境和氛围，铸就了一尊屹立于藏汉交界地区的民族精神雕像。这个与阿来的血脉根系紧紧相连的四川西北部地区，历史上居住过众多的民族。自吐蕃王朝以来，这个地区便同时受到吐蕃和汉唐的双重的深远影响。如果再往上追溯，还可以隐约见到藏汉两个民族在这一地区的一些血缘联系。古代西藏历史上存在过的象雄国，在它最强盛的时期，所控制的版图中就包括四川西部的这一片土地。也就是说，在公元7世纪以前，这里与青海、西藏一样，都属于多民族融合的藏族文化地区。据史书记载，当时的象雄，"东与吐蕃、党项、茂冉接，西属三波河，北距于阗，东南属雅州罗女蛮、白狼夷。东行尽九日，南北行尽二十日，有八十城"。[①] 世代生活在这里的西番人、嘉绒人、羌人、汉人等在长期的与自然发生关系和相互发生关系的社会发展过程中，便形成

---

① ［宋］欧阳修、宋祁撰：《新唐书》，中华书局1975年版，第6218—6219页。

了一种相对稳定的地域和血缘的联系。然而，与地域和血缘的联系比较起来，更为重要的联系，还是特定的文化心理的联系。这是因为，任何一个民族的形成和发展的过程中，都是由血缘组成的氏族，到以地域划分的若干血缘氏族组成的部落联盟，再到以共同的或相互接近的文化心理需要为基础而形成的民族。生活在四川西北部这个藏族聚居和汉藏杂居地区的人们，由于历史形成的原因，在心理上有一种对于以藏汉文化为代表的各民族文化相互聚合的渴求，或者说，在长期的社会历史进程中，他们受到以藏、汉为代表的各民族文化的积淀、整合的影响，形成了多民族文化互相凝聚、融汇的心态。从他们的语言、风俗到日常生活习惯、行为方式、价值观念、道德标准，几乎处处都可以看到以宗教作为传播载体的文化内容所构成的主体文化，即藏族文化（其中包括西藏本土的苯教文化的积淀和外来的佛教文化的积淀）的影响，同时也可以看到与藏族苯教文化和佛教文化声气相通的汉族文化的习染。这一文化心理上的相互融汇的民族精神现象，既反映了四川西北藏区的历史，也反映了那里的现实。这一现象也恰好证明了恩格斯在《爱尔兰史》中的那段论述："我们越是深入地追溯历史，同出一源的各个民族之间的差异之点，也就越来越消失。一方面这是由于史料本身的性质——时代越远，史料也越少，只包括最重要之点；另一方面这是由这些民族本身的发展所决定的。同一种族的一些分支距他们最初的根源越近，他们相互之间就越接近，共同之处也就越多。……这一种或那一种特点，可能只有地方性的意义，但是它所反映的那种特征却是整个种族所共同具有的，而史料的年代越是久远，这种地方性的差别就越是少见。"[1] 推而广之，整个中华民族的文化心理，正是加入其中的56个民族的文化心理的融汇，它正是四川西北部藏汉民族文化心理的放大。也就是说，四川藏区的民族文化心理，乃是整个中华民族文化心理的缩影。在这个意义上，以四川藏区民族文化心理和文化氛围为背景的阿来的家园感，便是一种典型的中国人的民族家园感，典型的中国人的民族乡情——56个民族的文化心理的凝聚。这就是我们把握阿来的家园感，和他的小说创作中的文化返乡现象的基本出发点。

化解神秘

在很长的一个历史时期，与古老的西藏一样，由于气候多变、人烟稀少、交通阻隔，四川西北藏区也被笼罩着一层神秘的面纱。[2] 五十多年前，湖北竹溪贺觉非先生随军队进入当时称为西康的四川藏区，一方面"见土地之平旷，牛羊之茁壮，蕴藏之丰富"，感到"列祖列宗所贻于后者，可谓厚矣"。另一方面，又见到"宗教信仰之笃，文化素养之深"，日

---

① ［德］恩格斯：《爱尔兰史》，《马克思恩格斯全集》（第十六卷），人民出版社1995年版，第570～571页。
② 嘉绒藏族所在的四川阿坝藏族自治州的六个县区，在解放初期，因山岭阻隔，交通不便，"专员两年没见过县长，大小金茂县开会要走十几天，大金雪梨运不出去只好喂猪"。参见《四川省阿坝州藏族社会历史调查》，四川省社会科学院出版1985年版，第185页。

常生活深受佛教仪式活动等神秘文化的影响。当时，他将自己在西康藏区亲身经历，所见所闻，用纪事诗的形式写了下来。其中不少诗都记录了与宗教活动有关的文化现象，诸如《磕长头》《跳神》《摆花》《送神》《求神》《葬法》《祀神》《转经方式》等等①，读后令人顿生苍凉神秘之感。宗教色彩浓郁的藏族文化确实是神奇的、富于想象的。汉藏杂居的四川西北部的文化，则将藏民族的狂放与汉民族的拘谨，融汇入对神灵信仰的虔诚，更增添了若干独特的神秘文化风韵。但是，还应该看到，藏族文化又是极为现实，极为淳朴的。汉藏杂居的四川西北部的文化，则将藏族的敦厚与汉族的务实融汇为一种对传统和现实的古朴的执着，更显出一种实在而厚重的深沉。这是我们对于深受藏汉双重文化影响的四川西北部藏区文化的认识，而阿来的小说正是帮助我们获得这种认识的一种文学中介。与一般由汉文化环境进入藏文化环境的某些外地汉族作家不同，阿来在他的稿纸上表现藏区生活时，丝毫没有猎奇的心境，也完全没有展览那未知的神秘的意图。与其他的某些藏族作家也不同，阿来没有单纯追索藏文化在神秘的开创期对神话、民谣、原始本教的沉迷。阿来的小说具有某种真正意义上的自觉的文化意识，他看到了传统的藏族文化的神秘色彩对四川西北部藏区生活的深远影响，他同时也看到了现代社会生活对四川西北部藏、汉杂居地区神秘色彩浓郁的传统文化的冲击。他决定用自己的小说来化解神秘。②

阿来的汉藏融汇的血统和在此基础上产生的新的文化观念，是帮助他实现这种化解的重要条件。他所涉笔的川西北高原那几条大河的发源地的崇山峻岭，那些深陷在大山沟壑中像深藏在记忆皱褶中的一个个村落，那一片片静静地躺在蓝天下的森林和草地，是他生命之根深扎的沃土，是他生命之树连通的根系，是他生命的摇篮，是孕育他的生命胚胎的胞衣。这里民间的一切习俗，包括那些深染着苯教和佛教色彩的习俗，对于生于斯长于斯的阿来，不仅毫不神秘，而且非常亲切，有一种自身的血肉感和发肤感。阿来与生他养他的这片土地的关系，恰如绿叶和根的关系。如果说川西北高原文化是一棵精神大树，阿来便是这棵大树上新近长出来的一片绿叶。毫无疑问，无论是根对于绿叶，还是绿叶对于根，彼此都绝不神秘，而只有亲密，一种用童心拥抱生活而产生的亲密。就像阿来在那篇如诗如画、生动感人的《欢乐行程》中所表现的，两个藏族孩子对家乡的雪野无拘无束、天真烂漫的童年的亲密。

由于命运的探讨或者说对命运的发掘具有某种永恒性与普遍性的意义，因此，表现人的命运，便成为回荡在长长的小说历史峡谷中的悠扬旋律。然而，不可否认，在中外文学艺术史上，不少作品往往不同程度地流露出由于个人对于某种社会力量难以反抗而产生的对于命运无法掌握的神秘感。迟至80年代中期，在某些中国作家笔下的人物身上，人们还依稀能够见到神秘的命运之链的缠绕。阿来的代表作《永远的嘎洛》也是写一个人的命运。流落在马

---

① 参见贺觉非著、林超校《西康纪事诗本事注》，西藏人民出版社1988年版。

② 尤其值得注意的是，就在阿来用他的小说化解神秘的时期，中国文坛上正有一些作家在他们的作品中表现出对神秘的渴求，或者将大千世界作为一种神秘意志的派生物和对应物，或者将东方神秘文化作为超越性的一种载体。

尔康藏区的一位汉族红军战士，一只眼睛负伤失明，在藏民中艰难地生存下来，并获得了一个藏族名字：嘎洛（瞎子的意思）。脑部受伤使他失去了记忆，当他被当地藏民收留之后，他已不记得自己是哪里人，姓甚名谁，也不记得部队番号，以及自己的连长、排长、班长的姓名。开初，他在藏族头人家干活，后来从头人那里得到一块土地，自己耕种。解放以后，当了共产党员、初级社长、高级社长以至大队长。最后，平静地老死在这块他终身眷恋的异乡土地上。在这篇关于人的命运的小说中，阿来强调的不是命运对人的任意摆弄或者说人对命运的无能为力，而是人与土地的关系。阿来所看到并悟到的，主要是这样一个极普通的现象和极普通的道理：地球上的所有人类皆来自土地，皆归于土地。认真透析小说中的嘎洛的一生，我见到的完全不是作家对于普通人的命运的不可更改而产生的嗟叹和怨望——带着某种神秘色彩的个人情绪。我见到的是超越了种族的以至时代和社会差别的人类对于土地的亲密关系。受伤的嘎洛当年留在藏区，与其说是战争环境对他的限制，不如说更多的是脚下这块温暖而肥沃的土地对他的吸引。嘎洛一生很少开口讲话，一开口话题总离不开红军和土地。真正潜藏在他内心深处的，确实是一个道地的农民对于土地的深厚感情。小说开篇，作家便以细腻的艺术感觉，着重表现嘎洛之死，那目的仍在于通过嘎洛那生命的最后一瞬，表现人与土地的深入骨髓的血肉关系。嘎洛在弥留之际，"他的一只手插入温润酥松的黑土，五朵云花断茎口牛奶一样洁白黏稠的浆汁不断滴落在手背，使他毛孔粗大的手腕上的皮肉颤抖。那浆汁一滴滴淅沥不止，他的感觉是一只只野蜂向自己降落。他的另一只手攥住一大把麦子，熟透后爆出壳的麦粒溅落在他脸上、胸脯上，他以为那是金色的蜂群向自己聚集"。小说结尾，作品中的"我"梦见了嘎洛之死：嘎洛"模模糊糊地觉得一种轻盈透明的东西逸出了身体。躯体沉重，更为实在牢靠地和泥土融合在一起，而那东西却像蜻蜓一样被风、被阳光穿透……他惊喜地注视着过去的生活和上面的光亮，但是，暖热肥沃的土地已经张开怀抱接纳他了，我确确实实在梦中看到他的躯体往他亲手开垦的土地中沉落，像是往水里沉落一样"。将上述两处细节放在一起互读，你会读出人的一种呼应，或者说人对于命运、死亡的呼应。那是一种自然的、质朴的呼应，而不是神秘的呼应。比较起那种对于人的命运的带有神秘色彩的叙述，阿来关于嘎洛与土地关系的动情的描绘，显然以它的自然质朴化解了神秘，并赋予作品以超越一般的命运题旨或死亡题旨的更为深沉，也更为宽泛的人类意蕴。"在大渡河上游的藏族聚居区，也有许多来自中国中央地区的汉族。他们迫于生计，离开故地。他们都不约而同地发现了森林与河流交接地带土壤肥沃，且易于开垦。这些人或是小贩，或是匠人，或是士卒，都经不起土腥味的诱惑，就像嘎洛一样在异族地方定居下来。"小说中这一段似乎并不起眼的诠释，实际上是对于阿来小说中的上述人类意蕴的注脚。人类的命运并不神秘，那原因就在于人类的一切关系，最后都可以归结为人和土地的关系，或者说，都可以归结为人对于土地的最高和最终的情结：家园情结。家园，实质上是一种声音——土地对于人类的那么遥远又那么亲近的呼唤。任何人，不分时代，不分地域，不分民族，他们的生长繁衍，他们的种种命运，都可能有各种各样的显著差别，但是，有一点却是共同的：都割不断与土地的质朴的联系，与家园的自然的联系。作家对于命运的探讨因人而异，有人结合社会历史进行，有人从政治、道德观念出发，也有人在探讨生命、探讨人性的同时探讨人的命运，还有人从文化传统的角度去展开。至于阿来，似乎都是，又都不是。这恰恰说明，阿来是试图超越命运题旨去表现命运题材。这就使他的《永远的嘎洛》在反映人的命运时具有了特定的人类意蕴，获得了更高一层的价值意义。

以藏汉杂居地区的特定文化作为自己的对象主体，使阿来在进行小说创作时，既面对命运的神秘，又面对宗教的神秘。包括藏传佛教在内的世界上任何一种宗教，都免不了一种神秘感。这是与宗教本身的规定性以及人们相当普遍的对于这种规定性的误解有关系的。恩格斯在《反杜林论》中指出："一切宗教都不过是支配着人们日常生活的外部力量在人们头脑中的幻想的反映，在这种反映中，人间的力量采取了超人间的力量的形式。"[①] 本来，宗教崇拜的对象和内容，是"支配着人们日常生活的外部力量"，"人间的力量"，对于现代人来说，它并不是什么超出经验之外的不可捉摸的神秘的东西。然而，人们，尤其是处于生产力相对低下的落后地域的人们，一般不可能认识到这一点，而只是凭直觉去感受那些"幻想的反映"，那些"超人间的力量的形式"，或者去相信那些"剥夺人和大自然的全部内容，把它转给彼岸之神的幻影"。[②] 这样，就不同程度地对宗教产生一种神秘感。在藏汉杂居的四川藏区，尤其是在50年代以前，情况也大致如此。当那些带有相当浓郁的宗教色彩的若干藏区风物人情画面进入现代青年阿来的眼帘时，他内心的认知和情感，已远非宗教感所能涵盖。驱使他贴近本土文化和这种文化养育的父老乡亲的，自然更不是宗教的迷狂，而是一个现代文化人对于家园的深情眷恋，对于故乡男女在现实社会生活中的喜、怒、哀、乐，特别是对于生命的痛苦的切身体验，以及对这种体验的清醒的思考（包括对于宗教文化的反思）。正是这些有着浓烈的时代气息的情感、体验和思考，使得阿来能够既热情又冷静地对宗教文化和它的影响，化解它的神秘。被阿来收在他的小说集《旧年的血迹》中，并作为压卷之作的中篇小说《猎鹿人的故事》，颇值得注意。猎手桑蒂尔基的生活道路有些坎坷，他不清楚自己生父的身份，十岁时又失去了母亲。他代人受过被拘捕，出了监房，家中的东西被抄没一空，自己心上的姑娘又被迫嫁给了别人。真是"不顺的人什么都不顺"。满腹的怨气，一肚皮的不满，把他的心抛入痛苦的情感中忍受煎熬。这时，桑蒂尔基的精神，可谓接近了崩溃的边缘。这时，阿来的笔开始顺其自然地描摹桑蒂尔基如何寻求自我解脱和精神净化的路途。他仿佛漫不经心地表现了两种精神力量对猎人的痛苦灵魂的吸附：宗教的精神力量和父亲的精神力量。桑蒂在由佛塔、佛龛和经幡构成的一种神秘氛围中徜徉，以至在半醒半睡的状态中让灵魂为庙中黄灿灿的灯光和僧侣们那轰然响起的诵经声所抬举。然而，无论是六字真经，还是所谓母亲显灵，最终都未能使他的痛楚有丝毫消退，他不愿在那里寻找归宿，他不愿认命。相反，消逝已久的、相当模糊的父亲的形象，却鼓舞着他战胜孤独，追随上升的山峰，寻找父亲当年猎鹿时留下的遗物，让灵魂返回到父辈在自然和命运面前毫不退

① ［德］恩格斯：《反杜林论》，《马克思恩格斯选集》（第三卷），人民出版社1995年版，第354页。
② ［德］恩格斯：《英国状况——评托马斯·卡莱尔的"过去和现在"》，《马克思恩格斯全集》（第一卷），人民出版社1995年版，第647页。

缩、绝不屈服的那种英雄的精神境界。这里的山峰是父亲的山峰，在这里找到父亲，就是找到了自己，找到了自己的幸福。一句话，阿来笔下的人物在寻找神圣的家园感——一种远非宗教精神可以涵盖、可以比拟的精神力量。这篇小说让你再一次强烈地感觉到，阿来用他的现代人的意识（包括现代家园感），化解了神秘。阿来用形象的画面和人的心灵的悸动告诉人们：宗教，曾经是人们用来宣泄、排遣痛苦的精神寄托，然而，宗教不可能成为一个现代人的真正的精神归宿。

作为诗人的阿来，还常常以一种充满爱欲和灵气的心灵，拥抱某些在外人看来颇为神秘的带着某种宗教色彩的本土文化现象，比如死亡和死亡观念，用浪漫的诗情去化解神秘。过去，汉族作者中也有人试图表现藏族的死亡观念，但是偏见与猎奇引诱他们仅仅去窥视天葬并渲染它的所谓残忍、恐怖、神秘。这实际上是对藏族人民文化心理的曲解。阿来从来就不是这种倾向的追随者。他能够体会到自己同胞面对死亡的乐观心境，并给以浪漫主义的诗意表现。这方面的代表作品，要数那篇神奇飘逸的小说近作《灵魂之舞》。勇敢善良、爽朗乐观的嘉绒部落老人索南班丹，知道自己就要与这个令人留恋的人世永别，于是，他选择一个阳光明亮的日子，盛装骑马去到那花香弥漫的牧场，去到生死界限的正中，让灵魂经历一次回返往事的旅行，从而获得一次死亡的享受而非死亡的痛苦。这是一次灵魂的漫游，这是一种旷达的死亡观念的生动显示。你可以把它理解为宗教情绪的泛动，实际上它是对于神秘的宗教情绪的人性的、世俗的化解。藏文化本身早已破除了对人的死亡现象的恐怖和神秘。在藏传佛教看来，"死不是生命的终止，而是另一个生命的开始。得解脱的人，死即是免于'轮回'，而不再脱生。作为解脱者来说，死是足资庆幸的事。"[1]也就是说，与灵魂比较起来，人的肉体只是一个躯壳。当肉体开始出现病变和衰老，不再能负载灵魂之时，永恒的灵魂（即精神），将离它而去，自由翱翔。看来，藏文化对死亡的看法确实远较汉族人或西方人开朗、达观。而当这种观念进入普通的藏族牧民或农民的脑海之后，印度佛教的"轮回"学说便逐渐淡化，而作为生命的原生形态，个体人对生命的乐观和自信和对生活的未来的渴求，却愈益浓烈。这恰是阿来笔下的灵魂漫游的具体的地域文化和民俗文化背景。当你随着老人索南班丹的灵魂一同漫游，你清晰地看见老人又一次获得了青春的生命。当他的心爱的白马、枣红马、青骢马把他带回到又苦涩又甜蜜的往日时，他又重温了一遍走过来的人生，又重会了一次以前的老情人。这一切，都被阿来那颗诗人之心融成春水一般的浪漫柔情，让你从中体味人生的放达与潇洒。老人化作一阵风消失在蓝天、白云与绿草染成的绚烂远方，他只是把他平凡的一生作为珍贵的遗产，留给了生他养他的这一片土地。他弥留之际的灵魂漫游，便是关于他的平凡的一生的抒情诗章。

论及阿来小说对神秘的化解，还不能不注意到这样一种现象：有时候，阿来在小说中有意识地去完成的，不仅是对神秘的化解，而且就是对神秘的解释。比如，他的那个颇有点文化人类学意味的短篇《狩猎》。进山狩猎的三个人有着三种不同的血统：军分区侦察参谋银

---

① 李安宅：《藏族宗教史之实地研究》，中国藏学出版社1989年版，第10页。

巴是藏族人，农牧局小车司机秦克明是汉族人，文工团创作员"我"与汉、藏两个民族有着血缘关系。青年作家着意表现秦克明神秘的梦中的不祥的心理预兆，以及这一预兆在三人投身的大自然中和三人的人生遭际中的应验。初看上去，小说仿佛是在渲染原始的预兆和禁忌等巫术文化的神秘。认真剖析，阿来实际上是在破译这种神秘。三个现代人一旦脱离他们赖以生存的以现代工业文明为标志的现代物质文化环境，返回远祖居住过的原始森林，无论他们属于哪个民族，他们的思想方式很快就都接受了原始思维模式的影响，开始相信梦中的不祥预兆（秦克明梦见好多白色的、圆的东西长出来），相信禁忌，而且觉得预兆得到了应验（他们脚下居然长出许许多多圆圆的白色蘑菇，秦克明的肚皮被狼爪划破等）。这是对原始巫术文化中的预兆和禁忌产生的原因的揭示。原始的与不祥的预兆联系在一起的禁忌，是由对某些事物怀有一种习惯性的恐惧所构成的。这种恐惧所表现的东西又与祭祀的观念和行为有关。德国心理学家冯特认为，禁忌"有着在源泉上最为原始的起源，同时也是人类最具有决定性的本能，即对于一种'魔鬼'力量的恐惧"。[1] 我们知道，原始人类的这种"魔鬼"观念，是由于他们对自己的生存环境中无数自然力量对人的支配完全无法理解而产生的。阿来笔下的原始文化现象在三个现代人身上的还原，或者说三个现代人对原始文化现象的返回体验，生动地说明了人类的一切精神现象都与人类的特定的具体的生存条件和文明程度有关。明乎此，包括预兆、禁忌等巫术文化在内的神秘的精神现象，就会获得一种合理的解释。实际上，这里的所谓解释，其中蕴蓄着作家的反思。通过作品，对包括原始宗教文化在内的神秘的精神现象进行形象的解释与反思，也是阿来小说的一个特征。

穿越时间

从语言文学的角度看，小说是语言的艺术；从艺术哲学的角度看，小说是时间的艺术。时间，是有机生命存在的一个条件，自然也就是以特殊的形象思维方式为主来表现有机生命存在的小说这种艺术形式及其艺术生命的一个存在条件。对于小说这种叙事的文体来说，叙事本身就是人类在时间中认识世界、社会和个人的基本方式。现实生活中，时间"不是一个物而是一个过程——一个永不停歇的持续的事件之流。在这个事件之流中，从没有任何东西能以完全同一的形态重新发生。"[2] 也就是说，它有它自身的客观性、流动性、不可重复性。在小说中与上述客观的规律比较起来，时间的另一方面特征，即人对于时间感受的不同的主观感情色彩，则显得更为突出。似乎更加使人感到，时间主要是人的一种"内经验"形式。在小说中，作家以其敏锐的艺术感觉，充沛的艺术情感和丰富的艺术想象力，在不违

---

① ［德］W.冯特：《神话与宗教》，转引自朱狄《原始文化研究——对审美发生问题的思考》，生活·读书·新知三联书店1988年版，第94页。

② ［德］恩斯特·卡西尔：《人论》，甘阳译，上海译文出版社1985年版，第63页。

背时空整体序列原则和它的客观规律的前提下，自由地穿越时间。[①] 这一点，任何一个成功的作家，尤其是成功的现代作家，都是能够做到的。我之所以要把阿来小说对于时间的穿越作为一个问题专门加以探讨和阐释，是因为我觉得阿来在这方面表现出了比较独特的艺术个性，同时，也正是在这方面，暴露出了他某种程度上的不成熟。

在阿来那里，穿越时间，不仅仅是对小说技巧的探索或把玩，更不是追逐新潮的炫耀。阿来的穿越时间，服从于他对于现代生活的整体观察和思考，服从于他对于现代文化意识的追求。与80年代中期的某些向着现实发展的逆反方向回溯的非历史化倾向的文化小说不同，阿来的小说更加注重对现代社会生活中的文化冲突和融合的关切。他把特定地域的现代生活看成是特定历史文化的不以人的主观意愿为转移的必然发展。他关注这种历史文化的发展，表现这种历史文化的发展。在小说中，他并不追求表现某种似乎不变的文化现象，而是追求表现在永恒的文化传统与现代的心理节奏的相互冲撞中观照特定的文化及其变异。无论他的理性认识是否达到了一个明晰、深邃的境地，对自己所置身于其间的具体的地域文化的发展变化与时代的关系的实生活的感受，实际上已经使他感觉到人类生活中的一种基本的两极性。"这种两极性可以用不同的方式来描述。我们可以说它是稳定化与进化之间的一种张力，它是坚持固定不变的生活形式的倾向和打破这种僵化格式的倾向之间的一种张力。人被分裂成这两种倾向，一种力图保存旧形式而另一种则努力要产生新形式。在传统与改革、复制力与创造力之间存在着无休止的斗争。这种二元性可以在文化生活的所有领域中看到，所不同的只是各种对立因素的比例。"[②] 为了在小说中探索并表现家园热土上两种倾向之间的张力，将传统心态延伸至现代，以现代心态去追溯历史，阿来必须在小说中穿越时间。我们不妨将上述这段话所表述的关于人的文化属性的基本思想，视为阿来的小说这列时间隧道中的东方快车的出发点和归宿。阿来的这种意向，在较早创作的中篇《旧年的血迹》《永远的嘎洛》，短篇《老房子》《寐》等当中便有所表露。在近年的中篇如《最新的和森林有关的复仇故事》短篇如《断指》中，则更为显豁。最初，阿来对于时间的穿越，就是与他对于家乡人民的爱分不开的。"爱我们的同类，与其说是由于我们感到了他们的快乐，不如说由于我们感到了他们的痛苦。"[③] 这话在阿来身上得到印证。阿来在他的小说中穿越时间的过程，是一个与故乡人民的痛苦相伴并深深体验这些痛苦的过程。而那痛苦本身，就是肉体和精神在时间中的延宕，就是一个过程。为了准确地把握并传达这种痛苦和痛苦本身的变化，阿来常常让自己的艺术感觉和艺术思维舒展地驰骋于时间的三种样态——现在、过去和未来之间。也就是说，阿来极力让自己的小说中的现在包含着过去同时也充满着未来。他精心结构他的中篇小说《旧年的血迹》，让小说人物"阿来"从城里返回他出生的色尔古村，让他的眼光去重新抚摸这个繁衍生息于大渡河上游梭磨河边上的若巴人部落的三百来年的历史。

---

① 这里的时间，是空间的潜在形态。本章所论及的时间，都是与空间形成对立的统一体的时间，而不是没有空间的时间。没有空间的时间，无论在现实世界中，还是在艺术世界中，都是不存在的。

② ［德］恩斯特·卡西尔：《人论》，甘阳译，上海译文出版社1985年版，第283页。

③ ［法］卢梭：《爱弥儿》上，商务印书馆1978年版，第303页。

我们看到，"阿来"和他的思绪在时间的长河中徘徊游走，上下求索。有时，他把我们带到人民公社时期的色尔古村广场，经历社长嘎洛主持的宰杀公牛并用公牛的血来衅鼓的场面；有时，他又把眼光投向三四十年代，"阿来"的父亲的父亲——部落头人靠种植鸦片聚敛钱财，在色尔古村广场上架起三口烹煮牛杂碎的巨大铜锅；有时，他追溯到更为久远的传说中的岁月，先祖们淘金、猎熊、远道奔袭别的森林部落……他的笔墨更多是在五十年代以后的岁月滞留。他略带哀怨和伤感，向读者若断若续地诉说"阿来"的父亲几十年间的坎坷人生，以及在父亲这个变相的管制对象的阴影下生活的少年"阿来"的不幸遭遇……阿来通过这在时间中的往来穿梭，完成了一部人的命运的交响，使你感到有个基本的旋律：关于民族的、人类的善良本性与恶的命运无休无止的冤冤相报相抗争的旋律，在其中跳荡。透过这旋律，你可以听到一个呼唤爱的温情的声音，一个充满爱的温情的声音，那是阿来在诉说，同时也是人类在诉说。

《最新的和森林有关的复仇故事》这部中篇，是阿来的下述目标的真正实现：通过对时间的穿越，在小说中表现家园热土上人们文化属性中的两种倾向之间的张力。此时，阿来的心和笔，在最新和最老的故事间奔走。属于同一个嘉绒小部落的两个村子——交则和隆，在五十年前为争夺种鸦片的土地开始了仇杀，一直延续到50年代初的一个早上才告结束。然而，这些关于古老的仇杀的故事对于两个村子的后人心灵的投影，却没有在那个早上同时消逝。当阿来将他更为关注的交则村人和隆村人的当代生活画面推到读者面前时，他给人们展示了古老部落关于仇杀、和解、英雄等等传统意识，与由公路、东风牌汽车、电视和森林法等带来的现代意识之间的冲撞。相互之间有生死怨仇的隆村小伙子金生与交则村的后生洛松旺堆和呷嘎，在商品经济的大潮中，以汽车与汽车之间的竞争，代替了父辈们彼此间以子弹表达的问候。他们几乎在一种暖融融的种族友情的人性之潮中和解。但是，宿怨和所有关于英雄等等的传统意识中的落后愚昧成分及其影响下形成的持存心态，却像大火之后依然复萌的原上之草，依然有力量将一切归结为一场场悲剧：金生最终疯狂地开枪打死了同一祖先养育的青春伙伴呷嘎和洛松旺堆。在作品中，阿来目光的焦点，紧紧地贴住现在，同时他又频频回首，从未来的角度打量过去。他用这种对时间的独特的穿越方式，无言地揭示一个无可回避的现实：如同宿怨依旧能把心灵中的旧伤口重新撕开，传统意识的延续，有时候并不取决于人们是否在主观上有这种意愿。传统意识及其影响下的持存心态与伴随着新时代出现的新意识之间，也许会出现一种暂时的力量相持。也就是说，传统意识中的落后和愚昧成分，还是一种暂时摆脱不了的沉重。尽管如此，新鲜的社会意识和一切新鲜的生命现象一样，必将在结束一个时代的同时，开创一个时代。因此，从生长于现在的未来的眼光看去，丧生于金生枪口下的洛松旺堆和呷嘎，"他们是这个新时代的产物，因果之链上，又是旧时代债务中的一个筹码"。随着一个法律的时代的到来，一个以仇杀和"英雄"等意识为轴心的时代宣告落幕。"有了法律，就再也没有英雄了……"这就是小说中的人物留给一个时代的跋语和献给另一个时代的序言。

有些时候，阿来在小说中对时间的穿越，使小说的寓意在不同程度上或不同范围内获得了某种超越性。这种效果的产生，与他在穿越时间时对超越时间的特定的文化意象的追求是分不开的。任何艺术形式都存在它的内涵或寓意对于它的形式的超越的问题。所谓"义贯众象，而无定质"①，所谓"超以象外，得其环中"②，就是说的作家的情感，认知，作品的内在意蕴，渗透于各种各样并不固定的意象中，又超越于各种各样并不固定的意象之外。在小说创作领域中，阿来较好地把握了这一审美特征和艺术规律，以若干特定的文化意象穿越并超越了时间，同时也深化了作品的内在意蕴。读者在风格独特的短篇《老房子》面前，沉思良久。当阿来让两位外来的猎人踏进这颓然兀立在昔日村寨那一片废墟之上的白马土司家的老房子时，时间已经将这老房子风化得"像一个骨殖疏松的梦境"。小说的主人公，108岁的前土司家的仆人莫多仁钦的似梦非梦的浑浊记忆，把时间一会儿拉回到四十六年之前，一会儿又还原到两位猎人路过此地的今天。昨天已经成为只能令过往行人短暂驻足的陈迹，恰如老房子的尘土飘浮的走廊。末代土司已随历史进入内地城市，复又成为历史；末代土司的太太也因被丈夫遗弃而委身仆人莫多仁钦，复又委身一抔黄土。一个显赫的时代和一个显赫的家庭，最终只剩下已经开始摇晃起来、开始塌陷下去的老房子。最后，老房子和老仆人一起，轰然一声倒下，轰然一声起火。一个显赫的时代和一个显赫的家族宣告完全、彻底地退出历史舞台。阿来心目中意象的结晶体——明朝诰封的一个宣慰司的老房子，就这样通过内外视角交叉——既通过作品中的第二自我老仆人的眼光，同时又通过作家的外视角，完成了它穿越时间并超越时间的艺术使命。作品中老房子本身，由于获得了对于家族、衰亡、没落，以至历史、时代等等概念的生动象征，而成为了超越时间的有哲理意味的文化意象。阿来的其他小说作品如《环山的雪光》《奔马似的白色群山》《鱼》中，雪光、白色群山、鱼等也都作为一种穿越时间、接通生活的今天与明天的文化意象，而不同程度地实现了对时间的整体超越。同时，使作品的意蕴获得了具有超越性的象征韵味。在有的小说作品中出现的文化意象，并不具有上述《老房子》等作品中的文化意象的整体意义，它只是个别的出现于作品的环境氛围的描写中，但它依然能够穿越时间并实现某种超越。如《旧年的血迹》中反复出现的村中小广场西头那根横躺在潮湿的泥地上整整三十年而没有腐烂的木头、村口的那架锈迹斑驳的拖拉机，以及村中小广场上烹煮牛杂碎的三口大铜锅。这些意象穿越了时间，获得了寓意上的超越性，从而实际上也就实现了小说对时间的某种超越。

小说中时间的流动，是一个有序的过程。因此，穿越时间所造成的时空交错、更迭、叙述角度的转换，在总体上有它自己应当遵循的时间序列原则和内在的逻辑层次。一些写作实践经验不够充分的作家，有时候容易忽略这一点，而在客观上把穿越时间理解为不受客观的时间规律的任何制约的天马行空。阿来的小说创作中，尤其是他步入作家道路初期的某些作品中，也未能避免这种现象的出现。比如，那篇由意绪和意象交织而成的短篇《寐》，

---

① ［唐］皎然：《诗议》，见顾龙振《诗学指南·卷三》，乾隆敦本堂刊本。
② ［唐］司空图：《二十四诗品》，见郭绍虞《诗品集解》，人民文学出版社1963年版，第3页。

就是一个在这方面失败的例子。牧羊人（"他"）和"我"两个人的视线在小说中不断地穿越时间，反复出现的羊子、树坑等意象似乎是在展示甘村的一部简史。然而，时间在牧羊人（"他"）和"我"的视角中过于突然、过于频繁的中止、转换和交错，给整个小说本应相当连贯、相当流畅的意象和意绪带来了一定程度的紊乱，无形之中在小说文本与读者接受之间设置了某种阅读障碍。另外，运用梦境的描绘实现对时间的超越，确是一种绝妙的艺术手法。但是，越是绝妙的艺术手法，越要掌握适度。阿来小说中梦境的过于频繁的出现，有时，反而使人产生单调、缺少变化的感觉。

他山攻错

阿来这个陌生的名字出现在国内一些文学刊物上不久，人们就注意到了阿来小说的某种现代主义色彩。阿来常常从异域文化角度表现他的独特的家园感，既融化了汉、藏血液，又借鉴了欧、美手法。从对传统的自我完满的"故事"结构模式的反叛，对超越时间的文化意象的追求，对小说人文地理环境和心理氛围的渲染、对内外交叉视角的不规则转换的探索来看，阿来小说的美学追求确实受到西方现代小说的较大影响。但这毕竟还只是一些表面现象。需要稍稍深入一些地窥探他的作品形式的内部和他的创作心理的内部，认真考察他在小说创作方面主动接受了哪些西方作家的精神影响，他又是如何以他山之石为攻玉之错的。

对于这个问题的考察，需要回到阿来那对家园的深沉眷恋之情，和这种情感所蕴蓄着的强烈的、自觉的本土文化意识。当他面对他所能够接触到的异域文化和文学，尤其是西方和东方的现代文化和文学时，支配着他的主体精神的，无疑是他那由本土文化培育起来的浓郁的家园感和包蕴于其中的独特的藏、汉融汇的现代文化观念。这一点，影响到他在借鉴异域文学艺术观点、经验和技法时出现一种倾斜性，即向那些同样富于家园感和文化色彩的外国作家倾斜。具体说，就是向他比较偏爱的当代美国南方小说家倾斜。在阿来的小说中，你也许可以多多少少发现伍尔夫的踪影，或者找到茨威格的印迹，甚至还隐约可见艾特玛托夫、川端康成那种着意开掘象征性内涵和通过人物的内视角鲜明表述情绪、感觉的主观抒情型作家的气质。但是，从他大多数小说的整体精神上看，他更多的是向以威廉·福克纳、罗伯特·潘·沃伦和尤多拉·威尔蒂等人为代表的美国南方小说家们汲取和借鉴。

美国南方小说作家在20世纪40至70年代以他们特殊的历史感取得的创作成就，被美国文学史家们称之为"文化爆发"。引起了"文化爆发"效应的所谓特殊的历史感，主要是指美国南方小说家们对自己的家园那片广大的地域的独特的形成和发展历史的独特感觉和独到眼光。其中，特别是对南方的美国人生存方式和文化心理氛围的独特感觉和独到眼光。他们各自从不同的视角（或者像福克纳那样注视本土神话与种族历史的关系，或者像沃伦那样关心人的历史与人的现实存在的关系，或者像威尔蒂那样倾向于表现传统社会心理对新的历史变化的冲撞和对抗关系），紧紧围绕"处于自我冲突之中的人的心灵问题"[①]，感受，认识和表现本土社会历史变迁的深层文化意义。正是这种强烈的本土文化意识和与众不同的切入现实和历史的美学和文化人类学的角度，引起了远在大洋彼岸的僻远的汉藏杂居地区的青年作家阿来的强烈共鸣。于是，我们在阿来的笔下，明显地看到了他对福克纳等人的借鉴。你不难发现，福克纳虚构的约克纳帕塔法县，那个以他度过了一生中大部分时光的密西西比州的拉菲特县为原型的约克纳帕塔法县，与阿来创造的那个文化返乡的环境与氛围——色尔古村之间的某种联系。在以《喧哗与骚动》《押沙龙，押沙龙》《我弥留之际》《村子》《坟墓人者》《大宅》《劫掠者》等为代表的关于约克纳帕塔法世系的十多部小说中，"福克纳试图在集希腊-罗马、希伯来-基督教因素之大成的人类神话与现代历史之间建立一种普遍性的关系。"[②]尽管阿来并没有读完有关约克纳帕塔法世系的每一部小说，但其中的一些代表作显然给予阿来不少启发。在《旧年的血迹》《永远的嘎洛》《守灵夜》等作品中，他把虚构的色尔古村作为一个焦点——投射到古老家园的不同的特定社会历史阶段，和乡亲们在不同历史阶段的民族文化心理之上的审美的光柱的焦点，从而实现在民族文化的历史发展中观照人的现实存在，使历史成为存活在今天中的昨天。

在对福克纳等美国南方小说家的汲取和借鉴中，阿来并没有因为某种盲目性而丧失自己的特点。这主要体现为，在处理本土神话与本土历史的关系，和本土历史与本土民族的生存现状的关系时，他更加注重后一种关系，因而使自己的作品产生了一种比较强烈、厚重，也比较独特的历史感。现实是历史的延伸，而且，对于现实的人的生命来说，现实总是历史的最重要的延伸。阿来的近期作品表明，他越来越自觉地意识到了这一点，那个关于交则与隆两个村子的同一个祖先——一个由白色的风和蓝色的火所生的蓝色飞卵的传说，给《最新的和森林有关的复仇故事》淡淡的抹上了一层藏族神话的油彩。然而，更紧地抓攫住阿来的目光的，主要还是承受着现代文化大潮冲击的两个村子的年轻一代，与悄悄游荡在两个村子上空的传统意识之间的关系。物质文明的进步，并不意味着精神领域中意识的同步更新，这便是法律与英雄的冲撞所显示出来的悲剧，一个曾经使人们困惑但最终会使人们更为清醒的现代悲剧。

阿来在汲取和借鉴美国南方小说家们的创作观念和创作手法时，无疑更加注意他们是如何表现传统文化心理与随着社会历史的变迁而产生的新的文化意识之间的冲突，和由此而引起的南方小说家们对小说中的时间的重视。美国南方小说家们发现，小说是时间的孩子。一方面，作家在虚构的时间中虚构小说；另一方面，作家又从虚构的小说中透视时间，奇妙地把客观时间所夺走的一切归还给人。而在许多美国南方小说家那里，所有的虚构小说中的虚构时间（包括主观时间），主要都是为了透视本土传统文化与现代意识之间的形形色色的冲

---

① ［美］威廉·福克纳：《接受诺贝尔奖时的演讲》，《美国作家论文学》，生活·读书·新知三联书店1984年版，第367页。

② ［美］丹尼尔·霍夫曼：《美国当代文学》(上)，中国文艺联合出版公司1984年版，第228页。

突。比如不大为中国读者熟悉的美国南方女作家尤多拉·威尔蒂的作品，往往就是从这种角度去赞美被包围的家庭及（或）村镇对社会历史变化的抵抗。阿来也许很少接触甚或完全没接触过尤多拉·威尔蒂的小说，但我们仍然不妨把他对时代潮流裹挟下的色尔古村之类的村镇的人们，在历史发生重大的社会变化时的特殊心态的关注，视为某种程度上接受美国南方小说家的创作倾向的影响的结果。但是，在对生活的态度上，阿来采取了与威尔蒂完全相反的立场。他非常理解但决不赞美传统意义上的色尔古村在包围中的抵抗，他衷心希望一个新的色尔古村在经过长期的、痛苦的文化意识的蜕变之后翩翩降生。为此，他相当关注色尔古村中发生的传统意识与社会发展的某些冲突。短篇《断指》便是这种关注的又一个结果。为人忠厚老实、从不偷窃的藏族青年强巴，自幼俭省、勤谨。但是，当新的变化闯入他的生活之后，他感到了极大的困惑，非常的不适应。由于不懂法律，不懂交通规则，不懂汉话，在他替兽医呷格当帮手，开了小货车去畜科所的路上，不仅一再遭到罚款，而且被误认为偷运木材。这时，现实生活的困境和传统观念的影响（以部落首领当年惩罚偷盗和防止偷盗行为的办法——令偷盗者往滚烫的油锅里捞取银圆的画面的闪现来表示），形成了极大的心理压力，最终使他情急中拔出刀来削断了自己受伤的手指。平伏与突兀在这里形成强烈的反差，使传统文化心理与随着社会历史的变迁而产生的新的文化意识之间的冲突，在读者的心中留下了深刻的印象。

　　阿来对双重故乡的深深眷恋之情，熔铸了他的比较独特的现代家园感。这家园感里，透出青年人的热情，同时透出一般的青年人较少具备的某种深沉。虽然如此，阿来仍然需要继续从不成熟走向成熟，与他小说中的人物一起，不断沿着上升的山峰上升。

　　（选自廖全京：《绿色的家园感——四川青年作家创作现象研究》，四川文艺出版社1993年版，第112~140页。副标题为编者所加。有删节）

不够破碎

——读阿来短篇近作想到的

郜元宝

阿来近年埋头创作系列长篇《空山》，并不时发表一些短篇速写。三卷本《空山》已出头两卷，副题都是"机村传说"，而那些记人记事的短篇速写也都围绕"机村"展开。阿来说他把《空山》"边角料"拿来做了短篇速写，等《空山》第三卷出来再把它们"镶嵌"进去。《空山》每卷都是两个独立的大中篇，完整的《空山》将是六个"花瓣"与更多细小花叶组成的一朵大花。

我不知道这些"边角料"到时怎么"镶嵌"到六个"花瓣"中去。实际上这些短篇速写和《空山》不仅有短长之别，手法也很不相同。无论和已出的两卷《空山》还是和十年前的《尘埃落定》相比，我都更喜欢这些短篇，我觉得诗人小说家阿来的才能在这些短小精悍的作品中找到了更适当的形式。他把目光凝聚于一点，紧紧抓住坚硬的真实的或一角落，语言也因此摆脱了众人叫好而我窃以为甚可忧虑的曼妙无比却飘忽无定的调子，读者不能再像从前那样快速浏览，必须停下来仔细掂量。所以在"镶嵌"之前，我很赞成将这些短篇收集起来独立成书。

50至90年代，川藏交界一个名叫"机村"的藏族村落，除了和中国其他地方一样被历次政治运动以及后来的经济大潮所波及，更经历了它特殊的命运，即旧有藏族文化衰落、以政治经济为主导的新的汉族异质文化迅速渗透又逐步被改写的一个文化杂交过程。阿来这些短篇瞄准此过程，却并没有宏观叙述村落文化的变迁，像现在许多涉及历史的皇皇大著那样流于历史梗概的叙写。他只是从一些小人物小物件入手，像微雕艺术家那样精细地刻画沉埋到历史河流底层也珍藏于内心深处的记忆碎片。光影色泽蕴涵其中，无须多说，只消从某一点因由出发，加以适当暗示，轻轻勾勒，就境界全出。

比如，"机村"第一辆马车怎样在村民们巨大的兴奋中被装配起来（《马车》），第一也是唯一的水力发电站如何在孩子们眼中从地质队最初神秘的勘测到实际建成（《水电站》），拖拉机代替马车、脱粒机代替连枷的新鲜刺激而又痛苦难堪的过程（《马车夫》《脱粒机》），都写得有声有色，充满智光一闪的灵感和与时俱增的悠久情味。

细节尤其点得透彻。《马车》中木匠南卡受命装配马车时不知道它的名字，当社长用汉语告诉他叫"马车"时，村民们马上都听懂了："奇怪的是，只要有了一个名字，即使这个东西还没有成形，还没有以名字指称的那个事物本来的样子呈现在人们面前，大家立即就相信了。"这不仅触及命名的奥妙，许多具有当代生活气息的汉字进入藏语的方式也一并显明，不妨和韩少功《马桥词典》的许多构思对看。《马车》篇幅最短，也写得最不落痕迹；"机村"第一辆马车装配成功，故事就讲完了，什么大事也没有，但通篇洋溢着"崭新事物降临的庄重意味"。关键在于作者抓住了来自真实经验而又反复咀嚼的细节，一经写出，就真的耐看了，远胜过连篇累牍看似含华佩实却不着边际的生花妙笔。《马车夫》开头从佛堂经轮写到一般车轮的奇思妙想，也可与朱文《把穷人统统打昏》开始那段"轮子哲学"媲美。朱文是抡圆了来写，阿来则显得更举重若轻。这样的细节不胜枚举。如果你是通过《尘埃落定》或《空山》认识阿来，那一定要再看他这些短篇新作。

《声音》和《报纸》两篇尤为可喜。"报纸刚到机村头一二年，那可是高贵的东西。那时，机村人眼中，报纸和过去喇嘛手中的经书是差不多的。"开场先声夺人！接着是进驻机村的"工作组"差人拿报纸的派头。他们从不拿报纸，总在宣布开会之后临时指定某个要求上进的小伙子去公社拿报，作为精心分配给机村青年的一份殊荣！但这荣耀慢慢淡化，后来拿报纸也要记工分了！有趣的是，失掉神圣性之后，实用性却不断被发掘——人们开始用报纸卷烟、包东西乃至裱糊墙壁。但谁也没有料到，报纸居然把害沙眼的机村青年扎西东珠送进监狱，一蹲十多年。可怜的扎西东珠放出来时不知形势已改，见好心的警察用报纸包他不值钱的行李，还尖叫失声："报纸！"惹来警察一顿臭骂："不用报纸，你这点破东西，还想用什么金贵的包装啊！"报纸在"机村"至此完全祛魅。写特殊政治年代某些特殊物件与机村人发生精神联系的前后变化，另一篇《喇叭》也有异曲同工之妙。

《声音》在这一系列短篇速写中最精致，也最丰满。"我"因小病滞留在诺尔盖草原一个军马场招待所，早晨赖在睡袋里等候同事时，草原深秋特有的轻薄锋利的寒意从四面八方涌来。"我"根据几天的经验推测这寒意发生之源与经过之地，因这推测和遐想，又自然启动听觉，捕捉苏醒过来的草原小镇各种声音的混响。老军马的蹄声令人想起它年轻时的骄傲，如今则疲敝绝望；卡车轰鸣，牵扯着许多人对远方的渴慕；偶然落户小镇的年老女丐旧皮鞋踩在粗糙的石子路上，诉说着她不为人知的神秘哀伤；孩子们在小学校充满生机与希望的钟声中通过一个个陌生的汉字探头张望那祸福不定的将来；接着许多门户开启，发出无法分辨细节的生活的杂音，混合着俯瞰尘世的寺庙的严肃鼓声——最后竟是吃晚饭时年轻镇长的从不露面的妻子的哮喘声！

看阿来这些短篇，仿佛又读到久违了的屠格涅夫《猎人笔记》、契诃夫《草原》或王蒙《在伊犁》的某些篇章。写短篇的阿来姿态放得很低，只为捕捉稍纵即逝的记忆碎片，梳理脆弱的情感游丝，并不想挽留滚滚向前的历史车轮或诠解扑朔迷离的现实幻象。其实奏出各种神奇声音的草原小镇并无特色，"永远都是那个样子：永远是仓促地刚刚完成的拼凑完成的样子，也永远是明天就会消失的样子"，但这不妨碍作者打开视听味触全部感官，贪婪捕捉它的每个细节，因为他曾经和这个草原小镇同在，就像他曾经和"机村"同在。

可见可说的社会、政治、经济、文化因素无非构成这种同在的物质条件，如果拘执于这些众所周知的有形事物，小说写得雷同就不可避免，而将个体与这些事物的同在感受诉说出来，就比费力解释或全盘记录那些外在现象更亲切有味了。阿来描写两个普通藏族青年的死（《格拉长大》《路》），两个同样普通的瘸子顺服于"天神的法则"（《瘸子，或天神的法则》），或一个藏族姑娘神秘的失踪（《自愿被拐卖的卓玛》），都一律采取谦卑姿态。这里没有个体或集团的抗争，没有我们熟悉的许多中国作家自以为见过世面之后产生的企图囊括一切并解释一切的野心，自然也无所谓伦理道德的论断或审判，只是一段真实的生命同在而已。因为身在其中，血肉相连，就无须勉强写自己不在场的东西，也无须勉强说自己没把握的话，读者因此便觉得不隔膜，仿佛还能触摸那一时俱现、尚未变形的真实的存在。

读完这些琐细的"机村"故事，自然想起阿来这十多年来的文学道路。

1994年完成、1998年出版、两年后获第五届茅盾文学奖的长篇小说《尘埃落定》令阿来一夜成名，连诗集《梭磨河》和小说集《旧年的血迹》也跟着名噪一时。但包括《尘埃落定》在内的这些作品当时并没有被汉语世界充分阅读和透彻诠释。许多人认为阿来因获奖而走了捷径，获奖反而在他和读者之间竖了一道屏障。还有人从中国式的文学奖进一步说到他的藏族作家身份，认为正是这种身份使他在官方评奖中倍受照顾。这些似是而非的猜测照样借中国式的私议四处蔓延，其特有的权威足以使青年作家甫一成名即被冷藏。若不是他在海外声名日隆，恐怕更多只是作为一个事件、一种标志被继续谈论。但海外的好评或者据说是天价的著作版权又能说明什么呢？

也有人努力撇开外在困扰，尝试进入他作品的世界，却很快遇到另一种阻挡。《尘埃落定》语言优美明净，叙事清晰流畅，结构对称扎实，聪明幽默灵气十足的对话和描写随处可见，但这些公认的长处只是一个够资格的好作者必备的素质罢了。至于用表面呆傻实则聪明的小孩视觉与口吻讲故事，不管源于《石头记》的传统还是模仿福克纳的《喧哗与骚动》，在80年代中期以后的中国文坛都谈不上有什么强烈的独创性（《空山》第二卷《达瑟与达戈》继续使用这种手法就显得重复了）。《尘埃落定》描写民国初年至全国解放四五十年左右的历史，基本可以归入从作者开始写作后不久的80年代末直到时下一直盛演不衰的"新历史小说"，属于这个潮流中"重述现代史"的分支。与同样重述现代史并获茅盾奖的陈忠实《白鹿原》或更早进入该领域的张炜《古船》、莫言《丰乳肥臀》、苏童《我的帝王生涯》、叶兆言《1937年的爱情》、余华《活着》等作品的区别在于，《尘埃落定》绕开以汉人为主体的现代中国史，关注边缘地域——汉族世俗政治中心与西藏高原神权中心皆鞭长莫及的川藏交界，讲述生活在这里的"黑头藏民"及其末代统治者"土司"们的传奇故事。要说它有什么特点，也就在这里，但围绕阿来的一个根本问题恰恰由此而来——

阿来反复强调土司领地在地缘政治上的居间性，他在这方面可谓全力以赴，但这一地域在文化上的特性，因此反而处理得很草率。"黑头藏民"既不认同任何流派的藏传佛教文化（麦其土司家供养的喇嘛活佛都是摆设，唯一例外是土司次子的奶妈有过为期一年有余的虔诚朝圣，但她回来后就被土司全家弃绝），也不接纳一度试图进入的基督教文化，更不沾染丰富复杂的汉族文化。这种"既不……也不……更不"的文化本身究竟如何？作者似乎并不关心。读者在《尘埃落定》中没有看到居间政治可能产生的居间文化，也没有实际感受到不同文化之间相互撞击而产生的新的杂交形态。

土司领地成了一片空灵的文化荒场。

空灵的文化养成的人性也很"空灵"：土司代表权力、欲望和智慧狡诈，下人体现顺服愚忠或狡黠背叛，男人和女人也都各从其类，突出描写他们的类的共性。无论土司、自由民还是奴才的精神世界都趋于扁平，既无多少民族特点，作者看重的人类共性也没有得到深入挖掘。

既然无法在文化和人性上多加探索，就只能在主人公也即叙述者麦其土司次子的感觉世界和形傻实慧的禀赋上大做文章，在土司之间的罂粟战、粮食战、后来的商战以及麦其家独特的行刑人传统上用墨如泼。奇则奇矣，却流于重复、猎奇和游戏化（后半部尤其如此），似乎怎么好玩就怎么写。人物也是信手拈来，要么类型固定，一贯到底，要么忽彼忽此，前后矛盾——那个"黄特派员"开始多么腐败狡猾，后来却成了很有政治操守的忧患深重的优秀军人。作为民族志和地方志式的历史写作，倘与同样描写边缘文化的张承志《心灵史》相比，《尘埃落定》的文化依托过于空虚含混，对灵魂和人性的开掘也颇肤浅。

这都源于作者暧昧的文化身份。

他不像张承志那样明确宣布精神文化上的族性归属，承担某种历史或现实的使命，也不像写《在伊犁》的王蒙那样诉说一个被迫闯入维吾尔文化的落魄汉人的好奇、惘然、领悟与感恩。阿来虽然假托土司后代书写藏族历史的一部分，实际上却采取了一个从小失去本族文化记忆而完全汉化了的当代藏边青年的超文化超族性的代笔者立场。

《尘埃落定》甚至也是超现实的，小说最后明确指出所讲述的乃是一段过去的历史，一个被"红色汉人"的大炮轰毁、与现实不发生任何关系的尘埃落定的梦幻世界：这和诗一般空灵飘忽的叙述语言倒很相配。

确实，除了偶尔极不成功的政治交往，土司领地基本成为与外界绝缘的浑一封闭之区。你可以隔着一层玻璃欣赏它的奇花异葩，却很难走进去。阿来以过人的想象与语言能力吸引读者，但又以象征、传奇、寓言化乃至戏拟化的封闭梦幻的世界拒绝渴望真实的读者。

这很矛盾，却是实际。他认为《尘埃落定》更适合年轻人的胃口，大概也与此有关。

但回避了对象世界的历史真实也就回避了主体自身的真实，掏空了对象世界也就掏空了作者自己。《尘埃落定》所封闭的不仅是被讲述的世界，也是讲述对象世界的主体。这个现象并不仅仅存在于阿来的创作中，也是新历史小说的共性。

因此，每当新历史小说作者们走出温馨奇幻的历史时空而拿起笔来讲述现实时，他们的真实身份与立场就特别引人注目，而注目之后往往又会惊讶地发现，他们在诉说现实时跟他们在讲述历史时一样，都并无什么切实的文化依托。阿来沉寂十年之后再次以三卷本七十余万字鸿篇巨制《空山》惊现文坛，给我的印象便是如此。目前《空山》第三卷尚未面世，从已出版的第一卷（2005）和第二卷（2007）看，问题首先恐怕并不在于它们和《尘埃落定》

在结构手法或取材上的区别。无论作者还是新闻媒体以及某些评论文章对《空山》"碎片式""花瓣式"结构都说得太多了，对立足现实的《空山》与立足历史的《尘埃落定》在取材上的分别也强调再三，但大家始终回避根本的问题：以"碎片""花瓣"或作者所谓"打碎的瓷器"的结构手法描写50~90年代"机村"现实的《空山》，究竟给读者展示了怎样的现实图景？

如果说《尘埃落定》写土司家族的衰落着眼于制度，《空山》则试图描写同一块土地上文化的衰落。制度是有形的，更何况是中国作家最熟悉的家族制度，所以其衰落过程足以支撑一部长篇小说的结构，足以提供丰富的家庭杌陧的戏剧化细节。文化无形，也有形。有形文化即典章制度风习言语，无形文化则存在于活人的日常生活与心理深处，所以更重要，也更适合文学的表现（前者可诉诸学术研究）。欲表现人心深处的活的文化，除了扎实地写出历史境遇中个体的内心，实在没有别的办法。

《空山》有没有抓住文化的这一层面？应该承认，《空山》不同于《尘埃落定》的地方确实在于它更多涉及制度习俗语言特别是宗教，但这些与历史境遇中的个体联系很松散，没有成为他们的内在生命。个体一旦被作者纳入所谓文化衰落的预定框架，就成为有形的文化元素的符号，因此在手法上往往脱不了象征、传奇和寓言（如第一卷的《天火》对森林大火和所谓人心中更难扑灭的大火的双重叙述，第二卷的《达瑟与达戈》对爱情、疾病、书本与狩猎的描写）。至于人物命运、情节冲突和整体的叙述走向，更无法在目前太多的涉及这段历史的长篇小说固有模式之外有所创新。

编织历史传奇的《尘埃落定》留下一片文化荒场，讲述现实社会变迁的《空山》（一、二卷）依然如故。而且，《空山》因为失去了《尘埃落定》那一层梦幻色彩的遮挡，更加显得稀松平淡。

说阿来基本上是从小就失去本族文化记忆而完全汉化了的当代藏边青年，这也许是我相当武断的一个判断，但我愿意坚持这个判断，因为这是我阅读阿来作品之后所能建立的关于作者身份的唯一认识。基于这一认识，我认为《尘埃落定》与《空山》共同的问题都是作者在尚未自觉其文化归属的情况下贸然发力，试图以长篇小说的形式对复杂的汉藏文化交界地人们几十年的生活做文化与历史的宏观把握。作者也许已经意识到这种把握几乎是不可能的，所以在执笔《空山》之前陆续完成的准备性的三个系列中篇《遥远的温泉》《奥达的马队》和《孽缘》就已经放弃了无所不包头尾圆满的宏大结构，而着眼于一些特别具有包孕性的细节和独立的小故事。《空山》延续了这种写法，每一卷都由两个大中篇组成。阿来把这种处理称为"碎片""花瓣""打碎的瓷器"的结构形态，但因为有意完成一部宏大的"乡村秘史"，《空山》前两卷的四个大中篇只是外形上延续了《遥远的温泉》《奥达的马队》和《孽缘》的写法，实际上仍然和《尘埃落定》一样追求完整的关于现实政治的寓言、传奇或象征；即使有某些真实的碎片，也无法充分释放其中所包含的信息。写《空山》的阿来打碎的只是巨型长篇的整体结构，而不是头脑中已经定型的宏大的可解释的现实图景。

一句话，《空山》破碎得还很不够。唯其如此，阿来近年陆续创作的无法纳入《空山》

传奇化寓言化象征化结构的更加内敛的人物和物件素描，着实使我眼前一亮。这些漏网之鱼才是真正的碎片，它们没有被结构在一起去负担解释现实的使命，也没有被深入挖掘以显示"机村"文化衰落的完整过程。作者仅仅将记忆中闪光的碎片小心翼翼保存下来，留下文化撞击或文化融合透过个体命运发出的微弱而真实的颤音。阿来的鸿篇巨制《空山》即将出齐，我忽然出来捧他的短篇新作，实在不合时宜。我不过是说说对阿来的观察而已，但也想借此针砭一下中国文坛持续多年的长篇热。

长篇热除了众所周知的商业驱动可另当别论之外，或许还潜藏着中国作家觉得已经可以或有必要说出真理并指示方向的冲动。

如果我的猜想不算离谱，那么这种冲动实在要不得。许多作家恰恰是在远离真理的谦卑惶恐中全身心地追求艺术，恰恰在方向不明的含糊混沌状态成就他的艺术；一旦方向明确，真理在握，他和艺术的蜜月期也就终结——他将不再是艺术家，而成为指手画脚的先知与指导者。尼采说"吾人之所以拥有艺术就是不想亡于真理"。巴尔扎克也说过，他写小说的秘诀就是"研究偶然"，他从来不把历史的必然成天挂在嘴边。黑格尔宣布艺术消亡，曾经引起许多人唏嘘叹息，但海德格尔认为消亡了的只是竭力传播伟大真理的伟大艺术，真正虔敬而谦卑的艺术恰恰在这之后诞生。即使酷爱在小说中大发议论甚至俨然传道的托尔斯泰，他对艺术的定义也卑之无甚高论——无非人类交流感情而已。鲁迅年轻时干脆认为诗和艺术应该"实利离尽，究理弗存"，后来他也反复强调他的杂文只是写"心中本有的内容"，无关"究竟的真理"。现在，这些关于艺术的真知灼见好像已经被后殖民时代我们的东方艺术家的狂妄野心挤掉了。我看到一些拥有真情实感也富于文字灵性的作家，因为境遇改变，学识增加，眼界开阔，就急忙改变身份，跟在某些专门研究大课题的古往今来最为狗屁的当代学者后面，装模作样，思考中国和世界的大趋势，往往感到恐怖。但愿阿来不在这些艺术家之列。

抽象地比较长篇与短篇孰轻孰重孰难孰易意思不大，但我觉得至少对阿来而言，与其长篇，不如中篇；与其中篇，不如干脆短篇——用短篇小说逐个记录今天的智慧还无力加以完整把握或彻底解释的那些破碎的"偶然"。

（原载《文艺争鸣》2008年第2期）

朴拙的诗意

——阿来短篇小说论

张学昕

一

我相信，凡是喜爱读当代小说的人，几乎没有人不知道作家阿来的。如此，也就必然会联系起他的著名的长篇小说《尘埃落定》和多卷本的《空山》。很早，我就曾被他的《尘埃落定》牢牢地抓住。可以说，人们极度迷恋他为我们营造的奇特、陌生、神秘而浪漫的康巴土司世界。我们在他的文字中，深深地感受到了一个藏族作家出色的想象力，象征、寓言的建构，诗意的氛围，细腻的描述能力和弥漫在字里行间的"富贵"的典雅之气。此后，他写作的多卷长篇小说《空山》，显示着才华依旧，功力依然不减当年的宏阔气势。那些让我们着迷的叙述，继续引导我们走进充满氤氲之气的文学世界。而令我们遗憾的是，在很长一个时期里，我们却在不经意间忽略了他的短篇小说。我感到，这些短篇，除了具备其长篇小说所具有的那些基本品质外，还拥有着长篇不可取代的更强烈的诗学力量和沉郁的魅力。这些作品，给我们别一种诗意，他所描画的"异族"，光彩眩目，含义无穷，甚至远远超出文学叙述的框架。每一个短篇，都是一线牵动远近，在他对世界的诗意的阐释和发掘中，无论是外在的叙述的激昂与宁静，宽厚与轻柔，还是飘逸与沉雄，我们感受着隐藏其间的闪烁着的佛性的光芒和深刻。那种与汪曾祺小说不尽相同但格外相近的抒情且沉郁的"禅意"，逶迤而来，纯净而纯粹。而且，有趣的是，他的长篇小说和诸多的短篇小说在写作上，时间的先后和故事、人物、情节之间，还有着颇具意味的神秘联系，可以引申出无尽的诗意和叙事资源方面的内在纠结。可以说，阿来短篇小说的路径、取向，深厚的佛教影响，显现出不同凡响，这是我们在其他作家的短篇小说中很难看到的。那是一种独到的选择，也是一种极高的文学境界。那平静、平实的叙述告诉我们，文学的魅力不只是轻逸的虚幻，而且有如此厚实的朴拙。

与长篇小说的写作相比，一篇好的短篇小说，不仅是作家潜心构思、处心积虑的精心结撰，应该说更是一次意外的相逢。倘若说，长篇小说《尘埃落定》以其探索尘世生活和人类命运，及其率性地寻找存在隐秘的勇气和才华，奠定了阿来作为一位优秀作家的根基的话，那么，阿来的短篇小说，试图要"还原"给我们一种形而下的本然世景，这一路向，在他最早的短篇小说《老房子》《奔马似的白色群山》《阿古顿巴》等作品中，就已经初见端倪。及至他后来的"机村"系列中的若干篇，其短篇小说的"拙"态，已经尽显其间。我猜想，作家阿来在写作这些短篇小说的时候，或是灵感突来，或者苦心孤诣、蕴蓄已久，他都仿佛在寻找着一种声音，或者是在等待一种声音。而这种声音一定是一种天籁之音。同时他也努力地在制造着一种声音，其中凝聚着一种非常大的力量，那是一种能够扭转命运和宿命的日益丰盈的精神力量。他曾借用佛经上的一句话表达他写作的梦想："声音去到天上就成了大声音，大声音是为了让更多的众生听见。要让自己的声音变成一种大声音，除了有效的借鉴，更重要的始终是，自己通过人生体验获得历史感和命运感，让滚烫的血液与真实的情感，潜行在字里行间。"① 这种声音，因为聚集着血液与情感，定然会平实而强大。我甚至想，一篇好的短篇小说的诞生，一定是一首获得了某种近乎神示的诗篇，所以，从阿来的短篇小说中，在看似漫不经心、汪洋恣肆的朴拙的叙述中，我们既可以领受到他作为一个作家天性的感性表述能力，还能从这些短章中体味到旷达的激情，和饱含"神理""神韵"的宽广与自由。我以为，这一点"拙气""拙态"，能在短篇小说这种文体中充分地表现出来，意味隽永、深远，的确是非常难得。阿来小说的人物形态是"拙"的，结构形式是"拙"的，叙述方式是"拙"的，即使那些掩藏不住的诗性的语言也荡漾着"拙"意。也许，拙，正是一种佛性的体现。正像阿来在写作这些短篇时渴望与佛性的一次次"相逢"，我们也期待他的小说带给我们一次次的"神遇"般的感觉

　　"我是一个用汉语写作的藏族人。"② 其实，与许多其他作家不同，阿来的写作姿态和文学敏感，在一定程度上说，似乎是极早就"定了位"的。这对于喜欢阿来小说的人，在阅读的过程中就多出别一种期待：一个使用现代汉语写作的藏族作家，他对汉藏两个民族生活的描摹和把握，会是一种什么样的情境呢？实际上，诗人"出身"的阿来，在20世纪90年代写作他的诗集《梭磨河》的时候，就已经显示出他对事物充满诗性的精微的感悟力，以及以艺术的方式整体性地把握世界或存在的天赋。我还不十分清楚，在汉语和藏语这两种异质语言之间穿行的作家阿来，究竟怎样才能在两种语言的共同笼罩之下，摆脱异质感和疏离感，有效地扩大作品的意义和情感空间。但我感觉到，短篇小说这种文体恰恰给阿来提供了一个自我博弈的广阔天地。一方面，是写作内在气质和风度上的"朴拙"，另一方面，是短篇小说天然的结构谨严的要求，力求完整、和谐，前后不参差的文本形态，那么，这两者如何在阿来这里自然而然、顺理成章地统一起来？也许我们会忧虑，由于短篇小说艺术自身对叙事技术的要求，阿来的叙述，难以产生出朴素、率性的结构和散淡、本然的风貌，但阿来却在作品中呈现出了空前的自由。我之所以肯定地说阿来在他的短篇小说中获得了自如的舒展，是我意识到，阿来小说的"拙"是"大拙"，这个"拙"不是感觉、感受的迟钝，视野的局

---

① 阿来：《就这样日益丰盈》，解放军文艺出版社2002年版，第294页。
② 阿来：《就这样日益丰盈》，解放军文艺出版社2002年版，第289页。

限，思路和写作语言的僵硬刻板，而是一种小说内在结构和气场的大巧若拙。诗意埋藏在细节里，历史的细节、经验的细节、写作和表达的细节，自由地出入于阿来叙述中的虚构和非虚构的领域之中，在单纯、朴拙与和谐之中表达深邃的意蕴。这种"拙"里还隐藏着作家的灵性，特别是还有许多作家少有的那种佛性，那种非逻辑的、难以凭借科学方法阐释的充满玄机的智慧和思想，在文字里荡漾开来。不经意间，阿来就在文本中留下超越现实的传奇飘逸的踪影。同时，他还很好地处理了小说形式与精神内核的密切关系，不仅是讲故事的方式，而且包括短篇小说的叙事空间的开掘，我们能够意识到，阿来在短篇小说中寻找一种新的写作的可能性。他在努力地给我们呈现一个真正属于阿来的世界。当然，这需要小说家具备真正的实力，阿来显然具备这样的实力。

二

在当代，擅写短篇小说、热爱短篇小说的作家，都一定是深谙小说艺术堂奥、有较高艺术境界和追求的作家。我敢肯定，他们写作的初衷以及后来持续写作的动力，也仅止于对文学本身的考虑，而绝少非艺术的功利性因素。我崇敬这样的作家，我相信只有这样的写作才是真正的文学写作，他们对世界或存在的叙述是坦诚的、满怀敬畏的。阿来就是一位对文学深藏敬畏之心的作家。

一九八七年发表于《西藏文学》上的短篇小说《阿古顿巴》，是阿来早期短篇小说的代表作，也是他小说创作中最重要的作品之一。在这篇小说里，我们可以发现阿来最初的小说观念的形成和成熟。我最早注意到阿来短篇小说人物的"拙"性就是这篇作品。在这里，我们甚至可以说，阿来小说所呈现的佛性、神性、民间性的因子，在阿古顿巴这个人物身上有最早的体现。从一定程度上讲，这篇取材于藏族民间传说故事的小说，也体现了阿来自身对一个民族的重新审视。他对这位民间流传的一个具有丰富、复杂的、智慧的平凡英雄的理解和艺术诠释，令人为之震撼。这是一篇重在写人物的小说，试想二十几年前，阿来就打破了以往民间故事的讲述模式和基本套路，打破了这种"类型"小说的外壳，对其进行了重新改写和重述，这的确是需要相当大的勇气。因此，时至今日，我始终没感觉到这是阿来的一篇"旧作"。看得出，阿来这篇小说的写作是轻松而愉快的，他笔下的这个人物阿古顿巴，就是一个有着高尚智慧和朴拙外表的"孤独"的英雄。"阿古顿巴是较之居住于宏伟辉煌的寺院中许多职业僧侣具有更多的佛性的人，一个更加敏感的人，一个经常思考的人，也是一个常常不得不随波逐流的人。在我的想象中，他有点像佛教的创始人，也是自己所出身的贵族阶级的叛徒。他背弃了拥有巨大世俗权力和话语权力的贵族阶级，……用质朴的方式思想，用民间的智慧反抗。"①阿来在这个短篇中努力赋予了这个人物丰厚的精神内质。事实上阿来做到了。他没有在这篇小说中肆意进行类似故事"新编"那种"新历史主义"的虚构，而是在一个短篇小说的框架内，进行自然的讲述。主人公的"拙"与小说形式的"拙"相映生辉。阿来给阿古顿巴的出走找到了一条非常轻逸的道路。阿古顿巴就像是一头笨拙的大象，更是在人和神之间游弋的自由而朴拙的英雄，这个内心不愿听凭命运安排又坚韧、执拗的藏族版"阿甘"，仿佛连通着宇宙间神灵与俗世的一道灵光，"他都选择了叫自己感到忧虑和沉重的道路"，"阿古顿巴知道自己将要失去一些自由。听着良心的召唤而失去自由"。我想，阿来写这篇小说的时候，他一定还没有读到过辛格的《傻瓜吉姆佩尔》，但他同样在几千字的字幅里写出了阿古顿巴的一生。阿来的叙述让阿古顿巴人生的几个片断闪闪发亮。就像辛格叙述的吉姆佩尔，"这是一个比白纸还要洁白的灵魂"②，阿来通过阿古顿巴表达了憨厚、善良、忠诚和人的软弱的力量，这是一种单纯或者说是纯粹的、智慧的力量，当然，这也是来自内心和来自深远的历史的力量。阿古顿巴正是凭借他的"朴拙"、孤独和异禀而催人泪下。

阿来短篇小说中朴拙而单纯的人物，都不同程度地潜伏着一定的文化的深度。从文化的视角看，阿来的写作，无疑为汉语写作大大地增加了民族性的厚度。他在作品中承载了一种精神，这种精神里面，既有能够体现东方文化传统的智慧者的化境，也有饱含朴拙"痴气"的旺盛、强悍生命力的冲动。这些超越了种种意识形态和道德规约的理念，构成了阿来诚实地面对人类生存基本价值的勇气。所以，他的许多短篇小说就像神话那样古老而简洁有力。他近来写作的短篇小说《格拉长大》，除了继续保持朴素的叙述气质之外，阿来开始捕捉人性内在的深度性和广泛的隐喻性。格拉同样是一个"拙"气十足的人物。这个后来在长篇小说《空山》中被舒张、深入演绎的人物，在这个短篇中则体现出阿来赋予他的超常的"稚拙"。据说，这篇小说是阿来在写作《空山》的间隙中完成的，我不知道关于格拉的叙述，阿来在《空山》和《格拉长大》之间有着怎样的设计和考虑，也许这个短篇就是阿来对格拉这个人物格外偏爱的产物。这就像是好的音乐总会有余音绕梁，一些细小的尘埃仍然会在空中漂浮一段时间。阿来写《格拉长大》或许是将《空山》里意犹未尽、未能充分展开的部分进行了丰沛的表现，使其在这个短篇里成为一个新的中心。这样，短篇的格局就会使小说呈现出一种新的可能性。正是这个短篇，将格拉的"朴"和"拙"聚焦到一个新的状态或层面。我们惊异格拉这个"无父"的少年，与母亲桑丹相依为命的从容。他与阿古顿巴一样，也从来没有复杂的计谋和深奥的盘算，"他用聪明人最始料不及的简单破解一切复杂的机关"③。在小说中我们好像看到了两个少年格拉，一个是那个憨直、能忍受任何屈辱、能

---

① 阿来：《文学表达的民间资源》，见林建法主编《中国当代作家面面观·汉语写作与世界文学》，春风文艺出版社2006年版，第248页。
② 余华：《温暖的旅程》，见余华《温暖而百感交集的旅程》，新世界出版社1999年版，第8页。
③ 阿来：《文学表达的民间资源》，见林建法主编《中国当代作家面面观·汉语写作与世界文学》，春风文艺出版社2006年版，第249页。

学狗叫的、对母亲百依百顺的格拉，另一个是勇敢、强悍、不屈不挠、坚执的格拉。在"机村"这个相对封闭、自足、还有些神秘的世界，道德和伦理似乎都处于一种休眠或暧昧的状态。格拉就像是一头高傲的雄狮，在斗熊的"雪光"和母亲生产的"血光"中，以本色、"朴拙"而勇敢的心建立起人性的尊严。其实，格拉与《尘埃落定》中的"傻子"，与《阿古顿巴》中的阿古顿巴都有着极深的血缘关系。实质上，这几个人物形象正是阿来汲取民族民间文化的内在精神力量，超越既有的具体的"现实""历史"格局，探寻人物形象"原生态"状貌所进行的有效实践。

显然，这一次，阿来再次表现出他写作的那种飞离现实的能力。可见，"拙"只要蕴蓄了诗意，是照样能够以独特的方式灵动和飞翔的。他的想象和耐心，使他能够在叙述时自给自足，拥有令人意想不到的智慧。《瘸子》中的那个老嘎多，《马车夫》里的麻子，《自愿被拐卖的卓玛》的主人公卓玛，都是阿来用那种并不特别的朴素的手法，来表现他们，呈示他们面对世界的变化和新事物闯入时，朴拙甚至是很"笨拙"的生活。我感觉，阿来是"贴"着生活写人物的，或者说，是"贴"着人物写生活的。人物的塑造在阿来的短篇中具有更丰富的寓言品质。这是一种超越了普遍想象力的更大的幻想性力量。实质上，幻想性是现代小说最重要的元素，它在很大程度上影响着叙事与现实、历史的关系。我非常赞同作家、编辑家程永新关于"幻想性"的一段话："幻想性和想象力不同，想象力是艺术创作的一种基本能力，在现实主义大师的作品中，想象力更多地体现在根据人物的逻辑或生活逻辑来虚构故事的走向，而幻想性是现代艺术的基本元素，它解决了理性和非理性、真实和虚假、现实和超现实等一系列与艺术创作休戚相关的命题。"[①]阿来就是这样一位具有幻想性的作家。他从不急于在作品中表现哲学意蕴，或是对存在做出理性的怀疑，也不轻易而茫然地从"别处"掇取既有的种种文学的遗传资源。他相信汉语言文学自有其深厚的幻想传统，他也极力在写作中努力接续这个传统。在这里，他首先是从小说的人物形象入手，精心地为汉语文学制作一份情感和人脉的档案，同时，也给自己的写作构筑起扎实的地基，或者，那些人物就是文学云层下面一座座巍峨不动的山峰。

三

语言和文体，这是任何一个有抱负的小说家都必须高度重视的两个文学元素。也可以说它们是横亘在一个作家眼前的两道鸿沟。谁能穿越它们，谁就可能顺利抵达事物的幽深处或存在的现场，而且不需要任何额外的魔法。这一点，是与作品的选材，意识形态背景和某一种精神规定无关的要义。语言更是一种文化现象，它往往能体现出作家的文化积淀。可以说，一个作家的语言，表现了这个作家全部的文化素养。所以，汪曾祺先生很坚定地说：

---

① 里程：《文学的出路》，《当代作家评论》2008年第6期。

"语言不好，小说必然不好""写小说就是写语言"①。可见，小说终究是语言的艺术，这是文学叙述的根本。而文体是一个更为复杂的综合性的小说元素，它关乎小说的整个叙事，是包括语言、结构、叙述方式在内的诸多方面在心灵集结后的外化。它是能够彰显出一个作家整体艺术选择和个性风格的范畴。所以说，语言和文体应该是评价小说的重要标准。毫无疑问，阿来小说的叙述语言极好，明显受过纯粹的语言训练，尤其这种诗性的语言自然与他早期的诗歌写作经历有关，更主要的是，阿来能将这种感觉不断地保持到小说的叙述中。这种感觉，是作家特有的将现实的生命体验艺术地转化为文字的能力和特质。从这个角度讲，阿来小说的魅力不仅是语言和结构带来的，也是这种与众不同的艺术感觉或直觉带来的。我觉得，阿来的短篇小说较之他的长篇更能体现他的这种艺术感觉或直觉。而这种感觉的直接外化和体现，就是叙事的"朴拙"。小说所聚敛的"幽韵"或"气场"，艺术的灵动性和表达的生动性，即文脉的变化与流动，都不事张扬地潜伏在他的"朴拙美学"之中。这既与阿来内心的诚实有关，也与他选择的看似不事雕琢的"非技术性"结构方式相关。也许，"朴拙"恰恰是一种最高明、最富有境界的小说技艺或小说意识。我在想，不知这是否还与他的藏族及其宗教背景有关。总之，这在相当大的程度上丰富了当代短篇小说的审美艺术形态。

从早些时候的短篇小说《群峰飞舞》《狩猎》《蘑菇》《声音》《槐花》《银环蛇》，到近年的一组有关"机村"的小说，将阿来的这种朴拙的叙事美学推向了极致。《水电站》《马车》《脱粒机》《瘸子》《自愿被拐卖的卓玛》《少年诗篇》《马车夫》，每篇的结构都可以称之为自然而奇崛，朴拙而没有丝毫的匠气。一个有良好小说基本素养和严格训练的作家，他永远能摆脱别人和自己的"类型化"套路，不拘一格，不断地寻找新的叙事生机，这既需要智慧和才情，也需要某种机缘。在连续地重读了这些短篇小说之后，我对作家阿来有了更进一步的认识和理解：阿来的写作姿态或者说他的文学精神是一种感悟之后的宽容。

也许，结构的"拙"里面就暗藏着某种秘不示人的叙事的"禅机"。《狩猎》和《蘑菇》两篇都表达着很深厚的意蕴。《狩猎》是表现三个不同民族或有着三种不同民族血缘的成熟男人与大自然的一次"亲密接触"。这三个有经验的猎手，正是在狩猎这个短暂的伙伴关系中，展示出男人的血性与情怀。银巴、秦克明和"我"，在一次狩猎中向我们演示了包括人与人、人与动物之间的爱恨情仇，思索在自然面前人与人如何越过隔阂，进入相互的内心。这篇小说在叙述中不断强调人物的"动作性"，极力捕捉灵魂深处的爱意。《蘑菇》的情节虽不繁复，但在"嘉措在外公死了很久的一个夏天突然想起外公在幼年时对他说过的话""现在，放羊的老人已经死了"这样的句子引导的时间之下，阿来使平淡的叙述产生些许超越写实的意外的回旋，使"蘑菇"串联起历史、现实和生命的本然关系。像另外两篇《声音》和《槐花》，是非常散文化、抒情化的叙述文字，其中，我们能够在声音里闻见气味，从罂粟般的、槐花的气息中感受自然的、神秘的生命节律。可以看出，写作这一组短篇时的阿来，就已经不想凭借"技巧"来大做文章了，而是似乎有意在略显"粗粝"的叙述

---

① 汪曾祺：《晚翠文谈新编》，生活·读书·新知三联书店2002版，第83页。

体式中，寻找让故事升腾起较深意蕴和诗意的生机。及至《水电站》《报纸》《马车》《马车夫》《少年诗篇》这一组短篇小说的出现，阿来小说内在的"禅意"开始在字里行间若隐若现了。其中，勘探队"那些穿戴整齐、举止斯文又神气的人"，绝对不仅是给了机村一个纸上的水电站；一张报纸，却能直接决定了一个人一生的命运；马车夫的失落竟然同时伴随着一个极平凡生命的终结……无疑，这些题材，这些视角，这些眼光确乎有些特别，但行文的磊落使阿来的叙述不断地发散着骨子里的朴拙之气，却也不脱离菁英本色。这些生命景观和生命形式，是宿命的、飘动的，也是禅意的、诗性的。仿佛阿来天生就知道哪些生活和想象可以写进小说。而且，我们在阿来的短篇小说中，几乎看不到任何刻意雕琢的戏剧性结构，也许阿来觉得这样肯定会将小说写假。所以他不求谨严，貌似"天马行空"般散淡，但平衡而和谐。情节、故事的线索明显，拴住了人物，铺张了细节，却没有缠住复杂的生活和灵动的感觉。在这里，我觉得阿来的写法很像法国作家罗布·格里耶。后者对小说技术的革命性探索，被指责"损害"了小说的文体。但我觉得，也许正是他那种"损害"技术，成就了他的小说。实际上，阿来短篇小说的"拙"，在一定意义上讲就是反技术的。他的文字在虚构的空间里自由地奔跑，有时，他难免会忘记、忽略种种限制，只感受到自己的体温，听见自己的呼吸。简约、素朴、儒雅、诗性的语言，自然而不求绚丽，尤其是"拙"，"拙"得老到而且敦厚。因此，这样的"拙"，也就难免不带着诡谲的、不时也会越出叙事边界的"禅机"。

这时，我们能够意识到，阅读、认识和体会阿来，确是需要将他的写作与任何"潮流"分开来的。也许，恰恰是这一点造就了他与许多同代作家叙事策略的不同。回想他的写作，一路来，阿来也算是特立独行，他的叙事资源和内里精神始终远离诸多的模式。他的小说虽以平易取胜，但积淀着浓郁的诗意。那些深邃的道理，都埋藏在形而下的素描之中。在叙述中，阿来竭力地摆脱自己的作者身份，中年阿来看世界、看生活的眼光，或直面人生的态度可能是"世故"的，但这也许更经得起时间的推敲，"所有的写作，最终都一样，必须用最世故的眼光去寻找最纯洁的世界"①。而纯洁的世界一定是单纯的、质朴的世界。我感觉到，阿来正努力通过短篇小说这种文体，追求空白、空灵、空阔的小说境界。这体现出一个有艺术抱负、有责任感的作家的力量和信念。阿来的长篇小说《尘埃落定》和《空山》，早已显示或者说代表了这个时代的写作，但我想，他的短篇小说给我们带来的价值和诗意，恐怕同样难以作定量的估算。

（原载《当代作家评论》2009年第1期）

---

① 张学昕、苏童：《感受自己在小说世界里的目光——关于短篇小说的对话》，《当代作家评论》2008年第6期。

文化和自然之镜

——阿来"山珍三部"的生态、心态与世态

程德培

1805年，歌德在读到普罗提诺的著作之后，欣然命笔，写下一首名诗，诗中写道："如果你的眼睛不像太阳，你就看不见太阳……"

一

2008年，阿来的长篇巨著《空山》第六卷发表，历时四年的三部六卷本"机村传说"终告一段落。巧合的是，十年前，奠定阿来文学史地位的长篇小说《尘埃落定》的发表，也经历了四年时间。不同的是，前者是陆续写作发表的时间，而后者经历的是十几家出版社不断退稿的搁置时间。

这一年，阿来因《空山·第六卷》获第七届"华语文学传媒大奖·2008年度杰出作家"奖。授奖词中这样写道："阿来是边地文明的勘探者和守护者。他的写作，旨在辨识一种少数族裔的声音，以及这种声音在当代的回响。声音去到天上就成了大声音，在地上则会面临被淹没和瓦解的命运。""声音"一词至关重要，它也许是打开阿来叙事之门的一把钥匙。在颁奖当日，阿来作了题为《人是出发点，更是目的地》的获奖演说，以其一贯的人文主义立场做出了回应。

随后的若干年中，阿来继续其长篇创作之旅：2009年，"重述神话系列"之《格萨尔王》在北京首发；2013年，《人民文学》第八期刊登了其"历史非虚构"长篇力作《瞻对：两百年康巴传奇》。十几年时间，阿来在长篇叙事的各种可能性上，花费了诸多心血，也做出了可贵的努力。神话传说与传奇都是古老的叙事形式，阿来追溯本源的借鉴并不是回到过去，而是追寻其在当今生活和历史中不死的灵魂。

二

也许是多年的长篇创作过于疲惫，用作者自己的话，想休息一下写些轻松的东西。于是便有了《三只虫草》的诞生，有了《蘑菇圈》和《河上柏影》的问世。三部中篇并无故事上的必然连接，但又有其共同特征：虫草、松茸和岷江柏均是"青藏高原上出产的，被今天的消费社会强烈需求的特产"，故出版时被称之为"山珍三部"①。

《三只虫草》很像青少年读物，追求知识、渴望成长、问询启蒙，写得轻松，读来也不难懂。即使如此，小说也不乏微言大义和阿来对当下生活变化一以贯之的关注和思考。

生活于海拔3300米的牧民，为了保护长江黄河上游的水源地，退牧还草，开始了定居生活。看电视成了文化生活的符号，而每年一度挖虫草成了他们必不可少的经济来源。住宿学校的优秀学生桑吉为了挖虫草逃学，这是故事的引爆点。作者运用客观镜头隐含主观镜头为我们讲述了桑吉成长中的事件，客观镜头讲的某人在看什么，而主观镜头指的是某人看到了什么。说到底，视角是一种难以界定为主体或客体的事物，我们在看桑吉的同时，桑吉也在看什么。镜像自然是一说，反镜像的镜中之镜可是另一说。

游牧变成了定居，出于生态而变故的生活方式也影响了心态。好比桑吉的父亲虽"满意新的村庄，就像住在城里一样"，想不通的总是那么容易杀人的打仗电视剧；就像母亲搞不懂电视剧那些不用劳动整日消费的生活。还是学生的桑吉也有许多不懂，最为纠结的是该把虫草看成一个美丽的生命，还是看成30元人民币？父母辈肯定将答案归于信托的山神，那是因为"山神有一千只一万只眼睛，什么都能看见"。在一种绵延的神话思维里没有验证核实的概念，虽然他们对世界的阐释远离科学，总是保持着对分析的不满，不断地用已知解释未知，通过直接经验的闪烁纱幕看世界，把万物看作有生命力的东西。神话思维不给现实提供任何逻辑，但也拒绝谎言。

桑吉不同，逃学只是暂时的，他眼中的货币只是为了姐姐的病和姐姐上学没有好看的衣服。成长渴望知识的启蒙，"三只虫草"的历险见证一个正在开悟的少年的追求，他放弃做喇嘛的召唤，从"虫草"之地一路狂奔，追求百科全书式的知识之光。"他奔跑，像草原上的很多孩子一样，并不是急事需要奔跑，而是为了让柔软的风扑面而来，为了让自己像活力四射的小野兽一样跑得呼哧呼哧地喘着粗气。"诗人出身的阿来在此无疑勾勒出照亮整个小说的意象。这也让人想起作者以前的小说名篇《奔马似的白色群山》，奔跑的姿势从来不是风景的写照，而是摆脱束缚追求自由的生命象征。"童趣的视角和语句下，整个小说如初春般混合着万物甦生、大地复兴、天人归魅的气味和情志……"《人民文学》的卷首编者语这

---

① "山珍三部"：《三只虫草》首发于《人民文学》2015 年第2期，《蘑菇圈》首发于《收获》2015年第3期，加上首次出版的《河上柏影》，共三部小说由人民文学出版社出版，总称"山珍三部"。

样评点《三只虫草》，说得真好。

三

"山珍三部"是一个新起点，貌似轻松的写作拓阔了其审视世界的时空观念，他的审视已告别了一个王朝的古怪终结，他的思考已不再单纯是一个村落的半个世纪的史诗，一块边地的两百年的非虚构历史。阿来的叙事不仅智慧地偏向同时代人的口胃，还提示出历史是如何起到与自然相反的作用。文化竭力装作人类善和实践的自然特征，但实际上这些特征都具有历史性，它们都是历史力量和利益作用的结果。文化圈理论的基本前提是，一种具有高恒常性的传统能够在整个人类历史延伸。回忆主要是一个用于自我，与个人关联的情况与概念，而传统则是一个首先用于文化和历史范畴的概念。但这并不妨碍我们可以继续讲述记忆中的历史和历史中的记忆。"蘑菇圈"的命运提醒我们，我们只能是人类的主体，因为我们与他人和物质世界实际上有着密切的关系，而且这些关系是我们生活的基本构成因素而不是偶然的东西。世界并不是一个"外在的"有待理性分析的客体，不是一个被用来反对沉思的主体；它绝不是我们可置身其外并反过来与之对抗的某种东西。

对弗洛伊德而言，自然不仅是文化的他者，它还是其内部的一种惰性的重量，展开了一个贯通人的主体的裂痕……因此，关于文化的形成、永远存在着某种最终的自我毁灭的东西。当丹雅对阿妈斯炯说："我的公司只是借用一下你蘑菇圈中的这些影像，让人们看到我们野外培植松茸成功，让他们看到我公司种植的松茸在野外怎样生长。"当阿妈斯炯似懂非懂地明白天然的蘑菇圈已成了金钱文化的图像时，她感到一种"死亡"的降临，"我老了我不心伤，只是我的蘑菇圈没有了。"丹雅的拯救就是阿妈斯炯心目中的毁灭。两种文化或者说文化与自然的厮杀由此可见一斑。

当不幸突然降临时，其他动物会先面临它，人类则会预感它可能来临，这样，他们一生都有意识地处于满足和失望的张力之间，这种张力由不得他们，这就导致面对挫折和不幸时的畏惧。最大的不幸当然是死亡，包括自己的死亡和熟悉的人以及亲人的死亡。死亡不会面对死亡，我们面对的只是他者的死亡以及即将来临的死亡。顺便提一下，"灵魂"一词屡屡被提及，而它的确有所指，往往是越解释越糊涂。在诸多地方与诸多文化里，人类都曾想象自己能长生不死，古时候与世界"灵魂"同义等价的诸多词语，首先用来表示我们身上永恒不死的东西。

"山珍"之所以为山珍，是因为它的稀缺性。物以稀为贵，那是价格使然。而那更为深层的价值在于它们都面临着消亡。人们都在关心自己生命终结的降临，都在消受死亡将临的恐惧。而对自然物种消亡的关注，就像波德莱尔的钟一样，指针全被拿掉了，上面有这样的题词："比你想的晚多了。"这也是辛波斯卡在诺贝尔文学奖演讲词中那句括号里的问句："我们何以确定植物不觉得疼痛？"

文化在自然中留下它的痕迹，自然也在人身上留下它的痕迹。两种痕迹彼此影响，有联系也有斗争。文化之镜与自然之镜互为镜像而又相互拉拉扯扯。我们只需记住，虫草、松茸之所以变得越来越重要，缘之于那日益被哄抬的物价：那承载着神话传说的岩中柏树更是因为其独一无二而成为地方旅游业的经济增长点。当野生的珍稀物品和悠久的历史品质成了当今广告业的言辞英雄时，作为本质的自然属性随之烟消云散了。"山珍三部"的可贵之处在于，作者时时处处留意日渐流失的自然属性。我们以为我们知道，其实我们并不知道；我们自以为我们不知道，其实我们一清二楚。我们可以欺骗自己的意识，但依然无法改变自然的意识。

"山珍"的命运既是一种自然物种的命运，也是一种文化的命运。"文化是一种充满悖论的商品。它完全遵循交换规律，以至于它不再可以交换，文化被盲目地使用，以至于它再也不能使用了。所以，文化与广告便混同了起来。广告在垄断下越显得无意义，就越变得无所不能。"① 德国的著名哲学家马克斯·霍克海默与西奥多·阿道尔诺在时空上都离我很远，但他们的话仿佛针对眼下的几部小说说的。

四

《三只虫草》写得轻松，《蘑菇圈》可就沉重得多了。在对时间的依赖上，仿佛是机村传说的缩影。对阿来来说，"机村"就是福克纳的约克纳帕塔法县。依然是村志与人物志，依然是离乡与返乡，依然是不合时宜的视角，依然是进进出出的工作组对古老机村带来的冲击，依然是不断变化的时代给传统生活秩序带来的变乱。在时间的长河中，阿来最为关注的始终是"人性使然"的冷热轻重。"我相信，文学更重要之点在人生况味、在人性的晦暗或明亮、在多变的尘世带给我们的强烈命运之感，在生命的坚韧与情感的深厚。"作者在"山珍三部"的序中这样写道。

《蘑菇圈》叙述了主人公斯炯在机村经历的六十年风雨人生。作者采用类似编年方式，记录历史上重大事件在小小边远村落的回响，主人公则以"拔出萝卜带出泥"的效应为我们带来一系列血肉相连的人物形象与影像。历史事件诸如大跃进、大饥荒、"四清"运动、"文化大革命"以及20世纪80年代之后一系列经济发展、市场效应、服务贸易、城市化与全球化等皆为众人所熟知；而包括阿妈斯炯在内的法海和尚、工作组长刘元萱、废液犯吴掌柜、累得脸蜡黄的四清女工作组长、因庄稼绝收而上吊自杀的公社社长、儿子胆巴和同父异母的丹雅等，则让我们陌生而难忘。叙述者看到所有的人物都在他的视野中出现，又在那里消失。视野也包括记忆、多层的记忆，而叙述者本人也属于人物之列。人物则是目光之目

---

① ［德］马克斯·霍克海默、西奥多·阿道尔诺：《启蒙辩证法》，渠敬东、曹卫东译，上海人民出版社2006年版，第146页。

光。尽管不可能"看见自己在看",却完全可能"看见自己被看见"。

"斯炯上了一个年轻民族干部学校的意义似乎就在于,她有机会重复她阿妈的命运,离开机村走了一遭,两手空空地回来,就用自己的肚子揣回来一个孩子。一个野种。"对斯炯而言,两代人都是野种,父亲成了秘密的来源,身份就此打上了问号。当四清女工作组长穷追猛问胆巴的父亲是谁时,说与听已不是双方的问题。"听见自己在说"是可能的,而"听见自己被听见"则是不可能的。那些患上阶级争斗综合征的人们恰恰是患上了听觉幻觉的精神病患者。斯炯那人性的温度与女组长敌情观念的彼此较量,前者的胜出是可以想见的。历次运动的执行者与推广者全然被一种幻觉所统领,用弗洛伊德的术语来说,他们将自己"低级"的欲望,升华为一种崇高的理想主义。在弗洛伊德看来,这样做的人,其实是将自己的本能弱化,从此让自己受制于死亡的驱动力。

斯炯的人生总是与秘密打交道,不只出身是一个问号,而且"朋友"也是秘密的。她一生最重要的"朋友",一个就是吴掌柜。"盲流"这个带有行为能力的名词和"大饥荒"是他们交往的关键词,那最终被疑为台湾蒋匪帮反攻大陆发信号的潜伏特务的吴掌柜最终被抓,只是缘于饥饿。"那是机村少有的一个不眠之夜。很多人都认出了那个山羊胡须的吴掌柜。他们一家在村东头那条曾经的小街上开了十多年的店。他们在公路修通、驿道凋敝时离开了机村,回到老家。人们还记得他离开时,带着一家老小转遍整个村子,挨家躬身告别的情形。但村里没人知道他何时回来,为什么回来,而且这样行事奇特,要偷杀合作社的羊,并于半夜在山上生一堆火,在那里烤食羊腿。只有斯炯知道他是出来逃荒的。知道这么做是不想活了。"这个离奇的故事出自离奇的年代,吴掌柜和斯炯之间的秘密隐含着一个更大的时代秘密。那个临死前的"饱死鬼"脸上反复出现的"奇怪的笑容",是对时代噩梦的反击和嘲讽。这个故事今天读来已不是什么秘密,但仍不失其震撼人心的力量。我们是否能通过罪恶才能获得拯救,能否穿越疾病与死亡的深渊才能最终达到"健康"的殿堂。伟大的托马斯·曼通过其传世之作《魔山》主人公汉斯·卡斯托普所领悟的道理,今天依然携带着无法消除的问号。

我们不能"接受"他人的苦难状况,无论是出于何种理想,也不管我们自己的苦难是否也能同样被"接受",因为这种"接受"总归会产生罪恶。所有的文化都与这种罪恶有所关联。物尽其用导致砍伐满山的树木,"肥料"的作用带来庄稼绝收,"人定胜天"的结果是天灾降临。解放思想是一个巨大的讽刺,是一种摆脱不了的荒谬。

五

命运总是具有重大的反讽意味,我们越是满怀激情地去寻找现实,越是因为相信自己更加接近现实而感到愈发喜悦,结果却越是远离现实。这也是斯炯的命运,这也决定了"蘑菇圈"成为其终生的秘密朋友。早在1991年,阿来曾写过名为《蘑菇》的小说。梁海的《阿来文学年谱》中这样写道："《蘑菇》中那煮在羊奶中鲜美异常的松茸，还有山野明丽的春天，都让阿来感到无比幸福。美丽的自然和淳朴的乡村情感使得阿来依然有着'单调而又明亮'的童年。"①"单调而又明亮"的色调不止是童年，就是写到大批新鲜的蘑菇被飞机运往日本，日益高涨的价格给当地村民带来的喜悦也可想而见。嘉措母亲，一位退休镇长因为从事收购蘑菇的生意而重获新生，嘉措和朋友的令人兴奋而又有收益的活动则是到乡下采摘蘑菇。小说结尾处："蘑菇一共是二十斤。八十元一斤，卖了一千多块。嘉措一分不要，两个朋友一人八百元。剩下的都一齐吃饭喝酒花掉了。启明的钱打麻将输掉一部分，剩下的给妻子买了时装。嘉措觉得他潇洒大方。哈雷则运用特长，买了一台日本进口的唱机和原来的收录机并联，装上两只皇冠音箱。嘉措觉得他实在，而且有文化。"和《蘑菇圈》的结尾相比较，其中的变化和差异可以想见。

对新生活的欢迎和质疑是两篇几乎同名的小说之间的差异，维护前者的是经济，而后者的守护神则是自然。斯炯自从遇上传说中的蘑菇圈——圈里的蘑菇是山里所有同类蘑菇的起源和祖宗。有如神助一般，渡过了无数的生活难关；"蘑菇圈"是天赐之物，它启迪我们重新审视人在自然中的地位。同时，"蘑菇圈"又是秘密之地，在它那里埋藏着许多不为所知的故事，开启了我们喜爱自然依赖自然追根寻源的"神话"之旅。两部小说的时间差距是二十五年，而这些年留给我们最为重要的就是"变化"二字。二十五年，我们有着太多论述涉及一个正在转换的时代，一个变化，一个个接踵而至、目不暇接的变化，突然而令人困惑，根本无法消受突如其来的变故。我们正在高歌猛进，老天却变了脸色；我们正在莺歌燕舞，却满天沙土扑面而来。正如神学家泰可德·德·沙尔丹所写："在我们变化着的世界上，没有一件事是真正可理解的，除非就它已经达到的目标来说。"

《蘑菇圈》的后半部涉足的正是近几十年的现实。生活在现在绝不像生活在那时。我们生活在一个不断变化的世界。在这个世界中，过去是死去了，现在也在垂死之中；我们必须得履行的责任由现在与将来之间的某一暂时的场所提出来。我们使用变化，而且也被它所使用。为数不少的作家都试图对当今的现实发起一种"正面强攻"，当然也包括部分侧面迂回的尝试，结果往往不尽如人意。谁之过，变化着的生活之过，还是叙述的功力之过？真是难以判断。有些作家十几年前精心构筑的长篇早已落笔，断断续续，至今无法完成。不舍得另起炉灶，又无法继续完成。我的看法是，当叙述者认识世界的观念已经变化时，又怎么能回到昨日的视角。在公社式的社会中，乳酪是不包装的，交流的过程被称之为闲谈；在联合体社会中，乳酪是用玻璃纸包装的，交流的过程被称为"媒介"。我们的叙述又怎么能舍弃"媒介"而流于"闲谈"呢！

世界变化如此迅速、范围如此之大，我们的经验遇上从未有过的挑战。八十年前，本雅明曾感慨道："幼时乘马拉街车上学的一代人，此时站在乡间辽阔的天空下；除了天空的云，其余的一切都不是旧日的模样了，在云的下面，在毁灭性的洪流中横冲直撞，毁灭性的

---

① 梁海：《阿来文学年谱》，载《东吴学术》2012年第6期。

爆炸此起彼伏的原野上，是渺小、脆弱的人的身影。"① 我们甚至还可以补充一句，现在的情况是，天空的云也不是过去的模样了。

<h1 style="text-align:center">六</h1>

母亲斯炯与"蘑菇圈"休戚与共，已然发展成了一种生活方式，以至于无论社会发展如何进步都无法解除这种形式。尽管她是如此深爱她的儿子，儿子每次升迁都是她的骄傲，她依然拒绝"进城"。与"蘑菇圈"自然地相处就是其自然的方式，唯有如此，她生活的各个方面都是安详的，那是既朴素又简单的生活。也许，有人从实用经济的角度提出他们的看法，"蘑菇圈"的发现与存在对斯炯来说毕竟也有其实际意义，比如饥饿时代能解决她的温饱，温饱解决之后能增加她的收入。这不假，但最基本的功用并不是全部。"蘑菇圈"的完整且秘密的存在寄托着斯炯精神情感的全部，是其喜怒哀乐的始源地、本真性伦理的来源，这也是她为什么一次又一次地拒绝更大诱惑的商机的原因。从某种意义上说，"蘑菇圈"就是斯炯的伊甸园。相比几十年前的那篇《蘑菇》，《蘑菇圈》在观念上似乎是一种对进步的拒绝。

伊甸园的神话传说对中世纪的神学家的持续吸引长达一千年之久，这主要是由于《圣经》中简短含糊的描述为各式各样不同的理解提供了足够大的空间。亚当最初的品性，知善恶树的实际象征意义，以及偷吃禁果的道德暗示，一直是人们长期激烈争论的焦点。亚当到底是个被上帝宠坏了的无知的孩子，还是高尚的野蛮人，或是满足有上帝赐予的智慧最终却堕落的人等等。从这些争论中我们可以看出，原始论和进步论二者之间的一个永恒的话题：到底是原始人（比如伊甸园）所处的环境代表的是人类美好的童年时代，但是人类想要生存就必须成长并最终要抛弃，还是代表了我们应一直生存其中的环境。

"现在"自以为驱逐了"过去"并欲取而代之，在这种过去里，有着令人不安的熟悉的身影。进步论和原始论经常轮番交替产生了纠缠对立：一方是遗忘，它并不意味着被动或是损失，而是对过去的抗衡；另一方是记忆的留痕，它是被重新唤起的曾经遗忘了的东西；从此，往事不得不改头换面地发生作用。在封闭走向现代，在落后迎来繁荣的时光里，我们曾经有举双手欢呼的时刻，须知事情会有反复，情况正在发生变化。1980年代前期，季红真教授的论文《文明与愚昧的冲突》在《中国社会科学》上发表时，曾有过轰动效应。几十年过去了，今天是否应当还有诸如"两种文化的冲突""自然与文化的斗争"之类的评论诞生呢？

《蘑菇圈》的意义在于，作者竭力想表达出人与自然关系的无法割舍。就像席勒在《论素朴的与感伤的诗》的开头将动物和植物与孩童、农民和原始人联系起来，由于他（它）们

---

① ［德］瓦尔特·本雅明：《本雅明文选》，陈永国、马海良编，中国社会科学出版社1999年版，第292页。

都合乎自然，所以能在人们心中唤起一种爱或"敬畏情绪"。

七

讲究视听效果，是诗人出身的阿来一贯追求的叙述风格。他的著名短篇取名为《声音》，他的散文集题为《看见》。《声音》之所以为人看重，全赖于其在如此短小的篇幅中，让听视转换的艺术表现得如此优雅和不露声色。就拿"山珍三部"来说，前两部均以学校钟声和山里布谷鸟的叫声入手绝不是偶尔为之的。当然，看见可能更重要。以《空山》为例，一幅航拍的黑白照片从此改变了阿来的世界观。"村子里的人以为只有神可以从天上往下界看下来的图像。但现在，我看到了一张可以从天上看下的图像。这个图景里没有人，也没有村子。只有山，连绵不绝的山。现在想来，这张照片甚至改变了我的世界观。或者说，从此改变了我思想的走向。从此知道，不止是神才能从高处俯瞰人间。"[①]

《河上柏影》位于三部之末，但写法上却出奇地不同。全部由五个序篇加跋语和正文组成，一部关于"树与人"的历史传说与现实故事全靠着结构性的组合、想象的补充连接，用阿来的话来说，就是一种"拼贴画"的完成。除了序一是植物志的摘录外，还是从视觉入手，"当一株树过了百岁，甚至过了两三百岁，经见得多了：经见过风雨雷电、经见过山崩地裂，看见过周围村庄的兴盛与衰败，看见一代代从父本到母本身上得一点隐约精血便生而为人，到长成，到死亡，化尘化烟。也看到自己伸枝展叶，遮断了那么多阳光，遮断了那么多淅沥而下的雨水，使得从自己枝上落在脚下的种子大多不得生长。还看见自己的根越来越强劲，深深扎入地下，使坚硬的花岗岩石碎裂。看见自己随着风月日渐苍凉。"

植物性的存在是用不可移动来定义。植物扎根于一个地方，这意味着它们无法躲开依赖者和掠食者。问题是那百年岩中柏树能看见吗？自然之物，那个被称之为物自体的能自证为主体吗？康德之后，不再是客体的概念，而是主体的感觉成了决定性因素。自然作为主体观念已不复存在。岩中柏树的起源、历史、功用和稀缺性都无法证明其主体性。对人类而言，"全然的他者"这一表述意味着绝对不可思议的东西，是我们与之丝毫没有任何关系的、完全陌生的东西。但这却是作者所喜欢并肯定的东西。就像王泽周家村前那五株学名叫岷江柏的树，伴随着古老的传说，耸立在村前突兀的石丘上。物自体的无法自证不要紧，文学术语上还有一条出路为拟人化的手法，这个术语具有多种功能和多重意义，其中重要的就是揭示出自然在人心目中的地位和情感作用。

自然对阿来的小说来说，重要的是那挥之不去的气氛、诗意、情感的灌注和象征的力量。尽管死亡到处发生，自然却总是年轻而完整；取代不断消失的事物时常在性质上和它明显相似。村前那五棵被村人尊为神木的"老柏树有多老？反正村里最老的老人生下来，看见

---

① 阿来：《有关〈空山〉的三个问题》，载《扬子江评论》2009年第2期。

它们就是眼下这个样子。"万物都是尘土,它们归于尘土,尘土永远丰饶,注定永远进入新的,无疑是美的形式。这一物质概念给广阔的世界带来一种更伟大的循环,它要我们相信,一切事物互相转化,它们从一个共同根基不断产生,并返回那里。当"母亲开始变老,肥胖的身躯有些臃肿"时;当母亲去柏树下收集馨香的落叶,在屋顶一角的祭坛上燃起祈神的香火,祈祷神保佑儿子延续时,那朴素而古老的祈愿就是物质概念在人间栽下的生命之源。

八

书写既不是真实的违背,也不是对丧失的挽救,而是对必然缺席的生活所指。缺席是因为这是书写,因为如果我们是过这种生活的话,就不会再书写它,但这缺席对许多其他人来说是一场预演。《河上柏影》强调的一个追求就是"一个不计较父亲是谁,母亲是谁的地方",这已非具体所指,而是对那些被圈定狭隘范围的"血统论"的隐喻性责难和非议。当一辈子勤劳付出,逆来顺受,少语而隐忍的王木匠,几经轮回地视"他乡为故乡""故乡为他乡"的精神漂泊之后,他依然是一个无足轻重的受苦受难的沉默者的形象。作为一个人物形象的命运,他避免了被大多数现代人诟病的"大团圆结局",虽然这个结局似乎在小说的中途出现过,但这毕竟不是结局。真正的小说结局是,心有不甘的王泽周在电话中"还想对父亲说,等他回来,自己要带上儿子,回一趟父亲的老家"。这种渴望回老家的结局是没有结局的,它只能对必然缺席的生活所指。

阿来的作品总是涉足两代人的故事,而两代人中一般都以母亲形象为重。以此次"山珍三部"为例,《蘑菇圈》中的"父亲"是匿名的存在,最后的露出真相也颇有些通俗情节的嫌疑。而《河上柏影》则不同。不仅在人物身上着墨用力,而且隐含的叙述者全力倾心于作为儿子的王泽周的视角,作品虽不是第一人称实际则有过之而无不及,不仅有同情的情绪而且大有"翻案"的心机。不知何故,王木匠总让人想起《圣经》中的该隐:只相信脚下的土地,以及自己脸上的汗水。与此同时,屈服于放逐,沦落至无家可归的境地,则又在相反的处境下为一个通达成功获取赞誉提供了机缘。不止于此,还有那柏树花岗石和人类诞生相关的"知识树"和"盗火"之举都让人产生或有或无的联想。《河上柏影》借助其象征、隐喻意象和联想,将文化之手伸得很远很远。

过去意象的不断累积,你可以很容易沉思和倾听它,也可以随意检验和品尝它。村前那五棵生长在石丘之上的老柏树还裹挟着一则古老的神话传说。故事虽简单,但因对立于王泽周那不断修改、发表命运屡遭挫败的论文,同时又连带着当今蓬勃发展的旅游文化,故在小说中占有举足轻重的地位。一般而言,"讲述一则神话"是指讲述一个没有日期,也无法确定日期,以至于根本不可能将其放置在编年史上的故事。但这么一个故事却自在地向意蕴生成,而弥补了时间的缺失。在其晚期著作《文明及其缺憾》当中,弗洛伊德想象文化起源的推测性神话乃是一个断念过程的写照。根据他的定义,所谓"文化",无非是指"将我们人类生命同动物先祖区分出来的全部成就和规则的总和，它服从于双重目的，即保护人类而反对自然，以及调节他们彼此之间的关系"。

王泽周崇尚知识科学，强调自然的观念，学的又是人类学，对一则神话传说进行田野调查，这让人怀疑，其倾向性是否有失周全或者说是否把不同领域的方法弄混了。别的不说，就是人类学的学科特点和田野调查也有着无法避免的冲突和矛盾：人类学总是假定，有一种"客观"现实让他们处于"感知主体"的位置，而他文化就变成"被感知的客观"，这种客观现实常常被具体化。所幸，还有人类学田野调查所倡导的与人相对的另一种倾向：人类学家通常需要深入某个群体，深入一个居住在特定地方的特定群体，跟他们谈话，观察他们，接受他们的观察，依赖他们，忽略他们已知的事物，成为当地人眼中的问题，等等。①

当然，这个问题在此不易展开。关键在于回到小说，回到神话传说。这让我想起汉斯·布鲁门伯格在其《神话研究》中的一段论述，不妨引述如下："1850年6月12日，福楼拜在埃及日记中写道，当天他和他的伙伴登上一座山，在山顶上发现许多酷似炮弹的巨大圆石。有人告诉他，这些石头本来是木瓜，可是上帝就是把它们变成了石头。故事讲完了，叙述者心满意足，就是没有任何一位旅客追问为什么会如此。因为它取悦了上帝，本身就是答案，这个故事无须下文。这个故事满足于描述石头的整齐一律，而这恰好对立于偶然性，只要我们退后一步，就会了解到它的出现是完全'合乎自然的'。木瓜正是这样生长，而无需说明它们为什么如此类似，大小如此统一？所以，拿木瓜说事，既可以让我们接受这些令人见怪的石头所具有，而石头一般不具有而且在本质上不应该具有的特征，转而求助于生活世界，求助于生活世界非常熟悉的事情，亦复如此；没想到上帝确实可能怀着某种意图处理这些木瓜。这一神话片段只不过是从生活世界向异常世界迈出了一步而已，然后，故事就讲完了。如果谁被这个答案惹恼了，径直去追问'为什么'，那么他本人也会茫然失措。他违反了神话世界的游戏规则。"②

九

《河上柏影》和前两部小说一样，其可贵之处在于关注昨天与眼下生活中的生态、心态与世态。世态炎凉充斥着变化，心态失衡日益为利所趋，生态则日渐恶化且风雨飘摇。无情变化的奇观，时间胜利的偏见，经济发展的傲慢，服务业不知为谁服务，舌尖上那没有了乐谱的舞蹈，旅游业不知何处为栖息地……这一切都拜文化所赐。

在弗洛伊德简洁的定义里，文化是一种为了操纵外在自然以及调节人们彼此关系的集体活动。这表示，每个人都需要经历不一致以及牺牲的困境，欲望的延迟以及享乐的剥夺，所

① 参阅［美］伊万·布莱迪：《人类学诗学》，徐鲁亚等译，中国人民大学出版社2010年版。
② ［德］汉斯·布鲁门伯格：《神话研究》(上)，胡继华译，上海人民出版社2012年版，第292～293页。

有这些都是为了共同的生存。文化总以为已经学会去履行其主要工作，那就是帮助人对抗自然，在未来也许会做得越来越好，但这并不表示"自然已经被征服了"，实际上正好相反。弗洛伊德列举了许多自然对人的敌意表现：地震、洪水、暴雨、疾病，以及——越来越为个人所关切的——"死亡的痛苦谜题，到目前为止没有医药可以对抗这个谜，也许永远找不到。自然凭借着这些力量牵制我们：强烈地、残酷地、无情地。"这是一个有报复能力的女神，一个无情又无法打败的敌人。带来死亡的女神。①

我们必须成为某种文化的存在，但不是任何一种具体文化的存在。因此，就我是某某部落人而言，就存在不可避免的反讽性的东西，因为我也许永远来自他乡，我的故乡在远方。但另一方面，我不该是我所是之人，所以做个什么地方的人应该觉得极其自然，而我也许来自什么地方的事实则无关紧要。问题是王泽周们无法确定自己是谁，受族裔偏见、纯正血统的排斥的影响，他们无法建立一个连贯的认同来使得自己适应命定身处的具体环境。沉默的父亲、顾影自怜且经常脸上会露出与年纪不相称的严肃而冷静神情的王泽周，两代人的被歧视所产生的疏离感是王泽周无法摆脱的身份焦虑，也是几乎延续了阿来几十年的文学创作的焦虑。正如王泽周所说，"其实我想研究另一个问题，如果每一个血统纯粹的人才拥有一个故乡，其他人则不能，世界将会是什么景象"。

八年前，有评论家曾在一篇令人难忘的论文中指出："从此，阿来意识到自己的族裔身份，讲述着复数意义上'我们的'故事。在一个追求'我'的意义的写作时代，阿来却自觉地把'我'安放在'我们'中间。"②"他们的"来历、出生、身份缺陷，掺杂不明不白的血统所形成的缺陷与压力无情且沉重地压在"他的"心头，使得融入成为了障碍，他们经常处在进退维谷的境地，从此认同的"自然"状态丢失了，而从哪里来成了问题，真实的存在则失去了空间。难怪在与柏树的生命相比较之后，叙述者作出如此感叹，"柏树的生命，可以使三百岁的差异无从区别，而四十岁出头的王泽周，从很年轻的时候，心里生出了非常苍老的东西。树们竞相生长，最后就是变成一片森林，不分彼此，不分高下并肩站在一起，沐风栉雨。人却在制造种种差异，种种区隔，乐此不疲"。这一生命感慨所指明确，可以理解。但自然也并非仅"和谐"二字所能了结，生态平衡背后也包含了残酷的争斗，彼此的淘汰。所谓丛林法则，也是缘于人对自然的认知。

十

村前那神圣的五棵岩中柏树终于走向了毁灭，这是一个悲剧。导致这一悲剧的并不是愚昧的幻觉，而是现代性的步伐，发展旅游业的盲目，是赢利的鞭子在作祟。这是自然史与文

---

① 参阅［美］彼得·盖伊：《弗洛伊德传》（下），龚卓军等译，鹭江出版社2006年版。
② 何平：《山已空，尘埃何曾落定？——阿来及其相关的问题》，载《当代作家评论》2009年第1期。

化史的交锋，悲剧是对"人定胜天"的投诉，是对所谓繁荣现实、盲目发展的一纸诉状。布鲁诺在《论无限》中指出："自然不是别的，只是根源于事物的一种力量，只是万物据以沿着自己固有的道路前进规律。"为了这个自然的生态，作者抒发了自己不平的心态，揭示了令人不满的世态。《河上柏影》是部激情之作，是心有不甘的书写。它倾注了阿来长时间的不满、所感与所思。在打破客观中立的叙事立场的表面，遮蔽了难以想象的复杂性。小说也一定程度地提醒我们，当下有着比追溯过去来源更为重要的事情。

我们暂且可以把视线转移到另外一部小说，《遥远的温泉》是2001年作者访日期间因温泉的风习而引发对故乡温泉的记忆。"在故乡的热泉边上，花脸贡波斯甲给了我们一种美好的向往，对一种风景的向往，对一种业已消逝的生活方式的浪漫想象，那时候，我们不能随意在大地上行走，所以，那种想象是对行走的渴望。当我们可以自由行走时，这也变成了对过去时代的诗意想象。"小说沉浸于这两种想象之中，又不断在时代的变化之中，所滋生的美丽与落后、野蛮与文明的逆转。当天然的温泉被野蛮的水泥块、腐朽的木头毁掉，美好的记忆也失去了它的光泽，唯有留下悲哀而已。相比之下，《河上柏影》的视野，思考的问题，对种种差异的纠结，其深其广其复杂性，都要远远超过《遥远的温泉》。

文化主义者坚持说，我们确实不过是文化的存在；自然主义者认为，我们仅仅是自然的存在。如果按照这任何一种说法，我们的生命也许远远不会那么焦虑。成问题的是，我们被置于自然与文化的切点之间的事实。那便是从整个历史上看，我们在此一定要自知无知，但我们还是要看看，究竟如何处置不可知者，尤其是处置可知性的幻想。

认同是一个不停转动的轮子，它使我们永远无法摆脱神经质般的痛苦。身份并不是我所拥有的最个人的，最核心的东西，这个是关系他者的问题，或者说你我的相互作用之中。我永远处于关系之中，永远被他人包围。黑格尔认为，自我意识（个人主体）恰恰是为另一个而存在，它的存在"只是由于被对方承认"。巴塔耶说，黑格尔的这个承认至关重要，因为在任何一个人身上，"只有如此显现的东西在他人如此相认之前并不真正存在"。他人的承认与自己的认同是同体发生的。

我们关注变化，但变化并不理会我们，它永远沉浸在变化之变化中。现实的脾气如此暴躁，以至于它即使是在现实被理想化之时也不能宽恕理想。我们渴望真实，企盼客观的知识，却总是深陷于我们所生长的心理土壤上而不能自拔。

面具人人不可或缺，但我们又不能为面具而活着。这使人想起罗兰·巴特在《恋爱絮语》中那段一再被人引用的著名段落："我一面指认着自己的面具，一面前行。我使自己的热情戴上面具。但是，我又用谨慎（而狡猾）的手指指认眼前的面具。"自然中的山珍和人一样，被指认的仅仅是美味和景观，那真实消亡的日子为期不远了。这一点，阿来是清醒的，诚如其在"序言"中所说："我警惕自己不要写成奇异的乡土志，不要因为所涉之物是珍贵的食材写成舌尖上的什么，从而把自己变成一个味觉发达、且找得到一组别致词汇来形容这些味觉的风雅吃货。"

十一

有人说，在追求复杂的写作时，不惜让自己简单再简单些。我们不妨再加上一句：在追逐全球化的书写时代，应当自己具体再具体些。《山珍三部》不乏简单与具体。它为我们的叙事还尚未重视的生态叙事打开了一扇窗，同时也不忘为当下失衡的心志画下了一道警戒线。众神以理性的形态，天意以科学决定论的形态，复仇女神以传统的伪装上演了一场复辟。而文化与自然之镜则是这一颠倒的真实影像，它既是毒药又是解药，有助于我们的叙事上演一场"还原"的大剧，能帮助我们在繁花似锦的年代追忆那早已烟消云散的东西。对阿来说永远是这样，剩余的概念是深刻地矛盾着的。它同时既是我们人性的标志，又是引导我们违反人性的东西。但我想对叙述者说的是：思考伦理学的终点是要通过对深爱的东西的肯定，而不是确立一种明确的立场，不是通过一种关于做什么和不做什么的明确规则支配的计划来达到，采取这种立场的人来做什么太具明确性了。伦理学的终点意味着，伦理学的事业也应当带有比以往的哲学家不情愿显示出来的更多一点恐惧和战栗。在某种程度上讲，伦理学之终点有点类似于"上帝已死"的说法对于仍相信上帝的人们的意义。

万事万物的本质就是：一种真理只有引入其反面时，才是完美的，一种主张并不比其对立的主张更真实，并且总是先终止于矛盾状态，以后才提升为一种更高的和谐。主体性就是一场只有牺牲本原的存在整体才能进入的"化装舞会"，如同言语表达机制只有在符号学和语义学差异系统中才能获得意义。就像《拉摩的侄儿》中的拉摩，只有当他继续栖居于世界之内而口若悬河地反对世界时，他才是一个彻底抗拒世界的人物。从这个意义上讲，文化与自然之争又何尝不是这样。一句话，"丧失自己"中"看见自己"，这种关系的本质就是主体性的镜像认同。

十二

因为小说家的功用不在于传递某种价值，而是释放出一些历程，探勘其中的矛盾之处，寻找消失或潜藏的地层，或尚未接触的界线，同时消解僵化的诠释地块，支援道德上的偏见，搜寻彼此的差异性与不确定性。"山珍三部"有一个共同的线索，那就是崇尚知识：从《三只虫草》中的小学生桑吉与《百科全书》的结缘，到《蘑菇圈》中胆巴从财贸学校毕业，成为母亲的骄傲和希望；《河上柏影》更别提了，王泽周的有学问已成为父母心目中的主心骨。可相比之下，三部小说中给人留下最深刻印象的仍然是没有多少文化和新知识的斯炯。究其原因，那是因为她的人生表明了，无论是对人或对自然都心怀悲悯之情，她的故事与历史进程时代变化、与世态人心都有数不清的差异和不确定性，她为我们提供诠释的天地，也动摇了自以为是的道德上的偏见。

现代性已经在前现代与我们自身之间造成巨大的鸿沟，因此，要想象认同阿妈斯炯们与今日生活的息息相关，已经变得越来越艰难。对我们来说，他们的生活信念，所作所为所想都太过遥远且陌生。在这大踏步前行、风起云涌的变化时代中，他们的意义很容易被遮蔽被遗漏。她/他们之所以有时候能够接受眼前的世界，很大程度上是有赖于血缘这一无法割断的联系，"儿子进城读书工作"就是她／他们的骄傲、就是好事。有时候，我们不得不进行一种叫作"阐释鸿沟"的阅读。在昆德拉看来，小说家做的不只是宽容。他记得伊甸园，但既不依恋伊甸园也不依恋对立物。他发现面临危险的，是被忙碌进步的世界埋没或放逐的"存在的向度"。昆德拉所认为的"发现"并非是作者有意为之的主旨和倾向，但它确实存在于他的小说之中。这种"发现"的神奇之处在于：我们记住的东西开始模糊了，而我们忘记的东西又渐渐地重现了出来。

十三

对知识的经验主义探讨在其所有形式都包含了已经由培根表述出来的两个相关主张：一切知识都立足于经验，当我们知道某个东西的时候，心灵实际上都是担当了一面镜子，这就是称之为"自然之镜"的那种东西。经验主义既反抗理性主义又继承了理性主义。不连续在于：通向知识的恰当道路是如理性主义所断言的那样从心灵到世界，还是如经验主义所确认的那样从世界到心灵。难题在于，把经验主义和理性主义同化起来，还是把它们相互孤立起来都没有出路。同理，文化与自然的关系也是如此。一个人除了对终生包围着、浸润着他的文化作出反应外，他还能做什么呢？没有一个人能创造出仅属于自己的文化，他不是继承先辈的文化便是借用他四邻的文化。

文化如同人类自身一样古老久远。在远古时期，当人类第一次开始使用音节分明的言语时，文化便踏上了它的征程，并一直持续不断地发展到了今天。文化是一种持续的、积累的、进步的事件。对此，阿来心有不甘，他不惜违背故事结局的原则，专为《河上柏影》写了跋语，对人类忽视自然的现象表示感慨。"树站立在世界上、站在谷地里、站在山岗上、扎根沃土中，或者扎根石缝中的历史是以千年万年亿年单位来计算的。人当然出现很晚。他们首先懂得了燃烧树木来取得温暖与熟食，同时从不安全的默认里取得使家人感到安全的光亮……"

作者借小说向我们讲述人类离不开自然的"创世记"，但这依然是一种"人类学"而非其他。当作者说"树不需要人"时，一只脚踏入了"自然史"；而作者讲到"人却需要树"时，另一只脚又踏入了"文化史"。说到底，文化和自然是互为镜像的关系，有时，它们也需要生态的平衡、相互的支撑与轮回。当人类缓慢地发现了他在宇宙中的地位，并且极不情愿地接受这一处境时，我们可不能忘了，说到底这也是人类的发现而不是其他。而自然之于人类呢？我们不妨重温一下弗洛伊德极具困惑的述说："可以想象，在大约两亿年前的三叠纪，所有的爬行类都为自己种族的发展感到极度自豪，并且追求着它们自己才知道的什么壮观前景。后来，除了卑鄙的鳄鱼外，它们全都绝灭了。你可以反驳说……人有精神作为武装，精神给他权利去思考和相信未来。精神的确很奇特，关于它以及它与自然的关系我们了解得如此之少。我个人对精神有着充分的尊重，但是大自然有此尊重吗？精神只不过是大自然的一小部分，它其余的部分看来没有精神也能够很好发展。大自然真会让自己由于对精神的考虑而受到任何影响吗？比我自信的人值得嫉妒。"①

写到这里，这篇偏离文学有点远的评论该结束了。值得说明的是，题目取"文化和自然之镜"，明眼人一看就知道来自理查德·罗蒂奠定其名望的哲学著作《哲学和自然之镜》。问题是罗蒂之书为了表述传统的哲学观，这种观点渊源于柏拉图，经过康德，一直延续到今天，它的隐喻构成了他那本书的题目。"使得传统哲学成为俘虏的图画就是，心灵乃是一面大镜，它包含了各种各样的表象，有些精确，有些不精确，它们能被纯粹的非经验的方法所研究。"罗蒂所研究的力图消除"自然的镜子"这个形象以及相应的哲学观。与此的区别在于，我的取意仅止于文化与自然之间的关系，最重要的是，我拉扯的只是文学中的小说而不是哲学。

大自然是冷漠的，而我们却想用言辞唤起一种人类的情感；大自然是无目的的，而今却被纳入为了明天的信仰之中，并被贴上了"生态"的标签。在"生态"的意指中，分明又隐含着对心态和世态的诸多责难和不满。歌德是崇尚自然的一代伟人，他曾写下了"如果你的眼睛不像太阳，你就看不见太阳"这一著名诗句。与之相对，叔本华曾引用了圣·奥古斯丁的一句话："植物向知觉的感官展现出它们千奇百怪的形式，正是通过后者，这个世界形成了一种外形美观的可见构造，可是植物无法认识自身，显然，它们似乎是想为人所认识。"正如叔本华援引的那样，将叔本华引为同道中人的马塞尔·普鲁斯特也在日后与植物的无言交谈中援引了叔本华的观点。这是《追忆似水年华》中的一个著名段落，叙述者如痴如醉地欣赏着一朵花，这时有种感觉挥之不去，他觉得这花有什么要对他"说"。在这一观赏和"倾听"的过程中，叙述者失去了此时此地的意识，也意识不到他本人的存在。四处寻觅的祖父找到了他，并将他带回了寻常世界。

于是，前面所提的问题又来了：人与自然的关系，究竟是从心灵到世界，还是从世界到心灵？我无意也无法再回应这一哲学命题了。我想说的是，对文学来说，恐怕还得回到阿来一以贯之坚持的人文主义立场吧。

2016年9月19日于上海

（原载《上海文化》2016年第11期）

---

① ［美］恩斯特·贝克尔：《拒斥死亡》，林和生译，华夏出版社2000年版，第142页。

阿来的移形换影三变与学者化隐忧

——"山珍三部曲"读后

白　浩

知识越来越多，好不好呢？事情看得越来越透，又好不好呢？自然，就一般而言，这是难能可贵的，肯定是要恭喜加祝贺了。可是，对于一个作家而言呢，对于一个成熟的大作家呢？

一

阿来是一个不断地学习和进化之中的作家。当其一入文坛，他敏感的自尊便使其定下高远的目标，他不愿以其民族身份而被人视作"受照顾"的作家，他一直以写作人类共通的价值、人性温暖为目标。这种立场起初是以直觉的作家的骄傲为支撑，而在其日益成为学者型作家后，他获得了更为坚强的理性和学养支撑。面对民族主义和消费主义的双重夹攻，阿来对东方主义的警惕十分明确，这在近年来的一系列著文、演讲已表现得十分鲜明。在《地域或地域性讨论要杜绝东方主义》[1]《消费社会的边疆与边疆文学——在湖北省图书馆的演讲》[2]《警惕工具主义和消费主义对历史的扭曲——在当代历史记录者大会上的演讲》[3]《警惕文学上的东方主义——在四川省少数民族作家培训班讲座记录》[4]《文学观念与文学

---

[1]　阿来：《地域或地域性讨论要杜绝东方主义》，见陈思广主编：《阿来研究》（第三辑），四川大学出版社2015年版。

[2]　阿来：《消费社会的边疆与边疆文学——在湖北省图书馆的演讲》，见陈思广主编：《阿来研究》（第三辑），四川大学出版社2015年版。

[3]　阿来：《警惕工具主义和消费主义对历史的扭曲——在当代历史记录者大会上的演讲》，见陈思广主编：《阿来研究》（第四辑），四川大学出版社2016年版。

[4]　阿来：《警惕文学上的东方主义——在四川省少数民族作家培训班讲座记录》，《美文》（上半月），2016年第10期。

写作问题——在四川省中青年作家培训班上的演讲》①等一系列文章中，阿来的论述视野开阔，立场鲜明，学养与理据都十分充沛。

> 别人说西藏很神秘，其实对我们自己的日常生活有什么神秘的地方呢？没有。既然别人说神秘，我们就搞点神秘出来。我们还是日常的生活，我们的生存动机和生存方式都是为了满足"明天比今天更好"这样一个基本条件。但是当别人认为西藏是神秘的，我们会觉得写日常生活，别人会不喜欢，于是我们就开始制造神秘。别人说西藏信宗教是虔诚的、圣洁的，于是我们就将我们所有的生活都往那个方向表达。
> 他们每时每刻似乎都在告诉你，你是不是该更神秘一点、更圣洁一点、更简单一点、更质朴一点，一旦你不质朴，别人就很失望，所以我们就拼命把自己打扮成那个样子。所以我们写作第一个要战胜的问题，就是"东方主义"。②

这种东方主义是消费社会的双重"东方主义"——西方别国的"东方主义"和内地、别的民族的"东方主义"。这也再次指向人性与民族性——这个阿来写作中始终存在的申辩话题。随着近年来外界的民族主义倾向压迫以及阿来本人的理论系统日益明晰，这个矛盾也就日益紧迫。阿来不愿以民族性为招牌，也不愿论述者对其采用"民族性"眼光，以表现永恒的"人性"来作为抵抗的旨归，但人性还是民族性，二者本就复杂缠绕。如果之前的还多是口舌之辩，作为一个社会人，一个作家群体中的精神领袖，其切中时弊的明智判断和清晰立场，以及表述的勇气都是令人钦佩的，但在具体的作品中，这样鲜明清晰的理念，那就不一定是单纯的艺术增分效应了。在阿来新作"山珍"系列作品中，这个矛盾已显现出影响作品的风格及质量，故而不得不重审这个"心障"。

人性与民族性，本就无法成为截然分开的两个话题，更无法将其视为对立的两项选择，人性总是体现于民族、阶级、性别、地域等各种身份人和日常经验中的，民族性也总是体现着各异呈现的人性，犹如盐之与水，融为一体无法细分，而构成独特的"这一个"，方为艺术。这样的论战就如三十年代鲁迅与梁实秋对于人性与阶级性的论战一样，不同时代语境会有不同的主题突现和功利需求，此亦一是非，彼亦一是非，但最终时间会冲淡这些口舌之辩，留下的是独特的"这一个"的艺术竞争力。事实上，在艺术创作中，作家发乎本心、随心所欲地自由表述，过于明晰的单向立场会导致对于艺术自由的自我桎梏。如同王蒙曾形容的"当我迈动左脚的时候，他们说我是左派，当我迈动右脚的时候，他们说我是右派，当我坐下来的时候，他们说我是臀派，当我梳头的时候，他们又说我是发派……"③亦如同农

---

① 阿来：《文学观念与文学写作问题——在四川省中青年作家培训班上的演讲》，《美文》（上半月），2015年第10期。

② 阿来：《文学观念与文学写作问题——在四川省中青年作家培训班上的演讲》，《美文》（上半月），2015年第10期。

③ 王蒙：《心灵深处的对话与冲击》，《读书》1994年第3期。

谚所说"听喇喇蛄叫，就不种庄稼了？"倘过分顾忌"你们是谁"的外界视角，亦会如同迎合消费主义、东方主义视角一样，是惑于外物的另一表现，亦是一种"我执"。艺术创作对于民族生活刻意的妖魔化与浪漫化（神秘、信仰）①固然是失真，但刻意规避这些本就具备的重要元素却也会导致自我特征的泯灭，以及自我立场的独特性泯灭，即在思考"我是谁、我们是谁"之前先限定了"我不是谁"的自我禁忌，这导致认同感上的自我改变也可视为东方主义的另一形式路径。而在文学中那则可能会去生活化、去民族化、去藏化，这导致经验的雷同、理性的雷同以及形象的孱弱。过度的消费主义会导致俗气，可人生活于俗世本就不可绝然脱俗免俗，若过度刻意回避世俗亦会走向另一种"雅"俗，或者经验归类雷同后的世俗。比如《河上柏影》《蘑菇圈》就很容易被归纳入到处泛滥的现代性冲突主题与经验之中，独特的"这一个"大大弱化。从情节到主题、人物都令人觉得非常"熟悉"，工作组的"孽债"故事、贪官污吏、衙内与贫儿、阶层固化等，他们都不算"陌生人"，都"人性的，太人性的"了。消费主义导致利欲熏心，庸俗化与现代文明对于传统人情人性及自然生态的改变，人心不古，这都已成说滥了的话题，单凭此等理念已不足以震撼人心，艺术终究要靠人性、民族性以及其他种种"性"化合一体的、独特"这一个"的艺术形象来说话。所以，去藏化、去民族化等过强的理念亦会导致对于"我是谁、我们是谁"的思考障碍，以及情与魂、理与情、理与象的融合障碍。只有超越于俗雅之辩，超越于入世与出世之隔的自由任性，才会大俗而大雅，大雅而不避俗。在80年代以来文学藏区先锋小说三家中，马原更多以藏区外在符号的借用而不免肤浅，扎西达娃则以藏文化灵魂之深度超越于马原；但扎西达娃作为有汉区教育与成长背景的归藏身份，需要更多表达对于藏身份的致敬和回归，却又不免限制了对于藏文化反思和批判的自由；只有阿来以土著身份获得了既有文化深度与情感真挚，又具有了自由批判和反思的灵活度，②这成就了《尘埃落定》的经典，而现在，身份之争却从另一角度画地为牢，曾经的自由得而复失，恐亦非福。咬定青山不放松，立根原在破岩中，这个根就是生活的真实，就是主体真实的感触与灵魂体悟，始终忠实于自己的内心，即可心安理得，获得艺术家灵魂的宁静而不为物议左右。

二

阿来的学者化倾向日益鲜明。在《格萨尔王》《瞻对》中，这种积累已见其功。《格萨尔王》以神话和现实的错综交织而令人眼花缭乱，扎实广博的历史知识积淀使得时空穿梭中的民族灵魂深度和艺术形象始终维系理性之维。而《瞻对》则更是学者化得厉害，大量的

---

① 阿来：《文学观念与文学写作问题——在四川省中青年作家培训班上的演讲》，《美文》（上半月），2015年第10期。
② 见白浩：《文学藏区的先锋气质与混血认同》，《民族文学研究》2011年第5期。白浩：《文学藏区与先锋文学启动机制》，见陈思广主编：《阿来研究》（第一辑），四川大学出版社2014年版。

史实与典籍铺排摘录如果不是有"非虚构"导向的托词，那就很难摆脱"掉书袋"的嫌疑。自然，文学史上也有周作人这样的"文抄公"之例，可那毕竟也只是"苦茶苦雨"的小众阅读。总体来看，《瞻对》已经出现知识堆砌中的理性大于艺术形象，学者化大于艺术化了。学者型作家曾是五四一代文豪们所竖起的高标，现在阿来也出现了学者化倾向，难能可贵，一切看起来很美，然而，双刃剑的隐忧也不可不察。就其文体来说，《瞻对》就出现了鲁迅文学奖评选中的报告文学与小说归类的混乱。阿来曾对此分类感到"疑问"，[①] 现在回头看来，其实学者化隐忧在那时被遮掩了，鲁奖评选的"零票"结果被视为一个令人惊诧的意外而未予深究。

学者化对于艺术的伤害可能性在于过于强大的理性压倒了艺术的形象化，过于明晰的逻辑化压倒了艺术形象的含混朦胧化，过于清晰的理压制了丰富的情，理压制甚至枯萎了形象化的结果就是作品的理念化，甚至是概念化危害，茅盾就正是因此成为屡遭诟病的经典之例。形象化带来含混，却也可能蕴含无穷阐释的混沌之力，言有尽而意无穷，所以带来"一千个哈姆雷特"的阅读效应。相反，理念化则会流于单调和直白，正因为"言不尽意"，故而"圣人立象以尽意"。[②] 从创作发生来说，不排除往往会理念先行，但却又都需返归于生活原型之中，理与情、理与形相融合、终至于意与象融，情与境融的，由此，真正高明的境界是"无法说出"的。何况"理论是灰色的，而生命之树长青"，正因为理念的直白单一使其易于僵化停滞，而生命经验则是包罗万象又瞬息万变。不如此，艺术的魔法棍就会蜕变为教棍。关于情与理、形象与理念的矛盾对于一个大作家来说，自然是清楚的，四川文学的前辈沙汀就曾经特别强调细节的作用："故事好编，零件难找"，这零件就是细节，流沙河说"因有细节，故称小说"。阿来本人就曾经以自己的写作经历来教导青年作家们写作的三个关键词"叙写、抒发、想象"，"叙写"之不同于"叙述"，就在于情节的延宕、节奏，"今天的小说刚才我说有两个大的问题就是，第一，要命的就是没有调子；第二就是简单叙述一件事情，急急忙忙往前赶，没有对这种场景'书写对象不管是物的还是人的情感'的细致的刻画，所以那就是述"。[③]

——这，不是夫子自道么。在"山珍三部"中，第一部《三只虫草》非常成功，细节的真实细腻和意蕴丰富令人惊叹。"说大人话，读书一看就懂"的儿童桑吉以挖虫草、虫草旅行记两大故事单元引出的村庄、村民、官员、读书、校园系列故事，以童心的善、美、真来惊诧成人世界的假（伪善）、丑、欲，在山泉水清，出山泉水浊，切口小而形象饱满意蕴丰厚，"可怜（可爱）的桑吉"令人获取心痛的颖悟，而这一切都是非概念的，是细节的真实透露的，一切不是说出的，而是透出的。可同样算夫子自道，在随后的《蘑菇圈》《河上柏

① 阿来：《我对第六届鲁迅文学奖报告文学奖项的三个疑问》，见陈思广主编：《阿来研究》（第二辑），四川大学出版社2015年版。
② 《周易·系辞·上》。
③ 阿来：《文学的叙写抒发与想象（上）——在四川2015年中青年作家高级培训班的演讲》，《美文》（上半月）2016年第2期。

影》中则要将写作培训的教鞭敲到自己头上了。它们多叙述少描写、少细节，因为叙述大于叙写，故事大于形象，理念大于情感，"未成曲调先有情"的腔调①明显弱化。《河上柏影》中，也有美国漂流队与河上人家日常生活的对比，防雹喇嘛与火箭弹防雹队竞争的形象化细节，但以王泽周大半生冗长经历所串起的飞来石神话的"科玄"之争、岷江柏自然生长与旅游开发"乐呵呵地毁掉"的生态观对比，这都明显过于直白和概念化。阿来所谓的"腔调"正是风格、韵味，是丰沛的情理魂融汇后的语感呈现，其反向，自然就显得语言、情感、形象多维的干瘪。

学者更重理性思维，艺术更重形象思维，学者务求直白地"说出"，而艺术则只能"透出"。因此，作家们往往会"装疯卖傻""揣着明白装糊涂"，疯傻人物、僧道渔樵世外人，动植物人化的牛鬼蛇神、狐妖鬼怪，乃至儿童老人，都成为将出世的局外观与入世的局内活动自由转换的技术化选择。魔幻现实主义的魔幻化、先锋小说结构与叙述上的"圈套"，也都要起到将过强的理念间离化和隐藏化于形象与细节之中。现代学者型作家中，鲁迅的狂人、阿Q、闰土、祥林嫂等疯傻形象，钱钟书的颓废人方鸿渐等也都是此类经典。装疯卖傻、卖萌扮嫩，构筑起一个个奇异却又真实深刻的艺术世界。阿来曾经的傻子二少爷、《空山》藏乡村民们对于现代文明的"小白"式喜剧化揣度，以至《三只虫草》中"可怜的桑吉"，都可起到化理为形的艺术效果。阿来并非传统的经典现实主义路子，而在"三部曲"的后两部中，回归日常化场景的人物神奇魅力不再。

三

阿来的移形换影另一角度，是由土著身份向城里人、返乡者的变化。阿来是当代作家中少有的富于大地情怀者，无论是他自述的常单人独帐地徒步行走于川藏山地，还是创作《成都物候记》对于身边一花一木的仰观俯察，均可见一个亲近自然的大地乡愁者。但这并无法否认，他，显然已不再是一个懵懂未开的藏地土著少年，而是成长为一个出入于城市的城里人，酒肆茶坊之谈、花草树木之咏中亦不免于浸透的现代文明气息。《成都物候记》便不免利奥波德的大地生态伦理观，不免《沙乡年鉴》模式的痕迹，而他重回川藏大地的漫游远行也不免现代人目的各异甚而暧昧的"驴友"之属。尽管阿来自称的"我是最早的驴友"②有自嘲之意，但对这表面形式之似的讽喻却并不能就否认主体情感与观念上可能存在的文化杂交。一个土著到城里逛了一圈，成长了，开了眼界了，他又回去了，固然复得返自然，固然乡土依旧，却物是人非，主体已不可能再是出走之前的那个土著人了。80年代商州土著的贾平凹到城市逛了一圈，到《废都》历了一番险，尽管他终于又成功回归了商州，但《高老

---

① 见阿来：《文学的叙写抒发与想象（上）——在四川2015年中青年作家高级培训班的演讲》，《美文》（上半月）2016年第2期。

② 阿来：《四川省作家协会主席阿来："写作就是在阅读与生活中往返"》，《经济日报》2015年8月14日。

庄》《怀念狼》也不可避免"返乡人"的身份和眼界，即便成功如获得茅奖的《秦腔》也只能由80年代土著的散文《秦腔》之"盛"转到了二十年后返乡的小说《秦腔》之"衰"。秦腔为秦地秦人秦魂的寄寓，但"落花流水春去也，天上人间"，徒呼奈何！由土著到返乡者身份情感乃至见识的变化是成长的烦恼，也是成熟的乃至熟透了的烦恼。类似亦有刘亮程成长后便不可能重归"一个人的村庄"那样的质朴纯真，《驴车上的龟兹》《库车行》之类也不免一个"作协主席"的见解了。土著是由内向外看，而离乡—返乡者已不免由外向内看的立场与视角之变。鲁迅的《故乡》就慨叹"我二十年来时时记得的故乡"已经回不去了，带着对于"辛苦展转者、辛苦麻木者、辛苦恣睢者"的惆怅慨叹而去。只有沈从文号称"我是个永远的乡下人"，这宣称是何等的骄傲却又偏执，相较而言，次仁罗布倒有些近于沈从文的乡土土著偏执气质，而陈忠实《白鹿原》之后亦拒绝成长了。

在《蘑菇圈》《河上柏影》中，便可见这桃花依旧而人面已逝的惆怅，现代世俗文明对于乡土人情世界的毁容式改变之慨，既可能是土著们的感受，又可能是城市知识分子们的中产阶级趣味符号。自然不能否认阿来的前种身份，但亦不能排除其中的后种气息混杂，这便是《河上柏影》《蘑菇圈》的"不能免俗"的嫌疑甚至担忧了。"今年突然起意，要写几篇以青藏高原出产的，被今天的消费社会强烈需求的物产入手的小说。""写作中，我警惕自己不要写成奇异的乡土志，不要因为所涉之物是珍贵的食材写成舌尖上的什么，从而把自己变成一个味觉发达，且找得到一组别致词汇来形容这些味觉的风雅吃货。"[①] 从精神分析来说，否定什么，可见在考虑什么，这样的自述中其实已经可见其潜在对话对象，见其都市消费文化与中产阶级趣味的顾忌。潜意识中作者是在为谁而写作呢？他确实不是写成了这种"都市趣味"，却不可避免地滑到了那种都市与知识分子趣味。如果说《格萨尔王》《瞻对》尚有历史的宏大架构和学养来承载理性，而"山珍"虽依然有理性追问的宏大企图，但所取的时尚化日常化的小故事已无力匹配这样的理性担子，这不光是人转向物，历史转向现实，更是主题的深、博转向了《河上柏影》《蘑菇圈》的泛、浮。陈晓明谈到"我觉得中篇小说要对中国小说艺术的平庸化负一个很大的责任"，而阿来也回应"我还是赞同要么是短篇，要么是长篇"，[②] 可现在恰就是如此的中篇，长篇的、史诗的企图压在了短篇的生活上，小马大车，两不讨好。从结构上来说，《河上柏影》正文前的五章序篇已经透露旁逸斜出过多，甚至还包括了父亲入赘后"蛮娘汉老子"下的认同混乱故事，"那只沉重的柏木箱子则更加沉重"也带来大学生涯与成长故事，岷江柏、柏木箱、柏木房、飞来石，这些由此更多具有了杂多的符号意义。从观念出发的创作而非从生活出发的创作，难以感人，尤其是借用一些流行的符号与观念加持后，细节疲弱，气韵不畅，情感的真挚与质朴成为软肋，独特的"这一个"也就大为减色了，如此，"可怜的桑吉"倒值得怀念和珍重。亦因为此，所谓"山珍三部"恐怕不能成其为"三部曲"，因为《三只虫草》明显力压后两篇，与其添

---

① 阿来：《文学更重要之点在人生况味》，《河上柏影》，人民文学出版社2016年版，第1～2页。

② 陈晓明、阿来：《藏地书写与小说的叙事——阿来与陈晓明对话》，见陈思广主编：《阿来研究》（第五辑），四川大学出版社2016年版。

足，不如独秀。

　　作为文坛大家，作为抵抗物欲而坚持严肃写作的少有坚定者，作为一直成长的学者型作家，以上之于阿来自然是苛求了。他也自陈"对社会对生活的怀疑，使我成为低产作家"①，可见其动笔必有所思所感的郑重，也正是因为以上，本文愿意奉上民族身份之执、学者化、城市与返乡知识人之变的三个悖论，以做这种"大人，你也太不顾自己身体了"，"老爷，人家的衣服多么干净，您老人家的可有些儿脏，应该洗它一洗"②的帮忙与帮闲，以表达对于阿来一直以来的敬意与更高的期望值。三变之中，学者化带来的思维方式变化是为最根本之变，它支撑着民族身份之执，亦支持着返乡者审美趣味。

　　　　　　（原载陈思广主编：《阿来研究》[第六辑]，四川大学出版社2017年版）

---

① 阿来：《阿来：对社会对生活的怀疑 使我成为低产作家》，《法治周末》2012年5月24日。
② 鲁迅：《伪自由书·言论自由的界限》，《鲁迅全集》（第5卷），人民文学出版社1981年版，第115页。

《河上柏影》与阿来的景观政治学

李长中

  对当代文学稍微有了解者，都会直观感受到"视觉叙事优先原则"或"生活景观叙事"是其最为基本的叙事症候。不过，目前学界关于此叙事景观的讨论基本上是在"生活景观的审美化"或"重构美学"这一"读图"的后现代知识谱系内展开的，较有代表性的说法是，在叙事愈趋等同于日常生活的"读图"时代，一方面，消费资本与技术资本的强势介入使得日常生活景观呈现出特有的叙事面向，"日常生活的审美化"正在消弭艺术和生活之间的距离，在把"生活转换成艺术"的同时也把"艺术转换成生活"。①再加上经过"现实主义冲击波""新写实""民间还原"等创作思潮在本土场域的持续洗礼，生活景观叙事越发成为当代文学的基本形态；另一方面，在现代性引发的迅猛而深度播撒的城市化面前，传统乡村遭遇着结构性、整体性的陨落或解体，作为因袭着几千年农耕文明基因的当代文学作家，他们的城市经验或传统乡土经验都不足以应对日益复杂的现实生活而不得不打捞起"日常生活"叙事的救命稻草，"古典文学'五四'以来的现代文学，以及新时期以后进入中国的西方现代文学，这些文学经验都不能给我们提供一个基本的范式，让我们得以借助它去描述如此复杂的当代生活。与此同时，变化迅速的当代生活，很难在作家的经验当中形成某种形式感。……"②"按原来的写法已经没有没办法描绘"当前的乡土社会了，回到日常生活可能是文学写作的可能之路。③所以，"日常生活"作为非本体性的在场，导致生活景观叙事与群体生活的意义关联很难得以充分展开，这是当代文学生活景观叙事的基本病候。

  相较而言，我国少数民族作家大多都生存生活于经济、文化、地域等相对边缘与封闭的特定空间，在这样的边疆地带，"如果不是具有旅游价值，基本上已被大部分人遗忘"④。也正是因为生存空间的这种边缘性，导致他们的知识结构、审美倾向、价值取向等都是在地方性的日常生活中累积而成，日常生活中的民俗事项、地理景观、生活场景、仪式禁忌等对他们而言成为一种本体意义上的、基础性的在场。在文化解体风险日益加大、族群意识日益

---

① ［德］费瑟斯通：《消费文化与后现代主义》，刘精明译，译林出版社2000年版，第95～99页。
② 施战军：《生活与心灵：困难的探索——第四届青年作家批评家论坛纪要》，《人民文学》2006年第1期。
③ 贾平凹等：《关于〈秦腔〉和乡土文学的对谈》，《上海文学》2005年第7期。
④ 阿来：《河上柏影》，人民文学出版社2016年版，第2页。

淡漠、身份认同日益混杂的现代性/后现代性语境中，少数民族文学的日常生活景观叙事并非是以其陌生化、奇观化的地方性知识特征满足后现代消费文化的期待视阈，而是以其日常生活景观叙事进行族群记忆再生产。"族群记忆"这一先在合法性使得"日常生活"成为少数民族文学叙事原点，阿来的《河上柏影》所展现出的景观化叙事无疑可以在上述意义上得以理解。如阿来在谈到他的"山珍三部"时说，他真正想要表达的是物产背后的商品经济，以及这种消费链条给村里人命运带来的改变。"虫草、松茸和木材，这三个被消费社会所需求的东西，在过去都是很寻常的东西。当有一天，平常的物种变成稀缺资源被重新分配，就产生了竞争，逐利的冲动影响到乡村里的人，重塑了乡村的秩序，和孩子们的命运。"①

一

因其地理位置的偏僻与偏远，交通通信的落后与封闭，人员跨族流动及文化交流的贫乏等，形塑了我国少数民族群体独特的生活景观且在其中形成了特定的族群记忆、价值观念或生命伦理等，他们能够聆听源自大地深处悠长的心跳与脉动，能够触摸民风民俗中每一个细节/环节的伦理与要旨，能够谛听母语表达中每一个音符/字词的韵味与微妙，能够静观花开草长、日出月落、鱼跃鸟鸣的秘密与神奇，能够感悟河流、森林、大漠、荒原的宁静与狂欢。或者说，是日常生活中的景观形塑了他们的"地方感"并孕育着他们对外在世界的感知方式、情感模式及心理结构，族群生存空间内所有的日常景观都是他们的传统或历史记忆/载体。在人文地理学看来，日常生活景观作为自我身份建构过程中重要的一个表征体系，它与个体自我及群体之间存在重要的社会文化以及情感的连接，日常生活不仅存在于抽象的地理纬度及物理空间，更是构成个体与群体身份的一个重要的组成部分。通过对不断的社会文化实践，意义持续不断地被记录在日常生活之中。②也就是说，生活景观于少数民族群体而言绝非仅仅是一种纯粹的地理空间或物理场景，而是与他们的"地方感"息息相关。这个意义上说，生活景观对少数民族群体而言其实隐喻着一种生活意义的来源，一种对世界的提问方式或解答密码，也是用以界定族群边界与标识族群记忆的族群象征物或文化符号，少数民族文学对日常生活景观及民俗事项的描写本身就成了对民族文化认同和身份确证的方式。皮埃尔诺拉认为，记忆是和地点联系在一起的，这种联系聚焦在物质性的实体以及非物质性的事物。空间中的一个地点，就是一种象征符号，或某种具有精神涵义的东西，某种附着于并

---

① 阿来：《在消费的链条上我们再次失去了故乡》，中国作家网，http://www.chinawriter.com.cn/n1/2016/0923/c405057-28735892.html

② Soja E. Postmodern Geographies: The Reassertion of Space in Critical Social Theory. London: Verso, 1989, p 76~93.

被强加在这种物质现实之上的为群体共享的东西。① 在这种情况下，少数民族文学选择那些最大限度呈现其民族性的生活景观作为其书写对象，其实潜隐着一种召唤族群记忆，重构身份认同的现实焦虑。所以，阿来在《河上柏影》中才一再强调，该著是以特别的物产作为入口，"文学更重要之点在人生况味，在人性的晦暗或明亮，在多变的尘世带给我们的强烈命运之感。"②

《河上柏影》与《蘑菇圈》《三只虫草》等并称为"山珍三部"或"自然文学三部曲"，单以此种文学类型归属即可看出，上述作品具有强烈的民族志意味，是以极具藏地特色的日常生活中的物产的景观化叙事来探究物产背后的"人性"。《河》的开篇即以景观展示方式介绍独具地域特色的"岷江柏"，"岷江柏，乔木，树高可达30米，胸径1米；枝叶浓密，生鳞叶的小枝斜展，但不下垂……"在该文结尾处，作者还唯恐读者不能完全认知岷江柏，又以"跋语"方式再次强调，"在序篇开始已然罗列了关于岷江柏的相关植物学材料后，觉得所抄录者还不够齐全……现在，索性就把关于岷江柏的资料在故事结束后都抄录齐全，作为结尾了。"③ 在这里，以善于讲故事的阿来却舍弃了故事的讲述，而是始终将展示生活景观作为故事的演绎框架，《河》的各章节分别为：序篇一：岷江柏；序篇二：人、人家，柏树下的日常生活；序篇三：木匠故事；序篇四：花岗石丘河柏树的故事；序篇五：家乡消息；正文：河上柏影；跋语：需要补充的植物学知识，以及感悟。从上述章节安排中可以看出，阿来之所以以"序"而非"正文"方式——"正文"只占据《河》的很少部分——来结构文本，其实是阿来渴望以此方式告诫读者不要以阅读"故事"的姿态面对该著，而要是以乡村景观的民族志呈现引导读者"驻足"，力图通过民族性景观的民族志叙事来引导读者真正体验边地民族在传统与现代、本土与全球、开放与坚守等多重矛盾交织过程中的感受与焦虑，这样，《河》对民间日常生活或生产方式的描述、对民间传说或宗教禁忌的再现、对古老生活景观及其现实嬗变的描摹等，不仅因其与民族日常生活的密切关系而建构出一种根基性的民族身份与文化根性，而且为其他民族读者如何看待藏地文化提供了明确的意义边界与观照视域，并能够促使他者深入思考藏地传统能否/如何维系与坚守问题。这种景观化叙事的内在逻辑为：当前，资本、市场以至政策行为等的介入，打破了藏地原本自成体系的良性运转机制及其文化及生产的传承或机制链条，特别是以"经济发展"为目标，以GDP数据为衡量经济发展水平的基本指标，"经济发展等同于社会进步"观念成为判断社会进步/落后的唯一参照基准时，文化的传承问题，传统的维系问题等，便会遮蔽在这种单一性的现代性话语逻辑之中。这种话语逻辑的核心又是工业化、规模化的发展模式，就少数民族而言，他们的工业化及规模化的基本资源又往往是"文化资源"或"旅游资源"，"文化搭台，经济唱戏"是其最经典表述。在这里，景观及其现代性遭际的民族志呈现，一方面是作

---

① Johnson N C. "Public Memory", James S. Duncan. A Companion to Cultural Geography. Cambridge: Blackwell, 2004, p 316~327.
② 阿来：《河上柏影》，人民文学出版社2016年版，第2页。
③ 阿来：《河上柏影》，人民文学出版社2016年版，第9~215页。

者力图以视觉化书写方式召唤民族传统的到场，另一方面，则是作者对于民族传统渐行渐远后的想象性建构，或者说，通过这种民族性景观的想象性建构以悲悼/反思传统消逝的根源。这种景观化叙事的努力一旦与长期存在的"中心／边缘"二元式"知识型"合谋，对景观的想象性建构就成了别有意味的身份重构愿景，至少可以作为一种想象性解决现实窘境的方案，给日渐陷入现代性焦虑的边缘群体以想象性的、替代性的化解策略。《河上柏影》也就顺势成为一种集体性的怀旧性叙事，这样，阿来在民族性景观的文化政治编码中就被植入了一种极其复杂而吊诡的叙事症候：阿来试图以独具藏地风情的景观叙事为霸权式话语的现代性叙事提供一种源自边缘／异地的差异性的规划方案，并为这种"另类现代性"合法化提供某种证明。《河》的主人公王泽周无疑是作者阿来在全球资本主义、现代化与文化民族主义交织中精心编码出的一个象征物、一个仪式、一个代言人而已。其象征性意蕴为：作者以汉藏混血的王泽周作为藏地景观变迁的见证者、反思者，是作者力图以一种公正客观的叙事姿态完成他对藏地现代性的反思，在所谓的"山珍文学"的叙事功能之下却以吊诡的方式赋予了边缘藏地某种存在合法性，并通过引导读者审美地看待藏地边缘区域自然风物的景观形象变迁的同时，遗忘这种景观变迁背后作者的某种叙事权力与象征资本占有所设置给读者的规训和叙事框架，使得读者以自然而然的现实触动而自觉意识到单一现代性的风险，从而对藏地另类现代性的某种同情之理解，也使得作者的"山珍文学"具有某种政治化目的。

就上述意义而论，阿来的景观化叙事其实也就成了一种"召唤结构"，召唤读者，特别是对藏地产生宰执性影响的他者进入其"叙事圈套"，引导并促使他者在"看"的过程中对藏地的另类现代性生成某种"同情之理解"。事实上，在人类的所有感官中，"眼睛是独一无二的，具有社会学的功效"①。阿尔都塞也认为，看的方式反映了复杂的意识形态，它"是个体与其真实的生存状态想象性关系的再现"，"是一个诸种观念和表象的系统，支配着个体或社会群体的精神"②。因为，视觉是持续的，可以反复审视和质询对象，这就使视觉经验较易从对象物中分离出来而成为独立的认知成果。③也就是说，《河》的景观化叙事伦理是让人去"看"并在"看"中反思，这也是《河》之所以被学界评价为"自然文学""山珍文学"及"风景画"等的根源。或者说，"看"是人们建构自我认同的途往，"看制造意义；因此它成为一种进入社会关系的方式，一种将自己嵌入总的社会秩序的手段，一种控制个人的眼下的个别社会关系的手段"④。阿来的《河》对"岷江柏"深描的叙事伦理就是让他者在"看"中理解如下命题：对藏地边民而言，只有在融入他们生命意识与情感体验的日常生活景观中才能获得心理的宁静与灵魂的归属，主人公王泽周的母亲时常念叨"要那么多钱干啥？"就是这种去欲望化叙事的典型表征，这种去欲望化叙事又恰是母亲与乡村景观血肉相牵的象征化呈现，恰是外源性、欲望化的强势力量的干预才造成二者原

---

① ［德］齐美尔：《社会学：关于社会化形式的研究》，林荣远译，华夏出版社2002年版，第484页。

② 周宪：《视觉文化的转向》，北京大学出版社2008年版，第221页。

③ 周宪：《视觉文化与消费社会》，《福建论坛》2001年第2期。

④ ［美］约翰·菲斯克：《解读大众文化》，杨全强译，南京大学出版社2001年版，第38页。

本和谐关系的解体。这种书写的寓言性逻辑是，是他者主宰的现代性发展导致传统景观的消逝，景观的消逝又昭示着现代性欲望化叙事的非法性。阿来的景观化叙事正是作者在共时态涌入的强势文化在强行收编边缘民族文化压力面前对族群文化宣示权的一种自觉而主动追索，甚至这种景观被作者视为一种广泛意义上的道德文本，在这样的文本中，"我们必须同时看到一个特定的场所如何获得文化意义，以及文化又是如何利用这些场所实现其意义的"。① 在上述意义上说，将《河》及《蘑菇圈》《三只虫草》等命名为"山珍文学"或"自然文学"，其意义却被狭隘化了。

《河》的景观化叙事还潜隐着作者阿来的"作为形容词的西藏"焦虑。在阿来看来，西藏因其远与异而时常被他者所误读，如马原笔下的"西藏"只是成就了他的"叙事圈套"，安妮宝贝的《莲花》（2006年版）只是成就了她对西藏的异域性想象，却无不是游走在西藏之外却想当然地将西藏作为神秘灵异之处、作为心灵安放之所。作为消费时代的时尚符号，"藏地"成为一种想象性符号或漂浮的能指，成为供他者任意阐释的形容词，成为一种被他者各取所需的"盲人摸象"式的消费物。吊诡的是，《河》中的主政者也是力图将藏地景观如岷江柏、河流、寺庙等打造成旅游景点，《河》中的信徒多为沿海城市的人，这一象征化符号无疑是抽取了真实内容的空洞化符号，这非常类似于英国学者尤瑞笔下的"游客"。尤瑞认为，景观化社会造就了游客。旅游者四处搜寻独一无二的目标，梦想通过想象来实现旅游的快乐，并非通过物质性的事实来满足自己。所以说，"如果我们不了解旅游活动是怎样通过广告和媒体，通过不同社会群体间有意识的竞争在我们的想象中被建构起来的，我们就很难想象旅游的本质"，"游客的目光"是"以一种确定了特殊旅游事件发生地点的社会活动系统和社会标识系统为前提（Ca system of activities and signs）"。② 也就是说，对西藏的外来旅游者而言，旅游是一种观光，是一种在符号或传播打造下的符号，并非真实空间的体验，观光客是不能以本地人的眼光和视界来看观光对象的，而是一种陌生化的、非主体化的眼光来观照，是对异己之物的想象性、奇幻化同时也是误读性的建构。作为民族文化代言人的阿来自觉承担起还原真实西藏的重任，要使西藏成为一个有着相对稳定所指的"名词"，这是他之所以在一系列作品如《尘埃落定》《空山》《格萨尔王传》、"山珍三部"等致力于民族性景观叙事的目的。所以，阿来的景观再现不是为了猎奇，不是为了满足他者对边地风景的好奇心的餍足。尽管阿来也认为，"比起人类的共同性来讲，文化的差异、生活的差异其实是很小的，在生存命题面前，人类的共同性也远远大于差异性"，但在追求共同性的发展模式过程中，作为边地民族群体的现代性焦虑体验却是如此剧烈，如此日趋复杂，这是阿来不愿或不忍看到的。面对此情此景，阿来不能不着力于构建西藏自身的差异性或异质性，并在这种异质性建构中想象西藏接受现代性的其他可能或途径，所以，他要把西藏变成名称，西藏"是什么样就是什么样。但是，对于很多人，西藏是一个形容词，因为大家不愿

---

① ［英］迈克·克朗：《文化地理学》，杨淑华、宋慧敏译，南京大学出版社2000年版，第7页。
② ［美］约翰·尤瑞：《游客凝视》，杨慧等译，广西师范大学出版社2009年版，第20、2～3页。

意把西藏当成一个真实的存在，在他们的眼里，西藏成了一个象征，成了一种抽象的存在。我写《尘埃落定》、写《格萨尔王》就是要告诉大家一个真实的西藏，要让大家对西藏的理解不只停留在雪山、高原和布达拉宫，还要能读懂西藏人的眼神。"① 即使多年后再谈《尘埃落定》，阿来还一直坚持说，"我的这本书，就我本意来说，我不是要人将其看成一个虚构的遥远传奇，一个叙述奇异故事的精致文本——虽然那个封闭世界中的确有许许多多匪夷所思的奇闻轶事。我的本意是提供一个有现实意义的样本，文化的样本，世俗政治的样本"，但是，"更多的人，是以一个传奇故事，一个比较完美的叙事文本来看待这部作品，而且，还有更多的人在否认这部依据大量口传材料与历史文献所呈现出来的那些基本的事实"。由此，导致这本书"所期待中的意义没有出现"②。多年后的检讨性叙事无疑表述着阿来不变的叙事伦理——还原真实的作为名词的西藏。他的《大地的阶梯》以脚步和内心的尺度去丈量西藏，还原西藏，再现一个明白的、客观的西藏；他的散文集命名为《看见》，他的《河上柏影》等，其实都可以在这一知识谱系之内加以理解。巧合的是：《河》的主人公王泽周在学校读书时一直崇尚知识科学，爱好人类学著作，硕博士读的又是人类学专业，这种专业使得他有一种"客观"现实让他处于"感知主体"的位置，而文化就变成"被感知的客观"，人类学家通常需要深入某个群体，深入一个居住在特定地力一的特定群体，跟他们谈话，观察他们，接受他们的观察，依赖他们，忽略他们已知的事物，成为当地人眼中的问题，等等③。主人公的这一身份选取不恰好符合阿来一再强调的还原真实的西藏的要求吗？

二

近年来，随着国家话语"西部大开发""兴边富民""新农村建设"或"美好乡村建设"等工程的陆续实施，边缘藏地也被迫改变着他们传统的居住方式、生活习惯、生产方式等，尽管主流话语推进藏地现代性发展的根本目的也是为了改善他们的生活条件，提高他们的生活水准、增加他们的经济收入等。不过，由于这种"自上而下"式的现代性推进有时超出了其承受能力，甚至从根本上导致他们与血脉相连的传统之间发生"断裂"（乌热尔图语）。于是，这就出现了笔者所谓的"过急现代性"④问题。在这一过程中，作为对现代性

① 摘自新浪网，http://news.sina.com.en/c/cul/sd/2009-09-16/154718663907.shtml.
② 阿来：《文学对生活的影响力——为伦敦书展所作的演讲稿》，《厦门文学》2012年第10期。
③ ［美］伊万·布莱迪编：《人类学诗学》，徐鲁亚等译，中国人民大学出版社2010年，第120页。
④ 现代性方案原本是强势话语掌握者对弱势话语的一种同化或收编行为，这一同化或收编行为其实并没有充分考虑地区及民族间的差异或者认为地区及民族间的差异最终要被纳入共时性的理性发展过程，一旦当现代性发展进度及深度超越了个别地区及边缘民族自身承受程度，则会出现与现代性相伴随的各种负面问题，如文化消失、文明瓦解、生态危机等。对当前人口较少民族来说，由于国家话语层面的现代化较少关注到不同地区承受能力的差异而使部分边缘地区无论在精神层面，还是在社会层面均出现若干与现代性相悖谬的现象，故此，笔者把少数民族地区的现代性称为"过急现代性"。

接纳能力与准备基础尚不充足的藏民族群体而言，渐趋失去了相对独立且稳定的文化场域及文化生态环境，原本明晰且固定的族群边界日趋模糊和淡忘，传统的价值伦理、行为规范和文化存在形态等在现代性全面介入情况下渐趋弱化或解体。边界的模糊、认同的淡化、母语的退场、家园的消失、根基的瓦解、历史的陨落、传统的遗弃等，使得他们在日常生活中面临着诸多层面的困扰，如传统文化与现代话语、乡村伦理与城市文明、生态环境与经济发展等等，他们在传统日常生活中形成的感觉经验、生命体验、知识结构、言说方式，以及原有的社会想象等都不足以表述由工业化及城市化带来的"震惊"体验。在这种情况下，作为本民族文化代言人的藏地作家不得不返回到寄寓着传统经验与叙事伦理的日常生活之中并通过日常生活的再叙述以达至对原有社会结构的重构或重组，进而完成现代性语境下民族身份的建构与确证。……在这种情况下，日常生活在藏地文学叙事中的美学展其实就是藏地作家对本民族群体生存空间与文化场域的明确划界，并通过这种清晰的划界完成"想象共同体"的叙事建构，对日常生活场景中族群成员独享的生产生活方式的生动描绘，宗教禁忌及民俗风情的真实再现，特定时空背景中特定情境中藏民族主体情感体验及人情世故的一再重述，以及民俗语言和民间文化与艺术的尽情铺排等，都以一种地方性知识身份成为藏族文学日常生活叙事的基本面向，日常生活叙事就这样成了藏地作家经历诸多社会变故与文化变迁后的身份认同再生产，是藏地作家出于各种现实焦虑而对民族日常生活的价值干预或道德重塑，是藏地作家为多元文化语境下本民族生活价值和意义阐释的"立法"行为，其目的是为藏民族群体的历史记忆、现实生存与未来走向提供精神原动力。阿来的《河上柏影》的景观化叙事就是当代藏族文学上述书写症候的典型表征。在这里，《河》的景观视觉性叙事本身就"变成了一种召唤记忆的途径。对于一个历史被毁灭了的民族来说，一则关于过去的故事，即使它的全部或部分是虚构的，也能起到一种补偿过去的作用。这是因为另一部具有编年记忆性的小说或一首这样的叙事诗歌，都带有一种通过激发想象而把被压缩的现在和传统中的过去联系起来的能力"。[①] 为了达至这一叙事伦理，阿来在《河》中采用了三种叙事方式：

其一，成长性叙事。"成长叙事"亦称为"教育叙事"或"修养叙事""发展叙事"等，其基本特点是围绕着个人的成长和成熟而展开的叙事。《河》的主人公在小的时候看到的"岷江柏""枝柯交错成一朵绿云，耸立在村前这座突兀的石丘上"，"直接就把根扎进坚硬的花岗岩，……有些深深地锲入岩石，使得坚硬的岩石裂开了一道道缝隙"，故在当地被称为"神树"。但自从旅游开发以来，曾经在当地人心中极具神圣性、敬畏感且生命力如此顽强的"岷江柏"却因根系被水泥固定了，"花岗石丘的一面被削平整了，刻上了鲜明的红色油漆描画过的'六字箴言'，几颗树上，悬挂起了密集的五彩经幡。"第二年春天，"五株柏树中的三棵，已经出现了枯萎的迹象"，及至后来渐趋死去。作者以主人公王泽周的成长性叙事来见证乡村景观的变迁以及这种变迁背后的人性，无疑具有见证文学的功能。

---

① ［英］艾勒克·埃博默：《殖民与后殖民文学》，盛宁译，中国社会科学出版社1999年版，第226页。

"见证文学"的意义不仅在于保存历史真相，见证被人道灾难所扭曲的人性，更在于修复灾后的人类世界。将创伤投射出去，引起他人的自觉，从而达到所谓的"修复世界"，即指的是"在人道灾难之后，我们生活在一个人性和道德秩序都已再难修复的世界中，但是，只要人的生活还在延续，只要人的生存还需要意义，人类就必须修补这个世界"。[①]这就是见证文学所承载的人道责任。《河上柏影》也就成了主人公对乡村景观变迁的一种记录史，一种见证史，也是作者试图通过主人公的成长性叙事为那些已经消失或正在消失的传统"立此存照"，否则，他者如何理解边地传统，如何理解边地民族的现代性选择，又如何理解边地民族对外来冲击的情感态度？其实，阿来几乎所有文本在某种意义上都可称得上是"观察性的文本"。如阿来所说，他的作品"是一部观察记录。观察与记录一种文化，以及这种文化支配下的人群如何艰难地面对变化，适应变化，但并不知道最后会被这变化带向何方的一个样本。这些人所以不知道也无力操控自己的未来，因为他们只是一群偏远山地的没有文化的农民。但是。这个族群也有越来越多的人受到现代教育，但却很少有人愿意思考这样的问题。每个人都感到危机，却又少有人思考危机产生的前因后果"。[②]《河上柏影》何尝不是通过对"岷江柏"的景观化叙事来"记录"藏地文化的现代性遭际，以引发人们思考边地文化危机及其应对问题？在《河》的结尾处，当王泽周看到家和岷江柏彻底消失的时候，王泽周的反应并不是愤怒或宣泄，而是继续查证岷江柏及其那座花岗岩石的数据，"重新书写那篇考证一个神话故事真伪与动机的文章"，这无疑是一种象征性的修辞行为，为乡村传统景观存在的合法性留下证据，为作为宏大叙事的现代性对边地景观的摧毁留下证据，为他者理解边地提供可资参考的证据，难怪阿来的《河上柏影》与《蘑菇圈》《三只虫草》等所谓的"山珍三部"一道都是采用一种成长性叙事方式，这绝非一种技术层面操作或作者无意为之，而是阿来对西藏边地能否成长、如何成长、谁能为他们的成长设计出恰当而合理的规划方案等问题的思考。若有学者在此处探寻作者笔下景观的真伪，就误读了作者，作者并不负责为读者提供真实的景观，他笔下的景观只是作者心中景观的再建构。

其二，行走性叙事。阿来是一位有着严重意义焦虑的作家，这种"意义焦虑"是源于阿来渴望着以文学的方式作用于社会、历史及人类，不是将文学作为一种达至名利的手段或工具。为了纾缓或化解这种意义焦虑，阿来一直在藏地行走，常年在高原和边地考察、记录并思考自然与社会、传统与当下的关系，这是阿来作品不变的母题，他的《尘埃落定》《格萨尔王》《空山》《大地的阶梯》等等无不是在行走的基础上写就。在阿来看来，只有行走才能谛听灵魂和大地，才能触摸传统和现实，才能洞察生活和人性，才能凝思书写和意义。也只有在行走中才能真正多角度、立体性、全景式呈现藏地的传统与生活。他说，如果要让文学从此便与我一生相伴的话，我不能走这种速成的道路。于是，我避开了这种意气风发的喧嚣与冲撞，走向了群山，走向了草原。开始了在阿坝故乡广阔大地上的漫游，用双脚，也

---

① 徐贲：《人以什么理由来记忆》，吉林出版集团2008年版，第224页。

② 摘自新浪网，http://news.sina.com.cn/c/cul/sd/2009-09-16/154718663907.shtml。

用内心。阿来在《蘑菇圈》的台湾发布会上说，"写作几年、发表一些作品之后，忽然发现自己处于茫然之中，文学是什么？为什么要靠文学安身立命？没法解决这个问题，自己的写作就难以继续"，"后来我觉得，可能有一个很笨的办法，那就是自己去找"。"一开始其实并不知道自己要找什么，不过在行走之中，慢慢就把自己和土地、文化、族群的联系找到了"。然而时至今日，文学对阿来而言依然"很困难"，"困难则来源于自己。当年困扰我的问题——文学到底是什么？文学对生命、对社会到底意味着什么？现在又有了更本质的追问"，"现在的自己，很多时间处在也清楚也茫然的境地，如果我要再进一步，也许我必须再次思考这些问题、再壮游一次"。① "去找" "壮游" 等不就是阿来一再坚持的 "行走" 的另类表述吗？《河》的主人公王泽周不断在乡村、城市与县城之间行走，这种行走是空间的混杂，更是观察视野和思想观念的交错，在某种意义上也是主人公/作者试图以空间的多重维度来思考时间的线性逻辑，是主人公/作者反思藏地现代性的另类场域，或者说，这种反思恰是通过空间变迁以验证藏地的现代性并非具有一种不证自明的先验性合法性。就此意义而论，阿来作品中的几乎所有主人公其实都是作者阿来的自画像，阿来和他的主人公一样在观察着、介入着、思考着作品的世界，并试图在这个世界的景观变迁中糅合进一种与他者世界差异性的边地族群的生活方式/思想观念的变迁。在这里，阿来有意将边地景观的变迁与传统或生活方式的转型相关，其叙事伦理无疑是指向景观背后的 "人"，如阿来在谈他的 "山珍三部" 时所说，"这种消费主义、市场经济的方式是自动运行的，力量更大，每个人都或深或浅地裹入这个洪流，乡村更是如此"。这样，阿来便将行走的路线投向那些田野上、小小的、在高速路上根本没有出口的村庄，在那里探寻藏地族群在现代性语境下的生存问题，"我们到底是不是适应，以及消失的过程是否带来了消费主义和拜物，带来了过于侵蚀人类感情和精神的东西"。这样，藏地景观就成了建构多元文化语境下藏地族群象征体系的基本资源，这不仅在于确立 "我是藏族人" 这一个体的身份认同，而是执着于认同的深层意味——"我的族群身份究竟是什么样" 这一群体性身份的现代性焦虑。如此，景观的真实与否反而不重要了，这就是作者阿来及《河》的景观政治学或寓言性修辞。

其三，声音性叙事。陈晓明在评价阿来的 "山珍三部" 时指出，"阿来用一种安静的方式，淡淡地、用倒影的方式写乡愁，领我们回到事物本身去感知。这三部作品，需要用呼吸去阅读，适合静静地、耐心地去体会，和书里的人的命运一起呼吸"。② 阿来的安静源于他对边缘藏地的真实触摸，又源于他试图以传统回眸的方式维系被现代性社会裹挟之下渐行渐远的传统的努力，如阿来的《空山·第六卷》获第七届 "华语文学传媒大奖·2008年度杰出作家" 奖的授奖词所说，"阿来是边地文明的勘探者和守护者。他的写作，旨在辨识一种少数族裔的声音，以及这种声音在当代的回响。声音去到天上就成了大声音，在地上则会面临被淹没和瓦解的命运"。③ 循此思路，"声音" 也成为理解《河》的切入点。其实，"声

---

① 摘自新浪网，http://news.sina.com.en/c/cul/sd/2009–09–16/154718663907.shtml。

② 摘自搜狐网：http://mt.sohu.com/20160820/n465138263.shtml。

③ 见《南方日报》2009年4月13日。

音"是区分社会形态的基本依据。传统社会因其没有机器的轰鸣，没有大规模流动人口的嘈杂，没有消费文化的喧嚣，而是一种宁静的、悠然的存在，即使有咆哮的河流、吼叫的野兽、呼啸的狂风、怒号的雷鸣，但就整个族群而言依然是宁静而悠然的，现代社会却与之相反，或者说，"喧嚣"是现代社会的基本象征，哪怕你想"躲进小楼成一统"，这种声音依然全方位占据着你的生活空间。卢卡奇、布洛赫和阿多诺等一再从社会学视野来观察声音的文化意义，尤其是观察一种声音（或者"调性"）与它发生的历史之间的关系。在他们看来，传统声音是力求一种独立的、纯粹的意义，是人的生活经验的自然升华，是自由的、自主的，是需要聆听的，似乎与它所发生的外部世界毫无瓜葛，现代的声音却被工业化打造的，是一种功利的、以商品方式出现的，与人的意义无关的，被控制的，是需要观看的。法国学者贾克·阿达利指出，现代音乐乃是对科学主义和理性秩序的服从，是一种新型的社会与文化的观念取代另一种具有宗教主义倾向的神秘观念的后果，也就大然具有政治性内涵，"今天所谓的音乐常常不过是权力的独白的伪装。"他认为，声音就像是社会内部各种力量运转变化的"预言"，可以从声音中倾听社会转变时的轰轰雷鸣。他进而提出，"每一次社会的重大断裂来到之前，音乐的符码、聆听模式和有关的经济模式都先经历了重大的变动。"[①]《河》中多处甚至连续以"平静无声"、"一片寂静"、"亘古以来的寂静"、"静静的阳光"、"声音也成了寂静的一部分"、"寂静笼罩在整个河谷中的村子"、岷江柏"静静地耸在一川湍急的吼声之上"、"寂静似乎是一个不可能的奇迹"、"打不破的寂静"等等来为未经现代性开发的村庄命名。与之相反，在现代性开发以来，这种寂静荡然无存，充斥在村庄的则是各种"嘶叫的电锯声"、"旅游者的吵闹声"、"白云寺鼎沸的香火声"、"汽车的轰鸣声"、"追逐金钱的狂笑声"、"发财致富的混杂声"等等，此时的村庄哪怕还能感受到些许"寂静"，但这种"寂静"却是村里人外出到城市打工后的破败声，"村子似乎比过去更安静了，年轻人大多都出去打工了……村小学撤销了，很难见到那些能使村子充满活力的小孩子四处窜动的身影了"。[②]《河》的叙述者就是这两种声音的对比性叙事中强调一个村庄、一个族群，乃至一个时代的现代性遭际问题，也使得声音成为一种叙事隐喻，"喧哗"成为一种抽空生存意义的"拜物教达到了不可思议的疯狂程度"的隐喻，在喧哗中人们执着于金钱的占有，却体会不到意义的再生产，那种给藏地村民以族群认同与召唤共同体的心理基础的"寂静"的声音却荡然无存，特别是对于在听觉文化背景下的边缘群体，他们的文化记忆以及由文化记忆形塑的民族意识是在口语文化背景下生成的，并融入边缘群体身心共在的强烈的情感性和运动性特征。甚至说，是听觉而非视觉维系着他们的族群文化记忆，形成民族意识的藏地边民而言，传统"声音"的消逝也就意味着传统及其在传统中形塑的民族性格、文化根基等的消逝。就上述意义而论，《河》对"声音"的念兹在兹其实是阿来在传统以及建基于其上的族群身份不断遭遇外来他者冲击，甚至面临解体风险

---

① ［法］贾克·阿达利：《噪音——音乐的政治经济学》，宋素凤、翁桂堂译，上海人民出版社2000年版，第2～6页。
② 阿来：《河上柏影》，人民文学出版社2016年版，第181～186页。

后所做的一种自觉的救赎行为。如此,《河上柏影》的声音性叙事也就成了一种美学的修辞学,或者是"寓言性文学"。

<h1 style="text-align:center">三</h1>

早前的阿来对现代性及其后果的认知尚不充分,还仅仅将现代性看作是一种外来的他者的现代性,这一问题表征在他的《尘埃落定》,他的《空山》等作品中。其基本表述方式为:在上述文本中被阿来称为"外来他者"的现代性与本土族群传统的对抗或冲撞成为其最为凸显的叙事症候,这种对抗或冲撞也使得他的文本无不以一种惨烈的方式展开叙述:《尘埃落定》中漫山遍野绚烂的罂粟花、边境官寨人们狂放的情欲与熊熊燃烧的大火,《空山》中色嫫错神湖"悲壮"地消失、不可抑制的"天火"等隐喻着在外来现代性冲击面前,藏地族群旧有秩序被打破,新的秩序尚未建立、旧的信仰及旧文化的坍塌与崩溃,新的信仰及新文化还未充分得以接受时的焦虑与惶恐,困惑与迷茫,在传统生存空间中再也难以寻得安全感或归属感时的煎熬与挣扎。欲望的燃烧,秩序的解体,传统的消逝,人性的蜕变,生态的恶化等的现实主义再现在某种程度上也彰显出阿来本人对外来现代性接纳姿态的脆弱——尽管阿来一再否定这一点,如阿来说,"这些本来自给自足的村庄从五十年代起就经受了各种政治运动的激荡,一种生产组织方式、一种社会刚刚建立,人们甚至还来不及适应这种方式,一种新的方式又在强行推行了。"① "强行"这两字本身就在说明阿来对"现代性"的这一姿态。新世纪以降,当现代性已经以一种结构性因素内嵌入边缘藏地,现代与传统的交织互构,本土与全球的交融互动,自我与他者的交汇互补已使得边缘藏地很难完全清楚地区分出何为现代、何为传统时,《河》中藏地边民对现代性的暧昧不明,对旅游开发的合谋、对资源的掠夺性追逐等很难说是一种被动的接受,或者说,《河》中的藏地边民已经开始自觉依附于现代性话语,双方的握手言和才是藏地边民对现代性的基本姿态。在这里,人们已经感受不到现代性话语的风险,感受不到传统维系的当代意义,感受不到传统消弭之后未来生存之路的行走问题。在这里,阿来变得坦然了,平和了,对现代性开始以一种"有限度的"姿态接受了。所以,《河》的主人公王泽周的母亲尽管因为乡村的破败而感叹"我伤心了",但他的儿子却喜欢住在城里,"我不想回乡下,我喜欢新房子"。王泽周的乡亲们在现代性面前也已不再焦虑。这时的阿来也弱化了曾经的困惑与不解。他说:"有一种观点认为,任何固有的存在都有其内在的合理性。进而言之,我们还可以在文化考察中引进一种社会达尔文主义的观念。从最根本的意义说,我个人也赞同这种观念。但这并不能阻止我面对某种陨落与消亡表现一种有限度的惆怅。"② 只不过他的"惆怅"已是"有限度的"了,这

---

① 阿来:《我只感到世界扑面而来——在渤海大学"小说家讲坛"上的讲演》,《当代作家评论》2009 年第 1 期。

② 阿来:《大地的阶梯》,云南人民出版社2000年版,第243~244页。

种"有限度"使得阿来由早期的对抗性、排斥性书写转化为《河》中安静的、平实的书写模式。阿来的"有限度"源于他已从理性层面上意识到藏地的现代性已不再是"外来的""他者的"现代性了，而是与藏地共处于一种交流、交汇、交融状态，也源于阿来对现代性已失去了曾经的惶恐与不安，而是开始以一种包容的、开放性姿态面对——尽管这种姿态的天平不时倾斜于生他养他的那个藏地。然而，天平既然倾斜，藏地边民的不焦虑有时却成了阿来新的焦虑。

（原载陈思广主编：《阿来研究》［第六辑］，四川大学出版社2017年版）

权力、族别、时间：小说虚构中的历史与文化

——阿来和他的《尘埃落定》

徐新建

《尘埃落定》是一部小说。这一点简单、明了，实际上却值得留神和回味。许多的联想和论争，迷人而激烈，然无非都以此为起点和归属。

单行本《尘埃落定》的推出者（人民文学出版社）在该书后面的"作者简介"中明明白白地写道，这是阿来的"第一部长篇小说"①。作为转载者之一的《当代》杂志"编者按"把其称为"中国长篇小说中迄今为止写少数民族题材的最佳作"；并且又以近似于比喻的口吻说，"《尘埃落定》是藏族封建土司制度走向溃败毁灭的独特而又凄婉美丽的挽歌"②。接下来，众多的评论者也无一不把自己的评价和阐发，建立在将其视为小说来加以对待和阅读这样的基础上。周政保的评论首先提出的问题是：如何谈论这部小说？然后推问，我们从小说中感受到了些什么？当然他的基本依据在于，"感受"是小说效果的"最直接最可靠的体现"③。

这样，需要进一步追问的便是：小说是什么？该怎样"感受"小说？这是"入门"式的问题，而门内的景象则五彩缤纷，众声喧哗。在作者阿来看来，（他的）小说是一种"天地"，一个"世界"；具体说，是"根据某种激情臆造的故乡"④。当他进入"小说天地"，或者说一次次走向这个"臆造的故乡"时，目的是"试图踩出一条深入的路径，期望自己开辟的路径可以直抵人心深处"⑤。

有评论指出，阿来小说的冲动在于"通过特定群体的集体命运与灵魂归宿的深刻想象，来实现艺术对存在的揭示"⑥。也就是说，通过一种想象性的特别来揭示一般。对此，阿来在其"创作宣言"般的《落不定的尘埃》一文里，再次强调了自己的小说主张或意图，即以"普

---

① 阿来：《尘埃落定》，人民文学出版社1998年版，第12页。
② 《当代》1998年第2期。
③ 周政保：《"落不定的尘埃"暂且落定——〈尘埃落定〉的意象化叙述方式》，《当代作家评论》1998年第4期。
④ 阿来：《落不定的尘埃》，《小说选刊·长篇小说增刊》1997年第2期。
⑤ 阿来：《时代的创造与赋予》，《四川文学》1991年第3期。
⑥ 殷实：《退出写作》，《当代作家评论》1998年第4期。

遍的眼光"看待族别与地域文化，从而表达出某种"普遍的意义""普遍的历史感"①。

显而易见，这是一种"臆造"的（或艺术）的表达，是一种小说的虚构。《尘埃落定》想要表达或虚构的"普遍的意义"与"普遍的历史感"是什么呢？1999年4月29日，阿来在为四川大学"五四文学讲座"所作的报告中作了漫谈式阐释。经过整理，其要点有三，即本文题目所示的：权力、族别与时间②。

一、关于权力

当问及《尘埃落定》的写作动机时，阿来首先强调的就是"权力"，并坦陈自己原来的计划是推出长篇三部曲，主题分别是"权力""宗教"和"经济"。

这就是说，《尘埃落定》围绕川西北藏区的社会变迁，力图展示人类历史文化中具有"普遍意义"的权力事象，并"艺术地"表达作者对此的态度、情感与看法。用阿来自己的话说，就是揭示出权力的秘密，看其怎样产生，有何作用，并且怎样影响人的命运；就《尘埃落定》而言，即通过麦其土司的个别家世，透视出"权力的普世性"。

虽说是虚构性叙述体小说，《尘埃落定》仍在开篇第一章便以明白无误的语言交代了作品特定背景和人物关系中的权力结构及其社会功能：

> 土司。
> 土司下面是头人。
> 头人管百姓。
> 然后才是科巴（信差而不是信使），然后是家奴。这之外，还有一类地位可以随时变化的人。
> 他们是僧侣，手工艺人，巫师，说唱艺人。

主人公"我"是土司麦其的儿子。在靠耕种和畜牧为生的人地关系中，"我家"拥有"东西三百六十里，南北四百一十里"的地盘和"三百多个寨子，两千多户"之众的属民。由于阶层和等级的差异，土司在自己的辖地范围里高高在上，主宰一切，享受一切：侍女桑吉卓玛的贴身服务，奶娘德钦莫措的随意指派，给耕种"我家土地"的百姓们发放种子……而后是对家奴索郎泽朗的悬吊和鞭打——因为他冒犯了身为小主子的"我"。

这一切如何得以发生？作为同一土地和社群中的成员，为什么土司及其家属就可以为所欲为呢？作品的交代很明确，因为土司掌握着一件其他人所没有的法宝：权力。不过，作

---

① 阿来：《落不定的尘埃》，《小说选刊·长篇小说增刊》1997年第2期。
② 阿来此次"报告"的内容系根据现场笔记和录音整理，本文下面未注明出处的阿来观点，皆出于此。

为一种特定地域的历史产物，这种"土司权力"并非自天而降，而是来源于更高一级的权力分配——朝廷册封。其物化凭据是（清朝）皇帝颁发的五品官印和一张地图。此二物平时深藏箱内，一旦发生争端，便取出示人，以证明持有者的"钦定"身份和权力范围。小说第一章，毗邻的麦其土司与汪波土司之间出现了领土和属民的争夺。尽管已改朝换代，可由于势力相当，加之其时的"上级"还承认土司之权，麦其土司便带上自己的官印与地图，"到中华民国四川省军政府告状去了"。

可见，小说《尘埃落定》所直接呈现的并不是所谓的权力普世性，而是具有明显特征的地域权力事象。对于地域，也就是故事发生的空间，作品强调了其独特的居中性，即居于"黑衣之邦"——中国和"白衣之邦"——印度之间；后者是"我们信奉的教法"所在之处，前者则是"我们权力所在"的地方①。"权力所在的地方"赐予我们以土司之权并加以更高一级的皇权制约；"教法所在之处"则传承着关于人群差异的精神依据，那就是"种姓"信仰。而在"我们"的自身范围里，有关权力的来源、占有和分配等问题的解释与解决，取决于一个模糊而又简单的本土说法："骨头"之别（或"根子"之异）。小说交代说：

> 根子是个短促的词："尼"。
> 骨头则是一个骄傲的词："辖日"。
> 世界是水，火，风，空。人群的构成乃是骨头，或者根子。

然后说：

> 骨头把人分出高下。

正因这样，当飞舞的皮鞭抽打在家奴身上而主人公"我"似乎流露出几分同情时，时刻都在"充分享受着土司权力"的母亲立刻教训般地指出："你身上长着的可不是下贱的骨头。"而在一次次见到由于权力之威使得"壮实的男人"和"漂亮的姑娘"都纷纷"脱帽致礼"和"做出灿烂的表情"之后，作为一名潜在的土司权力继承人，即便有点先天犯傻，"我"仍旧禁不住会发出"啊，当一个土司，一块小小土地上的王者是多么好啊"这样的由衷感叹。接下来的故事便在具有独特地域色彩的土司制度背景中，叙述了土司与头人、土司之间、土司家庭内部以及土司与家奴、百姓之间围绕权力使用、争夺及其传承的一系列事件。阿来解释说他想要写的是权力对人的命运的影响：在掌权者和无权者的对立关系中，权力使人分化；而面对分化的结果——权力对人的压迫，无权者只有两条出路，一是屈服，一是反抗。《尘埃落定》中，"屈服"的人物行列中有管家、侍女和作为奴才的行刑人和他的儿子小尔依以及被麦其土司强行霸占的查查寨头人之妻央宗等；"反抗者"之列则以被暗杀身

---

① 阿来：《尘埃落定》，人民文学出版社1998年版，第12页。

亡的央宗丈夫和兄弟复仇者——多吉仁次的两个儿子为代表——也正是后两位复仇者直接导致了麦其土司两个继承人的先后死亡，从而从肉体上解决了这个世袭之家的权力传承之争。相比之下，似傻非傻的"我"似乎处于屈服与反抗之间。对于权力，他既有恐惧又有渴求，既有逃避又有角逐。

对于这样的描述，阿来提到自己的意图不全是要再现历史，而更在于面对现实。他说他欣赏评论界把这部作品称作"寓言式小说"的评价。他是想要面对现实中权力对生命的制约、对掌权者（和无权者）的影响以及权力如何从"潜在的暗力"上升为"戏剧化的冲突"，乃至"血与火的拼争"之类的问题。也正因如此，他才选择了麦其世家所处的地域、时代和土司制度以作为能反映普遍的个别。他认为对于中国这样的大国来说，如果要揭示"一般"的话，不妨找一个小的地方来描写。而在麦其世家身处的土司制度中，土司们是把自己看成"国王"一般的。小说指出："土司是一种外来语。在我们的语言中，和这个词对应的词叫'嘉尔波'，是古代对国王的称呼。""所以麦其土司不会用领地这样的词汇，而是说'国家'。"这样，《尘埃落定》便是在以"麦其世家"指代普遍之国，以土司特权象征所有王权了。

然而正是贯穿在小说之中及作者阐释之内的这种文学意图，每每容易从两层关系上引发读者对历史—文化的普遍误解（误读）：一是文本与现实；另一是个别与一般。

历史上，土司制度之在藏区乃至中国西南的其他少数民族地区实行，只是这些地方文化演变的一个阶段而已，并且是外力施加的结果，并非本土原产。[①]藏域的情况较为复杂。就整个藏区而言，其也不过仅涉及与汉地交界的川、滇、甘、青一些边地罢了。在元、明两代，藏区被先后分为不同的部分。元时为三大区域：乌思藏纳里速（今西藏全境）、吐蕃等处（今青海省和甘肃南部、四川西北部牧区）和朵甘思（也就是人们俗称的康区）；明代将其简为两处，把后二者合并为一。清承明制，突现出"朵甘"与"卫藏"的两地之别；与此同时，在两地实行不同的权力体制。卫藏有地方政府——由官家、贵族与寺院"三大领主"分享大权；唯有在朵甘地区才沿袭元明以来的土司制度。对于前者，在《藏族简史》这样的史书文本里，一方面描述了少数掌权者对多数无权者实行剥削压榨的农奴制事象，同时也记载了由以黄教为中心的僧俗集团分享权力、形成"政教合一"类型等另一种地方特性。[②]

阿来生长在四川西北部的阿坝。其地紧靠号称大府之国的成都平原，堪称藏域"边地的边地"。小说《尘埃落定》的故事也展开于同一空间。这个空间的地理特点在小说中有着诗化和分析相结合的明确交代。在提到广义的"我们"夹在"黑衣之邦"与"红衣之邦"两大文明之间过后，作品引用了一条民谚："汉族皇帝在早晨的太阳的下面，达赖喇嘛在下午的太阳下面。"接着又进一步描述说狭义的，也就是具体的"我们"是在"中午的太阳还在靠东一点的地方"。这一点有什么意义呢？

---

① 例如明清以前的中国西南侗族地区便因处于高度自治，"有父子无君臣"，类似于陶渊明笔下的"世外桃源"，而被称为"没有国王的王国"。参见邓敏文等：《没有国王的王国——侗款研究》，中国社会科学出版社，1995第1版，第4～12页。

② 藏族简史编写组：《藏族简史》，西藏人民出版社1985年版，第240～254页。

这个位置是有决定意义的。它决定了我们和东边的汉族皇帝发生更多的联系，而不是和我们自己的宗教领袖达赖喇嘛。地理因素决定了我们的政治关系。①

关于这一点，已有评论做了分析。殷实的文章在提到阿来通过对一个特定群体来实现艺术对存在的揭示时，对这一"特定群体"的解释是："所谓的特定群体，当然是指藏族人，或者更具体一点，是指汉藏交界地带的藏族文化区域的藏族人。"②

那么，该怎样看待描写特定区域之特定群体的小说《尘埃落定》呢？它果真如作者企盼的那样，通过对土司制度及其湮灭结局的描写，揭示了"权力的秘密"？还是说达到了某些评论所宣称的效果："它使我们明白，那被现代性的滚滚车轮所碾碎的，岂止是汉族传统生活方式，自然也有藏族的，实际上是多民族的"这样的普世性道理？③或如另一些文章直截了当讲的那样，通过傻子对土司社会的生存状态及其时代风貌的"客观描写"，"再现了"土司社会围绕权力、财富、女人等发生的抵牾和斗争？④

答案是不一定。

首先是土司制度本身所具有的"非普遍性"就把《尘埃落定》限定到了一个狭小的时空范围。小说里，麦其土司的权力不仅来自东面汉族皇帝的恩赐，在与毗邻土司发生争端时，依靠的也是从（四川）省军政府搬来的援兵；而其内部权力之争的最后解决，一方面来自外面力量势不可挡的影响（照转身投靠的黄师爷提醒，土司不过是国家处理地方事务的一种手段；国势弱时才允许土司存在，国势一强，土司便将消亡），另一方面却直接结束于扑朔迷离的冤家仇杀。这种十分独特的权势改变，与所谓的"现代性车轮"实际上离得很远，而倒是可以在历代王朝的权力分合过程里找到无数印证。同时如果再把其和别的同样也是描写西南土司作品，如彝族作家苏晓星的长篇小说《末代土司》等加以比较，则又还会显出彼此的许多差别⑤。

其次，从权力问题的"一般性"来看，仅就中国的历史文化范围而言，事情也不似想象的那般简单。最近的一篇论述权力问题的文章，在对比了西方关于权力和权利之定义及演变之后，对中国历史中的地域权力秩序进行了分析，认为该秩序来源于以宗法制立国的传统。在这样的传统中，"强势家族"以武力或以武力相威胁为手段获取并巩固其所谓的家长之权；与此同时，其他的"弱势家族"则沦为被迫臣服的家子地位⑥。当然，这一分析虽说冠以了"中国文化"这样的全称，其实所指的主要是以政治儒学为代表的汉地传统。由此而

① 阿来：《尘埃落定》，人民文学出版社1998年版，第18页。
② 殷实：《退出写作》，《当代作家评论》1998年第4期。
③ 王一川：《跨族别写作与现代性新景观——读阿来长篇小说〈尘埃落定〉》，《四川文学》1998年第9期。
④ 杨玉梅：《论傻子形象的审美价值——读阿来的〈尘埃落定〉》，《民族文学研究》1999年第1期。
⑤ 《末代土司》为贵州彝族作家苏晓星所作，书中描写的是中国西南地区的另一种土司类型，在结局的交代上也与《尘埃落定》有所不同。
⑥ 蒋荣昌：《中国文化的公私观》，《西南民族学院学报》1998年第4期。

论，土司制之在中国西南地区的实行，体现的不过是在不同的区域文化交遇中，作为强势集团的"羁縻传统"及其权力秩序在其周边的一种改造式复制罢了，并不能代表这些"周边地区"的自身类型。《尘埃落定》也既不是藏族文化的全貌体现，亦并非土司制度的历史摹本。它只是一部小说，一部由川边作家讲述汉藏交界地一段故事的作品。

于是，这就涉及了对地域和族别问题的进一步探讨。

二、关于族别

以《尘埃落定》而论，族别问题涉及两个层面，一是作品，二是作者。

《尘埃落定》引起反响以后，北京的有关新闻出版单位组织了专题研讨。有人认为该作是一部具有独创性的藏族文学作品，是"藏族人写的藏族人的故事"；或者说其"真正体现了藏族美学和心理学特色"[1]。不料由此引出一场争论。作者阿来就持反对意见，强调自己所关怀的是普遍性而非特殊性。他的看法是，异族人过的并不是另类人生；人们生活在此处彼处，实在没有太大的区别；而他之所以要以"异族"或"异域"为题材，不过只是一种借用，目的在于表现历史的普遍性[2]。后来论者有的把前述观点判为陈旧的"族别写作论"[3]；有的接过阿来的话，将其称为继新时期"族别写作"与"化族别写作"两种浪潮以来的又一次超越："跨族别写作"，指出"与化族别写作笃信不会有族别差异或这种差异完全会融化不同，跨族别写作则是在承认族别差异的前提下更重视民族间普遍性"；同时，"也与族别写作认定差异永恒而无法沟通不同，这里是力求跨越差异而发现某种差异中的普遍性"[4]。

随着争论的展开，阿来和他的作品被夹在了两种对立的看法之间。一边将其视为具有特色的"藏族文学"；另一边刚好相反。有意思的是，这另一边还有一种更尖锐的意见来自阿来的同族。德吉草认为阿来身栖汉藏两种文化的交界处，以汉文写作小说，属于"文化边缘的边缘人"，因此或多或少都带着那种"被他人在乎，自己已忘却的失语的尴尬"。这种所谓被忘却的失语，指的便是藏族自身的母语和文字[5]。在这点上，汉族评论者的看法可以说是"汉语本位"观。他们为阿来的汉语才能感到赞叹，说"一个藏族青年作家用汉语写作，把语言运用得这样清新、明净、有光彩，实在难得"；或夸奖其"用汉语写作，表达出的

---

① 《小说选刊》1998年第7期。
② 阿来、孙小宁：《历史深处的人生表达》，《中国文化报》1998年3月31日。
③ 覃虹等：《空灵的东方寓言 诗化的本体象征——评〈尘埃落定〉的艺术创新》，《西南民族学院学报》1999年第1期。
④ 王一川：《跨族别写作与现代性新景观——读阿来长篇小说〈尘埃落定〉》，《四川文学》1998年第9期。
⑤ 德吉草：《认识阿来》，《西南民族学院学报》1998年第6期。

却是浓浓的藏族人的意绪情味，亦给人以独特享受"①；来自藏族评论的话语却对此有所保留，甚至感到一种遗憾——为阿来没能用本族母语和文字"与自己民族的文化作面对面、真实赤裸的对视与交流"而遗憾，认为"属于一个作家'民族记忆的文字语言，始终是不需要中介的力量'"；因此虔诚地（用梵音加持的母语）祈祷，愿阿来自始至终"背靠藏族文化这棵大树"。祈祷者甚至借用了小说的同一意象来作比喻：唯有灵魂与精神的升华，生命的尘埃必然会回落大地②。

其实，像其他的许多身处边缘的少数民族作家一样，由于地域与族别的特殊性，自80年代投笔进入汉语写作圈以来，阿来可以说一直处在某种内外交加的矛盾之中。他说自己是时代的特殊产物。在这个令人激动而又敬畏的时代里，不是自己有意选择而是被命定般地"使成为"一个"用汉文写作的藏族作家"。结果怎样呢？"我"被创造成了"一个肉体和精神上双重混血儿"。于是：

　　因为这个原因，我的感情就比许多同辈人要冷静一些也复杂一些。所以，我也就比较注意不同民族不同文化的冲突、融汇，从而产生出一种新的有鲜明时代性，更具有强烈地域色彩的文化类型或亚文化类型。③

不过，作为"一个肉体和精神上双重混血儿"，在沿着这样的道路探索、体验了一段以后，阿来总结道，"这是一个痛苦的过程"。

早在《尘埃落定》问世以前的90年代初期，四川的评论家就注意并专门论述过阿来的这种"双重混血性"及其产生的写作效果。廖全京指出，"汉藏杂居的四川西北部"所呈现的是两种不同类型的文化混合。阿来的汉藏融汇血统和在此基础上产生的新的文化观念，则使其创作成为帮助我们认识这种"文化混合"的文学中介。④多年以后，当问及作家本人的族别及其作品的"族性"指向时，阿来一方面仍明确认同自己的藏族身份，同时却又不愿别人把他和他的作品仅仅视为"藏族文学"。在上述四川大学的报告会上，有人带着犹豫的口吻问道："'阿来'是你的真实姓名吗，或者只是你起的一个笔名？"阿来回答说："'阿来'就是我的名字。"接着解释说与"你们汉族"不一样，"我们藏族"没有张王李赵这类的姓氏，如果要加，就会有很大一串——因为汉藏文化有许多各自不同的特点。"我"用汉文写作，可汉文却不是"我"的母语，而是"我"的外语。不过当"我"使用汉文时，却能比一些汉族作家更能感受到汉文中的美……这样，阿来似乎就从一侧面回答了作为"用汉文

① 《小说选刊》1998年第7期；另外，与此相关，对于少数民族作家中的"双语"现象，周政保先生持另一种乐观态度，认为其是一种"优势"，有助于产生新审美眼光；因为语言所体现的是一种文化和世界观。参见周政保：《答马丽华——关于〈雪域文化与西藏文学〉的探讨》，见马丽华：《雪域文化与西藏文学》，湖南教育出版社1998年版，第309～311页。
② 德吉草：《认识阿来》，《西南民族学院学报》1998年第6期。
③ 阿来：《时代的创造与赋予》，《四川文学》1991年第3期。
④ 廖全京：《绿色的家园感——四川青年作家创作现象研究》，四川文艺出版社1993年版，第112～140页。

写作的藏族作家"所关涉到的问题。那就是，虽说身份已被"命定"选择，自己却能够从中加以主动发挥。

因此在我看来，与其他类似的许多中国当代少数民族作家一样，阿来及其所创作的文学作品，与其叫作"跨族别写作"不如称为"双族别文学"（或"双族性文学"）倒还更为合适。因为"跨"的含义不甚明晰，表面上有"兼"的意思，细读起来却又容易领会为"超越"或者"迈过"之类。"双"就一目了然。其表示的是同时并存，是兼而有之，并且还是合二为一。在这种"双族别文学"里，既内含着"双族别"身份和"双语言"能力，也包括了"双文化"修养与"双历史"眼光等多重关联。更重要的是，在长期被当作对象化的"他者"、让众多形形色色文本以"异族""异域"和"异文化"样式描述渲染之后，这种"双族别文学"的出现，可以说是站在"对象"一方的主体立场，面向描述方的主动回应；亦可称为"'他者'的自述"。展开来看，当代东南亚华人圈内的"新马文学"及欧美英语世界中的"华裔文学"（包括华文和非华文类型）也可列入"双族别文学"当中。

从这样的角度再来阅读《尘埃落定》，或许便会获得另外一些不同感受与认识。

先来看作品的主人公及其"双重视角"。小说以第一人称"我"为观察和叙述起点，由此决定了其"自称本位"的地域和族别观，从而也就形成了与诸如马原、马建、马丽华（所谓"三马"）[1]等其他以表面客观化之"他称"或"第三人称"描写藏域有所不同的主观视向。但另一方面其又和扎西班丹、旺多等用藏文写作的作家作品不大一样[2]，"我"的视角兼具着充满矛盾的双重性，因为"我"是一个汉藏混血儿。为了解决这种矛盾，作者把"我"处理成了与众不同的"傻子"。"傻"的原因表面上是土司父亲酒后有"我"（这缺乏严格的医学根据），实际上乃由于"我"是汉族母亲与藏族父亲所生的混血儿；在"我"身上，同时拥有两种不同的眼光、观点和心态。因此，"我"一开始就不明白为什么"要"和"可以"随意鞭打家奴，接着又弄不清同一家乡的土司们（彼此多半是亲戚）为何会愚蠢野蛮地打来打去，再后来要不是汉地来的黄师爷指点，"我"也无法懂得外面的力量凭什么让这里的土司说有就有，说无就无……

作为对比与补充，"我"的旁边还有土著父亲和客人黄师爷等。他们相互的立场和归属都是明显不同的。此外还有被"买"到麦其领地成为土司之妻的母亲。值得注意的是，尽管在一起共同生活了多年，这位来自异乡异族的女子仍不被土司视为同类。因此当弄不明白黄师爷究竟打算做什么的时候，土司要她帮助解释，理由是"你当然知道你们汉人的脑壳里会想些什么"。此外阿来也没有把这种汉藏通婚延续为松赞干布与文成公主式的那般门当户对、豪华辉煌，而是处理成令人回味的藏贵汉低："我"的母亲不仅没有来历、出身低下，

---

① "三马"之一的马丽华自白说，与"天生在藏地"的作家不同，包括她在内的进藏作家是"外来文化的进入者""不能融入又不忍离开"，处于深层的矛盾和困惑之中。关于这一点当另文探讨。见马丽华：《雪域文化与西藏文学》，湖南教育出版社1998年版，第67～70页。

② 扎西班丹和旺多的作品有《平民家庭的苦乐》《斋苏府秘闻》等，后者曾由藏文版的《西藏文艺》连载。马丽华把这批当代藏文文学的作用概括为"功在开辟"。参见马丽华：《雪域文化与西藏文学》，湖南教育出版社1998年版，第67～70页。

用藏域本地的话来形容就是"骨头比我们轻贱",而且在故事快要结束的时候才透露其更为可怕的真实身份:妓女。至于使这位汉人母亲当年沦为妓女的原因同样充满文化暗示的意味。在黄师爷试图以把"夷人的地盘"许诺成她的"封地"而对之拉拢,以期成为汉人在当地可以仰仗的人物时,她冷冷说道其老家的家产和亲人就是被"你们(汉人)的军队"抢光杀光的。接下来不断由黄师爷等引进传人的鸦片、梅毒,也说明着"外来"的事物未必都先进美好,更谈不上对"现代性"及其所谓不证自明之历史合法性的"个案"脚注。

这样,夹在汉藏两种视角之间又同时混有不同血统的"我"就具有了真正的与众不同。一方面他可以在两种对立的历史-文化空间自由出入、居高临下,随意取舍或点评双方的优劣长短;同时却又时时显得左右为难,莫衷一是,甚至找不到自己确切的身份认同与生命归宿。一开始,"我"似乎也曾对土司政权表示过怀疑,流露出对是否继承不感兴趣;然而到后来面对种种难以理喻的外来事物,"我"却同样困惑不已。因此当黄师爷失势后前来投奔时,"我"说:"汉人都是一个样子的。我可分不出来哪些是红色,哪些是白色。"而黄的回答把"我"的困惑弄得更为难解。黄说:"那是汉人自己的事情。"

这就是矛盾。融进具体的人物命运,以阿来自己的话说,便成为"一种痛苦的过程",而不得不被视为和接受成"傻子"这种令人尴尬的"四不象"角色。

再来看土司制度。土司制度在四川西北部藏区的存在只关涉其中的一些地方和时段。阿来早年生活的地方被称为"四土",即包括梭磨、卓克基和松岗、党坝在内的嘉绒藏族本部之一。这些地方原本有着自古相传的文化原型。所谓土司,不过是自元以来,由外部进入的强势集团对本地固有之部落酋长一类世代首领的承认与加封。加封后的土司——大多在靠近汉地的农区——往往被授予"安抚司"或"宣慰司"等官衔与名号;而在远离汉地的牧区(松潘草地)则普遍保留着部落酋长或头人等传统首领。不过二者都保留了相同的原始自称。这一点,阿来在《尘埃落定》里也有强调。在提到土司是个"外来语"的时候,作者以主人公"我"的角度出发,进一步说明在"我们的语言中",和土司对应的词叫"嘉尔波",并解释说其是"古代对国王的称呼"。另据当地史料记载,这一含有"王者"意味的自称也被译为"甲尔窝"(在松潘称"洪布"),传说由大鹏之卵所生,而大鹏则为天上普贤菩萨的化身所变。"土司制系由原部落递变而来。元代即以征服或受威胁而投降的部落酋长,授予宣慰使、宣抚使、总管、长官等职。"[1] 这就是说,所谓的宣慰使、宣抚使、总管、长官一类的土官土司,就是原有的"甲尔窝"或"嘉尔波"(洪布)本土之王在外力影响下的"递变";与此同时,"土司"之名和身份则是对这些本土之王的另一种"他称""别名"或"化解"。

在这样的语境下,阿来借傻子"我"的双重视角,在对"嘉尔波"这种王者自称加以特别注解的同时又对麦其土司"以领地为国家"进行嘲讽就不是无足轻重的随意之举了。在父亲以其小小土司身份骂"我"不努力去学会治理一个"国家"时,"我"只觉得他是"那样的可怜"。最后,关于这些"末代土司"的结局处理,作品在众多的历史类型中作了一种选

---

① 四川省编写组:《四川省阿坝州藏族社会历史调查》,四川省社会科学院出版社1985年版,第187~222页。

择，那就是"红色汉人"的炮火进攻。而实际上就川西北而言，当地土司制度的瓦解自清代"改土归流"便已开始——其时清末将领凤全、赵尔丰等在川边藏地大举用兵，使用严厉的高压手腕，"为这里的民族感情带来严重的创伤"①。民国后国民党势力逐步进入，其以"新县制"为外表推行的"一党专政、特务统治、保甲制度三者互相结合渗透的专制政权，便在阿坝大部分地区确立了起来"②。当然，作为一种历史旧制，土司制度在整个中国西南地区的终结，是在新中国之后（阿坝的某些地方，土司在新中国成立初期还有保留，例如"四土"之一的党坝，其末代土司就持续到了新中国成立后的1953年③）。阿来模糊掉其中的阶段性时间界限，产生的效果是多重的。其中最突出的一点是：本土王者"嘉尔波"在被"递变"成为"土司"之后，其权力的来源和结束统统都受制于外部力量——黑衣之邦。

对"黑衣之邦"，《尘埃落定》的叙述仍以傻子"我"为支点阐述说就是指中国（汉地），其"在我们的语言中叫作'迦那'"。与此相应，"白衣之邦"指西面的印度，"我们的话"叫作"迦格"。小说写道：

> 有个喇嘛曾经对我说：雪山栅栏中居住的藏族人，面对罪恶时是非不分就像沉默的汉族人；而在没有什么欢乐可言时，却显得那么欢乐又像印度人④。

阿来与《尘埃落定》在地域和族别上所表现出的本土定位显而易见，只是其中多了一种特别的"双重心态"罢了。为了区别上的方便，我把包含着这种特别心态的民族作家作品，暂且称为"双族别文学"。这是一个庞大而多样的群体。在其中，阿来的突出特点表面上是对狭隘族性的自我"超越"，其实是在力图做到一种矫正，一种对本族历史与文化遭经常误释后的挽回。可惜在这一点上，他最近提出的追求"普遍历史感"的主张又遭到了误读。仔细分析阿来的原话，他的动力并非来自想仿照《家》或《雷雨》，通过反映藏族世家的衰败没落来反映社会进步的"客观"规律，或如有的论者所说打算"写一部有关现代化的合法性神话"⑤，而是出于对流行做法总是把异族题材写为"田园牧歌"和读成"奇风异俗"，以至于"使严酷生活中张扬的生命力，在一种有意无意的粉饰中，被软化于无形之中"的不满⑥。他反对这种随意的"误写"与"误读"，力图恢复本族同胞生活中的"同样严酷"和在严酷中他们生命力的"同样张扬"。正因如此，他才反复声称，人群不因"异类"而别，"欢乐与悲伤，幸福和痛苦……此处与彼处，并无大的区别"；又说，"即便是少数民族，过的也不是另类人生"⑦。结合特定的语境来看，阿来所表达的主要意思其实是想在消除成

① 《藏族简史》编写组：《藏族简史》，西藏人民出版社1985年版，第337～341页。
② 《阿坝藏族自治州》编写组：《阿坝藏族自治州概况》，四川民族出版社1985年版，第59～60页。
③ 雀丹：《嘉绒藏族简史》，民族出版社1995年版，第185～187页。
④ 阿来：《尘埃落定》，人民文学出版社1998年版，第14页。
⑤ 李大卫：《英雄的黄昏》，《华西都市报》1998年3月29日。
⑥ 阿来：《落不定的尘埃》，载《小说选刊·长篇小说增刊》1997年第2期。
⑦ 阿来、孙小宁：《历史深处的人生表达》，《中国文化报》1998年3月31日。

见的平等前提下肯定族别的合理。

所以阿来又说由于自己族别和生活经历的原因，选择麦其土司一类的题材是"一种必然"，并且还暗示他之所以成为"用汉字写作的藏族作家"也是必然，因为，"我们国家"是一个"象形表意的方块字统治的国度"①。身处这样的双重"必然"，他愿尽最大力量所做的，是"不把异族的生活写成一种牧歌式的东西"。他真正追求的"历史普遍"，是族群的普遍，平等和公正的普遍以及表达与倾诉的普遍。换句话说，其"普遍性"的含义就是"一样性""共同性"和"参与性"。说白了就是：不要以异样的目光看待别人，在众多的族群当中，"我们"和"你们"没什么不同。

再回到权力问题。这种作为"他者"描述之主动回应的"双族别文学"，其实也正是以文学的方式对历史–现实中权力与权利问题的一种积极表达。四川长期关注少数民族文学发展的学者徐其超先生在最近的文章中也提到了这一点。在同样强调外来文化，尤其是拉美"魔幻现实主义"对本土少数民族作家产生较大的影响的同时，他指出影响的结果之一是使"四川新时期少数民族作家看到了一种争取民族权力和权利的构想"，并认为多元文化的要旨就在于"尊重生活在同一国度的所有少数民族的传统和文化遗产"②。

这就是说，作为一种文学方式的对话，与"你们"以往曾经做过的一样，如今，取得平等地位后（包括阿来在内）的"我们"，也将参与到对"普遍性"的解释、建构和创造之中。

三、关于时间

基于上面陈述的前提，我们才能理解为什么阿来一方面并不希望自己仅仅被认定为"一个藏族作家在写自己民族的东西"，另方面又强调"西藏文学"从口头形式到汉文表达的长久存在，并认为其成就已超过了一般观念中的少数民族文学范畴，"而与整个的文学主流站在同一水平线上"③。

这里，与文学主流站在同一水平线上的意思，是"高度"的一致而非"形态"的合一。若以《尘埃落定》而论，其体现的高度至少包括了从时间与宿命的角度对"历史"的消解或重构。

关于时间，《尘埃落定》隐示着三层含义：故事展开的虚拟时段，傻子"我"看待人生变故的宿命尺度，以及写作者阿来本人"进入历史"时的双重眼光。

尽管小说在本质上是一种虚构，但其故事性叙述特征却决定了它需要用时间历程作为事件发生发展的载体。《尘埃落定》选用的时间载体属于"写实"类型：一段让人容易对中国西南近代变迁产生联想的"土司岁月"。同时，为了增强这种联想，作品加入了诸如"抗战爆发""鸦片输入"和"到中华民国四川省军政府去告状""解放军开进"等一些确切可感

---

① 阿来：《落不定的尘埃》，载《小说选刊·长篇小说增刊》1997年第2期。
② 徐其超：《从传统跨向现代——四川新时期少数民族文学与外国文化》，《西南民族学院学报》1999年第3期。
③ 阿来、孙小宁：《历史深处的人生表达》，《中国文化报》1998年3月31日。

的背景提示，并再用"雪山栅栏中居住的藏族人""一个叫重庆的汉人的地方"及"叔叔的英国夫人"等烘托出故事所对应的"具体"时空框架。于是，经过内部的自相争斗、厮杀加上外部多种影响的进入，世代沿袭的土司家族终于走到了自己的末路。

"我"死了：

> 互相争雄的土司们一下就不见了。土司官寨分崩离析，冒起了蘑菇状的烟尘。腾空而起的尘埃散尽后，大地上便什么也没有了。

那么，怎样看待故事"反映"的这段时间呢？作品使用了一个令人回味无穷的动态意象："尘埃"腾空而起，然后散尽；一个从无到有，而后又从有到无的过程。其中，尘埃就是土司、官寨及其相关的一切。可"尘埃"又是如何"腾空而起"的呢？作品的提示说是皇帝的册封。

傻子"我"则进一步追溯到：

> 有土司以前，这片土地上是很多酋长。有土司以后，他们就全部消失了。那么土司之后起来的又是什么呢，我没有看到。

他当然不能看到。因为作品在"尘埃落定"前就让"我"死在了仇杀者刀下。不过对于确定的社会结局，"我"是没看到，可或许由于具有超纷争乃至超世俗心态的缘故，作品中的"我"却又在真实的将来尚未降临，就预见到了另一种空灵的景象：

> 是的，什么都没有了。尘土上连个鸟兽的足迹我都没有看到。大地上蒙着一层尘埃像是蒙上了一层质地蓬松的丝绸……

这还没什么。大智若愚的"我"在早就看破红尘的僧人（书记官）眼里依然还未开悟。对着"我"一张发呆的脸，他的解释是"什么东西都有消失的一天"。

这就是宿命。

对此，阿来自己做了补充，坦承命运之外其实是有一种巨大的力量在推动我们，"这种宿命感就是因此而产生的。它是我生命的一部分"[1]。然而就在同一场合，阿来又强调其写作就是要进入历史，并且以史喻今。在他看来，今天的现实有一个最大的遗憾，那就是其导致了那"敬仰神灵、崇尚神话"的"血性刚烈的英雄时代""蛮勇过人的浪漫时代"的结束；而"从一种文明过渡到另一种文明，人心委琐而浑浊"[2]。因此他不得不"在乡怀乡"，进而又开始以文学的方式臆造：臆造历史，臆造故乡；在臆造中使故乡（文化）再生，让历史

---

[1] 阿来、孙小宁：《历史深处的人生表达》，《中国文化报》1998年3月31日。

[2] 阿来：《落不定的尘埃》，《小说选刊·长篇小说增刊》1997年第2期。

（阶段）复活。或如论者所说，"以文化想象的方式，重创了英雄的土司时代"①。

值得注意的是，这种再生与复活，并不是客观的重现，而是已注入了"宿命"的表达。其表达的内容与其说是让人认识土司制度被"现代性"摧毁的社会"规律"，不如视为借用某段历史展示无处不在又神秘莫测的超然之物：时间。

1998～1999年，在《尘埃落定》引起较大反响以至不少读者慕名而至时，阿来为他们题得最多的是一句话：倾听时间。后来在四川大学，他又用一句话来作解释。他说：

> 时间的法力比什么都大。

可是他同时又关心现实，关注权力，关怀族别，关爱藏族文学的存在与发展。这是难以摆脱的矛盾。正因如此，小说的最后，傻子"我"分裂成了两个部分：干燥者升空，血湿者陷落。而现实里的阿来则表示，下一部作品将要表达的主题是：肉体与精神上的双重流浪②。

关于时间，还有什么可补充的没有了呢？

不能不提及扎西达娃。后者虽然也具有类似的"肉体与精神的双重混血性"，但在汉、藏两种纬度中，却显得似乎要倾向于"藏"而不是"汉"多些。或许这与两人的地域背景有关。扎西达娃由渝进藏，在藏域中心拉萨如鱼得水，融入了本土的"主体民族"之中③；而尽管同为藏族，身处四川阿坝的阿来，却甚至不能被纳入以行政区划为界的"西藏文学"范围，只能被列在"四川少数民族文学"之内（这也许便是其最近调入蓉城的原因之一）。

这就不能不影响到彼此不同的处境与心态。于是我们看到，在扎西达娃的《西藏，隐秘的岁月》里，尽管有着"1910～1985"这种比《尘埃落定》更为具体的时间提示，可通篇的观察视角却凸现出那一切不过是外来的和外在于我的东西。所以，作品末尾，老人让姑娘数佛珠并道出关于时间的秘密：岁月如珠，数了又数。

在《倾听西藏》中，"时间"成为扎西达娃的专门标题，而内容却仅有一句：

> 一个永恒的圆圈。

对此，有的评论阐释说，其体现的是扎西达娃的"时间循环""时间碎片"或时间的"荒诞感"④；不过却有意无意地忽略了另一层相关因素，那就是"隐秘"在其后的更为深

① 孟繁华：《文化想象与原型母题》，《华西都市报》1998年3月29日。

② 阿来：《落不定的尘埃》，《小说选刊·长篇小说增刊》1997年第2期。

③ 扎西达娃生于重庆，有着汉藏两个民族的"血缘汇流"；母亲叫章凡。他曾随母姓的音取汉名张念生；扎西达娃是后来才叫响的名字。用马丽华的话说，"他是逐渐地成为扎西达娃的。"见《雪域文化与西藏文学》，湖南教育出版社1998年版，第129页。

④ 参见张玦：《圆形的时间——论扎西达娃的小说》，《西藏文学》1990年第5期；又见马丽华：《雪域文化与西藏文学》，湖南教育出版社1998年版，第139页。

层之存在——文化与信仰。其实在说过时间是永恒的圆圈后,扎西达娃还有另外的发挥:

> 佛经释迦牟尼不过是千佛中的第四位。在他之后的五亿七千万年时,第五位尊佛慈尊弥勒佛(即这个时代所呼唤的未来佛)降临人间。那么,到第六尊、第七尊……第一千零八尊最后的名叫人类导师遍照佛的全部降临,还需要多长时间呢?这是一个无限庞大的天文数字,是一个无限漫长令人绝望的过程。然而西藏人是乐观的。他们对人类的未来充满了信心而从来没有丧失信仰。①

另一位用英文写作的藏族作者表达出这样的见解——世间无常,生死在心:

> 我们自身就有密勒日巴所谓的"不死、恒常的心性"。②

再看看另一种类型的"他者"眼光。有过在西藏长期生活经验的汉族作家马丽华,曾把自己一类的进藏作家称为"文化外来者"。在时间问题上,她注意到相信时间无限或时间无限的人们属于两个不同的宇宙,因此拥有无限时空与无限岁月的人们对于今生时间的安排就不同;"相信轮回转世的人们会说,干吗着急忙碌啊,还有下一辈子呢!"③

这才构成了解读阿来及其小说《尘埃落定》的基本语境。

关于小说,阿来的信念是:"这是阐释人类历史的一种方法,也是阐释人类文化的一种方法。"④一种什么样的方法呢?历史主义还是表现主义?本土化还是普世化?

答案未明。

晚清以来,在西方列强的冲击下,中国逐渐成为一个现代意义上的多民族国家,从而使"国家性"(亦即"外部民族性""主权性")和"民族性"(亦即"内部民族性""族群性")同时演变为此阶段的重要历史特征。然而迄今为止,无论内外,对于认识和表述这一特征,人们似乎仍未找到完整确切的理性共识。因此有关诸如该怎样看待现代中国文学与文化的"多民族性"问题,还有许多工作要做⑤。

(原载《西南民族学院学报》1999年第4期)

---

① 扎西达娃:《聆听西藏》,黄宾堂选编,《聆听西藏》,云南人民出版社1998年版,第3～8页。

② 索甲仁波切:《西藏生死书》中译本,郑振煌译,内蒙古文化出版社1998年版,第45～56页。

③ 马丽华:《雪域文化与西藏文学》,湖南教育出版社1998年版,第94页。

④ 阿来:《时代的创造与赋予》,《四川文学》1991年第3期。

⑤ 实际上这样的工作已在进行之中,只是从宏观上看还没有引起足够关注;其自身的理论构架也尚处于创立阶段,因为它涉及到了"文学性""现代性"以及"民族""国家"等这样一些带根本意义的范畴与观念。可参见沙媛:《多民族性:中国现代文学重要的历史特征》,《贵州民族研究》1999年第1期;以及关纪新:《老舍,民族文学的光辉旗帜:纪念老舍先生100周年诞辰》;那思陆:《满族文学与满族意识——纪念老舍先生百年诞辰》,《民族文学》1999年第2期。

《尘埃落定》：在"陌生化"场景中诠释历史

陈美兰

当尘埃落定，历史终于露出它的真实本相。《尘埃落定》作者阿来对历史思考的巨大热情，给这部充满着康巴藏族风情的小说带来了沉甸甸的份量。

一个封闭、落后却又自以为可以安度百世的制度，由于它的专制、残暴，由于它的愚昧、固守，终于在历史前进的大潮中，无可挽回地自我崩毁，化为一片尘埃。这种历史警喻，我们已经在漫长的历史行程中无数次获得。而《尘埃落定》的最大成功，我以为则是在一种经过艺术陌生化的历史场景中，把这样的警喻诠释得令人感叹不已，令人永志不忘。

"陌生化"是俄国形式主义批评家维克托·什克洛夫斯基提出的一个艺术创作概念，它强调创作中要通过语言、内容、文学形式等层面使创作对象"陌生化"，其目的，"是要创造一种对事物的特别的感觉"，以增加和延长"感觉"的难度和时间长度，从而使审美过程获得更大的快感。《尘埃落定》为我们打开的确实是一片奇异的情景，在这个藏民聚居地仍保留着对今人来说十分陌生的"土司"制度，这个经清皇朝册封后所留下的遗物，保留着各自的领地和臣民，保留着像牲畜一样被奴役的奴隶，保留着维护土司至高无上权力的种种残酷典章刑法，实际上也就是一个封建专制王国的"缩微"，当我国推翻了帝制进入民国历史以后，它的存在就更具有奇特性和神秘色彩。

小说"陌生感"的创造，除了选取了一种奇特的现实存在外，更主要的是选取了一个特殊的叙述人，以甚为奇妙的叙述方式，为我们创造出一种"特别的感觉"。这个叙述人就是麦其土司的二儿子———个自己称作、亦被人们普遍认作"傻子"的"我"。小说中的场面和故事，就是通过这位有着藏、汉混合血统的麦其家二少爷的眼光、感受、心灵化的喃喃自语来展开的，他那飘忽的眼神，那语焉不详的话语，那时而清醒时而迷糊的行为举止，都给小说的叙述带来一种特殊的魅力，小说就是在这样一种"异样陌生"的场面中诠释着"土司的历史"。

选取"傻子"作为叙述人，固然不是阿来的首创，福克纳的《喧嚣与骚动》中那个"白痴"班吉、鲁迅《狂人日记》中的"狂人"，都曾在小说的叙述中起到十分精彩的作用，但阿来《尘埃落定》中的"傻子"除了"痴"与"狂"，却带有着更丰富的意义。也许是一种混合文化基因所使然，他对自身所处的环境始终保持着异样的眼光。藏族父亲的野蛮、专制，汉族母亲的任性、奢华，总使在这个环境中成长的他感到格格不入，而在这个辖制数万人众的家族中，兄弟间对继承人位置的争夺，更使他时时感到处于局外当一名"傻子"最安全，不然"说不定早就命归黄泉"。从骨子里来说，他其实是个清醒者，是这个濒临衰败的土司家族的客观审视者，"上天叫我看见，叫我听见，叫我置身其中，又叫我超然度外"。所以当父亲派他和哥哥分别到南、北边界守护那里堆满粮食的粮仓时，他在北方边界做出了一系列令人不可思议的举动：打开封闭的城堡，放粮赈济其他土司的灾民，又用麦子作交换破天荒地营造起一个贸易市场……他不像哥哥那样用野蛮的征战企图消灭敌手，而是"用麦子来打一场战争"，由此而得到民心又获得了财富。他这种"怜爱之心"和"审时度势的精明与气度"，给死气沉沉的土司群落带来一线生机，也使他父亲对他发生了怀疑："你到底是聪明人还是傻子？"

小说从"傻子"我的亲历感受，对人性、爱情、欲望等等的叙述更充满辛酸的浪漫。作为麦其土司的二少爷，他身边美女如云，侍女川流不息，随时可以纵欲无度，但当他从少年懵懂的傻态走出，终于发现，与卓玛以及两个塔娜的关系，其实只有性而无真正的爱情。卓玛对他虽然温情有加，却只因为奴隶要侍候主子；待在他身边的两个塔娜：门当户对的茸耳女土司美丽的女儿与他成婚，只是为了获得他的麦子而作为交换的砝码；瘦削的侍女塔娜，对他处处顺从，却只因看中他那"描金的首饰盒子"，直到官寨被轰毁仍死死抱住不放。怪异的制度造成了怪异的人性。如果说，缺乏符合人性的真爱，使这个家族生命不断枯萎，那么，一代又一代的仇恨，就更像一条毒蛇，把这个家族缠绕至窒息。这个残暴的土司家族留下的罪孽毕竟太深重，"紫衣人"的出现，意味着当年被麦其土司杀害的人阴魂不散，仇恨，使他哥哥、这个家族的继承人倒在复仇人的刀下，最后，连被人们称为"有新脑子"，"能跟上时代"的傻子"我"，也被仇恨所毁，从而彻底断掉了土司制度的最后生机，显示了腐朽制度灭亡的不可逆转性。

小说中那位来到麦其土司宣传新教思想却被割掉了舌头的翁波意西喇嘛，最后成为土司历史破败的见证者，这位跟随在"傻子"身边的"书记官"，常以预言般的智慧，点明历史，启悟世人。他有一句话几乎成了阿来创作这部作品的最基本动机："历史就是从昨天知道今天和明天的学问。"

（原载《语文教学与研究》2008年第10期）

论《尘埃落定》的诗性特质

黄书泉

在世纪末的文坛上，长篇小说《尘埃落定》（人民文学出版社1998年3月第1版）是一个耀眼的亮点。它"充满灵动的诗意"的艺术魅力尤为读者所看重。独特的叙事方式与叙述风格构成了这部小说的诗性特质。尽管作者一再声称他"不属于任何文学流派"，不过，我们从《尘埃落定》中却看到了由巴赫金揭示的陀斯妥耶夫斯基小说的诗性质核，即"在叙事中对话，在对话中叙事"。但这不是技术性的横向移植，而是与在深邃神秘的藏汉文化背景下的作者原始/宗教艺术思维的契合天成。这样，《尘埃落定》以小说的方式参与了世界文化的对话，成为一部可以与由陀斯妥耶夫斯基奠定的现代主义文学异质同构的、"走向世界"的中国当代文学力作。

1."我是谁？"
——主人公兼叙述人与自我的对话

如果说《尘埃落定》采取的第一人称的叙述视角并不算新鲜，那么，"傻子二少爷"——主人公兼叙述人丰富复杂的内心活动则赋予了这部作品独特的对话性叙述方式。"我"是强大而富有的麦其土司家的二少爷，享受着至尊至贵的生活，却又是一位人人皆知的"傻子"；"我"追求一个"傻子"的尊严，渴望被尊重，却对爱我、尊重我等等必须围绕我而生存的人们的尊严进行戏弄；"我"是善良的，又是残酷的；"我"是受万人注目的，却又是无足轻重的；如果说"我"是一位"傻子"，在许多方面、许多场合，"我"却又表现出所有人都不具有的大智慧；如果说"我"是一位智者，在日常生活中却处处显出"傻相"；"我"是许多重大事件的参与者，却又始终是一位旁观者、局外人；"我"是土司家族新生活的创造者，却又是土司制度的牺牲品；"我"既是这个世界的宠儿，又是与这个世界格格不入的人；"我"既是历史与现实的见证者、未来的预言者，又始终是生活在梦中的人……总之，主人公"既傻又不傻的丰富性或多义性，乃至历史感或现实感，在中国当

• 153 •

代长篇小说的人物画廊里是绝无仅有的"①。这样，让"我"来作为小说的主人公和假定叙述人，以"我"的视角来看待外部世界和外部世界在内部世界的反应，以"我"的意识来倾听他者声音，首先在叙事中便构成了与自我的对话，即巴赫金从陀斯妥耶夫斯基小说中阐发的"内心独白中的对话"。②"我是谁？"便成为这种对话的基调。在小说里，"我"经常被置于这样的意象之中：

> ……我在早晨初醒时常常迷失自己不知身在何时何地。我要是贸然睁开双眼，脑子里定会叫强烈的霞光晃得空空荡荡，像只酒壶，里面除了叮叮咣咣的声音，什么也不会有了。我先动了一下身子，找到身上一个又一个部位，再向中心，向脑子小心靠近，提出问题：我在哪里？我是谁？（第205页）

"我是谁？"式的自我对话、自我拷问，实际上凸现了"傻子二少爷"与其身份、地位不相称、与外部世界相悖离，生活在历史与现实的边缘上的状态，和在他的身上"看来绝对不相同和不相容的东西令人惊讶地结合在一起"③的特质。这种状态和特质，既具有鲜明的社会指向性，正如阿来在谈到《尘埃落定》时所说的："在一种形态到另一种形态的过渡时期，社会总是显得很卑俗；从一种文明过渡到另一种文明，人心委琐而混沌。"④傻子二少爷身上便集中了"社会"和"文明"形态过渡时期的全部丰富性与复杂性；更是体现了现代主义诗学对人的存在的"无限敞开性"，对人性的深邃丰富的关注。在《地下室手记》里，陀斯妥耶夫斯基写道："一个聪明人决不会一本正经地把自己弄成任何性质确定的东西，只有傻瓜才干这种事。是的，在19世纪做一个人必须并且应当非常显然地成为没有个性的生物；一个有个性的人，一个性质确定的人显然是受限制的东西。"由此产生了陀氏小说中苦恼着主人公的那个伟大却没有解决的思想往往就是"我是谁？我是什么人？"主人公在社会、在他人那里得到了完全否定，因而希望通过分裂自我、制造自己的同貌人来重新获得自己的人格。"主人公们最为重要的一些自白式的自我表述，无处不贯穿着他们对于他人语言的紧张揣测，要考虑到他人对这种自我表述会说什么，对这种自白有何反应？"⑤在《尘埃落定》中，当傻子二少爷意识到"我知道自己什么时候应该显出是世界上最聪明的人，叫小瞧我的人大吃一惊。可是当他们害怕了，要把我当成个聪明人来对待的时候，我的行为立即就像个傻子"时（第124页），或自我审视："这样看来，我的傻不是减少，而是转移了。在这个方面不傻，却又在另一个方面傻了"时（第192页），"我是谁？"的追问便随之而来。这种陀斯妥耶夫斯基式的紧张的与自我对话，贯穿了主人公傻子二少爷的一生，因而也

---

① 周政保：《"落不定的尘埃"暂且落定——〈尘埃落定〉的意象化叙述方式》，《当代作家评论》1998年第4期。

② ［苏］巴赫金：《陀斯妥耶夫斯基诗学问题》，生活·读书·新知三联书店1988年版，第281页。

③ ［苏］巴赫金：《陀斯妥耶夫斯基诗学问题》，生活·读书·新知三联书店1988年版，第281页。

④ 阿来：《落不定的尘埃》，《小说选刊增刊》1997年第二辑。

⑤ ［苏］巴赫金：《陀斯妥耶夫斯基诗学问题》，读书·生活·新知三联书店1988年版，第282页。

贯穿在整部小说的叙述方式中。

据此，《尘埃落定》的叙事充满了"灵动的诗意"。在小说中，"全部现实生活成了主人公自我意识的一个因素"。[①] 所有发生的事件，关于外部世界的真相，土司家族由兴盛到衰亡的历史，种种人物的命运，都不是由主人公代替一个全知全能的作者作为叙事人从客观的视角讲述出来的，而是从自我意识中流出来的，从"傻子"的"混沌之语"中"显现"出来的，其中充满了多义性、不确定性、象征性、隐喻性的诗性特质。《尘埃落定》有着明确的社会指向性，但作者并没有让主人公来演绎自己的创作意图，不是讲述主人公，而是和主人公谈话。小说中始终是主人公的意识在驾驭着叙述人叙述，作者与人物各自保持独立性，并构成对话关系。小说用人物的直接引语描写自己，让主人公作为假设叙述人在自我意识中展开叙述，叙述者声音的凸出，把"我"作为叙述者从故事的旁观者推到了前台，使"我"的意识成为读者关注的对象。我们看到的不是他是谁，而是他经受了什么，做了什么，他如何认识自己。作者把他所有的观点和对主人公的描写、刻画、界定，都转移到主人公本人的视野里。最典型的例子也许是，小说中所叙述的其他土司家族向麦其土司家族发动进攻时的情形，完全是由"我"潜意识诱导的一声"开始了!"的叫喊显示出来的，这里的叙述视角不是作者（叙述人）看到了什么，而是"我"感觉到了什么。而"我"的这种突如其来的、语出惊人的感觉，使父亲认为"我"是一个"预言者""世界上最聪明的傻瓜"，从而引起"我是谁?"的紧张自我对话（第224页至第228页）。这样，与以往的小说不同，从《尘埃落定》这种在自我意识中叙事的叙述里，我们读到的不是一个由叙述人讲述出来的完整的、一切符合逻辑和规律的、脉络清楚的故事，更没有一个统一的情节结构框架和客观视角场景中的人与事，而是一组组的"主观镜头"，一段段思想的碎片、神秘的奇思异想、梦与潜意识；读到的不是主人公完整的人生经历和确定的行为和性格特征，而是"思想的形象"，是"思想的形象同这一思想的载体的人的形象"完全结合的"思想的人"。[②] 于是，读者在读小说时，不由自主地进入了"我"的自我意识和"交错出现的心理状态"，仿佛在与主人公对话，由"我"的幽深神秘的内心世界通道窥视外部世界真相。"我当了一辈子傻子，现在，我知道自己不是傻子，也不是聪明人，不过是在土司制度要完结的时候到这片奇异的土地上来走了一遭。""上天叫我看见，叫我听见，叫我置身其中，又叫我超然物外，上天是为了这个目的，才让我看起来像个傻子。"——《尘埃落定》的社会指向性和独特的叙述人与叙述视角，由此在自我对话的叙述方式中获得诗意的契合。

---

① ［苏］巴赫金：《陀斯妥耶夫斯基诗学问题》，生活·读书·新知三联书店1988年版，第83页。
② ［苏］巴赫金：《陀斯妥耶夫斯基诗学问题》，生活·读书·新知三联书店1988年版，第129页。

2."只要有人跟我说话，我就能思想了。"

——主人公兼叙述人与他者的对话

　　《尘埃落定》实际上是一部"傻子二少爷"的成长史、心灵史。在这一心路历程的显现中，主人公的思想成为艺术描写的对象。而思想是"超个人的、超主观的，它们的生存领域不是个人意识，而是不同意识之间的对话交流"，"恰恰是在不同声音、不同意识相互交往的联结上，思想才得以产生并开始生活"。①"我"与自我紧张的"内部对话"，实际上是以"我"与他者之间的对话为基础的。之所以产生"我是谁？"的追问，是因为他人的意识进入自我意识，"我眼中的我"总是以"别人眼中的我"为背景建构起来的。正如小说中"我"所说的："只要有人跟我说话，我就能思想了。"他人话语与自我意识的对话，是构成《尘埃落定》对话性叙事的本质。所谓"他人话语"，据巴赫金阐释，是指社会语言，一种"社会声音"，它们"有着众多的各自独立而不相融合的声音和意识，具有充分价值的不同质"②。在《尘埃落定》里，进入"我"的自我意识，与之构成对话性的他人话语有：父亲的话语、母亲的话语、哥哥的话语、情人的话语、仆人的话语、书记官的话语、管家的话语、汉人的话语等等。当它们作为一种"社会声音"，以历史的、现实的、家族的、政治的、文化的、地域的、人生的、人性的话语功能进入"我"的自我意识中时，小说的对话性在以下两个层面充分地展开：

　　一是关于"我"究竟傻还是聪明这一命题的对话。对"我"来说，这之所以"是一个吃不准的问题"，是因为在他人话语中，不同的人对此有不同的看法，同一个人在不同的时期有着不同的看法和在同一个时期有着两种截然相反的看法。而在更多的情形下，关于这一命题的对话则是在所指与能指之间游动的模糊性，充满了"暗辩性"与"潜对话"。如在第80页描写的一次父亲与"我"之间的对话，从中，我们读出了麦其土司对他称之为"最聪明的傻瓜"的儿子的复杂心态。他既是父亲，又是统治者，权力的移交者，他既不愿看到儿子傻，又希望他傻。作为父亲，他看到了儿子智慧的一面；作为统治者，他又看到了儿子在权力面前混沌未开的一面，而正是由于这傻的一面，使他不必担忧在自己两个儿子之间发生权力之争，他又乐于把儿子视为"傻子"，因此，当"我"与父亲话语构成对话关系时，对话便具有了"不同声音在每一内在因素中交锋"的双声语特征。

　　与此相反的是，书记官翁波意西的话语则与"我"的自我意识构成互补的对话关系。当土司家族成员都视"我"是"傻子"时，书记官却认为，"都说少爷是个傻子，可我要说你

---

①　［苏］巴赫金：《陀斯妥耶夫斯基诗学问题》，生活·读书·新知三联书店1988年版，第132页。

②　［苏］巴赫金：《陀斯妥耶夫斯基诗学问题》，生活·读书·新知三联书店1988年版，第135页。

是一个聪明人，因为傻才聪明"。像"我"一样以一个旁观者、见证者身份洞察人的本相、真实记载历史、预言未来的书记官实际上是"我"的思想意识中的另一半。

这样，在"傻还是聪明"的对话和暗辩中，我们看到的不仅仅是对一个人的评价，而是他人话语背后各自的立场、态度，一个个复杂的"个性命题"和相互之间的冲突与互补。因为"人作为一个完整的声音进入对话。他不仅以自己的思想，而且以自己的命运、自己全部个性参与对话"①。正是在对话中，作者显示、展开了人的全部丰富性、复杂性和性格的各个侧面。

二是关于历史与现实的对话。如前所述，小说中土司制度由兴到衰的历史与现实，不是由叙述人客观讲述出来的，而是被镶嵌在"我"的回忆和自我意识中。"我"作为局外人，以一个傻子的头脑去看待这个世界，反而廓清了遮蔽世界的雾障，看透事物的本质，看清别人未看到真相，直指人的内心。但是，"我"又是历史与现实的参与者、叙述者，当"我"参与、叙述历史与现实时，他人话语便进入自我意识，从而形成了关于历史与现实的两种不同话语的对话性。土司制度的兴盛与衰败、藏汉文化的冲突与互补、父亲的慈爱与冷酷、哥哥被权力支配的灵魂的强大与软弱、母亲冷漠背后的孤寂、土司之间的相互依存与钩心斗角、土司贵族们最初的梦想与最后的堕落、金钱与罪恶、亲情与权力、爱情与阴谋、战争与毁灭、历史与宿命、成功与失败、伟大与渺小、崇高与卑劣……小说里所有这些既相互依存又相互冲突、消解，充满"暗辩性"的方面，在他人话语与"我"的话语里有着两种完全不同的表述，构成了对话的对立性。所以，"我"被人视为"傻子"，"我"的话语被视为不合逻辑、不合时宜、不通事理。小说中经常出现的"我"的那些面对重大历史与现实事件时的"惊人之论"和奇思异想，充满了对他人话语中的历史与现实的戏谑、质疑与解构。而当"我"在父亲面前宣告，"要不了多久，土司就没有了"时，自我话语与他人话语的对立性便处于一种巴赫金称之的"临界期"。巴赫金在阐释陀斯妥耶夫斯基小说时，运用的这一概念，指的是在重大转折、更替前夕、危机的紧要关头，"主人公把达到极度紧张的自我意识讲出来，在同他人意识紧张的相互作用过程中用对话方式袒露心迹，展示自己。"②"凡是有东西腐烂的地方，都会有新的东西生长。"——《尘埃落定》整部作品始终处于这种"腐烂"与"生长"的临界期上，因而使"我"这一"思想形象"始终处于"不同声音、不同意识相互交往的联结点上"③。而随着"临界期"的发展，即卡尔维诺所说的"时间零"和"绝对时间"④，在历史与现实的话语上，自我话语与他人话语之间的对立、冲突也更加尖锐。在父亲决定逊位时期，哥哥处心积虑地追求权力，我却主动放弃，迷恋女人和爱情；在土司家族已被解放军的炮火摧毁，"我"本来可以获得新生，家族血统却使我走向复仇和毁灭。总之，在小说中，面对许多重大事件，在他人话语里，都存在着另一种可能、另一种

---

① ［苏］巴赫金：《诗学与访谈》，河北教育出版社1998年版，第387页。
② ［苏］巴赫金：《陀斯妥耶夫斯基诗学问题》，生活·读书·新知三联书店1988年版，第327页。
③ ［苏］巴赫金：《陀斯妥耶夫斯基诗学问题》，生活·读书·新知三联书店1988年版，第131页。
④ ［苏］巴赫金：《陀斯妥耶夫斯基诗学问题》，生活·读书·新知三联书店1988年版，第131页。

命运，而"我"常常作出的是出人意料的选择，从而改变了事件的走向。正是这种带有某种随意性、非必然性和充满悖论的选择，使主人公在关于历史与现实的对话、叙事中成为质疑者、批判者，也赋予了其悲剧的性格，从而使《尘埃落定》这部作品达到了一定的对社会历史概括的广度和人性开掘的深度。

从诗学角度来看，《尘埃落定》这种主人公兼叙述人与他人话语的对话性，赋予了作品双声语的叙述语式和复调小说的艺术风格。具体表现为：

（一）贯穿整个作品的"我"与他人的对话，始终交织着单义直接表达与多义曲折表达，完全叙述与不完全叙述、所知与所设，显对话与潜对话、语言的表层与深层，符号的现实指向性与思维指向性的复杂的双声语关系。在"我"与他人的对话中，常常是否定性内容通过肯定方式表达，肯定性内容通过否定方式表达，语言具有不及物性。他人话语中的"傻子"一词，在很多情况下，都不是所指，而是不同话语的"个性命题"的不完全叙述。而读者只有解读"我"的"混沌之语"的"后设命题"，才能将其还原为一个"文化亡灵"对历史与现实真实的"内心独白"。与此相应，小说语言简洁、轻巧，含蓄而不晦涩，具有相互对应的动感和诗意的流畅性。叙事语言的简洁、干净、环境描写的白描化，人物对话的口语化、多义性，既显示了海明威式的"冰山风格"，也体现了对话性小说音乐对位的复调语言魅力。

（二）序列的不完全叙述造成了双故事。

小说中"我"既是作为故事叙述人，又是一个"思想形象"的主人公，从表面上看，"我"所叙述的都是所见、所闻、所历、所感，具有实在性，但当这一切都汇入了"我"的自我意识，小说中叙述的现实生活成了"我"的"自我意识的材料"，许多情节性转述便显得扑朔迷离、逻辑混乱、支离破碎、前后颠倒、时空跨度大，体现了复调小说的特征："许多价值相等的主人公意识，作为某一他人意识而非客体，以对位形式，不相混合地结合在某一统一事件中。"[①] 于是，"我"所叙述的故事系列里就包含着双故事：一个麦其土司家族由兴盛到衰亡的故事和一个"我"的自我意识成长蜕变发展的故事。如"我"外出巡游一章讲的似乎是"我"如何第一个将御敌堡垒变成贸易场所，开发了边境市场，给麦其家族带来滚滚财源的故事；与此同时，我们从"我"的叙述中看到了"我"的自我意识成长的故事：当我在家时，"我"是个"傻子"，而当"我"独自在外时，"我"长大了。

小说叙事结构上呈现以意象或命题作为单纯的序列之间的联系，目的是多角度去变换对话命题。这从小说一些章节的题目就可以见出，如"回家""奇迹""女人""快与慢""命运与爱情"等，有的是以具体事物、人物、单纯的事体命名，有的则是以一种抽象的命题命名。联结小说章节之间的不是贯彻始终的逻辑线索，而是"我"与他人对话性的"个性命题"，结构在这里不是指向故事，而是指向主人公兼叙述人的自我意识，结构本身具有对话性与音乐复调特征。所以，《尘埃落定》在结构上给人的印象是松散的，作者用一

---

① ［苏］巴赫金：《陀斯妥耶夫斯基诗学问题》，生活·读书·新知三联书店1988年版。

种自然天成、信手拈来、生活化、散文化的叙述结构将处于对话关系中的主人公"交错出现的心理状态"直接呈现在读者面前。

3."你睡着之后，没有一点傻相，一醒过来，倒有点傻样了。"
——原始与宗教的艺术思维

阿来无意以自己的小说来演绎外国的文学理念和对西方现代派文学作技术性的横移，而是凭借着自己汉藏混血者的特殊气质和多种文化语言混合生成的特殊思维，进行独特的小说探索和追求，从而与陀斯妥耶夫斯基式的现代小说诗学不期而遇，自然契合。在阐述陀斯妥耶夫斯基小说的对话性时，巴赫金指出：对话关系具有深刻的特殊性。不可把它归于逻辑关系、语言学关系、心理学关系、机械关系或任何别的自然界的关系。这是一种特殊类型的涵义关系。构成这一关系的成分只能是完整的表述，或者（被视作整体，或潜在的整体），而在这些完整表述背后有着实际的或潜在的主体——表述的作者①。同样的，在《尘埃落定》对话性的背后，则站着一位作者，他运用建立在深邃神秘的文化背景基础上的原始/宗教艺术思维，建构了自己的小说世界，表达了自己的小说理想。

阿来在一次回答记者采访时，说过一段很有意味的话："如果小说拍成电影，自己可以扮演老土司、傻瓜儿子、被割去舌头的书记官中的一个角色，因为这几个形象反映了自己性格中的不同侧面。"② 这其实也可以作为作者创作这部小说的原始/宗教艺术思维的注脚：正是傻子"混沌之语"的原始思维与书记官"智慧之语"的宗教思维的互补，辩证地构成了作者的艺术思维。作者不仅让他笔下人物之间构成对话关系，本身也以自己的思维和小说的主人公思维保持对话关系。"我"的混沌未开、不谙世事、本真状态、直觉感悟，等等，都具有原始思维的特征，用女仆卓玛的话来说："你睡着之后，没有一点傻相，一醒过来，倒有点傻样了。"小说中"我"的许多奇思怪想，奇言怪行，包括他人很难参透的事物，"我"却能直指本质；对别人来说十分复杂的问题，"我"能够将其简单化，都是"我"的原始思维的产物，也是作者原始艺术思维的结晶，从中可以看到华夏文化的原始——艺术思维特征：老庄的"得其环中，超以象外"的圆形思维，汤显祖所描述的"自然灵气，恍惚而来，不思而至，怪怪奇奇，莫可名状"的无意识本真状态，李贽描述贾宝玉的"真心""真人"，等等。而另一方面，书记官翁波意西宗教预言般的"智慧之语"，不仅如前所述，在对话关系上与"我"构成互补，而且在艺术思维上丰富了作者的思维。宗教的超验语境使小说将人之言说放在一个向可能性无限敞开的空间之中，在击破了确定性同时追问永恒的确定

---

① ［苏］巴赫金：《文本·对话与人文》，白春仁等译，河北教育出版社1998年版，第333页。
② 见《成都商报》2000年10月20日"文化新闻版"。

性，在排却了虚妄可靠性同时寻求绝对可靠性。这种宗教艺术思维显然得之于作者丰厚的藏族文化背景。

当我们从阿来的《尘埃落定》中发现了陀斯妥耶夫斯基式的对话性、双声语叙述方式和复调小说特征时，就不会惊异于这样两个有着完全不同的时代、民族、文化背景与传统的作家，为什么在叙述方式和诗性特质上有着如此惊人的一致？答案就是：人类艺术思维是相通的，汉藏结合的丰厚的文化底蕴孕育、产生了作者与陀氏一样的原始/宗教艺术思维，从而使他的作品具有陀氏小说一样的对话的诗意。"只有那具有宗教感的眼睛才深入了解真正美的王国"。[①] 对话，不仅指文学诗学，同时是一种文化的对接。阿来以自己建立在独特东方文化背景基础上的独特艺术思维，参与了与世界文化的对话。这是我们从《尘埃落定》对话的诗意中获得的另一种启示。

（原载《文学评论》2002年第2期）

---

① ［德］费希特：《人的使命》，梁志学等译，商务印书馆1982年版，第138页。

像蝴蝶一样飞舞的绣花碎片

——评《尘埃落定》

李建军

阿来的这部长篇小说，确实是一部值得研究的作品。无论从题材内容，还是从修辞技巧看，《尘埃落定》都有许多让人觉得新鲜和特别的地方。他叙写的是不少读者知之甚少又颇为好奇的人和事，具体地说，是发生在中国的边鄙之地的一群藏族土司之间的奇特故事。在这部小说中，我们可以感受到作者的精神气质和文学追求。他自觉地追求语言的诗性效果，善于用充满诗意情调的语言渲染氛围，抒情状物。有时，他甚至有能力把诗意转化为画境。小说一开始描写野画眉在雪中叫唤以及母亲在铜盆中洗手的情景，就仿佛一幅色彩明艳、生动逼真的风景画，读过的人，谁能忘得掉呢？还有，他的某些比喻修辞，也显示出颇为不俗的连类取譬的想像力，如："太阳当顶了，影子像个小偷一样蜷在脚前，不肯把身子舒展一点。"[①]阿来还是一个能心照神交地对天地万物进行观察和体味的人，这一点我们从他的这部长篇小说中的大量的景物描写中可以看出来。他对柔软、冰凉、气味、声音、颜色，都有极为灵敏、精微的感受力。

然而，如果用严格的尺度来衡量，我们会发现，这部小说确实存在着不少令人无法讳掩的问题和残缺。在我看来，冷静地考察这些问题，客观地分析这些残缺，是一件值得去做的事情，因为，这样的工作不仅有助于人们全面地认识一部作品，有助于人们克服随便就把一部作品封为"经典"的盲目冲动，而且还有助于作家更准确地进行自我认识，从而获得对于写作来讲至关重要的精神成熟和内在自觉。

失败的不可靠叙述者

不可靠叙述者，按我的界定，就是指那些在智力、道德、人格上存在严重问题和缺陷的叙述者。从这样的叙述者角度展开的叙述，通常具有混乱和不可靠的性质。叙述者只是从

---

① 《阿来文集·尘埃落定》，人民文学出版社2001年版，第287页。以下引文出自此书者，只在引文后注明页码。

自己的角度，以无序或有序的方式，叙述自己的破碎、零乱的内在心象（我们从白痴型的叙述者那里可以看到这样的情形），或者叙述自己的混乱的道德生活（我们从伯吉斯的《发条橙》、纳博科夫的《洛丽塔》那里可以看到这种状况）。小说家运用不可靠叙述者的目的，正像戴维·洛奇揭示的那样，"是想以某种诙谐的方式展现表相与现实之间的差距，揭露人类是如何歪曲或掩瞒事实的"[1]。事实上，要达到这样的目的并不容易，因为，运用不可靠叙述者是一种很有难度的修辞技巧：小说家巧妙地利用不可靠叙述者传达出来的信息，最终要像利用可靠叙述者传达出的信息一样妥当、可靠。君特·格拉斯在《铁皮鼓》中是利用作者的叙述支持奥斯卡的叙述来获得这一效果的，而在《喧哗与骚动》中，福克纳则是先从三个人物的视点叙述，最后由自己从全知视点叙述来获得这一效果的。

《尘埃落定》中的叙述者显然也是一个不可靠叙述者，但是，阿来对这个叙述者的修辞处理是失败的。运用不可靠叙述者这一技巧最难的，是如何实现从不可靠到可靠的连接和转化。如果叙述者纯粹是一个白痴或傻子，那他是不可能提供任何可靠的判断的。那么，怎么办？只有通过作者利用可靠的修辞手法来解决问题，用卢伯克的话来说，"正是作者健全的心智必须来弥补这个缺陷"[2]。阿来想用含混的办法来解决问题，也就是说，他既想赋予"我"这个叙述者以"不可靠"的心智状况，又想让他成为"可靠"的富有洞察力和预见能力的智者。作者虽然在"我"到底傻还是聪明这个问题上卖了很多关子，花了很大力气，但是，除了把问题弄得更复杂，除了给人留下别扭和虚假的印象，似乎没有带来什么积极的修辞效果。当然，在一个人身上同时体现出痴与智这两种极端的状态也不是没有可能，如果作家将人物放在一个纯粹的寓言结构里，他有权利有自由把人物写成这个样子。问题是阿来并没有这样的想法，相反，他倒试图在客观真实的意义上同时写出"我"的傻与聪明。作者曾在好几个地方假"我"之口告诉人们，"我"的傻是一个客观事实："土司醉酒后有了我，所以我就只好心甘情愿当一个傻子。"（第4页）作者还通过对"我"的恋乳癖行为的叙写，来暗示读者相信"我"确实是一个心智尚处于童蒙状态的傻子。那么，"我"到底傻还是不傻？这个问题，"我"自己搞不清楚，小说中的其他人物也搞不清楚。"我往楼下走，他（父亲）跟在我的身后，要我老老实实地告诉他，我到底是个聪明人还是个傻子。我回过头来对他笑了一下。我很高兴自己能对他笑上这么一下。他应该非常珍视我给他的这个笑容。"（第300页）奇怪的是，作者让所有人都对"我"是傻还是聪明这个问题感兴趣，却又让小说里的人物永远也不能确知"我"到底是哪一种人。跟"我"接触最多的管家说："要我说老实话，你也许是个傻子，也许您就是天下最聪明的人。"（第193页）这实在是不必要的疑问，因为"我"已经在管家面前充分地显示出了远比哥哥旦真贡布要高的聪明和智慧。更让人无法理解的是，"我"经常公开对人讲："我只不过是个傻子。"（第261页）但同时，"我"又知道自己是个聪明人，知道"麦子有着比枪炮还大的威力"（第192页），知

①　[英]戴维·洛奇：《小说的艺术》，王峻岩译，作家出版社1998年版，第170页。
②　见《小说美学经典三种》，方土人、罗婉华译，上海文艺出版社1990年版，第63页。

道"在有土司以来的历史上,第一个把御敌的堡垒变成市场的人是我"(第251页),还得意扬扬地说"一个傻子怎么可能同时是新生事物的缔造者"(第267页),希望"书记官"对此"会有一些深刻的说法",能将自己的业绩载入史册。总之,阿来对"我"的心智状况的含混处理,至少造成这样一些消极后果:导致人物形象的分裂和虚假;显得矫揉造作,令人生厌;不利于形成强烈的真实性效果和深刻的主题效果;造成叙述的混乱。

是的,读者很难把"我"这样一个在许多方面都处于极端分裂和对立状态的角色,想像成一个真正意义上的文学形象。像"我"这样一个"傻子",一个只认识"三五个"藏文字母的人(第157页),不管怎么讲,都不会是一个文化旨趣很高的人,但是,在作者的笔下,在"我"的叙述中,"我"却既是一个诗人,又是一个哲人。"我"像一个诗人一样,仰观俯察,流连光景:"站在独木楼梯上,我看到下面的大片田野,是秋天了,大群的野鸽子在盘旋飞翔。我们这时是在这些飞翔着的鸽群的上边。看到河流到了很远的天边。"(第87页)"和风吹拂着牧场。白色的草莓花细碎,鲜亮,从我们面前开向四面八方。间或出现一朵两朵黄色蒲公英更是明亮照眼。浓绿欲滴的树林里传来布谷鸟叫。一声,一声,又是一声。一声比一声明亮,一声比一声悠长。我们的人,都躺在草地上,学起布谷鸟叫来了。"(第194页)这样的矫情而多余的描写,实在并不高明。它除了让人怀疑如此描写的必要性与合理性,怀疑"我"如此有雅人深致的可能性与真实性之外,并没有给读者带来真正的诗意享受。不仅如此,阿来还极不真实地把"我"写成一个笛卡儿和帕斯卡尔式的哲人,让他絮絮叨叨地把"我是谁""我在哪里"这样的存在主义问题挂在嘴上,让"我"不着边际、信口开河地乱发议论:"这个世界上就是有奇迹出现,也从来不是百姓的奇迹。这种疯狂就像跟女人睡觉一样,高潮的到来,也就是结束。激动,高昂,狂奔,最后,瘫在那里,像叫雨水打湿的一团泥巴。"(第286~287页)说实在的,让一个"傻子",让一个不可靠叙述者谈论过于高深严肃的问题,无论怎么讲,都很难给人一种真实可信的感觉。

然而,阿来对"我"这个不可靠叙述者的心智状况的含混处理带来的最为严重的消极后果还不是这些,而是叙述上的混乱。阿来没有严格地把叙述限制在"我"的叙述域限里,换句话说,他应该让人物叙述他能叙述的,而不是把一些不可靠叙述者压根不可感知到和体验到的生活内容,也交给"我"来叙述。"我"在小说中说过这样一句话:"用一个傻子的脑袋来回忆一个聪明人所布置的事情,真是太辛苦了。"(第54页)而让一个"傻子"型的不可靠叙述者完全承担所有的叙述任务,则不仅会让他"辛苦",那简直是要压垮他哩。但阿来似乎不大顾及"我"的死活,把该自己干的活,派给了一个需要帮助的残疾人。他把限知性叙述变成了全知性叙述,把不可靠叙述者变成了超视超知的可靠叙述者。这样,他不仅在文本内导致了叙述的混乱,而且还让"我"这个可怜人出了丑。作者给了人物这样的特权:"是的,好多事情虽然不是发生在眼前,但我还是能看见。"(第323页)可是,谁会相信呢?"我"竟然能感知到父亲的"痛楚"和内心活动:"他感到一阵几乎是绝望的痛楚,仿佛看到珍贵种子四散开去,在别人的土地上开出了无边无际的花朵。"(第121页)父子之间,血脉相通,也许真的能够心有灵犀心心相印,因此,我们权当这样的叙述是真实的。但是，作者让"我"叙述父亲与查查头人的妻子在罂粟地里幽会的情景（第49页），叙述"我"的妻子塔娜与哥哥旦真贡布在一起乱搞的情景（第309~318页），则无论如何是不真实的，不可信的。然而，类似这样的叙述，不可靠叙述者根本不可能知道的内容的文字，在这部小说中，随处可见。而最令人不解的是，在"我"这个几乎一字不识的"傻子"的叙述中，竟然出现了这样的句子："这是麦其土司领土上出现的第一家酒馆，所以，有必要写在这里。我听人说过，历史就是由好多第一个第一次组成的。"（第271页）嗨，嗨，那是谁在说话呢？唉，是作者。作者一不小心，终于赤裸裸地把自己的话说出来了。还有什么话好说呢？事情明摆着，正是因为作者想借人物之口来说自己的话，才使得"我"这个人物成为一个复杂而又混乱的角色。作者奴役着人物。作者的声音，淹没了人物的声音；而作者声音的这种失败的介入，不仅没有用"健全的心智"，"弥补"不可靠叙述者留下的"缺陷"，反而使这种"缺陷"更为严重。"我"不仅被剥夺了做一个单纯的"傻子"的权利，还要为作者的"聪明"担负责任，岂不冤哉！岂不冤哉！一位美国批评家在评价海明威的时候说："在积极的方面，他教美国作家客观与诚实之可贵，清除文字里的感伤性、堆砌铺张，与一种浮面的巧妙。"[①]阿来在《尘埃落定》中对不可靠叙述者的过于随意的利用，说穿了，只不过是一种"浮面的巧妙"，而缺乏基于对人物充分了解和尊重的客观性。他像佛克玛所批评的那种写作一样，用"假设的诗学手法"来解决对小说写作来讲至关重要的叙述方式问题。佛克玛批评某些"现代主义"写作者"对人物缺了解时，就会求助于丰富而复杂的假设"，并"用假设来填补他知识的缺口"；"现代主义在创作文学文本方面最重要的惯例，是选用表现不确定性和暂时性的假设性建构"[②]"假设性原则"也是阿来写作《尘埃落定》的"最重要的惯例"，再加上作者在文本领域内的"暴政"和"专制"，人物的虚假和苍白，叙述的混乱和糟糕，几乎就是难以避免的。因此，一个需要强调的简单的原则就是，作者必须限制自己的权力，必须意识到在自己和人物之间有一道不允许随意跨越的界限，换句话说，作者必须充分尊重自己笔下的人物，充分地了解人物，把握他的个体规定性和丰富的心理内涵，只有这样，他才能写出有尊严有生命的人，而不是被奴役、无个性的苍白的符号。

随风飘转的绣花碎片

现在来谈这部小说的语言。

阿来是诗人。但是，在诗人与小说家之间画等号并不那么容易，因为写诗与写小说不是一回事。诗的语言也未必一定是理想的小说语言。事实上，诗人写小说，要克服的第一个困难，就是必须遏抑自己试图用写诗的抒情化方式进行主观化叙述的冲动和倾向。巴赫金在研

① ［美］威廉·范·俄康纳编：《美国现代七大小说家》，张爱玲等译，生活·读书·新知三联书店1988年版，第227~228页。
② ［美］马泰·卡林内斯库：《现代性的五副面孔》，顾爱彬、李瑞华译，商务印书馆2002年版，第326页。

究小说中的话语构成和主体关系的时候，通过对不同文学体式的比较，揭示了这样一个规律，即体现作者与人物平等关系的杂语性和对话性乃是小说修辞特有的一种性质。他认为，在诗歌中，一种完整统一的说话者的个人特点，是风格必备的前提，但在小说中，尤其是在长篇小说中，则不要求这些条件，而是要求语言的内在分野，否则，就会"以小说家的个性语言来偷换小说的风格，就会把问题弄得加倍地不清；这样做就歪曲了小说修辞的真正本质"①。换句话说，小说修辞的本质，就是不让人物和作者处于一种互相奴役的状态，尤其要避免作者以极度主观和任性的方式主宰人物，把自己的语言强加给人物。这样说来，诗人的"完整统一的个人特点"，即主观性极强的抒情性语言，就成了不利于实现小说修辞目的的一个障碍，是必须努力克服的。

然而，《尘埃落定》的语言，就是一种具有"统一的个人特点"的语言，换句话说，就是作者自己的语言。小说中的人物都讲着一样风格的语言。几乎每一个人物说出的话，都不像人们在日常情境中所讲的平常话，而是带着书卷气和哲理色彩的。所有人的语言，都烙着作者话语风格的徽章。他们是作者话语的传达者，而不是自己话语的言说者。人物与人物之间、人物与作者之间的话语的"内在分野"不复存在。于是，人物的个性和生命，亦不复存在。

是的，《尘埃落定》就是一个由作者一人的话语疯狂独舞的舞场。在这部小说中，由作者主宰的话语，具有这样的语言风格：华丽，缠绕，充满感叹和忧伤的抒情色彩，同时，又显得复沓，飘游，散乱，破碎，仿佛随风飘转的绣花碎片，忽忽悠悠，落不下来。总之，一句话，阿来这部小说的语言，缺乏概括力，缺乏准确性，缺乏必要的朴素、自然与质实。

《尘埃落定》在语言上的第一个问题是啰唆，不够简洁、省净，用许多话重复说一件事，而这种重复并不具有积极的修辞效果，而是反映着作者叙述时的随意而主观的语言倾向。

> 后来，是我父亲而不是叔叔做了麦其土司。这样一来，寺院自然就要十分地寂寞了。父亲按照正常的秩序继位作了土司，之后，就在家里扩建经营……（第20页）

很显然，加点的字都属于多余的重复，完全可以删去。

> 行刑人知道大少爷英雄惜英雄，不想这人多吃苦，手起刀落，利利索索，那头就碌碌地滚到地上了。通常砍掉的人头都是脸朝下，啃一口泥巴在嘴里。这个头没有，他的脸向着天空。眼睛闪闪发光，嘴角还有点含讥带讽的微笑。我觉得那是胜利者的微笑。不等我把这一切看清楚，人头就用红布包起来，上了马背一阵风似的往远处去了。而我总觉得那笑容里有什么东西。（第124～125页）

在这段文字中，"利利索索"在"手起刀落"之后可有可无，删之亦可；"通常砍

---

① ［苏］巴赫金：《巴赫金全集》（第三卷），白春仁等译，河北教育出版社1998年版，第43页。

掉……"一句则显得过于绝对、不真实，属于零信息表达，当删；"不等我把这一切看清楚"与前文叙述矛盾，因为，"我"已经把死者的表情和神态看得很清楚了；最后一句，也是蛇足马角，因为读者已经知道那"笑容里"有"含讥带讽"的"胜利者的微笑"。

> 广场右边是几根拴马桩，广场左边就立着行刑柱。行刑柱立在那里，除了它的实际用途以外，更是土司权威的象征。行刑柱是一根坚实木头，顶端是一只漏斗用来盛放毒虫，有几种罪（？）要绑在柱子上放毒虫咬。漏斗下面是一道铁箍，可以用锁从后面打开（？），用来固定犯人的颈项。铁箍下面，行刑柱长出了两只平举的手臂，加上上面那个漏斗，远远看去，行刑柱像是竖在地里吓唬鸟儿的草人，加强了我们官寨四周田园风光的味道。其实那是穿过行刑柱的一根铁棒，要叫犯人把手举起来后不再放下。有人说，这是叫受刑人摆出向着天堂飞翔的姿态。靠近地面的地方是两个铁环，用来固定脚踝。行刑柱的周围还有些东西：闪着金属光泽的大圆石头，空心杉木挖成的槽子，加上一些更小更零碎的东西，构成了一个奇特的景致，行刑柱则是这一景观的中心。（第122~123页）

在这一段文字中，"行刑柱"竟然出现了七八次，至少有五六次是多余的。另外，加点的句子似乎都可以删掉。其中"有人说，这是叫……"一句显得虚妄不实，而最后一句则完全是赘疣式的啰唆，因为引领这一句的"行刑柱周围"一语同"行刑柱则是这一景观的中心"是一样的意思。事实上，对一个善于用简洁的语言描写和叙述的作家来讲，顶多用现在这段文字一半的长度，就可以解决问题。

> 头上的蓝天很高，很空，里面什么都没有。地上也是一望无际开阔的绿色。南边是幽深的群山，北边是空旷的草原。（第223页）

已经有了"很空"，"里面什么都没有"就显得多余；已经说它"一望无际"，紧接着的"开阔"就显得叠床架屋。

《尘埃落定》语言上的第二个病象，是逻辑不通或晦涩难懂。例如：

> 我们是在中午的太阳下面还要靠东一点的地方。（第19页）

那么，"我们"到底在哪儿呢？不知道。

> 他想对我们笑笑，但掩饰不住的恼怒神情的笑容变得要多难看有多难看。（第45页）

这种笑容也许真的很"难看"，但是，我想象不出来。

> 他认为时间加快，并不是太阳加快了在天上的步伐，要是用日出日落来衡定时间的话……（第348页）

这句话的意思实在令人费解。那么"时间加快"到底是不是"太阳加快了在天上的步伐"？如果不用"日出日落来衡量时间"，答案就是肯定的？

> 塔娜也笑了，说："漂亮是看得见的，就像世界上有了聪明人，被别人看成傻子的人就看不到前途一样。"（第280页）

"就像"前边和后边的两个句子必须具有联属性和可参比性，而且，一般来讲，必须在肯定或否定的语气上是一致的，这样才能使"就像"前边的陈述得到后边的陈述的支持。塔娜说的这两句话之间，根本就没有"就像"的联属关系，就像林冲和林黛玉没有血缘关系一样，就像张飞和张曼玉不是生活在一个时代一样。

阿来这部长篇小说的第三个语言病象是语法不通的地方太多。我知道，人们倾向于从语法上给作家更大的自由空间，但是，在我看来，自由是有边界的，而"语法"则意味着"法"，意味着"规范"，任何自由，都应该是规范内的自由，随意越出规范，就只能叫它任性，就必然要引致语法上的错误。

> 她本来是一个百姓的女儿，那么她非常自然地就是一个百姓了。作为百姓，土司只能通过头人向她索贡支差。（第14页）

"作为百姓"置于"土司"之前，就意味着"土司"是"百姓"，而"土司"其实并不是"百姓"。前边的句号改逗号，"作为百姓"一语删除，句子就通了。另外一个加点的句子，也属多余的表达。

> 土司太太说："是鬼吗？我看，个把个你们没镇住的冤鬼还是有的。"（第18页）

"个把"后边不加量词，带点的"个"字可删。

> 我们的人们就在地里喊着口号……（第27页）

"我们的人"可以表达复数概念，添一"们"倒显不通。同样"一天红色汉人们把土司的消息传递给我"（第418页）中的带点的"们"字，亦属多余。

> 莒贡女土司上台后，却没有一个哪个上门女婿能叫她们生出半个男人来。（第200页）

汉语里没有在"哪个"之前加"一个"的语法习惯,可以删掉。

> 虽然我鼻子里又满是女人身子的撩人的气息,但我还是要说,虽然要我立即从要说的事情本身说起是困难的。(第348页)

加点的"虽然"用错了,改为"尽管"或"即使"。

有必要指出的是,阿来的这些语法病象绝不是个别的,而是大量地见之于他的这部长篇小说之中。

《尘埃落定》的第四个语言病象是夸饰过度和"套板反应"性质的描写和形容太多。刘勰在《文心雕龙》中说:"神道难摹,精言不能追其极;形器易写,壮辞可得喻其真……故自天地以降,豫入声貌,文辞所被,夸饰恒存。"刘勰并不反对"夸饰",但是他反对"诡滥"的夸饰,在他看来,"饰穷其要,则心声锋起,夸过其理,则名实两乖",因此,好的选择就是"夸而有节,饰而不诬"。他讲的没错,但阿来做得不好。阿来在《尘埃落定》中的许多夸饰缺乏的就是"节制",而他的一些描写则显得用心不够,过多地用那些人们常见的毫无新意的俗语套话来形容描写对象,从而陷入一种消极的"套板反应"模式中。

> 天哪,我马上就要和世上最美丽的姑娘见面了!
>
> 麦其家二少爷的心猛烈地跳动了。一下,又一下,在肋骨下面撞击着,那么有力,把我自己撞痛了。可这是多么叫人幸福的痛楚呀!(第217页)
>
> 刚一落地,我们的嘴唇就贴在了一起。这回,我们都想接吻了。我闭上眼睛,感到两张嘴唇间,呵护着一团灼热而明亮的火焰。这团火把我们两个都烧得滚烫,呻吟起来。(第261页)

这样的缺乏节制的夸张,正像龙应台在批评无名氏的三本爱情小说时所说的那样,"在讲究收敛和淡薄的现代尺度上,却显得'浓得化不开',令人浑身不自在"[①]。"我们两个都烧得浑身滚烫",但却让读者不寒而栗。

阿来是一个喜欢在小说中写声音之宏大和女人之美丽的作家,但是,遗憾的是,他的描写总是显得那么缺乏新意和力量。他是这样写声音的:

> 从如雷声滚动的欢呼声里……(第276页)
> 人群立即发出了浩大的惊叹声。(第278页)
> 在广场上,我受到了百姓们的热烈欢呼。(第282页)
> 春雷一样的声音先是从北方茸贡土司的边界上传来……(第406页)

---

① 《龙应台评小说》,作家出版社1988年版,第87页。

炮在东方和北方两个方向，春雷一样隆隆地响着。（第406页）

回到自己的屋子，上床的时候，楼下又响起了惊心动魄的泼水声。（第321页）

要命的是，阿来竟然一连四次用"惊心动魄"这个词来形容泼水声（第318～312页）。我们再来看看阿来是怎样形容女人的美丽的：

我再一次发出号令，两个小厮和塔娜那两个美艳的侍女进来……（第278页）

塔娜把她一张灿烂的笑脸转向了麦其土司。（第279页）

父亲笑了，对我说："你妻子的美貌举世无双。"（第321页）

而比这更重要的是，我得到了一个绝色美女做妻子。（第263页）

阿来在形容水声和女人的美貌的时候，缺乏创造性，未能利用新鲜、朴素、节制的语言，形成耐人回味的修辞效果。他的夸饰显得虚张声势，而他的"套板反应"修辞则给人一种味同嚼蜡的感觉。福特说海明威作品中的"每一个字都打击你，仿佛它们是新从河里捞出来的石子"。确实，正像菲力浦·扬所评价的那样，海明威"往往只用短而普通的字，用得极经济，又用得异样地新鲜"，而获得的效果是"干脆、洁净、清晰，与一种谨严的工整"[1]。好的小说语言，就应该是这样的语言。

总之，《尘埃落定》的语言，主观性太强，也许不乏诗意，但似乎并不是成功的小说语言；它实在太空、太飘、太碎、太绕，缺乏抵进人物内心世界的力量，不能在作者与人物之间建立一种平等的积极的话语关系，不能在作者与读者、读者与人物之间营构一种理想的精神交流情境。"……好多丝织的绣花的东西都剪碎了，门窗洞开着，一股风吹来，那些碎片就像蝴蝶在屋子里飞舞起来。风一过，落在地上，又成闪着金属光泽的碎片，代表着一个女人仇恨的碎片。"（第402～403页）飞舞的绣花碎片，《尘埃落定》语言风格的极为传神的象征形态。对于阿来来讲，通过艰难的修辞努力，把这些"碎片"联结成一个整体，并赋予它以生命和活力，是一项具有挑战性的工作。但是，不管多么艰难，他必须努力完成这项工作，否则，即使他给每一块"碎片"都绣上花，那也不能让它像蝴蝶一样飞舞起来。

主人、下人与女人

我有一个固执的看法，那就是，我们可以根据一部作品如何叙写女人和底层人，来判定它的作者是不是伟大的作家，换句话说，在我看来，一个伟大的作家，必然是一个对女性怀有敬意，对底层的弱者和不幸者，怀有同情心和怜悯心的人。然而，遗憾的是，我从《尘埃

---

① ［美］威廉·范·俄康纳编：《美国现代七大小说家》，张爱玲等译，生活·读书·新知三联书店1988年版，第228页。

落定》中没有看到这种令人满意的叙写。这部小说对"下人"的态度是傲慢的，对"女人"的态度是侮慢的。作者的叙述态度超然而冷漠。他似乎并不爱他叙写的任何一个人物，因为我们没有从他的叙述中读到对于写作来讲至关重要的热情。他笔下的人物的情感也是怪异的、病态的。爱伦堡说契诃夫"连无人性都能人性地表达出来"①，但阿来却把人写得不怎么像人，不像正常的人那样真实、可信、亲切。这样，《尘埃落定》就像阿诺德在批评《包法利夫人》时所说的那样，"成了描写僵化的感情的作品；全书笼罩着一种怨愤、嘲讽、无可奈何的气氛；其中没有一个人物使我们感到欢欣慰藉；创造这种人物所需的清新和感情的泉源在这里并不存在"②。虽然现代主义的写作故意蔑视宗教关怀和人道主义热诚，刻意追求一种超然物外、不动感情的"零度叙述"效果，但是，一个简单的事实是，没有热情，没有对于人的朴素而热烈的爱，一个作家永远不可能真正地了解人，不可能完整而真实地写好人，更为严重的后果是，他常常会丧失对于高贵与卑贱、正义与邪恶、美好与丑陋的感受能力与分辨能力，从而使自己的写作成为缺乏可靠的人道原则和可靠的道德立场的消极写作。让我们通过具体考察，看看阿来在《尘埃落定》中叙写"主人"与"下人"、"主人"与"女人"的关系时存在着什么样的问题。

在《尘埃落定》中，"贵族"和"下人"的身份差异和等级序列，被叙述者强调到一种令人无法理解的程度。这种强调，在"我"的叙述中，是贯穿始终的，也是令人不快的。"我"津津乐道地炫耀自己的贵族身份，不可思议地渲染自己的优越感，而对"下人"和底层人，则显示出轻蔑和侮慢的嘲笑态度。

"我"在小说一开始就像写诗一样告诉读者："我是个傻子。/我的父亲是皇帝册封的辖制数万人众的土司。/ 所以，侍女不来给我穿衣服，我就会大声叫嚷。"（第4页）土司的儿子可以骄纵地享受贵族的尊严，"下人"却只能咀嚼卑贱的"委屈"："今天，下人们也打扮了，但衣服和他们的脸孔一样，永远不会有鲜亮的颜色。卓玛和这些人走在一起，我觉得着实是委屈她了。"（第22页）而卓玛这个"下人"的女儿，也显得很"委屈"："她看我的眼光里，也充满了哀伤。"（第23页）在"我"的叙述中，"生来高贵的人"无论走到哪里，都会受到生来低贱的"下人"的追随和膜拜。"我"每经过一个地方，"下人们"就会"组成一支越来越壮大的队伍"，"逶迤在我身后，没有人想超过他们的主子到前面去。我每一次回头，都有壮实的男人脱帽致礼，都有漂亮的姑娘做出灿烂的表情。啊，当一个土司，一块小小土地上的王者是多么好啊。要不是我只是父亲酒后的儿子，这一刻，准会起弑父的念头"。（第23页）而"下人们"也实在是贱得可以，"我"说要喝水，好几个男人立即"一溜小跑，脚后带起一股烟尘，在我的马前跪下，从怀里掏出了各种各样的酒具。卓玛把那些不洁的酒具一一挡开。那些被拒绝的人难过得就像家里死了亲人一样"。（第23页）夸张而做作的叙述，炫示着"我"对于权势和自己的贵族出身的荣耀感，显示着

---

① ［俄］爱伦堡：《捍卫人的价值》，孟广钧译，辽宁教育出版社1998年版，第92页。

② 陈燊编选：《欧美作家论列夫·托尔斯泰》，中国社会科学出版社1983年版，第139页。

"下人们"地位的卑微和人格上的卑贱。"下人们"的卑贱固然显得滑稽可笑，但"我"的洋洋自得的满足感也并不显得高贵，而是令人欲呕。小说中的"我"说："而我也就知道，作为一个王者，心灵是多么容易受到伤害。"（第23页）但作者没有让读者了解到那些在文本内完全没有叙述权的"下人们"的真实的内心感受是怎样的。他们面对颐指气使不可一世的"主人"，除了趋奉和膜拜，有没有恐惧、厌恶、不满和仇恨？作者把叙述的权力交给了"我"，就等于把无视"下人们"的存在甚至蔑视他们的人格和尊严的权力给了"我"，这种无视和蔑视在下面这段文字中达到令人愤怒的程度："那个马夫的女儿塔娜也在我和土司出身的塔娜身后跪下来。我感觉到她在发抖。我不明白，以前，我为什么会跟她在一起睡觉。"（第279页）而在"我"的叙述中，"下人们"也像"我"和贵族老爷一样喜欢"权力"，乐意"体会"拥有权力的美妙感觉："现在，卓玛也尝到一点权力的味道了。我想，她喜欢这种味道，不然，她不会累得汗如雨下也不肯把施舍的勺子放下。这样美妙的感觉，留在官寨里当厨娘，永远也体会不到。只有跟了我，她才可能对一大群眼巴巴盯着她双手的饥民，十分气派地挥动勺子。"（第238页）"我"对卓玛的想象虚假、荒唐而无聊，好像一个女奴倘若不是因为"喜欢""尝到一点权力的味道"，就可以拒绝"累得汗如雨下"的劳动。事实上，在"我"的眼中，"下人"永远是"下人"，他们只可以偶尔"尝到一点权力的味道"，而不可能像自己一样成为"主人"：当"我"看到"索郎泽郎，尔依，还有桑吉卓玛都被好多下人围着。看那得意的模样，好像他们都不再是下人了似的"。（第282页）作者为什么要写"我"对"下人"的这种轻蔑和嘲笑？他在这样的叙述背后寄寓着什么样的深意？我反复想，但没有找到答案。我最后的结论是，"我"对"下人"的侮辱是浅薄的，而作者的叙述则是轻率的、缺乏可靠的价值指向的。作者没有用有效的反讽修辞来消解"我"对"下人"的轻薄的侮慢，没有为读者提供一个博大的充满博爱情怀和平等意识的精神空间。也许有人对这种"民粹主义"的底层意识大不以为然，会把它当作落后而矫情的道德作秀，但是，这不过是一种可悲的误解。在我看来，对处于社会底层的小人物充满由衷的同情、关怀甚至敬意，永远是伟大的作家的基本态度，是一个时代的文学精神健康和成熟的基本标志。纵观古今，横察中外，你找不到一部真正伟大的作品是蔑视底层人的。

然而，在《尘埃落定》中，最令人反感的，还不是这种"主人"对"下人"的傲慢与蔑视，而是"主人"对女人的侮慢和凌辱。同对"下人"的境遇漠不关心一样，在"我"的叙述中，小说中的女性几乎从未被当作正常人尊敬过、爱过、对待过。与"我"有过关系的几个女人，在"我"看来，都只不过是工具意义上的雌性动物而已。而作者阿来似乎也只满足于从纯粹生物学的意义上来叙述男人与女人的关系，不，应该说，男"主人"和女"下人"的关系。小说中的"我"、父亲麦其土司、哥哥及其他的贵族男人，几乎全都是淫欲狂，除了喜欢权力，就是喜欢女人。尤其对"我"来讲，女人几乎就是乳房和性的代名词。小说如此频繁地写到"乳房"，写"我"对"乳房"的病态兴趣：

我的双手伸向她怀里，一对小兔一样撞人的乳房就在我手心里了。（第3页）

我在黑暗中捧起卓玛的乳房，也是非常惊喜地叫了一声"哈！"（第17页）

在火红的罂粟花海中，我用头靠住她丰满的乳房。（第44页）

……我也叫满眼的鲜红和侍女卓玛丰满的乳房弄得头昏脑涨。（第46页）

他怀里的女人睡着了。圆润的双乳在黑暗中闪烁着幽光。（第60页）

卓玛走过来，用她饱满的乳房碰我的脑袋，我硬着的颈子开始发软。（第69页，这一页三次写到"乳房"。）

后来，我把头埋在她双乳间睡着了。（第82页）

我在卓玛的两个乳房中间躺了大半天。（第107页）

滚到我怀里来是个滑溜溜凉沁沁的小人儿：小小的腰身，小小的屁股和小小的乳房。（第112页）

这个姑娘是一头小小的母牛，挣扎，呻吟，扭动，用一对硕大的乳房把我的脸掩藏……（第252页）

塔娜离开了床，她的两只乳房不像长在身上，而是安上去的青铜制品。（第291页）

作者对人物的这种病态的恋乳癖的叙写显然缺乏节制，缺乏深刻的心理内涵和道德价值。与此相应，阿来对女性所遭受的性凌辱的叙写，也同样是过度的，乏味的，缺乏丰富的人性内容和伦理价值。阿来对"我"13岁那年与18岁的桑吉卓玛的两次性关系的描写，都是夸张而拙劣的："她嘻嘻一笑，撩起长裙盖住自己的脸。我就看见她双腿之间那野兽的嘴巴了。……她一勾腿，野兽的嘴巴立即把我吞没了。我进到了一片明亮的黑暗中间。我发疯似的想在里面寻找什么东西。她的身体对于我还在成长的身体来说，是显得过于广大了。许多罂粟折断了，断茎上流出那么多白色的乳浆，涂满了我们的头脸。好像它们也跟我一样射精了。"（第46～47页）这种过度渲染的性描写，同样见之于小说对"我"与马夫的女儿塔娜的性关系的叙写上（第113页）。最为严重的是，"我"有一种将女人想像成动物或牲口的病态倾向："于是，就和她干那件事情。干事时，我把她想成是一只鸟，带着我越飞越高，接着，我又把她想成一匹马，带着我直到天边。然后，她屁股那里的味道叫人昏昏欲睡。于是，我就开始做梦了。"（第169页）"我"还从一个"连她叫什么都没有问过"的姑娘身上，闻到了"小母马的气味"（第251页），把她比喻成"一头小小的母牛，挣扎，呻吟，扭动"（第252页）。阿来在《尘埃落定》中也写"爱情"，但他笔下的爱情总是显得简单、虚飘而不可思议。女土司的女儿塔娜本来不爱"我"，但是，忽然之间，她"喃喃地"对"我"说："我本来不爱你，但冲上山岗时，看着你的背影，又一下就爱上了你了。"（第261页）事实上，这种瞬间发生的盲目冲动，根本就不是爱情；她后来对"我"的背叛，足以说明这一点。好在"我"也并不需要什么爱情。"我"需要的只是本能欲望的满足。作者很大方地给了他发泄的自由。"我"对自己的性体验的叙述是病态的，具有施暴的性质，缺乏对女性的起码的温柔态度和人格尊重："是的，要是说把一个姑娘压在下面，把手放在她乳房上，把自己的东西刺进她的肚子里，并使她流血，就算得到了的话，那我得到她了。"

（第264页）说实在话，自从贾平凹在《废都》中肆无忌惮地以猥亵的方式写性以来，这样的描写，已经成了在在可见的普遍现象。人们几乎已经把这样的描写当作正常而合理的文学现象接受下来，已经丧失了对这种既不合审美规范又缺乏道德健康的描写方式的耻感反应。但是，我们真的应该为中国小说中的这种道德麻木和趣味堕落脸红。这是一种反文明反人性的野蛮行为，它像阿诺德说的那种"外部文明"一样，"凡是文化教我们所确立的几乎所有的完美品格，都遭遇到强劲的反对和公然的蔑视"①。文学应该像阿诺德所说的真正意义上的"文化"那样，"不以粗鄙的人之品味为法则，任其顺遂自己的喜好去装束打扮，而是坚持不懈地培养关于美观、优雅和得体的意识，使人们越来越接近这一理想，而且使粗鄙的人也乐于接受"②。

是的，一位小说家必须强烈地爱他笔下的人物，必须善于发现他身上的人性内涵，必须真实地写出他作为人体验到的幸福与忧伤、光荣与耻辱、爱情与仇恨。这正像莫洛亚在《最伟大的》（1960）一文中所说的那样，"为了吸引和打动人们的心灵，作家必须对他们怀有真正的感情"；"真的，所有的伟大作家，从塞万提斯到托尔斯泰，他们的成就正在于善于塑造一些无论是优点还是缺点都使人疼爱的主人公"③。而这种"真正的感情"，首先意味着能平等对待小说中的人物，尤其意味着对穷人、对底层的受苦受难的弱者的尊敬、同情和热烈的爱。波德莱尔在评价雨果的时候说，诗人"总是表现出他是一切软弱的、孤独的、悲伤的、一切具有孤儿性质的东西的温柔的朋友"，而维克多·雨果在他的诗中就"不断地对堕落的女人、对被我们的社会齿轮辗碎的穷人、对成为我们的贪婪和专制的牺牲品的动物发出爱的声音。很少有人注意到善良带给力量的魅力和愉快，而这在我们的诗人的作品中屡见不鲜。一个巨人的脸上出现了一丝微笑和一滴眼泪，这是一种近乎神圣的独创"④。波德莱尔的这段话为我们提供了评价《尘埃落定》关于"下人"和"女人"的叙述的尺度，也为阿来如何成功地在小说中塑造人物，提供了有价值的经验和启示。

主题、普遍性及悔言修辞

主题是我们对一部小说展开研究、进行评价的重要方面。如果说人物、情节及修辞上的成功决定着一部作品是不是小说，那么，从主题入手，我们才能弄清一部小说是不是深刻的有分量的好小说。也许正是因为这个原因，塞米利安才说："一部小说的内容就是它的主题

---

① ［英］马修·阿诺德：《文化与无政府状态：政治与社会批评》，韩敏中译，生活·读书·新知三联书店2002年版，第11页。
② ［英］马修·阿诺德：《文化与无政府状态：政治与社会批评》，韩敏中译，生活·读书·新知三联书店2002年版，第13页。
③ 陈燊编选：《欧美作家论列夫·托尔斯泰》，中国社会科学出版社1983年版，第112页。
④ ［法］波德莱尔：《波德莱尔美学论文选》，郭宏安译，人民文学出版社1987年版，第100～101页。

加上作家对这一主题的态度。同样的素材，如果以不同的态度进行处理，势必产生不同的主题思想，而不同的主题思想又将产生不同的故事情节。作者的态度奠定了作品的基调，为小说提供了微妙的内在统一的因素。不管作家的写作态度如何超然物外，不管是他自己作为叙述者，还是通过一个人物来说话，或者从一个人物的角度去叙述，归根结底，是作者对小说中的事件作出解释和评价。"①而卢伯克则把主题看得比技巧还重要。在他看来，技巧是服从于主题的："能辨认出富有成果的思想，并把它抓住，这种能力是不同寻常的。正因这个缘故，我们把小说家能否看出主题的眼力，看作他的基本才能。而我们，不管是劝告，还是警告，在他的主题揭示出来以前都无话可说。……探讨主题的快乐是强烈而又持久的。"②

那么，《尘埃落定》的主题是什么呢？或者，换句话说，阿来的这部小说宣达的是什么样的思想内容和价值理念呢？作者自云："这部小说，只是写出了我肉体与精神原乡的一个方面，只是写出了它的一种状态，或者说是我对它某一方面的理解。"（第424页）什么"状态"？对它哪一方面的理解？一概语焉不详。他在接下来的一段文字中，又告诉人们："这个时代的作家应该在处理特别的题材时，也有一种普遍的眼光。普遍的历史感，普遍的人性指向。特别的题材，特别的视角，特别的手法，都不是为了特别而特别。……我会在写作过程中，努力追求一种普遍的意义，追求一点寓言般的效果。"（第425页）这样的想法很好，但是，超越了"特殊"的"普遍的历史感""普遍的人性指向"以及"寓言般的效果"追求到了吗？我的回答是：没有。

这部小说的所有内容，都是从一个心智状况暧昧不明的"傻子"的角度讲述出来的。我们从中读到了"我"的怪诞的想像和异常的行为，但是，这些想像和行为缺乏"寓言效果"，缺乏"历史感"，缺乏"普遍人性"。在这部怪异的小说文本里，读者看不到一个具有内在深度和反讽指向的寓言结构，没有真正的寓言作品才有的那种纯粹的虚拟结构和深刻的主题开掘，而我们在读《变形记》《我们》《动物农场》《一九八四》《铁皮鼓》及《蝇王》时，能够清晰地看到它们的寓言性的反讽指涉和主题建构；这些作品通过夸张和变形的象喻手段，把讽刺的锋芒指向人的异化处境，指向金钱、贪婪、暴力和独裁导致的人格扭曲和精神灾难。这些作品的寓言性主题有如此强烈的现实感、历史感和普遍意义，使得任何读过的人，都无法不沉思作品提出的问题和喻示的答案。

然而，《尘埃落定》却没有这样的寓言性的主题效果。它叙述了"我"与几个女人的缺乏情感内容和精神内涵的关系，叙述了几个土司围绕麦子、罂粟、土地和权力的钩心斗角，叙述了土司政治在"汉人"政权的更迭中不可避免的瓦解命运。但作者的叙述，从根本上讲，是封闭的、混乱的、破碎的。他仅仅满足于叙写"我"的飘忽的想像和怪异的行为。他没有将人物放置到一个具有广泛的关联性的生活场景里和寓言结构里。这样，小说的叙述给人一种单调、沉闷、虚假和陌生的感觉，就是一种难以避免的结果。总之，我们从阿来的文

---

① ［美］利昂·塞米利安：《现代小说美学》，宋协立译，陕西人民出版社1987年版，第70页。
② ［英］卢伯克等：《小说美学经典三种》，方土人、罗婉华译，上海文艺出版社1990年版，第17页。

字里，感受到一种茫昧的怅惘，但却无法把握到有价值、有"普遍性"的主题。

我们知道，阿来确实有在这部小说中追求"普遍性"的强烈愿望。一部小说的内在价值和思想意义，就包蕴在这种具有"普通性"的主题里。约翰生曾深刻地阐释过"普遍性"的意义："除了给具有普遍性的事物以正确的表现之外，没有任何东西能被许多人所喜爱，并且长期受人喜爱。特殊的风俗习惯只可能是少数人所熟悉的，因此只有少数人才能够判断它们摹仿的逼真程度。幻想的虚构所产生的畸形结合可能由于新奇而暂时给人以快感，我们大家共同感到生活的平淡乏味，这种感觉促使我们去追求新奇事物；但是突然的惊讶所提供给我们的快感不久就枯竭了，因此我们的理智只能把真理的稳固性作为它自己的倚靠。"① 他反对作家"违反可能性，歪曲生活，败坏语言"，② 而赞扬莎士比亚"是一位向他的读者举起风俗习惯和生活的真实镜子的诗人"③，"把遥远的东西带到我们的身边，使奇特的事物变为我们熟悉的东西"④。哈洛德·布鲁姆在评价约翰生时说："放眼古今，没有一个批评家比得上他。"⑤ 他认同约翰生关于作家应将"特殊"转化为"普遍"、将"陌生"的东西写得让人觉得熟悉的观点。他用这个标准评价托尔斯泰："托尔斯泰使得所有事物在他或她（指读者——李注）眼前都好像是从来没有出现过似的，同时也让他或她觉得自己已经看过了所有事物。陌生感和熟悉感似乎并不相容，但两种感受的结合，正是托尔斯泰制造出来的独特氛围。"⑥ 然而，遗憾的是，阿来在《尘埃落定》中并没有达到这种"普遍性"的高度。他没有把"陌生"的东西转化成让读者觉得"熟悉"的东西。他叙写的"特殊的风俗习惯"，也许满足了一些人的"好奇心"和"快感"。但是，这样的"新奇感"很快就被平淡感所取代。在他笔下，"违反可能性"的地方太多了，多到让人无法理解的程度，以至于使本来我们就对其知之甚少的人们的生活，变得更加怪诞和难以理解。而这一问题，在我看来，都是由于"缺乏真理的稳固性"造成的，或者说，由于缺乏深刻的主题造成的。

是的，阿来并没有对自己叙写的生活内容形成"稳固"的认知判断和可靠的主题把握。我们从他对"尘埃"意象的反复描写中，看到了他的犹疑和不知去取的惶惑。这种情况最终将阿来拖到了一种接近虚无主义的地方。正是这种虚无主义，使得他虽然让一个"傻子"反复提出"我是谁"以及"我在哪里"的问题，却始终不能形成稳定的意义建构；使得他逃避"真实感"（第424页），不是根据可靠的事实写作，而是像佛克玛所批评的后现代主义者那样，"根据不可能性来写作"⑦。这种写作的典型特征是"坚持运用一种翻案或悔言修

---

① 伍蠡甫主编：《西方文论选》（上卷），上海译文出版社1979年版，第527页。
② 伍蠡甫主编：《西方文论选》（上卷），上海译文出版社1979年版，第528页。
③ 伍蠡甫主编：《西方文论选》（上卷），上海译文出版社1979年版，第527页。
④ 伍蠡甫主编：《西方文论选》（上卷），上海译文出版社1979年版，第529页。
⑤ ［美］哈伦·卜伦（哈洛德·布鲁姆，Harold Bloom）：《西方正典》（上册），高志仁译，立绪文化事业有限公司1998年版，第259页。
⑥ ［美］哈伦·卜伦（哈洛德·布鲁姆，Harold Bloom）：《西方正典》（下册），高志仁译，立绪文化事业有限公司1998年版，第477页。
⑦ ［美］马泰·卡林内斯库：《现代性的五副面孔》，顾爱彬、李瑞华译，商务印书馆2002年版，第327页。

辞"①，也就是像布赖恩·菲奇指出的那样："每一个措辞都会取消此前的所有句子……限定和修正不停地夹杂其间；刚刚才说过的马上就会被否认，然后又会被重复，如此等等。"② 阿来也许并不是自觉地运用这种手法，但是，他通过"我"的"犹疑不决"的叙述，确实使一种"不确定的感觉不断被加强"③，令读者怀疑叙述的真实性，陷入到依违两难的困惑之中。

"我"看到那个"当初教会我男女之事的卓玛"，"她在我马前迈着碎步。我不说话，她也不说话。我不知道自己要干什么，我不会想再跟她睡觉，那么，我又想干什么呢，我的傻子脑袋没有告诉我"（第188页）。可以说整部小说就是在这种"不知道"的语气里叙述出来的。作品中的人物，会莫名其妙地对同一件事情，表达完全不同的态度和看法。比如，"我"的哥哥从一开始就是一个急不可耐地想当土司的人，他曾对父亲公开要求"权力"（第317页），甚至，在被仇人刺杀快要死的时候，还"幽怨"地对父亲说："要是你早点让位，我当了几天土司。可你舍不得。我最想的就是当土司。"（第327～328页）但是，"我"却在做了一件"聪明事"被众人"高呼万岁"的时候，告诉读者："说老实话，哥哥并不是功名心很重，一定要当土司那种人。我是说，要是他弟弟不是傻子，他说不定会把土司位置让出来。"（第277～278页）又如，哥哥终于死了，"大家都流下了眼泪"，而"我"告诉读者："但没有一个人的眼泪会比我的眼泪更真诚。"（第328页）然而，没过多久，我们就发现"我"对哥哥的死并不像自己说的那样"真诚"地悲伤："后来，杀手，还加上一件紫色衣服合力把哥哥结果了……这个风流倜傥的家伙散发了那么多的臭气。想到这些，就像是我下手把哥哥杀死的一样。"（第335页）这种犹疑的叙述和悔言修辞，我们还可以从"我"对土司政权瓦解以后的未来图景的展望和认知上看出来。"我看到土司官寨倾倒腾起了大片尘埃，尘埃落定后，什么都没有了。是的什么都没有了。尘土上连个鸟兽的足迹我都没有看到。"（第363页）也就是说，在"我"看来，土司制度终结以后，"这个地方属于看不清楚的未来"（第366页），但是，紧接着，"我"就又很肯定地告诉麦其土司："这里将成为一个新的地方，一个属于未来那个没有土司的时代的地方，越来越大，越来越漂亮。"（第366页）这说明他不仅看得很清楚，还像一个预言家一样，看得很高很远哩。然而，读者的疑问是，他的话真实吗？他的判断可靠吗？他到底要说什么？要说给谁听呢？是父亲麦其土司，还是"那个和气的解放军军官"和"纯洁的红色汉人"？

总之，在我看来，无论从叙述、语言和寓言修辞上看，还是从作者对人物的态度、主题建构及"普遍性"追求等方面考察，《尘埃落定》都是一部应该进行质疑性批评的作品。它给人的总体印象，就像这部小说中的核心意象"尘埃"一样，散乱、轻飘，随风起落，动静无常。它远不是一部成熟的经典之作。如果说，对文学来讲，"尘埃落定"意味着终结和死亡，那么，就让我们把这部作品当作写作和阅读展开的起点，在宁静和笃定中，追求更大的丰收。

（原载《南方文坛》2003年第2期）

---

① ［美］马泰·卡林内斯库：《现代性的五副面孔》，顾爱彬、李瑞华译，商务印书馆2002年版，第331页。
② ［美］马泰·卡林内斯库：《现代性的五副面孔》，顾爱彬、李瑞华译，商务印书馆2002年版，第332页。
③ ［美］马泰·卡林内斯库：《现代性的五副面孔》，顾爱彬、李瑞华译，商务印书馆2002年版，第332页。

旋风中的升降

——《尘埃落定》发表15周年及其经典化

王一川

15年前，四川作家阿来的长篇小说《尘埃落定》（脚印、洪清波责编，人民文学出版社1998年版）一出版，就给了我一种意外的惊喜。在尚未走出惊喜之时，就不得不应约匆忙地为它寻找一种新的说法——这个说法就是我那时只能找到的作家文化身份视角。从这一作家身份视角出发，我那时把这部小说视为一次新的"跨族别写作"，认为作者着意探索关于少数民族生活的一种新写法。跨族别写作是一种跨越民族之间界限而寻求某种普遍性的写作方式，意味着对新时期以来关于少数民族生活的两种写作浪潮的跨越：无族别写作和族别写作。阿来尝试跨越族别之间界限而寻求普遍性，这既有别于不大在意族别差异的"无族别写作"（如巴金的"激流三部曲"着眼于无民族界限的普遍性），也不同于强调族别差异的难以消融的"族别写作"（例如张承志的《心灵史》等作品），而是要跨越上述两重境界，在特定族群生活中去寻求全球各族别生活体验之间的有差异的普遍性。正是这样，这一"跨族别写作"为"我们解读中国少数民族生活的、从而也为整个中国的现代性进程提供了一个新的感人的美学标本"[1]。15年后的今天，《尘埃落定》已经通过持续的长销不衰直到突破百万册这一销售业绩，而被一拨又一拨读者实际地奉为一部文学"经典"了，确实是可喜可贺的事情。在这个特殊时刻去重读这部"经典"，有意思的是，我的上述看法并没有发生什么明显的改变，只是确实又增加了一些新的阅读兴味，包括好奇地去想它为什么会被读者予以"经典化"。这里有两点想法说出来，就教于各位方家。[2]

---

[1] 王一川：《跨族别写作与现代性新景观——读阿来长篇小说〈尘埃落定〉》，《四川文学》1998年第9期。
[2] 本文根据2013年4月11日在"向经典致敬——《尘埃落定》出版十五周年纪念会"上的发言稿整理而成，特此说明。

一　杂糅而多义的人物形象

首先，我的重新阅读视线不得不再次凝聚到小说的绝对主人公傻瓜二少爷身上，发现这一人物形象在内在身份构成上具有一种杂糅而又多义的特性。这部小说的成功，很大程度上正是来自其独创的这一特色独具而又兴味蕴藉的人物形象。这一人物形象的内涵具有一种奇异的多元杂糅性：他仿佛是鲁迅笔下的"狂人"形象，又是与韩少功笔下的"丙崽"形象之间一种跨越时空距离的奇异交融和跨越的产物。他一方面具有"狂人"那种超常的历史透视能力，另一方面又有"丙崽"那种反常的憨傻、笨拙。重要的是，他的性格特点在于，看来反常的和否定性的憨傻和笨拙性格，反倒常常体现了一种正面的和积极的建构力量，尽管最终还是落得悲剧结局。再有就是，他的身上明显的还有外来文学影响的因子，其中颇为鲜明的是福克纳的《喧哗与骚动》中先天性白痴班吉的投影，以及《百年孤独》人物群像中传达的那种四处弥漫的魔幻气息。

从更深层次上着眼，他或许还笼罩在巴尔扎克笔下的鲍赛昂子爵夫人等没落贵族的令人哀婉的身影下。当然，这一切都需要落实在藏族的民间叙事歌谣的特有曲调及其渲染的悲剧性情调之中。如果这个体会有点道理，那么，阿来笔下的中国川西北藏族傻瓜二少爷，其实是一位中国现代文学传统熏陶与西方文学影响及藏族民间叙事传统感召之间的持续涵濡（acculturation）的产物，至少涵濡进了狂人、丙崽、班吉、鲍赛昂子爵夫人以及本地藏族民间叙事曲等多重中外文学形象因子。这些因子（当然不限于此）在这个形象内部形成奇异的杂糅式组合，具有令人回味无穷的功效。正是由于涵濡了多重中外文学形象因子，傻瓜二少爷体现了外表憨傻而其实内在睿智的神奇特点，成就了一位憨而智的艺术形象。这样一个杂糅式及多义性艺术形象的诞生，是此前中国文学画廊和西方文学画廊里都没有出现过的，属于中国四川藏族作家阿来对中国文学传统、从而也是中国文学传统对世界文学的一份新的独特贡献。

由此看，这部小说之被读者经典化，该与这个艺术形象的杂糅与多义性本身有关吧？

二　"旋风"形象与革命世纪

但是，我的问题在于，就是这样一位憨而智的神奇人物，最终也没能逃避那走向毁灭的悲剧性命运。原因在哪里？这就触发了我的另一点新品味：小说中关于"风"或"旋风"的描写。它们在这次重读中竟意外地给了我更加新鲜的印象。小说中每每写到"风"或"旋风"时，似乎都有某种特定的用意在。风的形象在小说中的作用，颇类似于月亮形象在张爱玲的《金锁记》等小说中的作用，如烘托情境、塑造人物、揭示历史大趋势等。

一翻开《尘埃落定》第一章第一节野画眉，就可以读到下面的描写："所有的地方都是有天气的。起雾了。吹风了。风热了，雪变成了雨。风冷了，雨又变成了雪。天气使一切东西发生变化，当你眼鼓鼓地看着它就要变成另一种东西时，却又不得不眨一下眼睛了。就在这一瞬间，一切又变回了原来的样子。"（第4页）风类似这样在小说里多次出现，起到与主人公命运相关联的作用。我的感觉是，这样的风、特别是旋风，绝不是无缘无故地刮起来的，而总是带有一种隐喻意味——它似乎就是现代中国的彻底决裂式的、摧枯拉朽般的革命世纪或革命时代的隐喻。在这样一股股强劲的革命之风吹拂下，所有的一切都会变样。

当翁波意西失了舌头、傻瓜二少爷决定不再说话时，有这样的描写："太阳下山了，风吹在山野里曛曛作响，好多归鸟在风中飞舞像是片片破布。"（第292页）这风显然正是历史的变化的风，风中的破布恰是主人公的悲剧命运的暗喻。又写道："风在厚厚的石墙外面吹着，风里翻飞着落叶与枯草。"这里的风以及风中的"落叶与枯草"，产生的修辞作用是一样的。"风吹在河上，河是温暖的。风把水花从温暖的母体里刮起来，水花立即就变得冰凉了。水就是这样一天天变凉的。直到有一天晚上，它们飞起来时还是一滴水，落下去就是一粒冰，那就是冬天来到了。"（第293页）这里的风绝不是人们通常用来烘托积极的、肯定性的或上升意味的风，而是相反的消极的、否定性的或下降的风，它指向的是生物界的枯败的冬季而非欣欣向荣的春季。

小说中更有意味的毕竟还是"旋风"。第46节"有颜色的人"写道："一柱寂寞的小旋风从很远的地方卷了过来，一路上，在明亮的阳光下，把街道上的尘土、纸片、草屑都旋到了空中，发出旗帜招展一样的噼啪声。好多人一面躲开它，一面向它吐着口水。都说，旋风里有鬼魅。都说，人的口水是最毒的，鬼魅都要逃避。但旋风越来越大，最后，还是从大房子里冲出了几个姑娘，对着旋风撩起了裙子，现出了胯下叫做梅毒的花朵，旋风便倒在地上，不见了。"（第372页）这股携带着"鬼魅"的而又需要"梅毒"才能抵挡的旋风，似乎正是历史的无常命运的绝妙隐喻。

最后一节即第49节"尘埃落定"这样写道："一小股旋风从石堆里拔身而起，带起了许多的尘埃，在废墟上旋转。在土司们统治的河谷，在天气晴朗，阳光强烈的正午，处处都可以看到这种陡然而起的小小旋风，裹挟着尘埃和枯枝败叶在晴空下舞蹈。"这样的旋风的意义已经显而易见了。"今天，我认为，那是麦其土司和太太的灵魂要上天去了。"这不正是横扫土司制度的革命的旋风吗？"旋风越旋越高，最后，在很高的地方炸开了。里面，看不见的东西上到了天界，看得见的是尘埃，又从半空里跌落下来，罩住了那些累累的乱石。但尘埃毕竟是尘埃，最后还是重新落进了石头缝里，只剩寂静的阳光在废墟上闪烁了。"只要联系小说的整个语境来体会，这股旋风的意义就更清晰了：它并非一般的笼统的历史宿命隐喻，而是仿佛与中国及世界的历史兴亡大势——革命的世纪紧密相连。你看，它竟具有区分两种不同物质的神奇力量：让看不见的轻灵的物质上升，而让看得见的尘埃降落，从而给予这个世界的走向及其结局以支配。

也正是这股旋风，最终有力地推动傻子二少爷走向仿佛是前世命定的毁灭的归宿："我看见麦其土司的精灵已经变成一股旋风飞到天上，剩下的尘埃落下来，融入大地。我的时候就要到了。我当了一辈子傻子，现在，我知道自己不是傻子，也不是聪明人，不过是在土司制度将要完结的时候到这片奇异的土地上来走了一遭。"旋风具有神奇的区分精灵与尘埃的效果。"是的，上天叫我看见，叫我听见，叫我置身其中，又叫我超然物外。上天是为了这个目的，才让我看起来像个傻子的。"这里一再出现的旋风，正是历史兴亡大势的实际执行者。也就是说，旋风代表的是全球历史兴亡大势，简称历史大势，其主旋律则是革命。置身于这种可以决定一切的历史大势中，无论如何灵异的憨而智的智者如傻瓜二少爷，都无法逃脱被历史潮流"裹挟"的命运。

读到这里，我想就可以进一步回答这部小说之被经典化的疑问了。无论个人如何憨而智，都无法逃避被遍及全球的革命"旋风"所无情摧毁的命运。正像巴尔扎克笔下的鲍赛昂子爵夫人等没落贵族一样，在无情的历史大势的"旋风"般"裹挟"下，他们难道有更好的命运吗？

三 "旋风"中的现代中国

说到历史大势，《三国演义》早就诠释了"分久必合，合久必分"的古代历史兴亡感慨，而《尘埃落定》也可以被视为一则足以穿越古今历史迷雾的中国现代革命历史演义，当然是在更加蕴藉深沉的寓言故事意义上。可以看到，在这个寓言故事中，这个傻瓜对于包括土司制度在内的一切旧制度及自我的毁灭命运，都有清醒的觉察或洞见，从而传达了一种历史智者清醒的现代革命历史的反思意识，同时又不失对于个体的悲剧性命运深切的悲悯情怀。

不过，有趣的是，这部小说或许具有一种难得的双重阅读价值和兴味：你既可以直接阅读它的表层意识文本意味本身，为藏族土司制度和傻子二少爷的悲剧性命运而发出理智式分析和同情式感叹；同时，你也可以更深入地品味它的深层无意识文本意蕴：从傻子形象联想到那些被身不由己地"裹挟"入现代革命"旋风"的整个中华民族的千千万万儿女的命运，他们身上不都有着这个傻子的某种影子吗？由此，不难发现这部小说具有深厚蕴藉的双重文本性，可以视为一部明确直露而又深沉蕴藉的带有寓言性的文本。读者在此可以各擅其长，既可以直读其明说的兴味，又可以品评其潜藏的兴味，都会有所得，可谓各显神通。当然，从中国美学的兴味蕴藉传统来说，越是高明的或优秀的小说文本，越善于让自身具有多重阅读兴味和可供再度回味的可能性。《红楼梦》《阿Q正传》等古今经典小说莫不如此；而相应地，饱受这种兴味蕴藉传统熏陶的古今中国读者也善于品鉴这类兴味深厚的文本。这种来自中国艺术传统的兴味蕴藉特质的打造，可能正是这部小说之被读者经典化的一个重要的缘由。在这个意义上，《尘埃落定》的出现，堪称被迫纳入世界文学进程的地方文学即中国现代文学结出的一枚硕果，或者说是这种全球化进程在其地方化意义上的一块显眼的里程碑。

更进一步看，《尘埃落定》独特的兴味蕴藉意义在于，它所叙述的藏族土司制度在现代中国革命洪流冲刷下衰败的故事及其中傻瓜的个人悲剧命运，都是属于现代中国革命语境下四川西北部阿坝藏区族群的独特体验，是世界上任何其他地方不可能有的独一无二的故事，也就是高度地方性的生活体验。但是，与此同时，这个高度地方性的生活体验中所缠绕的革命、权力、英雄、宗教、信用、仇杀、爱情等话题，却在当今世界范围内都具有现代的或全球的普遍意义。因为，生活在20世纪全球各国的人，都曾经历过同一现代性进程中的革命洪流及其中种种关联事件的不同而又相通的困扰。正是在这一现代革命的巨大平台上，土司家族二少爷的故事一方面呈现出全球化时代地方生活状况即中国四川西北部藏族土司家庭的悲剧性，另一方面却又透露出一种跨越地方性的全球普遍性或普世性。正是这种植根于地方化族群生活而又透露全球普世意味的文学体验，突出展现了当今时代中国与外来他者之间的相互涵濡特点，既是地方的又具备普世性，代表了中国作家对全球化时代地方性与全球性相互交融趋势的艺术敏感和反响，可以作为来自中国族群的独特的地方性声音而加入到当前全球各民族文学的普世性对话中。由此看，如果将来有一天，阿来的这部小说及其他作品能够在世界文坛释放出更加强劲的影响力，就不会令人奇怪了。

再次读完《尘埃落定》，感觉就像沐浴在一股中国文化与世界文化交融的文化"旋风"之中，真切地领略了"文化如风"的意味。但这里的文化之风既非送别寒冬的春风，也非催化成熟果实的夏风，而是专门"裹挟"枯枝败叶和尘埃的"旋风"，显然属于冷酷的秋风或寒风。这"旋风"不也正是指那无情地横扫一切旧制度或旧世界的革命历史大势的隐喻吗？革命一词，在英文中为revolution，其原初意义正是旋转（revolve）啊！正像小说所描写的那样，处在现代世界的革命"旋风"季候中的中国人及中国文学，注定了会遭遇全球历史大势的持续"裹挟"，导致有些东西上升，有些东西下降，这是不以任何个人的意志为转移的。

（原载《当代文坛》2013年第5期）

美学意象与历史的幻象

——读阿来的《空山》

南 帆

由于史诗和历史演义的渊源，长篇小说始终隐含了再现历史的兴趣。然而，如同《尘埃落定》一样，阿来的《空山》再现历史的时候仍然表明了一种边缘的乃至另类的观点。这不是因为《空山》仅仅盘旋于崇山峻岭之间的一个小村庄，也不是因为小说的主人公仅仅是几个性情温和的藏民。重要的是，《空山》将这个小村庄和几个藏民带入一个巨大的历史主题——现代性。这时，人们再度听到了文学对于这个主题的不同声音。

许多理论家的描述之中，前现代时期与现代社会之间仿佛存在一个巨大的断裂。现代性是一个闪闪发光的概念，现代社会是一个宽阔的平台。踏上这个前所未有的历史台阶回望，漫长的前现代时期隐隐约约地浮动于幽暗的农耕文化之中，似乎尚未开化。然而，至少一段时间以来，人们开始了现代性神话的批判性反思。尽管经济学提供了一套节节攀升的数据，尽管社会学描述了令人乐观的社会前景，人们还是不时察觉到一些思想家、作家对于现代社会的巨大不安。例如，文学时常对现代社会流露出复杂的矛盾情绪。向往、激动和欣喜仅仅是一部分表象；更大的范围内，犹豫、迷惘乃至讥讽和贬斥如同不祥的气氛悄然回荡。

当然，文学不可能如同历史著作那样正面地绘制前现代与现代性之间的巨大冲突。文学擅长的是收缩焦点，提炼这种冲突内部的戏剧性因素，从而凝聚到有限的空间和几个性格各异的人物身上，形成有机的故事情节。《空山》由《随风飘散》《天火》《达瑟与达戈》《荒芜》四个不同的故事组成。四个故事是进入这个小村庄的四扇门。虽然这些故事的枝蔓都未伸展到村庄之外，但是，人们明显地察觉到勃动在故事背后的强大历史压力。

《空山》之中，现代社会敲开小村庄平静生活的第一个信号是，卡车到深山老林里运木材了。显然，这种奇怪的机械不仅带来了小村庄经济生活的变化，而且震动了一系列古老的价值观念。当然，那一场天火无疑是小村庄历史上的重大事件。《空山》的第二部分，酷烈的大火毋宁说是最为活跃的主角。它如同一个得意的演员，轻盈地高踞于原始森林之上，纵情表演。这场大火面前，四处奔走的人们渺小得如同一堆惊慌的蚂蚁。对于小村庄说来，这如同一场凤凰涅槃仪式。大量的原始森林焚毁之后，生态环境即将发生彻底变化；同时，一大批外来的救火人员拥入，另一种文化迅雷不及掩耳地摧毁了古老的传统。小村庄的历史转折就是如此发生。人们没有必要将现代社会的来临想象为创世纪般的辉煌。更多的时候，现代社会的诞生伴随了强烈的阵痛和不洁的血污。

至少，《空山》对于这种历史转折并未表示出心悦诚服的认可。这似乎是文学的常见症候——文学总是对往昔乃至远古产生特殊的眷恋。时间距离有效地模糊了烈日、洪水、饥荒、瘟疫以及沉重的劳作之后可怜的收成，作家时常倾向于把前现代时期人与自然的关系想象为诗意地相互依存。那时的英雄义薄云天，舍生取义，他们似乎不可能被种种琐碎的日常烦恼困扰。前现代时期不存在那么多纷杂的内心和古怪的人性，这与那种相对简单的经济形态相互呼应。《空山》的第一部分《随风飘散》之中，小村庄内部的恩怨单纯、明朗，良知一次又一次地熄灭了仇视的火种。人们的彼此怨恨之所以没有成为死结，一个重要的原因是——小村庄内部的社会关系没有和悬殊的经济利益联系起来。一旦遭遇那些小村庄的智慧无力承担的问题，他们就欣然将这一切托付给神灵。无论是呼风唤雨的多吉还是湖泊里的金野鸭，神灵掌握着村庄之外的形而上学世界。这是一种秩序井然的日子。天上的云朵，地里的庄稼，人心世道，所有的事情均是如此具体、确切，这也是当地的藏语不必形成抽象理论词汇的原因。可是，至少在阿来看来，这种日子正在被现代社会的欲望、斤斤计较和颓废、猥琐逐渐侵蚀。显而易见，格桑旺堆的故事寓含了阿来的不满。格桑旺堆是一个出色的猎人。他与一只老熊周旋了一辈子。最后的时刻，他决定单刀赴会，独自与这只老熊结清账目。格桑旺堆挥刀向老熊扑去的时候，人们看到的是一个真正猎人的英勇姿态。然而，格桑旺堆同时还是这个小村庄的队长。与上级以及村民打交道的时候，格桑旺堆立即就变得愁眉苦脸，患得患失，最终不得不弃职而去。某些时候，现代社会意味着财富，意味着更大的文化空间和自由的个性；另一些时候，现代社会意味着物质的堆积、坚固的等级制和巨大的压抑感。后者常常使文学发出长长的叹息，于是，发思古之幽情成为许多作家不约而同的选择。

《空山》对于现代性的反抗不算激进——阿来多半仅仅对各种抽象、愚蠢的会议语言与大而无当的时髦概念加以讥讽。由于故事的时间背景，人们通常将这种话语解读为20世纪60年代的"文化大革命"的产物。现今看来，这种话语很大程度上必须追溯至现代性的特征。现代性是对于古老的世界重新洗牌。现代社会是一个崭新的、抽象的整体。如果说，农耕文化是具象的，人们可以直观地掌握生产的全过程，那么，现代社会的大工业制造了宏大的生产规模。这时，常识和个人经验的效用愈来愈小。每个人只能居于一隅，了解生产线的一个微小的局部。他们虽然只能处理一些琐碎的事务，但是，无数的会议告知，远离这些琐碎事务的某个空中楼阁之中有一个庞大的社会规划正在运转；所有的人无不共同为这个抽象的规划效力。无论是砍伐木材、承受泥石流、背诵一些大口号还是倾巢而出做生意，这一切似乎与当下生活无关——只有那个遥远的蓝图才能给出合理的解释。根据这个庞大的社会规划，现代社会制订了一套共同的标准、价值观念和知识体系，那些时髦的概念正在变成世界的通用语言——无法解读这种通用语言亦即无法获得现代社会的准入资格。"文化大革命"所制造的一系列政治辞令已经过时，但是，现代性还会生产出一批又一批会议语言和时髦的概念。格桑旺堆和索波们一度被这种话语吓得不知所措，他们几乎没有弄懂这也是现代性的启蒙训练之一。

尽管阿来并没有莽撞地拒绝现代性，但是，他的视点——不仅是叙事学意义上的，而且，更多的是文化意义上的——显露出，《空山》的叙事者对于来自小村庄外部的种种社会力量十分反感。遥远的城市正在纳入另一种版图，轰轰烈烈的历史事件接连发生。然而，小村庄不可能也懒得接受完整的社会图像。村民无法根据那些支离破碎的政治辞令自觉地将自己组织于某一个历史段落之中。他们的心目中，众多的外来者只是一些面目模糊的异物，例如"领导""蓝工装"、几个隐身人一般的"专案组"，如此等等。这些漫画式的描写表明，《空山》没有设置小村庄之外的视点。

然而，阿来的清醒之处在于，他并没有将赌注押在"古代"，押在金野鸭、多吉、江村贡布组成的神话系统或者莽莽苍苍的原始森林之上。索波率领一支人马按照古歌指示到深山里开荒，最终仍然无功而返。当然，神话或者天人合一的生活方式不仅是种种美学怀想的对象；同时还是人们想象当代生活的重要资源。无论是崇高、清洁、节制还是人与自然的和谐、人生境界的顿悟与余味不尽的美学体验，这一切无不从反面昭示出当代生活的匮乏。尽管如此，"古代"并不可能拯救"堕落的"现代社会。必须意识到，现代性所遭遇的难题远远超出了复古主义者可能涉及的范围。某种程度上，与其将"古代"的道德理念或者生活方式视为拯救方案，不如考察这些道德理念或者生活方式为什么节节败退，最终分崩离析。

《空山》曾经感叹地说，达戈是最后一个与猎物同归于尽的猎人。此后，猎人的武器越来越精良，没有任何飞禽走兽能够抗衡。然而，严格地说，人与自然的平衡早就打破了。火、石斧和弓箭出现的时候，人类就注定会登上万物之灵长的宝座。人类不会像草木那样无嗔无喜，不甘于蝼蚁一般听天由命。人类的欲望与智慧结合之后，无坚不摧的巨大能量出现了。不存在一个称之为"古代"的凝固不动的历史标本。欲望与智慧产生的能量不断地突破现状。如同推倒了多米诺骨牌，前现代社会奔赴现代社会是一个必然的趋势。无论是经济、资本、掠夺、全球化扩张还是巨额军费、残酷的战争、研究杀戮的尖端科技、威力无穷的机械，任何一个环节的单独存在都可能是多余的、奇怪的，甚至荒谬的；然而，这些环节组成了一个相互依赖的链条开始运转之后，历史就不可能因为某种道德律令而刹车。"古代"的确是一个美学意象，但是，返回"古代"只能是一个自我安慰的幻象。

阿来肯定已经意识到历史的复杂性。否则，他不会对"知识"显得如此犹豫和矛盾。"知识"具有何种历史作用？"知识"引导人们简明地生活，还是进一步诱惑人们目迷五色？阿来将这些问题搁到了《空山》之中的达瑟身上。达瑟因为特殊的机遇离开小村庄到学院里进修了几年，然后在一个混乱的年头偷偷运回几箱子的书本藏匿在树上。尽管达瑟的阅读面相当有限，但是，他已经充分意识到书本隐藏的魔力。达瑟心爱的百科全书代表了一种简明的、具体的"知识"，他对另一些玄奥之论没有兴趣。尽管如此，阿来并未因为达瑟的厌恶而低估了另一些书本的号召力。历史之所以按照这种轨道走到今天，肯定与另一些书本的推波助澜分不开。《空山》之中，达瑟并未有机地介入故事，毋宁说他是一个情节之外的游离分子。这甚至影响了《空山》某些局部的饱满程度。阿来没有支使这个人物有力地推动情节发展，而是寄寓自己对于知识的思考。如果说，《尘埃落定》的主角可以因为"傻子"的身份回避这些恼人的问题，那么，《空山》开始的正面接触表明了阿来的某种意味深长的转变。

犹豫和矛盾并非一个作家的缺陷——我宁可认为这可能显示了一个作家的深刻。《空山》的结尾，那个狂热地迷恋土地的驼子死了。这暗示了某一个历史阶段的结束。阿来清晰地听到了历史的步伐。但是，他并不愿意毫无异议地接受一切。他宁愿把遇到的诸多问题重新想一遍。这可能带来一些新的话题——或许，阿来就是一个常常制造话题的作家。

（原载《当代文坛》2007年第3期）

"纯文学"方法与史诗叙事的困境

——以阿来《空山》为例

邵燕君

　　阿来三卷六部的长篇巨制《空山》陆续推出后自然而然地备受关注。关注点主要集中在两个方面。首先，作为茅盾文学奖的获得者，阿来的新作（或许可以说是他一生最重要的作品）在《尘埃落定》的基础上有何推进？在思想和艺术上达到何种水准？其次，作为一个在全球化背景下以汉语写作的藏族作家，阿来持什么样的文化立场、以什么样的文学方式书写西藏的百年变迁史，呈现出怎样的深度和复杂？

当下"史诗化"长篇写作的普遍困境

　　在第一个向度上的考察除了阿来自身的创作脉络外，还有一个更重要的参照系，就是近年来持续不断的"长篇热"中的"史诗化"创作[①]。这些作品大都出于"新时期"以来从"知青文学"到"先锋文学"各个时期成名的作家之手，在经过"先锋文学"的反叛和"个人化写作"的分解之后，各派作家们不约而同地重新集结在史诗的旗帜下建构"封顶之作"——这本身耐人寻味——不过，他们都面临着一个致命问题，就是在意识形态的统一性瓦解之后，面对错综的历史和纷乱的现实，如何为自己的史诗化叙述寻找一个可以建立叙述逻辑、整合价值体系的内在支点？也就是笔者在一篇文章中谈到的在"宏大叙事"解体后，如何进行"宏大的叙事"[②]？

　　面对这个问题，不同的作家采取了不同的应对方式。其中，最直面向前的当属贾平凹。一贯写实的贾平凹继续以写实的方式推进，以最扎实的细节撞击价值崩溃后的茫然。于是，

---

① 主要作品有贾平凹《秦腔》、莫言《生死疲劳》、余华《兄弟》、刘醒龙《圣天门口》、铁凝《笨花》、严歌苓《第九个寡妇》、毕飞宇《平原》、格非《山河入梦》、张炜《刺猬歌》、阎连科《受活》、王安忆《启蒙时代》，等等。

② 邵燕君：《"宏大叙事"解体后如何进行"宏大的叙事"？——近年长篇创作的"史诗化"追求及其困境》，《南方文坛》2006年第6期。

我们在《秦腔》中看到一地碎片。这部小说的最大价值也正在于它原生态地呈现了"史诗"价值系统崩溃后，史诗叙述框架的坍塌碎裂。贾平凹之外，其余大多数作家都采取了意识形态后撤的方式，退到传统，退到民间，退到"朴素的常识"，退到"永恒的人性"。在后退的过程中，我们看到，80年代"伤痕文学"以后在作家心中扎根的启蒙话语依然占据主导——80年代是文学界与思想界连接最紧密的时期，此后，文学逐渐"向内转"进入"纯文学"的世界，不但与现实脱离，也与思想界脱离，90年代中期以来思想界面对世界格局的遽变和社会结构分化所进行的争论思考，很难再进入作家的视野。在这一轮的"史诗化"写作中，"重述历史"的作品占了相当比重，它们在不同程度上都依据着这些年来"自然形成"的"还历史以本来面目"的"新历史观"。它的基本主题是："告别革命"和"走向民间"。如果说当年的"告别革命"和"走向民间"有其特定的意识形态挑战性的话，今天的"朴素立场"可真是朴素，朴素到和一般老百姓没有差别，都是在遽变的现实面前茫然失措，在厌倦和不安中退到边缘，却又在不知不觉中顺从主流。可以说，面对意识形态困境的挑战，作家们都未能做出有效应对。这是非常令人遗憾的。因为，这一轮"史诗化"创作的兴起有一个内在的动因，就是"新时期"以来的作家，都已届或已过天命之年，进入了文学创作的"黄金期"也是"封顶期"。从这一角度看，这一轮的创作从某种意义上看可以视为"新时期"以来当代文学成就的总结。然而，我们看到，作家们的思想观念和资源都基本停留在80年代，他们在技艺上磨剑多年，思想上却没有能完成"螺旋型上升"。这样的"思想局限"不但影响了作品的深度，也在艺术上形成了致命伤，使"史诗"呈现出或陈旧老套、或表面花哨、或过于平淡、或偏执狂乱的症状。

和这些汉族作家比起来，阿来似乎得天独厚。作为一个藏族作家，他身后有着高大的雪域和不灭的神灵。其实，写作《空山》的阿来遇到的问题与他的汉族同行相似，这就是阿来自己谈到的"书写当下的最大难度是认识问题"："毕竟这些人事都发生得太近。当我们试图在里面进行判断的时候，你会有怀疑。当然不会直接说好坏，但是字里行间肯定会透露这样一种判断。"阿来还谈到这样的怀疑在写《尘埃落定》时并不存在，因为，《尘埃落定》写的是一个制度的崩溃，而《空山》写的是一种文化的瓦解和一种新秩序建立的艰难，因而，《空山》的写作比《尘埃落定》要难[1]。

对于西藏，虽然作为一个旅游胜地被越来越多的人抵达，但文学上，对大多数非藏语读者来讲，依然是一片遥远陌生的土地，特别是关于西藏近五十年的变化，阿来是第一个正面的书写者。在谈到《空山》的"拼贴画"式的结构时，阿来说因为时间跨度太长、历史本身的破碎，不能采取《暴风骤雨》《红旗谱》那样的整体性叙述[2]。事实上，阿来也根本不必面对整个"革命历史小说"的意识形态叙述。他不需要"重述"，而只是叙述。

当然，单从艺术风格上说，阿来的笃定，确实使他的长篇巨制保持了气韵上的连贯和

---

① 阿来、徐春萍：《作家阿来访谈录：重要的是信念不可缺》，《文学报》2007年2月8日。

② 阿来、徐春萍：《作家阿来访谈录：重要的是信念不可缺》，《文学报》2007年2月8日。

均衡。而且，在这部作品中，阿来也充分显示了他在技术上的全面拓展和推进，不但保持了《尘埃落定》的诗性风韵，也在写实方面显出硬功，无论是《天火》中对宏大场面的控制，还是《轻雷》中对典型人物的刻画都可圈可点。在这方面，阿来远远胜过比他成名更早的余华和格非。这两位"先锋作家"一旦对现实历史发起"正面强攻"，最令人瞠目的还不是思想意识上的简单混乱，而是个人艺术风格的完全丧失，尤其是语言，粗陋到让人难以置信。阿来的阵脚没有乱，他有足够的信心也有足够的耐心。当《空山》六部完全出齐，相信这几年屡被名家的急就章倒尽胃口的读者终于可以松一口气，无论相对于阿来自己的创作，还是近十年来当代长篇创作，《空山》都可称达到了很高的水准——这个评价是笔者以下对该作品进行进一步评论的前提。

"纯文学"的方法

然而，当我们离开当下长篇创作这个总体令人失望的参照系，以文学史意义上"史诗"的标准考察，特别是站在全球化的背景下，考察作为一个用汉语写作的藏族作家，阿来对自己的民族身份和文化身份是否有清醒的自觉，对作品所涉及的重大社会制度变迁、宗教文化的剧烈冲突是否有足够的思想文化功力进行深入剖析和展现时，立刻会感到失望。正如阿来所说，《空山》处理的主题，是一种独特文化的瓦解和新秩序的建立，但对这里交锋的几种力量，阿来都没有系统深入的理解。当镜头拉近放大，我们看到，在《空山》空灵的叙述背后，其实空空如也。

近年来，随着西藏从一个遥远的雪域进入现实，成为政治、文化讨论的焦点，西方视野中，那个充满东方主义幻影的西藏想象被逐渐清晰地揭示出来。于是，我们惊异地发现，阿来笔下的西藏与西方人想象中的那个香格里拉那么相像——都是一片与世隔绝的、自在自足的未受文明污染的净土，一群神性的、灵性的、拥有古老智慧的顺天知命的人群。而阿来所依恃的"神的法则"也那么的具有普世性，甚至先知先觉地"政治正确"：保护自然，爱护生灵、敬畏生命，对一切政治和现代化入侵的断然拒斥……我并不是想说阿来是有意地迎合西方趣味，阿来不是迎合，而是暗合，在这之中有一个巨大而暗藏的中转器，就是"纯文学"的观念和价值体系。

80年代"纯文学"观念和价值体系建立的主要参照对象是广义上的西方现代派文学，它深深坐落在两次世界大战以后西方对现代化灾难性后果的反思和反共产主义的冷战逻辑里。从"伤痕文学"中走来的"新时期"作家，深怀着对政治斗争的恐惧和厌倦，以"回归文学自身"的反叛构建心灵歇息的堡垒，以追赶世界的心态拥抱西方思潮，冷战思路和东方主义视野被不自觉地接受下来。对西方现代派的追随在当时又与人道主义启蒙和"寻根文学"浪潮混合在一起，于是，古老的、未被现代性侵犯污染的文明代表着"永恒的人性"和"世界性"，而这里的侵犯力量主要不是来自资本主义物欲追逐的破坏力量，而是社会主义革命的社会改造力量。90年代以后，在"去邵燕君·'纯文学'方法与史诗叙事的困境政治化"的整体社会思想中，"纯文学"再次以其"专业性"获得主流文化的认同，"纯文学"作家也再次以"审美自律"和"普世价值"抵挡无力认识和解释历史现实的焦虑恐惧。

阿来算得上是一位典型的"纯文学"作家。这不仅由于奠定其文学地位的长篇处女作《尘埃落定》被"纯文学"价值体系确认、并在1998年"雅文化"回温的文化环境中因"纯文学"而畅销，更因为哺育其成长的文学资源来自于"纯文学"的知识谱系。和马原、余华等作家一样，阿来也是喝"狼奶"长大的，他开出的一大串书单也是外国文学作家。他同样更注重"怎么写"，只是在"写什么"方面得天独厚。在他的藏族身份面前，"汉人马原"完全是个外来者。但是，在这身份的背后并没有相应的藏族文化和文学传统。文学上的阿来依然是属于"汉文学"中的"纯文学"的。"纯文学"刺激了他的文学灵性，打开了他看西方的文学视野，同时也封闭了其前辈作家惯常的从政治经济社会制度等宏观视野看问题的方法，甚至是思考的欲望。于是，阿来只能用"纯文学"的方法想象西藏的百年变迁史——这方法可以简单地概括为意识形态上的"去革命化"，文化立场上的超越性和文学描写上的寓言化——《尘埃落定》如此，《空山》也如此。

"短"与"长"：两种不同的效果

在整部《空山》里，阿来对"新社会"的一切都采取了拒绝姿态，无论是社会制度的变革还是生产、生活方式的改变，全部被视为对藏民无忧无虑生活的侵害。农奴制在这里基本被虚化处理了，唯一一处出现的土司和头人都相当慷慨仁慈。虽然犯"口舌之罪"在"土司时代"会被割舌头，但那是书记官那种"喇嘛里的异端"才有的事，没有一个小老百姓因言获罪（《空山Ⅱ·荒芜》第229页）。但"新社会"一来，一切都变了。突然冒出来一个"国家"成为了山川森林的主人。机村人不再是这片土地的主人了（似乎他们曾经是），不再拥有人身和迁徙的自由了（似乎他们曾经拥有）。神庙被毁，僧侣被遣，一切信仰被斥为迷信，一切"旧东西"都被取消，过年变成了"纯物质性"的。事实上，人们的物质生活并没有改善。汽车出现了，但只有干部才能坐，机村人还是用双脚走路。公路修通了，只为了将树木运到山外"为社会主义的雄伟大厦添砖加瓦"，机村的男人们因此又多了一项从来没有忍受过的沉重劳役。机村人进入"新社会"的感觉像被迫还俗、被迫进山伐木的恩波的哀叹："他仰起脸，对着天空露出对命运不解并不堪忍受的痛苦神情。要是上天真的有眼，看见这样的神情，也不会不动恻隐之心。"（《空山Ⅰ·天火》第100页）

在这样的描述中作家的政治立场是显而易见的。不过，令人感兴趣的，不是阿来采取何种政治立场，而是他在进行一部史诗性创作时，对那些无比复杂的历史变迁内涵，为什么采取如此简单生硬而又不容置疑的姿态和方法？

阿来在写作《空山》的同时写下的一些小故事——包括"机村风物记"和"机村人物素

描"两组[①]。这些故事都很短小，短的一两千字，长的也不过数千。据说，它们是用《空山》的"边角料"写成的。如果说《空山》是一朵由六枚花瓣组成的珠花，这些小品则是从花瓣间滑落的碎屑。然而，令人惊异的是，这些零散的短篇，几乎每一个都凝聚了比整部《空山》更多重的视点，更复杂的情感。《空山》的架势和内涵，在这些小短篇的比照下，完全不成比例。

在这些"小故事"里，"新社会"是伴随着大量的"新事物"降临的，如水电站、脱粒机、马车、喇叭，等等。这些新事物在给机村人带来惊奇、兴奋、高效的同时，也让他们感到不安、惶惑和伤痛。比如《脱粒机》，先写"电"给机村人带来的神奇感："在机村人的经验中，除了有些时候，太阳与月亮周围会带上这样的光圈，再就是庙里的壁画上那些伟大的神灵头上，也带着这样的光圈——但这光圈出自画师的笔下。但今天，每一个人都看到机村被罩在了这样一个魅力的光圈下面。"接下来，写脱粒机巨大的生产能力，"机村使用脱粒机都两三年了，时不时还有人叹服电力的神秘与机器力量的巨大。"然后，又过了些年，人们才发现脱粒机的噪音大，怀念从前使用连枷脱米时，男男女女，此起彼伏的歌声，"轰轰然的机器飞转着带齿的滚轮斩碎麦草的声音把一切歌唱的欲望都压制住了"。最后一笔，才是人不小心将手"喂"进机器口中，"这个人立时就昏迷了"。在这样的叙述中，既有代表现代文明的机器闯入任何一个传统的农耕社会带来的惊喜、矛盾、惶惑，又有藏族文化特有的意味。在阿来的笔下，那个在机器里左奔右突的"电"像一个威力无比又脾气暴躁的人格神，对科技"神力"的崇拜自然地从藏民神佛崇拜的思维和情感方式中生发出来。

在这些故事里，"新社会"也展现出其美好向上的一面。人缘好的穷苦人衮佳斯基"翻身"做了妇女主任（《喇叭》），合作社社长格桑旺堆由于引进马车在村民中树立起"领头人"的权威，工作组中人有很耐心善良的人（《秤砣》），而工程师、地质队都是些"神气的家伙"（《水电站》），对于毛主席和共产党，机村人也有着朴素的迷信、崇拜和感激："那时，机村的一些人，慢慢开始明白，共产党不是一个人。但还是有很多人认为，共产党是一个人，和毛主席加在一起，是非常了不起的两个人。……麻子保管员说：'是毛主席要给我们发好东西了！'"（《马车》）

据说，这些小故事在《空山》未来进一步的完善修改时会被整合进来，但我很怀疑这是否能完成。因为，别看这些小故事篇幅短小，但其呈现的复杂面向、蕴含的多种信息，却是《空山》整体划一的逻辑所不能容纳的。《空山》虽然结构上"破碎"为六部，但背后的叙述逻辑却是严格的"一边倒"：革命来以前的"旧日子"是好的，革命来以后的"新日子"是坏的；倾向"旧日子"的是好人，拥护"新日子"的是坏人或者至少不是好人；外来的"革命者"都是官僚霸道的，机村的"积极分子"都是野心勃勃的，男人是蛮的，女人是丑的……甚至，这里出现的机器也都是破坏性的，如砍伐森林的电锯，炸毁神湖的炸药，现代化的双刃剑只露出了其伤人的一面。

---

① 这些小短篇陆续发表于各文学期刊，其中一部分收入小说集《格拉长大》，东方出版中心，2007年版）。

　　为什么会出现这样的差异呢？一个可以成立的解释是，写作"小故事"的阿来心态是放松的，姿态是低的，更忠实于经验的。其实，这些"小故事"虽呈现了"新社会"好的一面，但背后调子还是趋于哀叹的。但是，这隐隐的否定立场却遮掩不住鲜活的记忆，其中有不少可能是童年的记忆。然而，在写《空山》这样的史诗性作品时，阿来的姿态是高的，他需要以一种高屋建瓴的方式把藏区百年变迁的历史整合到一个统一的叙述中去。遗憾的是，面对剧烈的社会结构变迁和激烈的文化冲突，阿来实在缺乏足够的思想资源和思考能力进行深入的剖析和整合。于是，他采取了简化退守的方式，站在他"写作历史的年代"最被普遍认同的意识形态立场上，彻底地"去革命化"。于是，西藏这个本来充满政治复杂性的概念被抽空、固定为结构性、稳定不变的本质主义概念，西藏的百年变迁史，就成为一个"自然乐园"单向地被侵犯、被毁坏的历史。

　　阿来有一种独特的艺术才能，将他的简单退守表现为大智若愚。除了整体气势上的气定神闲之外，他还特别擅长创造一种姑且可称之为"蒙昧的通灵人"的形象，以他们为叙述者，或者悄悄将叙述者寄附在他们身上。在《尘埃落定》中，这个人是土司的傻瓜儿子，在《空山》中，他们是住在树上的书痴达瑟、有着神秘的贵族出身的痴傻女人桑丹、最善良也最糊涂的额席江奶奶，等等。凡是需要思考的时候，他们都是蒙昧的，"脑子不好使"的，但凡是需要对大局做出判断时，他们总能一语道破"天机"。借他们之口，作家获得了发布"神谕"的特权。作家无须解释，读者也无从辩驳。

　　《空山》中，对"新社会"的评价大都是由这些"蒙昧的通灵人"做出的。在他们的视域下，"新社会"完全是一个贸然闯入的庞然大物，革命更是不可理喻的"天火"，无可逃避，也无法理解。对"新社会"一切新人新事的解读和评断，都被放置在他们古老而蒙昧的观念体系中。

　　小说中最重要的新人形象是民兵队长索波。如果把《天火》（时间段是"文革"前后）中的索波与《轻雷》（时间段是80年代末"市场化"开始时期）中的拉加泽里对比一下，就会发现，这两个生活在意识形态基本对立时期的青年，其背后的价值观念却是完全一致的——都是个人奋斗、出人头地、建功立业。这套价值观念是改革开放以来主导"小康社会"的核心价值观，大概也是阿来自身在成长过程中最具支撑力的价值观，它贯注在拉加泽里这个"市场化"浪潮中的个人英雄身上显得特别坚实——可以说，拉加泽里不但是阿来笔下最丰满扎实的一个人物，也堪称"新时期"以来继高加林（路遥《人生》）之后又一个成功的"农村青年"的典型形象。然而，将拉加泽里的价值观念套用在索波身上就出现了严重的时代错位，虽然这两个年轻人身上的那股"发狠"的青春劲头是那么相像，就像高加林和梁生宝（柳青《创业史》）都是积极向上的大好青年，但如果将高加林"空投"到梁生宝的时代，他不可能是"积极分子"，只能是充满小资产阶级个人主义思想的落后青年。在《空山》中，被抽空了革命理想的索波只剩下野心勃勃，他以出人头地的心态号召大家大公无私，就完全不具备任何道义上的合法性。于是，这个本来可能成为"典型"的人物被完全概念化了，"进步"时，他永远地反天意，永远地背民心；"退步"后，他不断地"犯错误"

而终于成为机村人信服的"领头人"。对他"进步""退步"的解释，只有好人、坏人的逻辑。最后，甚至由其母亲（又一个"蒙昧的通灵人"）解释为"革命"是寄居在儿子身体里的"怪人"，那个"怪人"离开了，儿子的善心就发动了（《空山Ⅱ·荒芜》第309页、311页）。革命就这样被妖魔化后被驱逐了。

对革命意识形态的彻底放逐，使小说的主题无法深入。《空山》中写外来革命与西藏文化冲突最激烈、写法也最落实的一部是《天火》。小说的主题可分表里两层，表层写"文革"政治疯狂的火点燃了藏区森林自然的火，而深层则触及了大火如何点燃了藏人心里的火，这就是巫师多吉说的"山林的大火可以扑灭，人不去灭，天也要来灭，可人心里的火呢？"（《空山Ⅰ·天火》第202页）藏人"农奴翻身"的喜悦、建设"新社会"的理想和人类共有的乌托邦冲动，这些"心火"怎样与外来的"天火"呼应，又如何与自然法则和藏区原有文化发生冲突，这都是写西藏百年变迁史需要深入挖掘的。但是，由于小说在对"新社会"的描写时，从来没有在藏人心中撒下革命的火种，这火只能是来自外部，烧在表层。整部小说中只有几处涉及比较复杂的情绪，如写到灭火队进驻机村后，物质的极大丰富和临时共产主义的供应方式让机村人进入短暂的狂欢。但这样的情节在小说中实在太少，而且只在表层滑过。整部小说就像阿来笔下快速推进的大火，虽然来势汹汹，但缺乏盘旋和回溯，无法在深层形成"有效的杀伤"，"差不多是脚不点地的，只是从原始森林的顶端，从森林枝叶繁盛的上部越过。"（《空山Ⅰ·天火》第213页）

"超越性"：对民族文化身份的态度

其实，作为一部由藏族作家书写的本民族当代变迁的史诗，《空山》最令人遗憾的地方还不在于对外来冲击采取简单的拒斥态度，而在于其内部根基的空虚。无论是从宗教信仰还是从生活方式上，阿来都与中心地区的藏人相对疏离，文化上缺乏精深的滋养，立场上更有意"超越"。这就使阿来"退守"的背后没有建构的基础，"拒斥"的背后没有抵抗的含义。而且，作为一种边缘宗教文化群体的"发声者"，阿来与其所属的族群缺乏那种具有深切悲情意味的"同在感"，这是与写作《心灵史》的回族作家张承志完全不同的。

阿来一直称自己是一个"用汉语写作的藏族人"。他承认自己虽然是藏人，但家乡位于靠近汉人区山口的农耕地区；虽然母语是藏语，但不懂藏文，不能接触藏语的书面文学；虽然有强烈的宗教感，但不是佛教徒。尽管在阿来看来，这诸多的"但是"正成全了他的"超越性"，如在接受藏族文化传统时免受佛教影响，更具有"民间"的朴素深刻性，从小在汉藏两种语言中流浪培养了文学的敏感。[1] 然而，一个少数民族作家在不能进入本民族文化核

---

[1] 阿来：《穿行于异质文化之间》，《中国文化报》2001年5月10日。夏榆：《多元文化就是相互不干预——阿来与特罗亚洛夫关于文明的对话》，《花城》2007年第2期。

心的前提下进行"超越"，他还能在多大程度上具有本民族文化属性？如此轻盈地"穿行于异质文化之间"，又能在多深的层次上触及异质文化的交锋？

在有关阿来民族文化身份认定的问题上，我特别赞同郜元宝先生的洞见，他称在阅读阿来作品之后所能建立的关于作者身份的唯一认识就是，阿来"基本上是从小就失去本族文化记忆而完全汉化了的当代藏边青年"。而《尘埃落定》与《空山》共同的问题都是："作者在尚未自觉其文化归属的情况下贸然发力，试图以长篇小说的形式对复杂的汉藏文化交界地人们几十年的生活做文化与历史的宏观把握。"①如果有所补充的话，我想应该强调阿来"纯文学"作家的属性。阿来在宣称不相信任何一种宗教信仰的同时，又宣称"文学是我的宗教"②。当然，这只是一种"文学的说法"，而这里的"文学"肯定是"纯文学"。"纯文学"是讲求超越性的，但不是没有载体。通常，越"超越"的东西越会附丽在最强势、最通行的载体上。在阿来这里，"纯文学"的语言载体是汉语，并且是走向世界的汉语。背后的意识形态则是"去政治化"的"普世价值观"。在《空山》里，阿来的"纯文学"信仰集中体现在对优雅汉语的崇拜和对以《百科全书》为代表的西方现代化科技文明的崇拜。

《空山》中，最能体现阿来自我文化身份认同的人物是达瑟（认同程度甚至超过了那个似乎是童年阿来的"我"），这个颇具科尔维诺笔下"树上的男爵"派头的藏族知识青年，在机村代表着最高的"理性智慧"。达瑟从城里运回一马车书，然后终身在树上阅读。对于书的类别，他是精心挑选的。这些书里"没有毛主席，没有共产党，也没有万岁，没有打倒"，书里有的是花草树木、飞禽鸟兽的彩色图案和名字——这是一套《百科全书》，代表着自然科学、"纯粹的知识"。在达瑟这里，"书上的话"代表真理，而为什么"书上的话"有两种，而且彼此矛盾，达瑟虽然困惑但不深思，他只是"本能"地扔掉一种，信奉一种。

小说中有一个特别有象征意味的情节：有一天，"我"终于进入了达瑟树上的书屋，在他的指导下打开了新奇神秘的《百科全书》：机村的山野里植物众多，但全村所有人叫得出名字的种类不会到五十种。而且，好些名字是非常土气的。比如，非常美丽的勺兰，叫作"咕嘟"，只因这花开放时，一种应季而鸣的鸟就开始啼叫了。这种鸟其实就是布谷鸟。五月，满山满谷都回荡着它们悠长的啼声，但人们也没有给它们一个雅致的命名，只是像其鸣声叫作"咕嘟"。然后又把勺兰这种应声而开的花也叫了同样土气的名字。现在一本《百科全书》在我面前打开了。我置身其上而看不到全貌的树呈现在我面前。同时，还有一些环绕着大树的小图呈现出了这树不同部位的细节，和它在不同季节的情状。书本真是一种神奇的东西，它轻易地使一件事物的整体与局部，以及流逝于时间深处的状貌同时呈现出来了。（《空山Ⅱ·达瑟与达戈》第72页）

一本《百科全书》，三个名词，背后是三种文明体系及其在小说中的"自然排序"。为

---

①　郜元宝：《不够破碎——读阿来短篇近作所想到的》，《文艺争鸣》2008年第2期。
②　阿来、脚印：《文学是我的宗教》，《文学报》2005年6月2日。

什么"咕嘟"是土气的，"布谷"就是雅致的？其实，无论汉语里的"布谷"还是英文中的cuckoo都和"咕嘟"一样是模仿鸟叫的声音命名的。布谷鸟在汉语中又叫杜鹃，它同样是花的名称。也就是说，在给花鸟命名的思维方式上，藏语和汉语、西语都是相似的。那么到底是什么不美呢？是"咕嘟"的发音，还是固定着发音的汉字？如果"咕嘟"译成"古渡"是不是就可以和"勺兰"媲美的了？看来，优雅的不是"布谷"和"勺兰"，而是这两个名词自然引发的诗文联想，其背后有着"最悠深、最伟大"的汉文学传统（阿来语）。而当它们印在《百科全书》上的时候，它们就以"世界本来面目"呈现在世人面前了。而"咕嘟"成了唯一需要被引号括出的"化外之音"，它背后有什么呢？有藏传佛教对世界博大精深的独特认识系统吗？有藏文学灿烂多姿的文学传统吗？都没有。这些在我们汉语读者知识谱系里缺乏的东西，阿来也没有提供给我们。于是"咕嘟"的背后就只有村人的蒙昧、粗陋和土气。阿来甚至忘记了，他是拿自己母语里一种村野文化放到另一种强势文化的文人系统里去比较，如果汉语中的一句"村话"放到藏语文学的系统里去打分，结果又会如何呢？在这里，阿来暴露了他对藏文化价值判断上的矛盾态度：在意识形态层面，西藏是足以对抗一切入侵的外来文明的，虽然逆来顺受，但高贵泰然；而一旦进入到文化对抗层面，藏族立刻退回到"边疆落后地区"的位置。而这矛盾的心态背后，"纯文学"的价值系统却是同一的。

其实，在《空山》整体偏于飘忽的叙述中，这一段的描写是相当动人的——寂静的森林深处，风吹过树冠。一本又厚又大的《百科全书》从一块油布中被抽出、打开，于是，世界有了光。在对《百科全书》单纯的信奉中，我们几乎可以重温70年代末中国人对于"歌德巴赫猜想"的热情。这里有一个虔诚的被启蒙者，他是谦卑的、好奇的、想飞的。相信这里面有着阿来真切的个人经验，如果在单纯的个人叙述里，如在前边谈到的那些有关机村的小故事里，这经验是纯朴动人的。然而，一旦这个怀有"当代藏边文学青年"心态的叙述者以"藏族历史上真正意义上的第一代的知识分子"[1]的姿态讲述西藏百年变迁史时，因母语文化的残缺导致的妄自菲薄就会显露出来。

《空山》全书问世后不久，阿来在中央电视台"面对面"节目的一次访谈中[2]，谈到藏语是一种宗教语言，缺乏表现现代生活的语汇，结果，立刻受到一些藏族知识分子的激烈批评和反驳，他们指出，藏语完全有自己独立的文学系统和绝不亚于汉语的丰富生活语汇，阿来不应该在无知的情况下贬低自己的母语[3]。从本文论题出发，我们这里仅讨论一个与"纯文学"更相关的问题，作为一个"纯文学"作家，阿来如何对待普通话之外的方言？

有关机村人对生活中的植物缺乏命名的说法，特别容易让人联想起韩少功在《马桥词典》后记中提到的那个故事：一次，他在海南岛菜场上向当地卖主问一种不知名的鱼的名称，卖主瞪大眼睛说"海鱼"，再问之下，不耐烦地说"大鱼么！"当时他差一点嘲笑、可怜他们语言贫乏，后来知道自己错了。海南有全国最大的海域，有数不尽的渔村，历史悠久

---

① 中央电视台《面对面》栏目"见证西藏"系列节目：作家阿来（2008.4.29）。
② 中央电视台《面对面》栏目"见证西藏"系列节目：作家阿来（2008.4.29）。
③ 参阅网友评论《藏人驳阿来先生：我的葡萄不酸，还很甜》。

的渔业。关于鱼的词汇量这里应该是最大的。真正的渔民，对于几百种鱼以及鱼的每个部位以及鱼的各种状态，都有特定的语词，都有细致、准确的表达和描述，足可以编出一本厚厚的词典。但这些绝大部分无法进入普通话。"他们嘲啾呕哑叽哩哇啦，很大程度上还隐匿在我无法进入的语言屏障之后，深藏在中文普通话无法照亮的暗夜里。他们接受了这种暗夜。"①

如果说《空山》的背后有一个"虔诚的被启蒙者"的话，《马桥词典》的背后则有一个反思的启蒙者。而《马桥词典》的写作动机恰恰是揭开普通话的语言屏障，深入嘲啾呕哑叽哩哇啦的方言，按照它的原生语义和价值体系编写词典。这是对普通话霸权的颠覆，也是对大一统的文化观念的颠覆，更深远处则指向全球化和普世主义价值体系。《马桥词典》也是"纯文学"谱系内有代表性的作品，韩少功也可以算是"纯文学"的开路先锋之一。"纯文学"的价值形态本是从"启蒙话语"推导而出的，但90年代以后，继续"先锋"者已经走向质疑和颠覆。《马桥词典》发表于1996年，十年之后，阿来的《空山》又回到了"启蒙话语"的原点——我是想说，即使不谈少数民族作家对自己母语态度的问题，完全回到"纯文学"自身，阿来的思想观念也是滞后的。阿来的母语正是"深藏在中文普通话无法照亮的暗夜里"，他的选择是，在现实生活中以个人的方式逃离，在文化判断上"接受这黑暗"，而他的写作在某种意义上更加重了这黑暗。

之所以产生这样的状况，一方面是由于阿来一直没有走出"当代藏边青年"的心态，但更重要的是缺乏知识分子应该具有的持续反思的精神和态度。在对优雅汉语的崇拜中，没有反思作为一种强势话语它如何与国家这个"庞然大物"结合，在对科技文明的崇拜中，没有反思它与现代性发展对自然掠夺毁坏之间的因果关系。在表层僵硬的拒斥和深层近乎天真的信奉之间，阿来的世界观存在着不自知的矛盾。而知识分子反思立场和少数民族文化守护立场的双重缺失，也使《空山》对于今日真正居于霸权的、对边缘文化造成压抑消解的各种主流力量缺乏抵抗。

"去革命化"和民族文化身份的架空使阿来对"新社会"以来西藏社会变迁史的描述难以深入，两种冲突力量的交锋只能在人性、人道、天命、天道这样的"中性"地带进行，思想上的飘忽与写法上的"寓言化"结合在一起，使整部《空山》显得空旷而迷离。

老实说，阅读完三卷六部煌煌七十万言的《空山》，除了优美的修辞风景，最终能够抓住的东西，还不足那几个短小精悍的短篇。在此，我再次赞同郜元宝先生自称为"不合时宜"观点，阿来最适合的小说形式恐怕是短篇②。虽然，对于"史诗化"创作，我也和许多作家一样怀有某种"心结"——我依然期待有作家能以强大的思想力和文学表现力高屋建瓴地呈现中国巨大的社会历史变迁，哪怕这高屋建瓴仅是一家之言，但却是不回避矛盾的，有自己的体系和思考的。但阿来并不是这样的作家，他的"神"并没有给他坚定的信仰，也

① 韩少功：《马桥词典·后记》，作家出版社1996年版，第398～399。
② 郜元宝：《不够破碎——读阿来短篇近作所想到的》，《文艺争鸣》2008年第2期。

没有给他有效阐释这个世界的方法，只让他维持了一种气定神闲的叙述姿态。宏大史诗的架构把他捆死了，回到短篇中，被完整叙述封闭的个人记忆才释放了出来，而且，笔调也落实了。阿来将目光盯准一个人物，一件器物，大树的一片枝叶，世界的一个角落，然后以四两拨千斤的巧劲儿，将世界之大隐身在眼前事物的精微中，具有佛教灵性的智慧凝聚在"笔记小说"般的短故事里，言简意赅中显出微言大义——从西方舶来的"寓言性"在这里终于有了阿来自己的风度。

自从以《尘埃落定》获得茅盾文学奖以来，阿来藏族作家的身份就被强调。《空山》之后，阿来又加入盛大的"神话重述"国际写作计划，重写藏族史诗《格萨尔王》①，藏族作家的头衔更会格外闪光。不过，如果真需要给阿来一个头衔的话，我宁愿称他是"纯文学作家"，而非"藏族作家"。阿来的文学才能和他在当代文坛的地位与他的藏族血统并没有必然的联系。西藏在他那里就是机村，而机村对于他的意义，远了说如约克郡之于福克纳，近了说像商州之于贾平凹，只是成长和记忆的故乡，题材和灵感的来源。阿来没必要因为自己是唯一的一个获过茅盾文学奖的藏族作家，就一定要承担为西藏撰写当代史诗的任务。他应该以更单纯的作家身份写作，以在他看来有着"最悠深最伟大"传统的汉语文学传承者的身份，立足中国，走向世界。《空山》的副题本就是"机村的传说"，这或许就是阿来写作的原初动机，他真正适合写的不是"历史"而是"传说"——以个人化视角从历史的尘埃中拾起那些有意味的碎片，注以诗人的灵性，再用"纯文学"的技艺将它们打磨得熠熠生辉。

（原载《文艺争鸣》2009年第2期）

---

① 中央电视台《面对面》栏目"见证西藏"系列节目：作家阿来（2008.4.29）。

人性观念的现代重构

——以阿来《格萨尔王》为例

卓 玛

藏民族对人性最早的认识存在于神话之中。在藏族神话中，"猕猴变人"的人类起源神话至今仍有流传。象雄型创世神话记载在刚刚创世之后，出现了一只猴子和岩妖女，在青香树的撮合下，岩妖女与公猴结合，生下六子，六子又继续繁衍，从此大地上就有了人。雅砻神话则有佛教影响，认为人类是猕猴与罗刹女结合的产物。《吐蕃王统世系明鉴》中这样记载："如此，由于藏族之人种，是猕猴菩萨和罗刹女传出的缘故，分成两类。父猴菩萨传出的一类，性情宽和，信仰虔诚，心地慈悲，勤奋努力，爱做善业，出语柔和，长于辞令，这是父猴的遗种也。罗刹女传出的一类，贪欲好怒，经商谋利，好盘算，喜争执，嬉笑无度，身强勇敢，行无恒毅，动作敏捷，五毒炽盛，喜闻人过，愤怒暴急，这是罗刹女的遗种也。"[①] 这则神话至今流传，今天西藏山南地区有一地名"泽当"意为猴子"玩耍的地方"，当地第一个宫殿"雍布拉康"脚下有猴变人之后第一块青稞地等风物传说。当然，这种人性观与藏传佛教文化也有较为密切的联系。藏传佛教文化认为人人皆有慈悲善良智慧的基因，但因为愚昧偏见导致心灵混浊，佛教因而强调自我心灵的救赎。这种宗教上的认识归结出人性兼善恶的原因。这则神话就是一个关于人性善恶说的原型：人性兼有善恶。神话中说像猕猴的这一支善良、温和，像罗刹女的这一支则暴戾、狡诈，分别是人性善与恶的象征。从这一点来看，它避免了西方人、汉族人自古以来在人性认识上的误区，深刻认识到人性兼善恶。这一认识的深刻意义在于：它既避免了因"人性恶"的意识而使人性背负原罪枷锁，也避免了因"人性善"的认识而使人性失之于理性制约，它客观地认识到人性的善与恶是兼具的，人类需要时刻扼住作恶的欲望而发扬善的品行，藏族先民用艺术的手段揭示了人性既善又恶的原因，那就是象征善的猕猴与象征恶的罗刹女的结合导致了人性的复杂性。从古至今的众多文艺作品不都纠缠于人性的善恶表达之中吗？这种人性观继而对藏族人的道德观产生了重大的影响，形成了以佛教教义教理为核心，以客观的人性论为基础的道德观念。

这种人性观在藏族文学中的体现是十分丰富的。在古典文学作品中更强调隐恶扬善的宗

---

① 转引自丹珠昂奔：《藏族文化发展史》（上册），甘肃教育出版社2001版，第235页。

教修为和"善有善报，恶有恶报"的宗教因果论。在藏族文学的现代作品中，作家对人性观的认识和把握显得更为复杂。在小说《格萨尔王》中，阿来就对这个问题展开了富于现代性的思考，对藏族人性兼善恶的观念做了一个富于现代意义的强调，是一个较为成功的互文范例。

阿来的《格萨尔王》显然是一个与格萨尔史诗形成互文的文本。无论这一文本对史诗进行了怎样的引用、戏仿还有吸纳，它仍然不失为一部个人化的写作。它对史诗的互文，更多地体现为对史诗所深藏的古老人性观的再度强调。

按照罗兰·巴尔特的观点，他在叙事作品中区分出三个描述层次："'功能层'（其意义同于普洛普和布雷蒙），'行动层'（其意义同于格雷马斯，当他把人物说成是行动位时），以及'叙事作用'层（大致说来，它相当于托多洛夫的'话语'层）。必须记住，这三个层次是按照一种渐进的整合样式相互连接的。"[1] 罗兰·巴尔特运用这种结构分析的本意是"非哲学性"的，"符号学式"的分析，为我们提供着一种分析经验，但他拒绝追逐意义。但就像罗兰·巴尔特研究专家李幼蒸对他的理解一样，罗兰·巴尔特以怀疑主义的理性思辨进行了大量符号学、去神秘化的文本分析实践，具有深刻的理论认知价值。我们则可以沿着这种认识论的方向继续前进，去追寻文本最终的意义。

小说开篇有一个时间代码值得重视。"那时家马与野马刚刚分开"[2]，这种没有确切时间刻度的时间表述显然更接近神话叙事，符合叙事人对更模糊的时间叙事的需要，也符合口传文学程式化、仪式化的时间表述需要。但本文的叙述者则以含糊开端，又对之进行详解："历史学家说，家马与野马未曾分开是前蒙昧时代，家马与野马分开不久是后蒙昧时代。"这里的时间代码被赋予了历史时间的特点，故事开始的时间成为一个历史的时间节点——"后蒙昧时代"。对于故事发生的"后蒙昧时代"的定位，叙述者赋予了其"恐怖与迷茫"的时代特征，而这个时代特征的构成是因为人"魔"一体，人"魔"难辨。而故事的写作时间——21世纪初又是一个极其复杂的时代，经过工业化大发展之后，人类社会迎来前所未有的物质丰富时期，然而，这一切是以环境破坏、人性异化、工具理性大行其道，人与自然愈发疏离为代价换得的，从人性层面出发，我们仍处在一个人"魔"一体，人"魔"难辨的时代，人们仍处于"恐怖与迷茫之中"。这里，小说的时间代码巧妙实现了故事时间、历史时间、写作时间三者的并存，这种并存使一个时间代码拥有了文化与哲学的意味，这种意味成为整个小说文本的一种思想定位——心魔难除，人性始终处于善恶的纠结挣扎之中。从开篇一个时间代码开始，阿来就将重述的格萨尔史诗与当下紧密地联系起来，这不能不说是作家的一种精心设计。这个时间代码传递出的信息无疑使文本层次化了，故事的情节层面、人物的情态层面、哲学思考的情调层面，每一个层面都最终指向作家有关人性思考的这一定位。

---

① ［法］罗兰·巴尔特：《符号学历险》，李幼蒸译，中国人民大学出版社2008年版，第102～144页。
② 阿来：《格萨尔王》，重庆出版社2009年版，第1页。

一、"神子降生"的叙事代码分析

《格萨尔王》分为三部：神子降生、赛马称王、雄狮归天。阿来的这种设计十分符合普洛普的故事形态学对于功能的划分。故事始于英雄的缺位，于是"神子降生"，其间包含"神奇地出生"的故事类型；格萨尔拯救众生的过程分别符合从一地向另一地转移、英雄与敌人格斗、英雄胜利敌人失败、英雄变形等功能，同时，这个过程也隐含着民间故事"英雄接受考验""超自然的对手""超自然的帮手"等故事类型；"雄狮归天"则含有英雄变形再生的功能。

具体地看，第一部分"神子降生"从故事层面讲述了岭国妖魔横行，英雄缺位，于是神子受命降生，但遭逢放逐，上天惩罚岭国人民，降下大雪，岭国人受到启示，去往格萨尔建成的新城堡。从另一个并置的故事线索来看，牧羊人晋美做梦逐步得到神授，成为说唱艺人。两个故事并置在一起，但分属不同的时间空间，晋美似乎是作为一个见证者从梦中窥见一切，并逐步熟悉整个故事，从而成为说唱艺人。从叙事角度来看，晋美这一人物的设置不仅是为了设置一个除作者叙述者之外的另一个叙述者，也是为了"重述"的史诗与当下现实之间紧密联系。"神子降生"一部中，能抽离出这样几个功能：英雄缺位/神子降生，拯救众生/遭遇放逐，放逐/惩罚。这几个功能共同指向人性的古老命题。

对以上三个功能做出分析之前需要首先关注"英雄"这一符号在口传文学中的特征。根据笔者的理解，"英雄"的特征具有以下几点："在神话中一般认为，英雄'通常是指介于神灵与人之间的一种特殊的属类'。……由此看来，英雄可能是半人半神或受到神支持的人，他们创造出的业绩才被称为是英雄神话。在民间口传文学漫长的传承中，人们传颂英雄的故事并以此强化人们对英雄的崇拜，崇拜英雄的主题才得以延续。人们对英雄的崇拜是因为他是与众不同的人，是具有奇异能力的人，在他身上具备以下特征：第一，英雄一般都是男性。由此基本可以推断：感生神话及英雄神话可能都产生于父权制形成之后。神话的叙述者很自然地将他们认为十分重要的人物给予了男性。……第二，英雄半人半神的类属或者是他获得神的支持均是因为他是神灵之子。由于受'万物有灵'观念和图腾崇拜观念的影响，中国少数民族的感生神话多是感自然万物而孕的情节，如感风、感雨、感植物等等。只有感天、感光和感梦三类神话含有一定的将英雄政治化的因素，如神话中藏族王子茹拉杰、塔吉克揭盘陀国王、苗族白帝天王、高丽东明王等都是以国王或部落首领身份出现的，此处感生物的出现是为了将英雄神圣化。第三，英雄出生后的主要业绩就是创造和征服。因为英雄的神性背景，因此他往往首先是始祖，以祖先的身份受到崇拜。感生神话中满族始祖布库里雍顺、高山族雅美人、泰雅人始祖均是这样。除了始祖身份，英雄的征服和创造是他们最主要的业绩：彝族英雄支格阿鲁神武过人；高山族英雄那巴阿拉马成为射日勇士；羌族英雄燃比娃为民众找来火种，成为羌族的普罗米修斯；独龙族英雄马葛棒为民除害后化为星座，为人们报告节令；藏族英雄茹拉杰是典型的文化英雄，他驯化野牛、引河入渠、开垦农田、冶炼矿石……这些英雄往往是祖先、创世神、文化神三位一体，更多的是创世神和文化英雄的结合。在他们身上反映了人类社会发展过程中的一些重要阶段和重要的文化事件，人们将其夸大化地寄托于一人身上，体现了他们对特定时空下某一集团的认同和文化记忆。第四，为了突出英雄的神圣和崇高，这些英雄往往要经过磨炼和考验。如果按萧兵对太阳英雄神话中的太阳神所拥有的各种面目，即射手英雄、弃子英雄、除害英雄、治水英雄、灵智英雄来区分的话，弃子英雄所经历的磨炼和考验与中国少数民族感生神话中的英雄所经历的磨炼和考验则十分一致。许多英雄都曾有过被母亲丢弃的经历：彝族九兄弟因父母衣食难供差点被弃，后因神人相助而获得饿不死、烧不死等神力；彝族神女蒲莫尼衣将支格阿鲁'弃之岩下'，支格阿鲁历经磨难而成英雄；朱蒙也曾遭遇过被丢弃的经历；大理龙母生子后'弃之山间'，其子后成为治水黄龙。对于英雄的被弃，历来有许多说法，古有'怪胎说''孵生说'，近代有'杀长说''轻男说'。但笔者认为英雄被弃的情节，一来可以增强神话情节的曲折性，二来可以更好地反衬出英雄遭弃而不死，反而在磨炼和考验之后成为崇高的英雄，这对烘托英雄形象有较好的表现力。第五，为了强化崇拜英雄这一主题原型，在这些英雄身上，集中了诸多母题类型。……[1]几种母题类型的叠加，从各个细微之处来证明英雄的与众不同及神圣之处，让英雄身上的神圣光环散发出更耀眼的光芒。

从以上分析可见，口传文学中的英雄概念有其丰富的文化历史内涵。阿来进行史诗重述时也兼顾了英雄这几个方面的特征：格萨尔是男性，神灵之子，其主要业绩是创造和征服，他经过考验与磨炼，其故事母题集合。阿来多年对民间文化的收集与考察帮助了他，他在进行虚构时抓住了这部史诗最重要的特质。然而，作为一部叙事虚构作品，作为一部个人化的创造，阿来则将"英雄缺位／神子降生"这一功能则指向这样一种现实：岭国"群魔乱舞"，然而无人抑制，导致群魔乱舞的原因是："魔都是从人内心里跑出来的。"叙述者还进一步阐释心魔产生的原因：权力、土地、财富的追逐产生争斗，争斗产生胜负，胜负产生贵贱，"所有这些都是心魔所致"。这显然是一个马克思主义式的解释。此处的魔成为一个象征意象，即人类内心的欲望。如此一来也就可以解释心魔横行下的英雄缺位实际是对善、良知、正义缺位的拟人化表达，那么神子降生也就是善的降生。这从"大神"选择神子崔巴噶瓦的情节得以呈现："你们都不如这神子为下界饱受苦难的众生忧愤那么真切！"这里的"忧愤"源于善良与正义感。所以"英雄缺位／神子降生"这一功能完全可以置换为隐喻代码"欲望横行／良知出现"。

从第二个功能"拯救众生／遭遇放逐"来看，它完全符合"考验"母题的需要。但是沿着上一个功能继续搜索，这种"考验"母题也带有鲜明的指向性。神子觉如杀戮鬼怪幻化的生灵，遭到岭国人厌弃，觉如母子被放逐。这个考验故事的发端充满了荒诞感：觉如认为自己杀戮鬼怪，在拯救众生，然而因为觉如出现而剪除妖魔，生活太平的众生眼中见到的却是

---

① 卓玛：《关于中国少数民族神话感生主题原型的女性人类学阐释》，《青海民族学院学报》2009年第3期。

屠杀无辜，受到宗教指引开始向善的众生无法容忍觉如的"恶行"，因果的混乱，众生的众口铄金，将觉如引向一个"无物之阵"的困惑之中，"觉如知道，自己身上的神力，就是来自这新流传的教派安驻上天的诸佛的加持，让他可以在岭噶斩妖除魔，但他不明白同样的神灵为什么会派出另一些使者，来到人间传布那些不能与他合力的观念"。在口传文学中，格萨尔接受的考验是一次次降妖除魔，但在本文中，格萨尔接受的考验是辨识人心，辨识由外而内的降服和由内而外的信服，辨识人性的复杂。同时，"拯救众生／遭遇放逐"这一功能因为考验主题的深化也就可以置换为"善／伪善"。

第三个功能"放逐／惩罚"的情节是觉如遭遇放逐之后，来到异地玉隆格拉松多，除魔，通商，修筑城堡，而岭国人因为驱逐神子遭到上天惩罚，连降大雪，老总管受到上天示意，带领百姓流亡到玉隆格拉松多，成为格萨尔臣民。从民间故事类型学的A–T分类法来看，"惩罚"主题属于宗教故事B840"对人们的惩罚"一条①。惩罚的实施者是"公正的上天"，这在格萨尔史诗中具有的鲜明的宗教性即可看出，阿来也承继了这种宗教性。但作为虚构叙事作品，阿来有意识地进行了他的文学创造。"下雪"这一天气代码在这里作为惩罚手段承担起相应的作用，于是"下雪"就从一个天气代码衍生为一个文化代码。雪与藏族尚白传统息息相关。"尚白"习俗源于藏民族生息的环境及相应的原始信仰。雪域高原是藏民族一直繁衍生息的地方，游牧所及之处，满眼均是雪山草原，湖泊河流，这种自然环境培养了藏民族天然的审美观：雪山、湖泊的圣洁之美。同时，苯教关于宇宙形成的神话认为一白一黑两束光芒中产生了生灵与灾难的本原，也是真善与假恶的源头。雪域民众在苯教"万物有灵"观念的影响下，将诸多雪山、湖泊、河流等视为神灵，尤其是藏区著名雪山都被视为神灵的驻锡地，而这些神山都是终年积雪不化的晶莹雪山，洁白神圣。"诸多的山神皆以白牦牛、白蛇、白马的形象出现。……显然，诸多山神不管是以动物形态抑或以人体形态出现，其色彩都与雪域高原白色的自然景观相一致。这表明藏民族对自身生存的被白雪素裹着的高原环境情有独钟，关爱太深，以至于形成崇尚白色的心理范式和文化秉性"。②正是这种生存环境和原始信仰，使得"尚白"观念深深根植于民族文化中。"尚白"观念在佛教传入藏区后得到进一步强化。"尚白"观念就与崇佛观念有密切关系。传说释迦牟尼入胎前，有一只白象自其母摩耶夫人头顶没入，后佛祖诞生。早期这种崇尚白色的观念与印度的"净浊观"有着密切联系，白色象征洁净、质朴。佛教传入雪域后，与本土苯教结合，强化了"尚白"这一观念。佛教经典中，莲花（主要是白莲花）常用来比喻十种善法，它清净、质朴、神圣、高贵，被藏族民众视为重要的宗教供物。可见，藏传佛教的形成促进了藏族尚白观念的进一步发展，在延续上千年的历史中，深深铭刻在民众头脑中，不断反复地出现在民间文学中，白色也由此成为一个具有强大影响力的色彩原型意象，象征质朴、洁净、真纯、高贵、神圣。在藏族传统观念中，"白"寓意所尊崇的一切高洁、神圣之物，佛祖、万神、

---

① 参见［美］斯蒂·汤普森：《世界民间故事分类学》，郑海等译，上海文艺出版社1991年版，第566页。

② 何峰：《藏族生态文化》，中国藏学出版社2006年版，第362～363页。

雪山、湖泊、河流、白莲等等。在精神上，"白"象征藏族人所追求的至纯、至真、至善、至美的品德修养和人生境界。鉴于"白色"所具有的文化内涵，文本中"下雪"与惩罚的结合就显得令人不解。然而如果了解了小说最初的思想定位——人"魔"一体，心魔难除，那么"雪"可能就富含了以善意、质朴来应对恶行的内涵，因此，"放逐／惩罚"也就可以置换为"为恶／为善"的隐喻代码。

二、"赛马称王"与"雄狮归天"的行动位分析

从民间文学角度来看，阿来在整个文本三个部分的设计上匠心独运，围绕庞杂的格萨尔说部提取出来最重要的几个"谓语"：降生、称王（锄魔）、归天，并自由地对这几个"谓语"组合、改变和转换，使"谓语"的"同位语"不断膨胀，抓住了口传文学最重要的本质特征。在"赛马称王"一部中，格萨尔称王、除魔，发动战争，同时经历着国王忘归、爱妃争宠、血亲内讧。从功能层面看，故事无非如此，但《格萨尔王》通篇还隐匿着另一个重要的层次，即人物心灵的震荡、思想的辨析，这正是属于人性层面的构建。这种构建的推动力显然是人物的行动。从作家个人化的创造来看，阿来在每一个部分都利用情节功能、人物的行动位最终展开富于现代性的叙事，将格萨尔、晋美内心的犹疑、徘徊和追问一一展示出来。

"格雷马斯提出，在描述和分类叙事人物时，不按照他们是什么而按照他们做什么的标准"[①]，"赛马称王"中除却功能层的称王、除魔之外，更为重要的行动序列由格萨尔、说唱艺人晋美、故事人物阿古顿巴完成，这三个人物身份不同，在叙事中地位不同，但如果从"做什么"的标准来看，他们却有着较为一致的行动，那就是追问和怀疑。从格雷马斯的"行动位模式"[②]来看，三个人物分别属于援助者、发送者及对抗者。格萨尔帮助着黑头藏人、岭国百姓，但善恶之争的人性疑问却一直萦绕心头，他一直在怀疑自己的能力，怀疑人的救赎；晋美从平凡普通、头脑一般的牧羊人晋美到嗓音浑厚的说唱艺人晋美的转变，并没能阻止他追问故事中的现实、追问其中的意义；阿古顿巴则是藏族民间故事中的机智人物的典型，他傲视权贵、以其智慧与戏谑怀疑着那个有失公平与正义的社会。三个人物分别属于三个行动者，但是他们具有相同的行动：追问与怀疑，他们是各自行动序列中的主角，但三个人物从不同的方面印证了笔者对文本的思想定位——对人性的思考。

具体地看，格萨尔的身份经历了神子崔巴噶瓦、觉如、格萨尔王三种变化。神子崔巴噶瓦因看到下界苦难心生不忍，被大神选中去下界做岭国之王，拯救黑头藏人。"不忍"的心理动因成为叙事行动得以延续的重要推动力，这就是善良与正义。到觉如初显神通时，他就陷入了魔法与心魔的追问：觉如欲图制服晃通，晃通大叫："侄儿啊，我是你中了魔法的

---

① ［法］罗兰·巴尔特：《符号学历险》，李幼蒸译，中国人民大学出版社2008年版，第102～144页。
② ［以色列］里蒙·凯南：《叙事虚构作品》，姚锦清等译，三联书店1989年版，第62页。

叔叔啊！"觉如一时陷入迷惑，无法分辨晁通的话语，这里的魔法与心魔之辨贯穿了格萨尔的一生。这些叙事都是第三人称的，但此处针对觉如的瞬间迷惑插入了一段非人称的插叙："觉如一时间有些糊涂。后来有人说得好，'好像是电视信号被风暴刮跑，屏幕上出现了大片雪花。'电视信号被风暴刮跑，草原上的牧民会拉长天线，向着不同的方向旋转着，寻找那些将要消失的信号。甚至他们会像短暂失忆的人拍打脑袋一样，使劲拍打电视机的外壳。"① 这种插叙语段是相对传统的一种叙事样式，它出现是欲图将古老的史诗与当下紧密联系起来，以指涉当下的方式发挥着它的叙事作用，而这种指涉当下显然是关乎善恶的追问。作为岭国之王，"世界英豪制敌宝珠"格萨尔拥有神力与加持，但却往往陷入人性的怀疑与追问之中，就连大神也觉得格萨尔"染上人的毛病了"，这种思索与追问使得格萨尔完全没有神子的神圣，历经几度对岭国人的失望，格萨尔倍感孤独，历经没完没了的征战，格萨尔深感疲倦。"地狱救妻"是格萨尔史诗的最后一个说部，民间艺人通常比较忌讳说唱这一说部，据说艺人们一旦说唱了这一说部，往往就是艺人自己的死期将至。本文中的"地狱救妻"部分与传统说部的最大区别是格萨尔的怀疑与追问的凸显。格萨尔感觉到阴间不是"一个专门实在的地方"，"阳间地方同时也是阴间"。格萨尔具有这种思辨的结果，与他在岭国一直以来的境地有关，岭国的黑头藏人兼具善恶，善良、愚昧、麻木及冷漠集于一身，常常让格萨尔无所适从，他自己也因杀了凡人晁通而自责不已，心灵背负着罪恶感，最终，他没能救出母亲和妃子，但却超度了地狱所有的亡灵，最大化地实现了救赎。

懵懂的牧羊人晋美"遭逢"梦中的故事，成为一个格萨尔说唱艺人。格萨尔说唱艺人，藏语称"仲肯"，他们往往是格萨尔史诗贡献最大的传承者和创造者，正因为他们的传播，格萨尔史诗才被誉为"活着的史诗"。根据研究，格萨尔说唱艺人分为"托梦艺人、顿悟艺人、闻知艺人、吟诵艺人、藏宝艺人、园光艺人和掘藏艺人"② 。这种艺人的分类与宗教有较为密切的关系。小说中的晋美是一个托梦艺人，他在梦中看见故事发生发展。有趣的是，晋美不是一下子获得故事，而是每一次在梦中接续故事。可见，作者设置晋美这个人物，成为叙述者之一，使其成为故事与当下的有效联系，也通过晋美的视角，进行故事的接续。从叙事学角度看，晋美形象的设置具有以上作用，但从文学性角度看，晋美这一人物的行动位是"发送者"，即传播故事。然而，晋美没有像传统的艺人们那样，只是遵从某种使命，进行格萨尔故事的传播，他总想通过故事去寻找现实，追问意义。作者对于晋美日趋衰弱的视力，几乎眼盲的形象设置是富于深意的。古希腊诗人荷马也是盲人，这种身体残缺在至高的艺人身上可能是某种必需，就像文本中活佛对晋美开示时说的那样："眼睛不要看着外面，看着你自己的里面，有一个地方是故事出来的地方，想象它像一个泉眼，泉水持续不断地汩汩涌现"③ 。晋美专注于内心时，他是一个优秀的艺人，但他也会经历爱情的破灭，同行的刁难，生活的窘迫，现实的挤压，所以，他无法不追问英雄故事的意义，无法不怀疑故事在

---

① 阿来：《格萨尔王》，重庆出版社2009年版，第37页。
② 降边嘉措：《格萨尔论》，内蒙古大学出版社1999年版，第507~514页。
③ 阿来：《格萨尔王》，重庆出版社2009年版，第181页。

当下环境中的变异。本文中晋美的盐湖之路就体现了他终极的追问,盐湖这一地域代码显然富于深意:今天,伴随现代化进程的加剧,伴随采盐业的国有化,采盐人及驮盐队的经历、习俗、规约及相应的文化正在随风而逝,晋美在盐湖的追问注定了他的尴尬,故事无谓真假,它以信仰的方式潜藏在藏民族的集体记忆中。现实无谓真假,只有变化。由于执着于寻找意义与真实,他的美好年华最终定格成行吟诗人"在路上"的状态。

这两个人物与民间故事人物阿古顿巴的联系构成了文本对人物的某种定位。阿古顿巴故事是藏族民间故事中的机智人物故事,阿古顿巴是将民间所有机智人物故事集于一身的"箭垛式"人物,他充满智慧,轻视权贵,总能出其不意惩罚恶人而扶助弱者,当然,在民间故事中,阿古顿巴也被赋予了负面的形象:轻佻、爱撒谎,是智者与骗子的矛盾体。《格萨尔王》中,作者有意识地使晋美与阿古顿巴重叠,令阿古顿巴遭遇格萨尔王,这种情节设置有其思考。阿来在他的数篇短篇小说里都塑造了阿古顿巴这个人物,在阿来的文学世界里,阿古顿巴一反机智聪慧的性格,而是充满戏谑、讽刺和怀疑,本文中的阿古顿巴与其短篇小说中的阿古顿巴形成了形象上的互文。晋美追问故事、追问意义,却被当成阿古顿巴,被说成幽默,以致连形象也有些相似:晋美"恍然记得那时的自己脸颊丰满黝黑,神情平和,水里这张脸却瘦削严肃,下巴上挂着稀疏的胡须。他觉得自己是个性情温和的人,现在却惊异于脸上那种愤世嫉俗的神情。"[1]从朴实木讷的牧羊人晋美到愤世嫉俗、追问意义的艺人晋美,他拥有了说唱史诗的能力,更拥有了思想与智慧。格萨尔与阿古顿巴在故事中的交集更具深意:第一次,作为国王的格萨尔有了抵抗他的人,格萨尔敏感地意识到阿古顿巴表面上轻松幽默,实际上愤世嫉俗。阿来塑造的阿古顿巴以隐逸的方式与权力进行对抗,他使用"帽子戏法"戏弄了辛巴麦汝泽。这里的帽子与晋美的艺人帽两个相似的物象却产生了不同的象征意义:晋美的艺人帽制作精良,象征某种权力的获得;阿古顿巴的艺人帽平凡普通,却象征与权力的疏离及对抗。作者尊重民间规约及信仰的力量,但他更重视属于普通人的命运。这三个人物以相同的行动:追问与怀疑展开其行动序列,获得的意义是彼此重叠,互为补充的,于是形成了某种具有"主体间性"特征的主体特征。从本体论角度看,主体间性不是把自我看作原子式的个体,而是看作与其他主体的共在,从这个意义上看,格萨尔、晋美、阿古顿巴三个个体的共在状态才具有价值,他们共生于本文之中,叙述者有意制造三者的平等交流,以这种形象及行动的互动显示出三个形象所蕴含的思想价值,那就是对人性的追问和怀疑。

---

[1]　阿来:《格萨尔王》,重庆出版社2009年版,第227页。

小　结

人类一直在以各种方式反观自身，尤其是在善与恶这种人性的选择上。在文学上，传统的虚构作品往往与伦理道德形成同构，扬善抑恶。在现代性文学这里，往往将焦点集中于人性善恶的纠葛。在藏族文化中，古老的人性观与现代观念接近，认为人性兼善恶，强调人性的复杂性。当代文学中，阿来的《格萨尔王》不仅从题材上与史诗格萨尔形成互文，而且在文本的思想定位上与传统的藏族人性观构成互文，揭示出人性的复杂样态。

从整个叙事系统来看，相对传统的口传史诗，小说《格萨尔王》对史诗展开变异与扩展，就如罗兰·巴尔特认为的那样："叙事形式基本上以两种力量为标志：沿着故事路线扩张其记号的力量，以及在这些变异中纳入不可预见的扩展的力量。"[①] 作者选取代表故事缘起、经过、结果的"神子降生""赛马称王""雄狮归天"三个"谓语"，并对这三个"谓语"进行扩张，不断增加其叙事记号，丰富故事内容。期间，作家又设置另一叙事线索：晋美的故事，并以晋美这一人物作为除作者的叙述者之外的另一个叙述者，使文本结构呈现立体的层次构架。此外，作家"在这些变异中纳入不可预见的扩展的力量"，使接受者从这叙事系统中扩展出属于其精神层面的内涵，对叙事进行了"转译"。

从叙事学角度看，《格萨尔王》中叙事代码的功能鲜明，共同揭示出人性这一话题。经过分析，我们认为"英雄缺位／神子降生"这一功能可以置换为隐喻代码"欲望横行／良知出现"，"拯救众生／遭遇放逐"这一功能因为考验主题的深化也就可以置换为"善／伪善"，"放逐／惩罚"也就可以置换为"为恶／为善"的隐喻代码。将这三个叙事代码集中于一处时，善与恶的角力，欲望与良知的交锋就成为藏匿于故事之后的深刻思想。以上叙事代码是叙述者和读者都共同使用的代码，"英雄""放逐""惩罚"等母题是叙述者与读者都熟悉的情节单元，通过这些共同之处，作家揭示了文本的意义。而从人物的行动来看，格萨尔、晋美、阿古顿巴三个人物从各自的行动位出发，分别以援助者、发送者及对抗者的模式展开各自的行动序列，其共有的行动是怀疑与追问。文本中这三个人物构成主体间性的特征，从而以其共在状态揭示《格萨尔王》人物行动的最终意义，这一叙事情境突破了古老的故事编码，以主体间性取代主体性，获得了文本的现代性意义。

（原载陈思广主编：《阿来研究》［第五辑］，四川大学出版社2016年版）

---

① ［法］罗兰·巴尔特：《符号学历险》，李幼蒸译，中国人民大学出版社2008年版，第108页。

三部小说，三重境界

——阿来的文学世界观一瞥

贺绍俊

现在完全成了一个追逐速度的时代，但速度快不见得就是一桩好事，当代社会的很多问题都是因为速度过快引起的，比如我们要加快GDP的增长速度，于是就把我们的生态环境破坏得惨不忍睹。在这趟不断加速的时代列车上，文学也无法幸免于难。有些作家几乎成了写字的机器，一年出一个甚至两个长篇。但在这普遍被速度所困扰的氛围中，阿来却显得格外淡定。他的第一部长篇小说《尘埃落定》一炮打响，很快获得茅盾文学奖，但这并没有变成他的加速剂，尽管人们迫切期待他能够很快写出新作，阿来却一点也不曾受到外界的干扰，不急不慢地进行写作，先后都是以三四年的工夫完成一部新的长篇小说，即《空山》和《格萨尔王》。其间他所写的中短篇小说也似乎是只能以个位数计。其实阿来展示给我们的不仅仅是一个写作速度的问题，从根本上说，是缘于他的写作姿态和他始终坚持的文学世界观。

阿来的文学世界观，只能存在于慢写作的状态里。也正是这种慢写作的状态，使他能够充分地表达他的文学世界观。在我看来，阿来的文学世界观是一种藏族文化精神和老庄思想相互融合的看世界的方式。藏文化是特别强调人的精神性的，藏族人民把精神享受看得比物质享受重要得多，即使在物质极度贫乏的状态下，他们的精神追求也无比地强烈。藏族人对精神性的追求是与他们的生命意识连在一起的。藏文化追求一种平和安宁的境界。当然，藏文化的这种平和安宁的境界对于藏族人来说，构建起了一个相对封闭的世界，他们也满足于这个自成一体的世界。阿来却能从这个自成一体的世界里走出来。阿来走出了这个世界，又没有失去这个世界，这是因为他从外面世界找到了一个与这个平和安宁的藏族世界相通的精神资源，这就是老庄思想。老庄的"致虚极，守静笃"、安贫乐道、安时处顺，追求大解脱、大自在、大超然，的确是与藏族文化精神有着不期然的相通之处。而二者的区别则在于，藏族文化是纯粹守静的文化，老庄思想是处理动静关系的哲学思想，阿来将二者融为一体，他既能恪守藏族文化之"静"，又能很好地应对现实社会纷繁复杂的"动"。他的小说充分体现了他的这种精神状态。我想通过对《尘埃落定》《空山》和《格萨尔王》这三部阿来先后完成的长篇小说的分析，看看阿来的精神状态是如何以三重不同的境界呈现出来的。

傻的境界

《尘埃落定》的主人公是一名傻子。我以为《尘埃落定》呈现的就是傻的境界。这很容易让我们想到庄子所说的"大智若愚"。

所谓"傻",按字典解释,就是不明事理,头脑糊涂。若要从"不明事理"来深究,我们还真不能对傻子太轻视了。何谓事理?那当然是被社会公众所接受所认可的事情的道理。可为什么这个事情就一定是这个道理,就一定不按另外的道理去理解呢?幸亏日常生活中人们不会都去提出这样的疑问,否则我们的生活就会被搅得糊里糊涂。在大多数人的眼里,事理就是如此明明白白,不需要也不应该表示怀疑。但还有少数人,对如此清晰的事理却不明白,这大概就是所谓的傻子了。事实上,傻子并非没有头脑,只不过他们的头脑运行起来跟大多数人的运行不合拍不谐调;他们不是没有事理的推断力,只是他们的推断跟大多数人的推断不在一个方向上。《尘埃落定》中的这个傻子就是一个很有头脑的傻子,他有时办的事情比他的那个聪明的哥哥还要漂亮得多。看起来,作者选择这个傻子作为主人公,显然是看上了他的"不明事理"的头脑。

"大智若愚",并不是一个普通的人能够领会得到的境界。他应该是一个智者上下求索过程中最终到达的终点,是一种看穿世事的淡定,是处于"众人皆醉吾独醒"时的表情。便是曹雪芹和他披阅十载的不朽之作《红楼梦》,曹公虽然在作品中写了上百个人物,但他最钟爱的人物贾宝玉,也同样是一个傻子。作者说他笔下的这个人是"痴顽"。

聪明和傻子,似乎是鲜明的两极,其实在生活中,人们经常被这两极搅得头脑糊涂。也许从根本上说,人们更多的是把聪明误当作傻子之举,把明显的傻子行为奉为聪明。在《尘埃落定》里,那位倒霉的喇嘛翁波意西算是透彻地觉悟到聪明和傻之间神秘莫测的关系了。他曾长叹了一口气对那位傻子少爷说:"都说少爷是个傻子,可我要说你是个聪明人。因为傻才聪明。"

傻子的父亲麦其土司虽然不能像翁波意西那样思想深邃,但他同样也被这聪明与傻的不可捉摸所烦恼,因为这聪明与傻的问题对于他来说更为现实,这个抽象的问题具体化为他的两个儿子的问题。使他不可理解的是:"聪明的儿子喜欢战争,喜欢女人,有对权力的强烈兴趣,但在重大的事情上没有足够的判断力。而有时他那酒后造成的傻瓜儿子,却又显得比任何人都要聪明。"

这个抽象而又具体的问题往往在社会历史最为动荡不安、孕育着重大变革的时期就格外凸显出来。悟到这一点的作家在表现动荡不安的历史时期时,就不约而同地选择了以一个傻子的头脑去看这个世界,因为这样反而会廓清遮蔽世事的雾障。阿来要写的是西藏土司告别历史舞台的最后时期,从历史学的角度说,这是新旧两种社会体制进行更迭换代的革命时期,是历史大转折时期,社会外部的动荡不安以及人的内心的动荡不安都是相当剧烈的。我想,这种动荡不安的时代背景与《红楼梦》有相近之处,也与鲁迅的《狂人日记》有相近之处。

这种傻子一般都应出在旧营垒里,也就是说,这应该是行将灭亡的某个阶级或某个制度造就的天才般的傻子。这种傻子往往被看成是"孽种",批评家们则深刻地指出,他们是旧时代的叛逆者。比方说,《红楼梦》里的贾宝玉就被认定为具有初步民主思想和平等观念的封建正统思想的叛逆者。但我想,对于文学作品中的傻子恐怕很难从思想和理论上辨析得如此清晰,这多少有一点误读了作品,至少我们会为了这种清晰而丢失更多的文学性的东西。像《尘埃落定》中的傻子,固然因为他的言行不像一名土司的儿子而被视为傻子,但他也绝不是平民或奴隶们的代言人。虽然他身边的那些贱民对他非常有好感,他的女仆卓玛也好,他的两个小厮索朗泽朗和尔依也好,甚至那位老管家,没有不把这位可爱的小主人当作傻子看待的。事实上,傻子之傻,几乎不会被任何人所理解,大概只有那位可怜的喇嘛翁波意西除外。傻子之傻实际上又很耐人寻味。有一次,哥哥抽了傻子一个耳光,把傻子打得向后倒在了地上。傻子觉得一点也不痛,于是他就要到处找人来打他,"要证实一下,人家怀着仇恨就打不痛我"。这一段情节很有意思,把傻子之傻写到了极致。行刑人的儿子尔依已经举起了鞭子,最终惨叫的不是傻子而是尔依本人,因为老行刑人冲上来先对自己的儿子扬起了鞭子。傻子把鞭子又塞给自己的哥哥,这位大少爷居然被逼得发了疯似的把鞭子扔到地上,抓着自己的头发大叫大嚷。最后是那位娶了卓玛的银匠满足了傻子的好奇。傻子感觉到鞭子带着风声落到了自己的身上,于是他在薄薄的月光下,淡淡的花香里,笑了。

我以为,作者创作这部作品采用的是悟性的思维。就像这根皮鞭,它不是作者刻意安排的一件道具,作者也无心在它身上加入很多象征的内容。但你又不能不承认,这绝不是随随便便的一根鞭子。这就是悟性的结果,作者的顿悟,便有可能使自己的思想穿透理智的层面,直接进入到事物的本质层。古人有"妙悟"一说。我想,当作者悟到妙处,就会对笔下的这根皮鞭有了一种特殊的感觉,他就写道:"飞舞的鞭鞘把好多苹果花都碰掉了。在薄薄的月光下,淡淡的花香里,我笑了。"

《尘埃落定》的悟性往往指向藏民族的集体无意识,仿佛有一个冥冥先祖穿越悠久岁月的召唤。比方说,"开始了"这一小节的安排很有"悟"的造化。麦其土司已与女土司商量好,将在山里设下埋伏,只等拉雪巴土司中计。当然这一切都应该是瞒着傻子的,但这一切应该瞒不过作者本人,作者为什么不向读者交代清楚呢?在我看来,就是因为悟性,使作者在冥冥中接受了一个拒绝交代的幽幽指令。而缺少了这一层清楚的交代,读者可能会联想更加丰富。不仅如此,更因了悟性,作者竟想出了让那位傻子在蒙头睡觉时,突然感到好像什么地方传来了巨大的响动,就"掀开被子冲出屋门,大声喊:'开始了,开始了!'"这使得他的父亲吃惊,他的父亲大叫:"他预先就知道,他比我们先就知道!他是世界上最聪明的傻瓜!"读到这里,我就模模糊糊觉得,这"开始了"或许是某位先哲借傻子之口发出的预言,或许是作者自己在写作中的一个突然发现。《尘埃落定》写了一个聪明的傻子,而傻子的境界就是悟的境界。

空的境界

　　阿来的第二部长篇小说叫《空山》。空，无疑是让作者心动的一个字，这个字也是这部小说的灵魂。藏族信奉喇嘛教，喇嘛教主张"性空"。老庄是讲"无"，然而细细想来，空即是无，无即是空。其实早在佛教传入中国的魏晋南北朝时期，那些清谈之士就发现了二者的相通之处，他们将"涅槃"译成"无为"、"菩提"译成"道"。故此后的文人们归隐田园时，愿意面对山水去领悟禅宗的意境，达到心灵与自然的合一。阿来的《空山》之"空"，或许就是从这里化来的。

　　《空山》还有另外一个名字，叫"机村传说"，这其实透露出一层信息，这两个名字所蕴含的内涵对于这部作品来说都是至关重要的。"机村传说"强调了这部作品与一个乡村的实在关系，它说明了阿来所要写的是一部乡村的兴衰史。阿来更需要表达的是"机村传说"背后的意蕴，因此"空山"这样一个充满象征性和诗性的名字对于这部小说来说又是必不可少的。空山会让人联想起古典诗歌中的意境："空山新雨后，天气晚来秋"，"空山不见人，但闻人语响"，"落叶满空山，何处觅行迹"，"又闻子规啼夜月，愁空山"，在古代诗人的眼里，空山既是一个精神寄托处，也是一次超凡的精神意识活动。阿来也许就是像古代诗人那样进入到空山的意境中来处理这部小说的叙述的，当他整理那些原汁原味的"机村传说"时，就发现"现在中国乡村面临的问题就是：乡村文化瓦解以后，自身不能再成长出新的文化"。他的发现其实就是一个"空山"的意象。实在化的"机村传说"与虚拟化的"空山"，这是两条进入小说的路径，二者缺一不可。《空山》的结构更像是由数条支流汇集成主流的结构方式。每一个"机村传说"就是一条支流，每一条支流都流向同一条主流，这条主流就是阿来心目中的"空山"意象，随着一条条支流的汇入，主流越来越浩荡。从这样一种结构方式来考察，组成《空山》的六个故事就不是一个完全并列的关系了，因为前面的故事汇入主流后，就会影响到后面的支流，当支流的不断汇入，到了第六个故事，便是全面展示主流面貌的时刻了，因此，阿来断然就将第六个故事称之为"空山"。这是一个总结性的章节，在这个章节里，前面几个故事中的一些主要人物也相继来报到，甚至连阿来本人也忍不住从背后站到了前台，成了从机村走出去的一名作家，直接进入到故事之中。小说出现一个"我"的叙述，大概会让读者感到十分突兀，按照教科书上对小说的规定，阿来在这里完全是犯规了，然而恰是这种"犯规"，让读者意识到这一章节的非同寻常之处，所有该聚集的人物都聚集到了这里，他们把曾经发生过的故事的余绪也带到了这里，与"我"一起将"空山"的意蕴烘托得更加鲜明浓艳。小说最终结束在"空山"的意象之中："雪落无声。掩去了山林、村庄，只在模糊视线尽头留下几脉山峰隐约的影子，仿佛天地之间，从来就是如此寂静的一座空山。"但是，阿来营造的这座寂静的空山并非空空如也。空，只不过是在一阵热闹纷繁之后归于平静的心境，是一种洞悉世事之后的悟性，是清理了一切尘土污垢世俗羁绊之后的洁净的心灵。我想探究的是，阿来所营造的这座空山到底包含着什么意蕴呢？

空山的意蕴显然与阿来对乡村文化的思索有关。阿来的思索是建立在机村传说的基础之上的。如前所述，阿来所讲述的机村传说是关于文化冲突的传说。这种冲突又在两个层面展开。一个层面是机村本土的藏文化与外来的汉文化的冲突；一个层面是机村本土的乡村文化与外来的城市文化的冲突。两个层面的冲突交织在一起，使得空山的意蕴更加复沓。阿来发现，文化的冲突不仅仅造成强势文化对弱势文化的侵害和吞并，也带来文化的新的生长点。对于机村人来说，外来文化让他们滋生出新的"盼望"。阿来将"盼望"植入到他对现代性的质疑之中，因此就抓住了不同文化之间的可融合之处。

博物馆，在第六个故事的开头一句就是博物馆，一个对于机村人来说"新鲜的词"。而对于《空山》来说，它就应该是一个揭示小说内涵的关键词。阿来终于为消失的村庄找到了最恰当的去处，这个去处就是博物馆。也就是说，阿来在处理机村的传说时，也许曾经为机村不断消失的东西而生出忧虑，但他继而发现，消失的东西并非真正彻底地消失，显性的、物质层面的东西可能是彻底消失了，但隐性的、精神层面的东西并没有消失，它们以另外一种方式流传了下去。比方说，它们就保存在传说里面，又通过传说影响到现实的生活。所以，阿来设计了一个充满希望和诗意的结局：一方面，机村将因为建水电站而彻底地消失；另一方面，"鉴于最新的考古发现，新机村增设一个古代村落博物馆"。当副县长把机村人召集起来宣布了这一移民方案时，村民们都激动了，对于机村人来说，机村的被淹没不是机村的消亡，而是机村的新生。阿来让大雪来为机村的新生进行洗礼。已经十多年都没有下过雪的机村忽然飘起了雪花，阿来充满诗意地描写人们在雪花中欢庆的场景："人们或者端着酒杯，或者互相扶着肩膀，摇晃着身子歌唱。滋润洁净的雪花从天而降。女人们也被歌声吸引，来到了酒吧。久违了！大家共同生活在一个小小村庄的感觉！"大雪是一种美好的象征，象征着机村的未来。到此，阿来同样写了一个即将消失的村庄，却没有给我们带来挽歌的调子，相反，人们像过节一样，"所有人都手牵着手，歌唱着，踏着古老舞步，在月光下穿行于这个即将消失的村庄"。

阿来对于文化冲突的阐释并没有到此为止，他在结尾部分让时间来了一次伟大的汇合：过去，现在，未来，时间的三个向度同时聚集在了机村。"现在"，自然是一个即将消失的村庄；"未来"，则是副县长宣布的移民方案；更重要的是，还有"过去"的蹒跚脚步。在机村重现湖水的工地上，发现了古代村落的陶片，考古队员们从地底下挖掘出一个古代村庄的遗址，这个村庄也许就生活着机村人的祖先。机村有着悠久的历史，机村的历史尽管被掩埋在地下数千年，但机村的文化从过去一直绵延到今天。阿来以此安慰人们，不要为眼下的一些衰亡消失而哀怨，因为变化和新生就蕴藏在衰亡消失的过程中。未来才是值得人们珍视的。在过去、现在、未来之间，兴衰起落或隐或现，但始终会有一条线将其勾连着，这条线就是一条文化的生命线。

现代化凸显了文化的冲突，在反映现实生活的小说中，文化冲突是一个绕不开的主题。美国亨廷顿的《文明的冲突》曾经启发了我们的思想，而小说在处理这一主题时基本上都是沿着亨廷顿的思想路径走下去的。我们不仅这样处理中西文化冲突，也这样处理城乡文化冲突，也这样处理汉藏文化冲突。但自从新世纪以来，文化融合的声音越来越强大。显然，文化融合，文化对话，文化对垒，这都为我们拓展主题空间打开了一扇窗口。也许可以认为阿来是在这样一种文化思潮的启发下写作《空山》的，至少我们能从小说中捕捉到不少这样的思想资源。阿来写了机村一个小村庄的多种文化的交织、冲突、沟通、融合的状况，而阿来本人的思想基础也可以说是多种文化融合的基础。作为烘托主题的一个最基本的意境——空山，难道就与汉文学的古典诗歌意境毫无关联吗？

净的境界

《格萨尔王》是阿来为重庆出版社的"重述神话"系列所写的一部长篇小说，阿来面对的是一个丰富无比的写作资源———在藏族民间流传千百年的口头文学《格萨尔王传》。这是世界上最长的史诗，从目前已经搜集到的资料看，共有一百二十多卷，一百多万诗行，两千多万字。阿来为了完成对这一伟大史诗的重述工作，曾深入到藏区腹地去采访"活着"的"格萨尔王"——那些传唱格萨尔王丰功伟绩的民间说唱艺人。"重述神话"是一个很有挑战性的创意，它为作家们发挥想象力提供了一种途径。在阿来之前，苏童、叶兆言、李锐等作家都为"重述神话"写出了各自的作品，他们在重述神话的"默许"下，确实是肆无忌惮地展开想象，在他们所述的神话上面大做加法。但是，阿来面对浩瀚的格萨尔王传史诗，首先要做的则是减法，他是在做完减法之后再做加法。也许我们研究一下阿来的减法是很有意义的，而且只有懂得了阿来的减法，才能真正懂得他写这部《格萨尔王》的用意。我以为，阿来是怀着一种敬畏感来做减法，他确定什么事情是不能做的，他不能让想象力无所顾忌地去触动神圣的东西，哪怕只是轻轻地触摸一下。在做完减法之后，他搭建起了一个舞台，然后再在这个舞台上展开自己的想象力。因此，《格萨尔王》是充满庄严感的。由此，阿来带我们走进了一个净的境界。

净的境界是与藏民族的精神本质相关联的。西藏的格萨尔王史诗是一部形象的藏族史，特别是一部藏族精神史。阿来以一种敬畏之心去追问民族历史的精神内蕴，他在《格萨尔王》中通过对格萨尔王传说的重新解读，力图表现西藏民族精神的实质。为了充分体现出他的解读过程，他在小说中采用了双重结构的方式。一是由格萨尔王传说组织起来的结构，一是由当下的说唱艺人晋美的流浪游吟经历组织起来的结构，在晋美身上体现了作者阿来的主体意识，通过双重结构的交织重叠，起到了现代与古代的对话、作者主体与叙述客体之间的对话这样一种多重对话的效果。在对话中，藏民族的文化精神获得了新的诠释，有效地处理着当代现实的问题。净的境界是干净、清净，是去除了污浊和恶魔，是一尘不染，是赏心悦目。

站在净的境界里看待世间的恶，阿来就有了惊人的发现，他发现，"世界上本来没有魔。群魔乱舞，魔都是从人内心里跑出来的"。藏族的格萨尔王传说讲述的是天神格萨尔下凡人间、降妖伏魔、抑强扶弱、造福百姓的事迹，降伏世间的妖魔是格萨尔王传说的主要内容，但阿来在重述这个传说时并不停留在讲述降妖伏魔的故事，他要追问，这些妖魔是从哪里来的。既然妖魔是从人的内心里跑出来的，阿来就要告诉人们："人只要清净了自己的内心，那么，这些妖魔也就消遁无踪了"。于是，阿来为我们塑造了一个不仅能够降妖伏魔的格萨尔王，而且还赋予格萨尔王悲悯的胸怀，他更关注如何消弭人的内心的妖魔。阿来特别写道，消灭人的内心的妖魔比消灭世间的妖魔更艰难。因此，小说的主要矛盾就设置为格萨尔王与晁通的矛盾。晁通内心的妖魔作恶，要与格萨尔王争夺王位，但格萨尔王一次次给晁通悔过的机会，也就是一次次给他创造祛除自己内心妖魔的机会。阿来从对人的内心的妖魔的追问进一步推导到当代社会，从而涉及战争与和平的问题。小说中的格萨尔王并不满足于消灭妖魔的胜利，在他获胜之后，他就有了困惑。特别是当全国都沉浸在胜利的喜悦之中，人民对他顶礼膜拜时，他问道：这就是做一个国王吗？他不需要威严，而是需要爱。他觉得他的人民应该爱他，而不是怕他。他希望人与人之间处在和平与平等的状态之中，不要被功利和欲望所困扰。这就是一种净的境界。

还必须指出一点，《格萨尔王》的净的境界是通过诗性的方式达到的，因为诗性是人们对精神表达敬意的、追问精神而获得的一份报答，因此整个小说的叙述显得非常和谐。

（原载《当代作家评论》2014年第1期）

双重书写：非母语再创与译入语创译

——以葛浩文英译阿来《格萨尔王》为例

王治国

　　藏族英雄史诗《格萨尔王》经口头传承和文本书写多渠道民间创作和多元文化共同模塑流传至今。藏族作家阿来以汉语写作方式对《格萨尔王》进行再创，其作为重述神话的《格萨尔王》小说汉语本又由美国翻译家葛浩文翻译为英语。文章以民族史诗《格萨尔》的故事新编与异域传承为个案，通过对阿来重塑神话的非母语再创实践与葛浩文其人其译对当代中国文学经由英语翻译走向世界的描述，分析了民族史诗在由藏语母体到汉语文本再到英语文本的非母语再创和译入语创译的双重书写和二度翻译中，文本经历的多重阐释与文化转码，探析了在重塑神话的文学实践话语以及中国文学"走出去"的国家话语中，类似于再创与创译的双重书写对中国文学"走出去"的理论价值与实践意义。

　　蕴藏着浓郁民族气息的长篇"活形态"口传英雄史诗——《格萨尔王传》——因其内容跌宕、情节曲折、结构庞杂、气势宏伟，千百年来以艺人说唱和文本传承的形式，在藏区及其他少数民族地区传播至今，是中华多民族集体智慧的结晶，并于18世纪流传到域外。2006年，史诗就被列入第一批国家级非物质文化遗产代表作名录。2009年，史诗又入选联合国教科文组织"人类非物质文化遗产代表作名录"。同年，作为全球"重塑神话"中国项目之一，著名藏族作家阿来先生的《格萨尔王》小说出版。2013年，重塑神话发起者——英国坎农格特出版社（Canogate Books）出版了阿来《格萨尔王》的英译本，译者是"中国现当代文学首席翻译家"、中国诺贝尔文学奖获得者莫言作品英译者——葛浩文（Howard Goldblatt）。阿来以汉语写作对史诗进行了非母语再创，汉语小说原文本的生成本身就具有了文化转码性质。经由葛浩文英语翻译的文本移译之后，《格萨尔》史诗进入异域文化，经历了二度翻译和双重书写。这是《格萨尔》对外传播进程中的一个重要事件，其意义不言而喻。阿来非母语再创和葛浩文英语译入语创译，二者注定会在史诗传播史上留下浓墨重彩的一笔，无疑会对当代中国民族文化对外传播带来一定的启示，理应成为翻译界亟待研究的课题之一。

一、重述神话：阿来非母语创作

作为"诗性智慧"代表的神话和史诗，无疑是人类共同的精神宝库和艺术来源。2005年，英国坎农格特出版社著名出版人杰米·拜恩（Jimmy Baien）发起了"重述神话"写作，邀请世界各国著名作家参与。正是在这样的文化语境中，阿来，一个以汉语写作的藏族作家，创作了长篇小说《格萨尔王》，并作为"重述神话"全球出版工程推出的中国题材重点图书之一，由重庆出版社于2009年9月出版发行。该书是阿来继《尘埃落定》之后又一力作，被媒体誉为"最令人期待的小说"，同年，作为中国国家代表团的重要推介书目，参加了德国法兰克福国际图书展览会，是当年文化界一件重要的事情。"重述神话"不是对远古神话的一种简单改写与再现，而是要求作家根据自己的认知经验，融合自己的个性风格，充分发挥想象思维对神话进行解构与建构，赋予神话以新的意义使其继续流传。如萨莫瓦约所言："重写神话绝不是对神话故事的简单重复；它还叙述故事自己的故事，这也是互文性的功能之一：在激活一段典故之余，还让故事在人类的记忆中得到延续。对故事作一些修改，这恰恰保证了神话故事得以留存和延续"。①

阿来将《格萨尔》史诗重塑为汉语小说《格萨尔王》，这样一种文学再创，给我们提供了一个母语文本与非母语创作文化转码、民间口头文学与书面作家文学相互补充、并行不悖的典型个案。关于前者，我们从当前西南地区少数民族作家（阿来、吉狄马加、阿库乌雾等）非母语创作的实践中得到印证和解释。关于后者，阿来和众多民间说唱艺人一样，在传唱着藏民族的集体记忆，而且说唱艺人的说唱和阿来重述的汉语本都是《格萨尔王传》史诗流传过程中"故事新编"与"异文传承"。区别在于：民间艺人是用自己的母语藏语，以口头说唱的方式传唱英雄颂歌；而阿来则是以汉语媒介，以文本的形式面向更广范围内的读者传播本民族的史诗文化。"从活态到固态，从民间传说到作家创作，口头文学与书面文学之间既保持着密切的'互文性'，又经历着逐步疏离自身文类独有形态的差异性，体现了传统的民族民间文化精神与现代理性的审美错综"。②正是通过阿来的"重述神话"非母语再创，让更多汉语读者领略到了一个藏民族的民间信仰和民族意识，从这个层面而言，阿来也是本民族的"说唱艺人"，只不过媒介和方式有所不同而已。

阿来的非母语再创将民族英雄格萨尔召唤到现在，经历了汉语转码之后的格萨尔形象，成为民间文化和民族文化的复合体，传颂在代代相传的叙述和记忆之中。作为对"活形态"史诗《格萨尔王传》的首次小说演绎和本源阐释，阿来以汉语叙事中帝王传说为基点，突出格萨尔王作为人而不是神的一面，而小说的开头和结尾也改变了史诗的佛教色彩和返回天界

---

① ［法］蒂费纳·萨莫瓦约：《互文性研究》，邵炜译，天津人民出版社2003年版，第108页。
② 丹珍草：《从口头传说到小说文本——小说〈格萨尔王〉的个性化"重述"》，《民族文学研究》2011年第5期。

的隐喻，因此符合当代读者的阅读趣味。小说的英译更应引起学界的关注，至少是因为"阿来，一个以汉语写作的藏族作家，其原文本的生成本身就具有了文化转码性质，在汉译英的二度翻译中，这种转码复又出现了二重转变，并在其过程中，具备了多重的视域，使文本的焦点与意义产生了多重的覆盖与摹写，具有很大的探索价值"[①]。从藏语到汉语再到英语的文本旅行，蕴含着极为重要的翻译课题。

二、文化阐释：葛浩文译入语创译

阿来《格萨尔王》英译本题名是：The Song of King Gesar: A Novel，共400页，由葛浩文和夫人林丽君（Sylvia Lichun Lin）翻译。有关葛浩文其人其译评述，莫言获诺贝尔文学奖之后诸多文学界与翻译界学者开展了研究，此不赘述。为了讨论的直接深入，下文直奔主题，关注该英译本的创译特征。

小说以故事叙述和说唱人讲述双线交叉进行，译文也严格按照原文叙事进行翻译。英译本标题翻译选用了简单通俗的词语，紧随原文，近乎直译，每节标题译文与原文保持一种本真对接。实际上，从原文和译文整体对比而言，葛浩文译本体现出他在译介中国文学作品时一贯的翻译主张："think globally, edit locally"，即"全球思维，本土创译"。葛浩文主张"拿汉语读，用英文写"，将翻译看作是写作，是创作，并将此观念付诸中国文学英译的实践中。[②] 通观葛浩文英译本，似乎可以将葛浩文翻译策略概括为"全球思维，本土创译；独具译眼，心系读者；亦增亦减，述而译出；文化翻译、阐释有度"。当然，有关葛浩文翻译策略远非上述词组能囊括全部，仅就《格萨尔王》英译本个案而言，这些特点表现得尤为明显。

（一）全球思维，本土创译

藏族史诗的核心部分，自然是原史诗中的唱词部分。阿来小说中保留了说唱艺人晋美的唱词和对话部分，应该是英语读者首先想理解的地方。究其原因，一方面是因为对话是链接叙事的重要组成部分，是推动小说两条线索平行叙事的重要手段，另一方面也与原作由说唱史诗改编为小说后，尽量体现原文史诗底蕴的一种尝试。毕竟由艺人说唱转为文本叙事，如何体现史诗原貌，至少将唱词和对话保留下来，不失为一种稳妥的处理手法。译者也深谙对话和唱词的重要性，从而在译文中作了尽可能多的保留。如在第二部赛马称王中，说唱艺人晋美在赛马大会上的一段唱词：

---

① 高博涵，程龙：《文本译介与国族身份双重视域下的海外阿来研究——以Red Poppies为中心》，《当代文坛》2014年第5期。

② 张耀平：《拿汉语读，用英文写——说说葛浩文的翻译》，《中国翻译》2005年第2期。

原文	译文
雪山之上的雄狮王，	The lion on the snowcapped mountains
绿鬃盛时要显示！	Must show its dark mane when fully grown.
森林中的出山虎，	The fierce tiger in the forest
漂亮的斑纹要显示！	Must show its stripes when fully formed.
大海深处的金眼鱼，	The golden-eyed fish on the sea floor
六鳍丰满要显示！	Must show its fins when fully developed.
潜于人间的神降子，	The son of the gods among the humans
机缘已到要显示！ [1]	Must show himself when the moment comes. [2]

在格萨尔史诗中，说唱艺人的唱词一般采用多段回环体的藏族"鲁"歌谣体。这里晋美的唱词和藏语中仲肯的唱词有所差别，体现出了汉语书写对藏语史诗的再创造。整个唱词二句一节，重复使用"--的--，--要--"句式结构，读来铿锵有力。就词语层面而言，译作没有进行呆板的硬译死译，没有将"绿鬃盛时，出山，六鳍，机缘"等词语非得在英译中找对一个对等的词语，而是以忠实为准则，灵活变通，逾越了翻译的桎梏与障碍，运用"dark mane, fully grown, fierce tiger, fully formed, fins, fully developed, the moment comes"来进行创作式翻译。就句式结构而言，译文遵照原唱词的内容，第一行翻译为"noun phrase+ preposition phrase"，第二行翻译为"must show+ noun phrase when + verbal phrase"。重复结构句式读起来气势磅礴，预示着格萨尔赛马称王重要时刻的到来。这样处理的结果，既传达了唱词的"形"与"神"，又易于英语读者理解，是"忠实"与"背叛"的完美结合，是用"汉语读，英语写"的真实写照，也是葛浩文译入语"创译"的典型体现。

（二）独具译眼，心系读者

译者拥有选择的权利去选择自己喜欢的和出版发行有保障的作品去翻译。需要"独具译眼"发现作品的独特之处。所谓作品的独特之处，除了作品自身具备的特征外，恐怕还得考虑作品翻译过后读者群的因素。出版社能否发行？能不能畅销？读者会不会喜欢？所以要时刻"心系读者"，对译前和译后有充分的预判和心理准备。

葛浩文在接受季进的采访时曾说："我认为一个做翻译的，责任可大了，要对得起作者，对得起文本，对得起读者"，"我觉得最重要的是要对得起读者，而不是作者"，类似话语表达了葛浩文"独具译眼，心系读者"的翻译观念。[3] 既然认为如何能使美国读者接受是不能忽视的问题，在翻译实践中一个字也不改的做法很难行得通，因而葛浩文选择了创

---

[1] 阿来：《格萨尔王》，重庆出版社2009年版，第126页。

[2] Alai, The Song of King Gesar, Translated by Howard Goldblatt and Sylvia Lin. Edinburgh： Canongate Books, 2013.

[3] 季进：《我译故我在——葛浩文访谈录》，《当代作家评论》2009年第6期。

译。作为藏族史诗的格萨尔小说，最吸引读者的部分除了史诗情节之外，唱词和对话仍然是史诗中的精华，更值得向英语读者翻译介绍。当然，在创译过程中，肯定会有增加和删除的部分，但是通读全篇唱词和对话部分，葛译本均予以保留。比如姜岭大战中轰轰烈烈的战争场面，就是晋美说唱出来的。将萨丹与格萨尔的打斗场面以口头唱出，将战争场面从口中唱出，一方面表现出说唱艺人的口头表达能力，另一方面通过唱词形式传达出史诗原貌，是作者的一种有意而为之的努力。

原文	译文
话说姜国萨丹王，	There is a King Satham in the country of Jiang,
这混世魔王有神变，	A devil incarnate, he had great magical powers.
张嘴一吼如雷霆，	He opened his mouth and roared like a thunderclap,
身躯高大顶齐天。	And he stood tall, as high as the sky.
头顶穴位冒毒火，	A poisonous fire shot from a pint on his head,
发辫是毒蛇一盘盘。	His queues were coiled poisonous snakes.
千军万马降不住，	Thousands of soldiers and horses could not subdue him.
格萨尔披挂亲上前。[1]	Gesar put on his armor to take up the fight.[2]

译文尽可能保留了原唱词中的文化意象和人物形象，"混世魔王"译为"A devil incarnate"，"神变"用名词词组"magical powers"来翻译，"穴位"译为"pint on his head"，"毒蛇一盘盘"译为"coiled poisonous snakes"，量词"一盘盘"转译为"coiled"非常生动，形容毒蛇缠绕而盘的动作和状态。"亲上前"译为"take up the fight"有一种"rise to occasion"舍我其谁的豪迈之情。最后的几行采用异化的翻译策略，旨在为英语读者想象史诗战场的场面情景。

（三）亦增亦减，述而译出

创译的一个重要特征就是译文一般没有按照文本逐字、逐句地进行翻译，而是在整体上对文本把握和进行诠释后再进行翻译。这种翻译方法是针对比较长的故事情节或是比较不太重要的叙事环节常用的方法，可以称之为"观其大略，述而译出"，这与翻译史上的述译有些类似。《格萨尔王》英译本中，译者往往在史诗长篇叙事中整体把握原文意思，然后进行加工处理，以更加短小精干的形式将原文内容表达清楚。如小说的开端对小说发生语域的语境描写部分，原文256个汉字，译文英文72个单词。一般说来，在汉译英的时候，英文译文是比汉语原文要长一些，占的篇幅大一些。当然字数的对应与否和篇幅的长短程度并不是原文

---

① 阿来：《格萨尔王》，重庆出版社2009年版，第220～221页。
② Alai, The Song of King Gesar, Translated by Howard Goldblatt and Sylvia Lin. Edinburgh: Canongate Books, 2013.

和译文比较的重点，但进行一番考察也是很有必要的。通过比较发现，译文省略了原文中的一些信息。

译者并不计较表层字面的对等，而是忠实于语言的深层意义，在转换过程中进行了增删、改译、概括情节的改写等，体现出一种"观其大略、亦增亦减、述而译出、挥洒自如"的翻译手法。再如在第一部，神子降生，故事前传的开头部分。除了将"从说起来……到非常复杂"整段和"所谓上中下岭噶十部落，便广布在四水六岗的广阔地带"整句删掉外，对于如此细节的藏族地形介绍，译文婉婉道来，尽管一些藏语地名没有加注说明，但对于英语读者来说，不会造成太大的阅读障碍。为了情节发展的需要和段落过渡的自然，在一些地方进行了适当增译和调整。英译本将原来的段落进行了重组，排列为四个段落，仔细一想，确有道理。按照叙事的故事情节进行安排，尤其是进行了组合，体现出译者的独特理解和熟练的处理模式。显然，在传统翻译观念里，这是一种叛逆，然而正是这种创造性叛逆，造成的结果是：只要多读几次译文就会发现，这样安排既避免了英语中最忌讳的重复，又在段末强调了静谧之感，在修辞和词法上做文章，巧妙地将原文信息传递给读者。

（四）文化翻译，阐释有度

藏族文化特有词汇的翻译，也是构成史诗翻译中的重要一环。译者长期翻译中国文学的实践使他对于原语文化的特色词汇翻译，处理起来得心应手。通过增删、改写等翻译策略最大限度地实现了文化阐释。关于藏文化词汇的翻译，译本采取了"就简避繁"的直译（音译）方式，对其进行文化阐释。译文不用脚注，也没有尾注，将"哈达、仲肯、本尊"翻译为"hadas, grungkan, hayagriva"，将"政府搭台，经济唱戏"翻译为"culture erected the stage and economy was putting on the show"。这些直译和音译例子，可能会让目标语读者在理解这些文化现象的时候有些许困惑。然而，也正是这种就简避繁、保留文化信息的方法，会在一定程度上给读者带来一个全新的文化体验。这种看似简单且无需创造性方法，实际上却恰恰体现出译者对译著理解之透彻。

译者不仅在对词汇的翻译上有着精微的考量，必要时采用了文内解释，对一些可能相对难以为英语读者理解的词语进行解释性翻译，以便在无须加注的情况下，试图让读者轻松理解原文的文化意义和内涵。作为体现阿来特色的非母语创作，"悲凄的灰与哀怨的黑"这一极具典型阿来风格的文学性词汇，以其夸张的想象和拟人化手法想必能引起很多汉语读者的遐想。译文翻译为"a cheerless grey and a sorrowful black"，既保持了原文的移就手法，又运用了两个同义词，将悲凄与哀怨表达得淋漓尽致。

从整体连贯性而言，经过与原文比照，无论是增加或是删减，创译还是阐释，葛浩文英译文是比较畅通和完整的。虽然译本没有简介，没有导言，没有加注，没有提供背景知识，对西方英语读者来说，可能造成一定的阅读障碍。一方面是译者故意为之，因为有一种观点认为，加注就是翻译失败；另一方面是出版社有意而为，出版社减少页面，降低成本，难免也是一个考虑因素。实际上，阿来《格萨尔王》小说将近40万字，葛浩文将其全部翻译了，但是出版社出版的是节略本，译本附上了编者按（with the permission of the author and translators, the book has been abridged from the much longer text translated from Chinese. We hope we have succeeded in preserving the spirit of the original），说明经过原作者与译者同意，出版社删掉了部分译文。在叙述过程中删掉了一些次要的情节和段落，对于像没有阅读过藏文和汉语文本的读者来说，并没有什么不同。但无论如何，对于意欲在西方世界拥有更广的读者群，背景知识和文化知识的加注解释应该是非常必要的。

三、双重书写：翻译学考量

通过对阿来《格萨尔王》翻译分析，可以发现葛浩文对阿来小说进行创译之所以能够做到文化翻译、阐释有度，应该与下面几个因素有关，或者是能够引起相关话题的进一步思考。

（1）阿来非母语创作对藏族史诗在藏语圈外的传播与接受。阿来《格萨尔王》汉语版通过非母语再创带来的双重经验，反映了神秘而传奇的藏区民俗风情，对于汉语读者以及西方读者有着一定的吸引力。加之阿来的藏族身份作家影响力和葛浩文《尘埃落定》英译本在美国的推广，已有相关藏文化作品译本的前期基础，因而，阿来重述神话的《格萨尔王》小说无论是在内容和形式上，都潜在地符合了西方读者的阅读口味，自然就成为了出版社优先考虑翻译的作品。

（2）译者主体的译创与本土文化的调适。作为精通汉语的母语为英语的译者，葛浩文夫妇无疑具有较高的英文写作能力，比较了解中国文学的审美特征，熟悉中国文化底蕴，从而能够对原文进行恰当的文学赏析和文化阐释。出版社独具慧眼，挑中葛浩文进行翻译，体现出了翻译背后的文化诗学和出版媒体的影响力。葛浩文夫妇不负众望，译入语再创使英译文地道流畅有了语言保障，同时也具备了多重阐释的文化空间。

（3）葛浩文翻译理念与中国文学"走出去"翻译语境的关联性。莫言获诺贝尔文学奖之后，学界对于葛浩文的翻译研究如雨后春笋般涌现，前期以褒扬为主，近期则出现了理性批评的声音。如有学者撰文指出："部分学者和媒体进而将葛浩文的翻译定性为'连译带改'的翻译，并将这种'不忠实'的翻译方法上升为译介中国文学的唯一正确方法，甚至是唯一正确模式，并据此对以'忠实'为原则的翻译观念提出了质疑"。[①] 无论是无限拔高葛浩文翻译理念，称之为译介中国文学的唯一正确方法乃至唯一正确模式；还是借葛浩文创造性翻译之名，对传统的'忠实'翻译观提出质疑，都是不全面、不合理的学术判断。要从翻译战略上考量葛浩文的翻译理念，挖掘其对中国文学"走出去"的积极意义，以期继续推动

---

① 刘云虹，许钧：《文学翻译模式与中国文学对外译介——关于葛浩文的翻译》，《外国语》（上海外国语大学学报）2014年第3期。

中华文化的对外传播，成为了译学研究的当务之急。

（4）民族文化国际传播的翻译转换机制。民族文化"走出去"远非在民族语、汉语与外语之间进行语码转换那么简单，因其不仅仅涉及二度翻译与双重书写，还与译入语国家的文化诗学、文学史、价值观、意识形态、读者接受、出版社等因素密切相关。当前我们需要处理好中国译者译介、海外汉学家译介、个人译介与国家译介之间的关系，在海外汉学翻译与中国译者互动的话语空间中，依托国家译介，充分发挥个人译介的积极贡献，探索民族文学走向世界文学的可行模式。

《格萨尔》史诗所历经的非母语再创与译入语创译的话语实践给我们翻译界带来的一个启发即是：将国内翻译与国外汉学翻译结合起来、将个人翻译与国家译介结合起来，在互证互识中开展对话，加强合作，加强中国话语的对外传播以呈现民族文化的精髓。这是民族文化走向世界至关重要的一环，也是阿来和葛浩文的"双重书写"为中国文学"走出去"的翻译问题引发的深层思考。

结　语

阿来《格萨尔王》小说汉文版在发行之初，就拟在全球以六种语言推出，现在已出版了英译本，可以预测到《格萨尔王》走向世界文学的翻译空间和巨大市场。本文以古老民族史诗《格萨尔王传》的故事新编与异文传承为个案，通过对阿来重塑神话的非母语再创实践与葛浩文其人其译对当代中国文学经由翻译走向世界的描述，重温了在重塑神话的文学实践话语以及中国文学"走出去"的国家话语中，类似于再创与创译的文本转码对中国文学翻译的当代价值与实践意义。但必须指出的一点是：活态史诗在固定化、标准化之后，表演的随机性和民族性特征也基本上丧失了，需要我们继续探索新的补偿方案和翻译渠道，也是学界急需通力合作的研究课题。

（原载《北京第二外国语学院学报》2016年第2期）

《瞻对》：一个历史学体式的小说文本

高　玉

　　阿来的长篇小说《瞻对：终于融化的铁疙瘩——一个两百年的康巴传奇》（以下均简称《瞻对》）首次发表于《人民文学》2013年第8期，2014年初由四川文艺出版社出单行本[①]。这是一本非常独特的小说，在内容上书写康巴藏区一个部落近两百年的历史变迁特别是与中央政府之间的复杂关系，在形式上采用历史学的方式，大量引用历史文献。这很有创意，对于阿来本人的创作来说是一种突破，在整个中国当代小说创作中也是一种突破。研究这种突破不论是对于研究阿来，还是对于整个中国当代小说来说，都是很有意义的。本文主要探讨《瞻对》的文本形式及其意义，它究竟是一部什么样的小说，它的突破在什么地方，作为小说它有什么意义和价值。

一

　　《瞻对》在外在形式上很像学术文本，具有历史性或者说"非虚构"性。读作品，我们看到，作家大量引用文献，其中提到的相关著作就有30多种，笔者对这些著作的作者、出版社、出版时间等一一进行了查找，罗列如下：

　　《清实录藏族史料》（共10册），顾祖成等人编，西藏人民出版社1982年版，其中第10册为索引和附表。

　　《清代藏事辑要》，张其勤原稿，吴丰培增辑，西藏人民出版社1983年版。

　　《清代藏事辑要续编》，吴丰培辑，西藏人民出版社1984年版。

　　《西藏纪游》，周霭联撰，张江华等点校，中国藏学出版社2006年版。

　　《康巴文苑》，甘孜藏族自治州文化局创研室主办，期刊，已经出版40多期。

　　《民国川边游踪之〈西康札记〉》（收《西康札记》《西康视察报告》二书），任乃强著，中国藏学出版社2010年版。

[①]　本文所引《瞻对》文字以及注明的页码，均据单行本。

《甘孜州文史资料》，甘孜藏族自治州政协编，有藏文版，连续出版物，已出版20多辑。

《西藏志》，陈观浔编，巴蜀书社1986年版。

《藏族通史·吉祥宝瓶》，泽仁邓珠著，西藏人民出版社2011年版。

《白玛邓登尊者传》，益西多吉藏文原著，格桑仁珍、格桑慈成编译，云南民族出版社2004年版。

《新龙贡布郎加兴亡史》，昔饶俄热撰，作者为当地学者，出版情况不详。

《英国侵略西藏史》（原名《印度与西藏》），英国人荣赫鹏著，孙熙初译，西藏社科院资料情报研究所编印1983年版。荣赫鹏就是率英军攻入西藏的上校将军。

《霍尔章谷土司概况》，当地文献，出版情况不详。

《西藏的贵族和政府》，毕达克著，中国藏学出版社1990年版。

《边藏风土记》（线装本4册），中国藏学研究中心编，查骞撰，林超校点，中国藏学出版社1991年版。

《西藏社会历史藏文档案资料译文集》，中国社科院民族研究所和西藏档案馆联合编辑，中国藏学出版社1997年版。《瞻对》漏掉"译文集"三字。

《西藏通览》（线装本5册），［日］山县初男著，西藏自治区历史档案馆编，中州古籍出版社1986年版。

《西藏文史资料选辑》，西藏自治区政协编，连续出版物，已出版10多辑。

《西藏改流本末记》，吴光耀著，见《康区藏族社会珍稀资料辑要》（上）。

《康区藏族社会珍稀资料辑要》（上下），赵心愚等编，巴蜀书社2006年版。

《康藏史地大纲》，任乃强著，西藏古籍出版社2000年版。

《西康纪事诗本事注》，贺觉非著，林超校，西藏人民出版社1988年版。

《喇嘛王国的覆灭》，［美］梅·戈尔斯坦著，杜永彬译，时事出版社1994年版。

《元以来西藏地方与中央政府关系档案史料汇编》（共7册），多杰才旦主编，中国藏学出版社2004年版。

《元以来西藏地方与中央政府关系研究》（上下），邓锐龄等著，中国藏学出版社，2005年版。

《边藏刍言》，刘赞廷撰，1921年铅印本。

《清季民国康区藏族文献辑要》（上下），赵心愚等编，四川民族出版社2003年版。《瞻对》漏掉"民国"之"国"字。

《中英西藏交涉与川藏边情》，台湾冯明珠著，中国藏学出版社2007年版。

《康藏纠纷档案选编》，中国藏学研究中心、中国第二历史档案馆编，中国藏学出版社2000年版。

《赴康日记》，唐柯三著，新亚细亚学会（版），1934年版。作者说是1933年刊行，笔者未查到此本。

此外，作品还提到很多藏文书，如《瞻对·娘绒记》《第十三世达赖喇嘛年谱》等，还提到《清史稿》①《大藏经》《四川通志》《理化县志》（内部印刷物）、《西康史拾遗》（内部印刷物）等文献材料。这些文献不仅仅只是影响了作者的思想和观念，影响了作者对民族、宗教、历史以及现实的看法，更重要的是它们直接构成了作品的内容。作品中有大量的直接对原文的引用，即大量地"抄书"，作品中甚至有这样的话："我不惮烦琐，抄录这些史料。"（第262页）作品采用的是学术著作的"章"和"节"的形式，有些"章"或者"节"基本上是对原始文献材料的直接引用，比如前三章基本上就是用《清实录》中有关材料写成的，以第一小节"小事一件"为例，这一节的主体文字是《清实录》中的三则材料，分别是：

> （川陕总督公庆复）又奏："江卡汛撤回把总张凤带领兵丁三十六名，行至海子塘地方，遇夹坝二、三百人，抢去驼马、军器、行李、银粮等物。现饬严缉务获外，查官兵猝遇野贼，自当奋勇前敌，苟枪毙一、二，众自惊散。讵该把总怯懦不堪，束手被劫。川省界杂番夷，弁兵积弱，向为悍番玩视。若不大加惩创，即摆设塘汛，俱属具文。"……"得旨：所见甚是，应如是办理者。"
>
> 四川巡抚纪山奏："江卡撤回把总张凤行至海子塘被劫，现在饬擎（按，即拿）务获。"得旨："郭罗克之事甫完，而复有此，则去年汝等所办不过苟且了事可知。况此事庆复早已奏闻，意见亦甚正，而汝所奏迟缓，且意若非甚要务者，大失封疆大吏之体。此案必期示之以威而革其心。首犯务获，以警习顽。不然，将来川省无宁岁矣！"
>
> 四川巡抚纪山复奏："江卡撤回官兵被夹坝抢劫一事。查打箭炉至西藏，番蛮种类甚多，而剽悍尤甚者，莫如瞻对等部落，每以劫夺为生。此次抢夺官兵行李，理应奏请惩以大法，缘雍正八年征剿瞻对大费兵力，总因该番恃险，攻击匪易。惟恐不筹画于事前，未免周章于日后，是以此案檄饬里塘土司追擎赃盗。原欲以蛮制蛮，相机酌办，断不敢视为非要，稍萌轻忽之念。"②

这三则材料在小说中虽然文字被打乱变得支离破碎了，但都有引号，内容并没有根本性的变化，其他属于作者的文字基本上是穿插性的，是对这三则材料的分析和解释。而且，第一则材料特别具有结构的意味：一方面是瞻对民悍，另一方面是清朝兵弱；一方面是瞻对民众对政府的离心，另一方面是清政府与瞻对民众为敌；一方面是瞻对部族的落后性与自身存在着缺陷，另一方面是清政府各级官员包括皇帝对事件的处置失当，从而造成了瞻对和清政府之间的对立、矛盾和冲突，乃至发生了大大小小的战争，这实际上是整部作品所要表达的

---

① 小说第151页有这样的话："对东登贡布的事迹，《清史录》也有记载：'藏兵攻剿瞻逆，叠次获胜……'"，按：无《清史录》一书。查，《清实录藏族史料》第9册第4363页有这段文字，但文字有异，比如"叠次"为"迭次"，"贡布郎加"为"工布朗结"，"德格土妇"为"德尔格特土妇"等，可见引文不应该是来自此处。疑这里的《清史录》为《清史稿》之误。

② 见顾祖成等人编：《清实录藏族史料》（第一集），西藏人民出版社1982年版，第472～473、475页。

基本思想，也是小说的叙述顺序或者说结构。

《瞻对》对各种文献资料的引用可以说是惊人的，即使把它看作是学术著作，其引用材料之量大也是极为罕见的，如果把这些引用都加以注释，会增加很大的文字篇幅。小说中很多引用都是加了引号的，从学术的角度来说是规范的，这是直接的引用，还有很多没有加引号，而是把文字改写了，但内容并没有实质性的变化，这是间接引用，比如小说中的第12~13页的内容基本上是用《清实录藏族史料》第一卷第498~500页一个"条目"中的三则史料来写的，这些史料大多数都是被直接引用，但也有部分是间接引用，比如第二则史料开头一段的原文是这样的：

> 下瞻对贼番，因官兵进剿，于江东设卡隘数处。最关紧要者系加社丫卡，欲过江攻寨，必先克取此卡。随经建昌镇总兵袁士弼分遣中路官兵进攻，大败贼番，得加社丫卡大小三处，拨汉、土官兵一百余名防守。仍乘胜力攻，逼贼番碉楼之木鲁工地方，复得正卡一处，并木鲁工左右卡二处。（第499页）

而小说的文字是这样的：

> 下瞻对土司班滚……这回定要与清军较量一番。"于江东设卡隘数处"，其中最重要的一处叫加社丫卡。官兵要从雅砻江东过到雅砻江西，深入下瞻对腹地，必须先将此卡攻克。此卡又是（按："是"疑为"和"的手民之误。）几处小卡彼此互有犄角，互相守望相助，更增加了攻克的难度。总兵袁士弼派所部中路官兵进攻，经过苦战，将这一大卡上的三处关隘一一攻破，拨兵丁一百余名防守。继续乘胜进攻。又迫近"贼番碉楼之木鲁工的（校：多"的"字。）地方，复得正卡一处，并木鲁工左右卡二处"。

两相对照，小说这一段文字头尾两处引用，中间则是改写，增加了一些细节，表述上有所差异，但基本内容没有实质性的变化。

事实上，《瞻对》中所叙述的历史故事、历史事件、历史人物等，大多数都可以找到历史文献的根据，而且非常吻合。比如，罗思举是清朝第三次"用兵瞻对"的重要人物，正是他最终"打败"了"番酋"洛布七力，小说对他征战瞻对的过程写得很简单，也许是因为史料本身非常有限的原故，但却花了不少笔墨讲了他的三个小故事（也许是出于小说的需要），而这三个故事在《清史稿》中有载。查《清史稿》"罗思举"条，第347卷有传，位列"列传"134，和"杨遇春"等列为一"篇"，对于罗思举征战瞻对，《清史稿》叙述非常简单："二十年，中瞻对番酋洛布七力叛，夹河筑碉。总兵罗声皋不能克，许其降，以专擅遣戍。命思举进剿，克四砦，洛布七力就歼，请分其地以赏上下瞻对诸出力头目，事乃定。"①《瞻对》也引用了这则史料，模糊地说是"生平材料"，其实《清史稿》应该是比较原始的出处。

看《清史稿》罗思举传，可以知道《瞻对》关于罗思举的第二个和第三个故事实际上是根据这样一则材料写成的：

> 思举既贵，尝与人言少时事，不少讳。檄川、陕、湖北各州县云："所捕盗罗思举，今为国宣劳，可销案矣。"再入觐，仁宗问："何省兵精？"曰："将良兵自精。"宣宗问："赏罚何由明？"曰："进一步，赏；退一步，罚。"皆称旨。②

《瞻对》是这样写的：

> 第二个，赵金龙当了大官后，并不忌讳人说他当过土匪的事情，甚至自己也常常在人前提起，并不遮掩。甚至还给川、陕、湖北等省各州县衙门写信："所捕盗罗思举，今为国宣劳，可销案矣。"这意思是说，你们以前不是下过追剿土匪罗思举的通缉令吗？现在他已经为国效劳，你们就销案了吧！
>
> 第三个。他去北京，受到嘉庆皇帝接见。皇帝问他，哪个省的兵最精。他答："将良兵自精。"后来，换了皇帝，又接见他，又问怎么做到赏罚分明。他的回答也很简明："进一步，赏。退一步，罚。"两任皇帝都说，回答很好。（第75页。为节省篇幅，引文中的对话不再分行。）

两相比较，我们可以清楚地看到小说的来源。略作说明的是，有两个比较大的差异，应该是作家的失误。一是书写错误，罗思举被写成了赵金龙，赵金龙就是第一个故事中被罗思举打死的那个人，这里显然是一个笔误，但却很离谱。另一处疑是理解性的错误，也可以说是知识性错误。原文中的"何省兵精"中的"省"应该是动词而不是名词，同《论语》中"吾日三省吾身"的"省"同义，即检测，判断的意思，"何省兵精"即如何判断部队的精锐，在中国古代，"精兵良将"可以组合成一个词，形容军队的优良，并且"精兵"和"良将"构成对应，具有因果关系，所以罗思举才有"将良"对"兵精"的回答，"称旨"也在这里，否则就是答非所问了。现代汉语中，"省"的基本意义是行政区划单位，但在古代汉语中，"省"主要是动词，作为名词主要是对机构的称谓，如"中书省"，元代实行行省制度，其"行省"是"行中书省"的简称，即中书省的地方派出机构。明代改"行省"为"布政司"。清代恢复"行省"，简称"省"，并且成为行政区划单位，但称谓上一般不说"某某省"如"湖广省""云南省"等，而是直称"湖广""云南"等。

正是在大量引用历史文献、所书写的内容大致都有文献依据的意义上，我认为《瞻对》

---

① 赵尔巽等：《清史稿》（第三十七册），中华书局1977年版，第11204～11205页。
② 赵尔巽等：《清史稿》（第三十七册），中华书局1977年版，第11205页。

具有历史的性质，具有非虚构性。读《瞻对》，我感到作品像是一本学术论著，作家阿来像是一个学者。

二

《瞻对》从根本上又是小说，是一个历史学体式的小说文本。外在形式上它是历史散文，但内在品质上却是小说，或者说，是历史的材料，但却是用小说的方式即用讲故事的方式讲述的，属于历史小说。实际上，《瞻对》虽然具有历史性，大量引用材料，很多故事都有文献依据，但《瞻对》和历史学术著作还是有根本差别的，其"非虚构"和历史学的真实性还不可同日而语，其客观性、严谨性以及对史料的分析、甄别、考证等都和严谨的历史研究有很大的距离。就以上述罗思举的两个故事为例，《清史稿》中的叙述和《瞻对》中的叙述还是存在着很大差异的，《清史稿》中的叙述非常简洁、客观，虽然在历史中这已经非常细节化、小说化了，但仍不失为事实的陈述。从历史学的准确性来看，《瞻对》的叙述可以说很不严谨，除了"何省兵精"理解上明显有误以外，还有很多地方也是很个人化地改写了，比如"少时事"，联系前文来看，指的应该是罗思举少年时不光彩的事，包括当土匪，但并不只是当过土匪这一件事情。"再入觐，仁宗问"翻译成现代汉语就是："再次入朝见皇帝，嘉庆皇帝问他"，这和"他去北京，受到嘉庆皇帝接见"显然是不同的，并且存在着巨大的文化背景上的差异，前者有严格的古代规矩，后者则是现代的可能方式。"宣宗"即道光皇帝，他是嘉庆皇帝的"继位"者，在历史中这是很具体的事实，而"换了皇帝"则是把事实模糊化了，且意味完全变了，"换了皇帝"和"继位"是完全不一样的，"换"在中国古代政权更替中是有特殊含义的，如"改朝换代"，"换了人间"等。"称旨"即符合上意，和"两任皇帝都说，回答很好"是完全不同的表述，"皆称旨"是历史第三人称叙事，是历史陈述，而皇帝说回答很好，则是具体化了，是语言描述。假如是学术著作，这些都是属于硬伤，是严重的问题，但作为小说，不管是有意改写还是无意的误解，只要情理上说得通，这都是没有问题的。

所以，《瞻对》所写的内容虽然大体上都有据可查，大体上符合历史的进程和发展脉络，但对历史的具体书写上，却有很多想象和个人的理解性，显示出作家的小说家的个性特点以及情感倾向，在具体的书写上尽显小说家的本色。真实的历史永远是遥不可及的，我们只能无限接近，却永远不能抵达，而大多数时候我们只能徘徊在它的边缘。文献的历史虽然是凌乱的、混杂的，但却是有限的，是一个不可更改的世界，它有时是隐藏的、晦暗的。学术的历史书写则主要是对历史文献的解释，是对历史文献的主题化、逻辑化，是揭示性的，当然有发现。历史有时很惊险，比小说还小说，但更多的时候，历史是无趣的。不妨作一个假设，如果让一个历史学家来写瞻对近两百年的历史，应该如何写呢？当然是政治、军事、经济、文化以及和地方政府、中央政府之间的复杂关系，当然是有影响的人物、有影响的事件，当然是各种人物和事件之间的前因后果等。在学术模式上，不管是微观叙事还是宏大叙事，历史学都要以史实为依据，都要对各种史料进行充分的分析、鉴别、考证，得出正确的结论，对事实进行客观真实的描述，历史学本质上是描述事实，揭示真理。但《瞻对》完全不是这样，它完全是讲故事，主要写瞻对这个地方与中央政府的矛盾和冲突，战争是作者特别感兴趣的，作者对历史材料是选择而不是甄别和考证。所以它所呈现出来的"历史"和历史文献所书写的历史以及真实的历史之间存在着巨大的差距。

瞻对虽然是一个小小的县城，但在中国近两百年的历史上，却常能见到它的身影，至少有30多种历史文献有关于它的记录，或多或少，这些文献不能说浩如烟海，但至少是非常丰富的。对于这么多内容，这么多事件、人物和故事，作家写什么和不写什么，其实是要选择的，也必须有所选择，阿来的选择是小说家的选择而不是历史学家的选择。事实上《瞻对》是以战争为中心来写的，小说一共十章，其中前七章写有清一代对瞻对的七次战争[1]，第一章写乾隆"瞻对之战"，即第二次瞻对之战，也就是一般历史著作中所说的"瞻对之战"，并追叙雍正的瞻对之战，即第一次瞻对之战；第二章是第一章的续写，写"大金川之战"时的瞻对，或者说"瞻对之战"的尾声，也可以说是对"瞻对之战"的另外叙述；第三章写嘉庆瞻对之战即第三次瞻对之战；第四章写道光瞻对之战即第四次瞻对之战；第五章写瞻对和周边的战争以及对藏军之战，此时的清廷已经国力衰退，无力征战，授权西藏噶厦政府来完成。第六章写光绪年间清廷镇压瞻对农民起义之战；第七章写光绪年间清廷对瞻对藏军之战。后三章虽然不是以战争为中心来写的，但都写了战争，比如第九章写了"大白之战"中的瞻对，第十章则写了"大白之战"之后的瞻对。所以，读小说我们感到，瞻对这个弹丸之地从1744年（小说开始的时间）到19世纪40年代这两百多年的历史，就是一个"铁疙瘩"史（小说提到了"融化"，但"融化"是突然到来的，没有征兆），即顽固不化史，就是和政府主要是清廷对抗史，就是一个战争故事，"那些瞻对故事，都那么曲折多变，那么富于戏剧性，那么枝节横生，那么不可思议，那样轰轰烈烈，那样以一隅僻地一次次震动朝廷，死伤那么多士兵百姓，那么多朝廷命官丢官丧命"。（第240页）一部瞻对部族史通过作家的讲述最后变成了一部小说，我认为这才是问题的实质。

我不否定《瞻对》所写的故事都有历史根据，都有文献来源，但同时我们必须承认，这些文献和根据其实是高度选择化的，因而整体上是高度主观化的。查《清实录藏族史料》第10卷"人名地名索引"，我们可以看到，"瞻对"在此书中是一个高频率词汇，有近200条史料（见370~374页），另外还有很多"瞻逆""瞻酋"的条目。《清实录藏族史料》每卷都有分类索引，比如第一卷"用兵瞻对，拟议善后事宜"共50条（第586页），第2卷"瞻对班滚复出，庆复、李质粹等获罪"共28条（第1085页），第9卷"瞻对土司工布朗结父子等骚扰川边，清廷调遣汉、土、藏兵进剿"21条（第4756~4757页），"瞻对番民因藏官苛敛激

---

[1] 作家本人在次数称谓上比较混乱，写了两个第五次，第135页有"1864年第五次"的字样；第183页，小说标题和正文中都说是"第五次"，时间是1890年，但这一次应该是第六次；第191页，标题是第六次，但正文中第192页却又是"1896年第七次"，正文中应该是正确的。

变，酌议瞻对善后事宜"9条（第4762页），"瞻对之争"38条（第4763页）。其他六卷还有很多，可见史料之多，但这些史料真正为小说所用其实非常有限，《清实录藏族史料》从第一卷第364页开始，到第7卷结束（即3638页），约百分之七十都是乾隆朝史料，其中有大量的关于瞻对的史料，但小说写乾隆朝瞻对故事不过前两章。

历史本身是无边的，是没有主题的，历史文献是对客观历史的一种选择，总体上是散漫的，也没有主题。《清实录》是对清朝历史的选择记载，近于朝廷的"编年史"，而《清实录藏族史料》则是建立在《清实录》基础上的"专题"资料。《瞻对》于历史来说可以说是层层选择之后的选择，和客观历史之间的距离可以用柏拉图的话来形容："和真理隔三层"。事实上，《瞻对》所写的历史和历史学家所描述的历史是有很大差别的，比如"瞻对之战"，百度上有专门的条目，彭陟焱的《乾隆朝大小金川之役研究》[①]有比较详细的介绍，《西藏研究》等学术刊物也曾发表过学者的研究性文章，对比小说和《清实录》以及这些现代研究性成果，我们能够明显感觉到小说的主观性，小说实际上着力表现的是两种完全对立的情形：一方面是清廷的愚蠢，乾隆皇帝的不了解实情，战略错误；前线指挥官庆复、纪山傲慢自大，指挥失当，不负责任且有腐败行为，战争过程中互相防范且有内斗行为，弄虚作假，失败后又推诿责任；战场上土官战斗力差。而瞻对一方则相反，土司班滚精明，民众强悍，利用有利地形，战术上灵活机动等，面对强大的清军，虽然有点以卵击石的味道，最后是失败了，但却失败得很英雄。这可以看作是作家对历史的一种理解，但历史本身并不是如此清晰明了的。

与此相关，《瞻对》的结构也是非常有意思的，小说实际上采用的是一种"解构"的结构方式，可以称之为叙事的"二重奏"：一是官府叙事，二是民间叙述，前者依赖的是正史材料，如《清实录》《清史稿》等，特别是其中的奏章和批示等，后者依赖的是笔记、私人书信、地方志、地方档案、口头文学、民间传说、调查报告以及作家实地考察和采访的田野材料，还有一些藏文文献材料也是属于此类。作家以一种"元小说"的方式在文本中说："为写这本书，我去踏访地广人稀的瞻对，也看过不少此地史料。"（第14页）在小说中我们看到，正史里，瞻对头人是"酋"，是"逆"，普通人是"贼"，是"盗"，是"匪"，而在地方志、民间传说中，敢于和政府作对的瞻对头人则是英雄，民间史料并不否认瞻对抢劫的事实，但用的词是"夹坝"，而"夹坝""在康巴语中本不具贬义"（第41页）。两种史料叙述同一件事情，但在观念上却互为解构，在正史叙事中，清军是正义之师，是威武之师，瞻对人是野蛮人、刁民、强盗、土匪，但在民间叙事中，清军到处杀人放火，是罪恶、是魔鬼，是野蛮的行径，是真正的强盗和土匪。在正史叙述中，政府的决策和行为是正确的，而在民间叙述中，瞻对人的抵抗是捍卫自己的利益，是英勇的、可歌可泣的。两种叙事不仅情感和倾向是相反的，有时甚至结果都是相反的，比如第三次瞻对之战，正史中"番酋"洛布七力被清围攻之后"烧毙"了，但在民间传说以及地方史志中，他并没有死。

---

① 民族出版社，2010年版。

所以在《瞻对》中，有清一代，清政府以强大的正规军对小小的瞻对部落一共七次用兵，表面上或者说形式上是清政府胜利了，但实际上每次都是自取其辱，物质上和信誉上都受到巨大的损失。清政府虽然每次都战胜了瞻对部族，但却从来没有真正征服过瞻对，所以才有瞻对部族的一次又一次的叛逆，挑战清政府的权威。清军每一次征战都是大军压境，来势汹汹，大有势不可挡的摧毁之态，但结果却是被拖得精疲力竭，最后不得不草草收兵，为了面子，甚至不得不作出巨大的让步。正是因为如此，小说形成了一种很特殊的"异构同质"且"复调"的叙事，战争的双方同是胜利者或者同是失败者。"显隐双呈"：显在的叙事是，每次战争，双方都是胜利者，清军得胜回朝，都督巡抚加官晋爵，官兵论功行赏；瞻对部族也有收获，有时甚至"贼"也加官封土，并且荫及子孙；而隐性的叙事是，每次战争双方都是失败者，清政府耗费巨大，劳民伤财，导致国力空虚，国势衰退，瞻对部族则是人民的生命和财产受到巨大的损失，许多人家破人亡。这是历史的事实，但更是小说的结构。

《瞻对》虽然大量引用史料，特别是正统的《清实录》《清季民国康区藏族文献辑要》等资料，但决定文本性质最根本的则是阿来是以一个小说家的眼光来挑选这些历史材料，并以一种讲故事的方式来讲述这些史料。阿来曾经说过："每一个人在传递这个文本的时候，都会进行一些有意无意的加工。增加一个细节，修改一句对话，特别是其中一些近乎奇迹的东西，被不断地放大。最后，现实的面目一点点地模糊，奇迹的成分一点点地增多，故事本身一天比一天具有了更多的浪漫，更强的美感，更加具有震撼人心的情感力量。于是，历史变成了传奇。"[①] 我认为，《瞻对》创作和性质也是如此，不同在于，对历史的不断加工、改造、故事化、情感化、浪漫化等，于《瞻对》来说不是由很多人完成的，而是由阿来一个人完成的，正是在对历史不断地增加细节、放大奇迹、增添故事的过程中，历史最后变成了小说。

同时，《瞻对》中还大量使用民间传说和口头故事，这也是我认为《瞻对》从根本上是小说的原因之一。在文学方面，阿来是在民间文学的熏陶中长大的，民间文学也是他文学的重要特色或者说组成部分，阿来说："我出生于一个藏人聚居的偏僻山村。在那样一个山村里，除了一所教授着汉文的乡村小学，不存在任何书面形式的文化。但在那个时期，口头的文学却四处流传。……这些故事有关于家族的历史，村落的历史，部族的历史，但每一个讲述者，都依据自己的经验，自己的好恶，自己的想象，随时随地改造着这些故事。文本变动不居，想象蓬勃生长。"[②] 读《瞻对》我们可以看到，小说中有大量的民间传说的叙述，只是从读者的角度来说，我们不能区分出哪些是虚构的，而哪些是直接来源于作家的收集，但不管是虚构的还是直接借用的，只要是传说，它都大大加强了文本的小说性。

所以，我认为，《瞻对》在大量使用历史文献的意义上是非虚构，但是在对这些历史文献的主观选择以及小说家方式的加工和改造的意义上，它又是虚构；在使用正史文献的意

---

① 阿来：《我只感到世界扑面而来——在渤海大学的演讲》，《看见》，湖南文艺出版社2011年版，第181页。
② 阿来：《民间传统帮助我们复活想象——在深圳市民大讲堂等的演讲》，《看见》，湖南文艺出版社2011年版，第202～203页。

义上，它是非虚构，但在使用笔记、地方志等民间文献以及民间故事和口头传说等文学性资料的意义上，它又是虚构。它表面上看像一个历史学术文本，但实质上又是以故事为根本追求。它并不追求在历史叙述中发现什么，也不解决历史的学术性问题，而是在叙述历史的过程表达意义，包括宗教的意义、民族的意义、历史的意义等，特别是现实意义，与一般的小说只是讲故事不同，作者在小说中经常以作者的身份表达观点，比如关于腐败，作者有很多尖锐的表达："在中央集权的政体之下，下级对上级，地方对中央，报喜不报忧，几乎是各级官员一种本能，盛世时尚且谎话连篇，更何况中央政权日益衰微之时，地方大员捏报事实，更是肆无忌惮。皇帝也许不知道地方上的具体情形，但必也深知奏报中所言一定'捏饰甚多'，但国势如此，只好睁一只眼闭一只眼，权当不知。"（第149页）这就不只是在讲清代了。再比如对于清代官场中的"远迎"陋俗，作者议论道："这在今天的藏区，也是一个普遍现象。稍有权位的官员，到一地，到一县，当地官员都要迎到本县与邻县的交界之处。只是现在不大扰民，大多仅是官员迎接官员。当然，有更重要的官员驾到，那动员民众，学生上路夹道欢迎，献歌献舞，则是另一回事了。"（第70页）这则是在直接批评现实。小说中还有很多借古讽今的议论，能够让人阅读之后会心一笑。总体来说，在《瞻对》中，阿来的批判性得到了极大的加强，他的批判不仅指向本民族，也指向内地。

三

那么，我们应该如何定位《瞻对》？又如何评价阿来的这种探索呢？

《瞻对》最初在《人民文学》上发表时，编者有一个"卷首"语，认为《瞻对》"有别于一般的'现实非虚构'，这是阿来的'历史非虚构'长篇力作。"而四川文艺出版社出版的单行本其版权页上则标注为"长篇历史小说"。鉴于上述分析，我认为"非虚构"的定位其实是不准确的。

从文学与现实的对应关系即"真实"来说，文学本来就被划分为虚构与非虚构两种类型，小说和戏剧是典型的虚构文学，散文、回忆录、报告文学等是典型的非虚构文学，美国有一位女作家雪莉·艾利斯曾编过两本书，《开始写吧——虚构文学创作》和《开始写吧——非虚构文学创作》①，很受欢迎，她讲的"虚构文学"主要是小说，而"非虚构文学"则主要是散文、随笔、回忆录等。由此可见，小说的本质特征就是虚构。那么，小说何以又是非虚构的呢？"非虚构小说"是否可能？我认为《瞻对》提供了一种文本试验。

近三年来，《人民文学》曾发表了一系列"非虚构"作品，比如梁鸿的《梁庄》及《梁庄在中国》、王小妮的《上课记》、李娟的《羊道》、郑小琼《女工记》、乔叶的《盖楼记》及《拆楼记》、孙惠芬的《生死十日谈》，这些作品后来都出了单行本，版权页分类

---

① 中译本由中国人民大学出版社于2011年出版。

各有不同，梁鸿的《梁庄》，单行本改名为《中国在梁庄》，中信出版社，2014年再版，版权页上图书分类归为"纪实文学"；《梁庄在中国》，单行本改名为《出梁庄记》，花城出版社，2013年版，版权页上图书分类归为"纪实文学"；王小妮的《上课记》，中国华侨出版社，2011年版，版权页上图书分类归为"随笔"；李娟的《羊道》（共三册），上海文艺出版社，2012年版，版权页上图书分类归为"散文集"；郑小琼《女工记》，花城出版社，2012年版，版权页上图书分类归为"诗集"；乔叶的《盖楼记》及《拆楼记》，单行本合为一册，书名《拆楼记》，河南文艺出版社，2012年版，版权页上图书分类归为"纪实文学"；孙惠芬的《生死十日谈》，人民文学出版社，2013年版，版权页上图书分类归为"长篇小说"。由此可见，《人民文学》所提出的"非虚构"是一个新概念，是一个与传统的文体概念完全不同的概念，可以包括过去所说的所有的文体，不仅可以是纪实文学、散文，也可以是诗歌和小说。

其实，"非虚构小说"并不是一个全新的概念，20世纪50年代出版的《保卫延安》其实就是"非虚构小说"，但它的"非虚构"是"虚构"与"纪实"的结合，总体上是小说，而"纪实"的因素很重。"非虚构小说"据说最早是由美国作家卡波特命名的[①]，20世纪60年代，卡波特根据一个真实发生的凶杀案故事写了一本畅销书《冷血》[②]，作家声称它不是新闻，而是"非虚构小说"。1976年，美国作家阿历克斯·哈利写了一本畅销书《根》（Roots），归类上也是充满了争议，这本书在当时的美国图书排行榜中被列为"非小说类"，近年来出版的萨克文·伯科维奇主编的权威的美国文学史《剑桥美国文学史》第七卷[③]，没有提到这部作品，可见对这部作品的"非小说"定位在美国近年来并没有变化，但《根》究竟是小说还是历史，这在美国也是有争议的。而在中国，《根》主要是作为小说来翻译和接受的，有学者把它定性为"家史小说"和"历史小说"[④]，有学者把它定性为"非虚构小说"[⑤]。

新时期以来，中国文学中有很多"纪实文学"，而明确称之为"非虚构小说"则是1999年山东画报出版社出版的刘心武的长篇《树与林同在》[⑥]。这之前，刘心武虽然于1985年在《人民文学》上发表纪实性的小说《5·19长镜头》和《公共汽车咏叹调》，但都是称为"纪实小说"[⑦]。我认为，"纪实小说"和"非虚构小说"本质上没有区别。

非虚构小说有各种类型，大多数都是"新闻型"，或者"时事型"，即以新闻或者身边

---

① 聂珍钊：《〈根〉和非虚构小说》，《外国文学研究》1989年第4期。另参见王天明《非虚构小说评述——兼论〈在冷血中〉》，《外国文学评论》1988年第2期。

② 原名In Cold Blood，中译本有两种：1987年中国文联出版公司版，译者杨月荪；2006年南海出版公司版，译者夏杪。书名均为《冷血》。

③ 中央编译出版社2012年版。

④ 见杨静远《关于〈根〉》，《根：一个美国家族的历史》，生活·读书·新知三联书店1979年版，第751、769页。

⑤ 聂珍钊：《论非虚构小说》，《中南民族大学学报》（哲学社会科学版）1989年第6期。

⑥ 张文雅：《"非虚构小说"系何物？》，《文学自由谈》1989年第3期。

⑦ 刘心武在出文集时，这两篇小说没有收入"小说"类，而是被独立归类为"纪实文学作品"，见《刘心武文集》（第五卷），华艺出版社1993年版。

真实发生的事为内容，也就是"现实非虚构"小说，"历史非虚构"小说则比较少见。而在"历史非虚构"小说中，《瞻对》是一个全新的文本，其特殊性在于，它主要是根据历史文献材料和实地调查感受而写成，作品中的时间、地点、人物和事件都可以在相关的文献中得到确认，小说的材料都是有来源的，即非虚构的，差别在于材料本身有真实与非真实、虚构与非虚构的不同，还有情感色彩上的差别，正是这些差别构成了小说的冲突和矛盾以及故事性。材料是客观的，而对材料的选择则是主观的，对材料的组织方式是主观的，所以，在材料的真实和客观性上，《瞻对》是历史的，非虚构的，而在材料的选择和处理方式上，《瞻对》是小说的。

把《瞻对》与《根》进行比较是很有意思的。我认为，《瞻对》与《根》最大的不同不在于小说内容上的真实与否，而在于小说的写作方式及形态所造成的读者阅读上的效果差异，《根》主要是用调查和访问的结构方式，而这也是很多小说所采用的形式，所以虽然《根》所写的是真实的故事，但读者读起来却像是虚构的，尤其是对于中国读者来说，那是一个遥远的故事，完全没法判断其真实性，完全可以当小说来读。但《瞻对》不同，《瞻对》大量引用历史文献，人名和地名都是真实的，都可以查证，虽然事实上是小说，但外在形态上它更像历史，读起来也像是历史，也可以当作历史来阅读。阿来曾说过："满世界写狗屁文章的人都尽拿西藏做着幌子，很入世的人拿政治的西藏作幌子，很入世又要做出很不入世样子的人也拿在西藏的什么神秘，什么九死一生的游历做幌子，我自己生在藏地，长在藏地，如果藏地真的如此险恶，那么，我肯定活不到今天，如果西藏真的如此神秘莫测，我活着要么也自称什么大师，要么就进了精神病院。但至今，我算账没有出过千位数以上的错误，出门没有上错过飞机，处世也没有太错认过朋友。"[①]《瞻对》的客观性在于，它展现了藏民既好勇斗狠又神秘武勇，信奉宗教却又积极入世等诸多特点，从中我们可以看到，藏区和藏民既并不如有些人理解的那么好，也不是有些人理解的那么不堪。

我认为，《瞻对》作为一种新的小说形式的尝试这是一种有益的探索，值得充分肯定，应该说，《瞻对》大量运用历史材料来写作小说这是一种大胆的尝试，也取得了很大的突破，展现出了许多新质，并将在文学史留下有它自己的地位。在大量使用民间传说和口头故事的意义上，《瞻对》作为小说更像是中国古代的"小说家言"中的"小说"，在这一意义上，它也是具有来源和根据的。在写作技术上，《瞻对》相较于《尘埃落定》《空山》等小说又有推进和拓展，展现了阿来对历史的把握能力。在时间上，《尘埃落定》写的是近代，《空山》写的是当代，《格萨尔王》写遥远的神话传说，而《瞻对》则写有清以来的瞻对历史，兼及神话传说，土司制度，应该说在某种程度上涵括了阿来小说的诸多因素。

但是另一方面，《瞻对》的成功具有特殊性，它不具有普遍意义，它是一种突破，但这种突破没有多大的文学写作意义，它不能发展成为一种小说模式，不能广泛地推广和运用。最根本的原因就在于"非虚构"不符合小说的基本特征，违背了小说的本性。把文学和历史

---

① 阿来：《在诗歌与小说之间（序篇）》，《就这样日益丰盈》，解放军文艺出版社2002年版，第5～6页。

区别开来是有它分工合理性的，因为二者在性质上存在着根本的差异，亚理士多德早就说过："历史家和诗人的差别不在于一用散文，一用'韵文'，……两者的差别在于一叙述已发生的事，一描述可能发生的事。因此，写诗这种活动比写历史更富于哲学意味，更被严肃地对待。"① 历史与文学没有高低之别，但有职责的不同，各有相对的势力范围，就历史和小说来说，虽然都有故事，但历史是对已经发生的真实故事的客观叙述，而小说则是想象的、虚构的。阿来的探索本质上是一种越界行为，他实际上是越过了小说的职责和范围，而进入到了历史学术的领域，从小说的角度来说，这是一种大胆的行为，表现出了一种勇气，但在历史领域，它几乎可以说没有什么收获，也不可能有什么收获。用历史学的眼光来看《瞻对》，可以说问题很多，如引用不规范，缺乏基本性的注释（比如文献的名称、作者、出版社、出版年月、页码等），在对史料的理解上明显有误；大量引用史料，不是作为观念或者发现的证据，而是作为故事本身，这有抄袭的嫌疑；写了很多战争的故事，但对于交战双方却缺乏必要的背景交代和分析，给人感觉仗打得莫名其妙。对于阿来来说，他虽然花了很多时间研究历史，但与历史学家相比，他还显得稚嫩，技巧也不熟练，对于他来说，历史显然还是一个陌生的领域，在这个领域里，他如小学生一样畏首畏尾，自然不可能有什么建树，他甚至不知道如何走出这一领域，最后实际上还是小说救了他。

同时，《瞻对》的可读性也很差，故事如流水账，事件缺乏因果关联，因而缺乏基本的小说情节的连贯性。引用中很多都是古文，很多表达属于清代的官场用语，一般读者很难理解，很多奏折用语很个人化，夹杂土语、方言、口语等，语言不规范，皇帝的批语也是如此。对于历史和中文专业人士来说，这当然都不是障碍，但对于一般读者来说，读起来就需要耐心了。所以，我相信除了对藏族历史有特殊兴趣的人、文学上对这种跨文体写作有特殊兴趣的人、康区阿坝本地人以外，一般读者很难有兴致把这部小说读完。所以，从阅读的角度来说，我也不能判断这部小说究竟是成功还是失败。

（原载《文学评论》2014年第4期）

---

① ［古希腊］亚理士多德：《诗学》，罗念生译，人民文学出版社1962年版，第28～29页。

灵魂的重量

——关于阿来的散文

谢有顺

余光中先生在《散文的知性与感性》一文中说："在一切文体之中，散文是最亲切、最平实、最透明的言谈，不像诗可以破空而来，绝尘而去，也不像小说可以戴上人物的假面具，事件的隐身衣。散文家理当维持与读者对话的形态，所以其人品尽在文中，伪装不得。"① 这话是不错的。散文作为受外来影响最小的文体，它的成就之所以一直很稳定，一个很大的原因，可能就是因着它的亲切、平实和透明，技巧性的东西比较少，实验性的文学运动也多与它无关，这就大大降低了写作者的参与难度，凡有真情和学识的人，都有可能写出好的散文篇章来。因此，我很早就发现，许多好散文，往往并不是专业意义上的散文家写的——这对于其他文体来说是不可思议的。很难想象，一篇好小说，一首好诗，一部杰出的戏剧，会是出自一个"业余"作者之手。但散文不同，它拥有最为广阔的写作人群，更重要的是，有许多的哲人、史家、科学工作者都在为散文的繁盛推波助澜，贡献智慧，因此，散文是永远不会衰落的。

只是，许多人并不知道"散文易学而难工"（王国维）。因着散文是亲切、平实和透明的文体，话语的姿态放得很低，结果，那些轻飘的感悟、流水账般的记述、枯燥的公文写作、陈旧的风物描写、堆砌的历史资料，都被算作散文了。慢慢地，散文就丧失了文字上的神圣感，就连平常的说话，记录下来恐怕也得算一篇口语散文。莫里哀的喜剧《暴发户》中，就有一个商人叫儒尔丹的，他听说自己的一句话"尼哥，给我把拖鞋和睡帽拿来"就是散文时，不禁得意地喊道："天哪，我说散文说了四十年，自己还一直都不知道！"所以，只要和文学沾边的人，很少有人会承认自己是不会写散文的，但承认自己不会写诗的人则不在少数。在多数人眼中，散文实在是太容易写了。

这种"太容易"所造成的散文数量的庞大，究竟是散文的幸还是不幸？我回答不了这样的问题。但我想，因着散文的门槛实在是太低了，这就带来了一个不容忽视的问题：现在的散文是越写越轻了。许多的散文，你读完之后不会有任何的遐想，也不会让你静默感念，它

---

① 余光中：《散文的知性与感性》，《余光中文集》第八卷，百花文艺出版社2004年版，第335页。

更像是一次性消费的话语垃圾。

　　散文当然可以有轻逸的笔触，但我一直认为，散文在骨子里应该是重的。它隐藏在文字后面的情与思，越重就越能打动读者，越能呈现经验和事实的力量。著名作家毛姆说过："要把散文写好，有赖于好的教养。散文和诗不同，原是一种文雅的艺术。有人说过，好的散文应该像斯文人的谈吐。"我想，"教养""文雅"和"斯文人的谈吐"，绝不会是轻的，它一定暗含着对生活和存在的独特发现，同时，它也一定是一种艺术创造，否则就不会是"文雅的艺术"了。

　　说到散文之重，我们也许首先会想到的是鲁迅的《野草》、朱自清的《背影》、史铁生的《我与地坛》和《病隙碎笔》、贾平凹的《祭父》，等等，这些的确是杰出的篇章，里面所蕴含的深邃情感，以及对存在本身的逼视，无不体现出作者强烈的精神自尊，并有力地为文字挽回了神圣感。有一个大学教授对我说，自1991年以来，他每年都花12至17节课的时间给中文系学生讲《我与地坛》。一篇散文何以值得在课堂上花这么多时间来讲述和研究？如果这篇散文里没有一些重的东西，没有一些与更广阔的存在相联的精神秘密，那是难以想象的。而《野草》，更是因着它阴郁、决绝的存在主义意味，即便被批评家反复地阐释，也仍旧被视为最为多义而难解的文本。

　　当然，我在这里并不是说，只有显露出像鲁迅的《野草》那样沉痛的表情，才是达到散文之重唯一的道路。其实，即便是像汪曾祺那样淡定的文字，里面又何尝没有重而坚实的情思？散文依据的毕竟多为一种常识（诗歌则多为想象），它不能用故作深沉的姿态来达到一种所谓的深刻，许多时候，散文的深来自体验之深、思想之深。真正的散文家必须在最为习焉不察的地方，发现别人所不能发现的事实形态和意义形态。这或许正是散文的独特之处：一些看似平常的文字，其实蕴含着深邃的精神秘密；相反，一些看起来高深莫测的文字（比如一些所谓的文化散文、历史散文），后面其实是空无一物。

　　我理解中的好散文，就是那些在平常的外表下蕴含着不平常的精神空间的篇章。试看以下这段文字：

　　　　这时，坐在我身边的小喇嘛突然开口说："我知道你的话比师父说的有道理。"我也说："其实，我并不用跟他争论什么。"但问题是我已经跟别人争论了。

　　　　年轻喇嘛说："可是我们还是会相信下去的。"

　　　　我当然不必问他明知如此，还要这般的理由。很多事情我们都说不出理由。……

　　　　"其实，我相信师父讲的，还没有从眼前山水中自己看见的多。"

　　　　我的眼里显出了疑问。

　　　　他脸上浮现出一丝犹疑的笑容："我看那些山，一层一层的，就像一个一个的梯级，我觉得有一天，我的灵魂踩着这些梯子会去到天上。"这个年轻喇嘛如果接受与我一样的教育，肯定会成为一个诗人。

　　　　我知道，这不是一个可以讨论的问题，对方也只是说出自己的感受，并不是要与我讨论什么。这些山间冷清小寺里的喇嘛，早已深刻领受了落寞的意义，并不特别倾向于向你灌输什么。

但他却把这样一句话长久地留在了我的心上。①

这是作家阿来在一篇题为《离开就是一种归来》的散文中的一段文字。这篇散文，在初读的时候，会觉得一切是那么平常，并无多少意外的惊喜。但是，如果多读几遍，慢慢地，就会发现，小喇嘛的那段话居然使一个对多数人来说悬而未决的信仰问题瞬间就释然了。这难道不是一种文字的境界吗？把一层一层的山比作"梯级"，并说"我的灵魂踩着这些梯子会去到天上"，如此令人难忘的表达，使"我"以上的争论变得毫无意义——信仰更多的是指向世界的奥秘状态，是生命的一种内在需求，它并不能被理性所证明或证伪，因此，辩论对于信仰者来说是没有意义的。当小喇嘛说出"我的灵魂踩着这些梯子会去到天上"时，他已经悄悄地从辩论的理性旋涡里出走，来到了生命直觉的现场，或者说，大自然的奥秘轻易就制服了他心中还残存的疑问。

阿来记下了这个难以言说的精神奇迹。它也许只是一句话，但作家的心灵捕获到这句话的分量时，他的文字就与这句话中广阔的精神空间紧密相连，散文也就在这个时候离开了轻浅的外表，成了内在心灵的盟友。这使我想起诗人布莱克的著名诗句："在一粒沙子里看见宇宙，/在一朵野花里看见天堂，/把永恒放进一个钟点，/把无限握在手掌。""一粒沙子"是轻的，但"宇宙"是重的；"一朵野花"是轻的，但"天堂"是重的。散文的轻重关系，似乎也是这样：在它所记述的事情和人物里面，也许仅仅是一些常识，但作家要提供一个管道，使读者能从常识里看见"永恒"和"无限"。也就是说，散文的话语方式可以是轻的，但它的精神母题则必须是重的，它的里面，应该隐藏着一些可供回味的心灵秘密。

阿来散文最重要的特点，就是将散文的轻与重的关系处理得非常恰当。本来，像他这样的藏族作家，写起宗教和西藏，是很容易走向神秘主义的，话语方式上也很容易变得作态，正如其他一些作家那样。但阿来没有这样，因为他对自己所写的东西已经了然于胸，它们已经内化到了他的生活之中。我记得他专门写过一篇散文，叫《西藏是形容词》，目的是为了还原真实的西藏。他说："西藏在许许多多的人那里，是一个形容词，而不是一个应该有着实实在在内容的名词。""一个形容词可以附会了许多主观的东西，但名词却不能。名词就是它自己本身。"②"当我以双脚与内心丈量着故乡大地的时候，在我面前呈现出来的是一个真实的西藏，而非概念化的西藏。那么，我要记述的也该是一个明白的西藏，而非一个形容词化的神秘的西藏。"③阿来对西藏的态度，其实也可看作是他的散文立场：反对概念化和附会，追求"以双脚与内心丈量"故乡大地。比如西藏，这本是一个"重"的命题，但太多的膜拜者已经把它变成了一个过于沉重和神秘的地方，真实的西藏实际上已经远去。这

---

① 阿来：《离开就是一种归来》，《就这样日益丰盈》，解放军文艺出版社2002年版，第8～9页。

② 阿来：《西藏是形容词》，《就这样日益丰盈》，解放军文艺出版社2005年版，第135页。

③ 阿来：《西藏是形容词》，《就这样日益丰盈》，解放军文艺出版社2005年版，第136～137页。

个时候，写西藏就不该使它变得更"重"，而是要从西藏的神秘里超越出来，走进西藏的日常生活，走进西藏的人群，重新找回西藏的真实。可以说，此时，本真的西藏、不神秘的西藏反而成了西藏真正的"重"之所在，因为这样的"重"不是附会上去的，而是从里面生长出来的。这就好比阿来在《怎样注视自然》一文中所提到的"自然"问题。当大多数人都把自然当作抒怀的对象的时候，人们会发现，那个被彻底遗忘了的自然本真才是自然的"重"之所在。他说，《话说飞鸟》一书的作者儒尔·米什莱"在历史研究之余，把眼光转向了大自然。对于一个历史学家来说，历史上的很多东西，都是非常残酷的，而法国南方的地中海岸，自然却呈现出和谐美妙的景象。于是，他便乐而忘返了。这种情况，在中国历史上也一次次地发生过。很多学人被宫廷放逐，如柳宗元、苏轼、范仲淹等等，等等。他们处于江湖之上便寄情于山水，写出了很多传诵千古的名篇。比如《永州八记》《赤壁赋》和《岳阳楼记》。但他们共同的特点还是借景抒忧愤之情，其兴趣还是在人文政治，而不是真正想要认知自然。也就是说，自然本身的特性并未进入他们的视野"。"可以说，中国知识分子注视自然的时候，也是返观内心，在自省，在借物寓意；而在米什莱们那里，注视自然，便是真正认识自然、阅读自然，并让自然来教育自己"。

把自然还给自然，把西藏还给西藏，这似乎一直是阿来写作中的内在愿望。他写大地、星光、山口、银环蛇、野人、鱼、马、群山和声音，完全去除了多余的神秘，但文字中又无时不在地洋溢着和广阔天地的交流和私语。即便是那些科学美文，阿来也不忘把读者引向更为广阔的精神空间。比如，他写天文望远镜的发明时说："从此，这个世界上便多了一种时时想把天空看得更清楚，更深远的人。"① "我们的视线在穿越空间的同时，也正在穿越时间。"② 他写藏族人的生活时说："通过这些故事与传说，我学会了怎么把握时间，呈现空间，学会了怎样面对命运与激情。"③ 我想，正是阿来身上这种对事物的内部意义穷追不舍的精神，才最终使他的文字从平常走向了深邃，从轻走向了重。

阿来原来是一个诗人，我们或许能从他对聂鲁达和惠特曼这两位伟大诗人的感激中，窥见他的写作秘密：

> 感谢这两位伟大的诗人，感谢音乐，不然的话，有我这样的生活经历的人，是很容易在即将开始的文学尝试中自怜自爱、哭天抹泪、怨天尤人的。中国文学中有太多这样的东西。但是，有了这两位诗人的引领，我走向了宽广的大地，走向了绵延的群山，走向了无边的草原。那时我就下定了决心，不管是在文学之中，还是文学之外，我都将尽力使自己的生命与一个更雄伟的存在对接起来。④

① 阿来：《视线穿越空间与时间》，《就这样日益丰盈》，解放军文艺出版社2005年版，第150页。
② 阿来：《视线穿越空间与时间》，《就这样日益丰盈》，解放军文艺出版社2005年版，第154页。
③ 阿来：《视线穿越空间与时间》，《就这样日益丰盈》，解放军文艺出版社2005年版，第291页。
④ 阿来：《从诗歌和音乐开始》，《就这样日益丰盈》，解放军文艺出版社2002年版，第247~248页。

　　"尽力使自己的生命与一个更雄伟的存在对接起来",这样的美妙言辞,已经很少有作家说得出来了。而正是因为少了"雄伟的存在"这一"重"的维度,才导致现在的文学越来越轻,越来越站不稳,以至沦落到了话语垃圾的悲惨境地。阿来曾经引用佛经上的一句话,大意是说:声音去到天上就成了大声音,大声音是为了让更多的众生听见。"要让自己的声音变成这样一种大声音,除了有效的借鉴,更重要的始终是,自己通过人生体验获得历史感和命运感,让滚烫的血液与真实的情感,潜行在字里行间。"①阿来的写作,就是这样一种有声音的写作,这些声音,可能发自作者的内心,也可能发自山川和草木,因着有那个"雄伟的存在",每个字都可以说话,每种生物都可以歌唱,关键的是,你是否有那个心和耳朵来倾听它。

　　这个声音,其实也就是好散文所需要的隐秘维度。它的存在,将使散文的内在空间变得宽广和深刻。而现在的散文,普遍的困境就是只有单一的维度,它的轻,就在于单一,除了现实(事实和经验)这一面之外,作家不能给读者提供任何想象的空间;而一种没有想象的散文,必定是贫乏的散文。因此,我认为,好的散文,有重量的散文,它除了现实和人伦的维度外,至少还必须具有追问存在的维度(人之为人的存在意义何在)、超验的维度(和无限对话的维度,神秘感和死亡体验等)和自然的维度(包括大自然和生命自然)。也就是说,只有多维度的声响在散文内部交织在一起的时候,散文的价值空间才是丰富的、沉重的。阿来的散文,在某种程度上说,就是一种多维度交织的散文,一种有声音的散文,也是一种重的散文。它的重,就在于他那干净文字后面,从来就没有停止过对世界、人生和存在的追问。

　　在散文界泛滥着太多轻浮和浅白文字的年代,让散文写作恢复一种重的向度,显然已经非常必要。

　　　　　　　　　　　　　　　　　　　(选自谢有顺:《散文的常道》,广东人民出版社2014年版)

---

① 阿来:《穿行于异质文化之间》,《就这样日益丰盈》,解放军文艺出版社2002年版,第294页。

寻找登岸的绿洲

——改编《尘埃落定》的告白

徐 棻

成都市川剧院请我创作一个剧本，我建议改编阿来的长篇小说《尘埃落定》。

《尘埃落定》描写四川康巴藏族的麦其土司家从显赫到衰亡的故事。奇特的人物性格，陌生的生活形态，荒诞的情节细节，对我这个汉族人来说，有着不一般的魅力。我觉得，改为川剧演出，不仅可以让更多的人了解那个时代的康巴藏族，戏也应该十分好看。

可是，当我从一个阅读者变为一个改编者时，我却像个没有睡醒的人掉进了海里，睁眼看不见船舟，四顾辨不明方向，脑子一片空白，心里只有慌张……我突然意识到，我游弋在《尘埃落定》几十万字的海洋里，找不到登岸的绿洲！

我曾将不少小说改编为戏剧，比如曹雪芹的《红楼梦》，巴金的《家》，李劼人的《死水微澜》等。改编这些小说，我都不曾迷茫，改编的戏演出效果也不错。为什么《尘埃落定》让我为难了？

反复思之，是《尘埃落定》这小说有点异样。它描述实实在在的人物与真真切切的生活，却于字里行间埋伏下无数的隐喻、于情节细节间暗藏着许多的象征。这是一部将生活与幻想混为一体的小说，一部有关历史又有关现实的小说。要将这样的作品改为戏剧，那浩瀚复杂的内容如何取舍？那实在的生活与虚无的幻想如何表现？那与众不同的叙事特色和精神特质如何保留？那只可意会的隐喻和象征如何使观众明白？

阅读小说，是一种个体行为。阅读时，可以合上书页去体味其中的隐喻和象征，可以眯上眼睛去分析其中的现实与幻想，可以慢慢咀嚼其中的叙事特色和精神特质。但，观赏戏剧却是一种集体行为，是众人在同一时空中欣赏台上的戏。这个"众人"是性别、性格、年龄、职业、生活阅历、文化水平完全不同的人的临时聚会。戏剧无法给这些不同的个人留下慢慢品味的时间。如果有人停顿一会儿去思索，等他再把注意力转向舞台时，也许台上的戏他就看不懂了。因为剧情已经推进，人物已有变化。所以，面对人数众多、层次不同的观众，戏剧（特别是戏曲）需要舞台上的一切比小说更加清晰，更加通俗化、明朗化。恰恰《尘埃落定》中的一切都不清不楚、似假似真。反复无常的人物、怪诞不经的事件、模棱两可的说辞、无可名状的情绪以及漫长的时间跨度，都横亘在我面前，阻挡我改编的道路。

　　虽然，改编这小说也有捷径可寻。比如，可以歌颂共产党终结了极不人道的土司制度、解放了世代受压迫的奴隶们。比如，可以揭露土司家族内部的钩心斗角、尔虞我诈。比如，可以声讨土司们为争夺地盘而抢掠杀戮的不义之举等等。这些也都是《尘埃落定》的内容，抽出其中任何一点皆可敷衍成戏。但是，我不愿舍弃原著的特色和特质，不愿舍弃原著的隐喻和象征，不愿舍弃它独有的、真真假假的现实和幻想，而仅仅去讲一个过去的故事。

　　自问　　阅读《尘埃落定》时，最感兴趣的是什么？
　　答　　　是傻子的傻！
　　再问　　最吸引自己的是什么？
　　答　　　是傻子的不傻！
　　　　　　傻子，我曾经一再为他而心颤！

　　我为傻子的悲天悯人而心颤，为傻子的孤独惶惑而心颤，为傻子的精神压抑而心颤，为傻子的向往自由而心颤，为傻子的大智大慧、先知先觉而心颤。
　　我不愿舍弃的、原著中的精华，大多蕴含在傻子的思想、情绪、行为和命运遭际里！
　　傻子，就是那文字海洋中的一片绿洲！
　　把小说《尘埃落定》改编为川剧，我就从傻子这里登岸！
　　傻子这个形象，在小说的铺叙中十分复杂，和他有关联的事也多之又多。而戏剧，只有120分钟的时间，一丈见方的天地。因此，凡是舞台容不下的一切，我都视而不见；凡是因此而发生断裂的人物和事件，我都自创情节加以弥补和衔接；凡是小说中洞察傻子内心的文学描写，我在戏剧中都要转化为傻子外在的舞台动作。
　　总之，改编出来的作品必须获得独立于原著的、新的生命！
　　否则，就让人家阅读小说好了，我何必多此一举改编为戏！
　　于是我确定：
　　1. 川剧《尘埃落定》的第一主人公是傻子，一个和小说人物不完全相同的傻子！这个傻子之所以傻，是因为他不傻；这个傻子因为不傻，而成为了傻子。我将以傻子为戏剧的起点也为戏剧的终点，我要把他塑造成戏曲人物画廊中从未有过的、一个崭新的艺术形象。
　　2. 川剧《尘埃落定》的文本我将采用"无场次结构"；同时采用"现代空台艺术"作为该剧的舞台呈现方式。"现代空台艺术"一词，是戏剧评论家羽军先生对川剧《死水微澜》演出方式的概括。1996年，通过川剧《死水微澜》的演出，这种舞台呈现方式已得到戏剧界和广大观众的认可，用它表现川剧《尘埃落定》也十分合适。文本的"无场次结构"和演出的"现代空台艺术"相结合，可以营造出舞台的空灵感与神秘感，有利于保持原著亦真亦幻的精神特质，有利于保持原著隐喻和象征的叙述风格。这种舞台呈现方式还可以给剧中各种事件的变化，以极其自由的时间和空间；给剧中人的任何活动、包括傻子的梦魇和幻觉等，以极其自由的时间和空间。

3. 小说《尘埃落定》中的一切都发生在康巴藏族"土司奴隶制"时代。因此，小说里奴隶众多，不同的情境会出现不同的奴隶。他们在小说中虽各有特色却又是一个"群体"，可是戏剧需要集中。在川剧《尘埃落定》里，我要拎出女奴卓玛，将她从原著中傻子的"性爱启蒙者"，塑造为傻子的"红颜知己"，让她和傻子演绎一段刻骨铭心的爱情。有了爱情，便有了一面可以窥见傻子的精神世界的窗口。通过他们的相爱，观众得以了解傻子的思想、感情和愿望；得以了解傻子的困惑、苦闷、恐惧以及他和他所处的环境的种种格格不入。同时通过卓玛，可以直接展示土司奴隶制的愚昧、落后、残酷和极不人道，并使全剧有了一个矛盾的交结点、延伸点、转折点、引爆点。女奴卓玛在川剧中，不但是一位女主人公，而且是不可或缺的结构性人物。

4. 小说中凡戏剧不能承受之一切我将统统抛弃，而将种粮食还是种鸦片突出为中心事件，因为这件事具有较大的戏剧张力。种鸦片赚银子，既可简洁地表现历史发展到那个社会转折期的复杂背景，又可清晰地表现戏剧中发生矛盾冲突的具体环境；既可表现人性之贪婪与邪恶，也可表现人性之无私与善良。但是，本剧不会因"毒品事件"而落入"社会问题剧"的窠臼。

5. 我将把小说中奴隶主和奴隶的阶级矛盾贯穿下去，把"红汉人"与"白汉人"的政治斗争贯穿下去。但是，这些矛盾和争斗不过是时隐时现的远景。在舞台上，历史会像一条长河，在人们不经意间，从古老的蒙昧中淅淅沥沥流进现代的文明。本剧将因此而具有历史戏和现代戏的双重性，成为思想深邃与形式新颖相结合的艺术品。

6. 我将简化原著中土司家族的各种问题，而聚焦到谁做麦其土司继承人这一点上。矛盾的主要方是傻子和他哥哥，还有他们的父亲老土司。通过"继承人问题"的变化和发展，辐射所有剧中人思想性格的变化和发展。这里会有家族成员的勾心斗角、尔虞我诈，但本剧却不会成为土司奴隶制的一部"宫斗剧"。

7. 我要将小说中傻子的堂姐和茸贡土司的女儿塔娜合二为一，让英国回来的塔娜跟着母亲来借粮。通过傻子独守官寨和土司们借粮的事，集中表现傻子的同情心、叛逆心、聪慧明智之心、追求自由之心、自我解放之心，以及他将土司们玩弄于股掌之上的蔑视之心。从而，为一个历史故事走向现代结局的终极目标，自然而然埋下可信的伏笔。

以上所说，只是我"初登彼岸"的一些设想。进入创作过程中，自然有许多调整。尤其是在情节细节的组织以及刻画人物的手法方面，有许多的修改和补充。

面对小说《尘埃落定》，我经过了钻透原著——跳出原著——回到原著——改造原著，最后诞生了川剧《尘埃落定》。

川剧中，原著的印记虽然历历在目，却早已不是原著。

因为，我对原著的人物已做出了自己的诠释，对情节已进行了自己的创造，对故事已进行了自己的编织，对思想已做出了自己的表达。经过我的再创造，川剧《尘埃落定》已获得了新的艺术生命，已有了存在于戏剧之林的价值，已打上了我的烙印而成为我的一部戏剧新作。

这时，仅仅看过小说《尘埃落定》的人会产生看看川剧的好奇；仅仅看过川剧《尘埃落定》的人会有了看看小说的兴趣。文学与戏剧，在这里相得益彰、相辅相成。

至此，我完成了戏剧对小说的改编。一部297，000字的长篇小说《尘埃落定》，变成了17，311字的川剧《尘埃落定》。

川剧《尘埃落定》，是一曲心灵压抑的哀歌，一首人性闪光的赞歌，一曲纯洁爱情的悲歌，一首人文关怀的高歌。

著名文艺评论家廖全京认为，对于小说《尘埃落定》而言，这部川剧是经过"角色之维、题旨之维、情节之维、风格之维等四个审美维度的重构而创造出自由的、自主的《尘埃落定》"。

（原载《戏剧文学》2014年第9期）

以川剧的方式解读《尘埃落定》

杜建华

今年4月，由川剧著名编剧已年逾八旬的徐棻先生根据阿来同名小说《尘埃落定》改编的同名川剧一经亮相成都舞台，便引起了观众的一片叫好声和业内人士的高度关注。目前该剧已经演出了两轮43场，演员技艺精进，观众谈兴不减，一致认为该剧的出现，是近年来川剧创作走出低谷、向上突破的一个鼓舞人心的信号。那么该剧因何而取得如此的艺术成就？各位同仁从不同方面提供了诸多有益的见解。但简而言之，它是从一度创作到二度舞台艺术呈现，都遵循了川剧艺术的创作规律，编剧没有刻意地标新立异去解构原著，导演也没有脱离剧情的所谓大制作。编导演音美各方面呈现出来的戏曲综合艺术之美，为观众奉献了一台摄人心魄却又美视美听的精彩剧目。

一、以戏曲观众为对象重新讲述《尘埃落定》的故事

众所周知，小说《尘埃落定》是康巴藏族作家阿来在1998年出版并荣获茅盾文学奖的优秀作品，它一经问世便引起文学艺术界的高度关注，继而被翻译成多国文字而闻名世界。在国内，则相继被改编为电视剧、舞剧、戏曲等各种艺术样式，真可谓文坛翘楚，泽被艺坛。近二十年来，该著作累次被选择作为其他艺术样式的搬演对象，其奇异独特的故事情节、复杂诡异的人物性格、神秘且具有传奇色彩的康巴风情，无一不感召和激发起艺术家的创作思绪和演艺冲动，至今已经两度将其搬上川剧舞台。第一次是四川省川剧院演出的以老土司为主角的《尘埃落定》，最近演出的则是徐棻改编的以傻子为主线的《尘埃落定》。然而，不同的作家、艺术家基于自身特定的文化艺术背景审视这部伟大作品之时，既能从原著中充分感受语言文字带来的精神力量和审美享受，同时也能从自身的艺术积淀中赋予原著以新的人文思考和艺术想象，自然也可以在此基础上创造出不同的人物关系、不同样式、风格的新作品。

中国艺术发展史告诉我们，作为民族传统综合艺术顶端的中国戏曲，是在歌舞、曲艺、诗歌、小说等高度发展的基础上形成的，没有明清小说的高度发展，就不可能出现清代戏

曲的花部勃兴之势。以名著为蓝本改编戏曲作品，是古往今来戏曲剧目的一个重要来源，更是地方戏曲剧种发展的重要推动力量，川剧也概莫能外。但是，选取什么样的文学作品予以改编？如何在保持原著精髓的同时予以思想层面的新开掘，甚至生发出新的情节、故事、人物，并以特色鲜明的川剧样式呈现于舞台并得到观众认可？这首先要取决于剧作家对原著的价值取向及其对改编新作的个性追求。在这一过程中，剧作家本着尊重原著而不拘泥于原著的精神，以川剧的表达方式，酣畅淋漓地阐发了她对《尘埃落定》的独特理解和艺术审美的思考，为现代小说改编戏曲作品提供了一个成功的范例。

阿来在小说中为读者展示了一幅流动的20世纪40年代康巴藏区土司家族及其奴隶的生活场景，刻画了具有先知先觉、人本意识的小少爷傻子、老练精明的麦其土司、凶残强悍的大少爷、聪明的书记官，以及奴隶卓玛、茸贡土司的女儿、塔娜和行刑人、银匠等形形色色人物形象。在这片辽阔无际康巴草原上，时刻闪现着土司与奴隶的阶级斗争、土司之间相互杀戮侵占的刀光剑影，家族内部争夺继承权永无休止的兄弟争斗。土司的贵族身份和奴隶的卑贱地位都是世袭罔替，愚昧落后、等级欺压、血腥残暴就像冬去秋来一样被视为合理、正常。只有一个麦其土司家族的小少爷，他感受到了这一切的不合理、不正常，对此产生了发自内心的质疑，并试图以个人微弱的力量去改变这种常态，因而被土司家族认为是傻子。故事就是随着这个傻子的视角和行动而展开。终于，在错综复杂的争斗杀戮中，一个个土司先后丧命，一座座土司官寨轰然坍塌，曾经在傻子灵魂中反复闪现的官寨坍塌的幻景变为现实，喻示出丧失人性的落后的土司制度必然灭亡，平等、自由的新社会必然取代旧社会的历史趋势。

小说中这一进步必然代替落后、善良最终战胜邪恶的思想精髓，在徐棻的剧作中得到了形象而清晰的张扬。透过网线交织、错综复杂的故事情节和纷至沓来的各色人等，徐棻从川剧表达的需要出发，以原著为素材重新结构故事，忽略了原著中一些重要的人物如书记官等，舍弃了一些重大事件如开辟边境市场等，清理出一条以傻子的一生为主线的故事脉络，在两个小时的时空里，重新讲述了《尘埃落定》的川剧故事：麦其土司以武力扫平了汪波土司家族，大少爷将其八十多个奴隶俘虏统统枪杀，傻子从内心感到恐惧、迷茫和反感。国民党特派员送来了鸦片种子，鸦片给麦其家带来了丰厚的财源，其他土司纷纷效仿。傻子在盛开的罂粟花田中与女奴卓玛深陷爱河。大少爷欲占有卓玛，遭到卓玛的抵抗和傻子的反对，卓玛被放逐为奴。鸦片的大量种植让草原上闹起粮荒，唯有麦其土司家今年播种的粮食大丰收，老奸巨猾的土司带着全家人去成都游玩，留下傻子在官寨应对前来借粮的滚滚灾民和其他土司。茸贡土司带着美貌的独生女儿塔娜前来借粮，塔娜相貌酷似卓玛，傻子竟然以婚姻为借粮的条件，使自己成为茸贡家族的土司继承人。大少爷感觉到了傻子对自己继承权的威胁，以惩罚卓玛试探傻子的态度。大少爷砍掉了卓玛一只手臂，傻子拼死反抗，卓玛得以保全性命逃亡在外。老土司眼见儿子相互争斗，决定将土司位传于长子。刚登上土司王位的大少爷，即被汪波家族的复仇人杀死，傻子成了麦其家唯一的土司继承人。特派员带来了红汉人欲占领康巴草原的消息，老土司在与红汉人的战争中送命。在战火硝烟中傻子成了土司的继承人。卓玛回到官寨，告诉傻子红汉人不是敌人是朋友。傻子决定挂白旗投降，并宣布全体奴隶为自由人。丧心病狂的特派员开枪打死了傻子，麦其家官寨在红汉人的炮声中轰然倒塌。

戏曲剧目不同于长篇小说，立主脑，减头绪，以一人为主线贯穿全剧，依然是其最基本最有效的叙事方式，也是川剧观众最容易的接受方式。可以看到，原著中大量运用的象征、隐喻、朦胧的修辞手法，似是而非、亦真亦幻、难以捉摸的言语表达，傻子所具有的与生俱来的先知先觉……这些具有神秘主义色彩的内容，哪怕是对于小说读者来说，也需要反复咀嚼、揣摩，尚不能全部参透。当然，这也就是以语言艺术为载体的小说的魅力所在，是《尘埃落定》的奇异之所在。而作为舞台时空艺术的川剧，必须在有限的时间里、依靠演员的唱词、念白、对话和表演来推进剧情。在看戏过程中，观众不能像看书一样翻来覆去地阅读，过于朦胧和不清晰的表达必然影响观众对剧情的理解。因此，剧本需要明白晓畅、通俗易懂，让观众听得清楚、看得明白，并以此感染、打动观众。川剧《尘埃落定》通过删减故事枝蔓，集中主要事件于傻子这一川剧舞台上独一无二的艺术形象，向观众讲述他与众不同的"傻子"的人生故事，无疑具有诱导观众寻奇探异的特殊效果。同时，着力开掘傻子内心蕴藏的情爱、怜悯、平等、自由意识，与21世纪高扬的"以人为本"的时代精神形成了强烈的心灵共振。

二、运用川剧艺术手段深入开掘人物的内心隐秘

川剧有三百年的历史，拥有以高腔为代表的五种声腔，积淀了丰富的表演技艺与表现手段，优秀的作家可以据此驾驭多种题材和各类角色塑造。徐棻认为，川剧的高腔是最具表现力的声腔形式，其丰富的曲牌、灵活的句式，既可以抒情也可以半讲半唱，非常适合戏剧代言体的表达形式。川剧高腔的这一优势，在《尘埃落定》的创作中应用自如，得以充分发挥。作者以川剧的表达方式重新刻画傻子、老土司、大少爷、卓玛、塔娜的性格特征，尤其丰富了角色动荡难平的内心活动。通过简洁的对话、灵活的唱段、画龙点睛的帮腔，将角色性格的展开表达得情通理顺，令人折服。这是徐棻剧作的又一高明之处。

先来看看原著中的傻子：他是二太太（一个汉族女子）与麦其土司的酒精儿，其傻是来自娘胎，其血统的不纯正，自然也使其在家庭地位中居于次要位置。川剧中的傻子则不然，作者隐去了其小说中的身世背景，他是二太太之子，大太太已经去世，面对威猛强势的兄长——土司的继承人，他必须装傻，一是为了躲避来自土司继承人争夺的自相残杀；二是如影随形的汪波土司家的复仇者，时刻紧盯着麦其土司的继承人，当上土司便意味着成为追杀的对象。为了生存下去，傻子选择了韬光养晦，等待时机。傻子不傻，首先是通过傻子母亲与卓玛的对话表达出来的。特派员送来一袋鸦片种子，通过两个儿子对待鸦片种子的态度，初步透露出傻子的聪明。老土司的吃惊、大少爷的震怒、二太太的担忧都显示出：傻子不

傻。因此二太太告诉女奴卓玛："傻子傻，你就让他傻，不必用心去教他。倘若他变得聪明了，犹恐碧血染黄沙。"卓玛恍然大悟："听了太太几句话，才知卓玛做事差。土司家里两少爷，只需要一人继位做当家。他们希望傻子傻，希望傻子傻。（白）免得兄弟相争斗——（帮腔）碧血染黄沙。"

　　然而，在严酷的现实生活中，让一个聪明人长期装傻是很困难的。心里清楚而不敢正常表达所带来的精神压抑，长期被蔑视和羞辱导致的性格变异和扭曲，以致傻子经常出现幻觉：官寨坍塌了！官寨的人死光了！这正是他内心所思所想的变态反映。当他心爱的卓玛被兄长逐出官寨去当苦力奴以后，他喊出了深埋心底的欲望："我要当土司！"老土司逐渐察觉到傻子并不傻。接下来通过全家关于种粮食还是种鸦片的争论、通过灾荒年傻子独守官寨期间一系列依照常理觉得不可思议的行为，使傻子性格中善良、智慧、正义、果敢的一面逐渐清晰起来。他借傻行善，放粮救奴；但是对以邻为壑的土司却绝不手软。面对带着美貌妖娆的女儿塔娜前来借粮的茸贡土司，他惊诧于塔娜与卓玛的相貌相似，巧施妙计当上了茸贡土司家的女婿———未来的土司继承人。在麦其官寨中，傻子最先感觉到土司与奴隶制度的不合理，他也希望登上土司之位，这样才能实现自己的抱负：让奴隶变成自由人，让卓玛回到自己的身边。因此在红汉人攻打官寨的时候，他是唯一一个举起了白旗、解放了奴隶的土司。这一切表明，只有傻子才是顺应历史潮流的真正的聪明人。傻子这一角色由傻到精明、可爱的性格演变，是川剧对原著的丰富与发展。

　　徐棻还通过对戏剧情节的编织，对老土司这一主要人物进行了精心刻画，在其性格中增加了细致缜密、善于心计的一面，让观众看到了一个土司中的智者形象。他最先发现了傻子的侍女卓玛的与众不同：

> 帮腔　　他二人，言语间，彼此遮掩，
> 　　　　主非主，奴非奴，让人心烦。
> 土司　　（唱）傻子呆憨，卓玛有主见，
> 　　　　这便是麦其家，隐藏的祸端。
> 　　　　为他两弟兄，相安能久远，
> 　　　　聪明的女奴——
> 帮腔　　万不能留在傻子身边！

　　这是卓玛被赶出官寨的主要原因。两个儿子由谁来接替自己位置？一直是老土司纠结于内心的矛盾。表面上看，他遵循着传统的习俗让长子继位，暗地里他始终在观察两个儿子究竟谁是最恰当的继位者。于是他每逢大事都要听取两个儿子的意见，他能从傻子的傻话中听出弦外之音。因此他才敢于在官寨处于借粮风潮中心之时，放心地带领全家去成都玩耍，留下傻子当家，应付最复杂的局面。果然傻子干得漂亮，给了他意外的惊奇。当官寨内外一致认为傻子不傻的时候，老土司意识到了家族矛盾、兄弟残杀已不可避免。为了土司家族的长

治久安，他表面上让位于长子——新土司随即被汪波家族复仇人刺杀——实际上选择了让傻子继位。

类似惊心动魄的情节设置，被剧作家铺设得顺理成章，层次分明，一气呵成，真可谓为神来之笔！尤其善于运用川剧高腔曲牌的灵活性来表达对话，抒发情感，并恰到好处地运用帮腔手段来渲染气氛，一针见血地表达出角色内心深处的秘密。傻子和老土司的独特性格在原著基础上都有合理的发展，而且其性格发展的过程伴随着惊心动魄的情节推进，铺垫有序，加之演员的准确表演，一个个鲜活生动的人物形象留在了观众的心间。

三、充分展示剧种风格与综合艺术之美

与许多地方剧种相比较，川剧是擅长表演的艺术，其丰富多彩的程式技艺和表现手段常常给观众带来出乎意料的审美趣味，这是川剧显著的剧种特征之一。这一艺术风格在《尘埃落定》中得到了创造性的发挥。

看过此剧的观众，都不会忘记剧中由两度梅花奖演员陈巧茹一人前后扮演的两个角色——卓玛与塔娜。奴隶卓玛美丽、纯朴，受尽欺凌，性格隐忍而忧郁，土司女儿塔娜亮丽、活泼、风情万种，态度张扬而高傲，二者形成鲜明对照，既显示了演员的表演才华，也给全剧肃穆、凝重的悲情风格带来了一段轻松的喜剧插曲，给观众留下了难忘的印象。这种一人饰二角的表演被称之为"代角"，来自于川剧传统的表现手法，是川剧艺人的独特创造。川剧《射雕记》中贵族小姐含嫣倾慕于射雕英雄花荣的英姿，突然看到相貌与花荣相同的轿夫，误以为花荣到来，喜不自胜，闹出笑话。该剧中的轿夫便是由饰演花荣的同一演员扮演。又如川剧《焚香记》中，焦桂英被负义王魁休弃而自缢身亡。王魁入赘相府，新婚之夜，恍惚之间感觉到身边丫头变成了焦桂英，疑是焦桂英鬼魂前来复仇。这里的丫头也是由扮焦桂英的演员替代的。这样安排，是为了表现王魁因内心恐惧而产生的幻觉。《尘埃落定》巧妙地化用"代角"手段，取得了事半功倍的效果。首先，为傻子强娶塔娜给予了一个合理的解释：因为二人相貌酷似，傻子将对卓玛的怀念转移至塔娜身上，而并非傻子对前来借粮土司母女的无故非礼。这样的情节设置，有助于对傻子心灵人格的美化。同时，也为演员提供了展示个人技艺的机会。陈巧茹在处理两个角色时，除了注意区分二人身段、眼神、对话表达的不同之外，在唱腔处理上采用了完全不同的音色和情绪表达。卓玛的唱腔深情、沉稳而婉转，塔娜的一段唱腔明亮、俏丽带有火辣的气味。两者对比，个性鲜明，给观众带来了美的享受。

由梅花奖获得者王超扮演的傻子，也获得了观众的一致认可。他以准确的身段姿态、不断变化的音色音调，将傻子由胆小怕事的傻，到韬光养晦的装傻、再到精明果敢的过程表现得层次分明，极富艺术感染力。孙普协扮演的大少爷、王厚盛扮演的老土司、马丽扮演的二太太，也都入情入理，各有可圈可点之处。

　　尤其值得肯定的是王文训对该剧的音乐创作，得到了观众和专家的一致好评。作为藏族题材的剧目，该剧将藏传佛教诵经音乐、自由高亢的藏族山歌、康巴弦子融入川剧音乐中，二者结合得天衣无缝，婉转流畅，高低有致，似行云流水，以主体乐曲、背景音乐或帮腔的方式反复回荡于剧中，准确地表达出不同人物、场景的不同心情和气氛，使全剧始终浸润在一种浓郁的藏族风情和川剧韵味之中。

　　戏曲是高度综合艺术，一台完美的剧目有赖于编导演音美各方面的有机结合，共同创造，缺一不可。川剧《尘埃落定》在相当程度上实现了综合艺术的整体美，让观众在剧场中感受到心灵的震撼与净化，在思绪的起伏跌宕中获得美视美听的艺术享受。虽然在一些语言的运用、演员的表演、一些场景的处理上还有不少尚待提升完善之处，但从整体上看仍是瑕不掩瑜。其成功的尝试为今后戏曲现代戏的创作提供了诸多有益的经验，值得认真总结与研究。

（原载《戏剧文学》2014年第9期）

文述的张力与演述的阈度

——小说《尘埃落定》与谭愫版改编川剧的一种对读

丁淑梅

　　《尘埃落定》获得茅盾文学奖后，对跨界改编自己作品非常慎重的阿来，却将这部长篇小说的川剧版权免费授予了四川省川剧院。2009年，由查明哲指导、谭愫编剧、陈智林担纲主角的七场改编川剧《尘埃落定》搬上了戏剧舞台，引起了小说界的关注和戏剧界的轰动。这样一部哲理意味浓厚的小说与川剧之间究竟会产生怎样的因缘？讲故事的语言"代码"与演故事的戏剧"动作"究竟可以在怎样的层面上达成转换机制？或许从代言与唱叙、相喻与场阈、诗性表演与戏剧性表演的对读，可以帮助我们解开对于二者文体实验、故事互动的疑问与空间转换的诸多可能性。

一、代言与唱叙

　　小说和戏剧都是叙事艺术，但前者用文字讲故事，后者用动作演故事；前者以叙事体为主，后者以代言体为主；在文体与语体特征上自有其鲜明的区别。然而，在讲故事的小说《尘埃落定》中，叙述围绕着傻子的视角向着多个维度铺展时，却常常植入了代言体的表现方法和语言，来形成人物内心真实与存在感之间的张力；而演故事的改编川剧则以麦其土司为主线，在置换了角色代码的同时，直接通过人物的唱段与独白插入了很多叙事体的段落，更突显人物的内心孤独与现实的距离。

　　"代言"的原义，从广义上说，是指作家代人物立言，是叙事文学衍生出的话语表达方式之一。在小说中，傻子无论是作为故事中的主角，还是作为隐含作者的代言叙述人，都构成了"智者"视线和"愚者"视线二位一体的交叉[①]。作为故事中人，傻子是一个生来愚钝、不谙世事、无所作为、心地善良、任人摆布捉弄、心智不健全的"傻子"；也是一个继承了家族血缘基因、集合了父亲的野心霸气、母亲的孤傲冷漠、哥哥的凶蛮残暴，崭露了人

---

① 廖全京：《存在之镜与幻想之镜——读阿来长篇小说〈尘埃落定〉》，《当代文坛》1998年第3期。

性的愚拙幽暗、并肆无忌惮与罪恶同谋的"土司家二少爷"。他还是一个在欲望刺激中逐步觉醒、真诚期待并努力寻求感情生活真谛的执着少年；更是一个对传统"规矩"和权威等级抱定不屑和挑战、善于接纳新鲜事物、具有卓越的创造能力、长于审时度势、大刀阔斧的改革家。但傻子这个第三人称的故事叙述者的功能，却常常被第一人称的叙述口吻弱化，成为隐含作者的主观代言。作为一个叙述主体，傻子被赋予了常人所难以企及的游弋人间的天才睿智和超然世外的直觉感悟能力。他不仅具备书记官的洞见远识、活佛喇嘛的神力巫术、甚至自然天神的预卜先知，还具有惊人的自我反省与终极追问意识，俨然成为隐含作者叙述、评判、研究"存在"，反观、透视、预见"真实"的代言僭位者。因为叙述主体的代言僭位，故事像一匹脱缰的野马，不可停歇地奔跑；又像一颗根干无着的大树，枝丫纵横地不停疯长。代言者引导叙述向着内心世界、向着神秘的灵魂顿悟地带展开。从傻子的视角看去，一方面，作为这片领地上的王者后裔，傻子完全不用为衣食住行操任何心，也仿佛跳出了生老病死的一般生活逻辑和生命套路，机遇和偶然总是带给他全新的生活。运气和上天的眷顾让他不费心机就战胜了强大的对手，赢得了膜拜、尊重与信服。傻子总能在幻想与现实之间游憩、驻足。另一方面，人物和代言叙述者之间又常常发生背离，傻子很难将两种完全不同的生活情境融合为一。傻子对自己的"傻"是自知的，对自己的"聪明"更多的时候却不自知。当"我是谁""我在哪里""宗教为什么教会了我们恨，却没有教会我们爱"这些终极追问不再成为问题困扰他时，"傻"的叙述因为非正常、不可靠、不合理性逻辑、指向自我内心真实而常常被搁置；而"聪明"的叙述则因为暗合"规矩"、指向社会实在图景而被发挥得淋漓尽致，以致伴"聪明"过度、自以为是的傻子与土司制度的末世遭逢，作为参与者与见证人，最终成为它的陪葬品。叙述主体想让傻子作为超越者、局外人来解构和颠覆他所身处的文化语境，但傻子却深陷神权与王权剥离的文化断裂带上难以自拔。他的身体感官没有痛感，四处找打；他的精神世界没有信念、随遇而安，他的很多行为与那个特定的文化语境保持着同一性。他跋涉在现实的泥潭里，无法摆脱个体与"规矩"游戏周旋、同流合谋造成的心性残损，从而失去了存在感和方向感。虽然他总抬起眼睛望着天空，但那个在幻想中追究内心真实的地方，最终却渐渐变成了被存在扭曲的一面心境。作者有意将他的主人公悬置于存在之上，以痴愚憨傻的非理性行为遁入虚无，以此来揭秘个体精神疾患被"理性世界的疯狂欲望"[1]遮蔽和迷失的深度。

"代言体"作为一个狭义的理论概念，是戏曲演员以第一人称扮演人物，合歌唱、语言和动作以表演故事的主要方式，但"在戏曲中，除代言体外，也采用叙事体的表现方法"[2]，如自报家门、行当叙述、独白、背拱、帮腔等，这些用第三人称从旁介绍和描述的叙述体，与代言体相辅相成，已经成为中国戏曲形制有意味的补充。在小说提供的深厚蓝本基础上，改编川剧《尘埃落定》巧妙地置换了叙述主体和人物角色，舍弃了行当代码，让演

① 宋剑华：《〈尘埃落定〉中的"疯癫"与"文明"》，《民族文学研究》2011年1期。
② 齐森华等主编：《中国曲学大辞典》，浙江教育出版社1997年版，第889页。

员直接扮演主角人物麦其土司；并撷取原作关于聪明与傻、关于老英雄和新英雄的叙述话语，将原作通过傻子所做的议论和评介，移植到叙述主体和主角人物身上，形成了代言与唱叙相表里的表演程式。以麦其土司为第一主角，淡化了原小说叙述不断导向终极追问的哲理意味和思想深度，也拂去了原作从历史深处带来的沉重阴霾，将叙述和展演的重心转移到了被权力野心和欲望暴力毁灭的人性悲剧上。戏剧的舞台让麦其以唱叙的口吻出入角色内外，观察人物；随着人性的原欲与贪恋被一层层剥落，人物内心的孤独也不断崭露。在第一场戏中，新英雄凯旋而归，老土司对于这一场景的心理反应，原作是通过隐含作者借傻子代言评议的："关键是在这个胜利的夜晚，父亲并不十分高兴，因为一个新的英雄诞生，就意味着原来的那个英雄他至少已经老了，虽然这个新的英雄是自己的儿子，但他不会不产生一点悲凉的情怀。"但戏剧舞台却用了一束追光投在了身处舞台一隅的麦其身上。我们看到老英雄被欢呼的人群隔开，远远地望着大儿子，低吟着"怪怪滋味涌心中"，嘴上满是揶揄和自嘲，脸上却写满了烦乱和焦虑。第二场里，当查查头人被麦其密计斩杀后，原作中由傻子转述的"三不该"，舞台上则由麦其直接唱叙，在数落查查作为自己领地上的头人不该拥有漂亮妻子、不该银子堆满库时，也意味深长地唱出了"你不该与大少爷谋反"的怨毒，正是这份怨毒促使他不断进行了试探和考验。当兄弟二人为谁能当未来的土司发生争执，颐指气使的哥哥被弟弟一句话"只有阿爸才晓得"噎住时，在舞台侧场窥视的麦其对观众说"他是傻子吗"？疑问由此生发，并成了麦其难解的心病。所以在第五场，当傻子被人群簇拥狂欢，麦其却感到浑身无力、心有余悸。或许是麦其下意识的反映，舞台一隅突然呈现了大儿子谋反的诡异场景。"两个儿子都是我的根，长大了却成了两种人，一个聪明一个傻，聪明的真傻，傻的真聪明……择优二儿当继任，为什么我却戒心陡然生？他有不可知的神秘性……倘然传他土司印，另起炉灶、弃旧迎新、脱缰的马难掌控，我担心失去权力和至尊。权力安稳最重要……权衡利弊做决定，一切以我为中心，继续将假傻当真傻，继续将假聪明当真聪明"。这一大段唱叙，既充分裸露了麦其传位的矛盾心理，同时也叙述交代了剧情的发展方向。对于头脑简单、蛮武霸气、机心太重、比自己更权欲熏心、一眼就能窥破其心思的大儿子，虽不是传位的理想人选，但自己尚可凌驾其上、操纵大局，不失权欲之柄。对于傻的时候不够傻、聪明的时候不够聪明的二儿子，老麦其有些琢磨不透，一旦行善举受子民拥戴的傻儿子即位，自己则会失去土司统治之位。因为傻儿子身上无法预见的神异性，老土司对控制局面的神力消失充满了恐惧感。这段唱叙，充分揭示了麦其内心权欲之念的膨胀与传位之虑的矛盾互相激发的过程。

与原作的叙述不同，改编川剧将故事结局改为麦其一心想传位给傻子，傻子却执意不肯接受。正在两人推让之间，杀手多吉出现了，暗中看到麦其将权杖塞给傻子的他冲上来要杀新即位的土司。这时，跟跄的老麦其却用他宽大的身躯挡在了傻子前面，承受了杀手的杀戮和复仇。傻子在父亲被杀后向着雪山无言地跪拜，并献上了洁白的哈达。这种围绕着戏剧主角所作的结局改编，传递出野心与权欲还没有完全扫荡人性温情的麦其土司要"热热闹闹轰轰烈烈"高贵死去的心声，并最后完成了自己的性格史和心灵史。一方面，这个麦其土司的内心积聚着野心与雄心，他曾想趁乱世谋发展，重整旗鼓打出一片天，却对身处于印度佛法与汉地权力间震荡的土司制度的即将完结没有足够的认知，在"天要大扫除"的时候还自恃"人有小九九"，不相信世道真的变了。他能了识时务，以种植鸦片与政府合作来巩固自己家族的声威，却不知鸦片带来的不是财富，而是无可挽回的灾难。他能身在雪域、眼观家国，支持抗战，并获得政府嘉奖令，却没考虑过时局动荡中怎样平衡自己的政治立场，在"白红交战被卷入，死路活路两皆无"的当口，还自信"麦其家大风大浪经无数，巧应变，终将险途变坦途"。他能娶汉地风尘女子为妻并与之患难与共，对两个儿子也苦心培养寄予厚望，却既无法弥合两种文化的矛盾，又无力解决两个儿子继承权的难题。最后，他的野心和雄心陷入了无计可施、无人能解的孤独。另一方面，被权欲之念支配的麦其，骨子里又充满阴谋与暴力，高高在上颐指气使，对两个儿子戒备重重，仗着土司的权位无节制地享用和蹂躏女人，肆意杀戮和囚禁叛变者和奴隶，随意践踏和剥夺下人的生存权利与尊严，为了保住权欲之柄而行事冷酷无情、残暴无道。当他雄心勃勃地"贴合"现实时，他的孤独，是权欲之念的膨胀导致个性的积极倾向逐步丧失的孤独；当他处心积虑地与现实拉开距离时，他的悲剧，是个体以极端方式与现实抗衡导致精神崩溃的人性幽暗。

二、相喻与场阈

小说是"讲故事"的艺术，更多地表现的是时间节奏的律动，是时间在故事发生中不断流逝的过程。《尘埃落定》的时间感却被有意无意地消隐了，在时间节奏的停顿、延迟与凝滞中，我们更强烈地感受到的却是空间感的跃动。阿来小说的结构和节奏从音乐上得到了更多灵感，他"非常心醉于贝多芬、阿赫玛尼诺夫们那样的展开，那样的回旋，那样的呈现，那样的咏叹，那样的完成"①，所以《尘埃落定》呈现出来的空间感，是不断次第展开、不断翻转回环、不断交叠投映的。整体相喻与空间套层，通过数组写实与写意相交织的寓体与特定的人物关系场，构成了自然与历史、人与人、人与自我相依共生的"世界想象"。而小说原作为故事打开的多重叙述空间，为改编川剧《尘埃落定》提供了更多场阈拓展的可能。编剧以土司两个儿子的两次归来为主场景，复现和重新阐释了故事的整体与细节关系，以大写意的方式呈现了舞台特有的在场空间，又通过舞台演出场阈的背景推移与层次切换，强化了时间断点与时序节奏，打开了关于权欲飞扬、人性堕落与自我救赎的舞台想象。

小说的"世界想象"，首先建立在人与自然息息相关的整体相喻中。如罂粟与梅毒的播迁：一个是自然界长出的毒药，绽放的美丽不断蔓延，嗜瘾之毒却残蚀着生命；一个是人身体里寄生的病毒，毒性之烈能对抗飞扬的旋风，溃烂肌肤却不能阻止人的欲望。又如老鼠与

---

① 梁海：《小说是这样一种庄重典雅的精神建筑——作家阿来访谈录》，《当代文坛》2010年第2期。

蛇的死亡：鸦片香诱来的老鼠被熏烤成肉食，母亲撕咬鼠肉的动作导致傻子得了怕老鼠的怪病，无药可医的怪病却被像老鼠一样眼睛发亮、门齿锋利的侍女塔娜治好了。入洞出洞的绮彩之蛇到处漫游，却被孩子们四处追打、折磨致死、缠棍游行；每当挑着死蛇唱着歌谣的孩子们在田野里游荡，就会成为人力所致的不祥、灾难和地震发生的预兆。当然，对于世界的"整体相喻"，集中体现在两次大地震的叙述中。作为不可预测的自然灾难的地震，在小说的叙述中却都有深刻的人的痕迹的触发。第一次，是在叙述土司与活佛——这片土地上两个不同身份的王者第一次会面时，两双大手就要互相握住的一刻，就意味深长地引发了"被一只看不见的大手擂响了"的地震。当然，这次地震的发生，王者权力的博弈只是后兆，土司与查查头人妻子央宗幽会，却怎么也无法野合，人的无节制的欲望纠缠，才是地震发生的前兆。第二次又是权力的纠葛、情欲的错位导致了天谴；土司与央宗的欲望疯狂、哥哥与塔娜的乱伦挑衅，再一次激起了大地的震怒："两对男女在大白天，互相撕扯着对方，使官寨摇晃起来了……哗啦一声，像是一道瀑布从头顶一泻而下，麦其家官寨高高的碉楼一角崩塌了。石块、木头，像是崩溃的梦境，从高处坠落下来……变成了一株烟尘，升入了天空"，以至叙述者情不自禁站出来点评道"众目睽睽之下，我父亲和三太太、我哥哥和我妻子两对男女差不多是光着身子就从屋子里冲出来了。好像是为了向众人宣称，这场地震是由他们大白天疯狂的举动引发的"。

其次，小说以一体两用、对位错置的人物与影子叙述口吻的不断变换与叠加，在主角周围建构了多重复合的人物关系场；在整体相喻基础上，引出并打开了人与人、人与自我之间相对独立而又具有相互架构意义的叙述空间套层。一体两用的，如两个卓玛、两个塔娜、两个杀手等。在傻子身边，这几组人物形成了交叠缠绕的叙述套层。侍女卓玛的性启蒙引导了傻子必经的成长，牧场卓玛的献身让傻子重温童真、亲近自然。两个卓玛都带给了傻子生命亮色，但牧场姑娘只是傻子生命中一个过客。作者让侍女卓玛去找牧场卓玛，而牧场卓玛却早已匆匆嫁人，来暗示这个影子代码的叙述作用已完结。侍女择偶与嫁人引起了傻子嫉妒与折磨，女管家的施舍与从事满足了主子的虚荣与尊贵；侍女卓玛与傻子生命有了更深交集，是因为要裸露傻子内心对女人的占有欲和对权力的掌控欲。娇小瘦弱、胆小乞怜的贴身侍女塔娜让傻子成为了真正的男人；恶毒贪婪、嗜财如命的马夫女儿塔娜却在傻子的生命里像一阵风飚散了。美若天仙、神似妖精的茸贡土司女儿塔娜，让傻子第一次领受了爱的真谛与疯狂的痴迷，他小心翼翼地在自己的爱情幻想里编织爱与被爱的神话，他以为傻子的"聪明"可以征服土司女儿的"聪明"，却被塔娜一次次揶揄和背叛。他在自己的末路上眼睁睁看着美丽的妻子与哥哥乱伦、与汪波偷情、与汉族军官私通，却无心也无力改变这种荒谬的感情与荒唐的婚姻，只是在下定求死之心前，才与爱恨纠缠的妻子达成和解。多吉家的两个儿子背负家族使命寻找复仇时机，却总是与傻子不期而遇，并有了不可理喻的默契和约定，且最终在傻子催促与帮助下才完成复仇。小儿子行动迟缓，做事犹疑，复仇心切却不知该杀谁，在麦其家死魂灵寄身的紫色衣服助力下，才费尽心力杀了代位土司。其实，小儿子作为前场的杀手只是一个影子，真正的杀手却是老成持重的大儿子，他温和沉郁，以酒馆为掩护在傻子身边潜伏下来，他很清楚父母双亡、兄弟沦落的世仇不是杀了老土司就可以完结的；而毒杀老土司未遂却被傻子识破，让他更明白他的复仇路没有未来也不能让仇人有未来。最终杀死土司继任者的复仇大任，几乎是在傻子与多吉大儿子心照不宣的契约下，像一场同归于尽的告别仪式一样上演的。对位错置的，如两个奴隶索朗泽郎与尔依、两个执役银匠曲扎和跛子管家等。相比于以上几组影子人物，关于两个奴仆、两个执役的叙述则显得比较特别。从显性位置看，索朗和尔依、银匠和管家形成了对位。同是奴隶，索朗认定了主子也认定了自己的身份，忠厚粗拙，誓死效忠。而作为行刑人后代的尔依，虽也对傻子忠心不二，却又显出某种狡猾独断、冷酷专横的混合气味。同是执役，银匠自恃手艺，不但敢向主子侍女卓玛求婚，还怀着仇恨接过鞭子抽打主子，表现出卑微者改变命运的孤勇和反抗之心。管家对主子的心思心领神会，熟谙与各种人物打交道，经商对账、管理事务精明能干，却只知道服从唯诺、成了主子错误和罪恶的帮凶。从隐性关系看，索朗和管家、银匠和尔依又形成了互相参照的对位错置。索朗愚蠢地葬送了自己的生命，殊不知他追杀汪波与惩处塔娜的拼死卖命对于傻子而言并没有多大意义。管家只快意于一时之欲，对主子的恩赐和驯服——让侍女卓玛做他的帮手和姘头——感激涕零，反而显出他的猥琐和卑下。当孩子夭亡、妻子被主子强行带走，银匠也精神涣散、变成了被掏空大脑的行尸走肉。而尔依的苍白、尔依的沉默、尔依的长手长脚，叙述着一个游走在现世与幽冥边缘的人茕茕孑立、半死不活的精神状态。他沉浸在一次次的鞭打与行刑中，不像是残害了别人的身体与生命，倒像是加重了对自己的意志摧毁与心灵损伤。这些一体两用的、对位错置的人物和影子，聚合起人物关系的群落，通过傻子的代言叙述透视和析出了主体性的碎片，丰满和充盈了小说的整体叙述架构。

改编川剧的舞台，则通过演出场阈的背景推移与层次切换，将自然景观、文化印记与人的主体活动由远及近、从后台到前台铺展开来，以土司两个儿子的两次归来为复现主场景，以大写意的方式呈现了戏剧特有的在场空间。一方面，后台远处时隐时现的雪山、高大的转经筒、神秘精致的唐卡、镌刻着藏文的时起时落的青黑色幕布，将舞台切分为自然景观、文化印记与人的主体活动三重空间，提示观众故事发生的特定文化场阈和空间层次。另一方面，因为置换了叙述主体，在以官寨为中心的前台，上演的是以麦其土司为主线的故事，突出了人的活动在舞台上的主体性和主体位置。然而，与此同时，舞台上呈现的实在之界，却都是似有若无的背景碎片，无论雪山、草原、罂粟花海，还是官寨、台阶、绵延的道路，都只有局部的方位和片状的轮廓，虽有光影的聚焦，声色的鲜活，却缺乏清晰的完整面貌。通过舞台灯光的调色与空间层次的处理，不但自然景观的表情随着主体活动的展开而变幻，而且那些文化印记的视觉形象也显得回环逶迤，充满沉重的震荡感。当欢快的锅庄舞起来，激昂的鼓声隆隆滚过，转经筒徐徐回转时，雪山仿佛披上了轻盈曼妙的白纱；当枪声响起的时候，雪山似乎也变得悲切呜咽；当麦其为权欲炙烤不能自拔时，沉闷的鼓声缕缕回荡，雪山的褶皱里似乎隐隐发出压抑的怒吼；当傻子为麦其家族悲唱叹惋时，青黑色的藏文幕布从台阶背后落下，渐渐遮蔽了凝重静穆而又满含低沉呜咽的雪山。在舞台措置的三重空间里，自然景观的背景化和文化印记的嵌入化，都为人的主体性地位的展示提供了明确的指向性。

此剧虽以麦其土司为主角，但也充分发挥了舞台的共时呈现性，构造了二位一体的人物关系场，形成了主体与影子的审视与戏拟。野心勃勃、独占权柄的老土司，有的时候却完全沉浸在忧心传位、操心家业的父亲的痛苦中。无能无畏的傻子，有时却是一眼看破机局的聪明人。尊贵高傲、争权夺利的土司夫人，原来是身世不幸、隐忍屈从的汉地女子。实录历史、言说真相的书记官隐去了遵从天意、苦行传教的布道者身份。权力优渥、挟鸦片镇番的黄特派员后来变成了不分红白、唯求自保的逃难者。围绕着麦其土司打开的叙述空间，主角与周边人物的对立面，形成了主体与影子的不断迁移、套叠和翻转，出其不意地表演着另一维度的内心真实。迁移是单向的，主体变成了影子，或影子置换了主体；套叠和翻转则是多层的，如主体伴随多个影子，主体与主体相互审视，影子与影子相互戏拟。为了更好地展现这种复杂的人物关系场，改编川剧简化了小说原作以傻子为主角的故事交叠复线，让主线人物麦其隐身于两个儿子两次归来的主场景复现中，巧妙地穿插了多处暗场和偷窥，在欢迎与庆祝的基调下，让身历其间的各色人物尽情表演，强化了权欲之争中人物关系的离散距离。第一场，当大少爷归来时，先是身着绿色长裙的姑娘在雪山的映衬下跳起了欢腾的锅庄，伴随着威震山野的群呼，且真跳起了武力雄健的舞蹈。新英雄被众人抬起游行、在喧闹的场面中耀武扬威。我们看到的是飞扬跋扈的脸，凶蛮强横的表情和杀气腾腾的眼神。在突出了大儿子归来的主场景之后，第二场却以连环偷窥为前台主场，将原本该由土司主宰的庆祝活动和庆功宴会做了暗场处理。在黑魆魆的舞台前场，在支撑官寨的高大柱子的阴影里，查查头人匆匆跑来，循着宴会上人声的喧嚷，一眼瞥见宴会的主角麦其明目张胆地与自己的妻子央宗调情逗乐，偷窥到这样的情景让他挥拳捋袖、狂躁愤怒，这是一重偷窥。接着，查查头人的管家悄悄出现。他在偷窥了查查的形色之后，先是挑起他的愤激之情，故意怂恿查查谋反；接着实施密计伺机刺杀了查查头人，这是二重偷窥。后来，大少爷在管家身后出现，他早已躲在暗处偷窥了发生的一切，并走上前台，以管家行事草率、邀功急切而杀人灭口，这是三重偷窥。在这三次连环偷窥中，土司虽然都是暗场人物，却成为前台表演展开的行动元。最后，当傻子以木枪换哥哥真枪把玩，大少爷趁机教傻子向麦其宴会方向打枪，被惊扰了的父亲——麦其才从暗场走到了前台。第五场，当傻子用麦子打了一场胜仗、带着天下最美的女人和最多的财富回来时，相似的一幕再次上演了。在欢快的锅庄和人群簇拥下，傻子被众人抬起，狂欢的场面比迎接大儿子更加热烈。大儿子归来时躲在远处张望徘徊的麦其土司，这一次却准备了长角号队、并亲自出寨迎接傻子。两次归来都引发了交易和阴谋，但大儿子归来后，发生的是鸦片交易、杀戮蛮行和密计阴谋；小儿子归来后，是免除贡税、深得民心却意外被剥夺了继承权。正是傻子获得的至高拥戴和疯狂膜拜，让麦其惊恐难耐，从而拉开了父子的心理战和情感较量。如果说，麦其与大儿子无间，那是貌合神离，那么，麦其与小儿子有隙，那却是渐行渐远、心与心难以弥合的距离。

如果说阿来的小说，在历时性的消隐中，往往突兀地显示了人在空间构成的世界里的位置和影像、关系和碎片。通过整体相喻和叙述空间套层，架构了自然与历史、人与人、人与自我相依共生的"世界想象"。那么，改编川剧则以文化印记勾连起人物主体与自然景观，从而建构了实在与虚拟互动、层叠推移与主体运化颜颜的共时性空间，在归来与狂欢的往复空间呈现中，又抓住特定的戏剧性时刻，在暗场与明场，偷窥与亮相之间，故意造成时间节奏的停顿与断裂，对空间呈现进行评论和叙述，从而延伸了戏剧场阈。

三、诗性表演与戏剧性表演

阿来曾在一次访谈中说过，小说是"一种庄重优雅的精神建筑"[1]。完成这个建筑的过程，需要思想的深刻、情感的沉潜，更需要一种能够将思想的深度与情感的力度浸透进去又生发出来的文化表达与阐释能力。《尘埃落定》的文化表达和意义阐释，除了有赖于富有魅力的故事叙述能力外，还通过特定语言代码呈现出的戏剧性呼应与诗性表演显现出来。而改编川剧则基于故事本身丰富的表演性因素，通过光影的闪回、主唱的移植、帮腔的接唱、别调的映带，强化了戏剧性表演的阈度。

小说通过特定的语言代码形成了戏剧性呼应，呈现了微物质的力量和细节的逼真性与丰满性，如旋风与尘埃的沉瀣与追逐、麦子与麦地的妙用与废用、耳朵与舌头的割截与再生、巫术与仪式的做场与表演等。在小说中，旋风与尘埃总是相伴而生、起落湮灭。当梅毒在边境集市上扩散的时候，"一柱寂寞的小旋风从很远的地方卷了过来"，与尘埃、纸片、草屑旋在一起噼啪作响，最后却被"梅毒的花朵"层住了。又如当土司的官寨在解放军炮声中轰倒的时候，"一小股旋风从石堆里拔身而起……裹挟着尘埃和枯枝败叶在晴空下舞蹈"，土司领地上随处可见的旋风"在很高的地方炸开了，里面看不见的东西上到了天界，看得见的是尘埃，又从半空里跌落下来"，像丝绸一样的尘埃，在土司官寨倾倒时腾起、落定后就什么也没有了。看不见的微物质带来的震撼人心的力量，昭示了自然与人之间颠颠倒倒的诡谲关系。在小说第七章里，作者用麦子与麦饭，在傻子和人群之间构筑了富有律动感的场面叙述。大批饥民向堡垒涌来，在小河边躺下，又蹚过河来接受施舍，为傻子拆堡垒。接着是吃饱了麦饭的人群形成了黑压压的静场，再后来是人群挪动的脚步声卷起尘土，冲决了沉默的静场；这种用静默凝聚起来的神异力量，终于令大地都轰动了。而当百姓把傻子托举到头顶，一场盛大的麦地穿行和奔跑展开了。麦粒飞溅、麦浪起伏、麦地被践踏，加剧了掏空大脑的晕眩，被人群裹挟的傻子迷失了去路和方向。施舍麦饭虽让傻子有高高在上的感觉，但他始终都处在同一空间里平视的位置，这种位置和身份让他清醒而成功地实施了自己的计划；而麦地托举却将傻子推向了人潮之上的虚空和迷境，土司家族的恐惧惶惑与麦其子民的疯狂膜拜两股力量的胶着，不仅让这个边地首领失去了掌控大局的神力，也让麦其的继承人错过了权力交接的最佳时机。耳朵和舌头，原本是组成人身体一部分的器官，一旦脱离身体

---

[1] 梁海：《小说是这样一种庄重典雅的精神建筑——作家阿来访谈录》，《当代文坛》2010年第2期。

也就失去了生命，然而小说中的耳朵与舌头，却成为活的象形物，在数次被割截后，以奇迹般的方式再生。叛徒的耳朵与汪波来使的耳朵，显然是麦其与汪波战争交易的筹码，而当傻子越过汪波边界意外发现了麦其和大少爷怎么也不相信的耳朵开花的代码，则暗示了耳朵的"再生"给麦其家即将带来的诅咒和灾难。小说还通过"舌头"的失复情节，强化了故事的内在能量和文本的诗性观照。与济嘎活佛论辩佛法的翁波西意舌头被行刑人割掉的过程，不仅传达了异教徒在麦其领地上受到惩罚的事实，而且借傻子之言揭示了这个"混乱而没有秩序的世界"的残酷与血腥。而书记官又一次说话的奇迹——舌头的再生，则宣示了被剥夺的权利与自由的失而复得，也意味着与开口说话随之而来的风险与不幸的降临——敢于说出真相的书记官再次失去了舌头。

小说中出现过几次巫术神舞和仪式表演。这种富有戏剧性的场面描写，让小说的语言代码具有了某种道具性和表演性，构造了戏中戏的"视象"。这是一场没有正面冲突、交锋却更紧张激烈的"罂粟花战争"：筑起的坛城、难以尽数的法器、献给神鬼的供品，还有石刀、石斧、弓箭、抛石器、火枪；巫师们穿着五颜六色的衣服，带着奇形怪状的帽子聚集山岗，在门巴喇嘛的带领下静观并等待被对方巫师施咒而有可能带上乌云的颜色、巨大的雷声、长长的闪电、数不尽的冰雹；还有三重回合的施咒与令旗响器的做法。"门巴就戴上了巨大的武士头盔，像戏剧里一个角色一样登场亮相，背上插满了三角形的、圆形的令旗。他从背上抽出一支来，晃动一下，山岗上所有的响器：蟒筒、鼓、唢呐、响铃都响了。火枪一排排射向天空……终于乌云被驱走了。麦其家的罂粟地……重新沐浴在阳光里了"，而不远处的地方就下起了大雨，这是第一回合。第二回合是门巴做法回敬了一场鸡蛋大的冰雹，倒伏和冲毁了汪波的庄稼果园。第三回合则是央宗的孩子受到汪波土司神巫的蛊魅"一身乌黑、像中了乌头碱毒"，生下来就死了。这三个回合的字里行间，充满了戏剧表演的虚拟性、程式性和抒情意味。此外，而小说中还有两场侧笔写出的仪式表演，也为构造"戏中戏"的视像增添了趣味。大少爷班师回府大宴三天，广场上演了一出漫长神圣的戏剧。麦其说"叫演戏的和尚们去演戏，叫哥哥回来学着做一个土司"，大少爷却在剧中扮演了一个角色，场上妖魔和神灵混战正酣，都穿着戏装，头戴面具、辨认不出来，又不能违背神的意志叫戏停下来，于是麦其的态度和故事的节奏在这里出现了陡转。当傻子回来恳请父亲免除一年赋税，广场上百姓请来的戏班锣鼓喧天连演了四五天戏。多才多艺的大少爷又"混在戏班里大过其戏瘾"，土司说"让爱看戏的人看戏去吧"，一件很重大的事情又在他不在时决定了。两次参与戏剧扮演，大少爷置身戏中戏而忘了现实角色的重要性，失去了父亲给他的机会。

小说中这样的语言代码还有很多，除了尘埃与旋风、耳朵与舌头这些形成戏剧性呼应的代码外，还有壁画、灵药、银器、鞭子、兽皮衣服、行刑刀具、紫色衣服之类。这些语言代码就像某种富有表演意味的"道具"一样，在至细至微的"一刻之景"与"一尘之空"之间

"那辗"①，从而建造了小说诗性表演的空间。我想，这很可能受到了中国古典抒情文学表演性传统的影响。正如阿来所说：故事需要配套的语言，"和故事保持了一种互相生发的张力的语言"，"可以把这种丰厚的内容表现出来"②。而作者最大限度地延展了语言代码的张力，从而使小说具有了构筑空间的功能和诗性表演的潜质。

改编川剧以麦其土司的故事为主线，解决了原作故事内部复杂的矛盾纠葛可能带来的舞台表演的张力消解问题，利用追光与特写的闪回，主唱与帮腔的接唱、还有别调的映带，创造了全新的演述阈度，重新建构了近现代革命史视野覆盖下"尘埃落定"的戏剧性景观。围绕着麦其土司，全剧的舞台氛围，在迎归与无住、庆祝狂欢与残杀复仇、黑暗与光亮之间不断转换，如第一场结尾，除了投在前台主角土司身上的主光束，还有一连串的分束追光在后台的人影幢幢中闪动，生动表现了土司密计除叛的阴谋。又如最后一场，在一片漆黑的舞台上，先是光影里出现了刺客的脸，接着是类似川剧变脸一样的面具人舞蹈，这是预示杀手要来完成最后的复仇；接着灯光打到另一侧时，形容枯槁的麦其在官寨前踟蹰，预感到末路来临的绝望孤独与周围的黑暗死寂一起蔓延开来。改编川剧以老生的角色、疯癫的代码、乱伦的禁忌、杀戮和死亡事件的漠然化处理，上演了一出关于野心与权欲从人性里生发、膨胀，导致生命崩溃、走向死亡的莎士比亚式的主体性悲剧。

土司的主唱与独白，就像旧时戏曲舞台上的副末声口，既作为戏中人扮演他自己，又不时让他置身事外，可以对他看到的人物活动和表演瞬间进行叙述和评论。原作叙述者通过傻子的眼睛看到父亲"说啊说啊，准备让位的土司说给不想让位的土司听"的那些"内心独白"，在改编川剧中则由角色用大段的唱词以及类似画外音的帮腔，形成了对位。在麦其内心权欲之念的膨胀与传位之虑的矛盾互相激发的过程中，帮腔所唱"你就这样选择继承人哪！"，仿佛一种推波助澜的声浪，将麦其推到了旋涡的浪尖上。当然，最能传达川剧意蕴的改编，是川剧将原作中带有谣讽功能的、通过次要人物吟唱的民谣和歌诗，移植嫁接到傻子和麦其的主唱中。第五场，麦其宣布传位给大少爷，却在目睹了大少爷权力在握、凶相毕露、拔剑割舌的嘴脸后，听到了傻子独唱的悲凉声音。编者将原作中本是书记官用第二人称吟诵的歌诗，植入傻子口中，让傻子以第一人称唱出"嘴上套上了嚼子，嚼子上还要系一根绳子，背上背上了鞍子，鞍子上还要放一个驮子。有人对你唱歌，唱出你内心的忧伤，有人对你唱歌，唱出你内心的阳光"。麦其听到傻子"这个世界上不存在麦其家了"的悲叹后，父子间爆发了儿子和父亲爱恨交加的质询。麦其终于意识到离他远去了的，不仅是权力，还有亲情，还有被他的野心蒙蔽了的公道人心，他支撑不住病倒了。第六场，老土司步履蹒跚地出现在舞台上，当"他的骨头被熊啃了……他的头发被风吹散了"的帮腔嘹亮地响起，原本出自侍女卓玛之口，以清脆的象声词来表达对新生活渴望的叙事诗"她的肉，鸟吃了，咯吱，咯吱；她

---

① 金圣叹：《金圣叹批本西厢记》，上海古籍出版社1986年版，第147页。
② 梁海：《小说是这样一种庄重典雅的精神建筑——作家阿来访谈录》，《当代文坛》2010年第2期。

的血，雨喝了，咕咚，咕咚；她的骨头，熊啃了，嘎吱，嘎吱；她的头发，风吹散了，一绺，一绺"，却在这里被麦其似醉非醉放声吼唱了出来，这一吼吼出老了的麦其一腔愁："台前退至后，天地晃悠悠……雨喝了我的血，鸟吃了我的肉，风吹散了我的头发，熊啃了我的骨头。"当我们以为老土司不得不走向垂死末路时，代理土司被杀的突发事件，却让逊位的老土司在冰火交攻下焕发了新的生命活力。在痛失爱子的呼天抢地中，老麦其声口陡转，猛然唱出："我想悲，可为何浑身通泰酥麻麻？"帮腔复唱："我想悲？可为何瞌睡遇枕头、酷暑遇西瓜？"继而声口一变喊出："生姜还是老的辣、老而弥坚、出神入化，我不当家谁当家？"帮腔复唱："看看看，这权欲之火威力大。"帮腔的接唱、反复、强调，充分抖落了解除威胁、重新掌位的老土司悲喜交杂、欲火焚心的人性畸变。在一定的戏剧时刻嫁接的抒情唱段，不是为了牵引故事，而是为了强化角色的内心动作，戏剧将小说"某年某月有人唱这谣曲而瘟疫流行经年；又某年某月这歌谣流行，结果中原王朝倾覆，雪域之地某教派也因失去扶持而衰落"的旁叙笔调，直接转化为主角人物的主体性表达，加之场景的推送、光影的变幻、帮腔的起复，一起造就了舞台表演的陌生化的效果。

相比于小说原作，改编川剧留给女性角色的戏份很少。但通过别调的映带，土司太太、央宗、茸贡土司三个女人与麦其土司之间合作与对抗的离合关系还是形成了很有意味的排场。"心绪如麻有谁知？我本是书香门第……军阀混战，父母双亡，孤女流落烟花……麦其提亲，大婚大礼，好一个男子汉有情有义……为儿子千方百计争取"。土司夫人的这一大段唱腔，极富抒情的韵味性，减弱了高腔高扬叱咤的格调，一变而为低调沉吟的叙说，华丽与悲悯的趣味糅合，透过身世叙说勾连二人昔日惺惺相惜、今日若即若离的关系。爱子心切的她一再为儿子争取父亲的信任与重用，识子真切的她更洞彻傻儿子与生俱来的神秘预言能力，在编剧的巧妙排场中，她以"他看不到现在，只能望着未来"来警醒麦其土司重视这种预言能力可能带来的巨大能量，但她最终还是无法影响丈夫的决定，更无力改变儿子的命运。央宗，这个像罂粟一样艳丽的女人，这个第二场开场在锅庄舞蹈的红群舞阵翻飞旋转中托出的女主角形象，与罂粟的故事形成了颇有意味的对应。"朗朗晴空炸雷响……使人一阵悲来一阵慌……我好比离群的雁儿失方向，我好比刚开的花儿遭冰霜……"这种带有"做腔"意味的哭丧调，并不是表达丈夫被谋杀的悲伤，而是满含失去依靠的乞怜。这个没有灵魂的面具人物很快成为麦其土司淫威的牺牲品。而茸贡土司与麦其打情骂俏，"老树枯藤难开花，这一句帮腔帮错了，再来"，跳出剧情的惊悚幽默，其实是对这个女人自以为是、愚蠢至极的反讽。因为她根本不可能想到，她的漂亮女儿更想拥有天下至高无上的权力，周旋麦其的两个儿子之间，企图登上麦其家女主人——王后的位置。这些围绕麦其身边的女性的别调映带和排场布置，作为矛盾展开的深层推动力量，进一步强化了悲憾与悲悯的人性关怀。

《尘埃落定》凸现阿来创作个性的最重要标志，不是题材，不是人物，而是作者植入代言体对故事进行多向度叙述的能力和独特的文化表达与阐释能力。长于用文字架构关于世界的整体相喻，又通过微物质和细节的力量呈现真实的幻像；以极富张力的语言提炼出与故事配套的具有表演潜质的诗性代码，让故事不断穿越自然、历史与人的世界，在真实与幻视的异质空间里套叠表演，这种叙述与阐释的能力，不是用魔幻或虚构、质感或诗意、理性或者非理性可以论定的，需要我们深入文本的字里行间细读。而改编川剧《尘埃落定》却以唱叙的格调和场阈的分层并置，破译了阿来小说的语言代码，以戏剧性表演置换了诗性表演，从而让观众拉开一定距离去重新审视"尘埃落定"中人的扭曲堕落，去领受人性的质询与拷问，而不是像小说读者那样与扑面而来的历史无所回避地遭遇。这种文述的"偏离"与演述的位移，在丰富了故事的空间套层和人物关系场的层级展开可能性的同时，也带来了意想不到文体突越与双向渗透，从而丰富了"尘埃落定"的文化意蕴。最近，又看到由徐棻编剧、王超、陈巧茹主演的、忠实于原著的"新版"川剧《尘埃落定》已在排演中，预计两个月后搬上川剧舞台[①]。在尚未见到其他戏种改编《尘埃落定》"剧透"的情况下，川剧名家和名角却前后相续，持续关注这一哲理意蕴极强的小说的戏剧编创，或许，这就是《尘埃落定》与长于阐释历史、长于探掘人性的川剧之间的内在姻缘吧。

（原载陈思广主编：《阿来研究》[第一辑]，四川大学出版社2014年版）

[①] 曾灵、陈谋：《市川剧院改编〈尘埃落定〉，堪称史上"梅花"最多》，《成都商报》2014年2月13日。

消费时代的"苦吟"诗人

——对阿来藏地书写的一种文化考察

于　宏

　　由于包括西藏在内的中国广大藏区既俊秀壮丽，又严酷荒寒的自然环境，以及浓郁"神秘"的宗教文化氛围；也由于中国藏区①（尤其是西藏）在政治、文化上的特殊与敏感；自近代以来，中国广大藏区就是一个世界性的热点。地理的、文化宗教的、经济的、政治的各色眼光，像聚焦灯一样把目光投射到了这个远离中国中心地带的高原腹地。这里的一切似乎都在烟云朦胧中辐射出令人眼花缭乱、联想翩跹的无穷魅力，从而把来自世界各地不同肤色的人群引向它的怀抱。随之而来的是出于不同的目的，源自不同的动机而展开的，对这个原本沉寂的后发地区的近乎泛滥的书写。在种种令人迷乱眩晕的书写中，厚重而沉寂的高原大地成了可以信笔图染的"沉默者"。尤其是进入20世纪90年代以来，快捷的现代交通和迅捷的现代传播媒介，使得这块天高云淡的人间"净土"，再也没有了远古时代的宁静安详。不可阻挡的现代文明让这块"神秘"大地的面容似乎毫无保留地呈露了出来。

　　毫无疑问，从社会历史发展的角度来看，这种摆脱封闭、走向外界、展示"自我"的多姿变化，至少说也是中国广大藏区社会进步的一种体现。但这种进步的外在表征却存在着一些令人颇觉尴尬的现象。最鲜明突出的问题是，各式各样、不同类别和性质相异的误读，像高原上的雪花一样洋洋洒洒地到处飞舞，令人眩晕。而问题的关键是很多人竟然把这种误读当成一种司空见惯的常识，信以为真，随意散播。当然，更严重的问题是，一些别有用心的人利用这些误读造谣惑众、制造事端的情况也时有发生。这在政治、宗教领域是一个敏感而复杂的问题，它涉及的话题在这样一篇学术性论文中显然是无法梳理清楚的。本文重点关注的是另外一些误读，以及作为当代中国具有世界性影响的藏族作家阿来，是如何以文学创作

---

① 言及中国藏区，一个基本的地理、文化常识需要说明。中国藏区指以西藏为主，包括四川、云南、甘肃、青海等省主要居住人口为藏族的区域（这个区域里还有包括汉族在内的其他民族）。它是一个涵盖比较广泛的地理文化概念。但在中国现行的许多文学、文化书籍中，说到西藏，往往把中国的整个藏区都包括在内，藏区与西藏成了一个概念。这种情形在文学创作与研究中相当普遍。比如，一些论者把藏族作家都视为西藏作家，最典型的例子莫过于有人把阿来也视为西藏作家（事实是，阿来出身成长于四川藏区，是四川籍作家），同时许多论者把所有以藏区为背景和题材的创作都称之为"西藏书写"。这种错误认识已经在整个当代藏族文学研究领域造成了相当混乱的局面。

的方式对这些误读做出回应的。

早在十几年前，阿来就写过一篇题名为《西藏是一个形容词》的短文。这篇短文的核心题旨可以概括为：对于外界来说，西藏是想象的产物。阿来的言外之意是，许多人眼中的那个包括西藏在内的广大藏区，其实是被误读，甚至曲解了的地理文化存在。那些去过西藏（藏区）和没有到过西藏（藏区），但通过各种媒介接触和感知过西藏（藏区）的人们，其实根本没有走进西藏（藏区）。"因为走进西藏，首先要走进的是西藏的人群，走进西藏的日常生活。"[1] 在《嘉绒大地给我的精神洗礼——〈大地的阶梯〉后记》一文中，阿来对此种现象的认识与表述更为明确。他说，在中国有两个"西藏"，"一个是居住在西藏的人们的西藏，平实，丰硕，同样充满着人间悲欢苦乐的西藏。另一个是远离西藏的人们的西藏，神秘，遥远，比纯净的雪山本身更加具有形而上的特征，当然还有浪漫，一个在中国人嘴里歧义最多的字眼。"[2]

与其他一些有着敏锐的历史眼光和开阔的文化视野的当代藏族作家一样，阿来早已深刻地意识到，中国文化体系中的"西藏叙事"（不管是小说、诗歌创作，还是游记、记录性质的叙事），很大程度和范围内是想象的产物，而且是一种扭曲化的想象性产物，它距离真实客观的"西藏"已经相当遥远，甚至是南辕北辙的。事实上，这种想象已经蔓延到了中国的整个藏区。这种不着边际的想象既源自人们对整个藏区的误读，同时它又持续不断地加重、强化着各种误读。关于上述看法，阿来在之后的相关言谈中还多次提及，比较集中的文章有《落不定的尘埃——〈尘埃落定〉后记》《在诗歌与小说之间——散文集〈就这样日益丰盈〉后记》《小说，或小说家的使命——〈格拉长大〉韩文版序》等。除此之外，在其他一些随笔中也有所涉及。

看得出，阿来对种种来自外界的对中国藏区误读的社会文化现象和心理动机有着清醒的认识，并非常警惕，且表现出了深沉的忧虑和不安。随着这种忧虑和认识的持续加深，作为一个藏族写作者，他认为自己的创作应该承担起审美之外的其他意义。"本来，我只是作为一个藏族人，来讲述一些我所熟悉的那些西藏人的故事。这种讲述本来只是我个人的行为，但当西藏被严重误读，而且有着相当一些人希望这种误读继续下去的时候，我的写作似乎就具有了另外的意义。"[3] 面对持续不断的误读，阿来觉得有必要、有责任通过自己的创作和文化行为，作出切实的"回应"，尽管他认为这种"回应"产生的效果可能是微乎其微的。他把这种"回应"称为"祛魅"和"祛蔽"。

外界对中国藏区的误读是林林总总、斑驳陆离、稀奇古怪的，用一两句话难以概括其全部。但为了论述的方便，还需要做一些必要而缩减式的归纳。综观各种类型的误读，大致可

---

[1]　阿来：《西藏是一个形容词》，《课堂内外》（高中版），2002年第3期。

[2]　阿来：《嘉绒大地给我的精神洗礼——〈大地的阶梯〉后记》，见《看见》散文随笔集，湖南文艺出版社2011年版，第232页。

[3]　阿来：《小说，或小说家的使命——〈格拉长大〉韩文版序》，载《看见》散文随笔集，湖南文艺出版社2011年版，第268页。

以归纳为两种。分别是：地理误读和文化误读。当然，两种类型的误读并不是完全分离的，它们往往是叠合交叉的。许多时候是一种误读引发催生另一种误读，另一种误读加深强化前一种误读。总体而言，它们的关系是"你中有我，我中有你"。另外，不同误读的动机、性质不同，造成的影响也大不一样。

一　地理误读

随着旅游业和探险业的日益发达，来自天南海北的旅游爱好者和探险者，在不同的季节，以不同的方式不断涌向传说中的世界屋脊——青藏高原。他们精细策划，做好各种准备，到那里去满足自己梦寐以求的旅游梦想和探险欲望。为此，他们中的有些人甚至不顾生命危险，以"英雄烈士"般的万丈豪情，去挑战高原严酷的自然环境。在他们看来，这正是他们前往世界第三极的终极目的——经受一种高峰体验般的生命体验，然后把它珍藏在记忆的深处，以此宣示此生的某种意义所在，大有壮士仗剑走天涯的英雄气概。而途中所看到的各种自然风景与民俗风情，则为他们的旅游与探险平添了足以咀嚼回味一生的美好趣味。如此一来，他们眼里、心中、笔下的高原地理环境，也就成了一种令人迷醉的绝美景象。山河如此多娇，风景这边独好。不只是独好，而且是人间仙境。在此种有色眼镜的过滤下，他们无视或漠视生活在那片土地上的人们的现实生活，而即使关注了，也以"羡慕"的口吻认定这里的人们是一群幸运者，因为他们有幸能够生活在如此美轮美奂的世外桃源中。在中国，在世界上其他一些发达地区，有关这类"风景这边独好"式高原叙事（包括文艺性的文字、宣传性的画册图片、电视节目、网络以及报刊杂志等传播媒介）以各种方式存在着，用遍地开花、比比皆是来形容似乎也毫不为过。

与把高原自然环境和人文景观无节制地美化所不同的是另外一种情形。在这种情形中，高原地理环境的严酷性被夸大了，并走上了另一个极端。同样是旅游、探险，一些人的意志和肉体似乎无法支撑他们浪漫的情感幻想。他们原本是来到高原大地上追求自己充满了玫瑰色的罗曼蒂克梦想的，但却没料到险峻奇秀的高原风光和瞬息万变、难以琢磨的高原天气，以及透明但缺氧的稀薄空气会使得人的肉体生命显得那么脆弱；而陡峭惊险的道路也让他们感到自己的浪漫旅行是那么艰难，甚至难以继续。好在他们懂得珍惜自己的生命，也懂得如何躲避危险，在借助现代化工具经历一系列"艰难险阻"后，他们终于还是有惊无险地回到了自己的老家。之后，他们在享受着大城市富有现代化气息的种种便利的同时，带着得意的神情，以自豪的口吻把游历青藏高原的"神奇旅程"讲述给周围那些同样怀着好奇心和抱着挺进高原冲动的人们。他们中的一些人还会制造出一些图文并茂的"旅游记录册"，把他们的青藏之旅定格在人生的名片上，以此作为永久的纪念。这些由旅游者、探险者叙说的关于青藏高原的故事（也可称之为另类"藏地叙事"）有一个显著的特点，就是以自己家乡或自己生活的地区为参照，把青藏高原上的一切都描绘得极为艰苦。艰苦包含自然环境的恶劣，交通通讯的不便，思想意识的落后等。以此为出发点，他们产生了恻隐之心，既担心、同情又好奇、怪异：生活在高原上的人们是怎么维持生命的呢？他们过得是一种什么样的生活呀！他们幸福吗？表面看，这种胸怀天下的宽厚仁慈之胸怀具有菩萨风范，真是令人感动。其实，换个角度看，这些担心和好奇的另一层意思却是，青藏高原的生存环境真是太恶劣了，那里的人们过着一种痛苦不幸的苦难生活，他们的人生意义和存在价值到底在哪里呢？这是那些生活在所谓的现代化大都市，并过上幸福生活的旅行者们，以自己的生活环境和生活价值观为基准，对生活在"异域"的人们走马观花式地观察后产生的疑问和猜想。

　　一个人的观察视野往往会影响他对周围事物的认识与判断。视野的范围有多大，人对问题的看法所达到的周全程度就有多大。很多时候，人都倾向于自以为是，把自我视为圆点而看取周围事物。结果可想而知，必然是只见树木不见森林。上述两种对青藏高原（藏区）地理环境的"个人印象"，显然是一种典型的以偏概全的简单类推。如此一来造成的误读也就在所难免。对于这种误读，阿来说过一些看上去有些情绪化的过激言论："好在，满世界写狗屁文章的人都尽拿西藏做着幌子，很入世的人拿政治的西藏做幌子，很入世又要做出很不入世样子的人也拿在西藏的什么神秘，什么九死一生的游历做幌子，我自己生在藏地，长在藏地，如果藏地真的如此险恶，那么，我肯定活不到今天，如果西藏真的如此神秘莫测，我活着要么也自称什么大师，要么就进了精神病院。"[①]看得出，阿来对这种不着边际的误读很是不满。不满之余，他所做的就是努力消除这种误读。

　　阿来是如何在创作中"纠正""消除"这种误读的呢？他的做法是，既不过度美化高原奇异俊美的自然环境，也不刻意渲染其狂野粗暴的一面。写自然景物，既描绘其雄伟壮丽、俊秀挺拔的一面，也展现其险峻粗粝、狂野粗暴的一面。他能够以适度的方式，描绘出高原大地上的山川大河、湖泊草原、风云雨雪、空气阳光作为生活资源，与世世代代生活在那里的人们相互依存的血肉联系，并为此歌颂人与自然之间形成的和谐关系；他也能够以艰辛困苦的生活体验为基点，以感同身受、毫无掩饰的表达方式，描绘出粗粝浑厚的地域环境为当地人的生活所添加的生活负担，以及人们为了追求幸福生活而付出的沉重代价。他笔下的人物面对自然环境时的心境是平和宁静的，没有惊奇兴奋，没有错愕惊恐，更没有神经质的情绪涨落和情感扭曲。自然环境就在那里，与生活中的任何存在物一样，以自己的样态和方式存在着。人们依赖它们，也爱惜、敬畏它们。当然，作为文学创作中的自然景物，艺术上的审美取舍和修辞是必要的。阿来不可能在描写景物时像照相一样，简单地做客观静态的实物再现。出于提供人物活动场景、烘托气氛、刻画人物、揭示心理等艺术需要，他也会像其他文学创作者那样，尽可能巧妙地利用自然景物为自己的艺术目的服务。因此，他笔下的自然景物也并不是现实中的那个自在之物。从诗歌到小说，作为一个抒情倾向很明显的作家，阿来把自然景物视为是完成艺术文本建构不可缺少，但又与自己艺术目的高度一致的审美元素。阿来是以符合常规的艺术态度去对待自然景物的。他没有仅仅为了表现景物而去描写景

---

① 阿来：《在诗歌与小说之间（序篇）》，《就这样日益丰盈》，解放军文艺出版社2002年版，第5～6页。

物，没有为了凸显景物的俊秀壮丽而着意美化藏地的自然环境，更没有为了表现生活的艰难不易而刻意强化自然环境的恶劣粗暴。他笔下的自然景物和环境都是与人的活动紧密相关的。与那些仅仅因为一次性体验或快餐式体验，而做出的夸张化、情绪化的描述不同，阿来对藏地景物的描写，是一种日常化的描写，没有虚饰与浮夸。他所展示出的是藏地民众和自然景物所形成的相互依存关系。换句话说，阿来笔下的自然环境与人的存在密切相关，这种关系是与生俱来、自然而然的。自然为人们提供生存所需的一切资源，人们平静而自然地接受环境的馈赠，并按照多年来形成的习惯繁衍着、生活着。期间有生离死别，有悲喜苦乐，有仇恨爱憎，有渴望失落，有收获挣扎，在白昼与黑夜的交替中，在春去秋来、寒暑轮回的时光流转里，人与自然不断演绎着生生不息的生命交响曲。这个交响曲中没有高峰体验般的瞬间悸动，更没有神经质般的怪异曲调。

阿来的这种书写倾向在创作之初可能只是一种本能的艺术冲动，因为他自己所经历的就是这样一种人生体验。到后来则变为一种比较自觉的写作意识，因为大量的阅读和频繁的人事交流使他发现，人们对原本自然平静的藏地居然存在着那么多肤浅、可笑的误读。仅仅是对广大民众赖以生存的自然环境，外界对它的误读就那样的斑驳陆离，所达到的程度令人既感到倍觉惊愕又无可奈何。此时的阿来觉得有必要做出一些纠偏补正的工作，至少为了不让自己的写作落入这种虚饰浮夸的陷阱，也应该进行还原真相的创作，努力把形容词化的藏地还原为名词化的藏地。

二　文化误读

如果说对藏区地理环境的误读仅仅是一种表层行为的话，那么，对藏地人文景观的误读，则是一种深层误读。其复杂性远远超过对自然环境的误读，所造成的影响的负面性也更为深刻复杂，而折射出的复杂人性和奇怪的精神心理，则更是令人困惑。阿来对这种误读的回应也更为坚定与持久。

香格里拉这个字眼是关于藏族文化的一个非常重要的词语，也许正因为如此，它也是一个一开始就被严重误读的文化符号。从西方到东方，它在世界范围内的被误读，可以视为藏族传统文化被误读的一个典型案例。

香格里拉一词源自佛教典籍（据说在藏语中读音为香巴拉），指极乐世界或人间仙境，是佛教徒们向往的地方。据说它之所以在西方文化界流传，与17世纪以来西方探险者在青藏高原的游历探险有关。而香格里拉这一称谓在世界范围内开始流行，且成为人们熟知的文化符号，是因为一部艺术成就一般，但影响广泛的通俗探险小说。1933年，英国人詹姆斯·希尔顿的小说《消失的地平线》在伦敦出版发行，之后获得英国国内的一个文学奖——霍桑登文学奖。后来这篇小说被美国好莱坞改编成同名电影，主题曲为《这美丽的香格里拉》。至此，香格里拉这个原本出自佛教经典的词语在世界上广为流传。

　　一部原本稀松平常的通俗探险小说却在欧美大陆意外走红，原因主要是这部小说以令人恐惧厌恶的战争为故事背景，着力描写了一个充满了神秘色彩的地方——"西藏"（其实是中国云南藏区的一个小山谷，而且是纯粹虚构的一个子虚乌有之地，因为作家本人根本就没有来过此地，书中所描绘的那些场景，可能大多来自关于描述中国藏区的书本）。西方人喜欢冒险——包括地理冒险和精神冒险。越是遥远、险峻、奇异的地方，越是能够激起他们征服的欲望与冲动。青藏高原独一无二、奇异无比的自然风情、名胜风物和宗教氛围，即使出现在极为虚构的小说中，也能使他们着迷发狂。当主要以基督教为精神信仰和情感寄托的西方人面对在他们看来神秘奇异的东方佛教，以及它所倡导的"桃花源"般的生活方式时，更是倍觉新奇刺激。而那个据说是人间净土的香格里拉，则让他们憧憬无比、心向往之。

　　詹姆斯·希尔顿当初的动机也许仅仅是写一部充满奇异色彩的探险小说，给饱受战争气息压抑的英国民众一些心灵慰藉，并以此批判一下西方人喜好征服、酷爱征战杀伐和自我为中心的毛病。毋庸置疑，小说中有关藏地地理特点和民俗风情的描述，有些是符合实际的，尤其是地理气候方面的内容，基本与藏地的情况吻合；但更多的是闭门造车式的虚构。至于文化方面的书写，其误读之处自然难以避免。在这位擅长写通俗小说的英国作家笔下，那块被晶莹剔透的雪山环抱的谷底（小说中称之为蓝月谷），是一方祥和平静人间净土。这里的人与自然和谐一体，人与人以礼相待和平共处，各种宗教观念兼容并包互不冲突。只要是来到这里的人，经过一番精神洗礼后，几乎都会变得心智纯净、灵魂坦荡、平静如水——这就是所谓的"香格里拉魔咒"。原本以为因劫机事件而死于非命的英国中尉康维，被自己看到和听到的一切所征服。在与当地寺庙里的活佛长时间的对话之后，他决定留在这里。尽管因为其他缘故，康维最终还是离开了那块他不愿意离开的人间净土，但所经历的一切，却让他经受了一次脱胎换骨的精神洗礼。

　　作为小说，《消失的地平线》以追奇求新的猎奇心态做如此虚构捏造也无可厚非。如果考虑到这是一部探险小说，带有很大的娱乐性，加上西方人文艺创作上的浪漫特质，小说虚构出一个在地图上找不到的香格里拉，也不是一个值得惊异的文化误读。但问题是，这个艺术化、审美化的误读，却引发了人们对藏地文化更为严重的误读。时至今日，尽管现代化的信息渠道多种多样，人们获得信息的方式与速度更为方便迅捷，但还是无法阻止人们对藏地文化的误读。不但阻止不了，甚至有愈演愈烈的趋势。原因何在？细而查之，根源皆在人自身那里。

　　人们总是喜欢用静止的眼光看待事物，尤其是倾向于用静止的眼光看待距离自己比较遥远的事物。毫无疑问，这种眼光是很成问题的。一切都在变动之中，文化也在变动。藏地的文化也在变动。尽管这里的文化由于各种历史原因和现实条件的限制变化得比较缓慢，但它的变动是不可否认，不能忽视的。用静止的眼光看待变化着的事物，误读的产生也就在所难免。如果说，用静止的眼光看待变化着的事物所产生的误读，是一种角度和方法上的偏差，随着角度和方法的调整，这种误读很快就会得到纠正；那么，另外一种误读则因关涉到人的心理情感因素，而变得颇为复杂。这种误读往往是在精神和心理的作用下产生的，它折射出来的是人的某种"怪诞"的心理意念，表征着人性的复杂与人的精神情感世界的难以捉摸。

　　一般人大都习惯于用怀旧的姿态回望过去的岁月，会毫无缘由地认为失去的时光才是最珍贵的，或者说得不到的东西才是最美好的。所谓的"失去的才是天堂"，说的就是这种心理。这似乎是人固有的、难以根除的一种精神意念，可以称之为怀旧情绪，或曰怀旧情结。从现代心理学的角度看，这也算是人的一种正常心理，文学作品对此种心理的描绘与揭示，也是常见的审美现象。但现实生活中，人总是要前行的，这是谁都明白的道理。既然明白这个道理，却还要"自欺欺人"地去怀旧，这就显得有些怪诞荒谬了。而误读也就在这种怪诞荒谬中产生了。现实生活中看不到的美好景象或得不到精神安慰，人们希望在遥远的异地获得补偿，于是他们把目光投向了梦中的精神高地。在中国，青藏高原因其地理和文化上的奇异独特而被各色人等宿命般地选择为精神高地。他们对这一精神高地的认识与感受，并不是来自对客观物象的理性认识与真实体验，而是来自被误导的想象和主观化的情感判断。毫无疑问，这种无视客观真实，仅仅依据自己想象的、情感的导引而做出的任何判断，都是对藏地的误读。在所有此种因素导致的误读中，有一种情形是最难让人接受的，而它也是阿来所坚决予以回应的。

　　毋庸置疑，藏地的文化体系中，藏传佛教文化占据重要位置，它对藏族民众生活的影响是广泛的、持久的。无论是日常生活，还是心理意识和精神世界，藏传佛教都无处不在地产生着或轻或重、内隐外显的广泛影响。这依然是当代藏族社会文化的一种现实情形。但另一方面的情形是，随着藏区社会的发展变化，藏族传统文化也在发生着相应的变化，传统文化对民众生活方式和精神心理意识的影响和作用也发生着变化，同时民众对传统文化习俗的态度和观念也发生了巨大变化。但那些来自遥远的异地的人们却只"惦记"着藏地文化传统的一面，而无视其纷繁复杂和变化更新的一面。在他们的想象中，笼罩在朦胧迷离的桑烟和有韵律的诵经声中的藏地，就像《消失的地平线》里所描绘的那样，是佛光普照、祥和宁静的香格里拉。在那里，彩色经幡随风飘动、僧侣尼姑面目慈祥、善男信女朝神拜佛，作恶之徒能够放下屠刀立地成佛，呈现出一片神圣庄严、和美安详的景象。他们还同时认为，宗教自身内部、身处宗教氛围中的人们之间没有利益之争和权力博弈。对于这种"一厢情愿"不着边际的精神臆测，阿来用不满而略带嘲讽的口吻说："我特别想指出的是，有关藏族历史、文化与当下生活的书写，外部世界的期待大多数的时候会基于一种想象。想象成遍布宗教上师的国度，想象成传奇故事的摇篮，想象成我们所有生活的反面。而在这个民族内部也有很多人，愿意作种种展示（包括书写）来满足这种想象，让人产生美丽的误读。把青藏高原上这个民族文明长期停滞不前，描绘出集体沉迷于一种高妙的精神生活的自然结果。"[①] 不是阿来言辞尖刻，而是外部世界的期待太过理想化，已经完全偏离了广袤藏地的现实情形，遮蔽了更为普遍切实的生活现实。事实上，在中国广袤辽阔的青藏高原，从来没有出现过那些靠想象描绘出的"遍布宗教上师""到处流布传奇"的社会历史景象。宗教文化占绝对统治地位的古代时期没有出现过如此景象，现代文明逐步发展的当今时代更不可能存在这种奇妙的

---

① 阿来：《人是出发点，也是目的地》，《看见》，湖南文艺出版社2011年版，第162页。

景象。这完全是人们精神臆想的结果。毫无疑问，它严重误导了人们对藏地现实生活真相的客观认识。事实上，这种想象性的描绘，反映出的是寄居在繁华都市里的现代人的一种奇怪的心理意识和精神企图。这种心理意识和精神企图揭示出的往往是人性的某些怪诞的侧面。

在许多的误读中，一些人喜欢根据自己的感受，阐发一些自以为是的看法和判断。他们总会以文化保护者的角色和立场，来检视自己在藏地看到的一些现象。比如，在他们的想象中，氤氲着宗教烟云的藏地，人们对宗教的信仰是虔诚的，他们信佛的方式必然是古典的。当他们看到以磕长头、跪拜这种原始传统的方式而奔赴在朝圣旅途中的信徒时，就会发出啧啧的赞叹和露出惊讶欣悦的目光，并认为这是人世间的一道最为奇美的文化风景，且由衷希望这种现象不要消失，永永远远地存在下去。而当他们看到年轻一代的宗教信仰者穿着时髦的服饰，骑着自行车或驾驶小轿车去烧香磕头、朝神拜佛，就对此深感忧虑，甚至深恶痛疾，并断定这是对神圣宗教的不敬与亵渎，认为这些朝圣者并不是真正的信徒，因为他们没有一个真诚的宗教灵魂，他们的求神拜佛只是一种哗众取宠的生活游戏而已。一些人甚至会由此而痛恨现代物质文明，认为是现代物质生活的发达，促使人性蜕变，并导致社会道德滑坡，从而使得古典淳朴的文化风气渐行渐远。更有甚者还认为这是对地域文化的彻底毁坏。于是哀叹，世风日下，人心不古，一副杞人忧天的神态。

但是，这些外来者忘记了一个重要的事实，而这个事实其实他们无时无刻不在经历。他们忘记了文化是流动的、变化的这样一个几乎是常识的现象。就国内而言，那些来自中国中心地区的大都市的人们，他们是最能体会到文化的流动特性和变化属性的。如果考察中国内地文化的演变历程，这种情形就更为清晰可辨。比如汉族文化里春节拜年的习俗。少有文化常识的人都知道，这是一种古老的习俗。但这一习俗从古到今一直在变化着，直到现在，其形式仍在变化。古代社会拜年要磕头作揖，再后来携带礼物登门问候，现如今打电话发短信也可以拜年，而且已经相当流行。我们不能以磕头作揖为价值、道德标准，以此来判定现如今打电话发短信拜年就是心不诚意不切，就是道德滑坡、世风日下。再比如，中国的守孝文化，古代社会父母去世，做儿子的要长时间守孝而不去从事其他活动，所谓的"守孝三年"说法指的就是这种情况。传统社会认为这就是最好的孝道。但这种被传统社会奉为理想孝道的守孝行为，已经完全被现代社会淘汰了。当今中国社会没有哪个人会践行这样的孝道，而是与时俱进，以更为经济文明的方式表达对亲人的缅怀与尊重。难道我们因为孝道传统的这种巨大改变而指责当今社会人心不古、世风日下吗？如果我们不认可这种指责，认为这种指责毫无道理，缺乏历史眼光和发展意识；那么我们有何理由去指责那些具有现代气息的朝圣方式，就是对宗教信仰的不敬与亵渎呢？他们只不过是积极顺应时代的变化，对传统方式作出一些与时俱进的改变而已，这与信仰的真诚与否并没有必然的关系。那些在现代文明里浸泡的人们，完全凭自己的臆测作出这种不着边际的价值判断，纯粹是一种怪诞心理作祟的结果。事实上，这些生活在大都市的人们，的确有一种近乎变态的怪诞心理。一方面，他们在现代化的都市里享受着现代文明的种种成果，随意释放着个人的种种欲望，挖空心思寻求各种肉体与精神刺激，认为这才是人生最真实的存在价值。他们对现代文明带给自己的这些享受从来不会轻易拒绝。另一方面，他们又不同程度地患有现代文明病，对现代大都市里的文明现象往往看不顺眼——这其实是审美疲劳造成的心理逆反，当然也有生活的不如意造成的情绪化冲动。由于此，他们梦想着寄身于香格里拉这样的世外桃源。于是，当他们怀着乌托邦式的梦想来到传说中的青藏高原，他们希望看到的是传说里中世纪才有的宗教人文景象，以此来满足自己虚妄的精神需求。事实上，他们的所谓寄身于世外桃源，也仅仅只是一种短暂的精神意念。就像吃惯了红烧肉的人时不时吃些豆腐白菜之类的素菜调剂口味一样，这些现代文明的宠儿迷恋古老原始，甚至落后野蛮的文化景象，也只是一种生活调剂行为而已。他们希望有人能够始终生活在古老原始的文化氛围中，亘古不变地保持所谓的淳朴自然的人性和超然精神，而自己却站在人类文明的顶端俯视着这一切，并表现出胸怀天下的"文人情怀"。这真是一种令人困惑的奇怪心理。

面对无处不在的文化误读，对于这些看上去颇具"人文情怀"，其实非常拙劣可笑的文化误读，作为文化人的阿来既清醒，又深感不满与无奈。当然，无奈没有使他绝望消沉，他依然做着消除误读的不懈努力。他创作的目标之一就是最大限度地减弱、消除这种误读。他说："今天，文化之间的误读在社会中大量发生，而我们做文化工作、文学工作的人，正是要消灭这样的误读。文化和文学最大的功能，就是在不同族群之间建立沟通。"① 阿来是如何在具体的创作中对这种误读进行回应的呢？

一是尽量以现实的笔法描写藏地民众（在阿来笔下主要是自己家乡一带的嘉绒藏族）的历史和现实生存状况。毫无疑问，阿来的作品有想象的成分。他承认在处理真实与想象的关系时，由于受藏地民间文化的影响，并不完全恪守客观现实所提供的本真生活，而是更倾向于通过想象来反映人们的生存状况。但这并没有影响阿来用写实笔法去关照本真生活。按笔者的理解，阿来所说的现实生存状况是指人们的日常生活，而且是与普通民众生存困境密切相关的日常生活。综观阿来的文学世界，可以发现，这是一个底层化的，散发着浓郁的世俗生活气息的民间世界。阿来的诸多具有代表性的小说，无论是中短篇《老房子》《守灵夜》《旧年的血迹》《永远的嘎洛》《阿古顿巴》《月光里的银匠》《孽缘》《格拉长大》等，还是长篇小说《尘埃落定》《空山》，都没有丝毫的脱离尘世的宗教意味，尽管小说中并不排斥、缺少宗教文化现象。即使是对被视为史诗的格萨尔的重写，也充满了世俗气息。更为显著的是，阿来从不用浮华的笔调掩饰藏地民众——既包括权贵、僧侣，也包括底层百姓——的生存困境，也不虚饰生活在各阶层的人们的种种世俗化的生存欲望。他们与生活在任何地域，与活动在任何文化环境中的人一样，都有七情六欲，都要生老病死，都心存善念却也能够心生邪念，既能够互相帮助也会尔虞我诈，既能珍爱亲情、信守伦理道德，也会率性而为破坏日常规范。举凡人类身上所具有的优缺点，在他们身上都毫无例外地存在着。他们不会因为信仰宗教，或者受宗教文化的熏陶而升华为不食人间烟火的超脱者。在阿来笔下，他们首先是需要生存的人，然后才是宗教信仰者。以《尘埃落定》为例，无论是对土司

---

① 阿来：《边疆地带的书写意义》，《四川日报》2014年6月27日。

家族权势兴衰、人事关系的讲述，还是对出家人传教生活的描绘，以及对生命卑微的下层民众困苦境遇的展示，阿来的笔法都是严苛的。土司政权之间的征战杀伐、权益交易，土司家族内部亲人之间的尔虞我诈、明争暗斗，拥有身份地位的土司头人、少爷小姐肆意奔发的肉体欲望；出家人为了自身利益拉拢权贵，并为此而相互争斗排挤；身处底层、受人压迫凌辱的下人们，既宿命般地接受被凌辱的命运，又狗仗人势、为虎作伥，以做权贵忠实的侍卫而自豪……小说展示的是一个充盈着世俗气息和笼罩着残酷野蛮气味的世界。在阿来的审美意识中，这是一种真实的历史境况，它有可诅咒的一面，也有可悲叹的一面。但一些天真单纯的人，一些靠想象生活的人，一些不愿正视现实的人，对此却表现出了不解与愤怒。他们认为这是对藏地——至少是对嘉绒藏地历史与现实的歪曲，是对宗教文化的大不敬。他们在公开和半公开的场合发表一些不满的言论，但就是不愿意转变自己固执僵化的思维，不愿意正视现实。毫无疑问，阿来的这种近乎"冷酷"的写实笔法，对消解、破除外部世界对藏地宗教现象的想象化误读是会有一些帮助的。那些因阅读《尘埃落定》而产生的不解与愤怒，从另一个角度上，就是这种消解、破除产生效果的体现。这样的消解与破除也存在于他对当代藏族社会历史变迁的描绘上。以《格拉长大》为例，可以看出阿来在这方面所做的努力。

《格拉长大》是与长篇《空山》在题材与主题上类似的短篇小说，描绘的是当代藏族社会一隅，底层民众的生活情状和心理意识。《格拉长大》篇幅短小，容量有限，但它依然能够显示阿来一贯的创作取向——对藏地"本真"社会、自然生态的艺术展现。小说以与母亲相依为命的小男孩格拉为主人公，以沉重压抑的笔调描述了生活在山林深处的机村村民们了无生机，但又并不缺失生存欲望的生活状态。格拉母子生活穷困，为了活命而苦苦挣扎，但他们依然心存希望。小说以此为主线，叙写了村民们的冷漠麻木，成年人之间的你争我夺，孩童之间的取笑嘲弄，生活的甘甜与苦涩，人性的美好与阴暗。这些存在景致，就是机村人的生活现实。在机村这个微型的山地藏区，阿来把社会时代背景推向幕后，着力展示的是自然流程里的生命状态。它既没有世外桃源般的和谐静谧，也没有严冬酷暑般的荒寒暴烈。它只是依照大自然赋予的生命规律和人事关系所构建起的世情风俗而存在着，在岁月的长河里送走夕阳，迎来朝霞，完成生与死的交替轮回。这就是阿来诸多小说所展示的藏地现实。与那些被严重情绪化、抽象化了的藏地相比，它更为具体可感、真实可信。

二是对宗教现象的冷峻审视。与诸多当代藏族作家创作一样，阿来的小说中存在着大量宗教文化现象，但阿来从来不以神圣化的笔调去描绘它们，而是更倾向于从世俗人心的角度去展现它们。在别的一些作家笔下庄严、神圣，甚至神秘化的宗教文化现象，在阿来的笔下都是日常生活化的，都与个体生命的日常生存息息相关。即使是那些远离尘世，身处清静肃穆的寺庙里的出家人，阿来也不会想当然地视他们为六根清净的超凡脱俗者，尽管他认为宗教会作用于人的灵魂情感，从而会具有一定的超越性。他更倾向于深入探究那些表面看来看破红尘、寄身佛祖的出家人的内心世界，从而去揭示他们对尘世的不舍与依恋，发现他们虽然平静，但却心有不甘的内心波动。尽管这种波动是细微的、难以察觉的。正是从这种生活理念和创作意图出发，阿来让自己笔下的出家人身上充满了世俗气息。他们身在世俗之外，但从来没有离开过世俗。不管是权力方面的追逐，还是物质利益方面的需求，抑或是对热闹缤纷的滚滚红尘的渴望，他们都会显露出趋向世俗的一面。早在《尘埃落定》里，阿来就描述了藏地不同教派之间的利益冲突和派系之争，也揭示了宗教派别为了维持自己的权益，与土司权力建立利益网络，达成相互利用的默契关系的历史现实。如果说作为小说的《尘埃落定》因为虚构而存在着非理性的艺术判断，那么，被视为具有民族志价值的《大地的阶梯》，则以非艺术化的方式表现了阿来对宗教文化的理性思考。

在长篇游记散文《大地的阶梯》中，阿来基本上以实录的笔法，记述了自己对藏地（主要是四川阿坝一带）风物人情和历史发展的感受与思考。其中既有对历史文化的缅怀敬仰，也有对现实存在的反思忧虑，同时对那些附着在神话、传说之上的历史事实进行了分析剥离，对那些有关宗教文化的不实言词进行了质疑。在《大地的阶梯》中，阿来对地域民族文化的态度是理性的、冷静的，他更在乎与民族现实密切相关的文化存在，因此他倾向于展示宗教文化的现实基础，更倾向于探究世俗环境中的宗教文化心理。在本书中，阿来描述过一个有趣的细节，从这个细节可以看出阿来对宗教文化现象的深度拷问。在与某个寺庙的小喇嘛对话时，阿来坦言，自己因与寺庙主持争论而感到内疚，希望小喇嘛告诉主持不要介意。小喇嘛回答说，自己信仰佛教，但却并不完全相信师父所说的话，因为他知道师父说的有些话并没有道理。此时的阿来从小喇嘛的眼神里看到的是清冷、孤寂与落寞。阿来此种描述的言外之意是，身居寺庙、远离尘世的小喇嘛的内心其实是非常渴望寺庙之外的繁华世界的。只是因为信仰宗教而不得不抑制这种正常的渴望，使其无法得到表露、释放而已。

阿来这样写并不是为了否定这位小喇嘛对宗教信仰的虔诚，更不是以点带面地否定藏族民众宗教信仰的坚定信念，而是为了揭示宗教信仰与现实之间斩不断理还乱的复杂关系，是想说明即使是身为神职人员的僧侣，他们其实也并没有完全像外界想象的那样与现实隔绝。因为阿来明白，许多来自异地的写作者往往在先入为主观念的驱使下认为，那些坚守在大山深处、密林之中的寺庙里的出家人，内心是平静而充实的，他们六根清净、无欲无求，完全超越了现实存在。外来写作者的这种思维定式，有意无意中把普通的宗教信仰神秘化、神圣化了。毫无疑问，这是纯粹的精神臆想，与繁复驳杂的藏地文化现实是不相吻合的。阿来揭示小喇嘛的深层心理，就是为了回应这种毫无现实生活根据的精神臆想。

也许有人认为，对小喇嘛隐秘内心的推测，也是阿来"臆想"的结果。依照笔者的阅读经验来看，即使阿来的推测是"臆想"，我认为他的推测也是可靠的。阿来曾说："在很多年前，我就说过，我的写作不是为了渲染这片高原如何神秘，渲染这个高原上的人们生活得如何超然世外，而是为了祛除魅惑，告诉这个世界，这个族群的人们也是人类大家庭中的一员。他们最需要的，就是作为人，而不是神的臣仆而生活。"[1]我相信阿来的言说是真诚的，因为他的创作是以厚实的生活作为根基的。与那些身在"局外"的异地人相比，他的"藏地书写"更具"在地性"（"在地性"是阿来谈自己的创作时提到的一个词，意指创作

---

[1]　阿来：《人是出发点，也是目的地》，《看见》，湖南文艺出版社2011年版，第162页。

要接上地气，与现实生活紧密相关，不能随意想象虚构而无视人的生存困境）。

在藏地生活多年的阿来，对自己民族的文化心理和现实生活境况是有着相当的了解的。他明白人们信仰宗教的动机和行为，是与他们的日常生活需求密切相关的。宗教信仰不只是单纯的精神、情感问题，也是一个与现实物质生活和世俗利益息息相关的问题。许多时候，人们的宗教行为其实是现实境遇直接作用的结果。而宗教的超现实功用也是有限度的。不是人们信仰了宗教，世间的苦难就会远离他们，或者说世间的苦难就会从此消失得无影无踪。不是每一个信仰宗教的人仅仅只是为了超凡脱俗、忘却红尘才去信仰宗教的；也不是每一个人只要信仰宗教，就会变得超凡脱俗，就会看破红尘、无欲无求，就会心甘情愿地舍弃世俗世界里的种种现世幸福。考察古今中外宗教文化史，这样的人少之又少。除了那些传说中的高僧大德、得道高人之外，普通信教群众似乎更接近世俗而成为芸芸众生。一看到出家人就联想到超凡脱俗，一遇到朝圣就臆想那是纯粹的宗教行为，实在是一种缺乏生活经验的幼稚想法。即使在广袤辽阔的高原藏区，这种想法也是理想化的。这种理想化的景象在阿来的认识中却是另外一种情形。"那些人（藏族民众——笔者注）大多数都在为生存而努力，而并不如外界所想象——那里的人都是一些靠玄妙冥想而超然物外的精神上师。须知，精神上师们也有基本的生物需求。"[1]那里的环境对于有着生存需求的人们来说是酷烈的、严苛的，由此人的生存也相当艰难，"但是，偏偏有很多人愿意把这个高远之地想象成一个世外桃源，并给这个世界一个命名——香格里拉。当全世界都在进步时，更有人利用这种想象，要为西藏的不进步、保守与蒙昧寻找同情，寻找合理性。"[2]阿来在他的文学世界里摒弃了这种意念化、理想化的想象，他所做的是尽可能地关注、书写广大民众切切实实的生存境遇。

在当代藏族文坛，阿来的这种承载着额外意义的创作并不是孤独的。与阿来一样，其他一些藏族作家也有着类似的写作倾向。他们的创作与阿来的创作有着异曲同工之妙，也具有阿来所说的"祛魅"和"祛蔽"的作用。

当代藏族女作家梅卓写过一篇散文，其中一个片段讲述的是她与一位不远千里、跋山涉水去朝圣的女性之间的对话。在行文中，梅卓对这位朝圣女性的命运表达了深切的同情，并为此而流下了难过的泪水。依照外部世界对朝圣的理解，这种行为应该是值得钦佩与赞扬的。尤其是在物质消费甚嚣尘上的当今时代，这种追求精神超越的行动实在难能可贵，作家怎么会为此而伤心落泪呢？是在质疑朝圣本身吗？梅卓当然不会否定朝圣的意义。事实上，她也没有否定或反对朝圣行为本身，她只是更关注那个妇女的现实命运。因为在交谈中得知，那个妇女在现实中过着一种艰难而痛苦的生活，痛苦来自于她丈夫对她的虐待。这位妇女之所以去朝圣，是想以此来摆脱源自现实生活的痛苦与不幸。这位妇女信仰宗教，但她并不定然追求一种超凡脱俗、远离人世的生活。与普通人一样，她渴求能够拥有幸福平静的世

---

① 阿来：《小说，或小说家的使命——〈格拉长大〉韩文版序》，《看见》，湖南文艺出版社2011年版，第267～268页。

② 阿来：《小说，或小说家的使命——〈格拉长大〉韩文版序》，《看见》，湖南文艺出版社2011年版，第267～268页。

俗生活，但现实遭遇让她感到绝望。她只能通过朝圣的方式去减轻自己的苦痛与绝望，为现实生活存留一线希望。梅卓对朝圣妇女的不幸遭遇深感同情，并伤心落泪，是人之常情，但我们的认识不能仅仅停留在这里。梅卓也许看得更为深远，她是在为这位女性未来生活而感到担忧。因为她知道，即使完成了神圣的朝圣，此前遭遇的种种不幸与痛苦，就能远离这位柔弱的女性吗？毫无疑问，梅卓的描述是对现实的真实再现，是对藏族普通民众文化心理的真实揭示——朝圣与现实生活是一种功利关系，朝圣不是为了超越什么，只是为了摆脱现实的不幸。在此问题上，梅卓是一个清醒的现实主义者，她没有想象性地越过普通民众的生活实际与现实境遇，编撰一些不着边际的美丽图景，去满足外部世界的猎奇心态，而是以人道主义的深厚情怀，真实地展现了宗教与现实生活密切而复杂的关系，表达了她对现实存在的真诚关怀。在这一点上，梅卓与阿来是殊途同归的。

自从那个充满了奇异色彩的字眼——香格里拉——出现在异域文化中之后，外界对中国藏地的误读就越来越普遍，时至今日已经成了一种难以挽回的趋势。即使有阿来这样具有强烈现代理性精神的藏族作家，不断地从事反误读的文化工作，其效果依然并不乐观。对此阿来感到无奈而沮丧。他毫不掩饰自己的消极情绪，"很多时候，看到外界对我脱胎其中的文化的误读仍在继续，而在这个文化内部，一些人努力提供着不全面的材料，来把外界的关注引导到错误方向的时候，我会对自己的工作感到绝望"。但他却不愿放弃，也没有放弃。他说："但绝望不是动摇。这种局面正说明，需要有人来做这种恢复全貌的工作，做描绘普通人在这种文化中真实的生存境况的工作。"①

阿来意识到了自己工作的额外意义，也清楚自己工作的艰难。说实话，我对阿来的这种反误读的文化努力也不抱乐观态度。在消费文化甚嚣尘上的当今时代，在现代传媒——电影、电视、网络、手机微信、报纸等如此普及泛滥的电子时代，在世俗生活如此浮夸且娱乐享受如此高涨的文化狂欢时代，在鱼龙混杂、泥沙俱下而又缺乏严肃的文化态度和健康的心理机制的当下社会，早已日薄西山的精英文学创作在传播效应上，是不能与现代传媒同日而语的。阿来的文化纠偏工作和祛魅努力，注定是一种无法赢得热烈掌声和显著效果的演出。正是在这个意义上，我认为阿来的写作是一种"苦吟"。"苦"既指阿来的写作在祛魅层面上得不到他所想要的回报；也指阿来即使清醒地意识到了这种后果，却仍然坚持不懈的文化担当精神，因为这会使他深切地感受到无奈的滋味和绝望的痛苦。知其不可为而为之，这是阿来的精神意念和文化品格。"消费时代的苦吟诗人"，是阿来留给我们的文化剪影。

（原载陈思广主编：《阿来研究》［第五辑］，四川大学出版社2016年版）

---

① 阿来：《人是出发点，也是目的地》，《看见》，湖南文艺出版社2011年版，第163～164页。

《西藏天空》四人谈

傅东育 石川 赵宁宇 赵卫防

创作缘起

傅东育： 从现在算起，最初的立项应该是六年以前。2008年发生了"3·14"事件，当时奥运圣火传递的时候出了一些事情，于是中央要求拍一部关于西藏解放主题的电影。中宣部和国家广电总局就把中央下达的任务交给了上影集团，影片的宣传也交给了上海市委宣传部。影片原本计划在2009年为建国60周年献礼，但那时没有完成。大家一直希望这部电影能够以一种不同的视角来讲述西藏这半个世纪的变迁。1962年，我们曾经有一部影片——《农奴》——在艺术和思想价值上都已经达到一个非常高的高度。拍摄《西藏天空》时，我们曾探讨说，如果按照一般的思维，或者说按照主旋律电影的常规思维，很容易就拍成一部根本没法跟《农奴》相媲美的影片，所以我们一直试图调动编剧来突破这样一个常规化的思维定式。从2008年到2011年，前后六任编剧连续写了17稿剧本，最后才找到阿来担任这部电影的编剧。2011年剧本初步成型，同时也经过了统战部与国家广电总局的最后审查。就我个人的导演工作而言，2011年秋天，我就到达西藏去观察当地的生活，2012年的春节结束后就开始着手准备了，经历了四个月的准备期，6月份开拍，10月份停机。在2013年的3、4月份，后期制作完成，最后影片通过的时间是2013年的10月。这部电影也有幸参加了当年"华表奖"的评奖，获得了少数民族题材优秀影片奖，饰演少爷的演员获得了最佳新人奖。当时大家还在想少爷和普布的角色谁更该得奖，最后想想，还是少爷该得。

石川： 我倒是更欣赏普布。从头到尾，他个人的戏剧张力都比少爷更强。少爷的个性主要是通过外部人物关系来表现的，普布更多是挣扎于内在的两个自我之间。他几乎终其一生在追问"我是谁？"我究竟是丹增少爷的替身，还是普布自己？这种内心煎熬，被演员表现得很到位。看片的时候，我就对宁宇说，你看这演员的脸部线条多硬朗，好有雕塑感。人物内在的紧张、焦虑都通过他的面部线条和脖子上的青筋暴露出来了。当然，演员不一定意识到这一点，但作为观众，我却能从他身上感受到这样的情绪。所以这个人物非常饱满。虽然从观赏上说，丹增少爷对戏剧性的完成更充分一些，但我个人更欣赏饰演普布的这个演员，他的气质真的很少见。

傅东育：当时的讨论确实也很激烈，最后"华表奖"的最佳新人还是给了少爷。阿来也获得了"华表奖"最佳编剧的提名，最后输给了《中国合伙人》的编剧，毕竟是二选一。这就是《西藏天空》目前获奖的结果，现在它终于要上映了。"华表奖"评奖的时候，大家还有些争议，都在想给这部电影这样的奖是对还是不对。当时听一些朋友说，评奖时大家看完这部电影后都很沉默，大概有五分钟谁也没说话，不知道该怎么说话。后来张丕民同志说："这戏拍得很艰苦啊。"严肃的气氛稍微缓和了一点。张宏森同志也说："这部电影在建国后拍摄的民族历史题材电影中算是一个突破吧。"宏森同志在我去西藏之前的最后一次谈话说得非常深刻，他说："我大概算了一下，这十几年来，中国电影投入在3000万元以上的电影中，没有明星的好像是没有吧？你这应该算是第一部。所以，要感谢上影给你这次机会。"的确如此，在今天的市场环境下，"上影"能有这个胆量来投资制作这部电影已经是一种魄力了。虽然很多人都觉得拍这样一部电影很苦，但拍任何电影都需要吃苦。不过，正如我在上海接受采访时也说，这是我的幸福。我由衷地讲，不管它有没有得奖或者说它的成就有多大、票房有多高，对于我个人的记忆来讲，一定是一部具有坐标意义的作品。另外，拍这部电影对我个人也是一种功德。这样一部电影是不负我作为艺术家或是说作为电影导演初衷的作品。

题材与主题

赵宁宇：我算了一下有史以来拍摄的涉藏题材影片的数量，包括西藏的、青海的、云南的、甘南的、四川的……到今天为止，接近一百部。因为前年傅导在西藏拍《西藏天空》时，我也正好在西藏拍《雪域丹青》，所以我们两组中的很多演员是互相用的，我们组的化妆也是到他们组增援去了。当时我计算了一下大陆地区涉藏题材的影片大概是85或86部。这两年又出现了十几部，我去年又去青海拍了一部藏族题材电影。100部，这是第一个数据。另外，全世界加上中国拍摄的涉藏题材的影片是不到200部，这是第二个数据。这就是整个藏族电影，不管是任何类型、任何立场、任何美学或任何风格的影片，就是这样一个总量。

赵卫防：按照宁宇说的，现在中国大陆都有一百部左右了，数量真的不算少。

赵宁宇：是不算少了。从整体上看，我发现这些涉藏题材的影片可以分为三个阶段。第一个阶段是以《农奴》为代表的"十七年"电影，很精，但数量非常稀少。因为当时中国电影业在整个"十七年"时期的电影产量也就1000部不到的样子。藏族题材的电影拍摄很艰难，所以数量上非常有限。但还是出现了像《农奴》这样的，特别是在美学上有很高成就的影片。第二个阶段就是新时期。新时期藏族题材电影以谢飞老师的多部作品为代表，此外还有藏族影人自己创作的一系列影片。第三个阶段是本世纪以来。新世纪以来随着交通的改善、科技的发达、西藏文化影响力的扩展，也出现了一批藏族电影。我们经过一段时间的研究发现，这些新世纪以后的涉藏题材电影的整体特征是比较小清新。它的故事往往有两种模式，一种是主旋律样式的影片，另一种就是一个汉族的内地姑娘到西藏碰见了一个藏族的小伙子，或一个内地的男孩子，比如说画家，到了西藏碰到一位姑娘，两人在一起谈恋爱的故事。这已经成为了现在涉藏题材电影故事讲述的固定模式，也可以被称为旅游风光小清新影片。

那么，博导的《西藏天空》，可以说是在整个藏族题材影片中，大陆地区中规模最大的一部，也是讲述故事历时性最长的一部。同时，它也是涉及西藏文化最深入的影片之一，虽然只能说之一，但应该是非常重要的一部作品。在这个时期能够出现这样的影片，首先得感谢中国电影产业巨大的发展，使得我们在资金、技术等各方面都有进步，能够支撑这样一部影片的诞生。第二是要感谢意识形态领域的不断进步，使得我们在政策上能够保证这样的影片出现。再有就是我感受很深的一件事，也是后面我会专门谈的——表演。一个以西藏话剧团为首的、一个五代上海戏剧学院毕业的老中青演员以及藏族地区其他一些演员形成的非常优秀的演员队伍，只有他们才能够真正演好真正的藏族电影。所以西藏话剧团的演员老师们对于这部影片的贡献应该说是非常大的。

石川：在上海有两次内部看片会，我都没赶上。当然，我主观上也有顾虑，觉得一个汉族艺术家拍西藏戏，很难拍出理想的效果。这次到中国电影资料馆看片，是非常偶然的。这部影片比我想象的要好。刚才宁宇介绍，西藏题材拍得也不算少，但真正能留下来的，大概也只有《农奴》和谢飞老师的《益西卓玛》以及陆川的《可可西里》等不多的几部。其他的，大多都很模式化，一般都是把西藏塑造成一个神秘的异域，再加上一个心灵鸡汤似的精神升华的故事。这种故事实际上与西藏文化的在地性毫无关系。

1949年后也有大量少数民族题材影片。这些片子只能算是"少数民族题材的汉族电影"，而无法归入"少数民族电影"。因为它们在叙事和风格上都缺乏一种民族的主体性。比如所谓的藏族电影，并不是从藏族人的角度来讲述自身，而是从其他民族，或者其他旁观者的角度来讲述西藏。这种讲述中，西藏和藏族是一个他者，不是主体。

我把以往针对西藏的影片概括成三种话语模式：一种是革命的、阶级斗争的；一种是现代性的、启蒙的、个性解放的或关于传统与现代文明碰撞的；还有一种是挖掘人性自身的，表现人性的觉醒和对人性的追问。《农奴》是典型的革命话语，把农奴和奴隶主的冲突解读成阶级斗争，从建构革命合法性的角度来回溯西藏农奴解放的历史。谢飞老师的《益西卓玛》包含了《农奴》所没有的视角，即现代性的视角和人性的视角、或者说一种启蒙主义的视角。陆川的《可可西里》涉及人和自然的搏斗，人性的扭曲和挣扎。而《西藏天空》包容了上述三种不同的话语，既有革命又有启蒙，更有对人性的追问。

赵卫防：在现代性的问题上，这部电影的启蒙感确实是特别强。启蒙在某种程度上就是一种现代性。而这部影片在表现现代性的时候，没有纯粹地从纯人性的角度来体现某种现代性，而更多是表现一种启蒙意识。那么它是怎样启蒙的呢？是用人与人之间的"平等"意识。平等，这是一个基本的人性诉求，相当于是解放军女军医给了藏人一个平等的启蒙意识，这是它的一个现代性。而且它的现代性还不是一个纯粹的现代性，是一种与意识形态勾连在一块的，借用意识形态的推手来呈现的一种现代性。所以从这个角度来说，这部电影的现代性是一种很别致的现代性，而且是与政治有一定勾连的现代性。这也是这部影片在这方面的一个特色。另外，影片为了更突出普世性，在人物设置上面弱化了现代性推手后面的政治之手，于是影片就把这个启蒙者的形象处理成解放军的医生，是单纯的医生身份，背后没有解放军的其他类似于连长之类的头衔。这种人物身份的设置在一定程度上削弱了政治推手的影响，使影片走向了一种泛普世性。这也是影片的一个重要的特点。

石川： 关于启蒙，《西藏天空》包含两个不同角度。一个是西方的、现代性的。影片开头，丹增少爷被送到国外去接受西式教育，老师说着英文、为他们放电影。这个场面让人联想到贝尔托卢奇的《末代皇帝》，也是用西方现代文明对东方古老民族进行启蒙。到了女军医出场，另一场启蒙又开始了。女军医一上来就是给生病的普布打针吃药。这也是一种符号性的表达，用现代医疗技术来对弱者进行救助，这也可以被理解为是一种启蒙。反过来，喇嘛一开始拒绝了她，坚持用诵经的传统方式来治疗，这其实也是对"愚昧"的一种符号性呈现。最后，普布接受了女军医的治疗，做手术治好了头痛病。这意味着他在肉体、灵魂上双双得到了救赎。

西方启蒙方面，丹增接受了西式教育，所以他的观念与他的父亲、与活佛才有许多不同，甚至冲突。西式教育让他有了独立的人格和理性的思维，所以他才会质疑活佛为他找替身赎罪这种宗教行为是否有效。还有在关于去/留问题上，他与父亲有着巨大的分歧，正是因为他有自己独立的思想和判断。所以丹增的出走是被动的，他是因为坠崖受伤，被活佛带去了国外。而他父亲却是主动选择流亡。这样写，他后面回归就不显得突兀了。

傅东育： 我特别欣赏石川老师刚才说的这个问题。在这部电影中，无论是西方的还是东方的文明，对于西藏这片土地，都是一种启蒙。换言之，如果少爷没有在西方接受西式启蒙的话，他不可能在回到西藏之后与活佛有这样的对冲。因为他在骨子里就认为，这片土地就是被活佛这样一帮人闹的，所以他才会问："替身的存在，佛说过吗？佛经上有吗？活佛说的就是对的吗？"这个问题我曾经和阿来探讨过，我说："阿来，你跟我说实话，你到底是一个唯物主义者还是一个唯心主义者？"阿来就笑了，他反问我："你觉得我是什么？"我说："你是一个典型的唯物主义者。"他说："对的。我告诉你，我五岁就被选为活佛了，我已经进寺庙了，当时我妈妈可高兴了，因为进入寺院当喇嘛就意味着你可以接受教育了。而且当喇嘛是需要有人来供奉的，喇嘛并不是你想当就能当的。你的家族要给你付钱，你才能在那里学习，所以说当喇嘛其实也是一个学习的过程。你将来还不还俗是你的事情，但它的教育系统是和中世纪一样的，教会在上，下面有学校和医院，这两方面的东西永远都是归教会管的。当我进去的那一刻，我的父亲冲了进来，把我拉走了，说不让我做喇嘛，要我接受现代教育。现在想想，我无比感谢我父亲，否则我怎么能够现在喝着这样的酒，有那么多粉丝爱我，我还能有这样大的成就。"这是他的原话。

所以，当这个问题摆在眼前的时候，抛开意识形态的概念来讲，所有的文明在人类文明的概念面前，只是一个高与低的问题，先进与落后的问题，它没有好与坏的区分，也不是对与错的问题。在人文学科领域，包括电影，它的价值是没有度量衡的，它不是科学，科学是有度量衡的。但是我们有真挚的情感，真善美这件事是不用讨论的。所以，我希望我的影片能够让人感动，能让人感受到真善美。这部影片因为它的宗教问题、历史问题、民族问题，确确实实会在创作上有一些障碍和影响。我一直凭借着我仅有的智慧，保留了一些我着力想要表达的东西，比如影片最后的台词，老头站在布达拉宫前头，小孩子在前面问："有来世吗？"然后老头说："我们不都有了吗？"其实一开始设计的最后两句台词是丹增对普布说："普布，来世我们还是兄弟。"普布的台词是："丹增啊，我还在这里等你。"这是很打动我的，当时我在拍的那一瞬间，眼泪已经流了下来。

石川：刚说了革命和启蒙，还有一个对人性的探问。特别是在丹增少爷和央金的情感线上，这个意思非常明显。央金对丹增的感情并不纯粹，她可能心里很喜欢少爷，但理智又会让她拒绝这份感情——他是我的主人，我怎么可以和他相爱？影片里央金一句台词给我的印象很深。少爷对她说"我喜欢你"，这时候央金的回答却是"老爷说的喜欢，实际上就是霸占"。这句台词说明，在她的潜意识中，隐含着一种对主仆关系的认同，有了这种认同，她就不会轻易接受来自丹增少爷的爱情。这让她的一生都很痛苦、很纠结。但是到了最后，亲情终于战胜了阶级的、主仆的成见，让她舍身营救"丈夫"，并用牺牲自己的生命，完成了对自身和对他们夫妻情感的双重救赎。说到这，有个小小的遗憾，可能是前面铺垫不够，所以一到少爷强暴央金那场戏，感觉就有点突兀。如果前面有几场戏，交代他们两小无猜，只是囿于主仆关系，才压抑了对少爷的感情。如果有这样的铺垫，再让她遭到少爷的强暴，央金这个人物的线索也许会更清楚一些。

傅东育：篇幅的长度限制了这些问题。其实在一开始挖眼睛的那场戏时就有设计小央金和小丹增的戏，其中有一个特写是小央金跪在那里看到哥哥受刑就跑到了少爷的房间里，掐着少爷的脖子说："你救我哥哥，你救我哥哥。"在那个年纪，她对少爷还没有阶级意识。于是在小央金的请求下，少爷就开始装头疼，老爷他们进来的时候，床底下就是小央金。实际上，这个故事就这三个主要人物，女军医的角色是一个背景，把女军医的戏拿掉，这个故事一样成立。但是我们不可能这么取舍，尽管那三个人物的故事肯定是更精彩一些。总之在篇幅和时间的选取之间，是有问题的。因为没有空间了，我只能拿掉这场戏。

石川：这场戏如果算下来只有一两分钟的话，删去是有点可惜了。

赵宁宇：有点可惜了。

傅东育：后面有一场删去的动乱的戏，对于他们人物关系的表现是更为关键的。当时活佛跟普布讲："现在是以身试佛的时候了，来世将会得到幸福，你在保护神面前发过誓的，你还记得吗？"普布说："我知道，我知道。"但在这场戏完了以后，普布其实是最后一次回来求少爷，说："您能够让我还俗吗？"结果当他进去的时候，正好撞见少爷看着正在熟睡的央金。少爷摸了她一下，之后央金就醒了，就要走。这时候少爷的妈妈正好经过，就扇了央金一巴掌说："少爷摸你，你慌什么？"说完这么一句话，夫人就走了。之后央金转过头来看着少爷，少爷结结巴巴说："不，不，不是我妈说的这个意思，你不要误会。"尽管少爷这样说着，央金却已经把衣服脱了下来，赤裸地站在少爷面前。少爷反而慌了，这是他的文明所不能接受的，他说："你穿起来。"这时普布进来了，一看这个场面就拉着少爷说："你能还我名字吗？"少爷说："不行。"之后两个人有一次激烈的冲突，这段戏最后也删掉了。影片的确有不充分的地方。当时的初剪版是三个半小时，但是我认为如果这部电影将来是两个半小时的话，可能会比较丰满，甚至两小时二十分钟也会是不错的效果。现在只是两个小时。但是从排片的角度来讲，超过两个小时肯定是不合适的。于是只能一点一点压成现在这个样子了。

石川：影片对人性的挖掘，有些表现手法还是比较巧妙的。比如有个细节，普布童年时受刑，在脑袋里留下一个血块，让他一直头痛。最后是解放军用手术解除了他的病痛。这个血块可以理解成为一种隐喻，暗指宗教神性对人性、个性的束缚和压抑。最后血块被清除，喻示着他脑子里的神性枷锁被彻底打破。他终于做回了自己。这个细节给人印象挺深的。

另外，这部电影还有一个非常宏阔的历史背景，涉及解放军进藏、民主改革、叛乱、"文革"、改革开放等许多重大历史转折。在这样一个大历史背景中，又交织着一组组错综复杂的人物关系：有丹增和普布的主仆关系，有丹增和央金的爱情关系，有活佛和普布的宗教关系，有丹增和他父亲的父子关系，以及女军医和普布、丹增他们所构成的汉藏关系等等。这部影片层次感非常丰富，可回味的空间也比较多。但或许也正是这个原因，让剧情稍微显得有些庞杂，显得提炼还不够。

赵卫防：大家说得都非常好，根据我看过的涉藏题材的电影来分析，之前拍摄的涉藏题材电影中，可能只有《农奴》是真的把西藏作为一个主体来表现的。当然，它是表现意识形态和阶级斗争的。尽管这样，《农奴》还是把涉及西藏的历史、文化、人物作为一个主体来表现的。《农奴》之后拍摄的许多涉藏题材电影大部分我都没有看过，但几部比较重要的作品我是看过的，像刚才提到的《益西卓玛》，另外还有《静静的嘛呢石》《可可西里》和一部关于墨脱修路的《心跳墨脱》。这些影片中，《心跳墨脱》的艺术质量虽然没有前几部好，但它倒是一部真正把西藏作为一个主体来表现的影片。而其他的几部电影，不管是谢飞老师的《益西卓玛》还是陆川的《可可西里》，又或是《静静的嘛呢石》，虽然是艺术质量比较好的几部片子，但主创们最感兴趣的点可能并不是西藏本身，而是用西藏这样一个特殊的地理文化来表现他们本身更想表达的一种东西。《可可西里》在这方面表现得最好，陆川导演的兴趣也许并不在可可西里，而是通过可可西里来表现它背后的一个比较深的主题。优秀的导演这样处理题材也是一个很好的选择。但是毕竟这些电影还是和西藏的主题有某种程度的偏离。

而《西藏天空》完全是一种西藏的主体化，就有点回到1962年的《农奴》的感觉了。在历史跨度上，从20世纪40年代，到整个50年代解放军进藏，西藏平叛，然后一直到60年代"文革"再到80年代，影片把整个西藏的变迁史表现得很好。可以说，这部电影的主体是西藏。从所有涉藏题材的电影来说，这部影片在这点上是做得最有特色的。之前翟俊杰导演拍摄的电视剧《西藏风云》实际上是选了整个历史背景中的一段时期来描写。与《西藏风云》相比较，这部电影讲述了整个波澜壮阔的西藏历史，而且是以人性的角度来切入的，是这部电影的一个突出特点。

赵宁宇： 卫防说的是，我们能够从中看到影片背后编剧、导演在内的主创在六年或更长的时间之内，对影片的策略、定位各方面的工作都非常艰苦。在这样一个题材的影片中，没有出现张经武、张国华、谭冠三这样的具有代表性的进藏解放军干部人物，也没有出现藏族特别上层的人物，这是很难得的。在藏族地区，政教合一的情况很普遍，有大大小小很多活佛和寺庙。那么我们也可以想到之前应该有别的一些方案，但最终形成了现在的文本。实际上，我们一说少数民族题材的影片，第一反应就是说教。就像石川说他不敢看一样，就是说会回避或怕这又是一部穿新鞋走老路的片子。但实际上，这部电影最后不仅没有走老路，而且是走出了一条新路。

傅东育： 我想在主题上可能大概还是需要有一点点我个人的解释和思考。我阅读了他们十几稿的剧作，到最后阿来的剧作完成后，我跟阿来有过四次深入的谈话来修改剧本。因为阿来之前是没有写过电影剧本的，所以他的第一稿电影剧本是八万字。我就跟他说这完全没有办法拍，必须要有大量的删减。他问我："那四十年的跨度怎么办？你是不是会压缩时代跨度，压缩到解放军进藏就可以？"我说不行。到最后把剧本压缩到三万多字，这其实是一个漫长的工程。看完这么多稿剧本，我能清楚地看到一个口号的变化。"翻身农奴得解放"这个口号是有施舍感的，农奴得到解放，这里面的施予者是谁？"翻身农奴得解放"这个口号其实还是站在我们汉族的立场对少数民族来讲的。在翻阅了所有的历史资料之后，我认为，解放一定是人的自我解放。解放一定不仅仅是农奴的解放，一定是所有人的解放。解放这个词是一个不能用阶级性来涵盖的概念。那么，当把这个主题时时刻刻揪在脑子里时，我就试着换另外一个角度来看待这段历史。无论是对待西藏的发展，还是对于我们本民族的发展，也许这也是搁到全世界都一样的一个真理——历史学家看待历史的变迁有他独特的眼光，哲学家也有、政治家也有，但是今天你是作为一个艺术家来看待，你看到的是什么？我跟阿来一再讲，我们不要把整个历史都说得太明白，因为承载不了那么多。我也不想在这部电影里表达我个人的历史观和政治观。人类文明所有进步所付出的代价，一定是情感。中国改革开放30年，我们欢欣鼓舞的是只花了三十年我们就走完了人家一百多年的道路。但其实我们的情感千疮百孔，这是我们的代价，不是金钱的代价，不是物质的代价。我们突然发现父亲不像父亲，儿子不像儿子，朋友不像朋友，妻子不像妻子。我们颠覆了一个秩序，这个秩序被颠覆的时候付出的是我们情感的代价。在影片里，我并不想探讨纠结是西方文明更先进还是东方文明更先进，又或是哪一种制度更优越，我只是活在当下，但是我要睁大眼睛看人的情感在这里面的付出。如果我们中国人在这30年的情感付出是这样了，那么你告诉我，在西藏土地上，当一个民族，在一夜之间从奴隶制变为社会主义制度的时候，那里的个体该怎么活？因此，我更愿意把我的关注点放在这里。所以刚才石川老师说到普布这个人物的时候，我是很有感触的。当时饰演普布的演员问我说他该怎么演，我说你要演得像个牲口，你直耿，你要给我你最粗粝、最质感的愚昧，并且表达得越充分越好，你的嘶吼要像牲口一样，就像野兽一般。

石川：我挺喜欢普布、少爷与女军医发生冲突那场戏。普布推倒军医，是出于对丹增少爷的报复。因为他相信，自己是少爷的替身，如果自己作恶，少爷就会遭到报应。他是出于这样一个动机而故意推倒女军医的。到影片结尾，女军医对普布说了一句话，一个人必须学会为自己的行为后果承担责任。当普布真正明白这句话含义的时候，这个人物的性格发展才最终完成。换句话说，只有一个能够为自己的行为后果负责的人，才真正称得上是一个具有独立意识的人。这个剧情的设置是很有哲理的，对普布这个角色性格的发展是神来之笔。

傅东育：所以当他眼睛真的瞎了的时候，他一共说了三句话。第一句是"少爷，你的影子不在我脑子里了"，第二句是"杨医生，不要难过，这是我的报应"，第三句话是"我不想再撒谎了，我想做回我自己"。就是到了那一瞬间，他才是一个真正独立的人了，他站起来了。其实，如果解剖一个导演感受的话，在这样一个好几年的漫长的创作之中，对我个人来讲，真的是一种洗礼。因此，不管这部作品将来能取得怎样的成绩，在我的艺术人生中都是一个坐标。在拍摄期间，我也思考了很多问题。在西藏拉萨的时候，有一天，我一个人在一个咖啡馆里坐着喝咖啡，夕阳的余晖正在落下，街上有条小狗在奔跑，我突然就想到一个问题，如果这时候对那条小狗说："来，站起来，你自由了。"它站得起来吗？

石川：这句话很经典。

傅东育：它站不起来的。因为它习惯了冲你摇尾巴，然后你给它一块饼干。我突然就能感受到他内心的那种崩溃，但当你把这个崩溃放大的时候，你又一定会看出文明在进步。所以我不说1951年我党进入西藏的时候经历了怎样的一个过程，但那一定是文明的进步。它是一种人类更高等的文明进入，它一定比达赖的文明更加文明，比中世纪的宗教文明更加文明。如果当时我们没进入西藏，可能现在我们在拉萨交流时不会用汉语，而是英语。这个地方也不会用纯粹的藏语来跟你说话，就跟今天的印第安人是一样的，就跟今天的巴西、阿根廷是一样的。他们现在说葡萄牙语，但是从另外一个角度来讲，它是文明。文明高度地进入，是没有办法也是无力阻挡的。但是，我们看到那里的人们的情感被撕裂到怎样的程度，当这种东西表达出来的时候，我开始心痛了，我开始找到了这个故事我想要说的那个点，如何去进入的那个点。这样我才有可能把八万字的剧本改到了三万字。

团队与技术

赵宁宇：从技术层面上来说，这部影片的剧作技术和导演技术上都非常好。虽然这是一部艺术化的影片，但其中类型片的技术和因素都显得非常充分。人物关系与人物性格的演进，在几十年的长河中，从两个主人公小时候直到60岁，选取的事件都是在西藏历史上的关键节点，比如民间各种战事、暴动、出逃、民主改革、军队的进入。这几个人物不停地被卷入到历史大事件之中，但并不是以某种英雄主义的状态去树立，而是在大历史背景的风雨飘摇中展现人物命运的曲折。我特别欣赏电影里的几个点，都从西藏文化中汲取了营养，形成了它气质的关键部分。比如两次坠崖，第一次是少爷的坠崖，第二次是央金的坠崖。这两次坠崖是在同一个地方，这是一种命运。而且从悬崖上落下去，按观众的第一反应，少爷应该是会失去生命的，但他没有死。从一般逻辑来看，这个设置是有问题的，但在西藏文化中却体现出一种鲜明的宿命感。生与死都是宿命的决定。所以，当少爷坠崖躺在地上的时候，出逃的马队，多布杰老师饰演的活佛没有意外之感。如果是我们汉族的表演，一般会是特别惊讶："少爷，你怎么啦？！"但这部片子里没有这么表现。因为是命运让他落在他的马前，他们一起到了境外。而这样的处理在影片中应该说是比比皆是。所以主创对西藏文化是有研究、有体验的，并将其渗透在电影里面，是深入其中的创作而不是浮于表面的旁观。那么也像两位老师说的，很多影片都是把西藏文化当作一种背景，像画一幅画，换到云南也同样适用。但这部影片不是。另外一点，两个人物的交流，尤其是两个男主人公，你会发现他的语言性和内心的动作是错位的。你经常会看到他有时候没有言语，但内心却很纠结；又有时候有言语，但实际上说的不是心里的话，心里是另外一层意思。这都是西藏人独特的表达方式，以及他们的宗教感、民族习性、个人性格的体现，也是面对外部世界另一种进步和文明所带来的冲击之后，内心的感受。所以我们当时非常担心关键时候出现领导讲话，出现好人好事，出现各种我们常见的表达方式。但这部电影中没有出现。从这些细小的人物关系的变化，你已经可以感受到大时代变化在人们身上形成的一个推动。

傅东育：宁宇说得非常好，在涉及少数民族题材电影创作的时候，我们在无形中一直在犯同一个错误，那就是我们没有对少数民族人们的情感进行充分的交代和表达。

2010年，我刚刚接受剧本的时候，这部影片是由两个导演一起负责的。我作为副手，另外是一位很知名的导演。2011年，我撤出了。当时，我给上影集团打了一个非常长的报告，首先，我觉得一部电影不需要两个导演来完成，尽管我应该本着一个学习的态度，而让我下定决心的是在演员选择的时候，因为投资不小，所以需要有大牌明星来出演，这和我的初衷是冲突的，因为我坚定地认为它应当是一部由藏族人出演并以藏语为语言的电影，这点是不可以改变的。结果八个月之后，影片又由我来接手了，并且这次是按照我的思路来进行拍摄的。

我为什么这么坚持藏族演员和藏族语言？在讨论剧本的时候，编剧阿来有句话深深地打击了我，他说："你知道吗，一个民族如果不能用本民族的语言来写作，不能用本民族的语言来表达情感，何来尊重？何来真诚？那样的表达怎么可能会准确？"这句话给我的印象太深刻了。虽然是闲聊的一句话，但其实阿来也很悲哀的，《尘埃落定》是用汉语写作的，为什么不用藏语呢，因为他也不认识，不会写。所以那时候我就下定决心，走进这个民族的内心，为这个民族拍一部好电影。当然，我不是说此前的一些藏族题材电影不是好电影，但是他们的情感表达还不够。我在最近的几次采访中都在说，能不能抛开猎奇心理，能不能不要再消费西藏，能不能掏出我们的真心，放到那块土地上，沾满那里的尘土，感受那里的阳光?

赵宁宇: 在取景之前，你去过几次西藏?

傅东育: 一次也没有。

赵宁宇: 你没有去过，却能有这样的认识，有这样的坚持，真是难能可贵。

傅东育: 实际上，开始的时候我也会有猎奇的心理，但经过不断的探讨和体会之后，我才确定了这部电影应该呈现出来的样子。其实，我特别自豪，不是说拍得有多好，而是在这样一部成本不小的影片里，演员整体的费用不到10%，大部分钱用到了筹备、制作、设备等方面。你会发现，一部实在的电影好像出现了，你能够摸得到肌理了。

在电影开拍前，我跟三个年轻演员讲，现在是3月份，6月份开机，我希望你们做两个月的准备，要住到剧组，每天早上我的副导演要给你们上表演课，从无实物表演开始；每天下午要健身两个半小时，我们有专门的健身教练，我需要在影片中看到你们的体魄；每天晚上要看两部电影，第二天早上的表演课要考察，找出两部电影里面他们认为演得最好的段落，然后表演给我看。期间还会有藏族的历史学家——西藏大学的藏语老师——给他们上西藏历史课。就这样，对于演员的培养与沉淀会造就影片的质感，把钱用在这些地方是值得的。当我完成这一过程的时候，别人都问我累不累、苦不苦，而我是真心觉得特别幸运。你在今天这个时代中，还会有一个老板对你说:"傅东育你就这么去干吧，我支持你! 按照一个纯粹的、电影化的、演员下生活的状态和培训的状态，来练就和塑造他们。"这是不多见的。

赵卫防: 影片在3月份就建组了?

傅东育: 其实我在2月份就已经建组了，四个月都在西藏。一直在不断地打磨，就是要做好充分的准备。这期间，专门重搭了布达拉前面的一整条街道，花了1000万元。

石川: 那个景搭在哪里?

傅东育: 搭在林周县。因为在那里我找到了两个山包，很像药王山和布达拉宫。包下来之后，就开始修路，那原本是片农田，都是我开出来的，然后开始造雪城的墙，1:1还原。当这些制作完整呈现到你眼前的时候，所有创作者，无论是美术、摄影、造型还是灯光，大家内心创作的热情完全被激发出来了。不让摄影用炮，他都得跟你急。

石川: 布达拉宫是搭的景，那罗布林卡的景是真的还是假的?

傅东育: 那是我在哲蚌寺拍的。

赵卫防: 之前也看过傅导的其他电影、电视剧作品，是不是所有的创作都会像《西藏天空》这样有一个长期的演员培训、场景制作的准备过程呢? 因为现在很多影片连拍摄带后期都要求在很短的时间内完成。

傅东育: 我只能说我非常感谢"上影"，这是我的幸运，这也是我们所有做导演的理想。讲真心话，这与钱无关，所有做导演的理想都是说能够在拍摄前做好充分的准备，能够让我沉下心来，只对影片的艺术负责。但这实际上很难，因为这不是你个人能够决定的，而是取决于你后面的老板们。

赵宁宇: 我比较关注参加这部片子创作的藏族电影工作者，特别是美术，有参加过一大批藏族题材的影片，从副美术、当地美术做起，一直做到主美术。的确，从我们汉族人的角度来看西藏，只能看到表面，而人家就能细致到知道每个木缝到底是什么情况。

傅东育：是的，我们的美术是藏族。当时我告诉他让他做美术师，他完全惊讶说："我可以吗？"我说："必须是你。当然我会给你配一个最好的置景师，是做《色戒》的。"所有的置景工人都是从上海过去的，一百多人。置景，不是说上面来几个脑袋指挥，后面跟着几个藏族小工，而是一百多人全从上海过去，我要的就是那个质感。而道具，必须是由藏族人完成。

赵宁宇：漆工好几十人，木工好几十人，总共置景一百多人。而且我是在你们剧组那边亲眼看见整个院子里铺满了正在制作中的道具。

傅东育：是的，达赖那座车就是置景工人一点一点敲出来的。

赵宁宇：后来工作人员跟我说，这仅仅是这部戏所有道具中很小的一部分，大量都在拍摄前线那边，其中不少还在制作中。我很欣喜的是，在《西藏天空》这部优秀的西藏题材作品中，开始有更多的藏族电影工作者参与、进步，能够更好地独当一面，这无疑对繁荣整个中国电影是有着重要意义的。此外还有演员，我本人跟他们大多数演员都很熟，也都有感情。首先是多布杰老师，他是藏族第一演员，洛丹团长和多布杰老师是同班同学，上海戏剧学院毕业以后，参与过《布达拉宫秘史》《松赞干布》等一批为人熟知的影片和话剧的演出。再看年轻的这一茬演员，大多数也是上海戏剧学院刚毕业的，其中有一部分是四川西南民院的。

傅东育：对，四川的比较少。

赵宁宇：老中青四五个班，几代人，组成了影片的演员团队。这些藏族演员那种民族、地域的天性，是我们汉族演员学不来的，没有一个漫长的专业学习过程以及亲身的生活经历，是无法形成的，他们表演时反应的节奏跟我们汉族演员就很不一样。

傅东育：是的，这也正是因为用他们的语言来表演，才会出现这样的反应。

赵宁宇：表达方式也不一样。一方面，导演需要训练他，让他具备更好的表演技巧，不过当然不是把他训练成汉族式的表演，有些导演就会把藏族演员硬生生掰成汉族式的表演，再加上中国电视剧的视听表达，这样片子就完了；另一方面，这些藏族创作者身上的点点滴滴也汇入了这部影片，突出了导演的意图。因此，这是一个双向建构的过程。

石川：藏族团队的大面积参与，事实上也就回答了我开始时提到的那个疑惑：一个汉族导演怎么去拍摄一部藏族影片？斯皮尔伯格拍过一部黑人题材的影片《紫色》。从艺术水准来看，这部片子应该说是非常优秀。但在种族身份上，却始终受人质疑。这个问题没有现成答案，永远也不可能彻底解决，但却可以无限制地讨论下去。《西藏天空》也会面临一样的拷问，但幸运的是，这部片子的藏族主创至少让它多了一些说服力，尽管它也不可能彻底解决我前面说的主体性的问题，但却可以为影片增色不少。我再问一句，片中饰演军医的女孩是藏族还是汉族？

傅东育：汉族。

石川: 但为什么看着很像藏族人？

傅东育: 她演过《人间正道是沧桑》。作为一个汉族演员，她在学习藏语的时候是非常艰苦的。毕竟，藏语不像英语，英语我们至少知道ABCD，多多少少是有语感的，但对藏语而言是完全没有语感的，连字母都不认识。但是在影片中她又必须要说藏语，所以除了生背之外没有其他办法。背完之后，当她表演的时候，脑子里还要把藏语转换成汉语的意思，才能够做出相应的表情。所以，这是非常艰难的。20世纪50年代，我们的民族进入西藏。我力图表现那个时代的进藏干部。事实上，这是一种最起码的尊重，我用你们民族的语言来与你交流，而不是说进藏以后让你学习汉语，这两者是完全不一样的。其实，就连现在的进藏干部，也没有几个会说藏语的。总之，演员在这方面吃了非常多的苦，没有好的办法，只能咬着牙背。幸运的是，大家的努力没有白费，成就了现在这样一部还算艺术化的电影。

石川: 再想问一下导演，片子的影像风格开始是如何构思的？因为以前看这类西藏题材影片，影调总是会弄得很浓重，反差很大，有点压抑，像《农奴》那样的，追求一种雕塑感。而这部片子总的影调比较明亮、华丽，为什么这样定调？

傅东育: 曾经想过用胶片来拍，但后来发现路途太遥远了。在这点上，任仲伦很支持我，他说你自己决定。再加上考虑到洗印、拷贝方面的成本，最终没有选择胶片拍摄。在确定片子的影像基调时，我们设定的就是明亮、艳丽，色彩饱和度一定要大，这样才能还原出西藏那边天空的蓝。当然，从视觉接受上来讲，一开始可能是有不适感的，但这就是我来到西藏之后的第一感觉，那里的色彩太艳丽了，于是我和摄影在这点上达成一致，定下了这样的影像基调。此外，我们在调色阶段，更换过三个调色师，德国人、英国人、最后是美国人，就是因为达不到我想要的效果。第一个调出来的非常像《小活佛》，色彩很压抑，让我非常不满意。于是第二个换成英国人，英国人性格上比较中和，再加上他没有去过西藏，所以不太敢把色彩弄得太饱满，每次修改一点都问我："这样可以吗，可以吗？"最后美国人来，我一定要让他知道，我需要那样的色彩，因为那片天地之间的颜色以及光线的透彻度是那样的。上面这是第一层意思，所谓还原色彩。第二方面，是意识上的。我希望这部片子放映出来的时候，光影和色彩会产生一种召唤感，现在出来的效果还可以。进入影院播放，第一次是在上海，光没有做得特别好，但是我在上海戏剧学院放的时候，还原出来的效果就非常棒。所以蒙特利尔国际电影节的主席也跟我讲："我在蒙特利尔等你，请准备吧，我非常期待用4K、用巨幕来给你放映。"

石川: 如果是IMAX的话真的是太刺激了。

傅东育: 除了画面，声音做得非常美。

赵宁宇: 从技术角度来说，这部电影在摄影、录音、美术等几个环节，可谓中国电影、上海电影近年来的一个高峰之一。的确，退回到十年之前，这些是做不到的。另外，因为演员费用不高，总体投资又不小，真正的钱都被用到了实实在在的电影工艺的制作上面，里面的画面也有部分是数字合成的吧？

傅东育: 对，布达拉宫是合成进去的。

赵宁宇： 这都得益于近十年电影技术的发展，在这样一个平台之上，我们也可以做出不逊于西方的工艺水平，而不是仅仅依靠题材的优势或角度的奇特来进行艺术追求。我看到那些移动炮一类的设备真的是相当给力，你用的是伸缩炮还是电子炮？

傅东育： 电子炮。沿着宁宇的话题，我想在技术层面上聊一聊。其实，当我接受剧本的时候，我曾经设想能用一个国际化的眼光来看待这部作品，所以我去了东京，到了"东宝"，跟他们谈后期制作的条件。然后见了他们的摄影师，好几个，而且都是很棒的摄影师，最后跟岩井俊二的摄影师聊，我说我想拍得唯美一点，还找来他的调色师一起谈，确定未来影像的风格。聊得一切都很顺利，结果最后他不能进藏。于是，在我开拍不到一个月，临时换摄影，换的是曾剑。原本他在我名单上的所有选择中排得很后面，第一是因为他比较年轻，第二是因为他一直是跟着娄烨去拍一些纪录风格的影片，和我想要的风格可能不太一致。但我跟他做了一次很长的谈话，我说我想要一个非常稳定、非常沉得住气的状态。这一点他也非常赞同，于是最终确定用他。

从技术的操控水平上，我们已经是很不错了，如果我们在理念上更高级一点会更好。在艺术创作上，我们是年轻的一代，正当年，四十多岁，我们的创作理念一定要自己去想，这样的设计是不是最好的？并没有一个约定俗成的模式。但是不要说是我们，比我年轻的一代都开始吃老本、吃经验，他们没有一种创新的精神，没有一种学习的状态。下一部电影我肯定要用欧洲团队，虽然语言交流和创作理念上一定会有碰撞，彼此妥协，但是我在不断地学习和进步，这是不一样的。因此，在技术层面上，虽然还有欠缺，但我们依然在努力，依然在试图对每个细节追求完美，比如影片表现鞋子在不同材质的地板上的摩擦声是不一样的；那个带嚓的枪声出来的时候，那一瞬间，一定要把那种特效做出来，因为它有共振；包括那个经堂里的喇叭和鼓的声音，要求非常细致。虽说现在的市场比较浮躁，但是创作人员应该沉下心来，去学习琢磨一些技术的问题，只有摆正自己的位置，才有可能走向世界。所以在技术层面上，虽然我们很努力，但依然没有做到最好。

赵卫防： 最近这两天连续看几部片子，《西藏天空》《白日焰火》等，这些新片的镜头语言都是很有特色的。《白日焰火》通片采用两种镜语：外景中多用"镜头内蒙太奇"式的长镜头跟拍；内景中多用广角镜头表现气氛中的人物状态，这是一种欧洲艺术电影的镜语回归。《西藏天空》的镜语也是对另一种经典电影语言的回归。刚才导演也说了他如何准备，准备的过程比较长，投入也比较多，包括仪器等，主导的还是一种个人的美学思想，或者说是为凸显其镜头语言等方面而进行的美学努力。看完片子之后，本片的镜头语言中渗透着一种很强烈的传统与古典风格，这个传统与古典的风格是什么呢？用了大量的旋转镜头和摇镜头来表现西藏异域的景色，还有较多的动静对比以及运动方向的对比构图，通过这些来表达出创作者自己内心的一种对西藏文化的理解。这让我想起了英国导演大卫·里恩的影片，如《阿拉伯的劳伦斯》《日瓦戈医生》等，对于经典的电影语法掌控特别精准。在《西藏天空》里，能够发现很多大卫·里恩的影子，比如解放军进城段落开始阶段的几个镜头，就是那种动与静的对比，欢迎的人群在欢迎，解放军在进城，还有普布在那里找人。就是那种感觉，那种经典电影语言的魅力特别强烈。再对照《白日焰火》来看，我就感觉现在的电影在镜头语言上还是应该向传统经典回归，还是要向艺术回归。虽然说我们要追求多元化，让镜头语言也力求多元化，但是最终的艺术魅力还是要靠经典来完成的。这是我看《西藏天空》一个最突出的感受。

傅东育：我特别同意赵老师的这个说法。因为在现在的电影中，我也经常看到那种所谓创新性的表现方法，但那是哗众取宠的，是"语不惊人死不休"的心态。戈达尔曾经说过一句话："我给你一块黑板，给你一根粉笔，画一幅图画，一幅前人没有画过的图画，这实际上是很难的，是做不到的。"所以，我们应该回归传统和经典。从这个角度来讲，这部电影我强烈要求摄影一定要使用三脚架，运动镜头一定要上轨，坚决不允许肩扛摄影，因为这部电影的风格决定了不适合这样拍，要沉住气，稳稳地来讲述，无论有多难，甚至是没有空间了，也一定要固定，就像日本电影那样。我们经常会犯一个错误——尽管说得有点绝对——现在大家都还没有学会正常走路，就想着如何奔跑，没有修炼好正常的电影语汇，即所谓传统经典的语汇，就开始想要创新。包括我们电影中剪接的技巧也是如此。这是不对的。就像前面讲的，第一我想做《西伯利亚理发师》那样的影片，如果还有参考影片的话，去看《日瓦戈医生》，这是我们的模板，这是我们一定要去参照的传统和经典。

赵卫防：这个经典的电影语汇，包括旧好莱坞在内，真正能够掌握和理解它其中精髓的就是大卫·里恩。在电影学院里，就应该把大卫·里恩的影片作为真正的经典案例来分析，无论是从摄影的层面还是剪接的角度，其中的那种经典性，随便拿出一段单独来看，都觉得特别精准。

遗憾与展望

傅东育：《西藏天空》拍完后，从目前点映的反应看，无论是评论界还是学术界，包括媒体界，大家的口碑还是不错的，我个人也得到了一些褒奖。当然，这些不能代表整个市场。从我个人角度来讲，还是有遗憾的。假设以现在的程度再来拍，影片可能会更好更完整，毕竟当时自己还是会有一些很稚嫩的地方。

石川：我个人感觉，女军医性格塑造比较弱。看片的时候，我的兴趣点完全跟着丹增、普布、央金这三人的人物关系走。现在加入一个军医，但作为一个性格又比较平面化，没有立起来，反而会冲淡三角关系的戏份。照我的想法，这个军医的戏份应该尽可能压缩，而着力把那三个主要角色的戏份凸显出来。

傅东育：医生这个角色可以作为那个时代汉族人进入西藏的一个符号来看待。的确，我承认在对这个人物的把握上，没有观照太多，因为她仅仅只是一个符号，没有承载太多的情感。其实是可以对她的表现再减少一点，因为我们更应该从藏民族的立场来进入，从他们的视角来看他们民族的变化，那么就不需要那么多的篇幅来表现医生这个角色，这样的话，可能会更有冲击力。

我在剪片子的过程中也非常纠结，可能还要再修改一版国际版，因为要参加蒙特利尔国际电影节。电影节主席在中国电影资料馆看了两遍《西藏天空》，第一遍看完之后，他就说要见一下导演。见面之后，他给我提一点建议：这是一部艺术电影，也是一部充满人文情怀的电影，但同时发现在很多桥段运用了好莱坞的类型化元素，这有些不搭调，既然是艺术化的影片就应该做得极致一点。我当时就笑了，因为考虑到市场，我们还是需要一些商业化的元素，比如一些暴力的场面和镜头。他说他也不是审查机构，只是想表达一下对于这部电影如果要走向西方的一点建议。此外，他说片尾稍显冗长，如果能够修改一下，蒙特利尔国际电影节就会邀请你。然后他问我："你看过马丁·斯科西斯的《小活佛》吗？"我说看过，并且把所有西藏题材的电影都看了，无论是西方的还是东方的，只要是有版本的，都仔细研究过。他说："《小活佛》的评奖我都有参与过，但是《小活佛》只让我看到了表象的西藏，而《西藏天空》让我看到了肌理，这是我喜欢这部电影的第一点；第二点，我喜欢这个电影表达的立场，它没有偏向，是相对中立的。"

尽管如此，现在在西方还会有人攻击，我昨天已经看到，在我的微博，已经有域外的人用英文说："请抵制这部电影，这是一种政治的宣传，真实的西藏是非常残酷的。"然后，我就回了一个帖："在你没有看到之前，你为什么要这样批判这部电影？这难道就是你们所谓的西方的尊重、包容、自由吗？"但不可否认，已经有这样的声音出来了。当然，这样的情况在拍摄前其实已经预想到了，但是拍摄的过程中，我真的是时刻告诫自己，我一定要抛开从小到大接受的教育和洗礼，不是说那种教育是不对的，但是要更进步一点，不要总是一分为二，带着一种强烈的意识形态感来看待所有的作品，这是非常要命的。因为你的职业告诉你，你必须睁大眼睛看到人性的光芒，看到人的情感是什么，如果人的情感表达不充分，或者所谓拧巴，片子是不会动人的。这是我们所有的主旋律电影所犯的一个致命的错误。为什么我们容易把一些真的事情最后拍假了，而为什么美国的主旋律电影能够把假的东西比如一些理念给拍真了？我们的切入点不要那么执着于意识形态性，喊着我们的口号就开始往前冲刺。作为艺术家，你不需要太多考虑，因为你的血脉当中是这样的。作为中国人，当然那块土地是我们的，这是不需要我在那里打一行字幕的。但是我们必须睁大眼睛去看这些人的情感和挣扎，而不是去看表面的欢笑和悲痛。

石川：我基本同意蒙特利尔国际电影节主席的看法。如果是我，我也可能会陷入同样的两难选择，到底是类型片、情节剧（Melodrama）多一点，还是挖掘人性更深入一点。现在在丹增和央金的人物关系上有一点情节剧的感觉，但整体上它又有一种明显的史诗感，这两者之间还是有些冲突没有协调好，以至于人物关系的戏剧性被削弱了。

傅东育：我特别同意石川老师的说法。我刚才有说到我的遗憾，没有展开。实际上，这一点是我最大的遗憾，我自己内心也很纠结。当拍摄的时候，我就会思考，一方面，它未来毕竟还是需要吸引观众的，能不能再稍微戏剧化一点，能不能不要那么艺术化，能不能不要那么细腻地表达？所以，好莱坞的一些类型化元素在片中是存在的，包括女医生被推下楼梯，包括动乱，包括彼此拿枪的互相对射，包括电线杆的倒下……这些桥段，它们都是有我们所谓的戏剧张力。另一方面，作为这样一部电影，我们还是应该更冷静更客观，用一种更纯粹的视角来表达。再加上演员很粗犷很纯粹的表演，它会产生一种很大的冲击力。但具体两方面的取舍，我还是不太明白如何处理。讲真心话，这是我的遗憾。有时候半夜会惊醒，这种遗憾的痛是非常强烈的。如果说我在拍的时候没有这些纠结和困惑，那也就算了。所以说我可能会在下一部中努力做一点新的尝试。

石川：所以这是一个矛盾，到底是服从市场，还是服从剧情本身的需要？这像是所有电影导演一个无法摆脱的宿命。《白日焰火》也有这个问题。桂纶镁一出现，我就感觉出戏，因为她太不像东北女人，和环境的反差实在太大。但我又很体谅导演，他也没有办法，他不找个明星来托底的话，后面发行就会面临很大困难。

傅东育：的确考虑比较多。老板已经同意你用藏族演员，以艺术化的模板来完成你的构思，那么为什么在桥段、摄影技巧上，会按照那种类型化的拍摄方案？我们一开始设想《西伯利亚理发师》是我们的参考版本，是我想要呈现的样子，但为什么在一张张画面出现，在你现场指导的时候，在调度摄影机的时候，你不这么拍了，你开始胆怯了？这其实很痛苦，讲真心话，是导演不够自信。所以，我希望在《西藏天空》完成之后能够给我自己更大的自信心去面对未来的创作。

赵宁宇：我们的电影也不能只是去适应市场，因为市场是一个被创造被开拓的概念。我们不能与市场同步，因为与市场同步就意味着我们落后了。我们必须抢先半步，领先一步就是一步之遥，一步之遥就是过于超前了。半步正好，但是未必能踩得上步点。所以有些坚持是对的，有些失落也未必不是价值，也许十年后你对你之前没有完成的一些东西，反而是更有意义的，都是有可能的，电影是有它自己的生命力的。

石川：《西藏天空》在商业上也许不会有太惊人的表现，但它却是一部能留得下来的影片。至少它可以作为一个历史地标，在《农奴》《益西卓玛》《可可西里》《静静的嘛呢石》之后，又成为一部标志性的藏族题材的国产片。同时，它也在艺术风格、艺术个性上，将西藏电影往前推进了一步，尽管可能只是小小的一步，但我觉得，能做到这一点，就已经非常难能可贵了。

（原载《当代电影》2014年第6期）

"消解"与"建构"之间的二律背反

——重评全球化语境中阿来与扎西达娃的"西藏想象"

丁增武

英国人斯潘塞·查普曼在他的《圣城拉萨》一书中说:"布达拉宫……不是由人建造的,而是长在那里的。"[①] 而在藏人的眼中,布达拉宫是火焰,红宫是跳动的火苗;拉萨河是酥油。众所周知,由于封闭严酷的地域环境和同样封闭的以藏传佛教为主体的宗教文化特征,西藏一直存在于多数人的想象之中。在20世纪90年代经济乃至文化全球化开始冲击中国之前,包括扎西达娃等藏族作家在内的诸多写作者都曾参与了对西藏这种富于神秘感的民族文化的想象性构建,《西藏,隐秘岁月》(以下简称《岁月》)和《西藏,系在皮绳扣上的魂》(以下简称《魂》)是扎西20世纪80年代寻觅西藏民族文化之根的代表作品,这种寻觅在今天看来其实是对民族性的一种建构。90年代以降,西藏不可避免地卷入经济全球化大潮之中,藏民族文化的神秘性逐步消褪,阿来的《尘埃落定》(以下简称《尘埃》)让人们看到藏族作家开始返观本民族文化的政治经济基础及其演变。在他的长篇六卷本新作《空山》中,阿来更是将藏族乡村文化直接引入到中国曲折的现代化进程之中,目睹它的变异、裂变和消解过程。扎西达娃和阿来的写作似乎代表了藏民族文化发展的两个阶段,且和历史步伐保持了一致。而本文所要表述的观点是,阿来的这种"消解"和扎西达曾经的"建构"之间呈现的并非简单的线性历史发展观,而和作家的民族文化身份紧密相连。在新世纪文化全球化和本土化此消彼长、盘根错节的背景下,二者正日益陷入一种二律背反的历史怪圈之中。

一

应该说,在西藏进入全球化浪潮后,扎西达娃并没有停止对藏民族这种神秘文化特征的想象性构建。1993年他发表了长篇小说《骚动的香巴拉》(以下简称《香巴拉》),继续了

---

① [英]斯潘塞·查普曼:《圣城拉萨》,向红笳、凌小菲译,中国藏学出版社2006年版,第131页。

对藏民族心中的圣地、理想之国"香巴拉"的寻找，是对80年代的《岁月》特别是《魂》的主题的呼应和继承。《岁月》以一个小小的廓康村的变迁来隐喻古老西藏在将近一个世纪内的历史轨迹，在故事表面近乎线型的时间之流（1913~1985）里隐含着一个更为隐秘而真实的西藏：一个轮回的时空，一个在神的意志支配下的西藏。无论是故事起初等待达朗归来的廓康村的次仁吉姆，还是故事结局时准备去美国攻读博士学位的次仁吉姆，都笼罩在宗教和信仰的永恒力量之中。小说对宗教神秘力量的描写并不仅仅限于展现藏文化所可能包容的某种魔幻色彩，在宗教力量和现代文明的对峙中，小说结局表达了一种对民族宗教精神内核的皈依与舍弃的二难抉择。这一点在扎西达娃当时的写作中得到了自觉的、持续性的强调，《魂》中琼在跟随塔贝寻找理想之国"香巴拉"的过程中，受到现代物质文明的强烈诱惑，但最终追寻塔贝进入了莲花生大师的掌纹地。扎西达娃最后让负载着现代文明意识的叙述者"我"强行进入故事，终止了塔贝的追寻之途，来表达终极信仰不可通达的现代主题。但这样的安排，恰恰显示了终极信仰的诱惑难以摆脱的困惑。此外还有诸如《世纪之邀》等。《香巴拉》在更广阔的历史时空中延续了这一主题，萦绕着同样的困惑。小说以贵族之家凯西家族在20世纪后半时期的衰落变迁为主要架构，以达瓦次仁这个凯西家族家奴后代的成长为主线，凸显处于现代文明与民族古老文化、宗教信仰与唯物理性种种矛盾交织时期，在拉萨这片骚动不安的土地上，游荡着的一个个骚动不安的灵魂。没有了或正在失去神灵庇护的他们，生存已经成了受难的历程。琼姬最终变回了千年巨蚊，飞回了属于她的妖魔世界。梅朵也在中秋月夜离开这片佛土，回到自己的神话王国。然而《香巴拉》最后通过对藏历正月十五拉萨盛大宗教节日的描绘，安排了一个肯定性的结尾，将历史、文化、民族的救赎寄托于宗教。这究竟是该视为作者对民族宗教精神资源的坚信，寄托历经苦难的民族最珍贵的信仰拯救，还是遍寻不得通往"香巴拉"之途的不无放弃意味的冥想？其实这并不重要，扎西达娃已经通过他的困惑，构建了一个奠基于民族宗教文化之上，并永存于民族宗教文化之中的西藏。这是他作为一个藏人在困惑中的选择。

宗教是神秘文化的核心。扎西达娃小说的神秘感抑或说魔幻色彩源自于他的宗教情结，而宗教是理解藏民族文化的前提，又是藏民族文化的核心。这是否意味着扎西达娃认可藏文化是一种神秘的不可知的文化呢？笔者认为答案是否定的，因为这恰恰取决于作家对藏文化民族属性的认同。从经历与作品看，作为拥有藏汉双重文化背景的扎西达娃，他的民族之根深扎于那片从古海中升起的世界上最年轻的高地。作为一个现代作家，当他决定以藏文化作为自己描述和想象的对象时，他写作的尴尬就已经注定了，这是滋润藏文化之源的藏传佛教的来世语言对现世话语的尴尬。藏文学究竟该表达一种什么样的民族精神？用什么样的方式来表达？这个问题对一个藏族作家来说无论如何是大了些。当拉美魔幻现实主义的花环套在他头上时，扎西达娃写作的真正价值还在于"寻根"，寻藏文化的信仰之根。《岁月》《魂》等作品当然不是为了表现宗教在现代文明面前的荒诞和魔幻，而恰恰是表现一种庄严和神圣。琼腰间的皮绳结也并非是用原始的方法在记录毫无意义的日子，它不是电子表所能代替的，尽管后者在记时方面更精确。皮绳结不是科学。它是别的，是扎西达娃不能轻易否定的东西。它属于藏地，属于藏民族，属于宁静的和骚动的"香巴拉"。从宗教的神秘到信仰的神圣，这是扎西达娃在小说中构建的"民族性"之路。他笔下的西藏从不是荒诞和魔幻，而是庄严和肃穆，是"神性"。这才是藏文化的民族性和精神。扎西达娃的小说是在文化上真正属于藏民族的文学（当然还有色波等人），他困惑但坚定地走在这条神性之路上，以至于忽略了对"人性"的表达。

从文学发展的历时性角度看，同样拥有藏汉文化背景的阿来（这里仅就文化身份而言，阿来的父亲是回族，母亲是藏族）基本上属于后来者。对扎西达娃建立的传统来说，他还是个颠覆者。阿来出身的马尔康四土地区属于嘉绒藏区，嘉绒文化属于正统藏文化的分支，是正统藏文化面向四川盆地时与汉文化碰撞的产物，阿来在长篇散文《大地的阶梯》中详尽地叙述了这一过程，这里不复赘述。但必须说明的是，嘉绒文化形成于青藏高原与四川盆地的夹缝区，以藏传佛教为源但汉化程度颇重。阿来本人的文化身份很好地说明了这一点，他没有像扎西达娃那样成年后再入藏文化的中心拉萨，从而形成自己的藏文化中心观。阿来是长期工作生活在这文化夹缝区，他的文化身份是比较尴尬的。更重要的是，立足于嘉绒文化的阿来，已经远离藏文化的神性，而专注于"人性"的表达和揭示；远离拉萨与布达拉宫，而专注于这一地区土司政治的兴衰。他1985年发表的第一部小说《老房子》写的就是土司官制，代表性的短篇《月光里的银匠》写土司统治下的平民的尊严，《尘埃》则是土司政治和人性欲望、尊严的集大成者。当然，他笔下的人物并没有完全脱离藏文化的笼罩，但在《尘埃》中，代表苯教的济嘎活佛在麦其土司面前低声下气，来自遥远拉萨的格鲁派的翁波意西最后成了傻子的现代市场化实践的书记官，宗教的角色在世俗的政治权力面前显然边缘化了。而之所以选择一个傻子作为叙述者，是因为这可以避免包括宗教在内的一切外在精神因素对叙述的干扰，有利于表达阿来一再强调的、那种在神秘的藏文化统治区也普遍存在的人性本能。"欢乐与悲伤，幸福与痛苦，获得与失落，所有这些需要，从它们让感情承载的重荷来看，生活在此外与别处，生活在此时与彼时，并没有什么太大的区别……因为故事里面的角色与我们大家有同样的名字：人。"[1]这就是阿来对读者解释的《尘埃》中的"普遍性"。这种选择对阿来来说是很自然的，是他的成长经历和双重文化背景赋予他的。刚出版的长篇六卷本小说《空山》，更是将阿来"自己置身"的藏族乡村文化在现代物质文明冲击下走向解体的过程展示得细致而详尽，将藏文化的宗教神秘感一点点溶解在现代物质文明的冷酷、畸形和理性中。之所以要强调"自己置身"这一点，因为笔者认为阿来笔下的藏族乡村仅限于嘉绒藏区，而无法代表整个藏区的全部，而阿来在诸多场合的言论并没有将这两者严格区分开来，有意无意地误导了读者的阅读和评判。所以有批评者将其笔下的西藏指称为"被劫持的西藏"，笔者以为，更妥当的说法应是"被替换了的西藏"。

阿来用迄今为止的、包括《空山》在内的小说颠覆了扎西达瓦建立起来的对理想之国"香巴拉"的信仰，用世俗的、普遍的"人性"消解了扎西达娃的"神性"。这和现代社会

---

① 阿来：《落不定的尘埃》，《小说选刊》（增刊）1997年第2期。

发展步伐保持了一致性，甚至可以说，这是现代作家的必然选择之一。阿来在截至《空山》以前的作品中，显示了他和宗教文化的疏离，这和他自幼接受汉文化的强大影响，又长期在汉文化区工作有直接关系。汉文化在他的文化观念构成中挤压着藏文化，进而影响了他内心对本民族文化的深度认同，这在一定程度上和作家的民族身份形成了错位。这种现象在藏族作家中很普遍，当然原因可能各不相同，对于阿来，则是与处于族际边缘的嘉绒文化的这种夹缝地位、兼容特征分不开的。而扎西达娃是不存在这个问题的。问题的关键在于，在文化全球化甚嚣尘上而本土化顽强据守的今天，能否赋予阿来对扎西达娃的这种"消解"以文艺复兴式的从神到人的积极进步意义呢？问题显然并不是那么简单。

二

　　文化身份问题是文化全球化过程中摆在藏族作家面前的一个特殊课题，它直接源于作家对本民族文化的认同程度，与行政籍贯无关，而与文化归属感直接相关。同样作为用汉语写作的兼有藏汉双重文化背景的作家，扎西达娃在文化归属方面属于藏文化，这没有太多的异议；阿来就不太好说了。他在《穿行于异质文化之间》一文中说："我是一个用汉语写作的藏族人"，"我作为一个藏族人更多是从藏族民间口耳传承的神话、部族传说、家族传说、人物故事和寓言中吸收营养。这些东西中有非常强的民间特质。"而"汉语和汉语文学有着悠久深沉的伟大传统，我使用汉语建立自己的文学世界，自然而然会沿袭并发展这一伟大传统"。他还说，他与许多西方作家的优秀作品是在汉语中相逢的。[①] 可见，汉语对他的写作影响更大，藏语只存在于他的口语中。从他的写作看，藏文化的民间特质体现得确实不多。《尘埃》中没有多少这些东西，因为一个傻子是不可能有这些概念的。《空山》就更弱化了，藏文化只作为一种传统和背景影响着人们的生活，主体凸出的是现代历史进程。其实，在此之前，他在短篇小说《血脉》中就借"我爷爷"在汉藏两种语言中的进退失据，再现了这种族际边缘人身份认同的危机。到《尘埃》和《空山》，阿来写作上的文化选择已经很明显了。所以，他在2008年4月央视《面对面》为他录制的节目"边走边写"中说，藏族只是一个"名词"，而许多人认为是"形容词"，是一个象征。他现在所做的工作就是将这个"形容词"进行"名词化"，就是去神秘化，让它变成真实的存在，从西藏的老百姓的世俗生活层面找到和别的地方的人一样的东西。从这个立场出发，阿来对扎西达娃笔下的西藏的"形容词化"进行了"消解"是顺理成章的，完全符合他的文化选择和西藏作为中国一个行政区域在物质现代化进程中的实际变化。从背景上说，这就是民族文化的全球化。

　　作为后来者，阿来的选择是否意味着扎西达娃对藏民族神性文化的持续建构已经失去了历史发展的合理性呢？阿来认为西藏没有那么神秘，这是全球化视角下的科学认知，是"事

---

① 阿来：《穿行于异质文化之间》，《中国文化报》2001年5月10日。

实意义上的存在"。他是在线型发展的时间意识上获得这一认知的,但时间意识只是构成文化的历史与现实状态的一维。在某种程度上,阿来忽略了另外一维,那就是空间意识。在萨义德看来,空间意识比事实存在更具有诗学价值:"房子的客观空间……远没有在诗学意义上被赋予的空间重要,后者通常是一种我们能够说得出来、感觉得到的想象或虚构价值的品质……空间通过一种诗学的过程获得了情感甚至理智,这样,本来是中性的或空白的空间就对我们产生了意义"①。萨义德引述了法国哲学家加斯东·巴什拉的《空间诗学》的观点证实自己的看法,而且同时列举了文学经典埃斯库罗斯的《波斯人》和欧里庇得斯的《酒神的女祭司》,说明空间总是审视者"看"的空间,"看"赋予了空间以题材的意义,给出了形象的可能性。② 民族文学首先应该是具有一定"空间"的文学,失去了这种"空间",民族文学就失去了题材和形象的可能性。民族文学的"民族性"就存储于这种"空间"之中。在空间意识的基础上,来显示"民族性"的时间意义上的发展,才能获得民族文学最充分的独特性。《尘埃》的成功,也是通过傻子这个特殊审视者的目光,将马尔康四土地区的土司制度和它的近代演变史结合起来,从而获得了独特性。但阿来显然更重视时间意识。扎西达娃则从维护和坚守民族性的角度出发,抓住青藏高原这一孕育藏民族独特神性文化的地域、心理空间,来表现藏民的信仰世界。藏民族的世俗生活也许顺随线型时间之流终将走向现代化、全球化,但和上述特殊地域、心理空间紧密结合的他们的信仰呢? 也会走向现代化全球化吗? 人们关注藏文化,是关注其独特性,藏区的一切独特人文风貌均源自信仰,源自藏传佛教和本土宗教的世代恩怨。阿来在上述"边走边写"节目中认为藏民族百姓对现代生活方式的选择会改变这一切,他并且举了藏民住房样式改善和骑摩托车放牧的例子。阿来显然没有区分信仰和信仰影响下的生活方式,笔者以为这样的思路会引发出更多的疑问和反驳:既然现代文明可以最终改变民族信仰,那么基督教为何至今流行于高度发达的欧美世界呢? 扎西达娃的回答是:"香巴拉"就是"天堂"。

回到阿来和扎西达娃的文化身份上来,我们发现个人的文化身份其实最终决定于他所处的地域和心理空间,也就是文化空间。空间的开放和封闭的区分其实只是相对的,当一种文化空间取得了某种合理性之后,这种区分便毫无意义。全球化最终也是一个空间概念。扎西达娃对西藏是一种想象,阿来则是另一种想象。能否以一种想象来消解另一种想象? 或者说能否以一种文化身份来消解另一种文化身份呢? 关键看这种文化身份归属的文化空间在当代社会是否取得某种合理性。合理性与否,则又必须引进历史标准,即时间意识。阿来的族际边缘的文化身份,为他赢得时间意识的支持提供了便利条件,历史、文明、人性等具有现代性和普世价值的概念逐渐成为他想象的核心。但不同的声音早就存在,萨缪尔·亨廷顿早就指出,在未来的时间里,所谓普世文明的东西代替不了民族文明,世界不会出现一个统一的普世文明(参见《文明的冲突与世界秩序的重建》2002年中文版序言)。笔者以为,民

---

① [美]爱德华·W.萨义德:《东方学》,王宇根译,生活·读书·新知三联书店1999年版,第68页。
② [美]爱德华·W.萨义德:《东方学》,王宇根译,生活·读书·新知三联书店1999年版,第69~70页。

族文化的存在终究是以其独特性为基础的，那种认为"没有绝对意义上的'初始'，当然也没有绝对意义上的'本真'，绝对的民族本质只是一个幻想"①之类的过激言论是无益于当代民族文化和民族文学建设的。民族新生活固然需要关注，但首先应该在该民族的文化空间内进行，很难想象完全脱离藏民族宗教信仰的藏民生活对于藏文学具有什么价值。对民族作家来说，民族文化身份意识虽然日益复杂化，但民族文化身份必将长期存在，具有民族特质的文学也将长期存在。值得一提的是，阿来目前已经参加了一个名为"重塑神话"的国际写作计划，开始写作长篇小说《格萨尔王》。他如何用该计划要求的"现代小说的方式"来想象、描述这位存在于藏民族远古神话中的史诗人物，未尝不是对他处于尴尬境地的族际边缘文化身份的一个检验。

三

在全球化发展过程中，作为民族化的对立矛盾存在是单极化。由于国家、民族的强势不同，在经济和文化交流中的利益要求也不同，超越平等互利原则的"全球化"则将导致国与国、民族与民族之间的经济、政治和文化的冲突，从而走向严重的单极化。法国经济学家弗朗索瓦·沙奈说："'全球化'这个词可能会掩盖一个事实：资本全球化的一个主要特征，恰恰是将国际和国内双重的单极化运动融为一体，构成资本全球化的中心。单极化的存在，在一定程度上是由于资本能够更多地从中受益。全球化运动结束了已持续了一个世纪的融合和趋同趋势。"②在全球化过程中，在文化冲突方面虽不及经济单极化矛盾表现得那样直接明显，但文化价值的认同、文化地位的确认、文化市场的竞争，如此等等的矛盾，还是普遍存在的。历史与现实都是如此。

必须确认，在文化全球化的进程与结构中，民族文化的充分存在与地位肯定，是全球化的多样性保证。要想促进文化的全球化，须将世界各个民族的先进的独特的文化，广泛地纳入世界的平等文化格局之中，成为世界多元格局中的多样性的文化存在。在当前世界范围内的全球化问题大讨论中，民族文化的地位与命运令人担忧。联合国前秘书长加利在南京大学接受名誉博士学位时发表题为《多语化与文化的多样性》的演讲，他说："必须清醒地意识到，世界化并不仅仅局限于商贸往来或信息交流方式的全球化。从'世界化'这个词的最广泛的含义来看，它首先对文化产生直接的影响。也许，大家并不都知道，每两个星期就会有一种语言从世界上消失。随着这一语言的消失，与之相关的传统、创造、思想、历史和文化也都不复存在。"加利对于这种文化境遇的危机进行了深刻的剖析："我们处于一种相悖的境遇中：国家在赢得主权的同时也在失去主权。当一个国家的政治产生国际性的影响时，它

---

① 黄薇：《当代蒙古族小说概观·后记》，内蒙古人民出版社2000年版。
② ［法］弗朗索瓦·沙奈：《资本全球化》，齐建华译，中央编译出版社2001年版，第18～19页。

便赢得了主权。当一个国家的政治在越来越多的方面更多地依赖于其他国家，尤其是依赖于凌驾于国家结构之上的新兴权力时，它便失去了主权。因此，从全球的角度来思考民主，在世界化破坏民主之前让世界化得以民主化，这是至关重要的。因此，只有国际社会的各个权力层次都行动起来，只有保护语言和文化的多样性，国际关系的民主化才能得以实施。"①加利的看法对中国藏文化和藏文学的发展走向很有警示意义：在全球化这个必然走向中忘记和丧失了自己的文化身份和地位，就必然是强势文化的单一化、单极化。全球化中不同民族文化的多样性存在才是真正意义上的文化全球化。

在这样的背景下，重新讨论阿来和扎西达娃的写作是有意义的。扎西达娃的民族文化身份意识决定了他写作的本土化色彩很强，阿来在截至目前的写作中则有明显的弱化，而且这种弱化显然是有意识的和自觉的，可以说是藏文学开始走向全球化的一个缩影。文化全球化既然是一个既包括一体化又包括本土化的矛盾统一体，那么扎西达娃和阿来的写作对藏文学来说都将具有长期的意义。阿来对扎西达娃的"西藏想象"的"消解"代表着文化全球化过程中一体化的趋势对民族文化的本土化意识产生的压力和冲击，但这并不意味着扎西达娃所代表的民族文化价值守成主义是落后的意识。这里面有文化开放的问题，也有文化安全的问题。历史已经证明，任何民族在接纳外来文化时，不会完全照搬，而是文化利用。局部文化区域化交流的结果不会是文化同化，而有可能派生成新的文化。藏传佛教本身的形成与发展过程便是一例。总之，阿来与扎西达娃代表的这两种"西藏想象"将会在新世纪藏文学中长期存在，可能相辅相成，最终走向良性循环；也可能激发藏文学的忧患意识和自我保护意识的过度反弹，从而深陷入开放和保护之间的二律背反的怪圈，难以自拔。这取决于藏文学在面对全球化时吐故纳新、发荣滋长的能力，更取决于新世纪藏族作家们的集体智慧和努力。

（原载《民族文学研究》2009年第4期）

---

① ［埃及］加利：《多语化与文化的多样性》，转引自许钧：《语言·翻译·文化的多样》，《文汇读书周报》2002年6月28日。

抵达经典的一种可能

——阿来创作论

梁　海

一

第一眼看到阿来的《成都物候记》，就被这本书发散出的清新气息所吸引。封面以青绿为底色，上面点缀着稀疏相间、透着森林绿色的花朵，灵动而富有生气。翻开书页，文字间穿插着一幅幅各类花卉的彩图，蜡梅、桃花、玉兰、紫荆、樱花、含笑、鸢尾、女贞、桂花、芙蓉……，都是阿来自拍的，多是特写，扑面而来，仿佛暗香浮动，驱散了窗外的朔风，让我提前感受到了"乱花渐欲迷人眼"的春意。阿来依照大自然物候的更迭，书写了成都常见的花木。除了对这些花木生长习性、特征的描述，还用古诗词为她们做了优雅的"注释"。其实，更多的是，阿来书写了观察、体悟这些花木的赏心悦目之感。书中照片里花蕊中的寒露、花苞上的细茸，以及光影摇曳下花色变化纷呈的光谱，言说的都不只是摄影技术与审美情趣，还有阿来对植物花木的用心与热爱。

迟子建曾在她的一篇小文里提到："阿来与花，是否有着前世的姻缘？至少，我没见过像他那么痴迷于花的男子！我与他多次同行参加中外文学交流活动，无论是在新疆、黑龙江，还是在俄罗斯、意大利或是阿根廷，当一行人热热闹闹地在风景名胜前留影时，阿来却是独自走向别处，将镜头聚焦在花朵上。花儿在阳光和风中千姿百态，赏花和拍花的阿来，也是千姿百态。这时的花儿成了隐秘的河流，而阿来是自由的鱼儿。印象最深的是他屈膝拍花的姿态，就像是向花儿求爱。"[①]看来，阿来对花的痴迷已到了一种无以复加的境地，似乎只能用"前世姻缘"来解释了。

阿来的文字我读过不少：《尘埃落定》《空山》《格萨尔王》……无一不是史诗性的宏大叙事，恢弘而令人回肠荡气，绝无零星半点花语醉侬的浅淡轻柔与绵邈软媚。我想，能够写出如此慷慨悲凉文字的阿来，怎么会如此醉心于柔弱的花草？甚至连花瓣上的一滴露珠都捕捉于心呢？想必自然界轻灵的花语与阿来笔下一个个厚重的文学世界之间，一定有着某种

---

① 迟子建：《阿来的如花世界》，《中华读书报》2011年11月9日。

隐秘的勾连，或许，正是这些花语才赋予了阿来不竭的创作灵感?

阿来在一次访谈中提到，由于自己从小在藏区长大，儿时便远离人群，却贴近自然：雪山、草地、河流、湖泊、鲜花、树木……形成了他对大自然特殊的亲近和热爱。我想，阿来对大自然的这种特殊热爱，一方面源自雪域高原奇绝壮阔的自然景观，另一方面，也是藏传佛教的深厚影响。藏传佛教的理论认为，世界万物是由地、水、火、风、空、识等六大合成；这六大，也是"法身六大"佛的真身。这种思想与当地苯教和古老的信仰融合，将雪域高原的一切山石、水土、树木、动植物等都看作是佛性的显现或体现。这片"被圣山环绕的雪域"就是佛菩萨"广行净化"的人间道场。这种万物普圣的自然观和生命观，以宗教的力量化导着藏民族的人格心理、价值取向和审美取向。因此，在阿来眼中，自然界的生命是神圣的，通透着宇宙的精华和灵气，在悸动中与人的精神息息相连。"人与自然之间最真实的关系是一种内在的精神关系，是人与自然深处的一种带有奥秘色彩的关系，是一种精神与灵魂的感应关系。"[1] 我想，阿来正是要在借助大自然中神秘与未知的力量，重新激发人们曾经失去的想象和敬畏，使人们所渴望的舒展和纯粹的生活状态能在自然的本真与原初中得以唤醒。这在很大程度上，使阿来的写作浸染了浓郁的宗教情怀。他以圣洁的日光注视着万物生灵，即使那些最普通、最寻常的花儿，他也会用心去展现被我们坦然忽略的美，去探求包裹在其中的神的灵魂和秘密。我想，这种灵性的世界观和审美取向，已然化为藏民族传承与他的血缘基因，让他在吸纳和排除外部的美学扰动之后，获取了属于自己的最独特的叙事起点。

阅读阿来的文本，总是让我感受到其间逸动的灵气，它们热烈地萦绕着，生发出某种无法抵御的力量。他的叙事充盈着不可解释的宿命感和神秘感，在寓言式的情节中酝酿着精神的回归与宗教的皈依；一个个通灵人的身影，带着巫者特有的气息，奋力抵御时间的侵蚀，向我们宣告来自天国的威力；梦幻的营造则超越了我们的日常经验，具有了传奇的特性；还有自始至终流动着童稚，犹如乌托邦的诗篇，令家族叙事散发出令人喜悦的童话气息……所有这些，都诉说着一种灵性话语，可以说，阿来在神性和人性的中间地带，建构起了一个灵性主体。灵性，在一定程度上，成为阿来叙事的精神前提。无论《尘埃落定》《空山》《格萨尔王》，还是从这些鸿篇巨制中剥落下来的中短篇，我们往往能够捕捉到一些人与神之间的信使，即所谓的"巫灵"。他们搭起了佛国与尘世之间的通道，同时也建构起了阿来文本内在而持久的灵性。《尘埃落定》中门巴喇嘛神秘而又应验的占卜让人称奇，麦其土司"一旦有了不好的预感，立即请来喇嘛打卦"。不仅如此，门巴喇嘛还有着治疗邪病的神奇能力。傻子少爷的眼睛无故红肿起来，门巴喇嘛点燃柏枝和草药，请来药王菩萨像，不一会儿，傻子"看见夜空中星星一样的光芒。光是从水中升起的气泡上放射出来的。再看就看到碗底下躺着些饱满的麦粒。麦子从芽口上吐出一个又一个亮晶晶的水泡。看了一会儿，我感到眼睛清凉多了"。其实，这些"巫灵"让我们看到不仅仅是来自天国的灵异之光，更多的是在寻求一种含蓄的信仰表达，让文本摇曳出诗性的光亮。在此，人性与神性构成了一种

---

[1] 丁来先：《自然美的审美人类学研究》，广西师范大学出版社2005年版，第288页。

对话关系，以神的视点静观人，抑或以人的观点远望神，并试图在两者之间寻找勾连的"天梯"，这显然为叙述制造了一种互为镜像以及互文的效应。这些"巫灵"因抗拒神性而获得人性，又因这深藏于人性中的神性，而变得光芒四射起来。《天火》中的巫师多吉，执拗地用神秘的法术弥合天人之间的界限。"平常，他也只是机村一个卑微的农人"，但当机村放牧的草坡因为疯长的灌木侵袭已经荒芜，他却像一个"英武的将军"，呼唤着火之神和风之神的名字，这时，"他佝偻的腰背绷紧了，身材显得孔武有力。他浑浊的眼睛放射出灼人的光芒，虬曲的胡须也像荆刺一样怒张开来"。在此，多吉不但让我们感受到自天国的神力，还有忘我、虔诚、执着以及勇气共同编织出的人格力量。人性与神性之间似乎存在着某种默契，神性中所有的崇高都已然化作人性永恒的追求，并通过灵性得以生动的呈现。

我注意到，在阿来充盈着灵性的文学世界里，除了独具人格魅力的"巫灵"之外，还有散发着童稚式天真气质的"童灵"，他们游走在字里行间，使文本获得了更为灵动的美学品质。《随风飘散》中的格拉作为一个私生子，受到整个机村人的鄙视和厌恶，但他能够以远远超出自己年龄的隐忍去面对。即使自己被流言所杀，却浑然不觉，他的魂魄与小鹿做朋友，让小鹿舔他的脸和手，享受"那种幸福一般的暖流，从头到脚，把他贯穿"。他从不嫌弃自己疯癫的母亲，尽心尽力地照顾她，让她发出"格格"的笑声，像一个混沌未开的孩子。虽然兔子的死与他毫无关联，但他却会感到莫名的愧疚，直到恩波有了新的孩子，忘却了所有的仇恨，他才完全地释然，魂魄随风飘散。可以说，格拉以他无邪的天真和宽容击溃了所有的丑恶和仇恨。同样，《尘埃落定》中的傻子少爷，也保持着一颗没有泯灭的童心。李贽曾说：童心即一念之本心，绝假纯真，如同孩子的心灵一般纯洁。傻子少爷的"傻"实际上是与"理性"相对立的"灵性"的存在方式。作为理性社会里的一个傻瓜，傻子少爷却秉承了自然的灵性。他能用超越于世俗视野中的灵智洞察身边的每一个人和发生在身边的每一件事。他先知般地察觉到父亲与情人在罂粟花丛中偷情；知道"麦子有着比枪炮还大的威力"；并成为"在有土司以来的历史上，第一个把御敌的堡垒变成市场的人"。"傻"实则是"一念之本真"，这却反而使他进入了"大智若愚"的境界。"我知道自己什么时候应该显出是世界上最聪明的人，叫小瞧我的人大吃一惊。可是当他们害怕了，要把我当成一个聪明人对待的时候，我的行为就像一个傻子"。我想，这种充满灵性的童真让阿来的文本透出独特的美学品质。正是这些"比白纸还要纯洁的灵魂"，表达了一种"憨厚、善良、忠诚和人的软弱的力量……这也是来自内心和来自深远的历史的力量"[1]，构筑了雪域高原悸动的灵魂，捍卫起这种历史悠远的童真。

阿来小说中的灵性叙事赋予了人物别样的生命景观和生命形式，是宿命的、飘动的，也是禅意的、诗性的，种种必然与偶然，有限与无限，平凡与奇迹都给予我们独特的审美体验。布鲁姆在《西方正典》中提到："一部文学作品能够赢得经典地位的原创性标志是某种陌生性，这种特性要么不可能完全被我们同化，要么有可能成为一种既定的习性而使我们熟

---

① 张学昕：《穿越叙述的窄门》，复旦大学出版社2013年版，第84页。

视无睹。"①在我的理解中,布鲁姆认为跻身经典的一种可能,就是要为美感增添某种疏异性,这种疏异性带有异质文化的元素,从而引发陌生化的效应,唤起读者对于文本最自然、最强烈的审美情感和审美想象。从这个视角审视,阿来的灵性叙事显然具备了这样的可能性。他的创作始终保持着自身的独特性,而这种独特性又是与他的民族性无法分开的。阿来叙事中的灵性带有鲜明的民族色彩,是藏民族文化的精神投射。阿来称自己是一个"穿行于异质文化间""用汉语写作的藏族人"。②他生在藏区,在那里生活了三十多年,藏民族千百年来所积淀的本土意识、宗教和风俗都天然地融化在他的血液里,形成一种与生俱来的气味和印记。雪域高原不仅是他成长和记忆的故乡,同时也是他创作题材和灵感的来源,是他的出发地,也是他精神的回返地。阿来小说中的灵性,让我们明显感受到藏传佛教的动人魅力,把我们带向佛教超验的高度,在超越世俗的精神向度中,回归遥远而神圣的生命观照领域。

阿来在谈到自己写作的问题时,曾说:"我的困境就是用汉语来写汉语尚未获得经验来表达的青藏高原的藏人的生活"③。在我看来,这一困境恰恰给予了阿来一次在汉语文学中更新对人生、事物和世界固有观念的机会,阿来将藏民族文化中的审美习性和因子,用汉语写作做了"不可能完全同化"的审美表达,他要让"这种异质文化的东西,日积月累,也就成为汉语的一种审美经验,被复制,被传播。这样,悄无声息之中,汉语的感受功能,汉语经验性的表达就得到了扩展"④。同时,也自然抵达了作为"原创性标志"的"陌生性"。他的"汉语写作表达出的却是浓浓的藏族人的意绪情味,能给人以独特的美感享受"⑤,在他的文本中构建出一个"异质同构"的审美语境。

二

阿来小说的灵性叙事获得了一种他人无法习得的审美原创性。这种原创性源自藏民族文化、经验、记忆、历史、风俗和梦想,以及跟汉族、"汉性"和汉学的剥离和融合,这些共同制造了灵性的内部结构,并成为支撑阿来创作的轴心。同时,这种原创性也表现在文本的形式上。阿来以其独特的叙事策略,与文本的内容构成适度的张力,从而使内容与形式在辩证运动中达到了一种完美的平衡。

阅读阿来小说,我们首先感受到的是其语言传达出的独特魅力,他在纯粹的汉语表述背后总是隐藏着藏民族的审美习性和思维特点,两者在错位、移植和并置中摇曳出别样的美感。"我心里很深的地方,很厉害地动了一下。""当亲爱的父亲问我爱是什么时,我

① [美]哈罗德·布鲁姆:《西方正典——伟大作家和不朽作品》,江宁康译,译林出版社2011年版,第4页。
② 阿来:《就这样日益丰盈》,解放军文艺出版社2002年版,第289页。
③ 阿来:《我只感到世界扑面而来》,《当代作家评论》2009年第1期。
④ 阿来:《汉语:多元文化共建的公共语言》,《青海日报》2009年7月10日。
⑤ 1997年《小说选刊》奖评选会评委发言摘登,《小说选刊》1998年第7期。

答道:'就是骨头里满是泡泡。'"寨子里住的人家叫做'科巴'。这几十户人家是一种'骨头',一种'辖日'。"这样的语言表达方式,"力图使汉语回到天真,使动词直指动作,名词直指事物,形容词直指状态。"① 显然,阿来在语言的能指与所指之间建立起了自己的语义场,达到了具有藏族特点的独特的汉语使用效果,在藏族文化与汉语叙事之间获得深层次的张力。可以说,阿来拥有着将人类意识、民族文化与汉语叙事深层熔铸的能力,他通过纯粹的汉语表达散发出一种深刻的"藏性"气质,让我们听到了西藏的灵魂的悸动。

> 母亲吃完了,一副心满意足的样子,猫一样用舌头舔着嘴唇。女人无意中做出猫的动作,是非常不好的。所以土司太太这样做叫我非常害怕。

藏民族有忌食鼠肉的习俗,阿来就用二少爷对母亲大嚼鼠肉的反感来隐喻他对母亲吸食鸦片的厌恶之情,同时,也以鼠肉影射对外来文化的抵触和恐惧。正是这种汉语叙述的对话和潜对话的巧妙应用,摆脱了语言实指意义的束缚,读者经由汉语又逾越了汉语,读者的注意力被引入到了语言之外作者广博的胸襟和作者母语文化和信仰内涵的精髓,让我们在熟悉的汉语中品味出令人心悦的惊奇感和新鲜感。

实际上,在阿来的写作中,这种惊奇感以及由此生发的陌生性自始至终贯穿在他整体性的叙事策略中。受藏民族口传文学的影响,阿来的创作带有鲜明的跨文体特点。民间传说、民歌、创世神话穿插在文本中,在神话的、逻辑的、诗性的、历史的、政治的、文化的种种交织、冲突、融合的"共同体"中,他常常信步跨出文体论的疆界,完成一种别样的叙事。

> 土司官寨经堂里的画告诉所有的麦其,我们家是从风与大鹏鸟的巨卵来的。
> 传说雪域大地上第一个王,从天上降下来时,就是这样让人直接用肩抬到王位上去的。
> 我在远处看麦其家的官寨,有些倾斜,基础上的石头有些腐烂了。此时,我想起智者阿古登巴的故事。石墙似乎也向我压过来,但我没有像僧人扶旗杆那样去扶它,最后,平安无事。
> 阿弥陀佛从喉头发出了一道光,这道光能把一切语言的能量化成一朵红莲,如果谁承受了这道光,就得到了人间对六十种音律的使用权。

这些未经考证的历史文献、宗教经文、民间传说和其他文化史材料,被阿来创造性地赋予了叙事性,借此把历史、宗教、经书、传说的品格引入小说,使小说形式拥有了文化上的新型特性。这在一定程度上是对历史文献和民间传说的戏仿,而这种戏仿式的叙述,使小说获得了更为自由的叙述空间,让小说家得以突破狭窄的个人经验的范围,和纯粹个人经验的模式,能够在人类历史层面、在文化层面说话。而赋予这些真实的或虚构的历史文献以叙事

---

① 李敬泽:《为万物重新命名》,《中华读书报》1998年2月25日。

的品格，并把包含在这些历史文献、宗教经文、民间传说中的历史生活时间、置身于其中的个人生活时间和具有传奇性的个人经历发掘出来，由此把人类生活的集体经验、集体想象、集体梦幻重新引入小说叙事，使汉语叙事获得了奇妙而迷人的魅力。

在阿来的文本中，我们看到，这种对藏民族民间口传文学的"取样"，其实已经内化成他一种自觉的叙事追求。这一点，我们在"重述神话"《格萨尔王》中得以印证。作为"重述神话"系列中的一部，《格萨尔王》选择了与前几部全然不同的写作路径。无论是苏童的《碧奴》、叶兆言的《后羿》还是李锐的《人间》，他们的"重述"都是对原型神话的彻底颠覆，在相对的"解构"中完成了新叙事话语的建立。这在一定意义上，更符合"重述"所要求的赋予神话全新意义的初衷和原旨。然而，阿来偏偏另辟蹊径，选择了一种令人惊异的全然承继，《格萨尔王》完全采纳了民间史诗《格萨尔王传》的叙事模式——一种我国少数民族史诗叙事的基本模式，在《玛纳斯》《江格尔》等大型史诗中，我们都能够看到其清晰的印记：英雄有着非同凡响的出生；苦难的童年；从小便失去父亲的庇护；成长过程惊人的迅速；英雄周围总是被美女所环绕，但英雄总有一个挚爱的女人；英雄的结局是功成身退。与此相对应，《格萨尔王》中，作为天降的神子，格萨尔土觉如在降生时带有强烈的灵异色彩："这个儿子生下地来，就跟三岁的孩子一般身量。这是冬天，天空中却响起了雷声，降下了花雨。百姓们看见彩云围绕在她生产的帐房"。觉如的童年经历了磨难的历练。因为变化多端的妖魔们无法被人们的肉眼凡胎所识别，于是，觉如的杀戮就成为了滥杀无辜。幼小的觉如被误解、质疑、唾骂，最终被放逐，在屈辱中与母亲远走他乡。而觉如又是一个从小失去父爱的孩子，人间的代父森伦没有庇护他的能力。而这仿佛也是英雄命中的注定。他卓越的能力使他无须父爱的滋养也能够顶天立地，从这个角度来看，英雄父亲的归隐也就成了一种必然，似乎只有这样才能更加凸现英雄头上的光环。虽然没有父爱，但觉如的成长依然是惊人的。他刚出生就有三岁孩子一样的身量；刚满五岁，身量已经二十相当；十二岁赛马得胜，获格萨尔王称号，并由此获得了部族中最美丽的女孩珠牡的芳心。聪慧善良的珠牡成为日后格萨尔王最宠爱的王后，陪伴着格萨尔王征战南北。在文本的尾声中，阿来同样依循了民间史诗的结局，让格萨尔王在完成降魔除怪的历史使命后，回归天庭。

我想，阿来这种对民间史诗模式的承继，注定是一次勇敢的冒险。因为将民间史诗叙事模式应用于小说，是一种文体转换的尝试，稍有疏忽，不仅难以创新，而且还有可能成为束缚叙事的"镣铐"。显然，这一次阿来获得了成功。我们不仅在史诗般的叙事模式中，体味到藏族文学的独特魅力，同时，这一叙事模式的转换更加完美地传达出神话原型所承载的藏民族的精神意志以及藏传佛教的投射隐喻。阿来的重述将时间定格，将过去的英雄召唤到现在，而这种召唤的现实意义，无疑增强了今天藏民族的群体认同。作为一个带有鲜明宗教色彩的隐喻形象，格萨尔王征战南北的一生演绎了藏传佛教的转化和发展历程。作为一个神话英雄的理想范本，格萨尔王把我们带向了佛教超验的高度，让我们看到了奉献、牺牲、自由与永恒。这些超越世俗的精神追求，赋予我们克服人性弱点的勇气，成为一个人格完整的个体。

当然，阿来在承继民间史诗叙事模式的同时，也并非墨守成规，而是在承继之中孕育着创新。他将叙事分成两条线索，一条是格萨尔王的史诗叙事，另一条则由说书艺人晋美来贯穿。这样的双重视角叙述，不仅仅让读者可以直观藏族的文化历史，同时也真实地体会到藏民族说书人所带来的历史印记。据说，史诗在流传中，那些被称为"仲肯"的说书艺人，是通过"神授"或者"托梦"获得诗句的。他们往往因为梦中见到格萨尔王或者他的大将，受命传播格萨尔王的功绩。他们从梦中醒来就能够说唱这部长篇史诗了。这种靠梦来完成的人与神之间的沟通，本身就是一种神秘而瑰奇的叙说。可以说，晋美的插入，在叙述上给读者营造了一个巨大的时空感，读者在古今之间来回穿梭，从而构筑了古典史诗和现代小说之间的一个寓言，将现实世界的真实图景与佛教普遍而永恒的价值体系天衣无缝地结合在一起。小说所涉及的人物原型及其情节的神话性和宗教性都具有强烈的史诗品质，这些神话和史诗中的人物和事件一直被延伸到我们当下的日常生活里，由此，神话和史诗性事件通过小说叙述变成一个今天的"问题"，使小说虚构叙事与现实真实之间恢复了必要的张力。

不难看出，阿来文本的艺术形式、结构、技巧、修辞等因素唤起了我们对于文本最自然和最新鲜的审美情感、审美想象。阿来赋予汉语写作以一种动人的力量。这是极富原创性的，而这种原创性显然建立在其民族文化和民族思维的基础之上。阿来在异质文化的穿越中，带给我们熟悉的汉语叙述审美的疏异性。当然，阿来写作的这种陌生化及其所产生的间离效果，并不仅仅停留在文本形式上，它还深化为表现生活、思考人生的一种精神形式。阿来的创作深受藏传佛教文化影响，这使得他在自觉与不自觉中，将藏传佛教文化因子内化于其创作理念之中，使他的创作具有神话和史诗的精神品格。史诗世界的二元对立，英雄和恶魔或善恶二元论的"语义"结构，支配着史诗事件的结构。善与恶的对立冲突、英雄对恶魔的胜利，一开始就在二元论的语义结构中体现出来，其情节也就受到这个语义结构的支持。这一点不仅鲜明地呈现在英雄史诗《格萨尔王》中，而且像《空山》这样的现实主义叙事也以此作为叙事的前提。当外部世界还未渗入机村内部的时候，机村是一个充盈着复杂人性的正常世界。虽然也存在着冷漠、残酷和丑恶，但同时也有着宽容、怜悯和悔恨。我们看到，机村人一旦意识到他们对格拉母子的误解，他们便能"把腰深深地弯下去"，向格拉母子鞠躬道歉；能够像过节一样欢天喜地迎接这对母子的归来。然而，当这个封闭的世界强行被外力推开，机村的世界失去了平衡，失去了过渡地带。爱与恨这种相互对立的极端情感便犹如一把锋利的利斧，将机村劈成两个一分为二的世界：善与恶、好与坏、高尚与卑微、先进与落后……相互对立，水火不容。可以说，阿来的机村在很大程度上承继了二元论的语义结构和世界图景，虽然这个二元论世界变成世俗化的，可仍然具备二元论的语义构成。我想，当价值的多重性、多元论、相对主义和叙事的复调结构早已成为现代小说家们所采用的基本叙事策略，阿来却选择了一种朴拙的回归。他以二元论的语义去"表现被再现的现实"①真实地再现了那个疯狂的年代，同时，也赋予了文本独特的史诗品格。正如卢卡契所希望的那样：文学叙事作为现实

① 耿占春、柴焰：《失去原貌的传记——现代小说演变的理论描述》，《郑州大学学报》2002年第4期。

的反映，作为批判，并最终作为一种与现实"互文性"的"史诗力量"而发生作用。

三

就阿来的创作而言，无论是叙事对象还是叙事手法，的确都让我们享受到"陌生性"的审美体验。这种"陌生性"是生长在藏民族土壤上的一朵奇葩。可以说，正是藏民族文化中的异质元素才生发出对我们而言不可能完全同化的"陌生性"。那么，这是否意味着，少数民族的创作更易于生成审美"陌生性"？是否只要在文本中融入某种异质文化的东西，便更易于抵达经典呢？布鲁姆再三重申"陌生性"时曾提到："作家及作品成为经典的原因何在。答案常常在于陌生性（strangeness），这是一种无法同化的原创性，或是一种我们完全认同而不再视为异端的原创性。"[①] 显然，既然这种"原创性"是"我们完全认同而不再视为异端"，那它必定是建立在普遍性和普世性基础之上的，能够使读者对熟悉的经验产生陌生感。它绝非孤芳自赏的幽闭，也完全不同于世俗化的猎奇。审美"陌生性"指的是经典意义和形式的经营立足创新，是对本民族文学传统实施改造和突破，在表现方式上类似基因突变。这样的文学作品能够把我们带入一个异质的、更宽广的精神世界，是思维空间和视野得到扩展后的震惊和愉悦。让我们在熟悉中发现陌生、惊异，在痛苦中产生精神愉悦和思想自由，是一个崇高的文学标准。陌生性不是目的，而是消除间隔达到对事物普遍性更深刻了解的一种手段。正如阿来所说："特别的题材，特别的视角，特别的手法，都不是为了特别而特别。……在写作过程中，努力追求一种普遍的意义，追求一种寓言般的效果。"[②] 正因为如此，他要从藏地出发，走向整个世界。以"陌生性"的奇异美感去追求一种普世性的价值和人文关怀，从而在他的文本中构建一个"异质同构"的审美语境。

阿来是一个具有强烈民族身份认同感的作家，对自己民族的眷恋与生俱来。然而，这种眷恋并没有导致狭隘的民族主义。他将藏民族的文化和思维方式融入到汉语写作中，越过了民族意识的羁绊，走进了更为宏阔的人类文化视阈。阿来小说的创作几乎都以藏地为题材。从"家马与野马刚刚分开"的格萨尔王时代，到经历了现代性洗礼的土司王朝，再到那个似乎已经近在咫尺的"机村"，在神话与现实之间，阿来让我们真正读懂了"西藏人的眼神"。同时，我们也在阿来的目光中，体味到了浓郁的"西藏情结"。阿来讲述西藏人的故事，但他所关注的并不仅仅是"西藏怎么了？""西藏人怎么了？"，他想要抵达的终极问题是"人类怎么了？"。

创作于1986年的《阿古顿巴》，标志着"阿来最初的小说观念的形成和成熟"[③]。阿古顿巴是藏族民间传说中的传奇人物。在文本中，阿来将其塑造成一个能够用聪明人始料不及

---

① ［美］哈罗德·布鲁姆：《西方正典——伟大作家和不朽作品》，江宁康译，译林出版社2011年版，第2页。

② 徐其超：《从特殊走向普遍的跨族别写作抑或既重视写实又摆脱写实的创作形态——〈尘埃落定〉艺术创新探究》，《西南民族学院学报》2003年第3期。

③ 张学昕：《朴拙的诗意——阿来短篇小说论》，《当代作家评论》2009年第1期。

的最简单方法破解一切难题的智者形象，并赋予了这个人物喜剧的气质和坦然面对死亡的英雄品格。作品中呈现了佛性、神性与民间因子。阿来带着一种寻根的意识去挖掘藏民族深层民族心理和文化积淀。他要"告诉大家一个真实的西藏，要让大家对西藏的理解不只停留在雪山、高原和布达拉宫，还要能读懂西藏人的眼神"。① 阿古顿巴作为藏民族的传奇人物，他是藏民族民间文化的投影，承载着民族文化的原型品质。荣格说："一个原型的影响力，不论是采取直接体验的形式还是通过叙述语言表达出来，之所以激动我们是因为它发出了比我们自己的声音强烈得多的声音。谁讲到了原始意象谁就道出了一千个人的声音，可以使人心醉神迷，为之倾倒……这便是伟大艺术的奥秘，是它对我们产生影响的奥秘。"② 阿来正是要通过他的作品展示这种原型的力量，在集体经验的层面体现藏民族的整体文化认同。实际上，20世纪80年代初，恰逢"西藏'被文学书写'填充的关键期。中国文学一夜之间好像忽然发现了'西藏'，西藏成为寻根文学和先锋文学想象的渊薮……'隐秘'（《西藏，隐秘的岁月》）和'诱惑'（《冈底斯的诱惑》）很恰当地概括了20世纪80年代我们文学的西藏想象。"③ 这种以西藏为母题的"他者叙事"，被"神奇""神秘"和"神圣"之类的语词所描述，旨在表达一种来自外部的"震惊美学"效应。这在本质上是一种"他者"角色，站在西藏的对面，向被文本限定的奇风异俗致敬。而阿来的文本显然超越了"藏地牛皮书"式的书写，而是进入西藏文化及其符号体系的深处，从那里获得更本质的经验，从而完成了由"他者叙事"向"本体叙事"的重大回归，以西藏主体的身份向西藏和世界致敬。

我们看到，"穿行于异质文化"间的阿来，所追寻的始终是"异质"中的"同构"，他要在不同文化之间爬梳出其间的共通，寻找一种普世性的东西。因此，阿来以藏地为背景的写作，并没有限于对藏地生活的再现以及对藏民族文化的编码与解码。从《尘埃落定》到《空山》，再到《格萨尔王》，阿来以藏族为底本，审视整个人类历史的发展进程中，弱势文明面对强势文明的侵蚀，如日薄西山般渐渐消隐。夏志清在《中国现代小说史》中提到，《边城》的意义在于，通过"边城"象征了中华文化面对西方文化入侵时的一种美丽哀愁。我想，这也一定是阿来的写作初衷。阿来从藏族的历史记忆切入，大量地穿插了藏族的创世神话、人类起源神话以及有关民族迁徙、征战的传说、故事与英雄传奇，土司部族之间的战争、不同宗教派别之间的纷争以及政治势力与宗教势力的相互争斗，以另一种民族史的写作，向读者展示了特定历史时期藏族部族的独特政治、经济、军事、文化风貌，也宣告了这一民族随着现代社会来临而出现的政治制度终结和文化的变革。

从《尘埃落定》开始，强烈的沧桑感和诗意的存在感，就成为阿来创作的底色和基调。翻开《尘埃落定》，扑面而来的是浓郁的惆怅与哀婉，带着无奈的末世情怀。麦其土司统治由兴旺走向衰败的故事明显带着浓重的悲剧色彩。这个悲剧之所以写得惊心动魄，震撼人心，是因为这不仅仅是一个家族的悲剧，而且是一个在强大的历史进程面前，无力回天的悲

---

① 梁海：《小说的建筑》，复旦大学出版社2011年版，第96页。
② 叶舒宪：《神话——原型批评》，陕西师范大学出版社1987年版，第101页。
③ 何平：《山已空，尘埃何曾落定？——阿来及其相关的问题》，《当代作家评论》2009年第1期。

剧。在传统与现代的无奈撞击下，土司王朝最终轰然坍塌。难以挽回的美梦、随风逝去的文明，带着挽歌式的情调，哀叹着"无可奈何花落去"的无限怅惘。有学者认为，阿来笔下，"在意识形态层面，西藏是足以对抗一切入侵的外来文明的，虽然逆来顺受，但高贵泰然；而一旦进入到文化对抗层面，藏族立刻退回到'边疆落后地区'的位置"，并由此对阿来是否具有"自觉的文化归属"生发出质疑。①我认为，这的确是对阿来文本严重的误读。面对强势文化的巨大冲击，弱势文化不可避免地会遭遇毁灭性的打击，这是不以人的意志为转移的历史进程。正因为阿来具有"自觉的文化归属"才会对这种毁灭有着异常敏感而清醒的认识。可以说，作为历史上那些已经消逝的或者正在消逝文明中的一员，康巴土司王朝是阿来所构筑的一个镜像，言说着历史进程的残酷，言说着那些曾经的辉煌和美好永远一去不复返。从这个意义上看，《尘埃落定》的写作视阈无疑是宽阔的，阿来以西藏为镜像，映照出那些一直为人性所珍视的东西。这是一个伟大作家应该具有的品格，我想也只有这样的作品才能够逃脱那足以埋没人类一切成果的时间而幸存。

与《尘埃落定》一样，《空山》中的六个故事在相对松散的形式中拼贴出了机村在现代性进程中的全景式图谱，从制度、语言、宗教等不同的层面关注着机村在现代性进程中的转型、裂变和阵痛。在第一卷《随风飘散》中，现代性对人性的凌迟就拉开了序幕。叙事开始于20世纪50年代，这是西藏又一次现代性加快步伐的阶段。随着公路的开通，汽车的到来，曾经封闭的机村缩短了与外部世界的距离，现代性同样也势不可挡的势态强行打开了机村人的视野：

> 人们不断地被告知，每一项新事物的到来，都是幸福生活到来的保证和前奏，成立人民公社时，人们被这样告知过。第一辆胶轮大马车停到村中广场时，人们被这样告知过。年轻的汉人老师坐着马车来到村里，村里有第一所小学时，人们被这样告知过。第一根电话线拉到村里，人们也被这样告知过。

这样一次次的"被告知"，在让机村人应接不暇、不知所措的同时，也在悄无声息地改变着他们固有的人性。"积极分子""人民公社""生产队""工作组""共青团员""干部"等新名词、新概念，开始取代旧有的信仰和宗教。"这就是机村的现实，所有被贴上封建迷信的东西，都从形式上被消除了。寺庙，还有家庭的佛堂关闭了，上香，祈祷，经文的诵读，被严令禁止。宗教性的装饰被铲除。老歌填上了欢乐的新词，人们不会歌唱，也就停止了歌唱"。于是，仁厚、悲悯被冷漠、残酷所取代。"在机村，人与人之间的冷漠与猜忌构成了生活的主调"。在这样一个几近癫狂的村落，私生子格拉根本无法获得身份的认同，机村不仅不能容纳他的肉身，更迫使他的灵魂出走，被永远地放逐。实际上，从此时起"随风飘散"已成为机村的宿命。到了《天火》与《荒芜》中，水与火的洗礼，彻底地摧毁了机村人赖以繁衍的生存空间，而那场大火带着明显的精神指向隐射着人心之火。正如阿来在

① 邵燕君：《"纯文学"方法与史诗叙事的困境——以阿来〈空山〉为例》，《文艺争鸣》2009年第2期。

书中借巫师多吉之口所说："山林的大火可以扑灭，人不去灭，天也要来灭，可人心里的火呢？"正是当时所谓革命的、先进的思想衍生化为人心中熊熊燃烧的烈火，它烧毁了机村淳朴的民风和善良的人性。我们看到，在《达瑟与达戈》中，达戈作为机村最后一个真正的猎人，以他悲壮的死作为仪式宣告了一个时代的终结。

我认为，《空山》的深刻，不仅在于描绘了现代性进程对机村毁灭性的冲击，而且还从更深的文化层面上，剖析了导致这种毁灭的原因。那就是，现代性的强行进入未能与地域文化契合，创造出新的生长点，由此导致了一系列文化错位和种种异化。美国著名政治学者塞缪尔·亨廷顿曾说："历史上文化时尚一直是从一个文明传到另一个文明。一个文明中的革新经常被其他文明所采纳。然而，它们只是一些缺乏重要文化后果的技术或昙花一现的时尚，并没有改变文明接受者的基本文化。"①在《空山》中，阿来将这种文化的错位聚焦在语言的错位上，语言就像一个敏感的指示器，记录着机村的陷落与迷失。随着大量新事物的涌入，机村故有的语言日益变得捉襟见肘，失语的尴尬境遇随处可见：

> 饭前祷告是一种很古老的习惯。
>
> 因此祷告也是一个很古老的词，只是在这个新时代里，这个古老的词里装上了全新的意思。
>
> 这时祷告的意思，已经不是感谢上天与佛祖的庇佑了。……
>
> 仪式开始时，家庭成员分列在火塘两边，手里摇晃着毛主席的小红书。程序第一项，唱歌："敬爱的毛主席，敬爱的毛主席，你是我们心中的红太阳……"等等，等等。程序第二项，诵读小红书，机村人大多不识字，但年轻人记性好，便把背得的段子领着全家人念："革命不是请客吃饭。"
>
> 老年人不会汉话，只好舌头僵硬呜噜呜噜跟着念："革、命，不是……吃饭!"或者："革命……是……请客……"

语言学家沃尔夫指出，语言以一个体系同文化中的思想体系相联系。"一旦我们进入语法体系，进入语言建构方略，我们就可能在相应的文化思维方式、文化心理、文化哲学上找到结构上的一致关系。反过来，文化上的思维方式、哲学、心理，也能帮助我们从整体上、方向上把握民族语言的结构特征，深刻理解民族语言在纷繁外表之下的文化规定性。"②正是语言与文化这种内在的同构性，让我们在语言的消逝中目睹了一个民族文化的渐行渐远。新的话语体系的侵袭正在一步步吞噬着机村旧有的认知模式，"文革"时期大量意识形态领域的新名词已经使机村人不知所措，改革开放之后，更多令人费解的、科技的、经济的词汇，更加搅乱了他们的思绪，以至于他们几乎丧失了用自己的语言来解释世界的能力。说到底，民族的存在首先是一种语言的存在。"在所有可以说明民族精神和民族特性的现象中，

---

① ［美］塞缪尔·亨廷顿：《文明的冲突与世界秩序的重建》，周琪等译，新华出版社2002年版，第41页。
② 申小龙：《汉语与中国文化》，复旦大学出版社，2003年版，第114页。

只有语言才适合于表述民族精神和民族特性最隐蔽的秘密。"①阿来敏锐地洞察到了这一点，他以一个优秀作家特有的对语言的感悟与洞悉，通过机村中民族话语的弱化，展示了机村消逝的过程，实际上这也是机村现代化、意识形态化、异己化的过程。

阿来说："我自己就生活在故事里那些普通的藏族人中间，是他们中的一员。我把他们的故事讲给这个世界上更多的人听。对于一个小说家来说，这几乎就是他的使命，是他多少有益于这个社会的唯一途径。"②在阿来所讲的一个个故事中，包含着无数这样的问题：为什么一个民族会消亡？主要是外在的还是内在的因素所致？土司王朝几百年生活下来，为什么到了现代，消亡得这么快？少数民族文化是否就像是一个美丽的标本，陈列在博物馆中，让我们获得的仅仅是美丽的哀愁？通过对这些问题的思考和诠释，阿来的小说实际上建构的是民族记忆之上的人类生存寓言。

近年来，学术界有关文学的"经典化"与"去经典化"的讨论甚嚣尘上。尽管文学经典在市场化、快餐化、通俗化的道路上愈走愈远，而"大话"经典和"水煮"名著之风更是愈演愈烈，这一切似乎都意味着，"去经典化"已经成为不可逆转的必然。然而，正如米勒所说："文学的终结就在眼前，文学的时代几近尾声。该是时候了。这就是说，该是不同媒介的不同纪元了。文学尽管在趋近它的终点，但它绵延不绝且无处不在。它将于历史和技术的巨变中幸存下来。文学是任何时间、地点之任何人类文化的标志。今日所有关于'文学'的严肃思考都必须以此相互矛盾的两个假定为基点。"③在此，米勒的用意与其说是宣判文学的死刑，还不如说是在预言文学的新生。在历史和技术的巨变中，现存文化体系中的众多元素已然分崩离析，而"文学是任何时间、地点之任何人类文化的标志"，毕竟，文学经典是文学传统的美学经验与诗性智慧不断丰富和沉淀的优秀成果。"一种具体的文学现象完成其经典化过程后，其本身可以丧失活力乃至死去，但它的'骨血'却将像生物基因一样编入文学传统的遗传密码，造成或影响着它'子孙'们的体貌以至性情。在这一层面上，经典文学是一种超时空的不朽力量，犹如语言对一个民族的思维方式的支配，是先验的、非理性的、不以意志为转移的。"④因此，我们这样一个被视为没有经典的时代，我们才更清醒地认识到，这是一个多么迫切需要经典的时代！尽管中国当代文学中的哪些作品能够经受得住时间的历练，幸运地成为经典，我们还无法过早地得出结论。然而，如同阿来这样，以博大的人类情怀在"大地阶梯"的两端打造出坚实的围栏，捍卫"绵延不绝又无处不在"的文学尊严，显然是值得我们尊敬的。同时，他极具原创性的书写，也的确让我们看到了一种抵达经典的可能。

（原载《东吴学术》2014年第4期）

---

① ［德］洪堡特：《论人类语言结构的差异及其对人类精神发展的影响》，姚小平译，商务印书馆1997年版，第51~52页。

② 程丰余：《阿来：我是天生要成为作家的人》，《中华儿女·青联刊》2009年第7期。

③ 米勒《论文学》中的话，此书尚未译成中文。这段话转引自金惠敏即将由中国社会科学出版社出版的《趋零距离、拟像逻辑与语言主体》一书中《图像增殖与文学的当前危机——"第二媒介时代"的文学和文学研究》一文。

④ 陈定家：《文学的经典化与去经典化》，见《中国社会科学学术前沿（2006~2007）》，社会科学文献出版社2007年版。

阿来小说接受向度研究的现状、问题与思考

陈思广　张莹

自1988年阿来进入评论者的视野至今，阿来小说的创作研究主要体现出三个接受向度："诗般气质""历史-现实"和"民族-文化"。其中"诗般气质"接受向度早在1989年阿来小说集《旧年的血迹》面市伊始就被提及，后在不同文本与语境下不断被强化并最终成为既定视野。随后提出的"历史-现实"接受向度虽并不似前者那样直接明了，但其随着社会环境和时代语境的变迁也得到了进一步的挖掘。"民族-文化"接受向度虽形成时间相对较晚，但该接受向度不仅关涉民族身份、文化认同等内容，还关涉由此引申生发出的民族语言、民族地域、神话传说、宗教信仰等诸多相关问题。可以说，这三个向度的研究不仅是我们理解阿来小说创作的一把钥匙，也是我们探究阿来小说研究的一个重要视阈。因此，从阿来小说研究的三个接受向度入手，探讨阿来小说创作研究的现状与问题，对于深化阿来研究无疑具有重要的学术意义。

一、"诗般气质"

所谓"诗般气质"，就目前关于阿来文本接受的实际情况而言，主要包含两方面内涵：一是"诗化"，一是"诗性"。"诗化"主要用以描述阿来小说的诗意美，"诗性"则主要用以描述阿来小说的叙事策略。其中"诗化"向度出现极早，这与作家作品风格鲜明、特点显著密切相关。

众所周知，阿来最初凭借诗歌创作登上文坛，所以诗人的气质、思维方式和写作习惯自觉不自觉地影响到了他后来的其他文体创作，使其作品有意无意地带有了"诗化"的特点。对此，杨德华说："像叙事诗中的小说成分和抒情哲理小说中的诗歌成分，都证明着它们的相互影响和相互渗透。随着近几年文学上多元化的发展，这种渗透和影响愈加明显，而且在不少作者那里变成一种非常自觉的艺术探索和追求。我认为阿来即是其中之一。"[①] 此后

---

① 　杨德华：《诗人的小说与小说的诗情——读阿来小说集〈旧年的血迹〉》，《民族文学研究》1989年第3期。

这一接受向度又以阿来《尘埃落定》发表、出版和获奖为契机被不断强调和确认——"《尘埃落定》所实现的诗化的或意象化的叙述方式，尤其是在凸现人的生存状态的特殊性（如康巴土司制度）的同时，艺术地模糊了'人'——生活在'此处与别处''此时与彼时'的差异，并使作品的思情张力及题旨寓意超越了描写的具体性，或从审美上突破了题材的局限"①。虽然此时专文阐释这一向度的研究成果数量较为有限，但如重抒情、富哲理和意蕴丰厚等典型诗化特点的描绘还是频繁地出现在阿来小说研究的相关文章中，如周克芹就认为，阿来在创作时面对"他笔下的人物、乃至他自己面对势必消亡的旧的生活和过往的岁月，会流露出真实的惆怅、惋惜，甚至留恋的情绪来"。"使阿来许多'严格写实'的作品染上一层浪漫主义的色彩，迷漫着一种诗意的光辉。使你仿佛听到来自遥远天国的歌声，听到人类在诉说"。②尽管阿来作品中更受关注的是他的长篇小说，但其短篇小说中的诗化气质还是引起了论者的注意。在阿来以短篇小说筑造的文学世界里，"在他对世界的诗意的阐释和发掘中，无论是外在的叙述的激昂与宁静，宽厚与轻柔，还是飘逸与沉雄，我们感受着隐藏其间的闪烁着的佛性的光芒和深刻"。他的小说"在写作上，时间的先后和故事、人物、情节之间，还有着颇具意味的神秘联系。可以引申出无尽的诗意和叙事资源方面的内在纠结"。③而且"阿来的个性气质和才情更适合写以语言、意境、氛围见长的诗性小说"，这也"构成了阿来创作个性与文学品质的独异之处"。④阿来新作《三只虫草》也延续了这种诗化气质。作家以虫草为媒介，以尊重与关爱的情怀，托起了一个藏区孩子对未来的全部梦想与期待，从而使这一故事充满诗意与温暖。⑤它"轻灵的文风，深海似的象征，一切都清晰淋漓、颇有嚼头"。⑥如前述，无论从哪一角度对阿来小说的"诗化"气质进行解读，无论借由这些解读得出怎样的结论，我们都可以说，在"诗化"接受向度这一层面，论者已普遍达成共识，诗人阿来的创作情愫在小说家阿来那里得到延伸。

"诗性"向度主要用以描述阿来小说的叙事策略。由于这一向度不断得以阐释，所以尽管该向度相较于"诗化"出现较晚却呈后来居上之势。较早从该向度对阿来的小说展开阐释的是胡立新，他认为，阿来小说的诗化叙事特征主要包括"多重叙事视角叠置""非性格化、非典型化叙事""叙事逻辑的颠覆"和"抒情性叙事的无主题变奏"。⑦在探讨阿来小说的叙事策略时，罗庆春指出，"像阿来小说语言一样的语言"是由"其文学语言的本体特

① 周政保：《"落不定的尘埃"暂且落定——〈尘埃落定〉的意象化叙述方式》，《当代作家评论》1998年第4期。
② 周克芹：《在历史与现实的交汇点上——序阿来小说集〈远方的地平线〉》，《民族文学》1989年第1期。
③ 张学昕：《朴拙的诗意——阿来短篇小说论》，《当代作家评论》2009年第1期。
④ 罗执廷：《论阿来小说的诗性想象及其当代意义》，见陈思广主编：《阿来研究》（第一辑），四川大学出版社2014年版，第118页。
⑤ 陈思广：《洒向人间的博爱情怀——读阿来新作〈三只虫草〉》，见陈思广主编：《阿来研究》（第二辑），四川大学出版社2015年版，第25页。
⑥ 李康云：《从阿来的三种写作姿态看〈三只虫草〉的象征意义》，见陈思广主编：《阿来研究》（第二辑），四川大学出版社2015年版，第22页。
⑦ 胡立新：《颠覆阅读理性的诗化叙事——以阿来〈尘埃落定〉〈遥远的温泉〉为例》，《小说评论》2003年第2期。

征和阿来诗性充盈的诗化语言所决定"的，实际上是一种"审美人类学文本探索的预示叙述"。① 梁海也曾指出阿来的重述史诗之作《格萨尔王》的"蕴涵丰富的诗意书写"，"张扬出对文本进行诗性建构的艺术追求"。② 由此可见，在阿来小说叙事学层面相关探讨日益丰富的同时，"诗性"叙事策略的接受向度也被诸多学者确认和肯定。除去以上对阿来小说"诗性"叙事策略的描摹之外，也有一些学者注意到了阿来"诗性"接受向度研究深层次的内涵和意义。徐寅以《空山》为例深入细致地分析了阿来小说蕴含的冲突之后得出结论："《空山》三部曲其实就是一部最好的具有诗性关怀的小说。"③ 王泉则注意到阿来与其他相近作家在"诗意叙事"问题上的相关性，指出他们的"小说的诗意叙事有了共同的价值取向：倾听民间，沟通历史与现实的阻隔，高扬理性主义的旗帜"，并特别提到"阿来受阿斯塔菲耶夫、海明威、福克纳及黑人女作家托里·莫里森之影响，因此，他的诗意叙事更具梦幻特征"。④ 虽然上述文章在操作层面还存在某些不足，如对所关涉的概念语焉不详界定不明，对所牵涉的问题论述较为泛化，但这些视点的提出不仅丰富了阿来小说"诗化"接受向度的内涵，而且深化了这一向度所关涉的主题。

二、"历史-现实"

截至目前，阿来创作中涉及历史内容的小说作品数量较多，在他的长篇小说创作中有描绘嘉绒藏区土司家族兴衰史的《尘埃落定》，还有反映藏地村庄进化史的《空山》，也有重述"史诗"的《格萨尔王》，更有直接叙写康巴藏区历史变迁的非虚构小说《瞻对》等。他的中短篇小说创作也不乏探讨历史进程及存在于历史进程中的人的篇什，如《旧年的血迹》《守灵夜》《永远的嘎洛》《奥达的马队》等。在这些作品中常常透视出作家对历史的观点和态度，也常常预示着作家对现实的思索和反省，也因之有意无意地造成了"历史"与"现实"在文本中相互映照和说明的姿态，并形成了若有似无却无处不在的紧密联系。故而当人们对其小说创作进行观照时，"历史-现实"的接受向度也就自然而然地成为接受者的重要视角。

最先从这一向度审视阿来小说的是白崇人。他认为："阿来没有到原始森林和荒山僻野寻找人生价值和生命之谜。他直视着藏族人民的现实变革和历史进程；他没有过多地去追求作品的永恒性，但他的一些作品却回荡着历史回声和闪烁着哲理光彩。""他以特有的民族心理和敏锐的审美眼光去捕捉藏族地区在时代大潮冲击下的矛盾焦点和人们心灵的颤抖，

---

① 罗庆春：《族性、人性、诗性——阿来小说〈孽缘〉〈鱼〉叙事解码》，《西南民族大学学报》2006年第8期。
② 梁海：《新世纪长篇小说创作的诗性建构》，《吉林大学学报》2013年第6期。
③ 徐寅：《〈空山〉不空——多重文化冲突下的诗性反思》，见陈思广主编：《阿来研究》（第一辑），四川大学出版社2014年版，第140页。
④ 王泉：《论张承志、张炜及阿来小说的诗意叙事》，《海南大学学报》2005年第3期。

并以独特的视角和深沉的思考去表现自己对历史、对现实、对人生的理解。"① 这一发现是敏锐的，也是可贵的，在某种程度上成为作家日后创作道路上的指针。随后周克芹认为，阿来的小说创作已经较为充分地流露出了"对民族历史的肯定，对民族文化的挚爱，对故乡本土的深情，以及对民族未来的呼唤"。② 冯宪光则认为阿来"是从他自己对现实的理解、体验中去发掘现实生活与历史文化、未来前景的联系。立足于现实生活的土壤，去体味历史文化的巨大力量，又从本民族传统的深远影响中，去审视现实的状态；站定在从历史传统衍生出来的现实，去瞻望未来的发展，又从一种不大确定的理想境界，去反思与评价现实和过去"。③ 虽然从时间上看，这一接受向度的提出几乎与"诗般气质"同时，但从论述的力度上看却远不及前者，既无系统理论予以深化，又少文本细读予以阐释，这就使得论者对阿来作品的"历史—现实"接受向度的相关感悟，更像是灵光一闪或者妙手偶得的思想火花，缺乏启迪性展示。

上世纪90年代末，随着《尘埃落定》的发表、获奖和畅销，学界对阿来的关注度大大提升，而由于这部作品着力描绘的是嘉绒藏区土司家族20世纪前五十年的兴衰史，于是，"历史—现实"这一接受向度又有了新的进展，论者的阐释进入了理论阐释与文本细读并重的阶段，并由此出发生成"历史"与"现实"的某种对应和反思。

在对《尘埃落定》《空山》这样的家族村落展开历史书写的过程中，阿来"不寻求通过'现在与过去的对话'来表现历史，不寻求对历史的'现时性观照'，而力图用带一抹荒诞的描写来表现麦其土司家族的颓败史，用故事的荒诞性来凸显小说的历史寓言性质"。④ 他的"认同与体悟是在现实与传说中展开的，……历史在这里已经被现实改写了"，而"个人与集体记忆的叠合"成就了作家作品"对历史的感性认识"。⑤ 因此，"他的写作寄寓了可持续的哀挽和可持续的批判"。⑥ 在对史诗展开"重述"的《格萨尔王》那里，阿来"从更为遥远的起点演绎了一部关于英雄的传奇"，"让我们用不同的眼光，去反观这个现实世界，洞察自己的内心"，⑦ "用现代性眼光解构了格萨尔王故事的历史幻象，解构了格萨尔王的神性，使他重新回到人间"。⑧ 而《瞻对》，"表面上看像一个历史学术文本，但实质上又是以故事为根本追求。它并不追求在历史叙述中发现什么，也不解决历史的学术性问题，而是在叙述历史的过程中表达意义，……特别是现实意义"。⑨ 文本"所表现出来的当代

① 白崇人：《大变革中的心灵颤抖——读阿来的〈奥达的马队〉》，《当代文坛》1988年第4期。
② 周克芹：《在历史与现实的交汇点上——序阿来小说集〈远方的地平线〉》，《民族文学》1989年第1期。
③ 冯宪光：《现实与传统幻想与梦境的交织——评阿来的短篇小说》，《当代文坛》1990年第6期。
④ 韦器闳：《傻眼看世 幻语写史——评阿来的长篇小说〈尘埃落定〉》，《中山大学学报论丛》2002年第2期。
⑤ 田泥：《用感性来体悟存在——阅读阿来的作品》，《民族文学研究》2002年第3期。
⑥ 姜飞：《可持续崩溃与可持续写作——从〈尘埃落定〉到〈空山〉看阿来的历史意识》，《当代文坛》2005年第5期。
⑦ 梁海：《神话重述在历史的终点——论阿来的〈格萨尔王〉》，《当代文坛》2010年第2期。
⑧ 周子玉：《格萨尔王：历史幻象的消解与神性解构》，《民族文学研究》2011年第2期。
⑨ 高玉：《〈瞻对〉：一个历史学体式的小说文本》，《文学评论》2014年第4期。

意识与当代立场，不是对历史的改写，而是对历史的理解和评判"。① 可以说，"主观'介入'历史是《瞻对》纪实书写的重要特征，这使阿来笔下的瞻对故事呈现出强烈的自省精神"，② 其"转向历史的摹写，将'非虚构'文学的表现场域由现实推向了历史深处。"③ 因此，《瞻对》是一部"以史为鉴、烛照现实、寄语未来的民族忧思录"。④ 即使是在描述孤儿寡母漂泊机村的故事《随风飘散》中，阿来也"在特殊时空的参照之下"，"对历史变迁……进行了深入的审视，并由此开始了自己独特的精神历险"，⑤ 堪称"个人命运和族群历史的书写"。⑥ 也由之，有学者认为，阿来"回归历史和现实中的人本身，才是藏族作家走向世界的必经之途。……由扎西达娃到阿来，藏族作家文学已经走在了这条路上"。⑦

此外，邹小娟对阿来长篇小说的历史叙事进行过较为集中细致的探讨，指出其历史叙事的特点在于：一、"在文化的视野中，通过使用灵动、诗化的语言，丰富的文学想象力，以灿烂的藏族民间文化为资源，虚实结合，重述藏区的地方历史"；二、"对历史的反思，目的在于批判现实"⑧。由以上可见，在阿来小说创作研究的范畴内，"历史-现实"已经逐渐成为一个多角度、多视点、多种研究方法和多种理论支撑的接受向度，基本摆脱了向度呈现初期模糊随意的研究态势，取得了重要进展。

三、"民族-文化"

在阿来小说的三个接受向度中，"民族-文化"是近年来当之无愧的"焦点"，这与作家身份（不管阿来本人是否同意）和作品题材内蕴的特殊性分不开，也与中国社会民族文化发展态势密切相关。由于当下我国的文学研究语境中，"民族"和"文化"不可能脱离彼此孤立存在，某一特定"民族"本身就意味着某种固有的文化范式，而不同类型"文化"之间的冲撞、交流和融合又必然对其各自所代表的"民族"产生不容低估的影响。随着时间的推移和社会的发展，"民族"和"文化"更已逐步形成较为稳固的共生关系。所以，笔者将此二者合并，使其共同构成阿来小说接受向度中关键的元素。因此，这一接受向度所涵盖的范

---

① 石一宁：《思深虑广的地域史叙述》，见陈思广主编：《阿来研究》（第一辑），四川大学出版社2014年版，第43页。

② 鲍远福：《纪实名义下的历史虚构——评阿来〈瞻对：终于融化的铁疙瘩——一个两百年的康巴传奇〉》，《民族文学研究》2015年第2期。

③ 曾利君：《论阿来〈瞻对〉的"非虚构"历史叙事》，见陈思广主编：《阿来研究》（第二辑），四川大学出版社2015年版，第27页。

④ 陈思广：《文体家阿来》，见陈思广主编：《阿来研究》（第一辑），四川大学出版社2014年版，第44页。

⑤ 黄曙光：《历史尘埃与个体隐痛——评阿来近作〈随风飘散〉》，《民族文学研究》2005年第4期。

⑥ 陈祖君：《飘散与存留——解读阿来新著〈随风飘散〉》，《南方文坛》2005年第3期。

⑦ 寇才军：《由扎西达娃和阿来的创作看当今藏族作家文学的发展》，《西南民族学院学报》1999年第3期。

⑧ 邹小娟：《论阿来长篇小说的历史叙事》，见陈思广主编：《阿来研究》（第二辑），四川大学出版社2015年版，第121～127页。

畴较为宽泛。多样的言说对象在客观上也使得阿来小说创作"民族-文化"接受向度的内涵与外延相较"诗般气质"和"历史-现实"接受向度更为丰富。

自长篇小说《尘埃落定》问世以来，对阿来创作的"民族-文化"研究就一直没有停歇过，经过评论界近二十年的共同努力，这一接受向度的内涵与外延也基本明确下来，即在"民族-文化"接受向度的统摄之下，论者主要围绕"民族身份"和"文化书写"这两个向度展开研究，每一向度之下又各自包含不同要素。因为该向度所统摄的各要素之间实际处于一种"你中有我，我中有你"的相互依存彼此影响的状态，所以对其进行大致分类，才能够便于我们对现有研究成果进行考察。

在"民族身份"的向度上，论者较为关注"民族身份界定及认同""写作语言"及"跨族别写作"等要素。由于阿来天然地具有"藏族"属性，所以关于"民族身份"的言说是最早进入"民族-文化"接受向度之中的研究内容。随着阿来创作的深入，中国时代社会环境的变动，以及西方民族理论、文学理论和国家理论的引入，在这一接受向度上，论者普遍认为：阿来是一位藏族作家或族际边缘人式的作家，虽然他使用汉语进行创作但却将藏语的思维方式和语言特点等融入了作品，客观上形成了"双语言能力"，作家以此为基础展开的"跨族别写作"既受到藏民族传统艺术精神和思维情感的深远影响，又受到中国主流传统文化的影响，从而成就了阿来与众不同的创作表征和创作旨归。他的"双重混血儿成分又使他先天经历了双重文化的洗礼。环境，决定了他以汉民族思维方式为主，以藏民族思维为补充的'有机化合'而成的特殊思维模式。这种挥抹不去的情结，又充当了阿来探测描摹藏民族精神世界方面的向导"。[①]而作家的"'双族别'身份和'双语言'能力"也包括了"'双文化'修养与'双历史'眼光等"，[②]一起造就了他的"跨族别写作"，这也在一定程度上使得他在"作品中一再地涉及族际边缘人的灵魂归依问题"。[③]尽管"丧失了用母语创作的能力，但他的创作还是深深地打上母语思维和母语表达方式的印迹，保留着民族的自我意识"。[④]他"在作品中以藏语、汉语两相对照的方式呈现藏语到汉语的变迁过程，……也见出了他对藏族文化的认同趋向"，[⑤]"以一种豁达的胸襟宣告一种超越和通往世界的理念"。[⑥]

在"文化书写"的向度上，"藏文化书写及反思"是主要的审视路向。阿来的小说创作一直致力于对藏地藏人的描绘，他的作品始终呈现着不同时空背景下藏地的特有风物、人

① 德吉草：《认识阿来》，《西南民族学院学报》1998年第6期。

② 徐新建：《权力、族别、时间：小说虚构中的历史与文化——阿来和他的〈尘埃落定〉》，《西南民族学院学报》1999年第4期。

③ 郑靖茹：《一个语言原乡者的艰难跋涉——从〈血脉〉看阿来小说中的族际边缘人》，《中国藏学》2006年第1期。

④ 丹珍措：《阿来作品文化心理透视》，《民族文学研究》2003年第4期。

⑤ 洪士惠：《藏人使用汉语？——当代藏族作家阿来在汉语文学中的"藏化"趋向（下）》，见陈思广主编：《阿来研究》（第二辑），四川大学出版社2015年版，第151页。

⑥ 徐希平：《阿来汉语写作的文化意义及其启示》，见陈思广主编：《阿来研究》（第一辑），四川大学出版社2014年版，第72页。

文和藏人的别样风度情怀，这在某种程度上已成为阿来小说创作的突出特点之一，所以学界针对于此的阐释不仅丰富而且多样。论者一般认为：由于"阿来的精神原乡也深深根植于有着浓厚宗教色彩的藏文化"，所以他的创作"凝结了作者对文化、历史的智性思考与领悟"，① 更在其中展现出藏文化"慈悲与正义""自由与尊严"和"真诚与挚爱"的精神元素②。而藏地生活和藏文化的"底蕴正是通过小说中的神话、传说和民俗言传了出来，带上了藏民族特定的审视世界的思维方式"，"诉说着一个族群的宗教、信仰和对世界、人生的感悟、理解"。③ 作为一个对藏文化情绪复杂的作家，"在阿来笔下，宗教本身的庄严与神圣受到严重的挑战和无情的嘲讽"，④ 他也会选择"半去魅化的写作"方式对民间文学展开再创作⑤，在他的笔下，"古老的乡村文化，经过蜕变、挣扎，最终走向毁灭，走向虚空"。⑥ 阿来就是在这样的呈现、反省和纠结中向我们展示了藏文化穿越时空的魅力，又不无忧虑地向我们宣告着藏文化的困境。只是这样的书写与反思更多的是为了在提示"文化多样性"的前提下，探讨多样文化在新时期建构中华民族文化时可能面临的困惑和可能性。此外，值得注意的是，近几年来有论者提出了"空间化"写作和第三空间语言等的观点，为阿来创作的风格、特色及其背后的民族文化特质找到了新的理论支撑依据。虽然这样的观点和概念受西方语言学和叙事学影响非常明显，但从某个角度上说，这一观点与"地域文化"观点有着异曲同工之妙——无论是"空间化"写作还是"第三空间语言"写作，都立足地域差异，将文化置于空间的视角进行考量，也进一步丰富了阿来小说"民族-文化"接受向度的诠释空间。

四、问题与思考

毫无疑问，近三十年来，从这三个接受向度研究阿来的小说创作，体现出阿来小说接受研究的实绩，但我们也应看到，其中显现的问题同样值得我们思考。

先说"诗般气质"。这是阿来小说作品中透露出的最易把捉、最引人注目、也最一目了然的特质，也是最早成为既定视野的接受向度。但"成也萧何，败也萧何"，正是由于某种看似理所当然的特性的存在，才使得该接受向度被确认的同时也被有意无意地"限定"

---

① 丹珍草：《行走在尘世与天堂之间——感受阿来小说中的僧人形象》，《民族文学研究》2004年第4期。
② 马力：《阿来的"精神原乡"：未定点及其填充——对阿来小说与散文精神内涵的阐释》，见陈思广主编：《阿来研究》（第一辑），四川大学出版社2014年版，第103～108页。
③ 孔占芳：《神话和传说：小说虚构中族群文化的隐显——读阿来的〈尘埃落定〉》，《民族文学研究》2004年第4期。
④ 刘力、姚新勇：《宗教、文化与人——扎西达娃、阿来、范稳小说中的藏传佛教》，《西北民族大学学报》2005年第4期。
⑤ 徐兆寿：《论西部民间文学的当代再创作》，《中国现代文学研究丛刊》2015年第4期。
⑥ 王澜：《透视〈空山〉的文化意义——评阿来的长篇新作〈空山2〉》，《当代文坛》2007年第3期。

在了某一格局或范式之内，而且"论者多从'民族''历史''人性'这样的宏大的视角立论"，^①就使得当下关于这一向度的探讨虽然看似热闹绚烂却流于表面，多概念堆砌，少内蕴探究，多宏观把握，少微观分析。但如果期望从"诗般气质"的接受向度深入审视阿来的小说，要做的工作还有很多。例如，关于"诗化"和"诗性"的概念需要界定和厘清。现有研究成果中还偶有二者无差别通用的情形，在大的接受向度上这自然无伤大雅，但为学术严谨计，取"诗化小说"中"诗化"之意解释"诗化"向度，取"诗性思维"中"诗性"之意限定"诗性"向度或可更具辨识度，也更能为后续研究提供便利。又如，尽管学界普遍认可阿来的小说具有明显的诗般气质，却鲜少有人将最能体现这一气质的所谓"意象"纳入系统研究的接受视野之中，但为了更好地解读和阐释阿来小说的"诗化"气质，这恰恰是十分重要的部分。在这个研究向度上，也有论者做出过有益的尝试。王泉曾撰文探讨阿来小说中的主要意象"白色""梦""尘埃、河流"等，并借此读出了阿来借由以上意象所表达的"对人性、生存的叩问"。^②他的阐释虽着眼于文本本身，但采用细读方法对被长久忽视的小说意象进行观照并借此以小见大，值得关注。

再说"民族-文化"向度。虽然截至目前，因为种种原因针对阿来小说"民族-文化"接受向度的相关探讨风头正劲，热闹非凡，但同时也存在一些问题。其中最首当其冲的莫过于"预设立场"问题：一方面阿来本人的创作谈、演讲词和访谈录等已经以较为丰富的样式相继发表，这些文字时间跨度较大，内容涵盖较广，观点鲜明，阐释清楚，在"民族""文化""创作理念""思想观念"等方面均持有较为鲜明的态度；另一方面研究者本身所具有的思维惯性或惰性往往又导致"标签式"或"先验式"的视点。虽然我们不能武断地对这样的预设立场全盘否定，而且事实上它们对作家小说的接受研究也确实具有不容忽视的重要作用，但是否对此全盘照应却是值得商榷的。当下确有一些评论文章直接以作家本人的观点看法作为解读作品的唯一出发点，还有一些评论文章不假思索地将作家及其创作打上"藏族"身份和"藏地藏文化"烙印加以考察，这固然不失为一种研究思路和方法，但机械的照搬和套用是否有丧失研究者自身立场的嫌疑呢？而更值得关注的是，由预设立场出发发现的阿来和他的小说是否就是更接近真实的阿来和他的小说呢？阿来曾在不同场合强调他要表达的西藏不是"形容词"的西藏，而是"名词"的西藏，从这个意义上说，阿来的小说也应该更像是一个"名词"而非"形容词"，但"预设立场"的"在场"却在有意无意地干扰和影响着研究者的判断。

最后看"历史-现实"向度。与前二者相同，这一接受向度仍然存在一些研究薄弱环节，亟待深化。比如该向度现有的研究存在"重新轻旧"^③和"重长轻短"的情况，这当然从一个侧面说明阿来的创作一直在走自我超越的路子，在长篇小说的创作上也取得了有目

---

① 罗执廷：《论阿来小说的诗性想象及其当代意义》，见陈思广主编：《阿来研究》（第一辑），四川大学出版社2014年版，第109页。
② 王泉：《论阿来小说中的几个主要意象》，《中南民族学院学报》2000年第2期。
③ "旧篇"主要指《尘埃落定》发表之前阿来的小说作品。

共睹的成就，但若想要考察一个小说家完整的创作思路和创作内蕴，则不应对其作品有所偏废，尤其是在阿来这里，"历史－现实"接受向度的提出完全可以追溯到其较早的短篇小说作品（如《奥达的马队》等收录于《旧年的血迹》的小说）。① 进入20世纪90年代以来，阿来的短篇小说在"历史－现实"的接受向度上并非无人问津，如普布仓决就认为《鱼》在"简单的语言和行为中透射出的是西藏丰富的历史文化内涵及藏民族特殊的心理结构"。② 只是直到目前，将阿来小说作为对象分析和言说其创作的"历史－现实"向度的篇什，还多停留在就事论事且各自为战的点式研究状态，缺乏作品间彼此观照和相互联系的线面式研究。而且，由于时代变动和作家思想变化等情形的客观存在，"历史－现实"这一向度所蕴含的意义也在不断发展变化，所以对阿来的小说作品进行细分，并对其所彰显出的"历史－现实"意义及价值进行既彼此独立又相互联系的解读很有必要，这样做不仅能够更清晰地为我们勾勒出作家创作的思想轨迹，而且能够更直观地为我们呈现近三十年来中国文坛乃至中国社会对"历史－现实"这一接受向度认识和理解的发展脉络。又如有关阿来小说创作的"现代性"的探讨，至今仍常常模棱两可，语焉不详，这在一定程度上正是由于在"历史－现实"的接受向度上该问题并未从其他相关相类问题中分离和单列出来所致。阿来小说所描绘的藏地人文风物，总自觉不自觉地带有某种"落后的力量"，③"现代性"观念由于与这种力量形成了天然的对比关系，所以就具有了非常重要的研究价值。公允地说，论者对这一问题的认识还是较为清醒的，也做出了一定努力，但有关于此的探讨往往被放置在阐述作家历史态度、思想文化观念、民族身份及其现实意义的框架下，这就难免力有不逮，只言片语间不仅无法深入透彻地对"现代性"本身做出明确界定，而且也无法充分地展开相关论述，甚至出现借用术语而不求甚解的情况，就更令人遗憾了。在这一点上，王一川在评价阿来的《尘埃落定》时早有论断：阿来的"跨族别写作"为"整个中国的现代性进程提供了一个新的感人的美学标本"。④ 梁海或许也为我们做出了某种提示：阿来的"大气"不仅表现在"他那种对普遍人性的深刻思考，对历史进程的现代性审视，对普适性世界图式的尝试性探索，更在于他通过写作，试图探求永恒、找寻人性救赎之路的、宽广的人文与宗教情怀"。⑤ 南帆的观点也较具启发意义，他以"现代性"做切入点，对阿来的历史观念进行了较为深入的剖析。他认为，在《空山》中，阿来对现代性的反抗不算激进——"多半仅仅对各种抽象、愚蠢的会议语言与大而无当的时髦概念加以讥讽"，但"并没有莽撞地拒绝现代性"，他"已经意识到历史的复杂性"，"清晰地听到了历史的步伐"。因此，在"《空

---

① 白崇人：《大变革中的心灵颤抖——读阿来的〈奥达的马队〉》，《当代文坛》1988年第4期。

② 普布仓决：《浅谈阿来的心理小说〈鱼〉》，《西藏文学》2005年第6期。

③ ［哥伦比亚］加西亚·马尔克斯：《致新千禧年》，《我不是来演讲的》，李静译，南海出版公司2011年，第39页。原文为"它（拉美文化——笔者注）是一种欢庆、离经叛道、神秘莫测的文化，能够挣脱现实的束缚，化解理智与想象、言语与表情之间的矛盾，证明任何观念迟早都会被生命超越。这种力量来源于我们的落后……注定只属于我们。"

④ 王一川：《跨族别写作与现代性新景观——读阿来长篇小说〈尘埃落定〉》，《中国文化报》1998年第26期。

⑤ 梁海：《民族史诗最动人心魄的力量：阿来论》，《中国作家》2011年第3期。

山》的结尾，那个狂热地迷恋土地的驼子死了，这暗示了某一个历史阶段的结束"。①这样的视野，相较于其他仅从历史观出发解读文本，或仅借用"现代性"术语"装饰"观点的做法，或许更具学术意义。

不过，阿来在不断深入的小说创作过程中，有思考，也有迟疑和徘徊，由此产生的纠结也是显而易见的。这样的纠结可能来自他游移的身份，也可能来自他在时代大背景下不合时宜的创作尝试，还可能来自所谓的"影响焦虑"。评论者亦面临着类似的困境。面对阿来这样一位研究资源异常丰富的作家，评论者的理论野心被唤醒是再正常不过的事。但正是因为这些较为复杂的民族和文化的"阐释""解读""批判""瓦解"以及"构建"的野心，才使得他们在阿来小说创作的研究上也出现了这样那样的焦虑和局促。其中既有对作家失去或者说不具备母语写作表达能力的伤感——"一个以民族记忆为表现自己创作之根的作家，如果失去了这一功能，不能说是不足，但起码是遗憾的，因为这样会失去直接的、坦率的、不加任何修饰的文化汲取机会"；②又有对可能或已经产生的某些误读的警惕——因为"从藏传佛教中的人间天国'香巴拉'到今天的'香格里拉'概念，其演变史本就是一册中西多元文化相互激荡、相互发现和创造的文化交流史"。③还有对当下因文化消费观念变化剧烈引发的过度消费藏文化及藏区文学的忧虑等等。尽管上述问题在目前所见的批评文章中也有阐释，但被提及的很多，被深入研究的却很少，多为零星的泛泛而谈，很少有触及问题本质的专文评述，而这样的研究走向显然与我们走近阿来及其创作是有距离的，也应当值得我们认真重视和反思。

这也是我们探讨阿来小说接受向度研究的现状、问题与思考的目的之所在。

（原载《民族文学研究》2016年第6期）

---

① 南帆：《美学意象与历史的幻象——读阿来〈空山〉》，《当代文坛》2007年第3期。
② 德吉草：《认识阿来》，《西南民族学院学报》1998年第6期。
③ 白浩：《当代"文学藏区"的多元融合与创生研究纲要》，见陈思广主编：《阿来研究》（第二辑），四川大学出版社2015年版，第15页。

阿来汉语写作的文化意义及其启示

徐希平

一、阿来文学创作与汉语突出成绩

从古至今，四川文坛名家辈出，现代中国文坛，经典作家也层出不穷，郭沫若、巴金、沙汀、艾芜等，一个个闪光的名字，令人高山仰止。而在当代四川文坛中，同样闻名海内外的也不在少数，这其中，阿来无疑是极具代表性的一位。真正应了那句老话："蜀之人无闻则已，闻则杰出。"[①]

从20世纪80年代初开始创作诗歌，其后转向小说创作的阿来，文学创作数量不算十分高产，影响却十分巨大，尤其是小说方面，自1998出版第一部长篇小说《尘埃落定》，引起文坛强烈关注，2000年获第五届"茅盾文学奖"之后，阿来并没有停止脚步，而是一如既往，稳步前行，此后，于2006～2009年三年间，又陆续推出三部六卷共70万字的巨幅长篇小说《空山》，讲述了20世纪50年代末到90年代初，发生在一个叫机村的藏族村庄里的系列故事，表现了一个村庄的秘史。2009年，同样以藏族著名民族英雄史诗为题材的长篇小说《格萨尔王》隆重出版，被誉为阿来的"写心"之作，广受好评。2013年，阿来倾注了五年之力完成非虚构巨作《瞻对：终于融化的铁疙瘩——一个两百年的康巴传奇》，这部历史纪实文学作品，以生动的笔触和丰富的史料，讲述了一段独特而神秘的藏地传奇，再现了长达两百年的瞻对历史，也被广泛誉为是阿来又一部藏地史诗巨作。2013年末，这部作品斩获人民文学奖"非虚构作品大奖"。

综观阿来的小说创作系列，从《尘埃落定》到《空山》《格萨尔王》再到《瞻对》，都是以藏汉文化关系为题材，反映其交汇、碰撞，通过民族、家族与村落的历史，表现出对民族历史的深切关注，尤其是被正史所忽略的普通人、边缘人和弱势群体，彰显其宏阔的历史视野和厚重的社会责任与使命感，显出阿来以严肃审慎的态度，对民族文化和时代关系的深度思考。

---

① ［唐］魏颢：《李翰林集序》，见［清］王琦注：《李太白集注》，上海古籍出版社1992年版，第553页。

正因为如此，无论在中国当代少数民族文学和整个中国当代长篇小说的创作中，阿来的长篇小说都有着不容忽视的影响。阿来的创作才会引起强劲的研究势头，据不完全统计，近年关于阿来长篇小说的研究，有论文330余篇，其中博士、硕士学位论文30余篇，还有少量专著。研究的专家学者有张炯、严家炎、邓友梅、周政保、王一川、张学昕、郜元宝等，①达数十人。中国作协、中国社科院少数民族文学研究所等曾主办多次阿来作品专题研讨会，《当代文坛》《文艺评论》《当代作家评论》等多家刊物曾（不止一次）开辟阿来研究专栏，阵容不可谓不强大，除了一般性的评论之外，也不乏深入剖析之作，但是，由于作家身份、叙述资源、叙述手法、叙述风格等因素，其丰富厚重的内涵还有待于更深入的细读和品评。

阿来曾多次在各种场合这样来描述自我的身份特征：

"我是一个用汉语写作的藏族人。"

"我是一个藏族人，用汉语写作。"

一般人可能也对这种情况比较熟悉，因为在当代社会不乏其例，但却较少有人去思考这其中所蕴含的深刻的文化交融意义。

作为一个藏族作家，阿来从小生活于马尔康。那是阿坝藏族羌族自治州的首府，一个藏羌汉等多民族汇聚之地。"千百年来，我国古代的氐羌诸部、鲜卑、吐蕃、汉、回等民族用辛勤的劳动和无穷的智慧共同开发了阿坝，他们在这里互相融合，共同进步，逐步构成这块土地的主要民族：藏、羌、回、汉。他们在这里，留下了早已在民族融合中消失了的古老民风、独特民情。"阿来的写作融会有多民族文化因子，形成他自己独有的个性特征——以民族文化为创作资源，又超越民族的界限，走向人类的普遍性。

1952年，阿坝地区全境解放，年底建州，实现了民族平等和民族区域自治，各民族交流和融汇变得更为便利和频繁。在这样的环境下成长起来的阿来，在新的历史境遇境下成长起来的阿来，在新的历史境遇中通过学习而熟练地掌握了汉语，在文学创作中，他将藏族经验和汉语书写进行了有效的嫁接。阿来对自己在仅掌握藏语口语基础上学习汉语并写作以此谋生的过程有过详细的叙述：

> 我出生于四川省西北部的阿坝藏族羌族自治州。从富饶的成都平原，向西向北，到青藏高原，其间是一个渐次升高的群山与峡谷构成的过渡带。这个过渡带在藏语中称为"嘉绒"，一种语文学上的考证认为，这个古藏语词汇的意思是靠近汉人区山口的农业耕作区。
>
> 我们这一代的藏族知识分子大多是这样，可以用汉语会话与书写，但母语藏语，却像童年时代一样，依然是一种口头语言。汉语是统领着广大乡野的城镇的语言。藏语的乡野就汇聚在这些讲着官方语言的城镇的四周。每当我走出狭小的城镇，走进广大的乡野，就会感到在两种语言之间的流浪。看到两种语言笼罩下呈现出不同的心灵景观。我

---

① 吕学琴：《阿来长篇小说十年研究综述》，《当代文坛》2012年第4期。

想，这肯定是一种奇异的经验......。正是在两种语言间的不断穿行，培养了我最初的文学敏感。使我成为一个用汉语写作的藏族作家。①

如果仅限于此，可能还是不一定会明白，类似的情况在当今已不少见，他为何反复予以强调呢？我们不妨看看其语言表达的具体情况，在阿来的长篇处女作《尘埃落定》中，其语言艺术功力可见一斑，写于1993年下半年到1994年1月，出版后震惊文坛，先后获得巴金文学奖特等奖、第五届"茅盾文学奖"和第六届少数民族文学"骏马奖"长篇小说奖，当时"茅盾文学奖"评委会的评语是这样评价的："小说视角独特，有丰厚的藏族文化意蕴。轻淡的一层魔幻色彩增强了艺术表现开合的力度"，特别指出其语言"轻巧而富有魅力"，"充满灵动的诗意"，"显示了作者出色的艺术才华"。这部作品被认为是历届茅盾文学奖中最好的作品之一，而阿来则是茅盾文学奖迄今为止历届获奖者中最年轻的。《尘埃落定》至今被译成超过16种语言全球发行。由此可见，在其文学创作的过程中，汉语语言表达艺术的特色占据相当的地位，取得相当高的成就并已经得到广泛的认可。

二、阿来语言艺术成就与其实践与理念之关系

是什么特别的原因使他能够对于一种非本族的语言驾驭得如此炉火纯青？我想这其中的因素肯定十分复杂，不能一概而论，长期从事于语言文学教学工作，笔者自然对此产生兴趣，有人说少数民族同胞天然就比汉人学习语言的能力要强，这也可以举出许多例证，但以笔者的观察而言，除了所谓的天赋之外，下面两点可能是有一定的启发意义。

1. 工作学习经历以及善于抓住其中机遇，勤奋刻苦努力学习，这可算作客观条件。

对于阿来而言，汉语学习的旅程并不是十分平坦。1967年，阿来9岁开始上小学，仅懂得简单汉语的他，在上课时根本听不懂老师在说些什么，这种状况一直延续了三年，1970年，12岁，阿来三年级，"直到小学三年级的某一天，他突然听懂了老师说的一句汉语，'好像嗡地一声就开了窍，所有不懂的东西都懂了。'这个顿悟使小小的阿来感觉幸福无比"。② 但以后的学习过程依然充满艰辛，为买一本《汉语词典》而费尽心思，然后读了古典小说《水浒传》，"文革"结束后的1978年，阿来进了师范院校，在此期间遭逢了文学，"在我的青年时代，尘封在图书馆中的伟大的经典重见天日，而在书店里，隔三岔五，会有一两本好书出现。没有人指引，我就独自开始贪婪地阅读......阅读让我接触到了伟大的人。这些伟人就在书的背后，在夜深人静的时候，他们就会站出来，指引我，教导我。"③ 毕业后在不通公路的偏僻小学教书期间，开始读翻译成汉语的小说，他所读的第一部历史

① 阿来：《自述》，《小说评论》2004年第5期。
② 程丰余：《阿来：我是天生要成为作家的人》，《中华儿女》（青联版）2009年第7期。
③ 阿来：《2008年度杰出作家阿来获奖感言》，《新作文高考作文智囊》2009年第9期。

书是《光荣与梦想》，第一部小说是海明威的。接下来，阿来遭遇到福克纳、惠特曼、聂鲁达、菲茨杰拉德等文学大师，受到更深广的熏陶。一年后调回马尔康中学教历史，同时开始了文学创作，最初的作品都发表在藏区的文学刊物，第一篇文学作品《振响你心灵的翅膀》发表于《西藏文学》，而另一篇最早正式发表的处女作《丰收之夜》，则发表于阿坝州文化局《草地》杂志1982年第2期，署名杨胤睿（藏族），并在诗尾标明"作者系中文教师，这是他的处女作"。在此我们不妨看看原作，也可了解其当时的文字与艺术水平。

丰收之夜
杨胤睿（藏族）

笛音唤来满天星光，
蝙蝠在夜幕里飞翔，
麦桩地上
响起秋虫的鸣唧；
熊熊的篝火
把收获人的脸颊照亮。
丰收时节的歌儿，
一半是汗水的苦涩，
一半是果实的甜香。

呵，星星闪着汗珠的晶莹，
辉映着果实的光芒。

铺满月色的雾霭在山谷里飘落，
帐篷中的甜梦分外酣畅，
拥一怀小麦的甜美，
枕一片青稞的芬芳；
甜甜的梦呓在帐篷里低徊，
一半是丰收的欢乐，
一半是对未来的遐想。

呵，丰收之夜是这么迷人，
收获者的心儿都长上了翅膀。

（作者系中文教师，这是他的处女作）[1]

---

[1] 《草地》杂志1982年2期。

全诗可以说十分质朴无华，还有几分青涩，个别词语尚可斟酌，而情感真挚，风格明快，尤其是较工整的形式和韵律的选取等都与明快的风格较为吻合，可见已有较好的基础。说到这里，笔者不禁要特别对这份发表阿来处女作的《草地》杂志多说两句，表示由衷的敬意。这是阿坝州唯一向全国公开发行的纯文学双月刊，自80年代初创办，以"一定要办得有民族特色"，"必须培养自己的文艺创作队伍，特别是培养兄弟民族作者"①为办刊宗旨和方向，坚持至今，不仅推出不少优秀文学作品，还培养了许多知名的少数民族作家，尤其还要提到的是，阿来此后在该杂志源源不断地发表作品，而且两年后的1984年，由于写作上的特长，阿来被直接调到该杂志任编辑（当时一度更名为《新草地》），不仅发表作品更加方便，而且担任编辑的工作也需要字斟句酌，提高鉴赏和汉语文字处理能力，此外编辑还要担当文学评论的责任，这一切都对阿来准确表达文字功底有着十分重要的锻炼和提高作用。20世纪90年代初，笔者因研究羌族当代文学的缘故，曾系统翻阅过《新草地》杂志，即对所刊载阿来的一些文学评论文章印象颇深，其见解独到，且文字简洁凝练，如阿来在《我的读解》一文中评价羌族作家谷运龙《飘逝的花瓣》等早期短篇小说作品这样写道：作者以其"对生活的熟悉、对普通人命运的关注与同情，""向我们奉献了自然天成、生活气息浓郁并已兼及人物性格刻画的作品"，②不仅评价较为客观，其定语使用十分准确，因此，笔者特地将阿来的这段文字引入所参与编写的《羌族文学史》相关章节中。③对比20世纪80年代首尾阿来的作品，可以明显地感到其语言功夫的提高，直到1996年离开草地应聘到成都《科幻世界》杂志，阿来在此共有十二年编辑生涯，包括经典之作《尘埃落定》等许多名篇都写作于这个阶段，可以说这对于其成功奠定具有重要意义的基础，除了生活积淀、视野、技巧等综合提高之外，相信这段编辑生涯勤奋工作经历对于阿来语言功夫的锤炼也是大有裨益的，其后的厚积薄发也就无须赘述了。

2. 对于汉语作为公共语言的深刻认识和超越的理念，是其汉语运用探索创新的决定性原因。

我国少数民族作家用汉语写作是一个普遍现象，有学者曾对少数民族语言文字大致分析，归纳为四种情况，并对第七届、第八届"骏马奖"获奖作品汉语写作与民族文字写作进行具体数量统计，分别为60%：40%和67%：33%，得出"用汉语写作的作家作品获奖数目呈增加趋势；几乎所有的民族都有用汉语写作的作家"的结论，并指出："少数民族作家用汉语写作有诸多复杂原因，有语言没文字也许是最主要的原因。"④

少数民族作家比较普遍地面临一个问题，即使用汉语与母语的关系问题，很多人不能回避，但难免有些纠结，如何处理和对待，也或多或少地影响着其文学创作及其艺术成就。

---

① 《草地·创刊词》，《草地》1980年创刊号。
② 阿来：《我的读解》，《草地》1989年4期。
③ 李明主编：《羌族文学史》，四川民族出版社2010年版，第541页。
④ 刘俐俐：《汉语写作如何造就了少数民族的优秀作品——以鄂温克族作家乌热尔图的作品为例》，《学术研究》2009年第4期。

在民族文化多元文化生态并存的今天，民族文学发展勃勃蓬蓬。正如很多事物发展过程一样，民族文学在勃兴的今天，也陷入了一种影响的焦虑，进而导致一种身份定位的焦虑。在"越是民族，便越是世界的"理论影响之下，民族文学尽量彰显民族所独具有的个性，以走向世界。殊不知，但也有人却陷入单个民族深处，难以用超越性的眼光看待民族文学。作家陷入一种身份的焦虑，是以民族代言人的身份还是以人类代言人的身份写作？有的人甚至更为极端，在汉语的使用方面也呈现一种矛盾的态度，不能正确的处理和对待。

阿来的文学创作之路及其语言使用对于当代文坛具有很好的启示作用：在众声喧哗的多元文化生态环境中保存自己独有的文化个性。阿来是一个民族混血儿，不仅表现在生理的混血，更表现为文化的混血。回、汉、藏等多民族文化为阿来文学创作提供了丰富的文化资源。他文学作品鲜明体现了民族文化融合后带来的大气象，超越民族、阶层，以人类文明发展为旨归，探究当代文化之下的人性善恶。其创作为当前民族文学发展提供了一个可资借鉴的启示。

有人曾专门就此采访，如姜广平与他的一段对话：

> 姜：你是否视汉语为母语？汉语在你那里是如何与你的藏文化底色与血脉接榫的？
>
> 阿：这是一个复杂的问题。但有一个情况是显而易见的：那就是，一些强势的语言，将越来越多地被一些非母语的人来使用。而且，可能使用得比本族人更好。英语里面，很多杰出的作家都不是盎格鲁撒克逊人，而是犹太人，是黑人，近些年来，又加了上印度裔的人，比如拉什迪，还有奈保尔。我想自己比较成功的一点，是成功地把一些典型的藏族式的审美经验转移到了汉语当中，而不显得生硬与突然。
>
> 姜：在两种语言和两种文化中穿行，这是不是你获得优秀于一般作家的最根本的东西？
>
> 阿：对照，比较，使人容易处于思考的状态。[①]

正由于这种思考的状态，阿来对汉语所承担的功能及其发展有着十分深刻的认识，也有着明确的努力方向。在与笔者的一次交谈中，阿来曾谈到他正在致力于主持文学翻译相关大型课题，出乎意料的不是如笔者以为他是将藏文典籍译成汉文，而是恰恰相反，他是要努力将许多汉文经典名著译成藏文。这是因为他认为他的本民族母语在口语方面较为生活化，而书面语言则更多地专注于宗教神秘奥义的发掘与思辨，华丽繁复庄严，缺少变化，不太适合于文学创作，因此需要加强对人生与鲜活世态的关注，学习汉语的灵活与丰富的表现力。

在一个以全球化与中华文化主题的论坛上，阿来选择汉语言的角度作了重要的主题发言，高屋建瓴而又比较全面地阐述了他对汉语言性质功能和现代社会发展的深刻思考，一些见解独到而具有超越性，不仅可为广大非汉语母语的少数民族作家提供借鉴，也给关注汉语

---

① 阿来、姜广平：《我是一个藏族人，用汉语写作》，《西湖》2011年第6期。

发展的学者和汉族作家以启示，同时也解答了其文学作品语言艺术的奥秘与动力。

阿来首先指出："对于汉语言来说，被全球化的过程至少在上个世纪初叶白话文运动起，就已经开始了。也就是说，汉语在全球化或者说被全球化的过程中，面临发展的空前机遇与巨大压力已经差不多有一百年历史了。"① 如同中华民族发展的历史一样，汉语的历史非常大气宏观，在发展中显出其包容吸纳的特点，在全球化的过程中，汉语的优势进一步显示出来，阿来明确阐释说："中国少数民族语言与汉语之间的关系就是这样一个问题。中华人民共和国成立以来，统一的国家政体当然是导致官方语言、主体民族语言强势扩张的主要原因，这样的事实，在任何一个国家我想都概莫能外，但这仅仅是唯一的原因吗？在很多西方语境中，中国的语言问题就是这样被解读的。如果是这样，元与清，以及其他一些中国历史上的少数民族建立的国家政权最终都放弃本族语言而不约而同以汉语作为官方语言的事实，就不能得到合理解释。而在今天，如果没有自新文化运动以来重新焕发生机的汉语言，恢复了对新事物、新知识、新的思想方法的表达能力，并把这种能力与口头语言进行最大限度的对接，单靠政策性的支持，要在四面八方如此迅速地扩张也是难以想象的。"实际上指出了汉语的突出优势，不仅是一些少数民族只有语言而无文字，另一些民族虽有文字，有的还非常华丽但却不能与时代同步，和现实生活脱节，而汉语正具有这种与时俱进的特点，对比了汉语藏语的差异之后，指出"汉语这样一种在表达上几乎无所不能的语言的长驱直入，完全就是一个不可逆转的潮流了"。

正因为有此认识，阿来选择了加强汉语的学习运用，同样以一种豁达客观的胸襟，不是被动，而是一种主动的、积极的态度学习，注重将母语民族文化体验与之结合，丰富提高汉语的表现力，为汉语的发展做出贡献，他说："汉语在扩张过程中，吸收了很多像我这样的异族人，加入到汉语表达者的群体中来。这些少数民族的加入者，与汉族相比，永远是一个少数，但从绝对数字上讲，也是千万级以上的数字，放在全球来看，这是好多个国家的人口数。当这些人群加入到汉语表达者的行列中来的时候，汉语与汉民族就不再是一个等同的概念了。这些异族人，通过接受以汉语为主的教育，接受汉语，使用汉语，会与汉民族本族人作为汉语使用者与表达者有微妙的区别。汉族人使用汉语时，与其文化感受是完全同步的。而一个异族人，无论在语言技术层面上有多么成熟，但在文化感受上却是有一些差异存在的。"阿来多次举例说明，如汉族人写下月亮两个字，就受到很多的文化暗示，嫦娥啊，李白啊，苏东坡啊，而阿来自己写下月亮这两个字，就没有汉文化这种暗示，只有来自于自然界的这个事物本身的映像，而且只与青藏高原这样一个特殊的地理天文景观相联系，甚至于在天安门上看到月亮，他的心里还是与故乡神山上升起的明月无异，如果汉语的月亮是思念与寂寞，藏语里的月亮则是圆满与安详。阿来认为如果能把这种感受很好地用汉语表达出来并予以传播，那么，"作为一个写作者已经把一种非汉语的感受成功地融入了汉语。这种异质文化的东西，日积月累，也就成为汉语的一种审美经验，被复制，被传播。这样，悄无声

---

① 阿来：《汉语：多元文化共建的公共语言》，《当代文坛》2006年第1期。以下阿来汉语观点皆引自此文。

息之中, 汉语的感受功能, 汉语经验性的表达就得到了扩展。"

"在少数民族作家中, 中国大面积能熟练把握自如操持汉语的人群出现的时候并不太久, 这个群体虽然都有较强的民族自尊心, 但真正具有自觉文化意识的人还不太多, 但这样的人的确已经开始群体性地出现。在我比较熟悉的少数民族作家群体中, 好多人在汉语能力越来越娴熟的同时, 也越来越具有本民族文化自觉, 就是这些人, 将对汉语感受能力与审美经验的扩张, 做出他们越来越多的贡献。"

阿来具有高度的文明自觉, 其创作对陷入身份焦虑的民族文学起到一个很好的示范作用, 对于全球化背景下汉语的发展也有积极的启示。汉字文化对于各民族共同交流和社会主义建设中的重要性已越来越为更多的人们所认识, 汉语表达与理解能力的高低对各族学生相互交流和将来参与社会竞争有着特殊的作用。一方面, 中华大家庭中的55个少数民族, 绝大多数有自己的民族语言, 还有二十几种民族文字, 我国民族政策历来 "尊重少数民族的语言文字"。中华人民共和国宪法规定, "各民族都有使用和发展自己语言文字的自由", 民族语文也为民族地区发展基础教育和保存民族文化所必需, 但另一方面, 汉语是我国最广泛的交际工具, 也是在世界上有重要影响的语言和联合国工作语言, 中华民族灿烂的历史文化因丰富的汉字文献而得以保存, 当今世界先进科技文化和现代社会信息也多依靠汉语言文字传媒而遍播神州, 因此, 少数民族人才的培养和经济的发展都通过学习汉语言文字, 这一点被越来越多的事实所证明, 包括阿来等少数民族作家也是主要依靠汉语来了解外部的世界, 学习外国文学与自然科技知识等。过去有学者所曾指出: "我国各少数民族地区之所以落后, 除了受地理环境、交通条件的限制外, 受本民族语言文字限制也是一个重要原因。" "少数民族懂得汉语文的人越多, 运用汉语文的能力越强, 本民族的政治、经济、文化也就发展越快。"[①] 阿来的文学艺术成就和影响也从一个方面印证了这一点。

三、汉语发展历史与阿来写作的文化启迪意义

其实, 汉语言的意义还远远不仅于此, 20世纪至今, 尤其是网络化以来, 语言作为一种文化的一个部分, 受到多方面的影响, 不单是有文字还是无文字的各民族母语如此, 现代汉语也受到严重挑战, 不仅有西方世界语言文化以及政治的经济等多种冲击, 网络环境、现代技术和快餐文化等都对汉语产生深刻的影响, 积极与消极因素并存。如何应对, 化弊为利, 促进健康发展, 需要我们认真思考, 许多有识之士强烈呼吁保卫汉语已是刻不容缓。除了实际用途之外, 对于包括各少数民族的整个中华民族而言, 汉语还有一种文化国家认同的作用, 起到增强中华文化凝聚力的巨大作用, 对此, 必须引起我们的高度重视。

---

① 张绵英、阿旺措成:《略论藏族地区的双语教学》,《西南民族学院学报》, 1988年民族语言文学研究专辑。

要让汉语健康发展，不能故步自封，须对汉语的性质和历史特点了解分析，充分发挥其优势。笔者过去曾对此有过初步探讨，作为一种历史文化现象，语言是随着历史的发展变化而形成和发展的，在此过程中也受到多方面的因素的影响，包括一个民族内部的发展、各民族之间交往和整个社会历史的变化等，都会对语言产生影响，汉字不单单属于汉民族，也不单单是汉文化，而是中华优秀文化的结晶。中华各民族文化的融合在汉族的名称出现之前就早已经开始，因此，所谓汉文化本身也是中华各民族文化融合的产物。"自汉代以后，魏晋南北朝、唐宋元明清、中华各族各地文化交流未曾间断，少数民族的物产、习俗、文学、艺术等文化要素也不断为汉语所借鉴和吸收，丰富着汉语的文字、词汇、语法和表达功能。同样，汉字文献也不单是汉族文化的载体，我国浩若烟海的汉字古籍文献，为中华各族发展历程中综合知识的总结，也记录着各族文化的融合与交流，甚至有许多少数民族创造的生产生活经验、文学艺术作品也主要靠汉字文献而得以流传至今。汉字成为中华民族文化交融、共同发展的见证，也为保存各少数民族文化做出了积极贡献。"[①] 这一点，需要加以充分的认识。

实际上，阿来所谓汉语的全球化也是一个逐步推进的过程，无论主动或被动，并不仅仅始于20世纪初白话运动以来的百年间。如前所述，在漫漫历史长河中，汉语的发展从来没有停止过多元文化的吸收，少数民族汉文创作成绩斐然。先唐时期即有不少少数民族作家创作或民间作品汉文译作，如著名的西南少数民族部落组诗《白狼歌》等，唐以后更是高潮迭起，名家辈出，唐代著名诗人元结、独孤及、刘禹锡、元稹等皆为少数民族后裔，五代花间派词人李珣先祖乃波斯人。长期被忽略的辽、西夏与金朝，也都有着自己的汉文作品，辽代萧瑟瑟、萧观音两位女作家的诗词、西夏党项元昊等创作都有其特色，金代注重借鉴汉族文化，涌现了原籍成都华阳的宇文虚中、皇室完颜氏家族等少数民族创作高手，著名诗人元好问的出现更成为金代文学之杰出代表。元代白朴、李直夫、萨都剌、遒贤、余阙，明代的丁鹤年、李贽、海瑞等人的创作都不容忽视。清代，从康熙乾隆二帝到纳兰性德等满族作家创作，将少数民族汉文创作又推向一个新的高峰。上述少数民族作家中，有许多与汉族作家相比毫不逊色。

说得更近一点，祖国西南本来就是多民族地区，氐、羌、藏、汉文化交流源远流长，据《旧唐书·吐蕃传》载，初唐贞观十五年（641年），松赞干布向唐太宗请求联姻，文成公主出嫁吐蕃，吐蕃开始"释毡裘，袭纨绮，渐慕华风，仍遣酋豪子弟请入国学，以习诗书"，又请唐朝"识文之人典其表疏"，[②] 交流十分密切。唐中宗时，吐蕃又遣其大臣尚赞吐、名悉猎等来迎娶金城公主，其中这位名悉猎（一作"明悉猎"，）官居舍人之职，汉学造诣非常了得，《旧唐书·吐蕃传》说他"颇晓书记"，"当时朝廷皆称其才辩"，皇帝还给与特殊礼遇，"引入内宴，与语，甚礼之，赐紫袍金带及鱼袋"等，"于别馆供拟甚厚"。特别

---

① 徐希平：《关于民族院校汉语言文学本科人才培养的思考》，《西南民族大学学报》2003年第10期。
② 刘昫：《旧唐书·吐蕃传（上）》，上海古籍出版社1986年版，第627页。

值得一提的是，他还参与中宗和大臣之间的游戏及诗歌联句等文字娱乐活动，中宗景龙四年（710年）正月五日，移仗蓬莱宫，御大明殿，会吐蕃骑马之戏，因重为柏梁体联句，当君臣联句将毕之时，明悉猎主动请求授笔，以汉语来了一个压轴之句，"玉醴由来献寿觞"，不仅表意准确，而且合于格律平仄韵脚，相较前面唐朝汉臣所作毫不逊色，令众人刮目相看，"上大悦，赐以衣服"。① 其诗至今保存在《全唐诗》中，② 留下最早的古代藏人汉语创作的珍贵文献记录，也同样成为少数民族汉语创作的典型史料。

2010年10月底，北京大学英杰交流中心召开"当代汉语写作的世界性意义"国际研讨会，会议围绕当代汉语写作的世界性意义进行探讨：当代中国取得的经济成就为世界经济做出贡献，如何在文化上为世界提供更多的精神资源，同样令人普遍关注，尤其是"当代中国文化如何构成当今世界文化中最有活力的部分。当代汉语文学的艺术价值如何评价，汉语文学放在世界文学体系中如何定位，汉语文学是否始终在世界文学体系当中，它的世界面向如何展开？所有这些问题，都成为21世纪初中国文学家必须面临的问题"。③

阿来的汉语写作也在回答这个问题，他以一种豁达的胸襟宣告一种超越和通往世界的理念："我们已经加入了汉语这个大家庭，同时，我们又有着一个日渐退隐的母语的故土。在这样一种不同的语言间穿行的奇异经验，正是全球化与被全球化过程中一种特别的经验。这种经验使我们有幸为汉语这个公共语言的大厦添砖加瓦。上古的时候，人类受到神的诅咒，而使用不能互通的不同语言，因此没能建造起想象中的通天之塔，而今天，全球化也使语言领域发生了深刻地变化，使我们在化别人的同时也被别人所化。这个过程提供的可能性中有一种是十分美好的，那就是用不同的文化来共建一种美好的公共语言。"④

阿来写作实践为此作出了卓越的探索和努力，融会多民族文化因子，形成独有的个性特征——以民族文化为创作资源，又超越民族的界限，走向人类的普遍性。不仅给当代民族文学文坛提供了一个很好的范例，对于全球化背景下汉语写作的发展也有积极的启示，这也是其深远的文化意义和价值之所在。

（原载陈思广主编：《阿来研究》［第一辑］，四川大学出版社2014年版）

---

① ［宋］计有功著，王仲庸校笺：《唐诗纪事校笺》（卷一，上册），巴蜀书社1989年版，第18页。
② ［清］曹寅、彭定求等编：《全唐诗》（卷二，上册），上海古籍出版社1987年版，第25页。
③ 丛欣：《"当代汉语写作的世界性意义"国际研讨会在北京大学召开》，《北京大学学报》2010年第6期。
④ 阿来：《汉语：多元文化共建的公共语言》，《当代文坛》2006年第1期。

文学与社会互动的媒体取径

——以媒体报道阿来为例

操 慧

文学从诞生起就是一种重要的文化传播。长久以来，文学的媒介化成为文学作为文化传播的有效渠道和最优选择。何谓"文学媒介化"？简言之，就是文学传播伴随媒介技术演进不断提升传播效能的过程。"媒介化"本身反映的是一种动态的传播推进趋势，尤其是媒介传播技术的日新月异，增强了日常生活对媒介的依赖，它描绘出媒介使用及其广泛的社会功能发挥的特质与趋向，同时，也深刻折射出媒介泛在而独特的推动社会发展的动力机制。因之，"媒介化"其实是信息化社会的生活方式与实践动力，就文学作为内涵丰富的文化生产及文化消费来讲，其"媒介化"的进程勾勒出具有鲜明时代特色的文化传播形态与文化消费体验形式，也刻画了文化传播与文化消费的变化，即：文学作品从口语传播到如今的网络文本传播，均印证了其作为文化传播的媒介选择，并且这一选择是传播载体带动的文学理念、内容形式融合的互动的必然，它也意味着社会对文学的理解、定位与接收是一个多向度、多主体参与的社会调适过程。换言之，"文学媒介化"从依托大众媒体刊播作品、采写报道作家及传播各类文学活动逐步走向作品外的各类主体的"互动"，如作家与读者的网络对话、作家参与公益活动及各类社会组织的活动、作家在社交媒体上的自我诠释性传播、研究者与作家的探讨等多元化的媒体传播，从而共同完成文学与社会的互动。可以说，正是在"媒体+"的文学传播中，文学与社会互动不仅具有了实践的基础，还必将带来两者的互促与互惠，最终指向以人为本的精神需求与价值认同的满足。

一、媒体取径：文学与社会互动的效率模式

文学的传播过程是文学发展的不竭动力，它表征了其源于生活的社会文化实践，其间，体现和承载这一实践的媒介很多，诸如语言、文字、图像、声音以及所依附的各种媒介。因此，文学从来都是媒介传播的产物，它本身就是一种精神文化的传播介质。若从媒介与媒体的界定区分来看，媒介强调的是传播的物质界面及其技术特质；而媒体则强调这一物质界面

及技术掌握与应用的组织机构。由此，我们可对其作一大体的定位，即"媒介"一词更侧重于一种中介性的表述，它体现一种"合规律性"；而"媒体"一词则更具主观选择性，它更体现人的"合目的性"，也就是体现人的主观能动性，所以，媒体作为运用媒介来完成信息采集及传播并呈现精神、引领价值的专门性的社会分工机构，必然受到实践条件的规约及影响，也就会呈现出因生产力水平、阶级立场、意识形态、文化惯习等差异影响的不同选择，主要体现为传播产制及其相关管理机制的不同。与此同时，它也意味着这是一种人类文化实践中共性与个性并存、普遍性与特殊性共生的发展。具体到文学领域，就是我们的文学生产与传播从应然律出发，具有世界文学的发展共性，当然也具有中国特色的个性特征，两者不悖，且伴生性发展，各有特色；而"文学媒介化"无论于媒介还是媒体而言，都在传播过程中表征着文学发展与文学传播的互动逻辑。依循这样的发展与传播一体化的逻辑，我们不难发现，媒体立足于本土国情与实际，它本身具有快速、规模化传播的优势，也承担着文化传播与传承的社会责任，尤其在时代变迁与信息化推进的全球化中，它深度体现其依托的社会政治、经济、文化的发展水平，反映该社会的文化需求及满足成效，就一种专门化的信息采集与传播的社会组织来说，它已成为社会文化传播与聚合型塑的重要枢纽，文学传播置身其中，自不例外。另一方面，文学自身的传播属性和传播需求亦天然成为媒体乐于选择报道的动因，虽然其传播载体不止于大众传播媒体，但从文学与社会互动的有效性看：大众媒体对文学的传播传统悠久，主动自觉，并且它能够直接体现媒体的文化品位和文化价值导向，是媒体传播不可或缺的重要内容，这为文学的社会化、媒体的文化性提供了水到渠成的勾连，因此，两者互动的自觉与创新伴随媒介化的演进而得到传播保障和优势互补。

以大众媒体与文学的关系为例，报纸的文化新闻报道与副刊传播是体现文学与社会互动的典型示例。近现代以来，我国报纸的文化新闻与副刊可以说是可读性最强、阅读群体最广的文学及文化传播园地。彼时知名的作家、散文家、诗人等文化群体及其作品是报纸文化新闻与副刊传播青睐的对象。随着媒体发展与满足人们精神文化需求的功能的提升，媒体的相关报道成为这些文化群体与社会互动的纽带与平台，早期依靠知名作家及其作品提升媒体文化品位及媒体知名度的"取径"具化为媒体传播与这些文化群体间的良性互动。进入电子媒体、网络媒体发展阶段以后，媒体的传播影响力往往能够反哺与帮助文化人及其作品的社会知名度、美誉度构建，而且越加被这些文化人所认同和重视。比如，一些新生代小说家通过"触媒"，其言论和作品不断出现在各类媒体中，被大众逐渐熟知，他们在专业评价之外通过媒体报道经受社会大众的检验，出现了不少由"默默无名"成为"上榜作家"的实例也不在少数。这在网络文学传播中不断涌现创作价值与市场价值兼具的"人气作家"中更是得到实证。

据此，我们可以清晰地感受到媒体与文学的互动方式是基于媒体的传播效能和文学的价值功能的时代融合，两者在动态的选择中彼此互补、彼此互惠，这就是"媒体取径"的逻辑前提和运行机理。由于媒体以传播新闻为第一要务，文学亦是一个很宽广的范畴，文学领域中具有新闻价值和能够实现媒体文化功能的事实、信息无疑就会约定俗成地汇聚成为媒体的报道选择与传播取向，加上媒体的时效性、大众性以及影响力，它对文学的传播自然也是一种新闻化的专业性选择，在此选择过程中就不知不觉地形成与完成了"媒体取径"。正是通过这样的媒体取径，即媒体的选择性报道策略，才使其不断调节文学与大众的距离，不断写照文学与社会的关系成为可能。如是的取舍同时也意味着：文学作为一种文化发展的事实经由日积月累的媒体传播，最终能够以媒介化的特有形式构建与塑造文学的发展、文学的价值、文学的意义，体现大众传播的基本规律；更确切地说，经由媒体报道和传播的文学事实，是面向公众的具有广义范畴的"文化新闻"，文学的大众化与时代化在媒介化的转码中（即媒体报道中）形成了具有新闻性和传播价值的信息产品，因之，与其他媒介对文学的传播效果比较，媒体尤其是大众媒体，凭借其强大的社会功能及文化辐射力能够有效激发共鸣甚至引发讨论，是对专业文学知识进行世俗化普及与提升的再生产，受众会在大众媒体的报道中感知文学理念和价值倡导，从而实现文学与社会的媒介化沟通。此时，专业生产与大众需求有机结合，媒体报道的内容与形式不仅体现媒体的理解，还将通过行之有效的选择惯例，如报道框架、新闻写作范式等，实现其专业偏好并达成意欲进行的价值导向。通俗言之，就是媒体的报道总是从传播预期出发，在对事实和观点的选择与组合中来体现价值导向。就新闻生产的效率原则视之，媒体的报道其实均是一个选择性的互动框架，它是一个符合受众快速了解、简明知晓的速食化的"普及"或导读，后续的深入可以通过进一步的连续报道加以延伸，而且也可以配合其他渠道的相关拓展来不断完善认知。所以，包括文学传播在内的其他领域的传播，均在此结构化的生产流程中编码、加工和传播。当然，媒介技术不断提升传受的互动性，将有助于媒体报道的框架在多重与深度满足中进一步达成媒体的传播效率，而在此过程中，对文学的及时性、大众化的传播效率也会同步达成。此为本文所论述的"媒体取径"在文学传播中的逻辑构建和实施原理，凭借这样的取径，文学与社会的互动即成为文化与社会互动的缩影，它不仅可能，而且大有可为。

当下，媒介文化的拓展和媒介消费的带动，更加凸显文学媒介化的鲜明时代感，文学传播的媒介化体验同步伴生的传播原理与社会效率，将对广义的文化生产及实践具有深远的探研价值和现实意义。据此，我们可见"传播"的媒介化就是"互动"关系构建和表达的另一重要内涵，文学传播亦是文学与社会互动的初衷与必然结晶。

如上所述，依据媒体报道文学的实践，我们可以将文学报道的"媒介取径"之主要表现归纳为：

表1：文学报道的"媒体取径"表现

媒体报道体裁	媒体报道对象	媒体报道方式
文学新闻动态（消息与图片新闻）、副刊、文学评论专版、阅读周刊中的文学作品评论、作家专访	作家、小说家、诗人等专职文学工作者；新近文学活动、重要的文学奖及活动，文学的中外文化交流	常规报道与特别策划：常规报道就是新近发生的文学新闻的动态跟进；特别策划就是围绕着重要的文学现象、文学话题以及作家观点、争议性事件等的专门报道

可见，媒体报道对文学及文学从业者做了细化切分，这是在遵循新闻传播规律基础上的具化传播，所选择的对象或事实必须具有新闻价值，即能够引发社会的广泛关注，是人们"欲知、应知而未知的重要事实"，只要符合这样的基本标准，文学界的所有信息都有可能成为报道对象，大众就是在这样的带有普及性、表象性与时新性的媒介感知中逐步生成对文学的感受、理解与认知。需要指出的是，区别于专业学习与专业知识传播，媒体主要承担的是常识与知识的通俗化的公共传播职能，它主要通过寓教于乐的方式来处理事实和信息。在此过程中，就形成了文学报道的媒体取径，它体现出媒体对文学领域内信息处理的惯例，其效率模式聚焦并落实于媒体报道的框架，正如前文描述的媒体取径的具体表现。正因为如此，文学与社会的"互动"孕育其中，亦通过这样的取径得以实现和创新更高层级的、更丰富灵便的社会文化传播。

进入21世纪，新媒体的迅速崛起使媒介的互动性空前增强，各类媒体被纳入融合发展的转型轨道，最显著的表现就是由传统报道的"一言堂""单信源垄断""精英话语"等逐步转向多媒体共用的多信源"参与式对话"、社交化的"互动式讨论"。在此转向中，传统媒体与新媒体的互动大大提升并促成各类报道的开放性，文学与社会互动的媒体报道在接续传统中也日益形成作者、媒体、受众开放式对话、多元化交流、协作式生产的全媒体报道格局，透射出文学传播转化为一种被重构与共享的媒介文化的时代生机。在众多的取径惯例中，本文从微观层面切入，以媒体对阿来的报道为例，解读分析媒体对作家的报道的价值取向与呈现方式，以及进一步探讨媒体与作家的互动如何型构文学与社会互动的范型及文学媒介化的时代价值与社会意义。

二、以媒体报道阿来为例的媒体取径解析

媒体对作家的报道可视作文学与社会互动的一种认知捷径。媒体选择作家进行报道与作家的新闻价值密切相关。"作家"本是一种职业身份的认证，与普通人比较，具有更高的显著度和识别度。无论是知名作家还是才露头角的作家，他的职业身份因为其作品、言论、行为等与社会发生了关联，对社会的精神层面会造成程度不同的影响，其形成的社会关注更容易成为媒体报道的对象。同时，从文学生产的主体来说，作家也能够代表文学发展的一些动向。因此，在媒体对作家所具有的新闻价值的认定中，作家成为媒体与文学密切互动的选择就在情理之中了。

媒体报道阿来，多以阿来获得茅盾文学奖为新闻由头。2000年阿来获得第五届茅盾文学奖，因其是该奖最年轻的获奖者而进入媒体报道的视野，也因此为社会所知晓与关注。对茅盾文学奖的报道是文化新闻重视文学奖项的常规的新闻价值取径，而阿来作为最年轻的获奖者即成为这一文化新闻的聚焦，其新闻价值体现在获奖人物之前不为人知的故事以及其作品的特色。可以说，大众对该人物的陌生与好奇构成了新闻报道的基本动力，即对大众新闻欲

（好奇心）的满足，体现了媒体报道中最基本的传受互动的生产机制。

　　1.强调与叠加获奖者身份：由头与背景的新闻化互动

　　媒体对人物的报道，通常会突出人物的新闻价值。对作家这类人物来说，其新闻价值就是他的身份的社会识别与认同，具体体现在由这一身份所引发的言行上，因为其言行既表现与社会精神文化活动的关联，又能引发社会大众的关注与共鸣。所以，媒体对作家的报道不仅构建着身份属性，也传递着文化作为新闻的价值导向。从媒体报道作家的文化意义上看，媒体必然会强调作家身上的新闻价值，并且会以此为由头形成新闻背景，不断叠加新近动态，从而完成相关的新闻生产。在此"人物名片"的聚合过程中，作家的新闻价值或新闻属性往往与他初次走入公众视野的时间有关，且与其获奖有关，对阿来的报道，由头就是2000年他获得第五届茅盾文学奖。

　　以"媒体报道阿来"为关键词在百度上搜索，笔者得到了约12500条相关信息，虽然这是粗略的非精准搜索，但也足见媒体对阿来的新闻价值的认定，其人其作均是阿来作为新闻人物值得报道的一种证明。"茅盾文学奖最年轻的获奖者"成为媒体报道阿来的由头和突出的显性要素，在此后的报道中这一身份元素不断出现在新闻标题、导语、人物名片中，并且伴随阿来的新近言行不断累积叠加为阿来的新闻背景，似滚雪球般扩展着阿来的信息，方便读者对他的全面了解。纵观现有对阿来的媒体报道发现，"茅盾文学奖""最年轻的茅盾文学奖获得者"依然是报道中的高频词，它对阿来社会身份与文化角色的强调起到了从由头到背景的互动的叙事纽带作用，不仅能够引发读者的新闻兴趣，同时也能帮助读者理解相关事实的来龙去脉及社会意义。例如，经由茅盾文学奖的背景联想和认知激发，读者在报道中所获知的信息远远超过阿来个人的经历范畴，读者还可以通过阿来所参加的社会活动、所见所闻所感等了解更广泛意义下的社会文化的发展动向，以此增进读者对文学更多义的理解，给予读者对作家职业内涵及形象的多角度认知。自2000年阿来获得第五届茅盾文学奖以来，他先后获得过华语文学传媒大奖年度作家（2008年）、人民文学奖（2013年度）、第六届《中国作家》文学奖（2013年）、"美丽中国"征文奖（2014年）、首届腾讯书院文学奖（2014年）、"华文好书"文学类十大好书奖（2014年）、第17届上海国际电影节"中国新片单元"电影频道传媒大奖最佳编剧奖（2014年）、第四届朱自清散文奖（2016年）等，每一次获奖，文学专业媒体与大众媒体都进行过相关报道。这些报道总是在新闻的标题或者导语部分以"茅盾文学奖"为显要性的由头和新闻背景，尽管后来陆续出现了"著名作家""四川省作协主席""中国作协副主席""巴金文学院院长""全国人大代表""《科幻世界》主编""《新草地》的编辑""一个用汉语写作的藏族作家""华西都市报'2015名人堂·年度作家'"等多重身份称谓，但它们都是在"茅盾文学奖获奖者"这一背景由头的统揽下叠加进"《尘埃落定》""《空山》""《瞻对》""藏区文化"等相关热词，由此构建阿来的文化身份，其中，阿来对文学奖、文学创作、藏区文学发展的思考和观点，即构成新闻的主要内容，也成为阿来立足现实生活和大众对话交流的媒介渠道。应该说，媒体报道既是媒体与阿来互动的载体，更是媒体与作家共同传播文学的特定仪式，阿来在其中因其不断生成的新闻性而成为作家代言文学的象征符号和文学与社会互动的人格化纽带。这种对阿来获奖者身份的由头化强调及叠加式的背景联动，把阿来的过去、现在与将来置于新闻事实发展变化的时空感知中，符合新闻报道的传播规律，同时也体现出阿来文化身份传播的价值内涵，它是媒体报道作家凸显新闻价值的约定俗成，也是文学与社会互动中媒体取径的具体形态。

2.引用观点与借用自我诠释：立场与导向互构的新闻叙事

媒体报道作家的"取径"通常是在文本中凸显新闻价值要素，除了前文所论及的强调与叠加获奖者身份之外，还表现为引用作家观点和借用作家的自我诠释。

阿来作为新闻人物，其言行就是新闻价值要素的来源，尤其是他的观点和对问题的自我诠释，因其特定的文化身份，较之普通人更具新闻性。在媒体的相关报道中，直接和间接地引用阿来的观点既是突出人物思想和个性的切入面，又是新闻生产中弥补记者采写不足或者未能对某些问题作准确描述的叙事策略之一。比如，新闻报道的标题、报道主体或结尾部分常常会引用阿来的观点，这些观点性信息虽然带有主观倾向，但却是以引语的方式传播观点，所以并未违背新闻报道的真实性原则，相反，还会因阿来观点的新颖等特性更容易形成看点，从而引发社会关注甚至公众讨论。如：2015年腾讯文化频道的报道《阿来"华文好书"获奖感言：希望所有人都能爱中国》①，标题就是对阿来观点的引用，报道不仅原文引用了阿来的获奖感言，还具体展开了标题中的观点，观点与自我诠释形成了互动，成为报道的主体——

> 谢谢庞大的评委团给了我这样一个荣誉。在今天的中国人中，因为我们每个人出身的地域不同，文化背景不同，我们每个人对中国的理解也不一样，我们经常在不同的文字中读到不同的中国，有上海外滩的中国，有北京CBD的中国，也有新疆和西藏的中国，大家的认识并不一样。
>
> 中国作为一个多民族的国家，要进行共同治理，形成一个真正关于中国的国家认同，可能从知识分子到普通民众，再到国家制度建构上，我们都还有很漫长的道路要走，要摸索。
>
> 我想这几十年来，我作为一个中国人，一个爱中国的人，希望所有人都能选择爱中国，愿为建立多民族国家努力，谢谢大家。②

又如在搜狐网的报道《阿来：总想着得奖的作家是可耻的》中，标题直接使用阿来的观点③，记者不仅介绍了他的文学成长历程，还着重描写了他对写作的热爱与专注，报道在传播阿来的一种单纯的文学创作观的同时，也表明了媒体对文学创作及参与评奖的价值立场。

---

① 《阿来"华文好书"获奖感言：希望所有人都能爱中国》，腾讯文化，2015年1月7日，http：//cul.qq.com/a/20150107/044865.htm

② 《阿来"华文好书"获奖感言：希望所有人都能爱中国》，腾讯文化，2015年1月7日，http：//cul.qq.com/a/20150107/044865.htm

③ 《阿来：总想着得奖的作家是可耻的》，2012年3月26日，http：//roll.sohu.com/20120326/n338876003.shtml

报道中的小标题"写作不仅仅限于出书和获奖""把文学变成自己的宗教"均是阿来的原话。这种报道结构及观点性、自我诠释性内容的选择,体现了媒体对作家、对文学的传播立场,看似是一种常规,但也是传受双方都认可的有效的互动信息及导向模式。

其次,阿来自称为"用汉语写藏族文学"的人,针对藏族文学创作和藏族文化等问题,媒体的报道多援引他自己的诠释来间接表达媒体认同的一种辩证思考与文化参与的立场。如阿来2014年1月9日接受新京报与腾讯文化联合采访时,讲述了《瞻对:一个两百年的康巴传奇》的创作过程及感悟,与读者分享了自己的文学观、写作观以及文化观。[①] 他对这部非虚构作品的构思作了如下诠释——

> 我在书里总是讲,老故事又出现,换了一个套子,甚至里头扮演各种角色的那种人跟上一个故事里曾经出现过的人都惊人一致。这就好像被一只上帝之手在支配着,我们过几十年就要把同样的悲剧在社会中重演一次……所以我觉得,我自己写这本书不是在写历史,我就是在写现实。这里面也包含我一个强烈的愿望:我想作为一个中国人,不管是哪个民族,我都希望这个国家安定,希望这个国家的老百姓生活幸福。[②]

在谈到由此产生的对汉藏关系的深入思考时,阿来认为——

> 我觉得今天我们这个社会可能有一个偏颇,就是近代以来全世界共同的身份焦虑的问题,这其实是随着后殖民理论兴起的。上世纪那些殖民的国家想要独立,他们就要回答我是什么人的问题,更重要的是他们要回答我是属于哪个群体、哪个国家、哪个民族的问题。我觉得对于过去那些没有归属感的人来讲,有一个归属感自然是重要的。但我想说的是,今天全世界是不是都在吃这样一种思潮的恶果呢?就是过分强调区别、过分强调建设文化多样性的理论,过分强调人与人的不一样。我记得美国一个科幻作家说,文学应该有三重观点,第一个是个人的观点,从个人视角看世界,第二个是国家、民族、文化的观点,因为我们生下来就自然成为某一个国家、民族或文化的人,这个我们没有选择。他说大部分时候我们的文学就停留在这两个层面了,但是文学应该有一个更大的概念,就是人类的概念。我觉得从这个角度看来,我们能够反思很多问题,就是如果我们过分强调独立的身份,独立的文化价值,那么国家认同是不存在的,或者是被削弱的。不管世界大师他们的力量怎么讲,我自己相信,从古到今,民族是不断整合的,文化是相互渗透的,最后的目标,过去古人先贤已经说过,就是世界大同,我有着一种理想,所以我不想看到这么多战争、这么多隔膜、这么多误解。[③]

这些观点和自我诠释并不局限于他的写作及其作品,它提供了一种开阔辩证的视角来启

---

① 江楠:《阿来:我不是写历史,我就是写现实》,《新京报》2014年1月14日。
② 江楠:《阿来:我不是写历史,我就是写现实》,《新京报》2014年1月14日。
③ 江楠:《阿来:我不是写历史,我就是写现实》,《新京报》2014年1月14日。

发读者全面深入地看待民族问题、理解民族文化，这些具有独到视角的观点类信息的传播也正体现了观点作为新闻的原创性的价值特征，媒体的引用，无论是直接引语还是间接引语，其选择本身就是将自己的立场和导向巧妙融入其间的一种借用式的新闻隐喻，这也是在形式上克服与规避主观倾向性的"宣传式"或"灌输式"报道的新闻叙事策略。相异于专业性的作品研讨及创作研究，媒体报道中所传递的相关观点和作家的自我诠释更具有普遍的关注度和现实针对性，看似是作家观点的表达，但同时也能够借助报道平台起到解疑释惑、预测分析的积极作用，其间，它也能够更加直观和有效地呈现作家的文化使命和社会责任。由此可见，媒体报道作家并非是表面的新闻娱乐化的操作取向，而是必须体现文化价值导向的责任传播，作家作为社会精英，应该通过媒体与社会沟通对话，将健康的有益的思考提供给公众，从此深远意义上讲，媒体对其观点的选择和报道实际上就是将作家作为社会意见领袖的代言来定位，其言论和价值导向通过媒体有效传递，它体现了媒体作为一种价值传播的社会责任及文化品格。概言之，媒体引用作家的观点和借用其自我诠释也是在新闻价值的社会认同中所进行的更贴近、更通俗化的文化对话的互动。我们在阅读报道的过程中体会到：新闻叙事以事实说话的客观性力量在引用中得到释放，作家的观点和诠释作为思想的结晶在大众化的规模传播中借以实现文学生活的审美观照，在这一客观化的观点表达中，文学与社会互动的媒体取径凸显出更深远的文化启思及人文价值。

3.质疑声明与励志讲述的协作式参与：媒介素养的公共展示及社会示范

社会信息化发展的加速，唤醒和育化每一位公民的媒介素养意识，它有助于公民的社会参与及社会对话，表现为公民知情权、参与权、表达权、监督权的满足及实现，这些权益都是媒介素养的有机构成，它们互相表征，互相培育。

阿来所代表的作家群体，从理论上说，具有成为社会公共知识分子的可能性，这也是作家必备媒介素养的一种社会要求。事实上，任何一次报道从过程到文本都离不开报道者与报道对象的参与和协作，这种协作式参与就是必要的人际互动和报道预期的传播互动。从媒体的报道和阿来的自述中，我们知晓了他的成长故事，诗人、编辑、总编、社长等职业角色表明了阿来作为媒体人的经历，他的媒介素养伴随这样的媒体人经历与时俱进。阿来丰富的媒体从业经历使他谙熟新闻传播的规律、能够洞悉受众的信息需求，因此，他在接受媒体采访时也总能体现出双向交流的平等互动以及自然呈现自己的个性与价值立场，这就是良好的媒介素养的展示和示范。在此，本文以阿来协作式参与的两个报道为案例，从报道取径出发分析他与媒体的良性互动，以期探讨作家的媒介素养对于文学与社会互动的价值及意义。

案例一：

2014年8月11日，中国作家网公示了第六届鲁迅文学奖获奖作品名单、实名投票情况和各评奖委员会、纪律监察组及评奖办公室名单。① 媒体及时跟进报道，多数消息突出了"阿来参评得0票的结果"，如8月11日人民网的新闻标题为《第六届鲁迅文学奖评委投票结果

---

① 中国作家网，2014年8月11日，http://www.chinawriter.com.cn/2014/2014-08-11/214423.html。

首公布阿来岳南获零票》，8月12日，天涯社区网的文章标题是《2014鲁迅文学奖的奇耻大辱！阿来作品遭遇0票待遇！》，8月14日《华西都市报》综合澎湃新闻推出的报道题目为《茅盾文学奖得主阿来0票落选鲁迅文学奖公开抗议评委》，8月17日《成都商报》的报道题为《阿来：我对第六届鲁迅文学奖报告文学奖的三个疑问》、《华西都市报》的报道题为《阿来发声明三问鲁迅文学奖期待质疑获合理解释》。从这些主要报道的标题取向可见新闻报道的价值取向和生产策略，即：围绕鲁迅文学奖的评奖结果，媒体报道突出"0票"和"质疑"两大事实元素，由阿来作为知名作家的身份价值加上新近评奖结果的事件，在人物显要性、事实异常性以及冲突性的新闻价值要素中形成对该事件的新闻报道，尤以人物言行的新闻性来提升公众的关注度。紧随其后是四川在线率先发表《阿来独家通过四川在线就鲁迅文学奖发声明》，报道称"作家阿来给四川在线、川报观察客户端发来邮件，文中就参评作品《瞻对：一个两百年的康巴传奇》在评奖体例、评奖程序和作品质量上的争议三问鲁奖"。[①] 笔者分析媒体报道的角度后发现，这类报道聚焦作家对文学评奖的质疑，显然是放大了作家与文学评奖之间的冲突性关联，加上阿来本人既是知名作家又是四川省作协主席的双重身份，更易引发社会关注和舆论热议，这是媒体以此报道来增加"眼球效应"的惯有策略；同时，刊载作家授权的质疑声明原文，不仅可以提升媒体的权威度和报道的原创性，还也可以起到解疑释惑、回应社会的积极作用。这样的传播互动并非追寻事件的真相，而是通过质疑声明来呈现新的问题、新的矛盾、新的困惑，这是将文学的健康发展通过作家获奖与否的事件作为公共议题抛向大众的一种媒体行动，它有助于社会各方参与，从而共同探寻文学奖与文学健康发展的路径。以报道传播的目标导向来看，阿来个人的得失只是一个新闻由头，阿来对文学评奖的质疑与声明才是新闻报道的主体，它跳出了我们对个体利益的"小我"的狭隘关注，通过媒体的报道将其延伸并转化为文学发展的革新动力，在这一转换中我们看到，质疑声明在阿来所具有的人物新闻性的传播中获得了社会对文学活动、文学运行机制的探讨，形成了一种媒介化的公共表达与对话，其传播功效既离不开阿来鲜明的个性与勇于质疑的行为所构建的"注意力"效应，也充分体现了阿来所具有的不可多得的良好的媒介素养。阿来的质疑声明看似从专业角度出发的质疑探问，实则是一种符合大众知情与理解的释疑的说明，他在针锋相对中介绍了非虚构性写作、报告文学等常识与知识，并表达了实践层面的理据；不可忽视的是，他在声明的最后专门进行了补充——"又及：此文写就，我总担心有什么出于个人义愤的偏激之辞与不当之处，所以，又放在手边两天。今天又读过，修改了两三处不准确的表达，自觉不是出于个人目的的诛心之论，才下决心发给几天前就表示愿意刊发之文的《四川日报》网站。"[②] 由此进一步表明自己并非为个人得失而争辩的行动目的，阿来在借力媒体自塑自我形象中展示了媒介素养及其社会功用。

---

① 黄里：《阿来独家通过四川在线就鲁迅文学奖发声明》，四川在线，2014年8月16日，http：//sichuan.scol.com.cn/dwzw/content/2014-08/16/content_8442185.htm?node=968
② 黄里：《阿来独家通过四川在线就鲁迅文学奖发声明》，四川在线，2014年8月16日，http：//sichuan.scol.com.cn/dwzw/content/2014-08/16/content_8442185.htm?node=968

案例二：

2016年2月5日，阿来做客央视节目《开讲啦》①，成为该节目第168期的开讲嘉宾，他以"故乡，世界的起点"为题讲述了自己少年时代的故乡以及"文革"期间在故乡的亲历。阿来在演讲中分享了个人成长的见闻与感悟，说明了曾经想要逃离故乡的原因，他由近及远、由表入深地阐述了故乡之于作家书写的意义——

> 今天我又穿过了一个村庄，这是我穿过的第十二个村庄，接下来我还要穿过一百多个村庄，而所有这些栽培着玉米、小麦、苹果、梨的村庄，放牧着牛羊的村庄，都跟我出生的村子一模一样，有一座水磨坊，有一所小学堂，晴天的早上，小学堂的钟声叮当作响，所有这一切都跟我出生的那个村子一模一样，所以你们这些所有的村子，你们都是我的故乡，我不再把那个小小的村子，作为我的故乡，今天我把青藏高原最壮丽最漂亮的这一部分都看成是我的故乡。直到现在，每年我都有三分之一以上的时间在这样的地域当中行走，跟这儿的雪山在一起，跟这儿的山峰在一起，跟河流在一起。更重要的是，跟这儿的老百姓在一起。那么跟这儿正在发生的历史，跟生活在一起。故乡是让我们抵达这个世界深处的一个途径，一个起点。②

阿来这样的讲述与其书面文本不同，它是一个现场交流的口头文本，他与观众的在场就意味着不再是单方面的"我讲你听"，而是观众在聆听他的讲述后进行有针对性的提问与回答，并在此基础上构建起了互动的对话场，在这样的"类语言"的媒介交流的互动仪式中，阿来形塑了个性化的藏族作家的形象，同时也同步达成电视节目的励志意图。阿来在交流中说"用行走和书写的方式与故乡达成和解"，并坦言"增进国内各民族之间的沟通也是作家的责任"。这些表达被一些媒体在报道中加以突出和强调，体现出媒体将传播预期有机融于参与嘉宾表述的互动协作，这是双方合作传播的共赢，在为观众提供优质的精神食粮的过程中展示出了双方互动的媒介素养。笔者在查阅相关资料时注意到，阿来近期在参加与网络文学发展有关的会议或座谈中，表达了对青年作家、网络作家的鼓励。如2014年12月，在《阿来站台扎场子 "大神"和新人都说有了归属感》的报道中，阿来说"网络文学的出现是一种新的文学现象，提供了文学发展的一种可能性，事实上，我们从网络作家的收入之高，也能感受到网络作家背后的强大的读者力量"③，报道说，"作为实力派作家，阿来一直对网

---

① 《开讲啦》是中央电视台开办的中国首档青年电视公开课。节目邀请"中国青年心中的榜样"作为演讲嘉宾，分享他们对于生活和生命的感悟，给予中国青年现实的讨论和心灵的滋养。每期节目由一位名人倾情演讲、与十位新锐青年代表进行交流对话，300位大学生作为观众现场分享这场有思考、有疑问、有价值观、有锋芒的思想碰撞。现已播出第三季。参见央视网《开讲啦》节目介绍，http://tv.cntv.cn/videoset/VSET100173543987

② 阿来开讲啦演讲稿《故乡，世界的起点》，2015年2月5日，80后励志网，http://www.201980.com/yanjiang/kaijiang/14426.html

③ 张杰：《阿来站台扎场子 "大神"和新人都说有了归属感》，《华西都市报》2014年12月27日，http://news.youth.cn/jsxw/201412/t20141227_6352733.htm

络文学的态度很是开明和支持。他认为，网络文学的出现，是一场文字发表介质的技术层面的革命，网络文学与传统文学，区别仅仅在于平台、载体、介质的变化。而文学载体的变化，在历史上已经不是第一次。过去文字是写在青铜器或竹简上，难道该叫写作者为'青铜作家'或'竹简作家'吗？阿来还透露，早在多年前就曾甘愿为网络文学推广活动站台扎场子。"[①] 报道在末尾引用了阿来对网络文学未来发展的期待，"基于既有的文学经验，网络文学的创作者在具有创新意识的同时，也要善于发扬传统文学的精华，创作出更多具有价值的文学作品"。[②] 这类报道中的观点言论与《开讲啦》的励志类节目相呼应，展示了阿来在社会参与中与媒体的有效互动能力。他的媒介观与文学观通过媒体报道拓宽了我们对作家、对文学与文化的感知，其不俗的媒介素养既有助于文学传播的社会参与，也对同类群体的媒介素养起到了一定的社会示范作用。

以上两个案例给我们的启示是：无论是对社会热议的文学问题的积极回应，还是积极参与国内外多种文化交流活动，无论是勇于发出质疑声明，还是坦然讲述成长经历，阿来通过报道在与大众的互动交流中生动演绎了"从文学走入现实"[③] 的价值立场，为文学与社会互动的人格化沟通、人本化关怀提供了某种媒介化示范。

三、文学与社会互动的融媒体传播走向

如前所述，本文在媒体与文学互动的传播机制中具体解析了媒体报道作家的取径，这些报道文本和实践机制有助于我们从宏观与微观相结合的角度探索文学媒介化、文学大众化的机理。

目前媒体对阿来的报道表明，作家本人就是最好的自媒体，他的社会角色与文化传播的使命使其天然具有较高的新闻价值和传播效应，而媒体对作家的报道，实际上是双向的媒介域的叠合与互动，即记者、作家和读者三大主体通过报道对大众传播、文学传播、文化传播进行互构。媒体与作家的互动，代表了社会大众与文学、文化界的意见领袖的沟通与对话，它扩展了媒体报道文学的范围与文学传播的媒介化路径，开掘了媒体内容生产与文学生产更多的可能，至少在网络文学的快速发展中，媒体报道已然成为其中重要的消费助推力。可以预见的是，媒体运营的市场逻辑与文学发展的消费趋向将在彼此的互促中构建新的互动机制。就媒体报道作家而言，会受到媒介融合发展以及其中的三大主体的信息诉求的更多影响，因而导致媒体对文学传播的方式也将与时俱进，出现更多元的变化和更深度的融合。比

---

① 张杰：《阿来站台扎场子 "大神"和新人都说有了归属感》，《华西都市报》2014年12月27日，http：//news.youth.cn/jsxw/201412/t20141227_6352733.htm

② 张杰：《阿来站台扎场子 "大神"和新人都说有了归属感》，《华西都市报》2014年12月27日，http：//news.youth.cn/jsxw/201412/t20141227_6352733.htm

③ 张莹琦：《阿来：往历史深处寻现实解药》，《南都周刊》2013年第50期。

如，在百度等搜索类媒体中，对作家的介绍是整合多种媒体报道的资料库，它又会成为媒体以后报道的背景参考，尤其是在维基百科这样的网络媒体上，阿来等作家及其文学作品、文学活动等信息汇聚形成了"词条"，而且在大众的阅读参与中不断更新内容，这种协作式的"词条生产"也可能成为新近报道的背景参考或由头线索，同时还可能成为文学研究的一种新闻化的文献路径。笔者在百度上查询到的阿来的人物词条，从成长经历到代表作品再到社会参与，内容全面丰富，很多来源于不同媒体的采写报道以及阿来的自述，涵盖前文述及的媒体取径的主要策略。值得关注的是，阿来通过微博、微信等多种新媒体、自媒体进行的社交传播，正与大众媒体的相关报道形成更广泛的社会化互动，这体现出文学传播的自媒体化、社交化的融合传播新格局、新形态正在构建，其内容和形式必将大大提升文学与社会互动的范围及效能，可以说，这是文学网络化发展的必由，也是媒介融合侵入文学生活化的必然。

需要说明的是，本文对媒体报道阿来的取径解析虽然以媒体视角为出发点，但却始终立足媒介生态变迁和文化传播的媒体效能的考察线上。如前所述，媒体对阿来获奖者身份的强调与叠加、对阿来观点的引用和自我诠释的借用、对阿来协作式参与报道的质疑声明和励志讲述的分析，均将其作为新闻报道价值选择的表征及生产策略，然而报道的双向性、对话性、协作性等更呈现了阿来的媒介素养，由此可见阿来的专业创作、媒体参与、社会活动均是互融于他的言行的新闻价值的"融媒体"；同时，他出众的媒介素养在大众媒体报道和自媒体的社交传播中融合跳转，突破了传统意义上文学传播的边界，成为泛在化、媒介化、参与式的生活文学的对话，不仅将实现跨界跨域的社会交流，而且还将在顺应融合传播的大势中同步提增文学大众化、通俗化的传播效率，从而凸显媒体取径的融合传播走向，扩展文学与社会的价值关联。

互动本是传播的过程，传播本是互动的表征。媒体报道阿来的实例表明：文学与社会互动是人类文明传播的过程。媒体报道的融媒化与作家自我传播的融媒化推动了文学传播的融媒化。这一未来走向离不开媒体与作家媒介素养的互构与深度协作，如此，作家与社会、文学与社会之间的交流壁垒将伴随媒介传播技术和受众消费需求的变化逐步消减。我们有理由相信：融媒体传播基于人类文化需求与实践创造的驱动，它将构建文学与社会互动的新的传播机制，焕发出拉动文学生产和创新的新的活力。因此，文学与社会互动的媒体取径也将远超于新闻生产的选择性策略，就其成因机制和联动功效而言，它将孕育并践行以人为本的融合使命及文化创新。

（原载陈思广主编：《阿来研究》[第五辑]，四川大学出版社2016年版）

附

录

阿来创作年表（2010～2017）

梁 海

2010年，51岁。散文《香茅的茅，高台的台》发表于《人民文学》第1期；散文《一本书与一个人》发表在《文学界》（专辑版）第4期；《当代文坛》第6期发表阿来与陈晓明合作的《〈康巴〉二题》（《民族文学》以《达真，扎根在康巴高地上的写者》为题节选后发表于第9期）；《海燕》第7期发表《成都物候记》；散文《越窑遗址记》发表于《人民文学》第8期（"慈溪记"系列）。

第七届华语文学传媒大奖获奖词以《人是出发点，也是目的地》为题分别发表于《名人传记》（上半月）第10期及2011年3月25日《四川日报》，以《人是出发点，更是目的地》为题刊载于《语文月刊》（学术综合版）第5期，各篇均为录音整理，内容有别。

中篇小说集《遥远的温泉》由香港明报月刊出版社、新加坡青年书局出版。

2011年，52岁。中阿文学论坛演讲《中国的少数民族文学，以及我自己》刊于2月16日《中华读书报》；《新疆人文地理》第2期和第6期分别发表了散文《阿尔泰山去来》和《山与湖》；《中国作家》第3期发表散文《带着"落花"回家》；《新作文》第3期发表散文《宣汉百里峡记》（8月11日《半岛晨报》转载、11月16日《中国旅游报》转载）《西湖》第6期发表阿来与姜广平对话录《"我是一个藏族人，用汉语写作"》；《青年作家》第6期发表《文学和社会进步与发展》，《时代文学》（上半月）第11期转载；《青年作家》第7期发表《乡村叙事的可能性表达——兼及长篇小说〈曾溪口〉》；《金沙江边的兵器部落》刊于《文苑》（经典美文）第7期；《玉树记》刊于《散文选刊》第10期（《中国作家》第22期转载）；《远游的植物》刊于《文苑》（经典美文）第10期；《果洛的山与河——果洛记之二》刊于《时代文学》（上半月）第11期。

2月，《格萨尔王》由台北联经出版事业股份有限公司出版（"阿来作品集"）。

5月，《尘埃落定》由台北联经出版事业股份有限公司出版（"当代名家"系列）；《空山》由台北麦田出版社出版。

7月，散文集《看见》由湖南文艺出版社出版。

2012年，53岁。《民歌，我珍重的民间表达》发表于《广播歌选》第3期；《小篇幅也是大小说——序小说集〈穿越2012〉》发表于《青年作家》第10期；《文学对生活的影响力——为伦敦书展所作的演讲稿》发表于《厦门文学》第10期，《法制资讯》第5期以《文学对生活的影响力》为题节选发表；《谈谈小说》刊于12月31日《文艺报》（2014年9月21日《天水日报》转载）；《成都物候二题》发表于《厦门文学》第10期；《一滴水经过丽江》刊于9月16日《渤海早报》（《语文教学与研究：读写天地》于第12期转载、《四川日报》于2013年1月11日转载、《德阳日报》于2013年9月25日转载）；《藏乡来了〈水浒传〉》刊于9月12日《深圳特区报》；《乱弹琴：关于经典》刊于5月8日《深圳特区报》（《温州晚报》于同年5月27日转载、《中国西部》于2013年11期转载）；长篇小说《苏东坡和他的大宋朝》（徐菜著，2012年4月版）一书序《说不尽的苏东坡》刊于4月23日《成都日报》，6月2日《华商报》、5月27日《北京晨报》、6月8日《中国新闻出版报》相继转载；《美的教育，是文学的重要功能》刊于5月18日《解放日报》；访谈《阿来：我不是写作匠》刊于9月7日《解放日报》（《阿来研究》2015第2辑转载，题目改为《〈西藏的天空〉访谈》）。

1月，《尘埃落定》由作家出版社再版（"茅盾文学奖书系"）。

3月，中短篇小说集《西藏的灵魂》在美国出版：

Tibetan soul : stories. Karen Gernant & Chen Zeping(Trans.). Portland：MerwinAsia，2012.

4月，江苏人民出版社出版散文集《草木的理想国》。

《空山》在日本出版：

空山:風と火のチベット，山口守訳.東京:勉誠出版，2012。

2013年，54岁。《春天记》发表于《草地》第C1期；《文学的诗性表达》发表于《草地》第1期；《翻译是推动社会进步的力量》发表于《民族文学》第11期（根据阿来在《民族文学》藏文版作家翻译家改稿班上的授课整理节选，《阿来研究》2014年第1辑转载与扩充）；《达古的春天》发表于《四川文学》第9期；《桂》发表于《文苑》第8期；《守护雪域精灵——记林跃藏獒油画俄罗斯展》刊于6月14日《光明日报》；《雪域精灵与世界的相遇——记油画家林跃》发表于《艺术市场》第23期；《好小说的两个标准》发表于《小说评论》第2期；《一滴水经过丽江》发表于《文苑》第3期；《草木的理想国：成都物候记》发表于《青年作家》第1期；《尘埃落定十五年》刊于5月10日《渤海早报》（〈尘埃落定〉15周年纪念版后记原文）；6月4日《天津日报》以《一个巨大的幸运——〈尘埃落定〉15周年纪念版后记》为题进行刊发。《人民文学》第8期发表长篇"非虚构小说"《瞻对：两百年康巴传奇》。

1月，小说与散文集《灵魂之舞》由人民文学出版社出版（"茅盾文学奖获奖作家的短经典"）；小说与散文集《群蜂飞舞》由辽宁人民出版社出版（"名家自选经典书系"）。

3月，《尘埃落定》由人民文学出版社出版15周年"纪念版"。

7月，传记文学《草原上的太阳》由四川科学技术出版社再版。

10月，短篇小说集《月光下的银匠》由上海文艺出版社出版（"中国短经典丛书"）。

11月，小说与散文集《天火》由人民文学出版社出版（"有价值悦读"丛书）。

《格萨尔王》在英国出版：

The Song of King Gesar. Howard Goldblatt & Sylvia Lin(Trans.). Edinburgh: Canongate Books，2013.

2014年，55岁。《中国的少数民族文学，以及我自己——在西班牙塞万提斯学院的演讲》发表于《青海湖》第9期；《小说的新》发表于《新作文》第21期；《加强交流才能走得更远》刊于2月6日《人民日报》；《写龙仁青，也是写我自己》刊于1月31日《文艺报》；《重建文学的民族性——与张江、朝戈金、张清华、阎晶明的文学对话》刊于4月29日《人民日报》；《论短篇小说——与阎连科、范小青、红柯、蒋一谈的文学对话》发表于《山花》第1期；《〈康若文琴的诗〉序》发表于《草地》第3期；访谈《"老百姓在意的都是民生问题"阿来和他的非虚构历史》刊载于《南方周末》4月17日；《把握多元文化现实参与国家共识建设》刊于11月28日《文艺报》；《黄州访东坡行迹记》发表于《人民文学》第10期（《湖北日报》同年10月24日进行转载）；《我对第六届鲁迅文学奖报告文学奖项的三个疑问》刊于8月17日《成都商报》（《阿来研究》2015年第2辑进行转载，并在文字上有改动）；《〈参透人生的史诗〉——〈西藏天空〉探讨会纪要》发表于《电影新作》第3期；《翻译是推动社会进步的力量》发表于《阿来研究》第1辑（2013年《民族文学》刊发文章的扩充版）；《〈瞻对〉·"国际写作计划"及其他——阿来访谈》发表于《阿来研究》第1辑；《我不能总写"田园牧歌"》刊于1月21日《南方日报》（《阿来研究》第1辑进行转载）；《对藏族文化的现代反思》刊于1月17日《光明日报》（《阿来研究》第1辑进行转载）；《我不是写历史，我就是写现实》刊于1月14日《新京报》（阿来1月9日接受新京报与腾讯文化联合采访）；访谈《阿来说〈瞻对〉：康巴—隅透射汉藏国际化历程》发布于1月23日腾讯网（腾讯文化板块）http://cul.qq.com/a/20140123/005551.htm；访谈《我们太善于和历史和解了》发布于6月1日腾讯网（腾讯文化板块），http://cul.qq.com/a/20140601/005233.htm。

1月，长篇历史小说《瞻对：终于融化的铁疙瘩———一个两百年的康巴传奇》由四川文艺出版社出版。

7月，中篇小说集《格拉长大》由江苏文艺出版社出版（何言宏编"21世纪作家文库"）。

8月，小说集《中国好小说》由中国青年出版社出版。

10月，散文集《草木的理想国》《尘埃落定》（大字版）由中国盲文出版社出版。

11月，中短篇小说集《宝刀》由中国盲文出版社出版。

2015年，56岁。《我是谁？我们是谁？——在东南亚和南亚作家昆明会议上的发言》发表于《阿来研究》第2辑；《消费社会的边疆与边疆文学——在湖北省图书馆的演讲》发表于《阿来研究》第3辑（根据演讲现场整理，卢闹整理，校对者纪凯丽），《长江文艺》11期以《消费社会的边疆与边疆文学》为题进行节选刊载；《文学是在差异中寻找人类的共同性》刊于8月13日《文学报》（《阿来研究》第3辑转载，稍有改动）；《顺应民族交融的大势——由历史纪实文学〈瞻对〉引起的对话》发布于凤凰网http://news.ifeng.com/a/20150717/44187661_0.shtml（《阿来研究》第3辑进行转载，收入时有改动；6月4日《人民政协报》以《顺应民族融合发展的大势》为题，节选刊登）；访谈《写作是我介入世界的一个途径》刊于8月5日《华西都市报》；《我们能为文学做点什么——在大连理工大学的演讲》发表于《辽宁师范大学学报》（社会学科版）第5期；《伦理与法理》发表于《中国律师》12期（此文系作者在第七届西部律师发展论坛上的演讲稿）；《西藏的"张大人花"》发表于《中国民族》第5期；《〈尘埃落定〉创作谈》发表于《芳草》（经典阅读）第C1期；《看得见自己的人，才有可能看见世界》发表于《秘书工作》第11期；访谈《作家的天命就是要讲究语言》（访问者：冷朝阳）发表于《长江丛刊》第21期；《诗人语言、方言及叙事建构》发表于《百花洲》第1期；《关于小说创作——在四川省中青年作家培训班上的演讲》发表于《美文》（上半月）第8期；《文学观念与文学写作问题——在四川省中青年作家培训班上的演讲》发表于《美文》（上半月）第10期；《海与风的幅面——从福州到泉州》发表于《人民文学》第7期；腾讯网（腾讯文化板块）于1月8日发布访谈文章《专访阿来：中国人缺的不是信仰而是基本的道德》http://cul.qq.com/a/20150108/010369.htm；《诗歌和文物的一次共振》一文（阿来为彭志强诗集《金沙物语》一书所作序）发布于5月26日腾讯网（腾讯文化板块）http://cul.qq.com/a/20150526/053248.htm；4月7日至18日，华中科技大学中国当代写作研究中心"春秋讲学"之2015春讲，邀请著名作家阿来和文学评论家陈晓明驻校讲学，5月12日，腾讯网（腾讯文化板块）以《外来和尚引发汉语革命》为题发布了阿来讲课的部分内容http://cul.qq.com/a/20150512/007476.htm；腾讯网"腾讯大家"板块阿来专栏，在3月17日到8月12日间，以连载形式发表《武威记》《丽江记》《平武记》《山南记》系列文章http://dajia.qq.com/author_personal.htm#!/11（《作家》2017年第6期转载《丽江记》）。

1月，长篇小说《格萨尔王》（修订本）由重庆出版社出版；《尘埃落定》（蒙古文版）敖特根译，由内蒙古人民出版社出版；中篇小说集《遥远的温泉》由上海文艺出版社出版（"中国中经典"丛书）。

2月，长篇历史小说《瞻对：终于融化的铁疙瘩——一个两百年的康巴传奇》由四川文艺出版社出版第2版（精装）。

6月，小说集《红狐》由长江少年儿童出版社出版（"大家大奖小说"系列）；长篇历史小说《瞻对：终于融化的铁疙瘩——一个两百年的康巴传奇》由四川文艺出版社出版第2版（平装）。

7月，散文集《语自在》由重庆出版社出版；中篇小说集《蘑菇圈》由长江文艺出版社出版。

8月，《奥达的马队》（藏文版），多吉华译，由四川民族出版社出版（阿来最新中篇小说系列）；中短篇小说集《奔马似的白色群山》《少年诗篇》《行刑人尔依》由四川文艺出版社出版（"阿来中短篇小说集"丛书）。

《格萨尔王》（蒙古文版）其达拉图译，由新疆人民出版社出版。

《孽缘》（藏文版）克波译，由四川民族出版社出版。

2016年，57岁。《警惕工具主义和消费主义对历史的扭曲——在当代历史记录者大会上的演讲》发表于《阿来研究》第4辑（根据演讲记录整理，收入时作了适当改动）；《类型小说以及类型的超越——在华中科技大学国家大学生人文素质教育基地的演讲》发表于《阿来研究》第5辑（本文根据现场演讲整理，收入时有修改，演讲时间2015年4月15日）；《藏地书写与小说的叙事——阿来与陈晓明对话》发表于《阿来研究》第5辑；《文学总是要面临一些问题——都江堰青年作家班上的演讲》发表于《美文》（上半月）第1期；《文学的叙写抒发与想象（上）——在四川2015中青年作家高级培训班的演讲》发表于《美文》（上半月）第2期；《文学的叙写抒发与想象（下）——在四川2015中青年作家高级培训班的演讲》发表于《美文》（上半月）第3期；《非虚构文学应该要有文化责任——在成都图书馆锦城讲堂的讲座》发表于《美文》（上半月）4期；《傅斯年、李庄及其他》发表于《美文》（上半月）第5期；《地域或地域性讨论要杜绝东方主义——在中澳文学第三届高峰论坛上的演讲》发表于《美文》（上半月）第6期；《当我们谈论文学时，我们在谈些什么》发表于《美文》（上半月）第7期（本文为4月25日在巴金文学院的演讲）；《在遂宁，谈谈陈子昂，谈谈观音——在遂宁市船山区"莲香成渝"全民阅读活动上的讲演》发表于《美文》（上半月）第8期；《文学和社会进步与发展》发表于《美文》（上半月）第9期（此文为2011年5月6日阿来于罗马亚非学院"中意文学论坛"上的演讲）；《我对文学翻译的一些感受——2016年8月15日在第四次汉学家文学翻译国际研讨会上的发言》发表于《作家》第10期；《警惕文学上的东方主义——在四川省少数民族作家培训班讲座记录》发表于《美文》（上半月）第11期；《我是谁？我们是谁？——在台湾大学"全球华文作家论坛"上的主旨演讲》发表于《美文》（上半月）第12期；《不是印象的印象，关于迟子建》发表于《北京文学》（精彩阅读）第8期；《一个中国作家的开放与自信——就从翻译谈起》刊于9月9日《人民日报》，《冬天下雪画眉出来》刊于12月19日《安徽青年报》；《救赎》刊于4月1日《新民晚报》（本文为虹影作品四川文艺出版社出版的《饥饿的女儿》《好儿女花》《你照亮了我的世界》序，有删节）；《诚恳地寻找》刊于8月19日《南方日报》；《故事隐藏在路上》刊于12月1日《人民日报》；《转型时代的新乡愁——序罗国雄诗选集〈遍地乡愁〉》刊于10月23日《乐山日报》；访谈《疯狂的虫草，疯狂的松茸和疯狂的岷江柏》刊载于《南方周末》12月22日；访谈《访作家阿来：中国的现有法规已很难保护快速丧失的生物多样性》一文于3月11日发表于澎湃网http://www.thepaper.cn/newsDetail_forward_1442568；腾讯网（腾讯文化板块）于8月1日发表《阿来谈奈保尔：不是解构，不是背离，是新可能》（转自腾讯文化合作媒体"当代"微信公众号）http://cul.qq.com/a/20160806/005531.htm；腾讯网（腾讯文化板块）于9月13日发布阿来与作家麦家在电子科技大学的对谈摘录《麦家阿来对谈：如何摆脱粗鄙的生活？》http://cul.qq.com/a/20160913/007236.htm。

1月,《蘑菇圈》由台北九歌出版社有限公司出版(九歌文库)。

6月,随笔集《落不定的尘埃:阿来藏地随笔》由长江文艺出版社出版(中外名家随笔精华)。

8月,中篇小说《蘑菇圈》《河上柏影》《三只虫草》(阿来山珍三部)由人民文学出版社出版。

10月,诗集《阿来的诗》由四川文艺出版社出版;儿童文学《格拉长大》由人民文学出版社出版。

11月,《阿来散文》由人民文学出版社出版(中华散文珍藏版)。

12月,《河上柏影》由新北INK印刻文学生活杂志出版有限公司出版(文学丛书)。

2017年,58岁。《文化的转移与语言的多样性——在华中科技大学中文系的演讲》发表于《阿来研究》第6辑(演讲时间:2015年4月7日);《我为什么要写"山珍三部"》发表于《阿来研究》第6辑(本文系2016年11月27日阿来在湖南长沙梅溪书院举办的"自然与故乡"——"山珍三部"长沙读者见面会上的演讲录);《烛见文明更深处》刊于3月31日《人民日报》;《〈百年孤独〉不是孤立事件》刊于6月17日《解放日报》;《文学拉近民心距离》发表于《孔子学院》第6期;《马》发表于《中国生态文明》第2期;《文昌崇拜在大庙》刊于7月23日《绵阳日报》;《在乐山沫若书院成立仪式上的讲话》刊于11月5日《乐山日报》;《走向海洋》刊于8月15日《中国国土资源报》;《爱花人说识花人》刊于8月5日《云南日报》;《母语与汉语》发表于《民族文学》第8期(根据作者在2017《民族文学》蒙古文版作家翻译家培训班的讲座整理摘录);《让我们像山一样思考》发表于《青年博览》第10期;《故乡春天记》发表于《作家》第1期;访谈《我一直都在追问,为什么?》发表于《青年作家》第7期;《大金川上看梨花》发表于《青年作家》第8期(《中华文学选刊》第11期转载);《蓉城物候志》发表于《中国职业经理人》第3期;《被机器审视》刊于12月23日《广州日报》;《一起去看山》刊于11月6日《人民日报》(《广州日报》11月22日转载);《让自己看见让自己发现》刊于4月24日《成都晚报》(系《大雨中那唯一的涓滴》散文集的自序);《读懂陈子昂情怀天地间》刊于4月14日《四川日报》;《春日去梓潼》刊于8月20日《绵阳日报》;《我想从天上看见》发表于《文苑》(经典美文)第7期;《写作是一种胸怀与眼光》发表于《美文》(上半月)第8期(本文根据阿来在张生全长篇小说《最后的士绅家族》作品研讨会上的讲话录音整理);《丽江记》发表于《作家》第6期;《马尔克斯与〈百年孤独〉》发表于《美文》(上半月)第9期(根据阿来在十月文学院"名家讲经典"系列文学讲座的讲稿整理而成);《语言的信徒——在北京大学中文系的演讲》发表于《美文》(上半月)第10期;《文学会有可以期许的辉煌未来》发表于《青年作家》第6期;《群山的波涛》发表于《草堂》第1期(《诗选刊》于第4期转载);《春日游梓潼七曲山大庙记》发表于《人民文学》第6期;《群山,或者关于我自己的颂辞》发表于《西藏文学》第3期;《低微的谷子(外二首)》发表于《诗林》第4期;《金光》发表于《诗刊》第2期;《我想从天上看见》发表于《人民周刊》第19期；《小说的新》刊于10月9日《甘孜日报》；《走向世界的格萨尔》刊于4月7日《光明日报》；《看花是种世界观》刊于9月10日《成都日报》。

1月，科普、科幻散杂文集《大雨中那唯一的涓滴》、演讲集《当我们谈论文学时，我们在谈些什么——阿来文学演讲录》由陕西师范大学出版总社出版。

4月，小说集《宝刀》，由江苏凤凰文艺出版社出版（张学昕编"茅盾文学奖获奖者小说丛书"）。

5月，《大地的阶梯》由四川文艺出版社出版（"经典文学"系列）；短篇小说集《阿古顿巴》、长篇小说《狗孩格拉》由四川文艺出版社出版；随笔集《从拉萨开始》由华文出版社出版（丝绸之路名家精选文库）。

6月，长篇小说《空山》由天地出版社出版（21世纪新经典文库：长篇小说选刊.第一辑）；《空山》（第一部），英文版，Saul Thompson译，由中译出版社出版。

8月，《遥远的温泉》，何水法插画，由作家出版社出版（谢有顺主编"精典名家小说文库·第一辑"）。

（梁海　辑）

阿来研究论文和著作索引

（1988～2017）

于 宏

论 文

白崇人：大变革中的心灵颤抖——读阿来的《奥达的马队》，《当代文坛》1988年第4期。

周克芹：在历史与现实的交汇点上——序阿来小说集《远方的地平线》，《民族文学》1989年第1期。

杨德华：诗人的小说与小说的诗情——读阿来小说集《旧年的血迹》，《民族文学研究》1989年第3期。

晓钟：论四川少数民族文学创作的勃兴，《当代文坛》1990年第2期。

冯宪光：现实与传统幻想与梦境的交织——评阿来的短篇小说，《当代文坛》1990年第6期。

张军：阿来小说论纲，《草地》1991年第1期。

赵智：意图和超越——从《已经消失的森林》说开去，《红岩》1991年第3期。

尹虎彬：历史延续中的文学及其趋向——近期少数民族短篇小说透视，《民族文学研究》1992年第4期。

王一川：跨族别写作与现代性新景观——读阿来长篇小说《尘埃落定》，《中国文化报》1998第26期。

三言：阿来携《尘埃落定》荣归故里，《草地》1998年第3期。

廖全京：存在之镜与幻想之镜——读阿来长篇小说《尘埃落定》，《当代文坛》1998年第3期。

止庵：读《尘埃落定》，《津图学刊》1998年第3期。

贺绍俊：说傻·说悟·说游——读阿来的《尘埃落定》，《当代作家评论》1998年第4期。

殷实：退出写作，《当代作家评论》1998年第4期。

周政保："落不定的尘埃"暂且落定——《尘埃落定》的意象化叙述方式，《当代作家评论》1998年第4期。

张东焱：烛照尘埃遮蔽的界域——《尘埃落定》读后，《小说评论》1998年第6期。

德吉草：认识阿来，《西南民族学院学报》1998年第6期。

周政保：《尘埃落定》：人与历史的命运，《民族文学》1998年第6期。

周政保："文化亡灵"的回忆，《中国图书评论》1998年第10期。

阿坚：尘埃当落定，《读书》1998年第10期。

（无名）：大智若愚的阿来，《出版广角》1999年第1期。

杨玉梅：论傻子形象的审美价值——读阿来的《尘埃落定》，《民族文学研究》1999年第1期。

焦会生：尘埃落定文明新生——评阿来长篇小说《尘埃落定》，《新乡师范高等专科学校学报》1999年第1期。

覃虹、舒邦泉：空灵的东方寓言诗化的本体象征——评《尘埃落定》的艺术创新，《西南民族学院学报》1999年第1期。

寇才军：由扎西达娃和阿来的创作看当今藏族作家文学的发展，《西南民族学院学报》1999年第3期。

艾莲："我"非傻子——试析《尘埃落定》的叙事策略，《当代文坛》1999年第3期。

王定天：无法告别孤独——解读《尘埃落定》，《宜宾师范高等专科学校学报》1999年第3期。

徐新建：权力、族别、时间：小说虚构中的历史与文化——阿来和他的《尘埃落定》，《西南民族学院学报》1999年第4期。

徐其超："文化混血"——新时期四川少数民族作家素质论，《西南民族学院学报》1999年第5期。

冉云飞、阿来：通往可能之路——与藏族作家阿来谈话录，《西南民族学院学报》1999年第5期。

李茂：一曲历史的挽歌，《西南民族学院学报》1999年第S2期。

才旦：《尘埃落定》：一幅浓郁的土司生活画卷，《青海民族师专学报》2000年第1期。

栗原小荻：文明的承传与文学的建树——中国当代少数民族小学家系列概评之一，《西北民族学院学报》2000年第1期。

王育松：厚重与灵动兼备的诗化文本——试论《尘埃落定》的文体创新，《武汉交通科技大学学报》2000年第2期。

王泉：论阿来小说中的几个主要意象，《中南民族学院学报》2000年第2期。

李满：《尘埃落定》的文化哲学意蕴，《江西教育学院学报》2000年第2期。

徐其超：新的崛起新的收获——论新时期四川少数民族小说创作，《西南民族学院学报》2000年第3期。

朱晶、陈代兵：穿透尘埃的真实——读阿来的《尘埃落定》，《娄底师专学报》2000年第3期。

黑白：扎根在民族的沃土上——第五届茅盾文学奖获奖作品漫评，《博览群书》2001年第1期。

边赫：尘埃中的阿来，《英才》2001年第1期。

冉云飞：尘埃落定看阿来，《中国西部》2001年第1期。

傅恒：阿来和他的《尘埃落定》，《青年作家》2001年第1期。

魏斌：《鱼》（短篇小说），《当代作家评论》2001年第1期。

孔章圣：阿来新世纪中国文坛的雄鹰，《人才开发》2001年第2期。

李康云、王开志：阿来其人及《尘埃落定》，《乐山师范学院学报》2001年第2期。

李灵志：诗化的东方寓言——读阿来的《尘埃落定》，《中文自修》2001年第2期。

徐新建：流动的歌者：阿来创作论——从文学人类学的角度切入，《民族文学研究》2001年第2期。

李晓云、康亮芳：《尘埃落定》与《喧哗与骚动》的文本比较分析，《康定民族师范高等专科学校学报》2001年第2期。

陶然：西藏的史诗——阿来《尘埃落定》掠影，《阅读与写作》2001年第3期。

马识途：新竹高于旧竹枝，《四川戏剧》2001年第3期。

脚印：诗意的《尘埃落定》，《百科知识》2001年第3期。

李康云、王开志：阿来《尘埃落定》的另类叩问与聆听，《宜宾学院学报》2001年第4期。

孔章圣：中国最年轻的茅盾文学奖得主，《教师博览》2001年第4期。

赵子勤：从乡村教师到茅盾文学奖得主——阿来和他的《尘埃落定》，《四川统一战线》2001年第4期。

冯晶：感喟一种制度的终结——《尘埃落定》人物论，《济宁师专学报》2001年第4期。

李康云、王开志：《尘埃落定》与土司制度——两处"误读"与阿来历史观念的认识，《草地》2001年第4期。

高卫红：尘埃迷不住的眼睛——析《尘埃落定》中的傻子，《内江师范学院学报》2001年第5期。

杨玉梅、来春刚：论傻子形象的审美价值——读阿来的《尘埃落定》，《中央民族大学学报》2001年第6期。

丁杨：文学，是一种祝愿——阿来访谈，《中国出版》2001年第10期。

董正宇：一个傻子眼中的"尘埃"世界——试析阿来的《尘埃落定》，《郴州师范高等专科学校学报》2002年第1期。

郝敏：《尘埃落定》成功原因之我见，《安徽广播电视大学学报》2002年第1期。

李康云：论《尘埃落定》与土司制度——两处"误读"的澄清与阿来小说历史意识的思想根源解读，《乐山师范学院学报》2002年第1期。

张阿莉、达仓：写没落主题　抒人类情怀——《喧哗与骚动》与《尘埃落定》比较，《西藏大学学报》（汉文版）2002年第1期。

夏冬星：人的寓言——论《尘埃落定》，《宿州教育学院学报》2002年第1期。

李莉：傻子，民族灵魂的透析——论《尘埃落定》的民族心性，《阿坝师范高等专科学校学报》2002年第1期。

庄秀芬：独特新颖的构思模式——读阿来的《尘埃落定》，《东疆学刊》2002年第2期。

黄书泉：论《尘埃落定》的诗性特质，《文学评论》2002年第2期。

阿来、唐朝晖：阿来：心中的阿坝·尘埃依旧，《出版广角》2002年第7期。

黄薇：从《尘埃落定》的民族自省意识谈当代蒙古族小说，《西北民族学院学报》2002年第2期。

韦器闳：傻眼看世幻语写史——评阿来的长篇小说《尘埃落定》，《中山大学学报论丛》2002年第2期。

太扎姆：试比较《狂人日记》和《尘埃落定》两部作品的创作，《康定民族师范高等专科学校学报》2002年第2期。

郝敏：论《尘埃落定》叙述视角的审美意义，《安徽工业大学学报》2002年第3期。

杨扬：组合与分裂——谈《尘埃落定》的人物内涵，《黄山高等专科学校学报》2002年第3期。

德吉草：文化回归与阿来现象——阿来作品中的文化回归情愫，《民族文学研究》2002年第3期。

田泥：用感性来体悟存在——阅读阿来的作品，《民族文学研究》2002年第3期。

常小鸣：新异的视角诗意的光辉——评长篇小说《尘埃落定》，《南京晓庄学院学报》2002年第3期。

龙靖遥：招魂者言：现代民间叙述——试释《尘埃落定》的叙述模式，《广东工业大学学报》2002年第3期。

刘为钦：《尘埃落定》漫谈，《湖北社会科学》2002年第3期。

杨霞："阿来作品研讨会"综述，《民族文学研究》2002年第3期。

王皓舒：尘埃落定铿锵有声——读阿来的《尘埃落定》，《中文自修》2002年第3期。

尕藏才旦：《尘埃落定》——一部现实主义的精品，《民族文学研究》2002年第3期。

肖鹰：文化批评与非象征——表现性写作，《文艺研究》2002年第4期。

张彩虹：存在与时间：从约克纳帕塔法到马尔康——对《尘埃落定》与《喧哗与骚动》的比较解读，《武汉理工大学学报》2002年第4期。

高蔚：文本结构的反讽策略——《尘埃落定》散论，《中南民族学院学报》2002年第4期。

崔喆：失语的迷途——读阿来的《尘埃落定》，《华北电力大学学报》2002年第4期。

唐世贵：在规则下的人性扭曲——浅谈《尘埃落定》的文化符号表征，《当代文坛》2002年第4期。

胡芳：荒诞中的真实——读阿来的《尘埃落定》，《雪莲》2002年第4期。

张彩虹：存在与时间：从约克纳帕塔法到马尔康——对《尘埃落定》与《喧哗与骚动》的比较解读，《武汉理工大学学报》2002年第4期。

唐韧：阿来占的什么便宜，《文学自由谈》2002年第5期。

栗原小荻：我眼中的全球化与中国西部文学——兼评《尘埃落定》及其它，《西南民族学院学报》2002年第5期。

刘为钦：试论《尘埃落定》的艺术新质，《高等函授学报》2002年第5期。

陈宗周：做一个行动的知识分子，《知识经济》2002年第5期。

石湾：抢稿，《传媒》2002年第5期。

王悦娟：作文形式创意的三只"法眼"，《作文成功之路》（高中版）2002年第6期。

刘中桥："飞来峰"的地质缘由——阿来小说中的"命运感"，《当代文坛》2002年第6期。

孔章圣：编辑阿来：藏族雄鹰，《传媒》2002年第7期。

林苹：《尘埃落定》的象征意义，《福建教育学院学报》2002年第7期。

严家炎：《尘埃落定》：丰厚的文化底蕴，《文学视界》2002年第9期。

王永茂：单向度的人的寓言——阿来《尘埃落定》的寓意，《承德民族师专学报》2003年第1期。

夏元明：宗教体验的诗性表达——评阿来的《尘埃落定》，《黄冈师范学院学报》2003年第1期。

张立驰：试论《尘埃落定》中的比喻，《阜阳师范学院学报》2003年第1期。

胡立新、沈嘉达：谈阿来小说的叙事艺术，《黄冈师范学院学报》2003年第2期。

申载春：反讽：《尘埃落定》的叙事策略，《忻州师范学院学报》2003年第2期。

李建军：像蝴蝶一样飞舞的绣花碎片——评《尘埃落定》，《南方文坛》2003年第2期。

胡立新：颠覆阅读理性的诗化叙事——以阿来《尘埃落定》《遥远的温泉》为例，《小说评论》2003年第2期。

姜山秀：《尘埃落定》：历史进程的文化反思，《曲靖师范学院学报》2003年第2期。

蒙银菊：《尘埃落定》象征功能试析，《南宁师范高等专科学校学报》2003年第2期。

胡立新：论《尘埃落定》的文化矛盾及象征意蕴，《文艺争鸣》2003年第3期。

仁可：发现与回忆——由阿来《大地的阶梯》引出的话语，《中国图书评论》2003年第3期。

徐其超：从特殊走向普遍的跨族别写作抑或既重视写实又摆脱写实的创作形态——《尘埃落定》艺术创新探究，《西南民族学院学报》2003年第3期。

秦敬：论《尘埃落定》的复调小说特征，《西南民族学院学报》2003年第3期。

王凤仙：《尘埃落定》与《百年孤独》之比较，《西南民族学院学报》2003年第3期。

吴正一、孟庆宏：人物美学辩证法：《白鹿原》与《尘埃落定》，《太原教育学院学报》2003年第3期。

陈凛：在比较的视角中再论《尘埃落定》，《西南民族学院学报》2003年第3期。

王宁：永不落定的追寻——评阿来小说《尘埃落定》，《邢台学院学报》2003年第3期。

王凤仙：历史旋律的诗意表达——评长篇小说《尘埃落定》，《枣庄师范专科学校学报》2003年第4期。

何月华：一个独特的"傻子"——《尘埃落定》中"傻子"的典型性塑造，《阅读与写作》2003年第4期。

王永茂：单向度的人的寓言——阿来《尘埃落定》的寓意，《社会科学论坛》2003年第4期。

袁丁：跨越还是对立——《尘埃落定》族别问题浅析，《文艺评论》2003年第4期。

丹珍措：阿来作品文化心理透视，《民族文学研究》2003年第4期。

蒋敏华：全球化语境中的文化心理——兼评马原、央珍、阿来的西藏题材小说，《江淮论坛》2003年第5期。

唐世贵：再论《尘埃落定》的浪漫神秘色彩，《攀枝花学院学报》2003年第5期。

田中元：世纪末的风景——《尘埃落定》艺术魅力解读，《阴山学刊》2003年第5期。

王永茂、张玉勤：权力的异化与民族的审视——阿来《尘埃落定》的寓意新解，《重庆邮电学院学报》2003年第6期。

李建军：你到底要说什么——关于《尘埃落定》的主题及其它，《延河》2003年第6期。

唐韧：一个半掩着的"韬晦"故事——《尘埃落定》的另一种解读，《阅读与写作》2003年第7期。

刘中桥：阿来不是"飞来峰"，《四川省情》2003年第11期。

王丹露：阿来，中国距离诺贝尔文学奖最近的人——与阿来老师面对面，《课堂内外》（高中版）2003年第12期。

叶慧敏：生命的信念，《语文天地》2003年第24期。

汤天勇：阿来的诗：穿行于异质文化间的身心之旅，《黄冈师范学院学报》2004年第1期。

脚印：一个新的感人的美学标本——读《尘埃落定》，《小作家选刊》2004年第1期。

孔占芳：文化兼容性：觅归和超越——读《阿来文集》，《青海师范大学民族师范学院学报》2004年第1期。

蒋斌：一枝一叶总关情——《尘埃落定》的比喻特色，《重庆三峡学院学报》2004年第1期。

梁华：《尘埃落定》：世俗人寰的俯视，《沈阳教育学院学报》2004年第1期。

索晓海：解读《尘埃落定》中傻子之傻，《湖北经济学院学报》（人文社会科学版）2004年第1期。

徐其超：《尘埃落定》"圆形研究"，《民族文学研究》2004年第2期。

翟瑞青：《尘埃落定》：还原人生本相，《济南大学学报》2004年第2期。

乐小龙：自为自在的本真美——析阿来风情小说《格拉长大》，《湖北广播电视大学学报》2004年第2期。

李建：阿来：边缘书写与文化身份认同，《西北民族大学学报》2004年第2期。

陈彪：《尘埃落定》叙事策略分析，《安徽水利水电职业技术学院学报》2004年第2期。

胡沛萍：生命意识的诗意追求——略论阿来的中短篇小说艺术风格，《西藏民族学院学报》2004年第2期。

左文：《尘埃落定》的三种历史观，《中国图书评论》2004年第2期。

孔占芳：神话和传说：小说虚构中族群文化的隐显——读阿来的《尘埃落定》，《青海师范大学学报》2004年第3期。

孟湘：中国智慧的寓言——《尘埃落定》的文化解读，《长江大学学报》2004年第3期。

胡功胜：混沌性与结构性的内在悖论——对《尘埃落定》的一种整体印象，《理论与创作》2004年第4期。

吴凤华、徐肖楠：《尘埃落定》：历史挽歌中的一抹夕阳，《广东教育学院学报》2004年第4期。

丹珍草：行走在尘世与天堂之间——感受阿来小说中的僧人形象，《民族文学研究》2004年第4期。

李伟华：沉重的文化变迁——读阿来的《尘埃落定》，《佳木斯大学社会科学学报》2004年第4期。

易文翔：历史与人生的诗化寓言，《小说评论》2004年第5期。

盛琴琴：流淌在交错的时空瞬间——对《尘埃落定》中穿梭在魔幻语境中的主人公的认识，《湖州师范学院学报》2004年第5期。

魏继新：无法解读的阿来，《文学自由谈》2004年第5期。

於可训：阿来专辑主持人的话，《小说评论》2004年第5期。

易文翔、阿来：写作：忠实于内心的表达——阿来访谈录，《小说评论》2004年第5期。

余向军：超常、越界与反讽——论《尘埃落定》对叙事可靠性的消解，《广西社会科学》2004年第5期。

郭岩钧：不可抗拒的命运——评阿来的长篇小说《尘埃落定》，《语文学刊》2004年第9期。

李建：《尘埃落定》中的民间原型解读，《西北民族大学学报》2005年第1期。

唐世贵：对人的灵魂的拷问——再论《尘埃落定》的文化符号象征，《攀枝花学院学报》2005年第1期。

红峰：撩开雪域高原的神秘面纱——阿来《尘埃落定》阅读与欣赏，《文教资料》（初中版）2005年第2期。

张劢：穿透"尘埃"见灵境——为《尘埃落定》一辩，《民族文学研究》2005年第2期。

刘俐俐：民族文学与文学性问题，《民族文学研究》2005年第2期。

阿来、陈祖君：文学应如何寻求"大声音"，《现代中国文化与文学》2005年第2期。

陈祖君：飘散与存留——解读阿来新著《随风飘散》，《南方文坛》2005年第3期。

王璐：《尘埃落定》的史诗性，《西南民族大学学报》2005年第3期。

陈秋红：惆怅旧欢如梦——论《尘埃落定》对意识流手法的运用，《西南民族大学学报》2005年第3期。

王泉：论张承志、张炜及阿来小说的诗意叙事，《海南大学学报》2005年第3期。

崔狄生：尘埃如何落定——试析《尘埃落定》的叙述，《河北理工学院学报》2005年第3期。

脚印：从《尘埃落定》到《空山》，《长篇小说选刊》2005年第3期。

刘力、姚新勇：宗教、文化与人——扎西达娃、阿来、范稳小说中的藏传佛教，《西北民族大学学报》2005年第4期。

任志萍：《尘埃落定》中时间词语的意义和"时间"的意义，《乐山师范学院学报》2005年第4期。

宗波：当代乡村的别样书写：阿来新作《空山》评析，《文艺理论与批评》2005年第4期。

熊泽文、李康云：红楼梦与碉楼梦——从《红楼梦》与《尘埃落定》的比较看阿来的继承与突破，《乐山师范学院学报》2005年第4期。

才旦：一个蕴涵多重意义的艺术形象——解析阿来长篇小说《尘埃落定》中的傻子形象，《青海民族学院学报》2005年第4期。

黄曙光：历史尘埃与个体隐痛——评阿来近作《随风飘散》，《民族文学研究》2005年第4期。

洪雁：《尘埃落定》与大众读者的期待视野，《牡丹江师范学院学报》2005年第5期。

吴星华：人性原生态的多重显现——读阿来的长篇小说《天火》，《巢湖学院学报》2005年第5期。

姜飞：可持续崩溃与可持续写作——从《尘埃落定》到《空山》看阿来的历史意识，《当代文坛》2005年第5期。

付艳霞：指挥一部混沌的村落交响曲——评阿来的《空山》，《当代文坛》2005年第5期。

翁礼明：悖论中的隐喻——评阿来长篇小说《天火》，《当代文坛》2005年第5期。

雷达：《空山》之"空"昨天已经古老，《小说评论》2005年第5期。

张素英：傻子视角：上帝的第三只眼——析《尘埃落定》的叙事视角，《西藏民族学院学报》2005年第6期。

卓夫：《尘埃落定》：从名著到名剧的探索，《广东艺术》2005年第6期。

贺绍俊：一个并非专属于藏族文化的传说，《中国图书评论》2005年第9期。

龙其林：文化血脉精神原乡——透视阿来小说中的边地世界，《美与时代》2005年第11期。

德吉草：失落的浪漫与苏醒的庄严——阿来中篇小说《遥远的温泉》《已经消失的森林》的文本启示，《西南民族大学学报》2005年第12期。

王干：阿来长篇小说《空山》拯救被遗忘的经典写作，《文艺报》2005年5月24日。

袁晞：小说的深度取决于情感的深度，《人民日报》2005年4月28日。

唐俭：表现中国当代村落史，《人民日报》（海外版）2005年5月31日。

何镇邦：藏族文学创作道路上的里程碑——论三位藏族青年作家长篇小说的艺术成就，《中国藏学》2006年第1期。

郑靖茹：一个语言原乡者的艰难跋涉——从《血脉》看阿来小说中的族际边缘人，《中国藏学》2006年第1期。

赵树勤、龙其林：民族寓言雪域精魂——论《尘埃落定》的神秘叙事，《民族文学研究》2006年第1期。

詹静：少数民族作家文化认同两难困境探索——评阿来新作《随风飘散》，《乐山师范学院学报》2006年第1期。

姜波、耿春明：深邃的哲理思索普遍的人性追问——评阿来的《尘埃落定》，《齐齐哈尔大学学报》2006年第1期。

胡立新：试析《尘埃落定》的悖论式复调与复义，《黄冈师范学院学报》2006年第1期。

陈莹：从小说《尘埃落定》到流行语"尘埃落定"，《语文学习》2006年第2期。

胡铁强：《尘埃落定》：民族文化心态的完美展示，《船山学刊》2006年第2期。

朱霞：从《尘埃落定》人物形象看作家民间价值取向，《西藏文学》2006年第2期。

郑靖茹：跨越文化禁忌的艰难——《鱼》的一种文化解读，《民族文学研究》2006年第2期。

徐琴：土司特权制度下的人性异化——《尘埃落定》之解读，《西藏民族学院学报》2006年第3期。

徐其超：英雄的挽歌智者的绝唱——评阿来《奥达的马队》和《最新的和森林有关的复仇故事》，《西华大学学报》2006年第3期。

王育菁：《尘埃落定》艺术特色散论，《西安财经学院学报》2006年第3期。

伍欣：血脉·民间·东方智慧——对阿来小说创作艺术的思考，《哈尔滨学院学报》2006年第4期。

李建：《尘埃落定》与藏传佛教文化，《泰山乡镇企业职工大学学报》2006年第4期。

王光华：阿来《尘埃落定》里傻子和美女的婚恋悲剧，《海南师范学院学报》2006年第4期。

曹为、杨华：比较文化视野中的《莫普拉》与《尘埃落定》新解，《安徽教育学院学报》2006年第4期。

覃春琼："权本位"观念对女性的戕害——论《尘埃落定》中的女性形象，《梧州学院学报》2006年第4期。

徐权：神性与人性力量的直接交锋——阿来小说《空山》（机村传说壹）解读，《现代语文》2006年第5期。

吴道毅：民族·权力·生存——阿来《尘埃落定》多义主题解读，《中南民族大学学报》2006年第5期。

孟湘：《尘埃落定》：中国式的诗性叙事，《河北师范大学学报》2006年第5期。

吴雪丽：边缘处的诗性，《江淮论坛》2006年第5期。

苏忠钊：《尘埃落定》与《铁皮鼓》的叙事视角比较研究，《忻州师范学院学报》2006年第6期。

吕宏莲：谁有权为女人命名——从《尘埃落定》中的女性命运谈起，《牡丹江师范学院学报》2006年第6期。

余苗：一种共同的低俗倾向——评两部著名长篇所呈现的"恋乳情结"，《西南交通大学学报》2006年第6期。

于平：落定之后是尘埃——大型藏族舞剧《尘埃落定》观后，《舞蹈》2006年第7期。

罗庆春：族性人性诗性——阿来小说《孽缘》《鱼》叙事解码，《西南民族大学学报》2006年第8期。

杨天颖：阳光村落——读《尘埃落定》有感，《小溪流》2006年第10期。

刘兴禄：少数民族小说民族志特征探析——以当代长篇小说《尘埃落定》为例，《民族论坛》2006年第10期。

刘丽：浪漫的民族情调与恢弘的民族史实——析《尘埃落定》，《名作欣赏》2006年第6期。

吕豪爽：民族历史叙写的两种文学景观——《穆斯林的葬礼》与《尘埃落定》之比较，《名作欣赏》2006年第6期。

刘兴禄、张瑜：原生态魅力的深度审视——阿来《鱼》的人类学视域审美解读，《重庆工学院学报》2006年第6期。

蒋斌：《尘埃落定》比喻面面观，《电影评介》2006年第23期。

李建：《尘埃落定》中的英雄主题阐释，《郑州航空工业管理学院学报》2007年第1期。

刘满华："傻子"的界限——评《尘埃落定》，《扬州大学学报》2007年第1期。

王琦：阿来的秘密花——《空山》的超界信息解读，《当代作家评论》2007年第1期。

毛莉菁：论《尘埃落定》的叙述方式和叙事策略，《语文学刊》2007年第1期。

宋洁、赵学勇：当代文学中的非常态视角叙事研究——以《尘埃落定》《秦腔》《我的丁一之旅》为个案，《天津师范大学学报》2007年第1期。

瞿继勇、李建：《尘埃落定》中的原型塑造，《西安石油大学学报》2007年第2期。

陈利、戴晓：如"尘埃"般飞扬——《尘埃落定》之人性探讨，《科教文汇》（上旬刊）2007年第2期。

廖欣：论傻子视角的审美意蕴，《安徽文学》（下半月）2007年第2期。

熊菊香：《尘埃落定》的主题探微，《洛阳工业高等专科学校学报》2007年第3期。

宋强：一个村庄的"秘史"，《出版广角》2007年第3期。

付艳霞：西藏·阿来·小说——评阿来的长篇小说《空山（2）》，《全国新书目》2007年第3期。

杨华轲：《尘埃落定》中人物形象的对比象征，《华北水利水电学院学报》2007年第3期。

南帆：美学意象与历史的幻象——读阿来的《空山》，《当代文坛》2007年第3期。

吴义勤：挽歌：唱给那些已逝和正在逝去的事物——评阿来的长篇新作《空山》，《当代文坛》2007年第3期。

王澜：透视《空山》的文化意义——评阿来的长篇新作《空山2》，《当代文坛》2007年第3期。

郭慧香：魔幻现实主义与《尘埃落定》，《时代文学》（下半月）2007年第8期。

魏冬峰：阿来：《空山2》，《中文自学指导》2007年第3期。

王佳：叙述者的陷阱——谈《尘埃落定》叙述者的介入，《重庆交通大学学报》2007年第4期。

刘海燕、张立驰：《尘埃落定》语言诗性美原因初探，《阜阳师范学院学报》2007年第4期。

邓金洲：在历史中拷问人性——阿来《尘埃落定》试论，《湘潭师范学院学报》2007年第4期。

李建：《尘埃落定》与藏传佛教文化，《世界宗教文化》2007年第4期。

康亮芳：《尘埃落定》语言特色探析，《康定民族师范高等专科学校学报》2007年第4期。

陈利、戴晓：如"尘埃"般飞扬——《尘埃落定》之人性探讨，《科教文汇》2007年第4期。

李俊美、李建：论《尘埃落定》对女性描写的失败，《重庆科技学院学报》2007年第5期。

李建：《尘埃落定》的人类学内蕴，《泰山学院学报》2007年第5期。

江智利：精神的再生之美——解读福克纳《喧哗与骚动》中的"昆丁"，《西南民族大学学报》2007年第6期。

黄轶：生命神性的演绎——论新世纪迟子建、阿来乡土书写的异同，《文学评论》2007年第6期。

陈芝国：原乡想象与狂欢化书写——论《尘埃落定》中的张力叙事，《东莞理工学院学报》2007年第6期。

张敏：试论阿来文学创作的拉美文学性征，《齐齐哈尔大学学报》2007年第6期。

康亮芳：《尘埃落定》：母语文化与诗性语言，《当代文坛》2007年第6期。

王兰伟：从《尘埃落定》的叙事风格看其新历史主义色彩，《十堰职业技术学院学报》2007年第7期。

夏冰：一部关于"失落"的寓言——解读阿来小说《空山》，《乐山师范学院学报》2007年第6期。

李康云：人性生态与政治文明缺陷的瓦解与批判——兼评阿来长篇小说《尘埃落定》《随风飘散》《天火》，《西南民族大学学报》2007年第8期。

马烈、周晓艳：《尘埃落定》傻子形象与藏族机智人物阿古顿巴比较，《湖北广播电视大学学报》2007年第9期。

马烈、周晓艳：《尘埃落定》中的僧人形象，《神州民俗》2007年第9期。

陈芝国：原乡想象与狂欢化书写——论阿来《尘埃落定》的张力叙事，《常熟理工学院学报》2007年第9期。

崔玲："傻子"的真性情——以《尘埃落定》和《秦腔》为个案，《安徽文学》（文教研究）2007年第10期。

李丽娟：傻子与阿古顿巴——浅论阿来小说创作与藏族民间文学的关系，《乐山师范学院学报》2007年第10期。

郜元宝：未可轻视的"边角料"——评阿来短篇小说集《格拉长大》，《文汇报》2007年9月15日。

张敏：论诗人阿来对聂鲁达的艺术借鉴，《民族文学研究》2008年第1期。

张智勇：浅析阿来小说作品中的宗教文化，《江西科技师范学院学报》2008年第1期。

范煜辉：另类视角与回顾叙事——《铁皮鼓》与《尘埃落定》比较研究，《曲靖师范学院学报》2008年第1期。

高岚：《尘埃落定》和《喧哗与骚动》的地方书写与国家进程，《求索》2008年第2期。

梁莉：品位《尘埃落定》的文化底蕴——土司制度和民间文化，《湘潮》（下半月）（理论）2008年第2期。

袁盛勇：未曾落定的言说与存在——读阿来小说，《文艺争鸣》2008年第2期。

郜元宝：不够破碎——读阿来短篇近作想到的，《文艺争鸣》2008年第2期。

孙立华：试论小说《尘埃落定》的寓言性，《理论界》2008年第2期。

张锦、李显波：从性别视角看《尘埃落定》与《红楼梦》，《濮阳职业技术学院学报》2008年第2期。

凌峰：从《尘埃落定》到《空山》谈弱势文化命运的多样性，《宿州学院学报》2008年第2期。

尚义玛：关于一个村落的传说——解读阿来小说《空山》的文化内涵，《天府新论》2008年第2期。

唐红梅：论阿来《尘埃落定》中的身份认同，《中南民族大学学报》（人文社会科学版）2008年第3期。

谢慧英：论小说《尘埃落定》的"复调"特征，《理论与创作》2008年第3期。

陈彩灵：《尘埃落定》的民间文化解读，《天中学刊》2008年第3期。

杨晓梅：失忆的迷途原乡的挣扎——解读阿来小说《永远的嘎洛》，《沧州师范专科学校学报》2008年第3期。

张立驰：小说《尘埃落定》语言的音乐性，《阜阳师范学院学报》2008年第3期。

丹珍草："在两种语言之间流浪"——《尘埃落定》的多文化混合语境，《民族文学研究》2008年第4期。

杨金芳：论《尘埃落定》中的道家文化蕴含，《管子学刊》2008年第4期。

张智勇：试论藏族作家阿来的文学观，《江西科技师范学院学报》2008年第4期。

王静：阿来原乡人寻根之路的生态折射，《郑州大学学报》2008年第4期。

王泉：论阿来小说中的流浪者形象，《民族论坛》2008年第5期。

李建：《尘埃落定》的神秘主义叙事与藏族苯教文化，《齐鲁学刊》2008年第5期。

陈晓明：小说的心理特权与历史化的紧张关系——阿来小说阅读札记，《当代文坛》2008年第5期。

丹珍草："在两种语言之间流浪"——《尘埃落定》的多文化混合语境，《民族文学研究》2008年第4期。

夏邦平、金晶：是谁在边缘地吟唱——论《尘埃落定》的民族心性，《成功》（教育）2008年第7期。

严英秀："空山"之痛，《文艺争鸣》2008年第8期。

郑婷娟：《尘埃落定》宗教观念解读，《安徽文学》（下半月）2008年第9期。

李一飞：阿来与新写实小说原生态创作之比较，《湖南科技学院学报》2008年第9期。

陈美兰：《尘埃落定》：在陌生化场景中诠释历史，《语文教学与研究》（学生版）2008年第10期。

郭艳红、南新、徐晓丹：诗意与凝重的完美结合——评阿来长篇小说《尘埃落定》，《电影文学》2008年第12期。

王晓东、张勇：诗意世界的创构与守望——再论阿来长篇小说创作，《作家》2008年第12期。

郑婷娟：徘徊于神圣与世俗之间——《尘埃落定》人物形象解读，《作家》2008年第16期。

赵晓梅：历史和个人命运的尘埃落定，《消费导刊》2008年第18期。

李媛媛：历史的尘埃——浅析新历史主义小说《尘埃落定》，《科技信息》（学术研究）2008年第20期。

李科文：一部苍凉的民族史诗——读阿来的《尘埃落定》，《科教文汇》2008年第33期。

邹丽：《活着》与《尘埃落定》叙事角度的比较分析，《内江师范学院学报》2008年第S1期。

何言宏、阿来：现代性视野中的藏地世界，《当代作家评论》2009年第1期。

张学昕：朴拙的诗意——阿来短篇小说论，《当代作家评论》2009年第1期。

梁洪润：浅析《尘埃落定》中"傻子"的人物形象，《黑龙江教育学院学报》2009年第1期。

何平：山已空，尘埃何曾落定?——阿来及其相关的问题，《当代作家评论》2009年第1期。

邱华栋：阿来印象，《扬子江评论》2009年第2期。

周丽佳：多维度的"我"——对《尘埃落定》"傻子"形象的叙事学解读，《学理论》2009年第2期。

黄莉：傻眼看世——论阿来《尘埃落定》的叙述视角，《现代中国文化与文学》2009年第2期。

贺绍俊：一座凝聚着"盼望"、连接着时间的"博物馆"——读阿来的《空山》，《扬子江评论》2009年第2期。

曹霞：现代性进程中的民族悲歌——论阿来的《空山》，《艺术广角》2009年第2期。

邵燕君："纯文学"方法与史诗叙事的困境——以阿来《空山》为例，《文艺争鸣》2009年第2期。

陈芷村：《尘埃落定》主要人物形象分析，《湖南广播电视大学学报》2009年第2期。

范永康：《尘埃落定》边缘叙事的文化批评，《乐山师范学院学报》2009年第3期。

栗军：时代巨变时期的不同书写方式文学多元化下的自觉审美追求——对小说《格桑梅朵》《无性别的神》《尘埃落定》的比较，《西藏民族学院学报》2009年第3期。

潇潇、张立驰：《尘埃落定》的多元互动文化观解读，《合肥学院学报》2009年第3期。

何启治：《当代》选发《尘埃落定》始末，《出版史料》2009年第3期。

佟超：《尘埃落定》释读，《文教资料》2009年第3期。

周昌义：《尘埃落定》误会——听老编辑说事（之四），《星火》2009年第3期。

丹珍草：阿来的空间化写作，《百色学院学报》2009年第4期。

高琬鑫：阿来《空山》对乡村文化的透视与期待，《佳木斯大学社会科学学报》2009年第4期。

方波：以奔放之笔写盛衰之情——解析阿来《尘埃落定》之文势构建，《内蒙古农业大学学报》2009年第4期。

闫作雷：精神还乡与宏大梦魇——评阿来《空山》，《海南师范大学学报》2009年第4期。

陈凛：在比较的视觉中再论《尘埃落定》，《草地》2009年第4期。

杨琳：阿来小说语言的多文化混合语境，《中央民族大学学报》2009年第4期。

南蛮子：合唱的"空"难——读阿来《空山》三部曲，《南方文坛》2009年第5期。

于敏：个人的史诗——读阿来《格萨尔王》，《当代（长篇小说选刊）》2009年第5期。

张锦：女性的"他者"化——从性别视角看《尘埃落定》，《名作欣赏》2009年第6期。

刘琴、毕耕：阿来小说中的意象分析，《现代语文》（文学研究版）2009年第6期。

熊菊香：浅析《尘埃落定》中人物形象的叠加性，《鄂州大学学报》2009年第6期。

张宝山：作家阿来：从藏家山寨走来，《中国人大》2009年第6期。

丁颖、邵洋洋：鲁迅传统与藏族作家阿来的创作，《黄山学院学报》2009年第6期。

丁增武："消解"与"建构"之间的二律背反——重评全球化语境中阿来与扎西达娃的"西藏想象"，《民族文学研究》2009年第4期。

周斌、刘小容：超越"影响的焦虑"——论小说《尘埃落定》与《我弥留之际》，《楚雄师范学院学报》2009年第8期。

胡殷红：骄傲的阿来，《学习博览》2009年第8期。

莫艳萍、颜青：评《尘埃落定》的隐喻性：强弱势文化下的二律背驰，《赤峰学院学报》（汉文哲学社会科学版）2009年第9期。

寇旭华：《尘埃落定》的象征性分析，《文艺争鸣》2009年第9期。

朱晓剑：空山：倾听阿来内心的声音，《全国新书目》2009年第9期。

梁海：论《尘埃落定》，《文艺争鸣》2009年第10期。

陈振伟：权力与时间寓意中的民族自省——《尘埃落定》欣赏，《安徽文学》（下半月）2009年第10期。

于海燕：《格萨尔王》：阿来为藏人"写心"之作，《出版营销》2009年第10期。

黄霞：史诗的新生命——浅论阿来的同名重述小说《格萨尔王传》，《神州民俗》2009年第10期。

高宜增：建构神秘与解构神秘——比较《尘埃落定》与《大地的阶梯》对藏区表现之异，《作家》2009年第10期。

杨敏、梁佳：《尘埃落定》与少数民族作家汉语写作的几个问题，《写作》2009年第11期。

王群：阿来的诗：朦胧诗外的另一种存在，《安徽文学》（下半月）2009年第12期。

王世虎：高贵的坚守，《才智（才情斋）》2009年第12期。

杨晓梅：一个精神原乡者的艰苦抉择——《尘埃落定》中"土司太太"的心灵世界，《语文学刊》2009年第13期。

高海涛：论《尘埃落定》的宿命意识，《大众文艺》（理论）2009年第16期。

赵永胜：没落土司制度的牺牲品——试论《尘埃落定》中女性的悲剧，《世纪桥》2009年第19期。

洪丽：《尘埃落定》的叙述视角研究，《文教资料》2009年第21期。

李谞博：对历史创造"史诗"神话小说的颠覆——论《尘埃落定》的反"史诗"意识，《陕西师范大学学报》2009年第S1期。

王泉：论《空山》的生态叙事，《小说评论》2009年第S1期。

尚莹莹：阿来：藏族文化的说唱人，《全国新书目》2010年第1期。

黄霞：浅析阿来小说《格萨尔王》的创作局限性，《广州番禺职业技术学院学报》2010年第1期。

严卿：论"重述神话"中的多元声音——以《格萨尔王》《珀涅罗珀记》《重量》为例，《当代文坛》2010年第1期。

张俏：前现代文明的挽歌——简评阿来《空山》，《辽宁教育行政学院学报》2010年第1期。

王华玲：《尘埃落定》的宗教文化解读，《乌鲁木齐职业大学学报》2010年第1期。

肖忠军：自然之子——格拉——对《随风飘散》中格拉的生态批评解读，《邵阳学院学报》2010年第1期。

张中：异质同构与民族志书写——《格萨尔王传》的文化人类学解读，《四川民族学院学报》2010年第1期。

廖四平：论《尘埃落定》——"茅盾文学奖"获奖作品丛论之一，《清远职业技术学院学报》2010年第1期。

李伟民：在写实与写意之间——评大型现代川剧《尘埃落定》，《四川戏剧》2010年第1期。

屈红：论阿来小说《空山》的孤独意识，《当代小说》（下半月）2010年第1期。

于倩：论《尘埃落定》中的傻子形象，《当代小说》（下半月）2010年第2期。

晏云：身份问题对作家创作的影响——以阿来为个案，《鸡西大学学报》2010年第2期。

丹珍草：阿来的民族志诗学写作——以《大地的阶梯》为例，《民族文学研究》2010年第1期。

洪治纲、肖晓堃：神与魔的对话——论阿来的长篇小说《格萨尔王》，《南方文坛》2010年第2期。

黄轶：阿来的"及物"与"不及物"——读《格萨尔王》，《文艺争鸣》2010年第5期。

梁朝霞：《尘埃落定》的民族特色及其对中国文学的贡献，《兰州教育学院学报》2010年第2期。

张学昕：孤独"机村"的存在维度——阿来《空山》论，《当代文坛》2010年第2期。

梁海：神话重述在历史的终点——论阿来的《格萨尔王》，《当代文坛》2010年第2期。

梁海：小说是这样一种庄重典雅的精神建筑——作家阿来访谈录，《当代文坛》2010年第2期。

李晓峰等：论《尘埃落定》的空寂观，《辽宁师范大学学报》2010年第2期。

王瑶：英雄的足迹，《华夏地理》2010年第2期。

汪庆、陈义亭：论《尘埃落定》"傻子"的民主思想，《剑南文学》2010年第2期。

方波：略论当代民族史诗性小说作家的"本土"情结，《宁夏大学学报》（人文社会科学版）2010年第2期。

王莉：山巅与当下——论阿来在《空山》中的视角，《中央民族大学学报》2010年第3期。

梁海：世界与民族之间的现代汉语写作——阿来《尘埃落定》和《空山》的文化解读，《吉林大学社会科学学报》2010年第3期。

朱崇科：身份认同与"变脸"叙事的双重裂合——论《角色无界》兼及《尘埃落定》，《西藏民族学院学报》2010年第3期。

胡婷：探析《尘埃落定》中"呆傻语"的隐喻性，《现代语文》（语言研究版）2010年第3期。

赵慧：《尘埃落定》——人性没落的寓言，《呼伦贝尔学院学报》2010年第3期。

王艳：阿来：游得太远了，就要回到源头，《中国青年》2010年第3期。

刘海涛：解读《尘埃落定》以动物喻人的民族特色，《当代小说》（下半月）2010年第3期。

任美衡：论《尘埃落定》的想象诗学，《当代文坛》2010年第4期。

郭群、姚新勇：殊途同归的理想守望——《边城》与《尘埃落定》之比较，《石家庄铁道大学学报》2010年第4期。

李生羽：复调视野下的《尘埃落定》，《青年作家》（中外文艺版）2010年第4期。

白静：非史诗化与观念化的文本——重读阿来的《尘埃落定》，《西华大学学报》2010年第4期。

姚达兑：史诗重述及其现代命运——评阿来的《格萨尔王》，《石家庄学院学报》2010年第4期。

宋先梅：文化的气脉与古歌的余韵——评阿来长篇小说《格萨尔王》，《当代文坛》2010年第2期。

王春林：现代性视野中的格萨尔王——评阿来长篇小说《格萨尔王》，《艺术广角》2010年第5期。

于兴雷：试论《尘埃落定》的生命意蕴，《传奇·传记文学选刊》（理论研究）2010年第5期。

周景雷：长篇小说的难度——以《尘埃落定》和《秦腔》为例，《山花》2010年第3期。

李茂：《空山》的叙事特征和阿来的文化身份探微，《贵州大学学报》2010年第6期。

胡志明、秦世琼：族群记忆与文化多样性书写——阿来小说的人类学分析，《江淮论坛》2010年第6期。

曹起：独特的视角睿智的思考——《尘埃落定》中傻子的内心对话解读，《小说评论》2010年第6期。

罗聿言：由《尘埃落定》的"傻子视角"看叙述角度，《黑河学刊》2010年第6期。

杨霞：神性与魔性的寓言——阿来长篇小说《格萨尔王》，《西藏人文地理》2010年第6期。

罗文：历史的反思与文学的"爆炸"——《百年孤独》《尘埃落定》比较研究，《湘南学院学报》2010年第6期。

叶婷：遥望伤城——现代化进城后"空山"之悲，《湖北经济学院学报》2010年第6期。

黄慧：阿来作品中的苯教灵魂观，《现代语文》（文学研究）2010年第8期。

黄慧：阿来作品中的神巫世界，《新西部》2010年第8期。

杨茜：浅析《尘埃落定》中的傻子视角，《文艺生活·文艺理论》2010年第9期。

谢纪录、康景玉：《尘埃落定》中傻子形象的多面体思考，《大众文艺》2010年第13期。

于晓婷："忧郁的王子"与大智若愚的"傻子"——浅析《哈姆莱特》与《尘埃落定》中的人物形象，《经营管理者》2010年第15期。

向杨：阿来印象：用汉语写作的藏族作家，《作家》2010年第18期。

周萌萌：新历史主义视角下的《尘埃落定》，《作家》2010年第18期。

黄连华：解读《尘埃落定》的不可靠叙述，《大众文艺》2010年第19期。

王丽：个人史与民族史的融合——论阿来《尘埃落定》，《名作欣赏》2010年第32期。

成方：《格萨尔王》：古老传统与现代文明的交织，《名作欣赏》2010年第33期。

徐坤：阿来：尘埃如此落定，《人民日报》2010年9月9日。

颜炼军："空"难交响曲——阿来《空山》三部曲阅读札记，《当代文坛》2011年第1期。

王迅：历史化·神性退位·精神修剪——关于"神话重述"的几点思考，《南方文坛》2011年第1期。

王卫：论《尘埃落定》的反"史诗"意识，《商洛学院学报》2011年第1期。

吕学琴：《格萨尔王》潜隐的动漫文化阐释，《凯里学院学报》2011年第1期。

宋剑华：《尘埃落定》中的"疯癫"与"文明"，《民族文学研究》2011年第1期。

樊义红：民族认同与文学建构——以阿来小说《格萨尔王》为个案，《延安大学学报》2011年第1期。

吕佳：论《尘埃落定》叙事视角的审美意义，《名作欣赏》2011年第2期。

李慧：论《尘埃落定》诗意叙事的艺术魅力，《时代文学》（下半月）2011年第2期。

宋先梅：21世纪四川作家的精神建构和艺术追求——以阿来、麦家、何大草为例，《当代文坛》2011年第2期。

胡沛萍、于宏：艺术方向的选择与文学视界的定位——论阿来的诗歌创作及其意义，《西藏研究》2011年第2期。

吕学琴：尘埃仍未落定——潜隐在阿来文本中的矛盾和焦虑，《六盘水师范高等专科学校学报》2011年第2期。

周子玉：格萨尔王：历史幻象的消解与神性解构，《民族文学研究》2011年第2期。

赵娟茹：诗意栖居的哀歌——以阿来的六部中短篇小说为例，《西安文理学院学报》2011年第2期。

丹珍草：神性·魔性·人性——长篇小说《格萨尔王》，《百色学院学报》2011年第2期。

姚永琴：浅析《尘埃落定》的艺术特色，《现代教育创新杂志》2011年第2期。

黄立、冯茜：寻根路上的心声和期望——阿来《格萨尔王》的叙事学解读，《四川省干部函授学院学报》2011年第3期。

张宏勇：《尘埃落定》的女性主义文学批评解读，《临沧师范高等专科学校学报》2011年第3期。

王亚瑾：论宗教在《尘埃落定》中的特殊作用，《安康学院学报》2011年第4期。

马淑贞：被压抑的"女体"与男权话语的狂欢——《尘埃落定》中的女性形象简析，《成都大学学报》2011年第4期。

牛刚、吕培：《尘埃落定》中的"陌生化"表现手法，《成都大学学报》2011年第4期。

吕学琴：自然神话的当代再现——现代视野下的《格萨尔王》，《中华文化论坛》2011年第4期。

何健：后现代语境下的"新史诗小说"——以阿来《格萨尔王》为例，《温州大学学报》2011年第4期。

王吉鹏、王姝懿：阿来小说《格萨尔王》对藏族传统文化的思考，《石家庄学院学报》2011年第4期。

丹珍草：从口头传说到小说文本——小说《格萨尔王》的个性化"重述"，《民族文学研究》2011年第5期。

王烈霞：《尘埃落定》与《喧哗与骚动》中的傻子视角解析，《青海师范大学学报》2011年第5期。

王宇："傻子"小说及其存在价值探究——以《尘埃落定》和《秦腔》为例，《传奇·传记文学选刊》（理论研究）2011年第5期。

董晓霞：阿来、托妮·莫里森的"民族"言说与书写，《贵州师范大学学报》2011年第5期。

骆春：谈阿来小说《格萨尔王》的两个人物设置及其功能，《时代文学》（上半月）2011年第6期。

韩春萍：当代少数民族汉语文学传播中的误读现象分析——以阿来《尘埃落定》为例，《石河子大学学报》2011年第6期。

龚敏律：论阿来小说中的反讽精神，《海南师范大学学报》2011年第6期。

高晨、靳明全：他者向现代性主体的转变——论重述语境下的格萨尔王和晋美形象，《当代文坛》2011年第6期。

卢静：论阿来《空山》三部曲的生态意识，《文学教育》（中）2011年第7期。

于川：新历史主义视域下的《尘埃落定》，《剑南文学》（经典阅读）2011年第7期。

王玲梅：非常态人物的非常态叙事——《尘埃落定》与《秦腔》之比较，《科学与财富》2011年第7期。

赵淑娟：《尘埃落定》中的复调叙事结构，《金田》2011年第8期。

英思悦：茨威格与阿来作品中的民族意识比较——从后殖民批评理论的角度分析二者的"流放"与"寻根"，《鸡西大学学报》2011年第9期。

罗文：番石榴飘香雪莲花绽放——《百年孤独》《尘埃落定》创作艺术的比较，《湖南科技学院学报》2011年第9期。

罗思思、高怡：从性角度解读阿来《尘埃落定》，《文学教育》（中）2011年第9期。

张文静：探究"傻子"形象所反映出的人性，《文教资料》2011年第9期。

李云云：探究《格萨尔王》中格萨尔王的生存模式原型，《青年文学家》2011年第9期。

罗紫元：论《尘埃落定》的叙事特征，《剑南文学》（经典阅读）2011年第9期。

容曼：《尘埃落定》中傻子的角色辨析，《东京文学》2011年第9期。

何奕霖：阿来小说中的西藏地域文化书写，《北方文学》（下半月）2011年第10期。

康扎西：大厦之倾与新人之奇——《尘埃落定》与《红楼梦》的两个相似点，《青春岁月》2011年第10期。

孙玮：灵异的象征与魔幻美——《尘埃落定》赏析，《语文学刊》2011年第11期。

迟子建：阿来的如花世界，《时代文学》（上半月）2011年第11期。

徐坤：阿来：依本多情，《时代文学》（上半月）2011年第11期。

何镇邦：冷水泡茶慢慢浓——简述我同阿来的交往，《时代文学》（上半月）2011年第11期。

赵月斌：诳语中的真实——重读阿来《尘埃落定》，《时代文学》（上半月）2011年第11期。

张丽军：当代藏族村落的心灵秘史和现代性精神寓言——阿来《空山》的深层精神意蕴探析，《时代文学》（上半月）2011年第11期。

罗伟章：我知道的阿来，《时代文学》（上半月）2011年第11期。

刘云生：认同与交汇——论文化身份"困境"中的阿来，《新闻爱好者》（上半月）2011年第11期。

黎海燕：再谈《尘埃落定》中女性悲剧的原因，《怀化学院学报》2011年第11期。

丁治蓉：论《尘埃落定》的叙述视角，《大众文艺》2011年第12期。

姚蕾：从"狂人"到"傻子"——读《狂人日记》和《尘埃落定》，《青年文学家》2011年第15期。

胡湘梅、肖胜旗：《尘埃落定》的叙述视角分析，《山花》2011年第16期。

迟子建：阿来的如花世界，《中华读书报》2011年11月9日。

刘治军：从两种文化的碰撞看土司制度的衰亡——读阿来的《尘埃落定》，《中学语文》2011年第21期。

杜丽：简析阿来《尘埃落定》中傻子的形象，《华章》2011年第23期。

吴道毅：阿来关于藏族的叙事与生存，《中国民族》2012年第1期。

李娜娜：论阿来的道德叙事，《长春工业大学学报》2012年第1期。

陈轶：终途，还是中途？——《尘埃落定》与《心灵史》的宗教信仰表述合论，《时代文学》（下半月）2012年第1期。

曾利君：藏族视界与族别意识下的文学书写——《尘埃落定》再解读，《现代中国文化与文学》2012年第1期。

张学昕：阿来的植物学，《文艺评论》2012年第1期。

梁海：阿来的意义，《文艺评论》2012年第1期。

高小弘：精神原乡的灵魂叙事——读阿来的长篇小说《空山》，《文艺评论》2012年第1期。

王玉春：艰难的"超越"——论阿来《空山》史诗叙事的诠释与建构，《文艺评论》2012年第1期。

王妍：卑微灵魂的精神向往——读阿来的《行刑人尔依》，《文艺评论》2012年第1期。

贵志浩：神话重述的历史追问与文化寻根——评阿来的《格萨尔王》，《小说评论》2012年第1期。

孔占芳：阿来小说语言文化心理透视，《青海师范大学学报》2012年第2期。

李伟民：透过尘埃的永恒逼视——后经典叙事学视角下的大型现代川剧《尘埃落定》，《四川戏剧》2012年第2期。

张莹：《尘埃落定》的人物论辨析及人性悲剧探微，《陕西理工学院学报》2012年第2期。

杨艳伶：阿来的意义，《西北师大学报》2012年第2期。

马卫华：文心穷诘：《尘埃落定》的族性书写，《南方文坛》2012年第3期。

杨华轲：论《尘埃落定》中多重并置的叙事视角，《时代文学》（下半月）2012年第3期。

喻婷：《尘埃落定》中的艺术世界，《东京文学》2012年第3期。

何炜：密索思的呼唤：文学人类学样本《格萨尔王》，《当代文坛》2012年第4期。

黄立、赵嘉：高原上的坚守——多元文化冲突中的阿来和《格萨尔王》，《当代文坛》2012年第4期。

吕学琴：阿来长篇小说十年研究综述，《当代文坛》2012年第4期。

胡莹莹、吴道毅：论阿来小说中的知识分子形象，《文学教育》（上）2012年第4期。

张德明：藏汉文化交融的精神指证——阿来诗歌论，《当代文坛》2012年第4期。

范卉婷：《喧哗与骚动》与《尘埃落定》中叙事模式的比较研究，《贵州民族大学学报》2012年第5期。

宋辰博：在群山与大地之间诗意栖居着的真实灵魂——论阿来作品中的诗性气质，《传奇·传记文学选刊》（教学研究）2012年第5期。

胡垚：阿来作品中的路意象，《时代文学》（下半月）2012年第5期。

周津菁：川剧《尘埃落定》评议，《四川戏剧》2012年第5期。

秦世琼：民族志视野下的乡土叙事——阿来小说的文化解读，《郑州航空工业管理学院学报》2012年第5期。

伍宝娟：《空山》的历史叙事策略，《小说评论》2012年第6期。

关秀丽：对阿来及《尘埃落定》的解读，《山西大同大学学报》2012年第6期。

梁海：阿来文学年谱，《东吴学术》2012年第6期。

黄丽萍：论男性文本中的"妖女"形象——以《尘埃落定》中塔娜为例，《广东广播电视大学学报》2012年第6期。

金晓燕：《尘埃落定》蕴含的西藏本教观念，《广西职业技术学院学报》2012年第6期。

广跃：阿来访谈《草木的理想国》的秘密世界，《全国新书目》2012年第6期。

杨华轲：论《尘埃落定》中多重并置的叙事视角，《时代文学》（下半月）2012年第3期。

杨华轲：论民俗文化在《尘埃落定》创作中的重要意义，《时代文学》（上半月）2012年第4期。

李美萍、刘海霞、范友悦：文化身份追寻中阿来小说研究，《名作欣赏》2012年第8期。

赵德娟：历史·孤独——《百年孤独》与《尘埃落定》之比较，《剑南文学》（经典教苑）2012年第9期。

李倩：《尘埃落定》"言、象、意"初窥，《新西部》（下旬·理论）2012年第9期。

闫萌：论《尘埃落定》中表现矛盾情感的明喻手法，《剑南文学》（经典教苑）2012年第10期。

苏祎颖：天空下的灵魂——析《尘埃落定》，《剑南文学》（经典阅读）2012年第11期。

张紫云：他者化书写和男权意识——谈阿来《格萨尔王》中的女性形象，《金田》2012年第11期。

朱娇：另类聚焦的魅力——以《喧哗与骚动》和《尘埃落定》为例，《飞天》2012年第18期。

熊小莉：《死水微澜》与《尘埃落定》中的女性形象对比，《现代企业教育》2012年第24期。

肖洪斌：浅谈《尘埃落定》中意象的运用，《学园》（教育科研）2012年第24期。

云毛草：《空山》的文化人类学解读，《飞天》2012年第24期。

尚美姝：再解读《尘埃落定》中女性形象的意义，《名作欣赏》2012年第32期。

周玲：对比分析《喧哗与骚动》与《尘埃落定》中的傻子现象，《科技信息》2012年第35期。

刘耀辉：浅析《尘埃落定》中比喻喻体的选择，《小说评论》2012年第S1期。

袁昌丽、汤焰：阿来小说中的女性，《昭通学院学报》2013年第1期。

张建锋：阿来的交通书写及其隐喻意义，《西藏大学学报》2013年第1期。

彭超：精灵的落地——论阿来《尘埃落定》的现代性书写，《新文学评论》2013年第2期。

王泉：重构英雄——论《格萨尔王》的叙事策略，《湖南城市学院学报》2013年第2期。

何瑛：生逢其时的"另一种史诗"——从《尘埃落定》看第五届茅盾文学奖评奖，《新文学评论》2013年第2期。

徐臻：生命中心论——博弈视角下的《尘埃落定》藏文化研究，《乐山师范学院学报》2013年第2期。

阿来等：极端体验与身份困惑——阿来访谈录（上），《中国图书评论》2013年第2期。

胡垚：阿来的"探路"情结，《宁夏大学学报》（人文社会科学版）2013年第3期。

赖旭华、温丽蓉：《尘埃落定》的寓言性解析之权力的寓言，《剑南文学》（经典教苑）2013年第3期。

黄鹤等：文学执信与生态保存——阿来访谈录（下），《中国图书评论》2013年第3期。

黄丽萍：镜中人——塔娜自恋情结探析，《宁波广播电视大学学报》2013年第3期。

洪婵：《尘埃落定》"傻子"视角的"审丑"意义解读，《北方文学》（中旬刊）2013年第3期。

徐寅：从《尘埃落定》看"知识场域"中女性地位的缺失，《阿坝师范高等专科学校学报》2013年第4期。

杨晨雨：《尘埃落定》中傻子视角透露出的人性，《科教文汇》（上旬刊）2013年第4期。

文波：三部小说经由长销成为经典，《南方文坛》2013年第4期。

樊洁：从女性文学批评角度谈《尘埃落定》，《长城》2013年第4期。

孙洪、陈娟娟：展现民族文化经典发展少数民族艺术——从话剧《尘埃落定》谈起，《四川戏剧》2013年第5期。

孟幻：聪明与智慧的辩证——以阿来《尘埃落定》为例，《边疆经济与文化》2013年第5期。

王一川：旋风中的升降——《尘埃落定》发表15周年及其经典化，《当代文坛》2013年第5期。

于兴雷：论《尘埃落定》的叙事艺术，《商洛学院学报》2013年第5期。

骆春：阿来小说《格萨尔王》的叙述者与叙事视角，《景德镇高专学报》2013年第5期。

巴桑拉姆：浅析《尘埃落定》中傻子的形象，《剑南文学》（经典阅读）2013年第5期。

吴延强：以神话原型批评理论解读阿来的《尘埃落定》，《今日湖北》（中旬刊）2013年第5期。

林瑞艳：宗教感与现代性的悖论冲突——《尘埃落定》叙事视角分析，《西北民族大学学报》2013年第6期。

舒晋瑜：《尘埃落定》：曾经石沉大海的畅销书，《博览群书》2013年第6期。

朴成日：土司制度瓦解的见证者——《尘埃落定》人物浅析，《白城师范学院学报》2013年第6期。

隗雪燕：从《尘埃落定》中的隐喻看傻瓜少爷的思维风格，《武汉大学学报》（人文科学版）2013年第6期。

张婷：被欲望"绑架"的女性形象——读《尘埃落定》，《剑南文学》（经典阅读）2013年第6期。

纪言：阿来：安静在穿过尘埃的阳光里，《课堂内外》（高中版）2013年第7期。

张强：《尘埃落定》女性人物形象分析，《才智》2013年第8期。

祁春阳：从个人视维谈《尘埃落定》的民族话语，《剑南文学》（经典教苑）2013年第9期。

李濛濛：不可逃脱的宿命与强势文化的冲击——阿来小说主题意蕴变化探析，《文艺争鸣》2013年第9期。

张学昕：小说的旅行——阿来的几个短篇小说，《长城》2013年第9期。

张德明：激情与忧伤的诗意书写——评阿来的《空山》，《中华文化论坛》2013年第9期。

谢江祎：无处安放的灵魂——《尘埃落定》中"傻子"的形象意义，《剑南文学》（经典阅读）2013年第11期。

谢云芳：传统文化没落中的死亡选择——《喧哗与骚动》和《尘埃落定》之比较，《北方文学》（下旬刊）2013年第11期。

翁欢：用原始还原真实——《尘埃落定》与《秦腔》"傻子"视角之比较，《北方文学》（下旬刊）2013年第11期。

何彬、傅宗洪：从作家主体看阿来创作的情感来源，《绵阳师范学院学报》2013年第12期。

郭峰：阿来小说中泰戈尔文学思想的潜在影响，《才智》2013年第14期。

许莉莉：论《尘埃落定》中的傻子形象，《青年文学家》2013年第22期。

刘涛：阿来的文化身份及其叙述策略，《名作欣赏》2013年第23期。

张莉：阿来：异质经验与普遍感受——读阿来短篇小说《血脉》，《名作欣赏》2013年第28期。

张艳梅：阿来：何谓理想国，《名作欣赏》2013年第28期。

马清华：《尘埃落定》中的"傻子"视角浅析，《青年文学家》2013年第31期。

谭瑶：从边缘文化看福克纳影响下的《尘埃落定》，《外国语文》2013年第S1期。

牛梦笛：阿来：写作就像湖水决堤，《光明日报》2013年1月31日。

李晓东：文化要传承民族的核心精神价值，《光明日报》2013年3月11日。

秦雯：让文化像植物一样生长，《广西日报》2013年第3月28日。

陈俊珺、王一：一切以生命的需要为需要，《解放日报》2013年4月26日。

尹平平：阿来：经典是作家学者读者共同的创造，《新华每日电讯》2013年5月3日。

脚印：《尘埃落定》：一路旅程与传奇，《中国新闻出版报》2013年5月6日。

舒晋瑜：阿来：民族主义的铁疙瘩，《中华读书报》2013年9月18日。

宋庄：阿来：我希望通过写作自我修复，《工人日报》2013年9月30日。

洪治纲：《瞻对：两百年康巴传奇》一部川属藏民的精神秘史，《人民日报》2013年10月22日。

梁鸿鹰：历史如此尖锐地通向现实，《阿来研究》2014年第1辑。

贺绍俊：真正非虚构的叙述，《阿来研究》2014年第1辑。

石一宁：思深虑广的地域史叙述，《阿来研究》2014年第1辑。

陈思广：文体家阿来，《阿来研究》2014年第1辑。

徐琴：寻找历史背后的密码，《阿来研究》2014年第1辑。

李雪：考古与论今，《阿来研究》2014年第1辑。

陈晓明、陈欣瑶：历史的衰败与虚化的叙事——阿来的《尘埃落定》及其小说艺术，《阿来研究》2014年第1辑。

徐希平：阿来汉语写作的文化意义及其启示，《阿来研究》2014年第1辑。

王妍：追寻大地的阶梯——阿来论，《阿来研究》2014年第1辑。

杨艳伶：阿来小说的独特性，《阿来研究》2014年第1辑。

马力：阿来的"精神原乡"：未定点及其填充——对阿来小说与散文精神内涵的阐释，《阿来研究》2014年第1辑。

罗执廷：论阿来小说的诗性想象及其当代意义，《阿来研究》2014年第1辑。

孔占芳：边缘地域下边缘文化的张力——阿来创作中的地域文化特征探析，《阿来研究》2014年第1辑。

郭国昌、许亚龙：女人与战争：人类存在迷思的追寻——《尘埃落定》的哲学意蕴，《阿来研究》2014年第1辑。

徐寅：《空山》不空——多重文化冲突下的诗性反思，《阿来研究》2014年第1辑。

栗军：史诗的继承与超越——对阿来长篇小说《格萨尔王》的解读，《阿来研究》2014年第1辑。

山口守：作为离散的母语——阿来的汉语文学，《阿来研究》2014年第1辑。

洪士惠：藏人使用汉语？——当代藏族作家阿来在汉语文学中的"藏化"趋向（上），《阿来研究》2014年第1辑。

丁淑梅：文述的张力与演述的阈度——小说《尘埃落定》与谭愫版改编川剧的一种对读，《阿来研究》2014年第1辑。

陈晓燕：诗性叙事与超现实叙事——论《尘埃落定》对于《百年孤独》的超越，《阿来研究》2014年第1辑。

阿来、童方：《瞻对》·"国际写作计划"及其他——阿来访谈，《阿来研究》2014年第1辑。

阿来、刘长欣："我不能总写田园牧歌"——关于《瞻对》的对话，《阿来研究》2014年第1辑。

阿来、杜羽：对藏族文化的现代反思——关于《瞻对》的对话，《阿来研究》2014年第1辑。

曹顺庆：中国多民族历史书写与文学书写——阿来的意义，《阿来研究》2014年第1辑。

蒋鸢春：生态反思·民族焦虑·感性抒写——以《大地的阶梯》为例，《阿来研究》2014年第1辑。

黄丹青：阿来《尘埃落定》在英语世界的译介研究，《当代文坛》2014年第1期。

余冰："掘进"时代的心灵蒙尘——读阿来的《空山》，《文艺评论》2014年第1期。

洪治纲：一部川属藏民的精神秘史——评《瞻对：两百年康巴传奇》，《出版参考》2014年第1期。

邓志文：阿来小说创作的生态批评之维，《海南师范大学学报》2014年第1期。

张宏勇、喻齐：《尘埃落定》的比较文学形象学解读，《长春工业大学学报》2014年第1期。

王一燕、罗安平、王璐：尘埃中的民族志：简论阿来的故乡小说，《文化遗产研究》2014年第1期。

毛小芬：普适性话语遮蔽下的悖论——《尘埃落定》的女性主义解读，《荆楚学刊》2014年第1期。

王妍：阿来小说的叙事策略，《哈尔滨师范大学社会科学学报》2014年第1期。

贺绍俊：三部小说、三重境界——阿来的文学世界观一瞥，《当代作家评论》2014年第1期。

张斯琦、曲宁：阿来《尘埃落定》的双重叙事，《华夏文化论坛》2014年第1期。

吴琪、张盼盼：《尘埃落定》的法律解读，《边缘法学论坛》2014年第1期。

张柠、李慧君：反"东方主义"的西藏叙事：论《尘埃落定》，《现代中国文化与文学》2014年第1期。

胡垚：多元文化视域下的探路者——当代藏族作家的"探路"意识，《中央民族大学学报》2014年第2期。

田频：说唱艺人：作为文化传承者的当代命运——以阿来《格萨尔王》与次仁罗布《神授》为例，《西藏大学学报》2014年第2期。

孙怡冰：《喧哗与骚动》与《尘埃落定》比较研究，《中国现代文学研究丛刊》2014年第4期。

张晓芳、吴志忠：档案资源也应如此开发——读阿来的《瞻对》有感，《四川档案》2014年第2期。

舒晋瑜：曾经的困惑，《文学自由谈》2014年第2期。

吴珊珊：《尘埃落定》与《额尔古纳河右岸》叙事艺术比较分析，《中国石油大学胜利学院学报》2014年第2期。

税清静：《瞻对》：非虚构历史的现实观照——读阿来新作《瞻对》，《草地》2014年第2期。

许晓青："梦之队"五年磨一剑，成就"久违的经典大片"，《新华每日电讯》2014年4月13日。

朱光：《西藏天空》的选角故事，《新民晚报》2014年4月17日。

王纪人、杨扬：走进《西藏天空》，《解放日报》2014年4月19日。

曹继军、颜维琦、张宇航：《西藏天空》：最纯正的藏味，《光明日报》2014年4月26日。

李慧冰：我看《西藏天空》，《新民晚报》2014年5月4日。

茅仪毅：《西藏天空》华美的遇见，《中国电影报》2014年5月14日。

李博：只有中国的编剧才最懂中国观众，《中国艺术报》2014年5月30日。

温翔：《西藏天空》：隽永厚重，意义不凡，《中国电影报》2014年6月27日。

厉震林、罗馨儿：论《西藏天空》的表演形态，《电影新作》2014年第3期。

陈东等：参透人生的史诗——《西藏天空》研讨会纪要，《电影新作》2014年第3期。

王伯男：一部关于人的解放与救赎的史诗——电影《西藏天空》主题与叙事分析，《电影新作》2014年第3期。

王敏：重述史诗、展望未来——论阿来的《格萨尔王》，《沈阳工程学院学报》2014年第3期。

贺贵成：瞻对：一段独特而神秘的藏地传奇——专访著名作家阿来，《四川党的建设》（城市版）2014年第3期。

张勇：论《尘埃落定》的民俗叙事，《重庆城市管理职业学院学报》2014年第3期。

高玉：《瞻对》：一个历史学体式的小说文本，《文学评论》2014年第4期。

解玺璋：《瞻对》：非浪漫化的历史叙事，《当代作家评论》2014年第3期。

李骁晋：论新时期文学中的"弱智化叙事"——以《尘埃落定》为例，《山东广播电视大学学报》2014年第3期。

梁海：抵达经典的一种可能——阿来创作论，《东吴学术》2014年第4期。

李雍：《尘埃落定》："跨族别写作"与中国形象构建，《连云港师范高等专科学校学报》2014年第4期。

龚道臻：还乡：追寻失落的精神家园——对《空山》的精神生态解读，《伊犁师范学院学报》2014年第4期。

张春晓：《瞻对》编辑手记，《出版广角》2014年第4期。

陈若晖：疯傻映像——论《尘埃落定》中的傻子与《秦腔》中疯子的形象，《时代文学》（下半月）2014年第4期。

黄群英、张德明：阿来小说的激情忧伤书写——评阿来小说《尘埃落定》，《当代文坛》2014年第4期。

吴民、陈莉萍：一次成功的艺术探索——论现代川剧《尘埃落定》的创新与突破，《新疆艺术学院学报》2014年第4期。

敖柏：《西藏天空》：历史化人生的彼此解救，《电影艺术》2014年第5期。

程金城、张璐：民族历史和人类情怀的个性化表达——简论阿来的长篇小说与"非虚构"文学，《兰州大学学报》2014年第5期。

乔以钢、景欣悦：民族传统与现代文明纠葛下的性别叙事——以《尘埃落定》和《额尔古纳河右岸》为例，《求是学刊》2014年第5期。

殷静：边缘族群的不完全文学想象——以阿来《空山》（三部曲）为例，《广西民族师范学院学报》2014年第5期。

谢应光、曾虹佳：阿来诗歌中的藏地书写——以《梭磨河》为例，《西华大学学报》2014年第5期。

刘春苗、田文兵：论《尘埃落定》的诗化美学特征，《长江师范学院学报》2014年第5期。

汪荣：史诗的重构与返乡的书写——论阿来的长篇小说《格萨尔王》，《民族文学研究》2014年第5期。

廖全京：改编：审美再创者的自我与自由——徐棻版川剧《尘埃落定》的启示，《四川戏剧》2014年第5期。

闫萌：论《尘埃落定》中的拟人、对比和语义双关手法，《清远职业技术学院学报》2014年第5期。

潘乃奇：新编川剧《尘埃落定》完美绽放生命气象，《中国戏剧》2014年第5期。

顾建平：历史照亮现实——读阿来非虚构作品《瞻对》，《博览群书》2014年第5期。

陆山花、和建伟：阿来《格萨尔王》中的女性形象分析，《安徽科技学院学报》2014年第5期。

夏丽柠：阿来：历史是一个化妆的老角色，《中国西部》2014年第5期。

麦淇琳：阿来：生命静止的光芒，《新青年》2014年第5期。

张宏图：令人惆怅的非虚构，《百家评论》2014年第5期。

魏国浩：土司制度的挽歌——简评广东汉剧《尘埃落定》，《文艺生活》（文艺理论）2014年第5期。

李郭：阿来在《尘埃落定》的悖论设置，《金田》2014年第5期。

切梦刀：《西藏天空》：西藏魂，《东方电影》2014年第5期。

何英：论阿来《格萨尔王》的多元叙述，《小说评论》2014年第6期。

张建锋：城与草木：阿来的成都草木图经，《当代文坛》2014年第6期。

静岩：读《瞻对》笔记，《杂文月刊》（文摘版）2014年第6期。

罗熙景：难以言说的身份之痛——以阿来的《空山》与《瞻对》为例，《濮阳职业技术学院学报》2014年第6期。

满黎：从"阿古顿巴"到"傻子"——论阿来对民间人物的重塑，《唐山师范学院学报》2014年第6期。

陈银：文化碰撞，成就《空山》，《青年与社会》2014年第6期。

张涛：《西藏天空》：映射的神话与现实，《电影新作》2014年第6期。

傅东育、赵宁宇、石川、赵卫防：《西藏天空》四人谈，《当代电影》2014年第6期。

林莉丽：排除万难　拍好《西藏的天空》，《中国电影报》2012年8月30。

林莉丽：发扬"铁军精神"　打造《西藏的天空》，《中国电影报》2012年9月13日。

李婷：《西藏的天空》：用银幕故事还原那段岁月，《文汇报》2012年9月15日。

王文利：阿来：用文字守护人间的天堂，《语文世界（中学生之窗）》2014年第7期。

伍雅玲翔：论《尘埃落定》中的下层人物形象，《北方文学》（下旬刊）2014年第8期。

谢春丽：《空山》中生态女性主义思想的缺失，《宜宾学院学报》2014年第9期。

徐棻：寻找登岸的绿洲——改编《尘埃落定》的告白，《戏剧文学》2014年第9期。

郑婷：阿来坚守精神的高地，《绿色中国》2014年第9期。

杜建华：以川剧的方式解读《尘埃落定》，《戏剧文学》2014年第9期。

汪帅：浅析作品中的非常态人物形象——以《风景》《秦腔》《尘埃落定》《赤脚医生万泉和》为例，《才智》2014年第9期。

周文婧：浅谈阿来的"困境"——以《尘埃落定》《空山》为例，《金田》2014年第9期。

高博涵、程龙：文本译介与国族身份双重视域下的海外阿来研究——以Red Poppies为中心，《当代文坛》2014年第5期。

袁仕萍：在历史探赜与现实观照中游走——论阿来新作《瞻对：一个两百年的康巴传奇》，《湖北文理学院学报》2014年第10期。

赖敏桃：论《尘埃落定》中的人性关怀，《现代企业教育》2014年第10期。

陈金玉：《尘埃落定》中的罂粟意象分析，《文学教育》（下）2014年第10期。

胡一伟：从《尘埃落定》的川剧改编谈传统戏剧符号的媒介创新，《四川戏剧》2014年第10期。

李小平、晏斌：浅析阿来《尘埃落定》的审美特色，《课外语文》（教研版）2014年第10期。

黄焱：一个独特而富有哲学意蕴的艺术形象——《尘埃落定》中"傻子"形象分析，《名作欣赏》2014年第11期。

孙萍萍：说不尽的"傻子"——关于阿来《空山》中的人物，《文艺评论》2014年第11期。

林岚：论新时期生态散文的空间叙事——以韩少功、张炜和阿来等作家为例，《海南师范大学学报》2014年第11期。

袁远辉：新书推荐阅读课堂教学初探——以阿来新作《瞻对》的推荐阅读为例，《教育与教学研究》2014年第11期。

孟凡珍：阿来小说中的"传奇"叙事解读，《赤峰学院学报》2014年第11期。

阿来：关于《瞻对》的几段话，《鸭绿江》2014年第12期。

叶雷：把历史的"铁疙瘩"带入现实——读《瞻对：一个两百年的康巴传奇》，《农家女》2014年第12期。

张弘：零票：聚焦报告文学与非虚构，《社会科学论坛》2014年第12期。

阙政：《西藏天空》：两个人的史诗，《新民周刊》2014年第14期。

王辰竹：论阿来对《格萨尔王》的再创新，《神州》2014年第14期。

张耀元：《尘埃落定》中二少爷的"傻子"形象——兼与《喧哗与骚动》中班吉之"痴"的比较，《青春岁月》2014年第16期。

李文：论《空山》的狂欢化叙事及其意义，《名作欣赏》2014年第17期。

宋艳：《尘埃落定》的民族文学价值研究，《芒种》2014年第17期。

李亚奇：权力桎梏下的人性之恶，《文教资料》2014年第18期。

褚旭、崔文晓：浅析《尘埃落定》中的魔幻现实主义因素，《青年文学家》2014年第21期。

麦淇琳：阿来：生命静止的光芒，《思维与智慧》2014年第22期。

宋茹：难以言说的王的女人——浅论阿来《格萨尔王》中妃的形象内涵，《名作欣赏》2014年第24期。

张艳红：现代性视野下的史诗重述——以阿来的《格萨尔王》为例，《作家》2014年第24期。

卢佳敏、宋亚梅：浅析《尘埃落定》的民族文学性，《商》2014年第41期。

张春晓：《瞻对：一个两百年的康巴传奇》编辑手记，《出版参考》2014年第21期。

王文利：阿来：用文字守护人间的天堂，《语文世界》（中学生之窗）2014年第7期。

童方：阿来解读新书：用历史观照现实，《新华每日电讯》2014年1月10日。

杜羽：阿来：对藏族文化的现代反思，《光明日报》2014年1月17日。

舒晋瑜：作家退稿记，《中华读书报》2014年2月19日。

梁鸿鹰：历史如此尖锐地通向现实，《文艺报》2014年3月14日。

李晓晨：思深虑广的地域史书写，《文艺报》2014年3月17日。

刘茜：阿来：拓宽"非虚构"写作空间，《中国文化报》2014年3月18日。

贺绍俊：《瞻对》：真正非虚构的叙述，《文艺报》2014年3月28日。

李朝全：具有多重价值的文本，《文艺报》2014年3月28日。

木弓：打造经典的范本，《文艺报》2014年3月28日。

陈思广：文体家阿来，《文艺报》2014年3月28日。

张晓芳、吴志忠：档案资源应如此开发，《中国档案报》2014年4月11日。

王国平：文学应该如何书写历史？《光明日报》2014年4月15日。

叶梅：历史的意味，《光明日报》2014年4月28日。

卫玮：以美学为信仰，《文艺报》2014年8月6日。

秦淮川：阿来三问谁应回答，《湖北日报》2014年8月20日。

许民彤："鲁奖"不能缺失鲁迅精神和文学尊严，《人民公安报》2014年8月29日。

丁纯：鲁迅文学奖评奖能否少些争议，《中国社会科学报》2014年8月25日。

邱华栋：从《空山》到《瞻对》：阿来的虚构和非虚构，《南方文坛》2015年第1期。

杨彬：阿来汉语小说的双重文化视角，《商丘师范学院学报》2015年第1期。

李继凯：西部作家的西部梦——以阿来"博文"为例，《甘肃社会科学》2015年第1期。

白延平、颜建华：西方文学视角下的民族文学形象塑造——以藏族作家阿来笔下的"傻子"为中心，《贵州民族研究》2015年第1期。

孙静：意识形态因素对于《尘埃落定》译作成功的影响，《华北水利水电大学学报》2015年第1期。

何延华：论现代性视域下《尘埃落定》的美学意蕴，《西藏大学学报》（社会科学版）2015年第1期。

邱诗越：忧虑与期冀：原乡的守望——阿来小说创作探究，《南京师范大学文学院学报》2015年第1期。

吴雪丽：试论20世纪80年代以来的西藏书写与当代文坛的对话——以马原、扎西达娃、阿来为考察对象，《现代中国文化与文学》2015年第1期。

张兵兵：《尘埃落定》中傻子眼里的"真"世界，《濮阳职业技术学院学报》2015年第1期。

陈而刚：在时代的"尘埃"中陨落——川剧《尘埃落定》中大少爷的人物塑造略谈，《四川戏剧》2015年第1期。

王相容、余迟宏：论《尘埃落定》的生态审美意识，《青年时代》2015年第1期。

彭玲、贾德江：小说《尘埃落定》中藏族文化负载词的英译研究，《文艺生活》（文艺理论）2015年第1期。

何奇雪：男权话语狂欢下的女性悲剧，《金田》2015年第1期。

黄云霞：阿来笔下的"异"文化形态及其意味——以《尘埃落定》中的"异域"想象为中心，《当代文坛》2015年第2期。

樊义红：阿来的民族文学观，《民族文学研究》2015年第2期。

鲍远福：纪实名义下的历史虚构——评阿来《瞻对：终于融化的铁疙瘩——一个两百年的康巴传奇》，《民族文学研究》2015年第2期。

房伟："新民族文化史诗"的空间意识呈现——《尘埃落定》重读，《民族文学研究》2015年第2期。

李康云：从阿来的三种写作姿态看《三只虫草》的象征意义，《阿来研究》2015年第2辑。

陈思广：洒向人间的博爱情怀——读阿来新作《三只虫草》，《阿来研究》2015年第2辑。

曾利君：论阿来《瞻对》的"非虚构"历史叙事，《阿来研究》2015年第2辑。

兑文强："统而不治"与多民族国家认同——以阿来的《瞻对》为中心，《阿来研究》2015年第2辑。

丹珍草：母语思维与汉语叙事——《尘埃落定》的"第三空间语言"特征，《阿来研究》2015年第2辑。

樊星：《尘埃落定》的主题与反智思潮——一则文学笔记，《阿来研究》2015年第2辑。

肖向东、林童："傻子视角"与"诗化世界"——论《尘埃落定》中傻子视角的审美特质，《阿来研究》2015年第2辑。

申利云、黄波：缺失·虚无——论阿来的《尘埃落定》，《阿来研究》2015年第2辑。

张学昕：阿来的意义，《阿来研究》2015年第2辑。

彭超、徐希平：品味经典——阿来文学作品解读，《阿来研究》2015年第2辑。

叶淑媛：论阿来作品的民族志意义，《阿来研究》2015年第2辑。

胡沛萍：在想象历史中构建审美世界——阿来小说创作资源和创作动因分析，《阿来研究》2015年第2辑。

马力：语言视域中的阿来"精神原乡"，《阿来研究》2015年第2辑。

谭光辉：标出性翻转：阿来小说的文化符号政治学，《阿来研究》2015年第2辑。

邹小娟：论阿来长篇小说的历史叙事，《阿来研究》2015年第2辑。

李康云：偶像黄昏的焦虑与文化重构的呐喊——试论阿来宗教题材散文的现实意义，《阿来研究》2015年第2辑。

易彬："物候记"的几个层面，《阿来研究》2015年第2辑。

洪士惠：藏人使用汉语？——当代藏族作家阿来在汉语文学中的"藏化"趋向（下），《阿来研究》2015年第2辑。

杨艳伶：20世纪90年代以来藏族作家的"边界写作"，《阿来研究》2015年第2辑。

张莹：浸淫与构建——以阿来为例看当代藏族作家创作的文化意义，《阿来研究》2015

年第2辑。

韩怡宁、汪汉利："大声音"的诗化表达——从《遥远的温泉》看阿来的"大声音"叙事,《阿来研究》2015年第2辑。

刘虹利:《三只虫草》:感伤童话与藏地现代性,《阿来研究》2015年第3辑。

蒋济永:阿来的小说创作及其对内地文学的启示,《阿来研究》2015年第3辑。

刘永春:论阿来藏地历史书写的文化意蕴,《阿来研究》2015年第3辑。

任容:传统的再现与边缘化——论阿来创作中的民间文学(上),《阿来研究》2015年第3辑。

汪树东:寻觅母族的隐秘生命力——评阿来中篇新作《蘑菇圈》,《阿来研究》2015年第3辑。

马力:原始思维与古代智慧的现代光芒——读阿来的中篇小说《蘑菇圈》,《阿来研究》2015年第3辑。

阎浩岗:对人类物质欲望及城市文明的"纠结"——解读《三只虫草》的一个维度,《阿来研究》2015年第3辑。

栗军:小虫草大世界——读阿来的《三只虫草》,《阿来研究》2015年第3辑。

吴雪丽:敞开、对话与新的可能——《三只虫草》阅读札记,《阿来研究》2015年第3辑。

张温卉:略论灾害灾难视域中的阿来小说,《阿来研究》2015年第3辑。

蒋必成:2015年阿来在华中科技大学"春讲"活动述要,《阿来研究》2015年第3辑。

龚道臻、张婧:藏区文学的多元视域与理论建构——第二届阿来文学创作暨藏区文学创作研讨会综述,《阿来研究》2015年第3辑。

朱维群、阿来:顺应民族交融的大势——由历史纪实文学《瞻对》引起的对话,《阿来研究》2015年第3辑。

李思清:《清史稿》涉藏及瞻对史事的记载——兼谈阿来的《瞻对》,《阿来研究》2015年第3辑。

朱茂青:《瞻对》:东方历史精神观照下的新历史主义叙述策略,《阿来研究》2015年第3辑。

孙德喜:原生态文化的挽歌——论阿来的中篇小说《蘑菇圈》,《阿来研究》2015年第3辑。

梁海:阿来小说的叙事美学,《辽宁师范大学学报》2015年第3期。

彭超、徐希平:从历史深处走向未来——阿来作品解读,《当代文坛》2015年第3期。

杨柳:论双语背景下藏族作家的民族认同与文学叙事——以阿来、扎西达娃等创作为例,《青海民族研究》2015年第3期。

次仁翁姆:非虚构文学的崛起——阿来作品《瞻对》浅析,《四川民族学院学报》2015年第3期。

戴连渠:将历史"死档案"变为"活资源"的优秀范本——读阿来《瞻对:终于融化的

铁疙瘩》感悟，《四川档案》2015年第3期。

邱诗越：原乡的变奏——阿来小说创作探析，《南昌大学学报》（人文社会科学版）2015年第3期。

谢文兴：逼近历史与挑战虚构：《瞻对》的价值与意义，《郑州师范教育》2015年第3期。

龚道臻："第二届阿来文学创作暨藏区文学创作研讨会"召开，《民族文学研究》2015年第4期。

王妍：从辉煌到重构的草原民族历史书写——以阿来的创作为例，《内蒙古民族大学学报》2015年第4期。

张宏勇：《尘埃落定》的原型批评解读，《华北水利水电大学学报》2015年第4期。

杨文芳：论《尘埃落定》中二少爷的超人思想，《考试周刊》2015年第4期。

次仁翁姆：阿来小说《格萨尔王》重述浅析，《鸭绿江》（下半月版）》2015年第4期。

丹珍草：嘉绒藏区自然地理与阿来文学创作，《民族文学研究》2015年第5期。

杨华丽：《格萨尔王》："故"事"新"编及其现代性，《百家评论》2015年第5期。

廖敏芳：《尘埃落定》小说中"傻子"形象的存在主义解读，《太原师范学院学报》2015年第5期。

于姗："空山"与"空林"——阿来《空山》与迟子建《额尔古纳河右岸》中的传统遭遇当代，《名作欣赏》2015年第5期。

宋晗：历史·权力·民间——小说《格萨尔王》中的三个男性形象分析，《新乡学院学报》2015年第5期。

白浩：在时间信物的引领下——阿来小说《轻雷》的叙述分析，《西北民族大学学报》2015年第5期。

胡志明、胡楠婷：家园的永恒召唤——《大地的阶梯》的人类学解读，《西北民族大学学报》2015年第5期。

袁洪庚、何延华：《空山：机村传说》：一个关于乌托邦的悖论，《兰州大学学报》2015年第5期。

阿来：沉湎于玄幻穿越文学是浪费时间，《七彩语文》（中学语文论坛）2015年第5期。

阮崇友、刘永松：试析阿来《尘埃落定》中的灰色元素，《时代教育》2015年第5期。

俞霞婷：最后一缕尘埃川剧《尘埃落定》，《上海戏剧》2015年第5期。

郭国昌、许亚龙：叙事伦理的规范性与《瞻对》的文体驳杂性，《西北民族大学学报》2015年第6期。

兑文强：历史的文学书写或一种新史传文学——阿来《瞻对》的文体学分析，《海南师范大学学报》2015年第6期。

李濛濛：阿来小说中的民俗及其当代意义研究，《小说评论》2015年第6期。

王琼、谭源星：德勒兹和伽塔里哲学视域下的"罂粟"文学意象重构研究——以《尘埃落定》英译本为例，《湖北民族学院学报》2015年第6期。

王双双：基于语料库分析《尘埃落定》英译本RedPoppies中词汇的特征，《英语广场》2015年第6期。

肖静可：历史转型期的人类生存镜像和精神情怀——《尘埃落定》和《喧哗与骚动》主题之对比，《湖北科技学院学报》2015年第7期。

卢欢：阿来：行走于边疆，建构"小历史"，《长江文艺》2015年第7期。

张莹琦：阿来：往历史深处寻现实解药，《南国博览》2015年第8期。

陈银：如梦似幻，虚实机村——论阿来《空山》（三部曲）的梦境书写，《名作欣赏》2015年第8期。

邱诗越：忧虑与期冀：原乡的守望——阿来小说创作探究，《文艺评论》2015年第9期。

徐丽红：论《尘埃落定》中"他者"塔娜的规训性，《时代报告》（学术版）2015年第9期。

次仁翁姆：阿来小说《格萨尔王》重述的叙事视角，《青年文学家》2015年第9期。

徐敬文：文化人类学视野下的民间情怀——以《尘埃落定》为例评阿来长篇小说创作，《中文信息》2015年第9期。

王妍：薄悲世界中的生命寓言——论阿来的成长叙事，《文艺争鸣》2015年第11期。

张恒：难以掌控命运的惶惑——浅析阿来《尘埃落定》主人公二少爷的悲剧结局，《现代语文》（学术综合版）2015年第11期。

孙胜杰："鱼"原型意象的当代文化隐喻——阿来的《鱼》和谭恩美的《拯救溺水鱼》之比较，《绥化学院学报》2015年第11期。

次仁翁姆：浅析阿来小说的叙事艺术——以《尘埃落定》为例，《北方文学》（下）2015年第11期。

次仁翁姆：浅析阿来小说《格萨尔王》的艺术形象，《青春岁月》2015年第11期。

沈西卉：论《尘埃落定》中的想象智慧，《文学教育（中）》2015年第12期。

徐伟：谈《尘埃落定》中的想象主义与多义主题，《赤子》（上中旬）2015年第14期。

陈沁：论《尘埃落定》中权力话语与自我认同的纠葛，《名作欣赏》2015年第18期。

蒋济永：边地文学的资源优势及其对内地文学的启示——从阿来小说谈起，《长江丛刊》2015年第21期。

李斯诚：《尘埃落定》中比喻喻体的选择，《青年时代》2015年第21期。

康洁：从《尘埃落定》看文学人类学写作——读《流动的歌者：阿来创作论——从文学人类学的角度切入》之启示，《青年时代》2015年第21期。

神盈盈：疯癫叙事下的"线索"与"符号"——《秦腔》与《尘埃落定》非常态叙事特点的比较研究，《青年文学家》2015年第23期。

严洁：小说《尘埃落定》的寓言性浅析，《环球人文地理》2015年第24期。

阿来：《尘埃落定》创作谈，《芳草》（经典阅读）2015年第C1期。

阿来：读书是为了自我建设，《学苑创造》（7~9年级阅读）2015年第C2期。

张驰：春天里醒来的精灵，《人民日报》2015年4月3日。

刘琼：《瞻对》：非虚构的尴尬和力量，《文学报》2015年4月9日。

尹文雯：《瞻对》：以文学短入历史深处，《光明日报》2015年4月14日。

钟正林：少年桑吉的纠结，《文学报》2015年4月16日。

付远书：阿来的创作自信来源于哪里？《中国文化报》2015年8月14日。

郭艳：打通自身写作与现代文学的血脉，《北京日报》2015年9月10日。

刘绪源：阿来写少年小说：少年、虫草和沉重俗世，《中华读书报》2015年12月2日。

黄启哲：阿来：作家应该发现当下社会一些亟待关注的问题，《文汇报》2015年12月10日。

唐郡：阿来研究及藏区文学研究的新发展——"第二届阿来文学创作暨藏区文学创作研讨会"综述，《文化遗产研究》2016年第1期。

杨柳：民间话语与多维叙事——论藏族汉语作家对民间文学的借用与探索，《西北师大学报》2016年第1期。

刘燕：论阿来小说的地域书写与现代性反思——以《空山：天火》为例，《江汉学术》2016年第1期。

徐美恒：论阿来小说《尘埃落定》的性别想象，《西部学刊》2016年第1期。

丁增武："族群边界"与"历史记忆"双重视域下的国家认同——评《瞻对》及阿来的"非典型西藏文本"，《民族文学研究》2016年第1期。

吴雪丽：阿来历史叙事的难度与困境——以其长篇与中短篇小说的对话关系为视点，：《民族文学研究》2016年第1期。

张钊：论阿来《尘埃落定》，《北方文学》（中旬刊）2016年第1期。

王治国：双重书写：非母语再创与译入语创译——以葛浩文英译阿来《格萨尔王》为例，《北京第二外国语学院学报》2016年第2期。

伍宝娟：《瞻对》：历史叙事的空间化策略，《当代文代》2016年第2期。

孙絮：权力、现代文明：小说虚构中的历史与文化——阿来《遥远的温泉》的文本启示，《佳木斯职业学院学报》2016年第2期。

王琪：一曲多声部的交响曲——阿来散文集《看见》解读，《青海师范大学民族师范学院学报》2016年第2期。

陆平：从《遥远的温泉》看文明冲突与身份建构，《文学教育》（中）2016年第2期。

宋晗：女性形象与历史叙述——《格萨尔王》与《珀涅罗珀记》的比较研究，《民族艺林》2016年第3期。

陈文斌：双区隔理论解读"非虚构小说"的文本特征——以阿来《瞻对》为例，《当代文坛》2016年第3期。

罗鹏："他者的单一语言"：地域、语言与文学创作——以阎连科、阿来、董启章、黄锦树、郭小橹为例，《江汉学术》2016年第3期。

刘金、崔琛琛：阿来小说的宗教意识——《尘埃落定》与《空山》，《滇西科技师范学院学报》2016年第3期。

何生芳、陈荣武：阿来创作的大传统与小传统体系，《文学教育》（下）2016年第3期。

吴道毅、马烈：阿来文学创作与藏族口传文化，《西藏大学学报》2016年第3期。

宁芳：《狂人日记》和《尘埃落定》中的狂人和傻子的意象对比，《辽宁师范大学学报》2016年第3期。

林晓波：论藏族服饰元素在话剧《尘埃落定》的服饰设计中的运用，《艺术科技》2016年第3期。

苏巧明：《百年孤独》与《尘埃落定》中孤独意涵比较研究，《文学教育》（上）2016年第4期。

邵璐婷：空间异化理论视域下的《空山》，《牡丹江大学学报》2016年第4期。

王艳：跨族群文化共存——《格萨尔》史诗的多民族传播和比较，《中外文化与文论》2016年第4期。

赵健伃：中美疯癫主题小说比较——以《飞越杜鹃巢》《尘埃落定》两部小说为例，《解放军艺术学院学报》2016年第4期。

慕江伟：论文学想象中的20世纪土司书写——以《尘埃落定》《水乳大地》为例，《湖北工业职业技术学院学报》2016年第4期。

德吉卓玛：尘埃落定的人间净土——浅谈《尘埃落定》中阿来的宗教情怀，《中国民族博览》2016年第2期。

徐美恒：一个女人在机村的遭际——论阿来小说中的单亲母亲形象，《西部学刊》2016年第4期。

卓玛：人性观念的现代重构——以阿来《格萨尔王》为例，《阿来研究》2016年第5辑。

何志钧、曾长城：阿来与其他藏汉作家的西藏书写之比较，《阿来研究》2016年第4辑。

于宏：阿来的文学理想与文化观念和立场——兼论"文化认同"研究的误区，《阿来研究》2016年第4辑。

曾利君：权力规训的场所与人性展览的舞台——论阿来小说中的"广场"，《阿来研究》2016年第4辑。

冯庆华：变化的时代与表达的欲求——从阿来《空山》中的文体试验论起，《阿来研究》2016年第4辑。

任容：传统的再现与边缘化——论阿来创作中的民间文学（下），《阿来研究》2016年第4辑。

邹小娟：阿来中短篇小说在英语国家的译介研究，《阿来研究》2016年第4辑。

陈晓明：小说的视点、历史与抒情——阿来的《尘埃落定》及其他，《阿来研究》2016年第5辑。

操慧：文学与社会互动的媒体取径——以媒体报道阿来为例，《阿来研究》2016年第5辑。

于宏：消费时代的"苦吟"诗人——对阿来藏地书写的一种文化考察，《阿来研究》

2016年第5辑。

马力：一场"太阳"与"月亮"的战争——读阿来的《月光里的银匠》，《阿来研究》2016年第5辑。

胡志明、秦世琼：原乡神话的追逐者——《空山》新论，《阿来研究》2016年第5辑。

达桑卓玛：浅谈地域文化对文人创作的影响——以藏族作家阿来的《尘埃落定》为例，《甘肃高师学报》2016年第5期。

张慧敏、李英榅："认识自己"意义背后的政治使命——论阿来《尘埃落定》的叙事策略，《景德镇学院学报》2016年第5期。

唐山：阿来：文学本应关注现实，《检察风云》2016年第5期。

贾馥瑞：历史总是重复的老故事——阿来《瞻对》的新历史主义阐释，《文艺生活》（文海艺苑）2016年第5期。

陈思广、张莹：阿来小说接受向度研究的现状、问题与思考，《民族文学研究》2016年第6期。

叶慧婷：重寻英雄之旅——评阿来小说《格萨尔王》，《当代文坛》2016年第6期。

陈沁：论《尘埃落定》中权力话语对自我认同的渗透，《名作欣赏》2016年第6期。

王磊：小说《尘埃落定》的文学特色分析，《视听》2016年第7期。

顾毅、李丽：《尘埃落定》英译本中第一人称叙述视角的再现研究，《牡丹江大学学报》2016年第7期。

游洁洁：阿来小说主题意蕴研究综述，《兰州教育学院学报》2016年第8期。

陈扣珠：论《尘埃落定》中的土司形象群落，《美与时代》（下）2016年第8期。

窦宏芳：论阿来《尘埃落定》的悲剧色彩，《青春岁月》2016年第8期。

林芬：历史的终结者，文化的守望者，《人间》2016年第8期。

徐美恒：论阿来中短篇小说的父亲形象，《西部学刊》2016年第9期。

马忠礼、当子扎西：阿来与扎西达娃小说创作主题之比较，《安徽文学》（下半月）2016年第10期。

何忠盛、唐军：典型的样本、历史的缩影、文明的反思——论阿来《瞻对》审视藏区的多重视角，《绵阳师范学院学报》2016年第10期。

李康云：试论阿来的三种写作姿态，《写作》（上旬刊）2016年第10期。

刘莉娜：阿来："讲述故乡"是一种使命，《上海采风》2016年第10期。

程德培：文化和自然之镜阿来"山珍三部"的生态、心态与世态，《上海文化》2016年第11期。

陈晶晶：傻子：源自思辨之身归于政治之域——川剧《尘埃落定》中傻子形象塑造，《四川戏剧》2016年第11期。

黄斌：一个"人"的发现：启蒙的慧眼透视落定的尘埃——评新编川剧《尘埃落定》，《四川戏剧》2016年第11期。

刘婷：评川剧《尘埃落定》的舞台艺术，《四川戏剧》2016年第11期。

苏凤：在历史的夹缝中对人的主体性关照——评新编川剧《尘埃落定》，《四川戏剧》2016年第11期。

刘丽：人文底蕴·魔幻意境·史诗气象——论徐棻版川剧《尘埃落定》的编剧艺术，《四川戏剧》2016年第11期。

李小菊：极简主义的《尘埃落定》，《四川戏剧》2016年第11期。

张恒：《尘埃落定》"傻子"二少爷的超越与难以超越，《现代语文》（学术综合版）2016年第11期。

王超逸：《尘埃落定》中女性地位与藏族传统女性地位之比较，《语文学刊》2016年第11期。

王敏：浅析《尘埃落定》中的女性形象，《名作欣赏》2016年第12期。

张倩：温暖的人性之旅——读阿来新作《三只虫草》，《中国出版》2016年第15期。

杨沛林：家族历史的终结与个人历史的开启——《尘埃落定》的价值与不足，《名作欣赏》2016年第15期。

曾卓异：读阿来《尘埃落定》——浅析塑造的"傻子"形象，《课外语文》2016年第24期。

杨颖娟：《尘埃落定》中的人物形象分析，《参花》2016年第16期。

赵素：《尘埃落定》之梦的解析，《青年文学家》2016年第17期。

王晓红：福柯话语权力理论下的《空山》，《青年文学家》2016年第23期。

江南雨暖：世界如花，他从花中过，《中学生百科》2016年第28期。

张中旭：论阿来小说《尘埃落定》中的唯物史观，《青年文学家》2016年第29期。

姚志林：《尘埃落定》与《额尔古纳河右岸》的比较研究，《名作欣赏》2016年第33期。

孙红方：论阿来《尘埃落定》的多重叙事视角及其叙事效果，《青年文学家》2016年第33期。

高中梅：独具慧眼的藏地哲思，《中国民族报》2016年12月16日。

张晓鹏："重述神话"的叙述策略探析——以"重述神话·中国卷"为例，《贵州师范学院学报》2017年第1期。

王宁娜：在高扬与沉潜中徘徊——论《尘埃落定》中的女性形象，《辽宁教育行政学院学报》2017年第1期。

高欢欢：《尘埃落定》中原型批评理论的运用分析，《哈尔滨学院学报》2017年第1期。

张雪梅、曾虹佳：浅论阿来在《空山：机村传说》中对真实藏地的还原，《地方文化研究辑刊》2017年第1期。

蒋霞：少数民族文学翻译的陌生化再现——以《尘埃落定》为例，《译苑新谭》2017年第1期。

赵自强：《尘埃落定》文化意象失落探析，葛浩文译，《译苑新谭》2017年第1期。

罗蕾：民族史的魔幻书写：阿来小说《尘埃落定》的神来之笔，《汉语言文学研究》

2017年第2期。

余忠淑：生态批评视野下阿来作品对人与自然的生态观照，《当代文坛》2017年第2期。

孙化显：隐形的图像：论阿来小说中的视觉表达，《当代文坛》2017年第2期。

刘强：川剧《尘埃落定》之我见，《当代戏剧》2017年第2期。

黄欣：现实的社会生态普遍的人性追问——评阿来小说特色，《新疆广播电视大学学报》2017年第2期。

吉洛打则：《尘埃落定》中的叙事意象解读——以"罂粟""梅毒"为例，《名作欣赏》2017年第3期。

白云：浮生一尘埃舞台放异彩——评川剧《尘埃落定》，《剧作家》2017年第3期。

于国华：生态文学的典范：阿来的"山珍三部"，《东北师大学报》2017年第4期。

魏净、林是非：《尘埃落定》：傻子叙事与阿来身份感展现，《文学教育》（上）2017年第4期。

何延华：《空山：机村传说》：基于消逝主题下的小叙事，《西藏大学学报》2017年第4期。

蒋霞：《尘埃落定》中"陌生化"成分的英译研究，《西藏研究》2017年第5期。

田晓箐：多民族文化交融中的阿来创作——以《尘埃落定》为例，《长江师范学院学报》2017年第5期。

巩晓悦：论莫言、陈忠实、阿来小说中梦的叙述，《小说评论》2017年第5期。

丹珍草：嘉绒藏区民间文化与作家创作，《民族文学研究》2017年第5期。

杨文芳：论《尘埃落定》中二少爷的超人思想，《作文成功之路》（下）2017年第5期。

阿来：文学拉近民心距离，《孔子学院》2017年第6期。

蒋霞：民族文学国际传播中的文化传递——以《尘埃落定》英译本为例，《民族学刊》2017年第6期。

杨波：叙事交汇与文化互释——阿来《蘑菇圈》与《三只虫草》的互文性解读，《当代文坛》2017年第6期。

石天宇：中国当代作家莫言与阿来叙事艺术比较，《散文百家》2017年第6期。

庄照岗：人性、文明与视角——《尘埃落定》解读，《读写月报》2017年第6期。

丹珍草："群山，或者关于我自己的颂辞"——评《阿来的诗》，《阿来研究》2017年第6辑。

白浩：阿来的移形换影三变与学者化隐忧——"山珍三部曲"读后，《阿来研究》2017年第6辑。

高蔚：诗意的守望——阿来"山珍三部曲"散论，《阿来研究》2017年第6辑。

阎浩岗：阿来对当代藏区生活的反奇观化书写——"山珍三部"解读，《阿来研究》2017年第6辑。

刘爽、唐小林：一个不会在叙述面前退却的作家——评阿来的"山珍三部"，《阿来研究》2017年第6辑。

李长中：《河上柏影》与阿来的景观政治学，《阿来研究》2017年第6辑。

孙德喜：阿来的悖论写作——以"山珍三部曲"为例，《阿来研究》2017年第6辑。

廖海杰：悖谬的现实与彼岸的正见——读阿来"山珍三部"，《阿来研究》2017年第6辑。

阿来：我为什么要写"山珍三部"，《阿来研究》2017年第6辑。

王宗峰：论小说《尘埃落定》对革命集体记忆的处理，《绵阳师范学院学报》2017年第7期。

刘海娥：浅析《尘埃落定》中"傻子"的命运，《文艺生活·下旬刊》2017年第7期。

肖佩华：边地的歌者——阿来与沈从文创作之比较，《广西社会科学》2017年第8期。

谢慧：论阿来原生视野中生命的三重内蕴——以散文《一滴水经过丽江》为例，《文化学刊》2017年第8期。

宋晗：阿来小说《随风飘散》中的"异乡人"主题，《名作欣赏》2017年第9期。

刘晓军：从"三只虫草"到"川流不息"——兼谈天府之国儿童文学创作题材的摄取，《四川教育》2017年第11期。

张成：近十年来对《尘埃落定》中"傻子"的研究，《青年文学家》2017年第12期。

尚十蕊：历史书写下的身份认同研究——以阿来长篇小说《瞻对》为例，《名作欣赏》2017年第12期。

韩伟、廖宇婷：象征与隐喻：阿来"山珍三部"的文化密码，《兰州学刊》2017年第12期。

魏净：阿来作品中的尔依形象综合论，《青年文学家》2017年第12期。

郝敏晶：一个傻子"眼中的世界"——浅谈《尘埃落定》的非常态叙述视角，《名作欣赏》2017年第14期。

万霄、胡诗卉：《尘埃落定》中索郎泽郎和尔依形象的分析，《芒种》2017年第14期。

郑秋雯：浅析藏族作家阿来《尘埃落定》中的民族性心理意识，《中国民族博览》2017年第7期。

张红梅、赵自强：马克思主义社会科学方法论指导下的中国文化"走出去"翻译问题研究——以《尘埃落定》英译本为例，《大众文艺》2017年第15期。

陈慧旋：落定的尘埃在闪烁——《尘埃落定》的一个世界，一段历史，《青春岁月》2017年第15期。

旦增格桑：阿来长篇小说的悲剧性分析，《产业与科技论坛》2017年第18期。

李上裕：浅析《尘埃落定》中的行为摇摆，《青春岁月》2017年第18期。

王岩：《尘埃落定》女性形象悲剧意蕴探析，《名作欣赏》2017年第20期。

林修苹：阿来小说的地域文化概况和独特之处简述——以《尘埃落定》为例，《青年文学家》2017年第30期。

何瑞涓：从关注环保到关注边远地区教育，一位知识分子的情怀，《中国艺术报》2017年3月8日。

苟婉莹：阿来：一瞥深情，予旧年痕迹，《中国出版传媒商报》2017年第9月12日。

魏春春：消费语境下的人性温暖，《文艺报》2017年12月4日。

著　作

胡沛萍：边地歌吟：阿来与扎西达娃的文学世界，世界图书出版公司2013年版。

丹珍草：差异空间的叙事：文学地理学视野下的《尘埃落定》，中国藏学出版社2014年版。

王妍：追寻大地的阶梯——阿来论，现代出版社2014年版。

梁海：阿来文学年谱，复旦大学出版社2014年版。

杨艳伶：藏地汉语小说视野中的阿来，中国社会科学文献出版社2015年版。

丹珍草：差异空间的叙事：文学地理学视野下的《尘埃落定》，东北林业大学出版社2017年版。

（于宏　辑）